Cara St. Louis-Farrelly

Die Sonnendiebe

Roman

Hesper-Verlag

Originaltitel: Crosswalk – the Sunthief

Übersetzung: Harald Kautz-Vella
Layout: Elisa Bell
Cover: Patrick Horn, www.horn-mueller.de
Kontakt: www.hesper-verlag.de

ISBN: 978-3-943413-09-0

Einen großen Dank

Meinem technischen Berater Mark McCandlish

Joska, für seine unermüdliche Unterstützung bei der
Feinabstimmung von Text und Redewendungen

Connie, die den Text hoffentlich mit Wohlwollen betrachten
wird. Meinen Kindern, die mich gerettet haben. Meinem Bruder und
meiner Großmutter, die über mich gewacht haben. RS, JC und CR
dafür, dass sie gerade noch rechtzeitig zurück waren und JR dafür,
dass er unsere Verabredung, die in den Sternen stand, gehalten hat.

Vorwort von Jo Conrad

Während ich dieses Vorwort schreibe, wird mir bewusst, wie treffend der Titel „Sonnendiebe" ist. Es ist Mitte Mai, und in den letzten Monaten hat sich die Sonne rar gemacht. Einfach nur mal „schlechtes Wetter", oder steckt mehr dahinter? Tatsächlich fehlt das Licht, sind die Tage grau, die Farben trüb wie im Herbst.

So unglaublich die Vorstellung auch ist, dass von der Masse der Menschen völlig unbemerkt ein gigantisches Programm laufen soll, in dem Flugzeuge chemische Substanzen in die Atmosphäre sprühen, lässt sich die Realität kaum leugnen.

Es sind nicht nur Kondensstreifen eines massiv zugenommenen Flugverkehrs. Manchmal kann man gleichzeitig kurze Kondensstreifen hinter einem Flieger sehen und dicke, lange am Himmel stehende, sich langsam zerfasernde Streifen. Ohne ein Experte zu sein, kann man sich denken, dass Kondensation unter gleichen Bedingungen gleiche Effekte haben sollte.

Nun, es ist nur ein Roman, zu dem ich das Vorwort schreibe. Der tragische Tod einer Militärangestellten, die beginnende Recherche einer Tochter, die sich häufenden, verdächtigen Vorfälle. Ein Krimi, ein Thriller ... ? Und doch enthält dieser Roman Fakten, die kaum zu ignorieren sind. Jeder möge seine eigenen Schlüsse ziehen.

Sicher, es ist einfacher, es für einen Roman zu halten, für ein spannendes, gut geschriebenes Buch Fiktion, und den grauen Frühling für ... nun ja, ein schlechtes Jahr. Wie geht man damit um, wenn man annehmen sollte, dass Wissenschaftler und Militärs seit Jahrzehnten Pläne für Geo-Engineering schmieden, und dass die Wirklichkeit oft viel weiter ist, als das, was uns häppchenweise mal irgendwo in den Medien vermittelt wird?

Wie gehen wir mit Dingen um, auf die wir keinen Einfluss haben? Wie können wir weiter leben mit der Vorstellung, dass so etwas tatsächlich laufen könnte. Dass, wenn wir die Augen aus dem aufgeschlagenen Buch vor uns in den Himmel heben, wir das sehen könnten, was doch nur in diesem Roman als düstere Fiktion vorkommen sollte...

Zum Glück gibt es Menschen, die nicht einfach alles hinnehmen, die sich einsetzen, um den Massenmenschen die Augen zu öffnen, und vielleicht wird irgendwann der öffentliche Druck so groß, dass sich diese Pläne nicht mehr durchführen lassen. So vieles in dieser Welt ist unverständlich, besorgniserregend.

Manchmal sind es Romane, die uns Einblicke in verborgene Welten ermöglichen, die ein Umdenken initiieren. Ein Umdenken ist notwendig. Die notwendigen Erkenntnisse kommen manchmal unscheinbar zwischen zwei Buchdeckeln daher, stehen zwischen vielen anderen Werken in einer Buchhandlung, bis jemand kommt und sich auf diese Erkenntnisse einlässt. Unbequeme Erkenntnisse. Kein leichter Stoff, und doch ... die Verheißung, dass wir eines Tages kollektiv erkennen, welchen Wahnsinn wir zugelassen haben. Und dass sich auch bei den Verantwortlichen die Erkenntnis durchsetzt, dass wir diesen Planeten achtsamer handhaben sollten...

Vorwort

Ich hatte einmal einen Lehrer, der sagte immer: „Das Leben ist fürchterlich ... Gott sei Dank!" Es gibt Zeiten in unserem Leben, in denen wir ein Erbe antreten, das auf den ersten Blick armselig anmutet, oder vielleicht unfair, oder sogar – wenn es einen hart trifft – brutal. So sehen die Geschenke des Lebens an die Menschheit aus. Wir sind damit einverstanden, unsere Rolle zu spielen. Manchmal stehen wir am Rand eines undurchdringlichen Waldes, unser Schutzengel reicht uns eine Machete und wünscht uns eine gute Reise. Egal wie oft wir vom Pfad abweichen wollen oder die Aufgabe an jemanden abgeben wollen, wenn wir standhaft bleiben, ereignen sich wundersame Dinge. Ich bin immer von einer tiefen Stille erfüllt, wenn ich mit Menschen arbeiten darf, die eine solche Insel des Mutes darstellen. Sie erheben sich im vollen Bewusstsein, dass ihre Aufrichtigkeit sie zu leichten Zielen macht – in welcher Form auch immer sich das manifestiert –, und sie teilen ihre Wahrheit mit der Welt.

Die Vorkommnisse, die mich dazu getrieben haben, dieses Buch zu schreiben, und die Menschen, mit denen ich auf diesem Weg in Kontakt kam, haben mich verändert, absolut und unwiederbringlich.

Zuerst und am allermeisten möchte ich einer Frau meine Anerkennung aussprechen, die am 11. Juli 2010 an einem sonnigen Sonntagmorgen auf einem Zebrastreifen starb – mitten im Nirgendwo von Maine. Dieses Dahinscheiden setzte eine Reihe von Ereignissen und Erkenntnissen in Gang, die noch immer nachhallen – und ich hoffe, dass sie es weiter tun werden. Es war ein großes Opfer.

Zweitens, bezüglich dieses Buches, muss ich hier und jetzt anmerken, dass seine Entstehung ohne die Hilfe meines technischen Beraters Mark McCandlish nicht möglich gewesen wäre. Ohne seinen ungeheuerlichen und selbstlosen Einsatz und sein Fachwissen würde es dieses Buch einfach nicht geben. Es war einer der größten Akte bedingungsloser Zuwendung, die mir je entgegengebracht wurden. Darüber hinaus ist Mr. McCandlish das Vorbild für eine der Hauptpersonen dieses Buches: Charlie Shepard. Für mich sind Mark und Charlie so gut wie ein und dieselbe Person.

Drittens gibt es eine tiefe esoterische Komponente in diesem Buch. Ich musste mir schon in den Anfängen eingestehen, dass diese Komponente der eigentliche Grund dafür war, dieses Buch zu schreiben. Ja, wir stehen hier vor Realitäten, die einfach nicht hinzunehmen sind. Die ultimative Frage ist: Warum? Ist es der unweigerlich festgelegte Kampf zwischen Licht und Dunkelheit, den wir hier zum Ausdruck bringen? Wir sind schließlich nichts weiter als die jüngeren Brüder der Engel. Es gibt unerbittliche Versuche, uns von dem abzuschneiden, was unsere Seelen auf diesem Planeten speist: die Sonne, die Saaten, der Boden – diese Versuche sind Verletzungen unseres ätherischen Selbst. Ich glaube an nichts anderes, als dass das Licht siegen wird. Und jede andere Schlussfolgerung ist Schall und Rauch und Widerspiegelungen von … nichts als einer Hand voll Angst. Also, denen von euch, die den esoterischen Teil dieses Weges mit mir gehen möchten, sage ich: „Namaste." Ich werde euch immerfort lieben.

Cara St. Louis-Farrelly, November 2012

Jede Ähnlichkeit zwischen Personen in diesem Buch und echten Personen, lebendig oder tot, ist reiner Zufall. Jede Ähnlichkeit zwischen Handlungen dieses Buches und realen Begebenheiten ist reiner Zufall.

Viele Passagen bauen auf erlebte Vorgänge aus dem wirklichen Leben auf, deshalb sei der geneigte Leser eingeladen, die folgende Geschichte mit offenen Herzen zu lesen.

Paradiesvogel
oder
Das Sterben zuerst

Sie setzte sich den roten Strohhut mit der breiten Krempe auf ihre kurzen, stahlgrauen Locken – einige der Strähnen lugten unter dem Stroh hervor. Das war eines dieser typischen Dinge, die sie nur tat, um Aufmerksamkeit auf sich zu ziehen. Sie gefiel sich dabei, diese Aura der Exaltiertheit zu kultivieren. Auch hatte sie Gefallen daran gefunden, Farbe zu tragen, aus Liebe zur Farbe, was für sich genommen ein angenehmer Grund war. Eine ganze Weile hatte sie Farbe getragen, damit die anderen eine Bemerkung fallen ließen, um dann die Konversation auf die Jahre zu lenken, die sie auf Hawaii verbracht hatte. Sogar jetzt liebte sie es noch, darüber zu sprechen. Aber sie hatte keine Lust mehr, dafür sorgen zu müssen, dass es darum ging.

Es war Sonntag. Es war Juli. Die Sonne stand hoch, obwohl es erst halb zehn Uhr morgens war. Die großäugige Katze, deren Blicke sich immer vor namenloser Neugierde weiteten, huschte zwischen ihren Beinen hindurch, als sie die Tür öffnete und in den Morgen tappte. Ihr Vermieter, dieser griesgrämige, ungewaschene Mann, stand einige Meter weiter mit einem Gartenschlauch in der Hand und wässerte dutzende Tomatenpflanzen in weißen Plastikeimern. Sie zog eine Grimasse hinter seinem unansehnlichen Rücken, legte ihre eigene arthritische Hand auf die Kuppe ihres Hutes, um diesen daran zu hindern davonzufliegen, und verkrallte sich mit der anderen am Geländer. Drei hölzerne Stufen lagen zwischen ihr und der Zufahrt, zwischen dem „nach unten geschafft" und dem „nach oben geschafft". Sie manövrierte immer unter einer Glocke aus Angst, Angst sich eine Hüfte zu brechen, und hatte daher eine voreingenommen feindselige Beziehung zu Stufen und glitschigen Oberflächen. An jenem Tag trug sie ihre offenen weißen Sandalen mit Riemen. Sie würde heute nicht fahren. Es waren schließlich nur eineinhalb Wohnblocks bis zur Kirche.

Sie winkte den Nachbarn wortlos zu. Sie saßen im Hinterhof auf den aus Nylon geflochtenen Gartenstühlen, der Alte mit der Sonntagszeitung, die ihm plötzlich von seinem Schoß auf den Rasen flatterte. Die Zufahrt hinunter, mit dem großen Schlagloch – ein weiterer ihrer Todfeinde –, hinaus auf den Bürgersteig. Es fühlte sich etwa an, wie von der Lagune aus über ein Korallenriff zu kraxeln, raus zum offenen Meer, welches unüberschaubar, gefahrvoll und voller Hinterhalte ist. Aber hier konnte sie sich gefahrenlos bewegen, sicher in der Geborgenheit eines gepflegten Bürgersteiges, auf dem Weg zur Kirche.

Der Verkehr auf der Hauptstraße schob sich langsam vorwärts, folgte unbeirrbar der Straße nach rechts, etwas weiter hinten wieder nach links. Es war ein sehr kleines Dorf in dem sie lebte, aber ein Touristenort, und die Sommerferien waren voll im Gange. Trotzdem, als sie an der Hauptstraße ankam, herrschte eher wenig Verkehr. Sie erblickte Freunde auf der anderen Straßenseite, andere Angehörige der schlichten, weißen anglikanischen Kirche, die aus ihren Autos stiegen und sich auf dem smaragdgrünen Rasen zueinander gesellten. Am Zebrastreifen hielt sie an, bereit zu warten, Ewigkeiten wie immer, bis sich auch der letzte mit der Unannehmlichkeit arrangiert hatte, auf eine alte Frau warten zu müssen, die die kleine Straße überqueren wollte, um zur Kirche zu gehen. Es schien, dass dieser Akt – diese gesamte Szenerie – so vollkommen im 20. Jahrhundert verwurzelt war, dass er für das bloße Auge fast nicht mehr sichtbar war. Dieses kleine Schauspiel war ein Anachronismus, abgesehen vom lebenden Fleisch und den Knochen der Darsteller. Und sie hassten es, bremsen zu müssen. Und wie sie es hassten.

Aber sie taten es, letztendlich. Drei Wagen hielten unwillig an. Sie blickte links und rechts und dann auf die andere Straßenseite, als jemand winkte und ihren Namen rief. Sie lächelte und grüßte herzlich. Sie machte einen Schritt auf die Straße, danach schritt sie vorsichtig, langsam über die Fahrbahnen. Obwohl ihre Hüften ihr seit Jahren mehr und mehr den Dienst verweigerten, bewegte sie sich entschlossen vorwärts. Sie dachte an den riesigen Hofverkauf nächsten Samstag, den sie besuchen wollte. Das weiße Festzelt war schon aufgebaut, auf der Wiese vor der Kirche. Ihre Tochter,

Christina, wollte sich den Wagen nach der Kirche ausleihen. Es fehlten nur noch wenige Sekunden, dann hatte sie die andere Straßenseite erreicht, während sich die kleine Liste ihrer Vorhaben in ihrem Geist zufriedenstellend vervollständigte.

Dann wurden ihr plötzlich die Beine unter dem Körper weggerissen und ihr Kopf krachte in etwas Hartes. Es war einfach, als ob man bei einem sanften Wellenritt plötzlich von einem Brecher erwischt wird. Sie hörte das dumpfe Knirschen des Glases, das sich in sie hinein bohrte. Das war es dann für sie gewesen, mit Sicherheit. Sie lag auf der Straße, 10 oder 15 *Yards* entfernt von der Stelle, wo es sie getroffen hatte. Eine junge Frau – ihr langes blondes Haar flatterte hinter ihr im Wind – sprang an ihre Seite und kniete nieder.

„Bleiben Sie ruhig, nicht bewegen."

Jemand anderes lief, um den Priester zu holen. Blut tropfte, warm und klebrig, von ihren Ohren, und ihr Hörgerät, das teure, über das sie sich immer aufgeregt hatte, war nicht mehr zu sehen. Ein Bein lag in einem unnatürlich anmutenden Winkel unter dem anderen, und ihr rechter Hüftknochen hatte sich glatt durch die pergamentene Haut gebohrt. Weit, weit weg hörte man einen Mann schreien. Viele Menschen standen um sie herum. Die Sirene eines Krankenwagens kam näher und gewann an Brillanz.

„Sie kam einfach aus dem Nichts! Ich habe sie nicht gesehen!" Das hörte sie immer und immer wieder, irgendwo von der Seite. Der Mann, der die alte Frau überfahren hatte, marschierte schnellen Schrittes die Straße hoch und runter, auf vor Verzweiflung zitternden Beinen. Immer wieder schrie er auf und warf sich auf dem Gehsteig auf alle Viere. Einer der Kirchgänger, ein älterer Mann wie die meisten von ihnen, kümmerte sich um den bierbäuchigen, torkelnden umherirrenden Fahrer.

„Du bist jetzt still", sagte er. „Setz dich, setz dich dort hin." Der Fahrer sank auf den Bürgersteig; legte seinen Kopf auf die Knie. Er zitterte unkontrolliert, weinte laut und rang nach Luft. Die Dorfpolizei kam, Sirenen heulten in den höchsten Tönen. Die Ambulanz folgte in ihrer Spur.

Die Rettungssanitäter arbeiteten schnell und vorsichtig an dem zerschundenen Körper der alten Dame. Überraschenderweise war sie jetzt bei Sinnen und erstaunlich ruhig. Der Schock legte sich wie ein schützender, schmerzlindernder Schirm über sie. Das Rettungs-team hob sie vorsichtig auf eine Trage, nachdem es ihren Kopf gesichert hatte. Sie stieß einen kurzen Schrei aus, als sie ihr Bein anhoben und dabei einrenkten. Der offene Schlund am Heck der Ambulanz schluckte sie alle und die Tür schloss sich hinter ihnen. Der Wagen schoss davon, er schien "aus dem Weg" zu kreischen, oder "könnt ihr nicht den Weg zum Krankenhaus frei machen?" Jemand pflückte eine weiße Sandale und ein beigefarbenes Hörgerät von der Windschutzscheibe des Vans.

Auf dem Weg zum Krankenhaus war sie mehr oder weniger bei Bewusstsein. Manchmal brach der Schmerz hervor und sie schrie. Der diensthabende Arzt gab über das krächzende Funkgerät die Erlaubnis, Morphium zu verabreichen. Es folgte ein süßer Schlaf. Sie wusste, dass sie ihre Tochter benachrichtigen würden – ihren Schwiegersohn, ihre Enkelkinder. Ihre Enkelin, Anya, war grade in Japan eingetroffen. Sie würde Anya nicht wiedersehen, das wusste sie auch. Das war auf jeden Fall ein schwerer Schlag. In dem einen Jahr, in dem sie bei ihr um die Ecke gewohnt hatte, hatte sie eine gute Beziehung zu Anya aufgebaut. Sie empfand eine so tiefe Liebe zu ihrer Enkelin. Sie wusste aber auch, wie tief sie verletzt war. Ihre Tochter – die letzte, die ihr geblieben war – war mehr als mutig gewesen, sie gehen zu lassen, ihre Wünsche zu respektieren, egal was kam. An dieser Stelle gab es keinen Zweifel: Sie hatte absolut keine Angst zu sterben.

Plötzlich waren sie in der Notaufnahme und alle Trägheit war dahin. Sie wurde weggeblasen wie von einer Windhose, wie Sand, der durch ihre tauben Finger rann – schnell und auf ewig verloren. Die Heckklappe öffnete sich, ein Sanitäter ergriff das Ende der Krankentrage und zog sie heraus. Ihre Augen weiteten sich, ihr Mund öffnete sich wie zu einem Schrei. Sie schnappte nach Luft, sog so viel in ihre Lungen, wie sie halten konnte, füllte sie bis zum Bersten, als wolle sie Gott persönlich anschreien ... Dann verlor sie das Bewusstsein, bis die gleichmütige Stimme ihrer Tochter sie wieder weckte.

„Mutter, wir sind hier. Ich bin hier. Ich höre dir zu, sie kümmern sich hier gut um dich.

Sie öffnete ein verschwollenes, grünblau schillerndes Auge zu einem schmalen Spalt. Da war die vage Silhouette eines Arztes, andere Menschen waren da, murmelten vor sich hin. Sie fühlte, wie jemand ihre Hand ergriff, und versuchte zu sprechen. Ohne Zähne, mit geschwollener Zunge und geschwollenen Lippen.

"Ich... will... nicht...", war alles, was sie hervorbrachte.

Sie war sich sicher, dass Christina wusste, was sie sagen wollte. Keine außergewöhnlichen Aktionen, keine Heldentaten. Es war egal, ob sie es schaffen würde, es zu sagen oder nicht. Christina wusste ohnehin, was ihr am Herzen lag. Dann explodierten die Schmerzen in ihr und sie schrie.

*****

Christina, ihr Mann Otto und ihre beiden Söhne fuhren ruhig, aber in klarem Bewusstsein über das, was kommen würde. Sie wussten, dass Christinas Mutter an diesem Tag sterben würde.

„Eigentlich glaube ich, dass sie schon gegangen ist. Ich glaube jedenfalls nicht, dass sie noch am Leben sein wird, wenn wir dort sind." Otto fuhr. Hank und David saßen auf der Rückbank. Ihre Tochter war auf der anderen Seite der Erde. Es war ein sündhafter Gedanke, der ihr da kam. Aber es wäre zu hart für ihre Mutter, es einfach nur irgendwie zu überleben.

„Mama", sagte Hank, als wolle er ihren Gedanken Ausdruck verleihen, „es wäre schlimm, wenn Oma so durchkommen würde. Ich weiß, das klingt gemein, aber ..."

Natürlich hatte er Recht, und sie alle wussten es.

Sie bogen in die Einfahrt des Krankenhauses ein und suchten nach einem Parkplatz. Eilig bewegten sie sich zur Notaufnahme. An der dortigen Auskunft saß ein älterer Mann.

„Meine Mutter ist grade eingeliefert worden. Sie wurde angefahren."

Der Mann an der Information drehte sein Schildchen um und aus „Information" wurde „Komme gleich wieder". Er führte Christina, Otto, Hank und David durch eine Reihe fensterloser Korridore. Eine Schwester aus der Notaufnahme fing sie ab und geleitete sie zu einem ziemlich großen Bett hinter einem Vorhang.

Christina schämte sich nicht mehr für ihre Gedanken, nicht mehr, als dass sie über die Worte von Hank überrascht war. Ihre Mutter hatte diese Reaktion mehr als verdient. Christinas Gedanken folgten klar und deutlich Hanks Worten. So entsprach es auch dem Willen ihrer Mutter. So hatte sie es verfügt, sollte ihr mal etwas Schreckliches zustoßen.

Gott verdammt, dachte sie, genau so musste es kommen.

Sie betrachtete den Monitor über dem Kopf ihrer Mutter: Blutdruck, Puls, Sauerstoffwerte. Die Frau hatte ihr Leben damit verbracht, melodramatisch zu sein, und anspruchsvoll. Für diese Frau würde es auch kein leises Dahinscheiden im Schlaf geben. Niemand hatte diese Möglichkeit jemals in Betracht gezogen. Allein daraus folgte schon, dass dieses hier der letzte Akt werden würde. Vor sechs Monaten hatte sie Hank voller Überzeugung erklärt, dass wenn ihre Mutter sterben würde, es irgendetwas mit einem Auto zu tun haben würde. Diese Art 'Vorahnungen' waren normal bei ihr, andere hätten es vielleicht schrullig und etwas morbide gefunden. So normal, dass ihre Kinder nicht einmal mehr überrascht waren, wenn es sich als wahr entpuppte. Sie erwarteten fest, dass die Dinge, die ihre Mutter sagte, sich als richtig herausstellen würden.

Der Körper ruhte auf dem Bett vor ihr, das Gesicht so verschwollen, die Augen blau-grün, ein Absaugschlauch verschwand im Winkel ihres geschwollenen Mundes, und durch den am Arm gelegten Zugang schlängelten sich Flüssigkeiten in ihre Venen. Ihre rechte Seite hatte deutlich einen schweren Schlag abbekommen. Durch die Gnade Gottes war sie die meiste Zeit bewusstlos. Hank, David und Otto standen neben ihr.

"Mutter, wir sind hier ..."

Da erhob sie sich langsam vom Bett, bäumte sich gen Himmel und begann zu schreien.

"Raus, raus, raus ..."

Christina führte ihre Jungs – 13 und 17 – auf den Gang, fort von der schrecklichen und brutalen Realität des lebensgefährlichen Zustandes ihrer Großmutter. Jemand führte sie in einen kleinen, privaten Familien-Wartebereich. Dort gab es Stühle, ein Telefon, Magazine; einen Platz, an dem man sich verstecken konnte. Sie setzten sich, oder vielmehr, sie klammerten sich an die Stühle und versuchten sich zu sammeln. Christina konnte ihre Mutter noch immer durch den Korridor schreien hören, sie steckte sich die Finger in die Ohren und kniff die Augen zu wie ein kleines Mädchen. Als sie wieder aufschaute, war Pater Daniel gekommen um ihnen beizustehen. Mit einem pragmatisch-hoffnungsvollen Gesichtsausdruck saß er neben ihr.

„Hör zu", sagte er, „es sieht schlimm aus, ich weiß, aber deine Mutter ist stark und zäh, sie ist eine Kämpfernatur. Es wird eine Weile dauern, und sie wird eine Menge Pflege brauchen, von dir und anderen, aber sie wird sich davon erholen." Er weigerte sich, an irgendetwas anderes zu glauben.

Christina war verwirrt. Was? Wie konnten Menschen, die die selbe Frau und einander kannten, und die im selben Raum saßen, so völlig unterschiedliche Vorstellungen über das entwickeln, was als nächstes kam? Sie fürchtete sich vor dem, was kommen würde. Aber natürlich würde sie ihm nicht widersprechen, schließlich tat er nur seinen Job.

Ich weiß schon, was ich tun muss, dachte sie sich. Ich habe es immer gewusst, und es hat nichts mit einer langwierigen Heilung von einem Hirn-Schaden zu tun, nachdem man mit 74 Jahren von einem Van überfahren wurde. Ihr Körper ist zerschmettert. Sie hatte mir vor langer Zeit, als meine Großmutter in Folge eines Autounfalls gestorben war, erklärt, was in dieser Situation zu tun war. Es tut mir leid, Pater Daniel, weil ich nicht weiß, wie Sie das auffassen werden. Und, es tut mir leid, dass sie nie mit Ihnen darüber gesprochen hat.

Genau in diesem Moment klopfte eine Chirurgin – eine Frau, deren Haar zu einem Pferdeschwanz gebunden war – leise an die Tür. Christina winkte sie herein. Sie warteten gespannt. Die Chirurgin lehnte sich an die Wand, glitt an ihr herunter auf ihre Hacken, vor sich hielt sie ein Diagramm.

"Also, jetzt wäre der Zeitpunkt, wo wir all diese außerordentlichen Anstrengungen unternehmen könnten, Ihre Mutter am Leben zu erhalten. Ziemlich heftiges Zeug ... vorausgesetzt Sie wollen dass wir das tun."

Christina ergriff die Initiative, wie sie es ihr Leben lang getan hatte. „Also, was hat sie für Verletzungen?"

"Ein angebrochenes Genick und ein gebrochenes Schlüsselbein, eine gebrochene Hüfte. Viele gebrochene Rippen. Ein gebrochenes Bein. Der intrakraniale Druck steigt, weil sie von etwas am Kopf getroffen wurde. Vielleicht verursacht durch den Aufprall auf die Windschutzscheibe. Das bewirkt, dass ihr Blutdruck im Gehirn rasch sinkt, weil ihr Stammhirn an der Schädelbasis anschwillt und die Blutzufuhr abdrückt. Das Erste wäre allerdings, da rein zu gehen und das Bein zu operieren, bevor sie es verliert."

Christina fand das seltsam. Das gebrochene Bein sollte oberste Priorität haben?

„Erholen sich Leute in ihrem Alter von solchen schweren Unfällen? Ihre ganze rechte Seite scheint zerschmettert ... sieht aus, als hätte sie einen ernsthaften Hirnschaden. Ich meine, ich hab soweit mitbekommen, dass ihr Kopf die Windschutzscheibe erwischt hat, und Sie sagen, die Blutzufuhr zu ihrem Gehirn ist unterbrochen. Ist schon eine Weile unterbrochen."

„Schwer zu sagen, manchmal ja, manchmal nein. Da ist kein Puls mehr im Bein. Sie verliert es, wenn wir nicht sofort handeln." Das Gesicht der Chirurgin war absolut neutral.

Das war es. Christina lehnte sich vor, ihre Ellenbogen auf den Knien, ihre Hände vor sich gefaltet. „Es ist Folgendes, Doktor. Meine Mutter hat mir vor Jahrzehnten gesagt, was ich in solch einer Situation machen soll. Sie hat da eine Verfügung hinterlassen. Da gibt es also nicht wirklich eine Entscheidung zu fällen, was es allerdings nicht einfacher macht. Aber sie hat das für sich entschieden, vor langer Zeit ... und jetzt muss ich tun, worum sie mich gebeten hat." Ihre Kinder waren anwesend. Ein Teil von dem, was nun kommen würde, war, dass ihre Kinder zusehen mussten, was in einer solchen Situation getan werden musste.

Die Chirurgin nickte verständnisvoll. „Also machen wir es ihr einfach so bequem wie möglich und entsprechen so der Verfügung Ihrer Mutter."

„Ja", antwortete Christina, „bitte, sie sollte keine Schmerzen haben, okay?"

Ein schlaksiger junger Chirurg, der sich noch in der Ausbildung befand, wurde geschickt, um sie zu holen. Ihre Mutter war wieder ruhig. Christina erinnerte die Belegschaft daran, es ihr so bequem wie möglich zu machen, und schmerzfrei, was bedeutete, dass sie in regelmäßigen Abständen Morphium gespritzt bekam. Die Arme ihrer Mutter zuckten etwas von Zeit zu Zeit. Sie hatte das schon früher bei Sterbenden gesehen, als ob sie schon nach dem Himmel greifen wollten, nach etwas, das die Lebenden nicht sehen konnten. Ihre Augen öffneten sich in regelmäßigen Abständen, aber Christina wusste, dass ihre Mutter nichts sehen konnte. Sie war extrem kurzsichtig und hatte einen Silberblick bekommen, sah alles doppelt. Christina fand das traurig, auf eine Art, wie es nur jemand traurig finden konnte, der ebenfalls fast blind war; dass ihre Mutter in den letzten Stunden ihres Lebens nichts mehr sehen würde. Sie konnte weder sie sehen noch die Kinder. Gott sollte den Leuten ein gutes Sehvermögen schenken in den letzten Augenblicken. Das sollte er wirklich. Christina beugte sich zu ihr.

Als sie das nächste Mal ihre Augen öffnete, es war ein Kampf gegen die Verletzungen, den Schock und die Medikamente, versuchte Christina ein paar Worte zu sagen. Ihr Hörgerät war verschwunden, sie würde ohnehin nicht viel hören, wenn überhaupt.

Der Vorhang teilte sich und ihre Freundin Amy kam herein, stellte sich neben sie und umarmte sie. Sie sah erschrocken aus, eine bleiche Mischung aus Nachdenklichkeit und Schock, sie wirkte als sei sie zu allem bereit, aber als wisse sie dennoch nicht was sie tun soll. Sie war allein gekommen, wie mutig von ihr.

„Ich bin so froh, dass du hier bist", flüsterte Christina.

„Ich war in der Kirche, als Pater Daniel es bekannt gab. Ich bin dann direkt hinter ihm hergefahren."

Sie hielt die Hand ihrer Mutter, drückte sie sanft und spürte einen schwachen Gegendruck. Pater Daniel hatte die andere Hand ergriffen. Hank zog einen Stuhl heran und setzte sich zu Großmutters Füßen. David saß neben Christina. Pater Daniel segnete die Stirn ihrer Mutter und sprach das Krankengebet. Sie schluchzte.

Wenn Du denkst, meine Mutter würde einfach so aufwachen, um sich ihrer Lage bewusst zu stellen ... weit gefehlt, sie käme lediglich zurück, um mir dafür in den Hintern zu treten, dass ich noch nicht getan hatte, was sie mir aufgetragen hatte.

„Daniel", sagte sie bestimmt, „können wir das Vater Unser sprechen? Es ist wichtig." Sie wollte, dass es das letzte Gebet sein würde, dass ihre Mutter hört. Und auch die kleine Gruppe Menschen, die mit dieser alten Frau durch ihr Blut oder das Leben verbunden waren, dieser alten Frau, die sich gebrochen zum Sterben legte, wiederholte diesen uralten Ausdruck der Hingabe mit fester, unbeirrbarer Stimme. Christina fragte sich, was die anderen Menschen in anderen Krankenbetten der Notaufnahme denken und fühlen mochten, als sich dieses Gebet erhob und über sie hereinbrach. War da nebenan ein kleiner Junge mit gebrochenem Arm oder irgendein anderer grade-mal-soeben-Notaufnahmefall? Bauchschmerzen, vielleicht. Was würden sie empfinden, wenn Gott hier so laut angerufen wurde? Zu schmerzhaft intim, um es überhören zu können.

Sie blickte hinüber und merkte, dass Hank, mit plötzlich geröteten Augen, leise weinte. Der Frechdachs, den sonst nichts aus der Ruhe bringen konnte, war sich sicher, dass seine Großmutter – die er durchaus als sehr schwierige Frau kennengelernt hatte –, wenn sie in Ordnung käme, sich sicherlich wieder über alles und jeden unter der Sonne beklagen würde. Aber Hank wusste in dem Moment, als seine Mutter um diese Andacht gebeten hatte, dass seine Großmutter sterben würde. Daran gab es keinen Zweifel. Christina schaute zu ihrem anderen Sohn, tief versunken in dem Stuhl, der neben dem Bett seiner Großmutter stand. Sie musste ihn von dort wegbekommen, beugte sich hinüber, legte den Arm um seine Schultern und umarmte ihn.

Amy sagte: „Was wäre, wenn ich die Jungs zu mir nach Hause nehme, fürs Erste?"

„Mama," sagte Hank plötzlich, „ich laufe zurück zu Oma, nachdem Amy mich abgesetzt hat, damit ich nachgucken kann, was Oma für Medikamente im Bad hat … für den Fall, dass die Ärzte das wissen müssen." Er streckte sein Kinn vor.

„Natürlich, mein Sohn", antwortete sie, obwohl sie erkannte, dass Hank genau wie sie Bescheid über den Zustand seiner Großmutter wusste, aber irgendetwas musste er einfach tun. Sie war genauso gewesen. Sie suchte auch immer nach einem Weg, Situationen zu begegnen, die außer Kontrolle geraten zu sein schienen. Dann war sie, plötzlich und unvermeidbar, alleine mit ihrer Mutter.

Es war still. Otto ging, um Kaffee zu holen und Telefonate zu führen. Die Schwester ging weg. Es war heute, wie es immer gewesen war, heute wie tausende von Tagen zuvor, nur sie beide. Christina und ihre Mutter. Zwei Leben, so unentwirrbar miteinander verschlungen. Die ewige, unvermeidbare Zweisamkeit. Es waren nur sie beide gewesen, als Christina geboren wurde – kein Vater im Bilde –, nur sie. Sie hatten sich nie eingestanden, dass es eben so war, dass es fast immer so sein würde. Da sollte noch ein Kind kommen, ein Bruder, aber er war schon seit 20 Jahren tot. Am Ende würden es wieder nur sie beide sein, auch in dem Moment, in dem eine von ihnen aus dem Leben scheiden würde.

Christina setzte sich auf einen Stuhl an der linken, nicht-ganz-so-malträtierten Seite ihrer Mutter. Sie nahm ihre Hand und legte ihren Kopf in die Arme ihrer Mutter. Sie waren beide kalt und es zog bläulich von den Fingerspitzen hoch.

Sie dachte, sie sollte sich diesen Arm, diese Hand anschauen, sie sich einprägen, als ob ein Kind jemals vergessen könnte, wie die Hand der Mutter aussah. Wir entdecken das fortschreitende Alter zuallererst auf den Händen unserer Mütter; was einst jung und geschmeidig und geschickt war, sieht plötzlich kantig und faltig und zerbrechlich aus. Wir fragen uns: Wann ist das denn passiert?

„Okay, Mama", flüsterte sie. „Okay."

Und dann hörte ihre Mutter einfach auf zu leben. *Sie lebt nicht mehr*, dachte Christina bei sich. So sagen es die Deutschen, sie lebt nicht mehr. Das ist so viel schöner, als zu sagen, sie ist gestorben. Die Schwester kam zurück und reichte ihr ein schwarzes Notizbuch, das ihrer Mutter gehört hatte. Sie und Otto waren gerade im Begriff zu gehen, als sie gegen etwas trat, das durch den Raum schlitterte. Es war eine weiße, geriemte Sandale, etwas zerkratzt, die jetzt unter der Bahre lag. Sie hob sie auf und ging.

Es war Juli, es war Sonntag. Einfach ein weiterer Tag für George Walters, unterwegs, um Besorgungen zu machen, hoffentlich der einzige Ausflug an diesem Tag. Er kam vom Discounter, wo er billigere Insulinnadeln gekauft hatte. Er befand sich, besonders für einen Mann von 66 Jahren, in einem erstaunlich schlechten

Gesundheitszustand. Der Ausflug würde ihn für den Tag erledigen. Er hatte seine Sauerstoffmaske abgenommen und spürte den Unterschied. Er musste nach Hause, rein, weg von der Hitze, sich hinsetzen und sich wieder erholen. Sitzen und eine Weile atmen. Er rauchte nicht, hatte nie geraucht, hatte aber trotzdem eine chronische Lungeninsuffizienz. Er war auch schwerer Diabetiker. Also zwischen seiner Diabetes und dem Mangel an Sauerstoff musste er es nach Hause schaffen. Die Diabetes hatte ihn, schon vor einigen Jahren, die Sehkraft seines linken Auges gekostet. Die verdammten Ärzte und der Staat zwangen ihn in Abständen immer wieder zu diesen Tests, damit er seinen Führerschein behalten durfte. Sie würden ihn kurz begutachten und ihm einige dumme Fragen stellen über Dinge, die sie nichts angingen, und dann ein Formular weiter an die Behörden schicken. Dann konnte er seinen Führerschein abstempeln lassen. Es war hauptsächlich nur wegen dem Auge. Er hatte ein paar Dinge gestreift, wegen dieses Auges, das war alles. Er weigerte sich, das Fahren aufzugeben; er würde seinen Führerschein niemals freiwillig abgeben. Er hatte keine Frau, keine Kinder. Er war ein Veteran; hatte in Vietnam gedient – die ganze Zeit, von 1962 bis 1973. Er erinnerte sich an Zeiten, in denen er scharfsinnig war; er konnte lesen und schreiben, atmen und denken. Jetzt nicht mehr. Er wurde kranker und kranker, seitdem er aus dem Dienst geschieden war. Seitdem hatte er an verschiedenen Sachen gearbeitet. Er war Mechaniker von Beruf, der Armee sei dank. Ein Mann musste nicht viel lesen, um Motoren reparieren zu können. Er schien es nirgends auszuhalten, und die Leute waren hin und wieder schon mal zu dem Schluss gekommen, dass es mit seinem Verstand von Anfang an nicht weit her gewesen sein konnte. Aber das stimmte nicht. Er war ein ganz normaler Typ, das wusste er. Irgendetwas war passiert, aber er kriegte verflucht noch mal nicht raus, was eigentlich schiefgelaufen war.

Verdammte Scheiße! Ich war clever genug, für die besten Motorenhersteller zu arbeiten. Clever genug für die Armee. Hatte auch einen netten Vertrag in Virginia, in diesem Büro, für eine Weile. Die Leute haben keine Ahnung. Er musste unbedingt nach Hause. Er wurde ziemlich kurzatmig und die Angst kroch ihm in die Knochen, wie sie es zu tun pflegte; es folgte ein kalter Schweißausbruch. Er blickte hinüber nach rechts. Leute tummelten sich vor der Kirche. Die Augen wieder nach vorne, als plötzlich etwas in seine Windschutzscheibe krachte, wuchtig, abrupt, aber mit einem dumpfen, schweren Klang. Es drang einfach kurz in sein Blickfeld ein und war dann wieder weg.

Was ...?

Er war sich noch nicht einmal völlig sicher, dass er etwas gesehen hatte, aber das Geräusch war echt gewesen und die spinnennetzartigen Risse in seiner Windschutzscheibe waren es auch. Eine dumpfe Ahnung folgte den Sprüngen in der Scheibe. Der Moment des Aufpralls war wie ausradiert; so als hätte er geschlafen. Er trat auf die Bremse. Die Gewissheit hatte ihn eingeholt, dass er jemanden angefahren hatte, ob er da nun jemanden gesehen hatte oder nicht. Sein Magen zog sich zusammen. Die selben Leute, die sich vor einigen Augenblicken noch glücklich auf dem Rasen getummelt hatten, waren nun in Panik, rannten zur Straße, rannten in die Kirche.

Einige *Yards* voraus lag ein farbiges Etwas auf der Straße. Wenn er genau hinguckte und versuchte das Etwas zu fokussieren, konnte er die Kontur einer Person erkennen. Ja, er sah jemanden einen Arm heben, nach einer Hand greifen. Oh Gott, nein! So schnell konnte etwas passieren. Grade war er noch ein kranker, streitbarer alter Mann auf dem Weg nach Hause gewesen, der sein Ding machte, und im nächsten Moment hingen zwei Leben an einem seidenen Faden. Ein weiterer, nicht enden wollender Moment folge. Er zitterte so heftig, dass er den Türgriff des Vans nicht finden konnte, seine tauben Finger konnten die Form des Griffes nicht ertasten, nicht greifen, nicht ziehen. Er musste raus, um herauszufinden, wen er angefahren hatte; sehen, ob noch Zeit war, etwas zu richten, oder ob das alles ein großes Missverständnis war.

Nein-nein-nein-nein-nein!!!

Die Tür sprang auf. Er hatte den Griff erwischt und kippte nun gegen die Tür. Im Fallen fing er sich. Die anderen Autos, die angehalten hatten, damit die alte Frau die Straße überqueren konnte, standen noch immer da, Leute waren ausgestiegen, einige telefonierten mit ihren Mobiltelefonen. Die Wege der anderen schienen sich einfach nur an diesem absurden Punkt in Raum und

Zeit gekreuzt zu haben, an dem sich alles und jeder fühlte, als wäre man soeben gegen eine Art Betonwand gekracht. Nichts bewegte sich. Nichts passierte. Die Welt war zum Stillstand gekommen. Genau hier. George liefen jetzt Tränen übers Gesicht, er zitterte noch immer und schrie weiter *"Nein"*, mit seiner schrillen, atemlosen Stimme.

Sie kam aus dem Nichts! Ich habe sie nicht gesehen, ich habe sie nicht gesehen! Oh mein Gott!

Die Polizei war da und auch ein Krankenwagen war gekommen. Jemand griff grob nach seinem Arm, zog ihn zum Bordstein hin. *"Du bist jetzt still"*, sagte dieser Jemand zu ihm. „Setz dich, setz dich dort hin."

Seine Füße schlugen gegen die Bordsteinkante, als er zur Seite gezogen wurde, sein rechter Arm streckte sich dem Beton entgegen und er setzte sich.

"Sie kam aus dem Nichts. Ich habe sie nicht gesehen."

„Ruhe jetzt." Eine Polizistin sprach ihn an; legte ihre Hand auf seine Schulter. „Sind Sie in Ordnung, Sir?"

Was? Was? NEIN!

„Haben Sie das Auto gefahren, Sir? Ist noch jemand im Wagen, Sir?"

„Es ist mein Wagen. Ich bin allein."

Nachdem sie begriffen hatte, dass George nicht verletzt war, bat die Polizistin ihn um seinen Führerschein. Ein weiterer Polizeibeamter untersuchte den blauen Mini-Van, durchwühlte das Handschuhfach auf der Suche nach einer Zulassung. Er entdeckte die tragbare Sauerstoffflasche und brachte sie rüber, dorthin wo George saß. Die Polizistin fragte ihn, ob es seine wäre, ob er sie bräuchte, und als er nickte, fädelte sie den Schlauch um seinen Kopf herum und schob die Kanülen in seine Nasenlöcher. Sie drehte die Flasche auf, setzte sich neben ihn und begann Notizen zu machen.

Mehr Dorfpolizei kam, parkte ihre Streifenwagen an strategischen Punkten der Straße. Einige leiteten den Verkehr um; andere drängten Schaulustige zurück und errichteten um die Unfallstelle eine Absperrung. Die Leute, die zur Kirche gehörten, gingen in das Gotteshaus hinein. Sie versammelten sich dort, wo sie ohnehin hingewollt hatten, einander nun nahegebracht durch das gemeinsame Schockerlebnis.

Pater Daniel gab eine Erklärung ab, es gab Seufzer, dann hielt er eine sehr holprige Predigt. Draußen wurde George Walters festgenommen. Er bestand den Promilletest – er hatte keinen Alkohol zu sich genommen –, aber er war sichtlich durcheinander und so vollkommen erschöpft, dass er die Worte, die über seine Lippen kamen, nur noch lallen konnte. Er war so neben der Spur, dass er ins Wanken kam, als er vor den Polizisten stand. Sein Gesamteindruck war so schlimm, dass er einfach für *Fahren unter Einfluss* angeklagt werden musste. Er wurde über seine Rechte aufgeklärt und dann in Handschellen ins nächste Krankenhaus gefahren, wo viele Blutproben entnommen und zur Analyse ins Labor in die Stadt geschickt werden würden.

„Ich bin krank, wissen Sie", erzählte er der Krankenschwester, „ich brauche meinen Sauerstoff. Ich hatte meinen Sauerstoff nicht … meine Medizin. Das ist nicht so einfach für mich."

Ich musste fahren, weil sonst weil sich sonst niemand um mich kümmert.

Er grapschte den Ärmel der Schwester, als diese sich abwendete. „Hey…, ich kann nicht lesen. Ich kann nicht schreiben. Ich konnte es mal, aber irgendwie kriege ich es nicht mehr hin." Die Schwester riss sich von ihm los.

Er schlug die Hände vors Gesicht und begann laut zu schluchzen, in seinem eigenen Bett in einem anderen Krankenhaus in einer Welt, die grade vor seinen Augen zu Staub zerfallen war. Der arme George, der nicht mehr lesen und schreiben konnte. Niemand war da, um mit ihm zu beten. George Walters wurde für 482 Dollar auf Kaution freigelassen. Ein Streifenwagen brachte ihn zurück in sein Appartement. Der Van wurde zur Polizei geschleppt und als Beweisstück fotografiert.

Christina drehte den Schlüssel im Schloss, das die Tür zu dem kleinen Apartment ihrer Mutter öffnete, herum. Sie hatte das schon zuvor getan, als ihre Großmutter und ihr Bruder gestorben waren. Sie wusste, wie es sich anfühlen würde. Die Kühle des frühen Abends hing merklich in der Luft, als sie das erste Mal alleine in die

Räumlichkeiten ihrer Mutter eintrat. Ihr war bewusst, dass dieser unvergleichlich persönliche Moment nur ihr vorbehalten war. Wie immer. Sie war sich bewusst darüber, wie es ihre Mutter berühren würde. Allein schon die Frage, *wer* ihr Zuhause direkt nach ihrem Tod betreten würde. Für eine Weile ist es ein heiliger Ort.

Vorbei an dem teuflischen Schlagloch in der Auffahrt; die drei Stufen hoch, die ihre Mutter so gefürchtet hatte. Es war fast unerträglich, das Geschirr in der Spüle zu betrachten, das darauf wartete, abgewaschen zu werden; Zahnbürste und Zahnpasta auf dem Waschtisch, Handtücher über der Stange in der Dusche. Eine unbenutzte Fahrkarte nach Boston, auf Montag datiert, lag auf dem Küchentisch. Da war ein bisschen Essen im Kühlschrank, nicht viel, weil sie aus irgendeinem Grund nicht mehr weit vorausschaute, obwohl sie die Neigung gehabt hatte, immer 4 Gallonen Milch auf einmal zu kaufen; ihr kleines Radio das auf einen öffentlich-rechtlichen Sender eingestellt war, stand neben der Zugfahrkarte. Da waren Handtücher im Wäschetrockner. Mein Gott, niemand sagt: "Egal, kommst ja eh nicht wieder." Niemand sagt dir, wie es sich anfühlt, während der Totenwache die noch lebendigen Räume zu betreten. Das Leben hatte noch nicht einmal einen Urlaub angetreten. Ihre alte Katze, das arme Ding, versteckte sich. Christina füllte ihre Wasserschale und ihren Fressnapf. Aber das reichte nicht, um sie unter dem Bett hervor zu locken. Sie konnte ohne Zweifel spüren, dass das Leben hier nur noch in den Räumen hing wie der Duft von Brot im Ofen. Sie würde nicht eher unter dem Bett hervorkommen, bis der letzte Hauch des Lebens ihrer Herrin vom Wind davongetragen sein würde.

Otto und die Jungs kamen mit chinesischem *Take-Away-Menü*. Sie würden mit ihrer Mutter zu Mittag essen, während *ihre* Mutter hier noch immer anwesend war, auf übernatürliche Art und Weise und allgegenwärtig. Es war ihre letzte Chance, mit ihr zusammen zu sein. Sie hätte sich gewünscht, dass Anya da wäre.

Sie stellte sich vor, wie ihre Mutter auf dem Sofa sitzen und wünschen würde, das die Jungs nicht so laut wären, damit sie auch einmal das Wort ergreifen kann.

Iss mit uns, Mama, wir wissen, dass du noch hier bist. Bevor du wieder zu beschäftigt bist, womit auch immer.

Bevor sie die kleinen weißen Faltboxen und die Essstäbchen verteilte, legte sie einen Glückskeks beiseite. „Einen für Oma", sagte sie, „okay, ihr Gangster? Wir tun das in ihre Tasche. Als Glücksbringer, oder als *bon voyage oder als Erinnerung … irgendwie so.*"

„Mama, ich will ihn aufmachen", sagte David. „Ich will wissen, was draufsteht."

„Nein, nein", antwortete Christina. „Oma kann den selber aufmachen."

Es war an der Zeit, zu gehen und ihre Tochter einzusammeln und nach Hause zu bringen. Christina nahm den Laptop ihrer Mutter aus dem Arbeitszimmer im Appartement mit auf den Flug nach Seattle. Vor ein paar Tagen war sie dieselbe Route mit ihrer Tochter Anya geflogen. Mt. Rainier aus der Luft, schneebedeckt und exquisit im Juli, seine Schönheit hatte sich im Entzücken auf dem Gesicht ihrer Tochter gespiegelt. In Seattle verbrachten sie etwas Zeit zusammen, dann setzte sie Anya auf den Flug nach Osaka. Ihre Tochter, total aufgeregt, hatte sich umgedreht und mehrmals gewunken, während sie in der Gangway verschwunden war. Sie war sich nicht sicher, ob die Jungs etwas in der Art getan hätten. Das war die reine, unverfälschte Anya. Nun flog Christina zurück, quer durch das Land, um Anya zu Großmutters Beerdigung nach Hause zu holen. Auf dem Flug würde sie etwas über ihre Mutter schreiben. Keine andere lebende Seele würde das hinkriegen, so unentwirrbar, wie sie mit ihr verflochten war – sogar in den Dekaden, in denen ihre Mutter vor allem weggelaufen war – für 50 Jahre. Sie hatte sich oft gedrückt, war oft einfach geflüchtet.

Sie würde es niederschreiben, fieberte den Worten entgegen, ihrem Aneinandergereihtwerden – während sie auf Anya wartete, und dann, während sie zusammen auf ihren *red-eye-back-home* Nachtflug warteten.

Anya bekam die Nachricht durchs Telefon. Sie stand für zwei Tage unter Schock, brach dann in Tränen aus und bat darum, nach Hause kommen zu dürfen. Es war ein ganz natürlicher Wunsch. Sie würde ihr die Wahl lassen; die Reise war die Manifestation eines Traumes gewesen, mit dem sie offensichtlich geboren worden war.

Sie, genau wie ihre Großmutter vor ihr, fühlte sich zu allen japanischen Dingen hingezogen, aber ganz besonders zum Land selbst. Christinas Herz wog schwer, angesichts der unmöglichen Umstände, derer Anya sich auf der anderen Seite des Globus jetzt ausgesetzt sah. Die liebe Anya, grade mal 15, würde darauf bestehen, bei ihrer Familie zu sein – wie es alle Kinder getan hätten –, in dem Wunsch zu helfen, ihre Großmutter auf ihren Weg zu geleiten.

Es war eine großzügige Geste, und sie wusste, wie wenig ihre Mutter dazu beigetragen hatte, sich diese Aufmerksamkeit der jungen Leute zu verdienen. Sie sahen in ihr diese allzu-menschliche Person, die nicht verstand, was sie tat, die keine Ahnung hatte und die niemals wollte, dass es kam, wie es kam. Ihre Kinder schafften es geduldig zu sein, auf eine Art, wie Christina es einfach nicht konnte.

Delta Airlines buchte Anyas Ticket ohne Aufpreis um und erlaubte ihrer Freundin Patricia, mit ihr am Gate zu bleiben, bis sie flogen, allen Sicherheitsbestimmungen zum Trotz. Der Flug von Osaka nach Seattle dauerte sehr, sehr lange. Zur gleichen Zeit war Christina auf ihrem eigenen Flug und begann auf dem Laptop ihrer Mutter über sie zu schreiben – eine Skizze, von der sie sich erhoffte, dass sie sowohl die Wahrheit einfangen würde, als auch die Essenz der besseren Seiten dieser sehr schwierigen und komplizierten Frau. Was war entscheidend? Wie wollte Christina diese Frau in Erinnerung behalten; der grobe Strich setzt die Akzente auf ein Leben. Sie war Musikerin gewesen und dann technische Redakteurin und Lektorin. Ihr *security clearance*, die behördlich erteilte Sicherheitseinstufung, war ziemlich hoch gewesen. Sie hatte eng mit Top *Navy*-Forschern in Europa und Virginia und Hawaii zusammengearbeitet, aber abgesehen von alldem war sich Christina sicher, dass das, was sowohl sie als auch ihre Mutter in Erinnerung behalten wollen würde, die Musik war.

Also malte sie ein Bild, das noch immer in ihrem Geist und ihrer Erinnerung lebendig war. Da gab es ein einsames Kind, das in einem kleinen, runtergewirtschafteten Agrarstädtchen in der Nähe des Ute Indianerreservates aufgewachsen war, einem dieser Städtchen im Vierländereck zwischen Arizona, Utah, New Mexico und Colorado, im Amerika des II. Weltkrieges. Es war dasselbe Haus, in dem auch Christina geboren worden war. Mitte der 50er wuchs sie zu einer jungen Frau heran. Christina konnte das Klimpern des alten Baldwin-Pianos hören; desselben Spinetts, auf dem Christina zu spielen gelernt hatte. Sie wollte, dass Menschen, die ihre Mutter kaum gekannt hatten, ihren Traum sehen konnten, die Kunst, die Möglichkeiten, die sie in jungen Jahren angetrieben hatten, nicht die alte Frau, die nicht mehr hören, nichts sehen und andere Menschen auch nicht tolerieren konnte, die anderen nur noch mit Mühe Wohlwollen entgegen bringen konnte; ein dünnes, bebrilltes Mädchen saß da alleine, die Füße reichten ihr kaum zum Boden vor dem stark verschlissenen Instrument, dass Christinas Großmutter aus zweiter Hand gekauft hatte. Setz dich in den alten Stuhl auf der anderen Seite des kleinen Wohnzimmers. Schau dir das kleine Mädchen an, wie es sich über das Klavier beugt, mit aschblonden Zöpfen hinter ihrem Rücken, wie sie übt, bis ihr die Finger bluten. Siehst du das kleine Mädchen, das von seiner Großmutter großgezogen wurde, weil ihre leibliche Mutter Arbeit nur in einer Stadt fand, die 45 Meilen entfernt lag, die sich Bestnoten verdiente und am Ende mit einem Klavier-Stipendium aufs Kollege kam? Siehst du das Mädchen, nun nicht mehr aschblond, wie sie sich durchs Kollege beißt als Nachwuchssängerin in der Schülerversion einer Bigband.

Schau dir die junge Frau an, die danach anfing, Musik zu lehren. Sie wollte, dass die Leute die letzten Überbleibsel der Marschkapellen genauso wahrnahmen, wie sie es tat; als Echo der kleinen Dörfer im Süden und Südwesten; Choräle in gefährlichen Stadtzentren; und Kinder in den Pueblos von Neumexiko, die singen lernten. Das war ihre Musik, bevor sie die Lehre aufgab und dieses andere Leben, diese andere Karriere begann. Das war ein Schnappschuss, der ihrer Mutter gefallen hätte.

Ihre Kinder hätten diese Figur, die die Bühne schon lange verlassen hatte, wohl noch nicht einmal wiedererkannt.

Nachdem die alte Dame zur Marine gegangen war, konnte sie über die meisten Dinge, die sie tat, ohnehin nicht mehr sprechen. Christina würde über die Frau schreiben, die weit weg und in der Zeit begraben lag: die Musiklehrerin. Die Einheimischen wussten nicht viel über sie, und – obwohl sie sich danach gesehnt hatte, sozial zu sein und Freunde zu haben – es schien ihr nichts anderes zu gelingen, als einfältig und unnahbar zu sein. Sie war einsam gewesen, in diesem letzten Jahr, nahm Christina an.

Sie hatte ihre Mutter an vielen verschiedenen Orten und unter vielen verschiedenen Umständen erlebt, einschließlich derer, bei denen sie nur sie beide allein waren, wenn keiner sie sehen konnte, und sie war sich der Tatsache durchaus bewusst, dass ihre Mutter ein öffentliches und ein privates Gesicht hatte. Sie würde dieses letzte Stück arrangieren, und es würde wahr und unwahr zur gleichen Zeit sein. Die Umstände, die Akteure, jedermann – in Christinas Augen würde es vor allem wahrhaftig sein. Aber es würde eine Wahrheit sein, die nur einige wenige Menschen in dem Raum würden bezeugen können. Es würde ihrer Familie helfen, es würde einer Gemeinde helfen, die durch diesen Unfall komplett in die Defensive gebracht worden war, und es würde letztendlich auch ihrer Mutter helfen. Dessen war sie sich sicher. Sie würde es schreiben, und Otto würde es ihr vorlesen, weil es ihr zu nahe ging, zu persönlich war, weil es so wahr war. Diese Musik, dieses letzte Stück, war die Melodie aus einem alten Leierkasten, von ihrer Mutter so gedankenlos und leichtfertig verworfen, aufbewahrt auf den obersten Regalen in den entferntesten Nischen ihrer Erinnerung.

Und dann waren sie zu Hause. An dem Tag, an dem sie mit Anya zurückgekommen war, erhielt sie einen Anruf vom Krankenhaus. „Wir können keines der Organe Ihrer Mutter als Spende annehmen", hatten sie gesagt.

„Was?" antwortete sie. „Warum?"

„Weil Ihre Mutter in Europa gelebt hat – also England in diesem Fall, in den 90ern." Die Krankenhausmitarbeiterin klang enttäuscht, aber als ob sie das schon früher einmal gehört hätte.

„Die Organe Ihrer Mutter wurden deswegen abgelehnt."

„Was reden Sie da?", fragte Christina. Die Organe ihrer Mutter wurden abgelehnt, weil sie zu einem bestimmten Zeitpunkt an einem bestimmten Ort gelebt hatte. Absurd. Der Körper wurde überführt und für das Krematorium hergerichtet. Er war aus irgendeinem Grund drei Tage lang in der Leichenhalle des

Krankenhauses liegen geblieben, während die Angelegenheit mit der Organspende geklärt wurde. Christina brachte einen Satz Kleidung rüber in die Leichenhalle und gab den Herren Anweisungen, die Dinge so zu arrangieren, dass dieser Glückskeks verdammt noch mal in der Tasche ihrer Mutter zu sein hatte, wenn die Einäscherung stattfinden würde. Sie wünschte sich, sie hätte ihn in ihrer Hosentasche eingenäht.

Und dann war alles erledigt. Ohne Tamtam, es war einfach vorüber. Ihre Mutter war eingeäschert. Christina sorgte dafür, dass die Hälfte der Asche auf die Hauptinsel verschifft wurde, wo ein Freund die kleine, hübsche Holzkiste den Hang des *Kilauea* hinauftragen würde – dieser Freund war ein eingeborener hawaiianischer Priester. In einen kleinen abgeschiedenen Wald, den er kannte, würde er die Asche der Verstorbenen zwischen den Bäumen und Kletterpflanzen verstreuen. Die alte Frau hätte das geliebt. Sie selbst würde die andere Hälfte an eine andere Stelle der Hauptinsel bringen, aber das war zur Zeit nicht möglich.

Die nächste Herausforderung bestand darin, den Haushalt ihrer Mutter aufzulösen, alles raus zu räumen. Der verhasste Vermieter hatte schon angerufen und gefragt, wann alle ihre Sachen raus wären. So fand sie sich am kommenden Tag im Büro ihrer Mutter wieder, wie sie durch ihre persönlichen Dinge ging. Nichts von dem, was sie fand, überraschte sie wirklich. Da war Kiste um Kiste mit Umschlägen, auf denen ‚bezahlte Rechnungen' stand. Die Kopien ihrer Steuererklärungen reichten weit zurück. Die Aufmerksamkeit mit der ihre Mutter, ihre Finanzen erledigt hatte, war von einer unbewussten Besessenheit; so voller Angst, wieder arm zu sein, dass sie jede Münze, die ihr in die Finger kam, am liebsten in ihre Kleider oder ihre Matratze eingenäht hätte. Diese Besessenheit kreierte in ihr das Gefühl von Sicherheit, so besorgt war sie darüber, in Armut zu fallen, wobei ihre Definition von Armut völlig absurd war. Da war ein Telefon, eine Drucker/Fax-Maschine und ihr Schredder. Ihr verdammter Schredder. Ihre Mutter schredderte alles. Sie hatte sich lange darüber gewundert, warum ihre Mutter so viel Angst davor hatte, jemand könne auf irgendwas ihre Sozialversicherungsnummer lesen, oder eine Konto- oder Kreditkartennummer. Dass jemand ihre Telefonrechnung in die Finger kriegen könnte. Mutter. Um Gottes Willen! Niemand würde Interesse daran haben, die Identität einer alten Frau anzunehmen, und, ehrlich, obwohl sie eine nette, sichere Rente hatte, niemand würde da genug raus holen können, um auch nur in Tahiti über die Runden zu kommen. Christina hatte eher das Gefühl, dass das eine Angewohnheit aus den Zeiten war, in denen sie für die Regierung gearbeitet hatte, sie war sich sicher, dass von der Regierung abgefertigte Mitarbeiter alles schredderten. Ihre Mutter hatte immer das Gefühl gehabt, extra Vorsichtsmaßnahmen ergreifen zu müssen, war sich sicher, dass sie irgendwie unter Beobachtung stand.

Als das Büro ausgeräumt war und die Kisten und Möbelstücke, die sie mit nach Hause nehmen wollte, sortiert waren, widmete sich Christina dem begehbaren Kleiderschrank. Auf den Regalen über den Kleidern standen Reihe um Reihe technische Unterlagen. Sie nahm drei Ringhefter aus dem Regal und fand Kopien des *Naval Fact Sheet,* der wissenschaftlichen Publikationsreihe des Büros für Maritime Forschung in London, bei dem ihre Mutter von 1989 bis 1991 Lektorin gewesen war. Das war einfach nicht Christinas Welt. Sie selbst war Schriftstellerin, mit Liebe zu Romanen, Magazinbeiträgen und Gedichten – sogar ein Theaterstück hatte sie einmal verfasst. Sie fand dieses Besessensein von Grammatik, Zeichensetzung und technischen Fachbegriffen einfach zum Gähnen. Sie warf so ziemlich alles in eine sehr große Mülltonne. Sie grinste, als ihr bewusst wurde, wie stinkig der Vermieter werden würde, wenn er die 500 Pfund schwere Tonne am Tag der Müllabfuhr auf den Bürgersteig würde bringen müssen. Geschah ihm recht. *Ich hoffe, er verletzt sich.* Sie hatte alle Unterlagen durchgearbeitet, runter bis zu den College-Erinnerungen und Familienfotos. Die Kleider ihrer Mutter hingen in farbenfrohen Reihen tropischer Muster mit einer großzügigen Portion Weiß nebeneinander. Anya würde die durchgucken müssen, denn sie und ihre Freundinnen liebten es, diese Kleider zu tragen, die sie als "retro" bezeichneten. Anya war Künstlerin und sie behandelte alle Dinge als Kunstobjekte, sogar ihre Kleidung.

Der Van war beladen und Christina trug einige Kisten zu ihrem Haus rüber und verstaute sie in einer Ecke der Garage. Dann fuhr sie zurück, um die Kristallkelche und die grau-weiße Hochzeits-

Chinaware zu holen, die würde sie einpacken und für Anya aufbewahren. Ihre Mutter hatte vor langer Zeit einmal gesagt, dass sie das so wollte.

Christina nahm das Silber und das Zinn ihrer Großmutter sowie das fein verzierte chinesische Schokoladenservice mit den blass-rosa Blumen auf den Flanken der Tassen und der Kanne. Sie nahm an, dass das auch ihrer Großmutter gehört hatte. Sie fand ein Gästebuch, von dem sie vor der Beerdigung nichts gewusst hatte. Da waren Textbücher und Programmhefte und Souvenirs aus der Schulzeit ihrer Mutter. Das wenige, das Christina von all dem behalten wollte, war eine Sammlung, aus einer Zeit, aus einem Leben, das so lange her und weit weg; ein Leben, das ihre Mutter wie ein unliebsames Spielzeug weggeschmissen und links liegen gelassen hatte. Es war einmal auch Christinas Leben gewesen, damals. Zurück zu Hause, widmete sie sich den persönlichsten Sachen ihrer Mutter; jener Kleidung, die sie getragen hatte, als *es* passiert war.

Noch am Todestag, vom Krankenhaus zurückgekehrt, fischte Christina die Handtasche ihrer Mutter aus der oberen Schublade des Wandschranks unter der Treppe und öffnete sie zärtlich. Ihr Blick fiel auf ein Portemonnaie, den Führerschein, einen Schal und ein paar Münzen sowie die weiße geriemte Sandale. Es war ihr fast zu viel, sich durch diese persönlichen Gegenstände zu arbeiten. Auf einmal fiel ihr Blick auf eine handgeschriebene Notiz, die besagte MEINE SOZIALVERSICHERUNGSNUMMER, gefolgt von einer zehnstelligen Zahl, was verdeutlichte, wie ihr Erinnerungsvermögen schwächer geworden war.

Es wurde August, der Wind blies außergewöhnlich heiß und trocken. Die Zeit verging und die Zeit war eine kraftvolle Hilfe. Sie musste einfach. Der August war gut für Christinas Gemüse, weil man ihnen jederzeit einen Schluck Wasser geben konnte, sie aber nicht vor einer Sintflut hätte retten können. Der Sommer davor war so nass gewesen, dass die Samen sich wörtlich im Boden aufgelöst hatten, in den man sie gepflanzt hatte. Hank würde bald zum College gehen, viel zu früh nach dem Tod seiner Großmutter, fand Christina. Er war wenige Wochen nach dem Tod von Christinas jüngerem Bruder zu Hause angekommen und nun fuhr er einige

Wochen nachdem ihre Mutter gestorben war wieder ab. Das war ohne Zweifel bemerkenswert, aber sie hatte weder den Kopf noch den Willen, dem jetzt auf den Grund zu gehen. Er und ein Freund waren vor ein paar Nächten auf die Bootsrampe rausgegangen, unter einem außergewöhnlich leuchtenden Vollmond – jene Rampe, die den anderen Kindern unter allen Umständen verboten war – und Hank war ausgerutscht. Er hatte sich einen komplizierten Bruch an einem Finger zugezogen, ein Gelenk war gebrochen und der Finger stand schräg ab. Er musste operiert werden, und er würde zur Reha müssen. Hank war einfach zu jung um zu verstehen, was eine Behinderung für den Rest seines Lebens bedeuten würde. Sie wollte sich diese arme, verletzte Hand einfach nicht anschauen, die früher heil und geschickt gewesen war, und sich dann vorstellen, sie wäre für immer entstellt. Hank war zu jung, um irgendwo 'für immer entstellt' zu sein.

David war in der Sommermusikschule am See. Der ursprüngliche Plan war ja: Anya in Japan, David in der Musikschule und Hank mit seinem ersten bezahlten Engagement als Schauspieler auf einem Shakespearefestival … Christina wäre nach Seattle geflogen, um Anya nach einem erfolgreichen dreiwöchigen Aufenthalt im Land ihrer Träume nach Hause zu bringen, Hank würde sein Debut als Schauspieler in Lohn und Brot haben und David würde sein erstes ernsthaftes Stück Musiker-Leben gelebt haben. David wollte genau wie seine Großmutter Musiklehrer werden. Ihre Mutter war außer sich vor Stolz und Freude gewesen und hatte vorgehabt, David mit Otto zusammen im Camp abzuliefern, während Christina und Anya unterwegs sein würden. Es passte gut, dass sie diejenige sein würde, die David an den Start brachte. Und dann war all das gestorben, auf der Straße ermordet, an diesem Sonntagmorgen. Hank hatte das Stück nach dem Schock geschmissen, Anya war zurück nach Hause geflogen, erschüttert durch die Gewalt, die ihrer Familie widerfahren war, und David machte zwar mit den Proben weiter, aber es würde sicherlich einen leeren Stuhl im Publikum geben, wenn er dann auftreten würde. So war es August geworden, aber die Geschichte, die Tragödie, schien in ihren Anfängen steckengeblieben zu sein. Es war, dachte Christina, eine Geschichte, die vielleicht mit ihrem eigenen Ende begonnen hatte. Es war eine unmögliche Geschichte.

Sie fuhr den Wagen ihrer Mutter zur Werkstatt und ließ ihn dort stehen. Es mussten ein paar Sachen gemacht werden. „Mein Gott", sagte die Frau hinter der Kassentheke, „es tut mir leid mit Ihrer armen Mutter." Sie schüttelte ihren Kopf. „Ich bin den Morgen an der Unfallstelle vorbeigefahren. Natürlich hatten wir keine Ahnung. Dann sind wir nach Hause gekommen, und, wissen Sie, das Komische war … Ich sah dieses Glas *Preiselbeer-Chutney* im Kühlschrank, das sie mir und meinem Mann zu Weihnachten gegeben hatte. Und ich musste weinen."

Das war normal. So etwas passierte Christina jetzt andauernd. Egal wo sie sich in dem kleinen Dorf hinwandte, irgendjemand würde sie ansprechen und ihr sagen, man habe doch den Unfall gesehen. Die Leute waren selber so traumatisiert von dem, was sie gesehen hatten, dass sie dann immer ansetzten, ihr irgendetwas zu sagen, ihren Mund öffneten, um die Worte zu formen, es sich dann aber anders überlegten, als ob es für Christina zu schlimm sein würde, ihr diese Erinnerung noch einmal aufzubürden. Sie war darüber glücklich und dankbar. Sie wollte nicht daran erinnert werden. Es war einfach so, dass es ihr schwer fiel, dieses Bild abzuschütteln, wie ihre Mutter von einem Mini-Van getroffen und durch die Luft geschleudert wurde. Sie wollte, dass das aufhört.

„Sie sehen Ihrer Mutter so ähnlich", sagte die Frau hinter der Theke. „Ich kann es einfach nicht glauben."

Christina lachte. „Inzwischen vielleicht ein bisschen, kürzer, älter, grauer. So ist der Gang der Dinge. Hören Sie, Sie können mir da vielleicht Auskunft geben. Ich habe den Wagen noch nicht auf meinen Namen überschrieben. Die Autokennzeichen sind noch einen Monat gültig, oder so. Wie macht man das?"

„Rufen Sie die Stadtverwaltung an und fragen sie die", schlug die Frau vor.

Ein paar Tage später kamen sie, Otto und Hank zurück von einem Besuch beim Handchirurgen zurück. Sie fuhren im Wagen ihrer Mutter. Aus dem Bürokomplex kommend bogen sie nach rechts ab und fuhren nach Osten der Sonne entgegen, die über dem Ozean aufstieg, verschmolzen mit dem Berufsverkehr aus der kleinen Stadt nördlich ihres Dorfes. Sie dachte an Hanks Hand, hatte Angst, Hank könnte –einmal auf dem College – die Zeit oder die Disziplin missen, seine Übungen zu machen.

„Mama, hör auf!", sagte er von der Rückbank. „Es ist nur mein kleiner Finger, der kommt schon klar."

In dem Moment schob sich eine silberne Mittelklasse-Limousine neben sie. Es war nicht nur die falsche Spur zum Überholen, sondern auch ein schlechter Platz, weil die Straße sich weiter vorne von zwei auf eine Spur verengte. Es war ein unkluges Manöver von dem Limousinen-Fahrer, denn es reichte an dieser Stelle nicht einmal für ein kleines Beschleunigungsrennen.

„Otto!", sagte sie mit flatternden Nerven. „Pass auf den Typen auf."

Otto blieb auf seiner Spur, denn die Erfahrung und der gesunde Menschenverstand sagten ihm, dass der Typ bremsen würde, sobald er realisiert hatte, dass sie sich auf nur noch einer Spur befanden. Jetzt war kein Platz mehr zwischen den Wagen. Der Typ fuhr weiter. Er versuchte nicht, sie zu überholen; er versuchte sie in den Gegenverkehr zu drängen. Es war der einzige Ausweg für Otto. Er lehnte sich aufs Steuerrad, hupte laut und lange. In Panik sah Christina zu dem Fahrer hinüber, der nicht im Geringsten auf die Hupe reagierte. Auf den Vordersitzen der silbernen Limousine saßen zwei Männer. Der große, schwer gebaute Fahrer erschien fast unheimlich, mit seinem schwarzen Schnurrbart, seinen dunklen Ringen um die Augen, dem etwas gelockten Haar und seiner fleischigen, großen Adlernase. Sein Bauch klemmte hinter dem Steuerrad. Er schien nicht wütend zu sein, man konnte ihm sein aggressives Verhalten in keinster Weise ansehen. Es war, als würden sie einfach nicht existieren, sie waren einfach nicht da. Das war am gruseligsten. Das war kein Verkehrs-Rauditum. Der Fahrer sah sie nicht. Der Fahrer hörte sie nicht.

Wenn überhaupt, dann hatte sie das Gefühl, eine Art von Blackout zu beobachten.

„Otto, lass ihn vorbei!" Christina war nahe an einer Panikattacke. Wütende Fahrer im Gegenverkehr drückten ihrerseits auf die Hupe und schrien: „Aus dem Weg!" Otto bremste und wartete den Moment ab, in dem er sich in der verbleibenden Spur einordnen konnte. Sie wären im wahrsten Sinne des Wortes fast von ihrer Seite der Straße in den Gegenverkehr gedrängt worden.

„Wenn das nicht mit dem Teufel zugegangen ist, dass so etwas ausgerechnet jetzt passiert", sagte sie.

„Entspann dich Mama", sagte Hank, obwohl er selber erschüttert war.

Okay, Christina. Das war einer der unfairsten, unnötigsten Zufälle, die es jemals gegeben hat, aber es war ein Zufall. Entspann dich. Trotzdem, es hatte sich so angefühlt, als hätte jemand versucht, sie zu töten.

Dieser Zwischenfall ... das Gesicht des Fahrers ... es ging ihr nicht aus dem Kopf. Der seltsame Vorgang hatte ganze zehn Sekunden gedauert, aber sie würde ihn niemals vergessen. Wie hatte der andere Mann in dem Wagen ausgesehen? War da jemand auf der Rückbank gewesen? Sie konnte sich wirklich nicht erinnern. Aber da war mehr als eine Person gewesen, soviel war sicher. Dieses Gesicht. Das Gesicht des Fahrers war alles, woran sie sich erinnern konnte.

Es reichte wohl nicht, dass ihre Mutter überfahren worden war, augenscheinlich aus purem Zufall. Nun sah sie sich mit Absurditäten konfrontiert wie der verweigerten Organspende, Fremde, die versuchten, sie in den Gegenverkehr zu drängen, und außerdem hatte sie keine Ahnung, was mit George Walters passiert war. Er war wie vom Erdboden verschluckt.

Abgesehen von all dem waren sie kurz davor, Hank nach New York zu bringen, ihn am Unabhängigkeitstag-Wochenende in diesem Mansardenzimmer einzuquartieren. Sie dachte Otto würde das noch schwerer fallen als ihr selber, weil sie sich seit Jahren mental auf diesen Moment vorbereitet hatte. Es würde ihren Mann schwer treffen, er wusste es nur noch nicht.

Sie hätte gerne mehr über den Unfall, bei dem ihre Mutter getötet worden war, erfahren und über den Fahrer, der das Auto gefahren hatte, aber bisher waren alle Anrufe bei der örtlichen Polizei ohne Ergebnis geblieben. Die örtlichen Zeitungen auch die der Nachbarorte riefen sie an und baten um Interviews. Sie erwähnten, dass Walters wegen „Fahren unter Einfluss" angeklagt worden war, und sie wollten da einen Kommentar drauf haben, aber von der Sache her wussten sie mehr darüber als sie selbst. Sie war einfach nicht in der Lage, eine simple Auskunft oder einen Unfallbericht von der örtlichen Polizei zu bekommen. Sie las in der Zeitung, dass George Walters, 66 Jahre alt, angeklagt worden war, den Wagen als gefährliche Waffe benutzt zu haben, und eben wegen Fahrens unter Einfluss von Medikamenten. Sie wusste, dass er auf Kaution draußen war. Das war es, mehr nicht. Kein Anruf von der Polizei, kein Anruf vom Bezirksstaatsanwalt.

Besonders Hank wollte mehr wissen. Er wollte wissen unter welcher Droge der Typ stand, als er „unter Einfluss" gefahren war. Medikamente? Illegale Drogen? Was? Es sah aus, als würde Hank keine Antworten bekommen, bevor er zur Schule gehen würde. Was auch immer bezüglich des Todes ihrer Mutter vor sich ging, fand ohne sie statt.

Otto rief wiederholt die örtliche Polizei an. Alles was sie sagten war, dass die Blutproben noch in Boston waren, oder dass der Bezirksstaatsanwalt die Berichte hatte, und sie könnten niemandem irgendeine Information über irgendetwas geben. Christina entschloss sich, einen Anwalt zu nehmen. Es waren ohnehin Versicherungsangelegenheiten zu klären, schließlich war das ein Unfall mit Todesfolge gewesen. Also beauftragten Sie einen Typen aus einer renommierten Kanzlei an – mit der sie früher schon in Geschäftsbeziehungen gestanden hatten – und ließen das Rechtsanwaltsbüro den Fall begutachten. In der Zwischenzeit mussten sie dafür sorgen, dass Hank wieder selbstständig wurde. Christina hoffte, dass das Unglück dieses Sommers Hanks lange geplanten Sprung in die Unabhängigkeit nicht behindern würde. Sie hatten alle so schwer gelitten; hatten so viel verloren. Sie hofften, dass Hank vollständig ausgelastet sein würde, völlig abgelenkt. Das wäre gut.

Dann dämmerte der warme, klare Septembermorgen. Es war ein guter Tag, um Hank gehen zu lassen. Hank hatte eine Klasse übersprungen, seinen Abschluss gemacht und sich damit einen Platz in der Begabtenförderung verdient. Es war ein bitter-süßes Ereignis. Christina verbrachte eine Woche damit, Dinge im Esszimmer zu drapieren, Gebrauchsgegenstände auf dem Boden zu verteilen, zu planen und Pläne zu überdenken, zu organisieren und alle Eventualitäten zu bedenken. Es sah eher danach aus, als würde sie Hank darauf vorbereiten, in die Wüste zu gehen, als nach Manhattan. Shorts, Jeans, T-Shirts, Übungsbekleidung für Schauspieler, Erste Hilfe Kasten, batteriebetriebenes Radio, Laken, Bettdecken, Kissen, jede Menge Socken, jede Menge Unterwäsche – alles sauber aufgereiht, so dass hoffentlich nichts liegenbleiben würde. Staubsaugerbeutel, Wäschesäcke, Fachbücher. Am Ende würde Hank alles in den XXL *Army* Seesack stopfen, sein Bettzeug ganz zuunterst, und schwören, er könne es nicht finden.

Die anderen beiden Kinder waren sicher bei Freunden untergebracht und so bepackten Christina und Otto den Wagen. Hank vergewisserte sich, dass er sein Glücksbringer-Kettchen mit hatte. Sie fuhren ohne Angst, aufgeregt, mit mehr als nur ein bisschen Melancholie in den Herbst hinein.

Christina fotografierte Hank den ganzen Tag, was ihn ziemlich nervte. Hank schläft im Hotel. Hank putzt seine Zähne. Hank, mit den anderen Erstsemestern in der Warteschlange vor dem Aufzug, usw. Sie und Otto hatten Jahre in New York gelebt und wussten, für einen jungen Mann wie Hank war dies genau der richtige Ort. Sein Intellekt, seine Einstellungen, sein Talent – alles würde hier geformt werden, zum besseren oder auch nicht, in dem lauten Durcheinander dieses Schmelztiegels, so wie es ihm bestimmt war. New York würde aus Hank einen raueren Menschen machen, so wie es New Yorks Art war. Aber andererseits würde ein Aufenthalt in New York Hank zu einem ganz besonderen Menschen machen.

Bevor sie gefahren waren, hatten sie noch mit ihrem Rechtsanwalt gesprochen, das Gespräch hatte zu einer Entscheidung geführt.

„Christina?" Sie hatte das Telefon abgehoben.

„Hi", antwortete sie.

„Hör zu, ich habe mit den Dorfpolizisten gesprochen, mein Assistent hat sie ein paar Mal angerufen. Sie wollen einfach nichts von dem Unfallbericht rausrücken oder irgendeine andere brauchbare Information, noch nicht mal an dich."

Christina war erstaunt.

„Warum? Ich verstehe das nicht. Wie kann es sein, dass ich kein Recht auf Informationen über den Unfall habe, bei dem meine Mutter getötet wurde?"

Ihr Rechtsanwalt kicherte am anderen Ende der Leitung. „Hast du. Ich denke, der Polizeichef – der auf all dem sitzt – ist ein bisschen verunsichert. Er sagt, er gibt die Informationen an niemanden raus, bevor das Büro des Bezirksanwalts entschieden hat, weswegen der Kerl angeklagt wird."

Alles drehte sich in ihrem Kopf. Sie setzte sich.

„Halt, stopp! Er wurde doch angeklagt. Er war schon vor Gericht. Zumindest sagen das die Zeitungen. Allein, dass ich es so erfahren musste. Ich bin ja lediglich die Tochter. Und wirklich, wie sollte der Umstand, dass die Hinterbliebenen einen Unfallbericht bekommen, irgendetwas ändern. Die Umstände sind doch geklärt. Die Fakten werden sich nicht ändern, indem ich sie mir anschaue."

„Nein, natürlich nicht. Es ist eine öffentliche Angelegenheit; ich denke, es könnte genau damit zusammenhängen, mit den Zeitungen und all dem. Vielleicht passiert da was, wovon wir noch gar nichts wissen."

Dann war es still.

„Ich sage dir, was ich fürs Erste tun werde. Ich schreibe ihnen einen Brief und erinnere sie an das Gesetz zur Informationsfreiheit. Sie können sich dann immer noch rausreden, aber vielleicht hilft es ja."

Sie legten auf. Es war, als sei George Walters hinter einer undurchdringbaren Mauer verschwunden. Sie würde sich nun auf das Gesetz zur Informationsfreiheit berufen müssen, um irgendetwas über den Tod ihrer Mutter und den Mann, der sie getötet hat, zu erfahren.

„Also, ich habe mich diese Woche auf zwei Stellungen in Übersee beworben." Ihre Mutter war in der Leitung, aus Virginia. „Großartig", gähnte Christina. Sie war noch im Bett. Es war Samstag. „Wo?"

„Also, eine ist in London ..."

Jetzt war sie wach. „Jaaa! Nimm die. Das ist bestimmt die, die du haben willst."

„Ich muss noch die Qualifikations-Vergleichsliste machen, weißt du. Was ich noch nicht gemacht habe. Und dann muss ich natürlich noch eine Reihe Bewerbungsgespräche machen, vergiss *die* nicht."

„Arg. Also, wo ist der andere Job?"

„In Kuba."

„Kuba?", wiederholte Christina. „Wieso zum Teufel könntest du nach Kuba wollen?"

„Weil es dort warm ist. Ich hab Angst, dass ich mit dem Klima in London nicht klarkomme."

Christina vergrub ihr Gesicht in ihr Kissen. Sie ließ ihren Arm inklusive Telefonhörer aus dem Bett gleiten.

Mut-ter!

Sie legte den Hörer wieder ans Ohr.

„Also, damit ich dich richtig verstehe. Du würdest eher in Kuba arbeiten, was im Grunde so etwas wie eine Lepra-Kolonie für den Rest der Welt ist – eine moralische Quarantänestation, denke ich zumindest, was die USA betrifft –, als in einer der kosmopolitischsten Städte der Welt zu leben, mit ganz Europa zu deinen Füßen. Moment mal. Wir haben einen Stützpunkt in Kuba? Ich dachte, die hassen uns."

Das war so typisch für ihre Mutter. Sie hatte ein paar Jahre auf Guam verbracht, diesem militärischen Höllenpfuhl, den sie für seine unerträgliche Hitze und Feuchtigkeit über alles geliebt hatte. Sie schien es geliebt zu haben, weil es absolut runtergekommen war. Christina und ihr Bruder hatten den Sommer 1977 dort mit ihrer Mutter verbracht, und es war als ob man unter Wasser leben würde. Es regnete, auch wenn es nicht regnete. Sie erinnerte sich, dass sie mit dem kleinen Wagen ihrer Mutter zu dem Sommerjob gefahren war, den sie sich besorgt hatte, im Büro eines Lebensmittelladens, wie sie durch eine so tiefe Pfütze gefahren war, dass das Wasser unter der Fahrertür durchgequollen war.

„Ja, Guantanamo Bay. Und, ja, das Klima ist bei mir das wichtigste Kriterium."

„Das ist doch bescheuert. Okay. Was ist das für ein Job in London?" Christina setzte sich auf, warf die Decken zurück. Sie tapste in die Mini-Küche in ihrem kleinen Studio-Appartement und löffelte Pulver in ihre Kaffeemaschine.

„Lektor für das *Naval Fact Sheet*. Das ist das technische und wissenschaftliche Fachblatt, das die Marine an all ihre Wissenschaftler schickt. Das ist auf jeden Fall eine ziemlich wichtige Angelegenheit innerhalb der Marine. Ich würde den Wissenschaftlern helfen, Zusammenfassungen von dem zu schreiben, was sie gerne ins Blatt bringen würden. Woran auch immer sie grade arbeiten."

„Woran arbeiten Wissenschaftler in der Marine?", fragte Christina, „Waffen?" Sie füllte die Kaffeekanne in der Spüle mit Wasser und schüttete es in die Kaffeemaschine.

„Überwiegend, vermute ich. Aber auch andere Sachen. Ich denke, ich würde denen auch helfen, andere Sachen zu redigieren. Ich würde in den Büros der Marine-Forschung sitzen. Aber, wie gesagt, ich muss die Qualifikations-Vergleichsliste machen, und die Bewerbungsfrist läuft erst in ein paar Wochen ab."

Christina versuchte, das College abzuschließen ... wieder einmal. Es fiel ihr aus zwei Gründen schwer. Erstens, sie finanzierte das selber und war chronisch pleite. Beide Elternteile, die seit Jahrzehnten geschieden waren, schienen zwar ein adäquates Netto-einkommen zu haben, waren aber nicht bereit, für ihre Ausbildung am College aufzukommen. Sie waren für diese Art der Fürsorglichkeit einfach nicht zu haben, wie für viele andere Dinge, an die die Eltern ihrer Freunde glaubten. Sie war so daran gewöhnt; sie nahm es gar nicht mehr wahr. Es zeichnete sich kaum von den anderen Spuren in der dünnen, aber flächendeckenden Sphäre der Verletztheit ihrer Seele ab, die immerfort direkt unter ihren bewussten Gedanken brodelte.

Zweitens war sie eine begabte Schriftstellerin, aber sie wusste nicht, ob es das war, was sie studieren wollte. Sie hatte eine unstillbare Neugierde, eine entfesselte Phantasie, die seltene Begabung, Dinge auf absurde, obskure Weise miteinander zu verknüpfen, aber bis jetzt noch keine Disziplin, wenn es ans Schreiben ging; sie fokussierte nicht lange genug. Ihre Geschichten blieben unvollendet, ihre Gedanken baumelten unzusammenhängend, das Garn ihres Lebens war noch nicht versponnen, war noch zu zerzaust, um verflochten oder verwebt zu werden.

Den Abschluss in Englisch zu machen würde sie zwingen, ihre Arbeiten zu Ende zu bringen und ihnen Form zu geben – hoffentlich. Aber ... sie hatte irgendwie den starken Verdacht, dass es besser sein würde zu schreiben, als die Schriftstellerei zu studieren, wo es ja letztendlich eher ums Lesen ging. Was niemand zu verstehen schien: wenn es ums Schreiben ging, musste man in der Lage sein, ein Maß an Spannung und Konzentration aufzubauen – so als ob man ein Netz ins Meer hinauswirft und darauf wartet bis es sich mit Wasser füllt. Ein Lasso in die Luft zu werfen und es endlos rotieren zu lassen. Einen Ton anzuschlagen und ihn nachklingen zu lassen, weit über seinen Platz in der Partition hinaus. Diese Spannung musste gehalten werden bis zum Ende des Stückes, egal wie lange das sein sollte. Es war anstrengend. Es war eine immerfort juckende Stelle, an die man aber nicht herankam. Es ging um die Ausbildung eines Organs für Bedachtsamkeit, Konzentration und Willen, das lokalisiert und aus freien Stücken entwickelt werden musste. Ein Teil davon, bei der Prosa, war die ‚Musik' in den Worten zu hören. Es ist Musik in den Worten, und man muss diese Musik nur hören, und man weiß, dass die Geschichte wahrhaftig ist. Ohne diese Musik materialisieren sich die Wörter einfach in der Luft, fallen auf den Boden und kollabieren unter ihrem eigenen Gewicht.

Sie hatte kein Geld und das Umfeld, aus dem sie finanzielle Unterstützung erwarten konnte, war zur Zeit etwas unüberschaubar. Sie machte die Terminplanung für eine Teppichreinigungsfirma, sie hatte gekellnert, als Barkeeperin gearbeitet – die üblichen Studentenjobs. Ihr Auto hatte den Geist aufgegeben und sie hatte keine Möglichkeit, es reparieren zu lassen, also stand es so gut wie dauergeparkt vor ihrem Appartement. Wie eine Skulptur aus Blech und Gummi, errichtet, um jeden Morgen, wenn sie aus dem Haus ging, ihrer Armut zu huldigen. Da waren Asia-Nudeln im Regal und zuckerfreie Limo im Kühlschrank.

Ihre Eltern gingen zweifelsfrei davon aus, dass sie, wenn sie es satt hatte, von Asia-Nudeln und zuckerfreier Limo zu leben, schon aufgeben und mit allen anderen in den Mainstream springen würde.

Ihre Mutter arbeitete für die Marine in *Dahlgren*, Virginia, bei *Naval Weapons*. Das war alles, was Christina wusste, weil ihre *security clearance* ihr verbot, überhaupt über ihre Arbeit zu sprechen. Während es toll war, dass ihre Mutter durch ihre Tätigkeit als technische Redakteurin kurz davor war, an exotische Orte reisen zu dürfen, klang alles andere für Christina eher nach verbriefter Sklaverei. Nach einer Grammatik zum Leben; in der es Interpunktionserfolge zu feiern galt? Lass die Korken knallen, Schatz, wir haben hier ein Semikolon zu begießen! Nein danke. Auf der anderen Seite war ihre Mutter verklemmt genug, um am technischen Schreiben durch und durch Gefallen zu finden, und ängstlich genug, um die eintönige Routine und Sicherheit zu genießen. Außerdem fühlte sie sich über die Maße von allem Militärischen angezogen und hielt sich für einen echten Kenner der Geschichte des Zweiten Weltkriegs. Vielleicht rührte das daher, dass ihr eigener Vater während des Zweiten Weltkrieges gedient hatte und an dem Tag, an dem er sie und ihre Mutter ohne Alimente hatte sitzen lassen, eine wunderschöne, schmucke Uniform getragen hatte. Ja, so war es. Ihre Mutter wusste all das, konnte aber nicht anders. Sie wollte es nicht anders. Wochenschauen aus dem Zweiten und Schlagzeilen aus dem Kalten Krieg hatten ihre Wirklichkeit geformt und fest im Griff. Ein sehr großer Mann in Uniform, der sie wie Dreck behandelte, war ihrem Vater zu ähnlich, als dass sie je hätte widerstehen können. Für eine Zivilistin, die für die Marine arbeitete, waren diese Männer überall verfügbar. Die Militärbasen waren voll von solchen Typen.

Auf der anderen Seite verkroch sich ihr Vater meist in seinem Lieblingssessel im Wohnzimmer seines Hauses, nicht allzu weit von ihrem Appartement entfernt, und verließ ihn nur einmal im Jahr, um eine Partie *Black Jack* in Vegas zu spielen, das war die Welt, die er sich abgesteckt hatte, und so war es seit Jahren. Es war einfach schwierig, in irgendeiner Form mit ihm zu rechnen.

„Außerdem", sagte ihre Mutter, „verlangt dieser Posten eine wesentlich höhere *security clearance*. Also muss ich da durch." Da gab es nichts, worüber man sich Sorgen machen musste. Ihre Mutter hatte immer nach den Regeln gespielt. Sie war solo. Ihre Kinder waren erwachsen. Sie war außergewöhnlich kreditwürdig, keine Schulden, keine Belastung auf dem Haus, keine Suchtprobleme, nicht ein einziges dunkles Geheimnis ..., nichts das ihr Image beschmuddeln, nichts, das als Druckmittel gegen sie verwendet werden könnte. Sie liebte das Militär, liebte es, das Regiment um sich zu haben, und akzeptierte alles, was ihr Land tun würde, als das einzig Richtige, das es zu tun gab. Im Grunde ihres Selbst war sie wie auf das Militär zugeschnitten.

Sechs Monate später, als sie bei einer würzigen Mahlzeit aus China-Nudeln und Diät-Limo saß, bekam Christina einen weiteren Anruf von ihrer Mutter. Der Typ, der ursprünglich für den Job in London verpflichtet worden war, hatte im letzten Moment abgesagt; sie hatte keine Ahnung, warum. Der Job war ihrer, wenn sie ihn wollte. Also nahm sie ihn, und 1989 zog ihre Mutter nach London, um im *Edison House* nahe der *Marylebone Station* zu arbeiten, ein Dreijahresvertrag. Im Sommer 1990 landete Christina in Heathrow, um sie für ein paar Wochen zu besuchen. Außerdem wollte sie eine kurze Pilgerfahrt nach Irland machen.

Von all den Dingen ... war das erste, in das sich Christina in England verliebte, der unglaubliche Reichtum an Tageslicht im Sommer. Das lag am Breitengrad: ein Segen im Sommer, ein Fluch im Winter. Um fünf Uhr morgens strömte der Kaffeeduft durch das Haus ihrer Mutter, und es gab bereits Tageslicht im Überfluss. Um zehn Uhr abends verschwand die Sonne schließlich hinter dem Horizont. Ihre Mutter mietete ein sogenanntes Reihenhaus nahe der Bahnstation am *Little Chalfont* in *Buckinghamshire* ... Bucks, hieß es im Volksmund. Die US Marine subventionierte ihre Miete, erlaubte ihr, Essen im PX zu kaufen und ihren Wagen im nächsten Stützpunkt zu betanken, zu einem Preis, der bei einem Bruchteil dessen lag, was die Briten zahlen mussten. Zusätzlich zu all dem bekam sie ihr normales Angestelltengehalt. Sie hatte einen großen überwucherten Garten hinter dem Haus, auch wenn es vorne nur Pflaster gab. Der Garten verschmolz zu einer großen öffentlichen Grünanlage. Der Wohnraum war schmal und langgezogen und erstreckte sich über zwei Etagen. Der Pendelzug in die Innenstadt war zu Fuß erreichbar, aber sie nahm immer den Wagen, stellte ihn im Parkhaus ab, denn es gab, sobald sie das Haus verlassen hatte, keine Bürgersteige mehr, und in diesem Land gab es keine Gnade, weder für Fahrradfahrer noch für Fußgänger.

Mit der Bahn waren es dreißig Minuten in die Stadt, auf dem *fast Amersham'*; der Expresslinie zwischen Amersham und London. Der Zug fuhr in die *Marylebone Station* ein, einer gut ausgestatteten, sauberen und modernen Station im Norden Londons, nur ein paar Straßen von dem Büro entfernt. An diesem Morgen würde Christina ihre Mutter kurz vor dem Mittagessen treffen. Sie sollte an der Station warten, denn sie hatte keine Ahnung, wie sie zum *Edison House* kommen sollte. Ihre Mutter würde sie einsammeln, sie mit ins Büro nehmen und sie allen vorstellen. Christina stieg aus und fand einen *take-away* Teeladen, bestellte eine Tasse heißen Tee mit Milch und einen Schoko-Muffin und setzte sich auf die Bank direkt hinter der Eingangstür, glücklich kauend, schlürfend und wartend. Ein Blumengesteck füllte die Ecke gegenüber ihrer Sitzbank, strotzte von wunderbaren Blüten. Wie schön, dachte sie, sie wollte auf dem Weg nach Hause einen Strauß mitnehmen. Sie liebte es auch, dass man hier in einem Bus, einer Bahn oder in einem Bahnhof sitzen und dieser absoluten Symphonie der unterschiedlichsten Sprachen lauschen konnte, denn das Erleben ihr unbekannter Sprachen war eine der großen Lieben in Christinas Leben.

Schließlich sah sie, wie Mutter mit ihrem unverzichtbaren Burberry Mantel die Station betrat, um sie zu treffen. Es war etwas kühl, das war wahr, insbesondere für Juni, aber vielleicht nichts Außergewöhnliches für England.

„Also", sagte ihre Mutter, „hier geht es lang." Sie wandte sich nach rechts und überquerte die Straße. Dann ging es sofort wieder nach links. „Ich dachte, ich werde dich einigen meiner Mitarbeiter vorstellen, sie erwarten uns, und dann, wenn du nichts dagegen hast, möchte dich die Frau von einem der Wissenschaftler zum Mittag ausführen und dir morgen die Stadt zeigen. Sie und ihr Mann sind Deutsche."

Christina war perplex. „Jemand, den ich gar nicht kenne?"

„Also, ich hänge hier fest mit einer Reihe von Besprechungen, von denen ich nichts wusste, und Lorna bot sich an, dich rumzuführen. Du wirst sie mögen, das verspreche ich dir. Hier ist es." Auf dem Schild stand *Old Marylebone Road*.

Sie stoppten vor einem rot-weißen Gebäude, Backstein und Holz. „*Edison House*" war auf ein goldenes Schild graviert, das neben der Eingangstür hing. Sie gingen hinein und ein enges Treppenhaus hinauf. Es schien, als seien alle Treppenhäuser in England eng und muffig. Vielleicht ein Relikt aus feudalen Zeiten, gut von oben zu verteidigen. Christina wurde umgehend einigen Leuten vorgestellt und schüttelte viele Hände. Sie sah einen Mann mit streng diszipliniertem, kurzem schwarzen Haar, glattrasiert, um die Vierzig, der eine weiße Marineuniform trug, wie er sich von einem Tisch in einem der anderen Räume erhob. Er wandte sich ab, aber sie konnte einen Blick auf seine rechte Gesichtshälfte werfen. Er verdrehte die Augen. Offensichtlich war er darüber verärgert, dass er das – was auch immer er grade tat – unterbrechen sollte, um sie zu begrüßen.

Er wandte sich um, legte ein Lächeln auf und streckte ihr die Hand entgegen. Christina ergriff sie. „Commander Scott", sagte ihre Mutter, „dies ist meine Tochter Christina."

„Angenehm, Christina", sagte er. *Ja, darauf würde ich wetten.* „Ihre Mutter hat sich wirklich auf diesen Besuch gefreut. Unglücklicherweise habe ich eine Besprechung, also müssen Sie mich entschuldigen." Er drehte sich um, setzte sich die Mütze zur Uniform auf und wich zurück in Richtung Treppenhaus, wurde zu einem anonymen weißen Rücken, der in der Tür verschwand.

Ihre Mutter nahm sich den Nachmittag frei. Sie würden in der Stadt essen und dann hatten sie Karten für eines der Stücke mit Peter O'Tool im *Shaftsburry Theater* am Westend.

Sie nahmen die U-Bahn von *Marylebone* nach *Leicester Square*, während ihre Mutter die ganze Zeit über die Eigenarten des Eisenbahnsystems in Städten quatschte und darüber, welche Züge ihr besonders auf den Keks gingen und welche grade noch erträglich waren.

„Die meisten von uns können es gar nicht erwarten, nach Hause zu kommen", sagte sie, „und wenn es nur deshalb ist, weil es hier so schwer ist, von Punkt A nach Punkt B zu kommen. Keiner von uns ist daran gewöhnt, sich auf die U-Bahn verlassen zu müssen, um dahin zu kommen, wo wir hinwollen. Wir vermissen unsere Autos. Wir vermissen die großen Supermärkte. Wir müssen hier wirklich über zu viele Dinge nachdenken."

Christina verfiel während der Fahrt in Träumereien, während ihre Mutter sich ihrer üblichen Marotte hingab, über Nichtigkeiten zu klagen. Sie schien hier Freunde gefunden zu haben, das war gut. Sie erschien eigenständiger, als Christina sie jemals erlebt hatte. Das war eine Überraschung. Ihre Mutter lebte in ihrem eigenen Körper auf, lebte ihr Leben in einer Art und Weise, wie Christina es bei ihr noch nie beobachtet hatte. Normalerweise war Christina immer anpassungsfähiger gewesen und in der Lage, die Folgen eines Ortswechsels zu verkraften; ihre Mutter tendierte dazu, zögerlich zu sein, misstrauisch und etwas ängstlich. Sie hatte Christina immer um Rat gefragt, sogar schon, als sie noch ein Kind gewesen war. Dass sie in einer völlig fremden Umgebung auf sich selbst aufpasste, trug viel dazu bei, dass sie jetzt Vertrauen in ihre Mutter setzten konnte. Und jedes kleine Mädchen wünscht sich eine Mutter, die selber klar daran glaubt, dass sie weiß, was sie tut, auch wenn es nicht ganz der Wahrheit entspricht. Es ist die wichtigste Quelle der Sicherheit in der Welt eines Kindes. Sie mochte, was London in ihrer Mutter ans Licht brachte. Sie hatte noch nicht einmal daran geglaubt, dass die Anlagen dafür in ihr geschlummert hätten.

Sie aßen in einem kleinen italienischen Café nicht weit vom Theater; an einem Tisch für zwei mit Blick auf die Straße. Die Pasta kam in einem bauchigen Tongefäß. Ihre Schrimps hatten sich zwischen den Nudeln verfangen und ertranken in Butter und Parmesan. Die Straße war eng und noch in Stein gepflastert, das Licht der typischen Gaslaternen war wie das Versprechen eines vergnüglichen Theaterabends. Ströme von Angestellten füllten die schmalen Bürgersteige, schlängelten umher. Die Leute stießen sich bei dem Versuch, ihre U-Bahn noch zu kriegen, gegenseitig in den laufenden Verkehr. Während sie aß, starrte sie auf den Buchladen gegenüber und hörte ihrer Mutter mit halbem Ohr zu, die nichts aß, sondern nur eine Tasse schwarzen Kaffee schlürfte, wie es so ihre Art war. Sie liebte es, hier ihren Kaffee vor dem Essen zu bestellen, oder ausschließlich Kaffee, weil die Briten ihren Kaffee nur nach dem Essen nahmen, mit etwas Süßem, und sie konnte nicht widerstehen, sie mit ihren allzu amerikanischen Sitten zu verwirren. Es war so, dass je mehr sie sich über ihre amerikanischen Eigenarten amüsierten, desto mehr liebte sie es, sie ihnen reinzureiben. Unnötigerweise war sie da trotzig bis zu dem Punkt, an dem die Dinge unerquicklich wurden und jedermanns Zeit verschwendeten. Hin und wieder verweilte Christina, um sich bei den Leuten zu entschuldigen, die grade mal wieder von ihrer Mutter beleidigt worden waren, nur weil ihr danach gewesen war, beleidigend zu sein. Christina war daran gewöhnt.

„Erzähl mir was von der Frau, mit der ich morgen die Stadtrundfahrt mache", sagte Christina.

„Lorna von Marschall", antwortete ihre Mutter. „Sie und ihr Mann, Wolfgang – wie ich dir schon gesagt habe –, sind Deutsche. Sie sind ein gutes Stück älter, als ich es bin, sie ist wohl so um die 60, und er wird auf die 70 zugehen. Sie leben normalerweise in Virginia, aber er wurde hier wegen eines besonderen Projektes stationiert. Er glaubt, dass es seine letzte Aufgabe sein wird, bevor er in Rente geht … Sie ist Bildhauerin. Du solltest sie fragen, ob du irgendwann mal ihr Studio sehen darfst."

Vielversprechend. „Wie kommt ein Deutscher dazu, für die US-Marine zu arbeiten?"

„Wolfgang war beim deutschen Militär. Er war schon älter, Mitte zwanzig, als der Krieg ausbrach. Er arbeitete als Bäcker, an der Front, versorgte die Truppen mit Essen. Er hat einen großen Teil seines Hörvermögens auf einem Ohr verloren, weil er zu nah an einer der großen Kanonen gestanden hatte, als sie losgegangen ist. War auf einem Polytechnischen Institut in Berlin, vor dem Krieg. Hat verschiedene höhere Abschlüsse, einen davon bestimmt in Physik. Er ist brillant. Brillant sind sie alle, aber einige sind nett und andere sind Arschlöcher geworden. Wolfgang war von der netten Sorte. Viele der Wissenschaftler, die mit dem *Office of Naval Research* in Verbindung stehen, sind Deutsche, noch aus der Zeit des Zweiten Weltkrieges, oder aus dem Ostblock. Meine Hauptaufgabe ist, ihnen mit dem Schreiben im Englischen zu helfen, und das ist ein bisschen langweilig. Einiges von den Dingen, die ich da sehe ..." Ihre Mutter schloss die Augen und ein leichter Schauer durchfuhr sie. „also, die sind gruselig. Verdammt gruselig." Das war alles, was sie darüber sagte, und Christina wusste, dass sie nicht viel tiefer bohren durfte.

„Woran arbeitet er jetzt, dieser Mann?" Die Pasta war warm und schmeckte. Die Leute draußen waren es auf jeden Fall wert, angeschaut zu werden.

„Er arbeitet am Wetter, Experimente mit der Atmosphäre. Ich weiß keine Einzelheiten, weil ich im Moment nicht viel mit ihm zu tun habe, aber ich weiß, dass er irgendwann in den 40ern, vielleicht früher, zurück zur Universität gegangen ist, um einen Abschluss in Meteorologie zu machen, über die Physik der Atmosphäre, glaube ich. Er hatte keine Wahl. Sie sagten, du gehst zurück und wirst dies-und-das studieren ... wer auch immer *sie* waren. Wahrscheinlich die Nazis."

„Ich mag deinen Chef nicht besonders."

Ihre Mutter rührte bedächtig in ihrem Kaffee. „Ich frag mich oft, wie viele der Leute, mit denen ich arbeite, Geheimdienstler sind. Wahrscheinlich eine ganze Menge."

Das *Shaftsbury Theater* war wie die meisten Theater am *West End*; klein, irgendwie düster, verwinkelt und alt. Die Überzüge auf den Sitzen waren aus durchgescheuertem Samt, genau wie die Vorhänge. Aber der Vorteil dieses klaustrophobischen Szenarios war, dass man – egal wo man saß – nie weit von der Bühne entfernt war. Die Saalbeleuchtung ging langsam aus und das Stück begann.

Peter O'Toole war wundervoll, wie sie es erwartet hatte. Sie empfand keine Zuneigung zu alternden Alkoholikern, also blieb die Geschichte an sich unbefriedigend. Trotzdem, es war eine bemerkenswerte Vorstellung und sie war glücklich, sie gesehen zu haben. Das Stück war gut genug, dass sie sich fragte, ob er da nicht seine eigene Geschichte erzählte.

Nach der Vorstellung erwischten sie den *fast Amersham* nach *Little Chalfont*; sie schlief gut diese Nacht und wurde am kommenden Morgen wie immer von dem Duft des allzeit präsenten

Kaffees geweckt. Um Punkt halb eins betrat sie wieder das *Edison House* und wurde in ein kleines fensterloses Büro geleitet – Neonleuchten schienen von der Decke herunter –, in dem ihre Mutter vor einer Reihe von bedruckten Papieren saß, die zwischen ihr und zwei Männern ausgebreitet waren, Wissenschaftler, vermutete sie, denn sie trugen keine Uniformen. Die Männer beugten sich über den Tisch und waren in eine Diskussion vertieft. Das Licht brannte kalt auf sie herab, ohne dass sie davon Notiz nahmen, aber sie verabscheute Neonlicht und suchte den Raum nach etwas anderem ab, worauf sie ihre Aufmerksamkeit lenken konnte. Über dem Schreibtisch war eine Reihe Bücher: die *Chicago Stil Fibel*, Anleitungen für das Technische Schreiben bei der Marine, der *Strunk and White*, und so weiter. Einer der Wissenschaftler war etwas älter, das weiße Haar hinter seine Ohren drapiert, leicht zerzaust, ein Hörgerät ragte aus seinem rechten Ohr. Er hatte eine rosige, fleischige Haut, seine Augen waren blau und versprachen Einfühlsamkeit, aber er war offensichtlich extrem beschäftigt. Christina wusste sofort, dass dies Wolfgang von Marschall war. Das Büro des Kommandanten war wieder leer. Dann erschien eine dünne Frau, in einen beigefarbenen Trenchcoat gehüllt, der Gürtel eng um ihre schlanke Taille gezurrt. Ihr weißes Haar war als Bob geschnitten und reichte ihr bis zum Kinn, sie trug eine Brille. Sie lächelte und reichte Christina ihre Hand, während sie sich ihren Regenschirm unter einen Arm klemmte. Die Deutschen hatten diese wundervolle Angewohnheit, die Hände zu schütteln, komme da was wolle.

„Hallo", sagte sie in einem relativ gut akzentuierten Englisch, „ich bin Lorna von Marschall. Und du musst Christina sein, ja?"

„Ja", Christina ergriff ihre Hand schüttelte lächelnd zurück. So wie es aussah, konnte man nicht anders als diese kleine Frau anzulächeln.

„Ich sehe, du hast meinen Mann schon kennengelernt?", sagte sie. Wolfgang schaute auf und nickte. „Wir machen eine Stadtrundfahrt, Wolfgang."

Er stand auf und zuckte mit den Schultern, grinsend, als wolle er sagen, klar, geht doch spielen, lasst mich jetzt nur in Ruhe. Es war eine wohlwollende Geste, die sie über Jahrzehnte kultiviert hatten.

Um vier Uhr hatten sie einen großen Teil der Stadt gesehen und Christina war extrem hungrig. Lorna war eine wunderbare Fremdenführerin; eine lebhafte und charismatische Unterhalterin. Die Stadt roch nach Dieselabgasen und jeder, wirklich jedermann an dem sie vorbeigingen, rauchte. *The Strand,* der *Royal Courts of Justice* und das *College of London;* sie hatten viele Dinge gesehen, die bei anderen Touristen erst an zweiter Stelle gekommen wären; die auf der *wenn-wir-Zeit-haben*-Liste gelandet wären. Lorna schien eine Menge über die verschiedenen Gebäude zu wissen, die sie besucht hatten. Christina ging davon aus, dass ein Amerikaner eine sehr amerikanischen Liste habe würde, ein Europäer eine sehr europäische. Sicherlich würde ein Deutscher sich an Kirchen und Schlössern sattgesehen haben, dafür hatten sie sich Jura-Akademien, Zeitungsverlage und Universitäten angesehen. Christina freute sich darauf, Lornas Kunstwerke zu sehen.

„Du musst hungrig sein?", vermutete Lorna.

Sie gingen Richtung *Covent Garden,* um etwas zu essen und um eine Weile zu sitzen. Das Restaurant hieß *The Grotto.* Es war vorwiegend in Rosa dekoriert; Tiefparterre und schwach erleuchtet durch rustikale Lämpchen auf kleinen steinernen Simsen. Ein anheimelnder, warmer, freundlicher Ort, vom Boden bis zur Decke in ein blass-hautfarbenes Stuckwerk gehüllt. Sie saßen schon zusammen wie alte Freunde, Lorna nippte an einem Fra 'Angelico, während Christina einen Kaffee trank. Sie fühlten sich in der Gesellschaft des jeweils anderen wohl. Lorna war bemerkenswert begabt darin, einer Person das Gefühl von Leichtigkeit zu vermitteln. Sie verabredeten sich darauf, dass Christina die von Marschalls besuchen würde, sobald sie in ein paar Tagen aus Irland zurück sein würde.

Dann war es plötzlich sechs und sie mussten zahlen und zurück zum *Edison House* eilen. Lorna sollte sie dort absetzen, so dass sie mit ihrer Mutter zusammen nach Hause fahren konnte. Sie beeilten sich, lachend. „Die Zeit ist so unbemerkt verflogen", schmunzelte Lorna.

Ein paar Tage später flog Christina in Richtung Cork Airport, in die anbrechende Mittsommernacht hinein. Mehr noch als England verlangte Irland im Juni lange Ärmel und Hosen und ein oder zwei

Sweatshirts. Lee holte sie vom Flughafen ab, in einem uralten Volvo-Kombi. Lee, eine Jugendfreundin ihrer Mutter, aufgewachsen in der selben amerikanischen Kleinstadt. Sie war groß und schlank, trug kein *Make-up*, langes schwarzes Haar, unfrisiert und offen. Sie hatte einen ganz leichten irischen Akzent. Kurz nachdem Lee ihre Tasche in den Kofferraum des Volvos verfrachtet hatte, waren sie bereits unterwegs und ließen Cork City hinter sich, vor ihnen erstreckte sich das weite Land. Der Abstecher für ein paar Tage nach Irland war ein Geschenk des Himmels, erschwinglich, weil Lee und Thomas, ihr Partner, dessen Ehe mit einer anderen noch nicht geschieden worden war, dort eine *Bed and Breakfast* Pension betrieben, und alles, was Christina brauchte, waren ein Flugticket und ein paar Dollars in ihrer Tasche. Das ländliche Irland war irgendwo im Strom der Zeit stehen geblieben, besiedelt von Farmen und Dörfern und Fischern und Priestern. Und vor allem von Schriftstellern. Vielen, vielen Schriftstellern.

„Es gibt in Irland mehr Schriftsteller pro Quadratmeter", Lee versuchte den Lärm des alten Motors zu übertönen, „als irgendwo anders auf der Welt."

Sie fuhr jetzt wesentlich langsamer wegen eines Hindernisses, das auf der Straße vor ihnen auftauchte. Als sie näher kamen, sah Christina, dass es ein Karren war, der von einem kleinen Pferd gezogen wurde, kaum größer als ein Pony.

„Zigeuner", rief Lee.

Sie waren jetzt direkt hinter dem kleinen Karren.

„Wirklich?", entgegnete Christina. „Es gibt noch Zigeuner?"

Lee schaltete geräuschvoll einen Gang runter.

„Ja, normalerweise sieht man Wohnwagen. Diese Familie hat noch einen der altmodischen Wagen."

Sie schlichen die Straße hinter dem Wagen und dem Pony entlang. Lee entschied sich, an einem Laden anzuhalten, um einige Besorgungen zu machen, in der Hoffnung, der Wagen würde einen ausreichenden Vorsprung kriegen, und dass sie vor der Mittagszeit zu Hause ankommen würden.

Sie betraten den Shop, in die plötzliche Stille nach der lauten Fahrt. Christina folgte Lee durch die Gänge.

„Die Leute hassen sie", sagte sie, als sie innehielt, um ein in Folie abgepacktes Stück Zunge zu betrachten.

„Warum?"

„Die Leute sagen, sie klauen, zum Einen. Ich weiß nicht, es ist eines dieser alten Vorurteile. Aha, hier ist es." Sie hatte eine Packung mit Schweinefleisch ausgemacht und ging weiter, um eine kleine Flasche mit *Ribena* Fruchtsirup zu kaufen. Dann warteten sie an der Kasse. „Ich denke, es könnte auch sein, weil sie in vielerlei Hinsicht im vergangenen Jahrhundert leben, und das macht die Leute irgendwie wütend. Das steht für viele Dinge bei den Leuten. Freiheit, zum Einen. Zum anderen haben sie die ganzen Technologien noch nicht angenommen, und die Gesetze des modernen Lebens. Sie sind doch Selbstversorger, weißt du? Die moderne Welt ist nicht so toll, wie sie dargestellt wird – wer will daran schon erinnert werden?"

Die Schlange rückte ein Stück vorwärts.

„Weißt du, wir kriegen nicht allzu häufig Geld in die Finger. Thomas und ich betreiben viel Tauschhandel, ein Ding fürs andere. Wir haben Weiden, die vom Vieh anderer Leute abgegrast werden. Solche Sachen." Lee lachte.

„Also", sagte Christina, „ich habe Geld mit, um für mein Zimmer und die Verköstigung zu bezahlen. Gehört alles euch." Sie zog 50 irische Pfund aus ihrer Tasche und reichte sie Lee. Diese legte die Scheine zwischen ihre Handflächen und rieb sie aneinander, als wolle sie sie aufwärmen. Es war eine bemerkenswerte Geste, als könne sie so ein kleines Feuer mit dem Geld entfachen. Papiergeld schien offensichtlich nicht die Triebkraft in ihrem Leben zu sein, aber ein bisschen was davon war ein Segen.

Als sie zum *Cottage* hoch fuhren, trat Thomas, ein Mann, kleiner und dünner als Lee, mit einem im Stil mittelalterlicher Mönche gestutzten Bart, zur Begrüßung durch die mit Fliegengittern bewehrte Eingangstür. Lee parkte längs einer alten, moosbedeckten Bruchsteinmauer. Das Haus war gedrungen mit altem Putz und niedrigen Decken im Inneren. Christina stellte ihre Tasche auf dem Boden der Bibliothek ab, wo sie samt Federbett und Kissen einquartiert worden war. Im Erdgeschoss gab es ein Esszimmer, eine Küche und ein Bad. Ihr Blick fiel durch die Glasfenster einer

Doppeltür ins Freie. In der hinteren Ecke der Küche hatte Thomas eine Bodenklappe und eine ausziehbare Leiter eingebaut. Das ermöglichte Lee, sich zeitweise diskret zurückzuziehen, wenn Gäste da waren, oder wenn sie einfach Raum für sich selbst brauchte.

Am nächsten Morgen nahm Thomas, der Archäologe war, Lee und Christina mit auf einen Rundgang in die unmittelbare Umgebung. Er schlug vor, sie möge doch ein Buch in ihre Tasche stecken, denn sie würden vielleicht eine Gelegenheit bekommen, für eine Weile am Fluss zu sitzen. Sie bogen auf eine Schotterpiste ab, hinunter zu einer Herde aus roten und weißen Rindern, die alle still standen und dem Trio nachschauten, das an ihnen vorüber fuhr. Hundert *Yards* weiter verengte sich der Schotterweg, und die Gräben zu beiden Seiten schwollen zu von Gras bewachsenen Böschungen eines Hohlweges an.

Sie ließen den Wagen stehen und gingen zu Fuß weiter. Nach einer Weile hob Thomas seine Hand und hielt sie an, er bedeutete ihnen zu lauschen. Sie hörten etwas, Getrappel, gefolgt von einem Blöken. Es klang nach Schafen oder Ziegen. Natürlich, im nächsten Moment kam eine Herde Schafe um die Ecke, direkt auf sie zu. Da waren auch Ziegen, ein paar kleine Zicklein, mit frisch gekappten Hörnern. Einige von ihnen sicherlich noch an diesem Morgen, wie es aussah, da war noch ein wenig verkrustetes Blut an den kleinen Stümpfen auf ihren Köpfen. Es gab keine Ausweichmöglichkeiten, die Böschung zu beiden Seiten des Weges war hoch und die Fahrspur schmal. Thomas hob Christina in die Luft und half ihr, den Hang hoch zu klettern, gefolgt von Lee. Dort hockten sie wie Vögel, während die Herde geräuschvoll an ihnen vorbeizog und entschwand. Sie mussten über ihre missliche Lage lachen. Aber die Aussicht von hier oben war einfach wundervoll.

„Was ist da drüben?" Christina schirmte ihre Augen mit der Hand ab und deutete Richtung Horizont.

„Ah!", sagte Thomas, ihrem Blick folgend. „Das ist *Skibbereen*. Wir fahren nachher dort hin. Da kriegen wir Hummer frisch vom Boot, wenn schon jemand eingelaufen ist."

Als Thomas später durch *Skibbereen* fuhr, musste er anhalten, um einen Priester auf einem Fahrrad vorbei zu lassen. Thomas zeigte auf ihn und sagte: „Die Astronomische Gesellschaft hier hat ein

Teleskop in dem Gebäude hinter dem Pfarrhaus. Sie treffen sich einmal im Monat, nächste Woche genaugenommen, nachdem du weg bist. Na gut, egal. Der Priester ist der Präsident des Ganzen. So wie der Priester vor ihm."

Komisch, dass hier ein katholischer Priester Vorsitzender der Astronomischen Gesellschaft sein sollte.

„Der Priester vor dem jetzigen hatte zusammen mit seiner Mutter im Pfarrhaus gelebt. Als sie gestorben war, mussten sie ihn mit Gewalt aus dem Haus holen. Drei Tage hat er nicht von der Leiche gelassen, geschrien und geweint hat er. Sie mussten ihn auch wegtragen." Thomas hob die Hand an seinen nicht vorhandenen Hut, um den vorbeiradelnden Priester zu grüßen.

Der Wagen nahm wieder Fahrt auf. Es waren noch keine Hummerfischer zurück vom Fang, also ließen sie sich für ein Steak nieder und fuhren danach zurück zum *Cottage*. Sie saßen an der hölzernen Tafel in der Küche, ein Holzofen brannte hinter Thomas. Er saß gerne nahe am Herd. Lee stand an der Spüle und bereitete das Essen.

„Weißt du, Christina", sagte Lee mit dem Rücken zu ihr, „ich hatte immer das Gefühl, dass deine Mutter eine der mutigsten Frauen ist, die ich je getroffen habe."

Christina war überrascht. Das war kein Wort, das sie benutzt hätte. *Wie mutig ist es ... egal. Ich denke, du hättest einfach dabei sein müssen.* Lee glaubte, ihre Mutter sei mutig, aber Lee war in einer Scheinwelt aufgewachsen. Christina war in der Erwachsenen-Version aufgewachsen, zwischen den sich widersprechenden Reflektionen eines völlig zersplitterten Spiegels. Diese beiden Versionen und ihre innere Logik würden niemals miteinander vereinbar sein.

Wie auch immer, die irische Wildnis war ein Ort, soviel war klar, an dem der Boden noch unversehrt war. Es gab sogar noch ein intaktes Stück Urwald im *Cork County*. Man brauchte Torf oder Holz, um es warm zu haben, ein Stück Land, um Gemüse anzubauen, ein Boot, das nicht leckte, ein gutes Buch, um die bewölkten Tage zu vertreiben. Die Rinder beobachteten dein Kommen und Gehen, und die Schafe konnten dich auf den nächsten Baum jagen. Es war kein Wunder, dass es in Irland mehr

Schriftsteller pro Quadratmeile gab als irgendwo anders auf der Welt.

„Komm rein, komm rein!" Lorna unterstrich ihre Worte mit einer Kopfbewegung. Christina wurde ins Foyer geleitet. Die Eingangstür war aus in Blei gefasstem Buntglas, wie so viele in England. Es war eine Tradition, die Christina mochte. Es ließ eine große Menge Tageslicht in die Räume, ohne die Privatsphäre zu opfern.

„Hättest du etwas gegen einen Kaffee?", fragte Lorna.

„Im Moment nicht, danke", antwortete Christina und zog sich den Mantel aus.

Lorna nahm den Mantel entgegen und hängte ihn an die Garderobe neben der Tür.

„Wenn du die Wahrheit wissen willst, ich brenne wirklich drauf, deine Arbeiten zu sehen."

Lorna lachte. „Okay, na dann! Wir werden dich nicht enttäuschen." Sie führte Christina durch einen engen Flur und öffnete eine Tür. Eine lange, schmale Treppenflucht führte abwärts in ein tieferliegendes Stockwerk. Der Raum war auf Gartenebene, schließlich war man von der Straßenseite aus eine Treppe hinuntergestiegen.

Das Studio lag am Fuß der Treppe; ein heller, weißer Raum. Er war weiß gestrichen, um alles Licht, das durch die Fenster vorne und hinten hereinkam, einzufangen. An den Wänden, auf Bänken und auf einem Arbeitstisch waren Gesichter: meistens Masken, aber auch ein oder zwei 3-dimensionale Köpfe, Einzelstücke oder paarweise im Ensemble. Eine Madonna mit Kind, mit etwas, das so aussah wie ein Adler oder ein anderer Raubvogel auf der linken Schulter der Frau, der kühn in die Ferne blickte, zog Christinas Aufmerksamkeit auf sich.

„Wie du sehen kannst", sagte Lorna über die Schulter, „bin ich besessen vom menschlichen Gesicht. Muss ich gestehen."

Wie es oft in London der Fall war, sah man eine endlose Parade von Füßen und Beinen an den vorderen Fenstern eines Souterrain-Appartements oder Raumes entlangziehen.

Es war ein faszinierender Zeitvertreib. Schließlich zogen sie sich Stühle heran, setzten sich mit etwas zu trinken und erdichteten Geschichten über die Beine und Füße, die vorbeizogen. Kleider,

Schuhe, Hüftschwung, Schrittweite, alles wurde kommentiert. Besonders verlockend waren die Beine, die stehen blieben, umdrehten, unentschieden die Richtung wechselten. Lorna nannte diese Geschichten Strumpfhaltermärchen.

„Wenn man sehr aufmerksam ist, kann man so viel über eine Person erfahren, ohne überhaupt mit ihr gesprochen zu haben. Es ist wirklich eine Kunst, dieses Spiel, jemanden anhand seiner Kleidung, Gestik und Haltung einzuschätzen. Da sind manchmal so viele, dort draußen vor meinem Fenster, es erinnert mich an die großen Bälle, zu denen wir in Berlin nach dem Krieg gegangen sind. Beine, Beine und noch mehr Beine! Es gab nicht viel zu tun und niemand hatte Geld, also gingen alle zum Tanzen. Ich war 24 und Wolfgang dürfte schon 33 gewesen sein. Wir haben uns einfach so beim Tanzen getroffen."

„Ist das eine gute Geschichte?", fragte Christina.

„Aber ja, natürlich! Ich habe nur faszinierende Geschichten", lachte Lorna. „Ich sollte eigentlich einen anderen jungen Mann auf diesem Ball treffen. Genaugenommen wollte ich eigentlich gar nicht gehen, weil ich nichts anzuziehen hatte. Kein Geld, wie üblich. Aber meine Freundin Ruth, die reich war, lieh mir ein Kleid. Wolfgang hat mich dem Jungen geraubt, auf diesem Ball, und damit war alles entschieden."

Die Skulpturen, Gesichter und Masken waren aus Granit oder einem anderen Stein, Ton oder Holz. Einige waren mit den Händen und Fingerspitzen geformt, andere gemeißelt. Die meisten Gesichter hatten geschlossene Augen. Manche waren zu einem Spalt geöffnet, einige wenige waren offen, aber die Augenhöhlen waren leer. Sie sollten halb versteckt in den Gärten teurer Villen den Blick der Beobachter lediglich streifen oder für Unvorbereitete als Über-raschung aus ihrer Umgebung hervorspringen. Möglicherweise würden sie sogar ganz und gar im Tableau verschwinden. Christina hätte es bevorzugt, wenn die Seele hinter diesen Masken deutlicher zum Ausdruck gekommen wäre, da sie die Arbeiten schön fand, und auch Lorna als Künstlerin bewunderte. Eine Bildhauerin im Herzen Londons, das war einfach eine zu romantische Vorstellung, um dem widerstehen zu können. Jeder Mensch mit etwas Phantasie hätte da die fehlenden Stücke ergänzt.

Auf der Arbeitsfläche lagen ein Stück Holz und ein Schnitz-messer.

„Ich arbeite grade an einer jungen Frau. Das Gesicht ist schon da, im Holz, es kommt hervor, wenn ich schnitze. Mein Job ist es, sie kennenzulernen und zu sehen, wer sie ist", sagte Lorna, als Christina das grob geschnitzte, unvollendete Stück erwähnte. „Vielleicht wird sie ein Baumgeist im Garten; ich vollende sie und platziere sie auf einem Baum."

Christinas letzter Tag in London kam unweigerlich näher, das war nicht zu verhindern.

Sie war mit ihrer Mutter und der Gattin von einem der Ostblock-Wissenschaftler in einem Restaurant in einem Hotel nahe der Schweizer Botschaft verabredet, um zu speisen. Das Restaurant war gut geführt und sauber und ganz im Stil der Zeit komplett mit Farnen ausgestattet. Sie bestellten. Christina war wegen des Abschieds sehr melancholisch zu Mute.

Zurück zu Chinanudeln und Diät-Limo, dachte sie.

Sie und Lorna hatten versprochen, sich zu schreiben. Die von Marschalls würden im Laufe des Jahres nach Virginia zurück-kehren.

„Hattest du einen schönen Aufenthalt?", fragte die Freundin ihrer Mutter.

„Hatte ich. Bin nicht wirklich scharf drauf, schon nach Hause zurückzukehren, muss ich gestehen."

„Magda, fährst du bald nach Hause auf einen Besuch?", fragte ihre Mutter.

„Ich würde gerne", antwortete die Frau, als der Kellner eine Terrine mit Bouillon vor ihnen auf den Tisch stellte. „Ich habe meine Familie seit zwei Jahren nicht mehr gesehen. Der Kommandant weigert sich, meinem Mann eine Auszeit zu genehmigen."

Christina drapierte eine weiße Leinenserviette über ihren Schoß. „Ich glaube, er ist ein Riesenarsch", sagte sie.

Magda zuckte zusammen, die Augen weit aufgerissen. „Schhhhhhhh ...!"

„Warum?"

„Du weißt nie, wer zuhört."

George und der Drachen

Die meisten Leute erkennen es nicht, und das schließt die meisten New Yorker mit ein, aber direkt vor dem Gebäude der Vereinten Nationen steht eine Skulptur. Direkt vor dem Besuchereingang. Es ist eine Metallskulptur von St. Georg zu Pferde. In seiner rechten Hand hält er eine Lanze oder ein Schwert oder so etwas, und sein Arm ist weit nach hinten gerissen, bereit, das Ding niederzustoßen. Unter dem Pferd ist das metallene Abbild eines Drachens. Weißt du, woraus dieser Drachen gemacht ist, Unger?"

Zwei Männer standen in einem Eingang und versuchten sich vor dem Schnee zu schützen. Der eine, fast ganz glatzköpfig, mit einem kleinen Rest kurzgeschorenem weißen Haar, füllig, steckte seine Hände in die Taschen seines Mantels. Der jüngere Mann beugte sich über seine Zigarette und schirmte sein Feuerzeug vom Wind ab.

„Was ist es, alter Mann?"

„Raketen. Alte, abgewrackte Raketen. Sowohl russisch als auch amerikanisch. Wie gefällt dir das. Alte SCUDS."

Unger lächelte, zog tief an seiner Zigarette und inhalierte den Rauch gemischt mit kalter Luft und Schnee. „*Yeah. Was sagst'e jetzt?* Wir seh'n uns morgen, Vizeadmiral." Er schoss aus dem Hauseingang und lief die Straße runter.

Alex Getz, Vizeadmiral A.D., 68 Jahre alt, derzeit Berater der *Sceptre Corporation* für alle ihre Verträge mit dem Verteidigungsministerium, lungerte in einem Hauseingang in *Lower Manhatten* und versteckte sich vor dem Schnee. Er war noch immer vor den *Sceptre* Büros, obwohl die Besprechungen vorbei waren. Nicht alle hatten das Gebäude verlassen, was ihn wunderte. Er wartete solange, wie es Sinn zu machen schien, nur um zu sehen, wer noch herauskommen würde, aber niemand kam. Er brauchte ein Taxi, um zurück ins Hotel zu kommen. Er hatte noch Weihnachtseinkäufe vor sich. Immer noch. Jedes Jahr war es dasselbe. Gegen Ende des Kalenderjahres gab es immer viele Geschäfte zu erledigen, und er vergaß jedes Jahr, wie er es hassen würde, am 28sten noch Einkäufe erledigen zu müssen. Aber genau das passierte ihm am Ende jedes Jahres. Er war ernsthaft irritiert, entschied sich aber trotzdem, einkaufen zu gehen, allein um diejenigen, die nicht merken sollten, dass er ernsthaft irritiert war, daran zu hindern, es zu bemerken. Kümmert euch um euren eigenen Kram; das war seine wichtigste Regel. Das war sowieso seine wichtigste Regel. Getz war fertig mit seiner Geschäftsverbindung zu *Sceptre*. Das war von heute an erledigt. Sie waren in die Entwicklung von chemischen Kampfstoffen verwickelt, die sie, anscheinend seit Jahrzehnten, an immer größeren Teilen der Weltbevölkerung getestet hatten, und nun hatte *Sceptre* den Plan, und zwar so weit fertig, um umgesetzt zu werden, einige der schlimmsten chemischen und biologischen Waffen auf der Erde an Tierpopulationen zu testen. Sie hatten zumindest vor, die Test-Populationen im Tierreich zu suchen und möglichst klein zu halten, in klar abgegrenzten Gruppen von Versuchstieren. Aber es erschien Getz so, als ob jemand, der diese Linie überschritt, keine Probleme damit haben würde, Chemie- oder Biowaffen wirklich anzuwenden, gegen wen auch immer und aus welchen Gründen auch immer.

Er hatte die Wirkung chemischer Waffen in Vietnam gesehen. Er war genau aus diesem Grund einer der führenden Experten für chemische und biologische Waffen geworden.

In diesem Plan gab es noch nicht mal einen Feind als Ausrede. Hier gab es keinen Bösewicht, nur kindische Machtspielerei. *Sceptre* war der Bösewicht. Es reichte schon, dass sie Chemikalien in kaum entschuldbaren Mengen vom Himmel geschüttet hatten, wirklich unberechenbares Zeug, kaum zu rechtfertigen, gestützt durch eine wirklich dünne wissenschaftliche Faktenlage. Die meisten Daten, von denen sie vorgaben, dass man sie aus diesen Langzeit-experimenten gewinnen konnte, waren geschönt, tendenziös oder plump gefälscht. Alex hatte dem Verteidigungsministerium unmiss-verständlich zu verstehen gegeben, dass er die ganze Sache für hochgradig unethisch hielt. Dieser neue Plan überschritt jede rote Linie. Es war geplant, ihn in den ersten Januartagen umzusetzen, er hatte also wenig Zeit. Er hatte über Jahre Dokumente zusammen-getragen, und sie lagen nun in einer Kiste unter den Dielen unter dem Teppich in seinem Büro im *Fitzpatrick Hotel* auf der *Lexington*. Das Pentagon wusste nichts davon, noch nicht. Nur wenige Leute wären in der Lage gewesen, solch eine Dokumentation zusammenzutragen, nur ein halbes Dutzend Schlüsselfiguren. Er war gut vernetzt, man vertraute ihm, und – genau gesehen – war er derjenige, der die Show orchestrierte. Er war als Berater für drei Präsidenten tätig gewesen und hatte gute Verbindungen zum Pentagon. Sie mussten gewusst haben, dass dies das Fass zum Überlaufen bringen könnte. Ein Wort von Alex könnte dem Militär das Projekt für immer vergraulen. Ohne ihn würden sie mit Sicherheit Schwierigkeiten mit der FAA hinsichtlich des Luftraumes bekommen. Er würde jetzt sehr vorsichtig sein müssen. Sie würden auf die leiseste Andeutung warten, dass er auf den Alarmknopf drücken könnte. Er war im Herzen ein *white-hat*, einer von den Guten, und jetzt war es ihnen klar geworden. Nun wussten es alle.

Er ging zu Fuß zurück zum Hotel, nachdem er bei *Bloomingsdales* ein paar Dinge für seine Frau besorgt hatte. Es gab einen offenen Kamin, wenn auch nur gasbefeuert. Er zündete ihn an, schlüpfte aus den schneegefüllten Schuhen und holte die Einkaufstüte aus der Diele rein. Er schenkte sich einen Scotch ein und setzte sich an den Tisch. Dann nahm er die Geschenke für seine Frau aus der Tüte sowie Geschenkpapier, Klebeband und farbige Schnürbänder. Penibel, schließlich war er ein Mann, der sich mit so etwas Mühe gab, schnitt er zwei Stück silbern geschecktes Geschenkpapier auf die Größe der Geschenke zurecht. Er platzierte die beiden Schachteln genau in der Mitte der Geschenkpapiere und faltete das Papier an den Kanten hoch, knickte und drückte es auf dem Geschenk zusammen. Tesafilm sicherte die Stoßkanten. Mit der selben Präzision maß und schnitt er die bunten Schnürbänder zurecht, verschnürte die Schachtel und band die Enden zu einem hübschen Knoten. Er schob die Geschenke an den Rand des Tisches und war somit fertig. Seine Frau würde am 31. zurück sein.

Noch ein Scotch, dieses Mal am Fenster. Er war im elften Stock. Sachte schob er den Vorhang beiseite und stierte hinaus ins Weiße. Er hatte die Angewohnheit, bei der kleinsten unerwarteten Bewegung vom Fenster zurückzutreten. Die Allee sah wundervoll aus im Schnee, absolut unwiderstehlich. Noch immer etwas Verkehr auf der *Lexington*, ungeachtet der späten Stunde und des Wetters. Weit unter ihm fuhr ein Wagen an den Straßenrand. Er ließ den Vorhang fast ganz zufallen, ließ nur einen schmalen Spalt offen, durch den er den Bürgersteig unter sich beobachten konnte. Ein Mann mit einem gelben Regenschirm öffnete die Wagentür eines Taxis, stieg ein, schloss den Schirm, öffnete ihn noch einmal kurz und schloss ihn wieder. Er zog die Wagentür zu, und das Taxi fuhr davon.

Am darauffolgenden Tag, genau um 12 Uhr 30, betrat Vizeadmiral Alex Getz das *La Caprice* Restaurant in der *Fifth Avenue* direkt gegenüber des *Central Park* Zoos. Es setzte sich alleine an einen Tisch, von wo aus er einen freien Blick auf den Bürgersteig hatte. Er bestellte *Fish and Chips*. Während er aß, sah er denselben Mann, den Mann aus dem Taxi vom vergangenen Abend, vor dem Restaurant stehenbleiben. Er trug ein *Michigan State University* T-Shirt, eine *Yankees* Mütze, einen langen Mantel, der vorne offen stand, und hatte eine große, teure Kamera um den Hals hängen. Die Stadt war voll mit Touristen wie diesem hier. Er hielt für einen Moment vor dem Fenster des *La Caprice* inne, überquerte dann die Straße und verschwand im Zoo.

Der Tag war klar und kalt und im Park lag etwa ein Fuß Schnee. Die beiden Männer trafen sich vor dem Schneeaffengehege. Da waren viele Leute, Eltern mit Kindern, sie hatten sich hier versammelt, weil die Schneeaffen ihre Weihnachtsgeschenke bekamen. Tierpfleger hatten sich im Gehege positioniert, um die Prozedur zu kommentieren. Eine mit Früchten behängte Kiefer war ins Gehege gebracht worden. Die Schneeaffen erklommen den Baum, um sich die Früchte zu holen, rannten dann damit weg, versuchten sie voreinander zu verstecken, verschlangen sie am Stück und schwangen sich wieder auf den Baum, um sich einen Nachschlag zu holen.

Alex schlenderte vor sich hin, bis er auf einer Höhe mit seinem Kontaktmann war.

„Egal was sie machen, irgendwie sehen sie unglücklich aus, oder?" Er lachte.

„Tun sie. Total deprimiert." Er hob seine Kamera und begann Fotos zu schießen.

Die Botschaft an Alex' Vorgesetzte war, dass *Sceptre Corporation* absolut fest entschlossen war, die Operation durchzuführen, Codename *Gray Quilt*, egal was passieren würde oder wer etwas einzuwenden hatte. Der Typ fuhr fort Fotos zu schießen, eine ganze Minute lang, lichtete dabei die gesamte Breite des Schneeaffengeheges ab. Er schien den Affen zu folgen, wie sie Obststücke vom Baum klaubten und erregt umeinander herumtrappelten. Schließlich senkte er die Kamera. Er und Alex lehnten an der brusthohen Mauer, die das Affengehege einschloss.

„Einige der Affen hier scheinen hungriger zu sein als der Rest. Sie essen schon seit zwei ganzen Tagen!"

„Gierige Bastarde!" Getz lachte. „Welche denn?"

„Auf zehn Uhr, sie haben viel schwarzes Fell auf dem Kopf."

Getz schaute unauffällig nach links. Tatsächlich lehnten zwei Männer an der gegenüberliegenden Wand, genau wie sie, und sie trugen schwarze Strickmützen. Sie wurden alle überwacht, naturgemäß, die ganze Zeit, aber dies war eine Extraschicht durch unbekannte Truppenteile.

„Jesus", sagte Getz, „vielleicht sollte auch ein Affe hin und wieder mal auf einen *hot dog* rausgelassen werden, wenn er so hungrig ist." Bring mich dafür rein, zu meinem Schutz.

Getz und sein Kontaktmann entfernten sich in entgegengesetzten Richtungen voneinander, sie würden sich wahrscheinlich niemals wiedersehen. Er blieb für fünf ganze Minuten in der Nähe des Schneeaffengeheges, damit es nicht aussah, als habe er Angst. Die *Sceptre*-Leute waren schon gewarnt. In diesem Moment war er verletzlich, zumindest für die kommenden Minuten. Er hatte Personenschutz angefordert. Das war alles, was er tun musste. Hier draußen in der Kälte warten zu müssen war ein vorübergehender Zustand, aber mit einem brandgefährlichen *Vorübergehend*. Er war voll im Bilde. Sie würden ihn tot sehen wollen, sobald sie realisierten, dass er das Programm mit kreischenden Bremsen stoppen würde. Tote Männer können einem nicht mehr in die Quere kommen.

Seine beiden Schatten wanderten rüber in Richtung Eisbärengehege. Alex wäre es lieber gewesen, sie wären geblieben wo sie waren, bis seine Leute auftauchten. Er wartete. Das hier war falsch. Seine Erfahrung, seine Intuition, seine militärische Ausbildung ... alles begann ihn anzuschreien: „Falsch!"

Seine Leute hätten sofort hier sein müssen. Aber sie kamen nicht. Er entschied, sich hinaus zu bewegen, in Richtung *Fifth Avenue*. Er musste in der Nähe seiner ursprünglichen Position bleiben, aber sichtbar und umgeben von Menschen. Er fing an, sich schneller zu bewegen. Noch immer war keiner seiner Schatten in Sicht, aber alle, jeder einzelne von ihnen hätte jetzt ein Schatten sein können. Eine Zweierreihe sehr junger Schüler schlenderte Hand in Hand laut schnatternd an ihm vorbei, zwang ihn, langsamer zu gehen. Er passierte die Schneeleopardenkäfige, das Pinguingehege, ein Geräteschuppen tauchte schattenhaft zu seiner Rechten auf. Als er auf der Höhe des Schuppens war, griffen von hinten kräftige Arme nach ihm. Jemand nahm ihn in den Schwitzkasten, er erhielt einen schweren Schlag auf den Kopf und seine Beine gaben unter ihm nach. Beide Männer drückten ihn mit ihrem ganzen Gewicht zu Boden, während einer der beiden einen seiner Schuhe samt Socke auszog. Er fühlte einen scharfen Stich in seiner rechten Ferse. Das war der Plan. Sie ließen von ihm ab und rannten.

Er setzte sich so schnell er konnte auf, angelte in seiner Tasche nach seinem Messer. Er öffnete es, stach die Klinge in seine Ferse, schreiend, und schnitt ein Stück von der Größe eines Fünf-Cent-Stücks heraus. Was auch immer sie dort rein getan hatten würde in einer kleinen Wachskapsel sein. Das Wachs schmolz durch die Körpertemperatur und setzte das Gift frei. So wäre er Meilen weit weg gewesen, bevor er zusammenbrechen und sterben würde. Er hatte nur ein paar Sekunden, also musste er schnell arbeiten, ohne auf den Schmerz zu achten.

Wo waren seine Leute? Sie kamen nicht, die Bastarde. Sie gaben *Sceptre* grünes Licht. Und er war draußen in der Kälte. Der Genozid war auf dem Weg. Er hatte einen Schlag auf den Kopf bekommen und nun war sein Fuß verletzt und blutete. Zudem würde sich wahrscheinlich bald der Schock bemerkbar machen. Wenn er das Ding rechtzeitig rausbekommen hatte, würde er vielleicht ein bisschen krank werden, mehr nicht. Er spürte, wie er anfing zu fiebern, soviel war klar. Also auch wenn er diesen Anschlag überleben sollte, würde er in den kommenden Stunden so krank sein, dass er – durch die Stadt torkelnd – ein bisschen mehr als nur ein leichtes Ziel abgeben würde. Vielleicht würden sie sich zurückhalten, im Glauben, dass es das Gift sei, das seine Arbeit machte. Ein halbes Dutzend Substanzen kamen ihm in den Kopf, aber er schob diesen Gedanken beiseite. Entweder war er schnell genug gewesen, oder nicht.

Er kämpfte sich hoch und wankte auf die Allee, barfuß, einen Schuh in der Hand, eine Spur Blut hinter sich herziehend. Er stützte sich an der Wand ab, die die *Fifth Avenue* zum Park hin begrenzte. Längs der Mauer saßen viele Straßenhändler auf Klappstühlen hinter ihren Auslagen, der Kälte trotzend. Es war Weihnachten und sie verkauften Unmengen an Modeschmuck und Druckwaren. Getz versuchte nach einem Moment, sein Gleichgewicht wiederzufinden und weiterzugehen, die Kälte trieb ihn nun vorwärts. Ein, zwei Schritte, und er kippte wieder vornüber. Die Welt unter seinen Füßen entglitt ihm. Er stürzte in eine Auslage mit Schwarz-weiß-Ansichten der Stadt.

„Hey, verflucht!" Der Händler sprang aus seinem Stuhl und versuchte die herunterfallende Ware aufzufangen. „Pass auf!"

„Oh", lallte Getz. Was kam aus seinem Mund? Das waren nicht die Worte in seinem Kopf. „Entschuldigung."

„Sind Sie in Ordnung?" Der Händler sah, dass da etwas gar nicht in Ordnung war. Getz sah nicht nach einem Penner aus. Er sah nach einem alten Mann mit einem Gehirnschlag aus.

„Nein", stammelte Getz, „mein Wagen ist nicht gekommen, um mich abzuholen."

„Setzt dich, Mann." Der Händler richtete seinen Stuhl und hielt Getz am Arm fest, ließ ihn auf den Stuhl sinken.

„Kalt", flüsterte Getz.

Der Händler zog die Kapuze seines Sweatshirts über Getz' Kopf. Er goss Tee aus einer Thermoskanne in eine Tasse und half Getz, die Tasse in seinen Händen an die Lippen zu führen, um zu trinken.

„Gibt es da jemanden, den ich für dich anrufen soll?"

Getz schüttelte den Kopf. Nein, rufe niemanden an, dann sterbe ich nur schneller.

Tage später, am 31. Dezember, schob derselbe Händler seinen fliegenden Laden mit seinen Fotos zu seinem Platz auf der anderen Seite der *Fifth Avenue*. Jenseits der Mauer war eine Menschenansammlung, ein paar hundert *Yards* in den Park hinein, neben einem See. Er wollte nachschauen, normalerweise versprachen solche Vorkommnisse im Park immer irgendetwas Großes. Er schob seinen Karren den Weg hinunter, bis die Menge so dicht stand, dass er den Karren nicht mehr bewegen konnte. Er wollte es sehen. Unwillig ließ er seinen Karren auf dem Weg stehen und kämpfte sich weiter vor zum Mittelpunkt der Menschenmenge. Ein Polizeiboot kreiste auf dem kleinen See. Sie zogen eine steife, aufgeblähte Leiche aus dem Wasser. Ein nasses Seil hing vom Hals der Leiche. Kamerateams kamen. Mit einigem Aufwand wurde der schwere Körper ins Boot gehievt und die Polizei machte sich auf in Richtung Ufer. Als sie näher kamen, bahnte sich der Händler seinen Weg zu dem voraussichtlichen Landeplatz. Er wollte es wissen. Central Park war sozusagen sein Büro und alle Händler würden über diese Sache hier tagelang spekulieren. Er konnte einen kurzen Blick auf die Leiche werfen. Obwohl sie von dem schmierigen Wasser des Sees aufgedunsen war und auch das Gift einige Spuren hinterlassen hatte, konnte er deutlich die Gesichtszüge des alten Mannes mit dem einzelnen Schuh erkennen.

Der Seekadett Alex Getz hatte Annapolis das allerletzte Mal als Kadett verlassen. Einen Tag zuvor war er mit seiner gesamten Klasse zusammen befördert worden; es war die erste Klasse, die das neue Stadion für die Zeremonie nutzen durfte. Er würde wahrscheinlich auf den Flugzeugträger USS Hankock abkommandiert werden, als Fähnrich. Doch zunächst würde man ihn unter etwas mysteriösen Umständen und für einen begrenzten Zeitraum im Pentagon verpflichten, im Marinezentrum für Seemanöver. Das hatte mit zwei Dingen zu tun: seinem Universitätsabschluss in Manöveranalyse, einem Fachbereich innerhalb der angewandten Mathematik, und mit seinem Vater, der Marineattaché in Saigon war. Für heute, und nur für heute, war er ein normaler Mann; nur ein einundzwanzigjähriger Collegeabsolvent. Seine Eltern hatten schon einen *Braniff*-Flug zurück nach Texas genommen. Wenn er in Washington D.C. fertig sein würde, würde er ebenfalls runterfahren, auf sechs Tage Urlaub. Es würden sechs Tage sein, um darüber nachzudenken, was hinter ihm lag und was bevorstand. Es würden sechs Tage mehr sein als alles, was er für eine lange Zeit gehabt hatte.

Vor vier Jahren hatte er mit der Entscheidung für die Marineakademie eine ganze Reihe anderer Collegeangebote ausgeschlagen. Er war intelligent, sozial veranlagt und ein durch und durch amerikanischer *Footballspieler*, an der *Tight-End-Position*. Das Foto des Abschlussjahres im Jahrbuch – *the Bag* – zeigte ihn, wenn man nur dieses Foto zugrunde legte, als einen jungen Mann, der zwischen Unbeschwertheit und einem zweiten, schwer definierbaren Zustand pendelte. Obwohl die Winkel seines Mundes leicht nach oben geschwungen waren, brachten sie doch kein Lächeln zustande. Seine Augen versprachen insgesamt etwas eher Gemeines, möglicherweise Brutales. Der Gesamteindruck, wenn man lange genug hinsah, schien den Schatten eines Betruges zu offenbaren, gemischt mit Wut.

In den sechs Tagen, die er quer durch Amerika reisen würde, beabsichtigte er, seine Gefühle zu Vietnam endgültig zu sortieren.

Alle redeten die ganze Zeit über Vietnam. Es war ihr Krieg. Er dachte auch daran, dass er Donna heiraten würde, entweder bevor er abreisen würde oder wenn er wieder zurück war, das würde er ihr überlassen. Donna war seine *High-School-Liebe*, die in *Abilene* wartete. Sie war überwältigend; blond, sie trug jeden Sonntag in der Kirche weiße Handschuhe und einen Hut, und sie war außergewöhnlich praktisch veranlagt. Sie würde ihn nicht nur heiraten, weil er nach Vietnam ging. Sie würde ihn heiraten, weil sie es wollte, und wenn sie entschieden hatte, dass es der richtige Moment war. Sie würde das *Abilene Christian College* ohnehin nicht vor dem kommenden Frühjahr abschließen.

*****

Die meisten Kadetten stolzierten herum und gaben vorlaut ihrer Hoffnung Ausdruck, im Inneren des Landes stationiert zu werden. Nicht so Getz. Die ganze Angelegenheit ließ ihn absolut kalt. Er war auf einen Flugzeugträger abkommandiert worden, sein Spezialgebiet waren computergesteuerte Schiff-zu-Land-Raketen. Das war das Neueste vom Neuesten, ein faszinierendes Feld, dachte er. Jede Menge Technik, mit der man arbeiten musste. Die Computersysteme waren brandneu, er würde seine beachtlichen mathematischen Fähigkeiten beweisen, auf einem Schiff, weit von der Küste entfernt. COBOL war zu dieser Zeit über alles beliebt, und er war wirklich begabt in dieser neuen Programmiersprache. Sein Abschluss und seine Begabungen machten ihn für die Marine außergewöhnlich begehrenswert, besonders für die Strategie- und Manöverplanung sowie für die Nachrichtendienste, und es gab wirklich keinen anderen Ort, an dem er seine Begabungen so gut hätte einsetzen können. Seine Abschlussnoten waren schlecht, was aber nichts über seine Intelligenz und seine Fähigkeiten aussagte. Es war eine Schande, dachte er, weil er es über die Jahre, in denen die Kriegstrommeln lauter und lauter wurden, wie der Teufel versucht hatte, sich selbst für die Offizierslaufbahn zu disqualifizieren. Es hatte nicht funktioniert. Er war oft in Schwierigkeiten gekommen – als früheres Mitglied des *Country-Clubs* –, musste als disziplinarische Maßnahme für seine Vergehen über 100 Strafrunden auf dem Sportplatz absolvieren. Er trank gerne. Er spielte gerne *Football*, trotzdem dachten seine Vorgesetzten, er hätte das Zeug zur wahren Führerfigur. Es gab so viele Dinge, die Anführer in der Schlacht an sich haben mussten, die nichts mit Dienstgrad oder Collegeausbildung zu tun hatten.

Heute, einen Tag nach dem Abschluss, war es ihm völlig egal, ob er Männer in die Schlacht führen würde oder nicht.

Die Wahrheit war, dass er an diesen Krieg nicht glaubte. Er war nicht logisch. Er war nicht patriotisch. So weit Alex es beurteilen konnte, hatte er nichts mit den Vereinigten Staaten zu tun.

Die kalte Wut in seinen Augen, die im vergangenen Jahr hart wie Stahl geworden war, rührte daher, dass ein Klassenkamerad ihm erzählt hatte, dass ihre Väter als Marineattachés zusammen in dem selben Büro in Saigon gedient hatten.

In einer kleinen Absteige im ländlichen Virginia, zwischen großen Gläsern voller Scotch, war dem anderen Kadetten etwas rausgerutscht, was eigentlich nicht für seine Ohren bestimmt gewesen war; ihre Väter waren Teil einer Gruppe der Marine in Vietnam, die gegründet worden war, um die Franzosen militärisch so lange zu unterstützten, bis sie aufgegeben haben und nach Hause gefahren sein würden, um zwischen dem Norden und dem Süden zu agitieren und unterm Strich dafür zu sorgen, dass der Krieg so lange wie möglich andauerte. Frieden war unerwünscht, schönen Dank.

Manchmal kann eine Person mit einem etwas anderen Blick auf eine Sache – eine Sache, über die man sich sein ganzes Leben lang sicher war – dein Verständnis dieser Sache von Grunde auf ändern. Es war keine Ehre in dem, was sein Vater für seinen Lebensunterhalt tat. Ja, sein Vater hatte den größten Teil seines Lebens seit 1959 in Saigon verbracht. Seine Mutter war die meiste Zeit in Texas geblieben, weil keiner der beiden Saigon für einen Ort für eine Familie hielt. Sie unternahmen regelmäßig eine Expedition nach Japan, wo der alte Getz sie für seine Erholungsurlaube traf. Er kam auch regelmäßig nach Hause, brachte asiatischen Nippes und langes wundervolles Seemannsgarn über seine Arbeit mit.

Getz ging nach Washington D.C. und meldete sich bei *Naval Operations* zum Dienst, wie befohlen. Er wurde mit einem halben

Dutzend anderer junger Soldaten in einen Raum gebracht. Der Raum war mit Elektronik gespickt, die zu der allerbesten elektronischen Ausrüstung gezählt werden musste, Technik, die normalerweise nur für Aufklärungszwecke genutzt wurde. Er wunderte sich plötzlich, ob er nun auf der Hancock stationiert werden würde, um Aufklärung zu betreiben oder um Raketen abzufeuern. Wie alle anderen glaubte er, dass er, wenn notwendig, den Knopf drücken musste, mit dem er unmittelbar Hunderte von Menschen töten würde. Sie wussten auch, dass viele dieser Opfer Zivilisten sein würden. Wenn er also eine Wahl hatte, dann würde er das über sich selbst lieber niemals herausfinden müssen.

Vier Wochen später war er auf dem Weg nach Abilene, weil er um die Hand seiner Freundin anhalten wollte, und um sich von seiner Mutter zu verabschieden.

Es passierte, während er am laminierten Tisch in der Küche seiner Mutter saß und mit Donna gebratene Hühnersteaks aß, dass sich sein Leben dramatisch und für immer änderte, obwohl er in diesem Moment keine Ahnung davon hatte, wie grundlegend diese Änderungen sein würden. Obwohl er an diese *„good ole boy"*-Szenen, die ihn in der Navy und zwischen den Spinten in den Umkleidekabinen so beliebt gemacht hatten, gewohnt war, war er kein Mann, der offen seine Gefühle zeigte. Er war ein vorsichtiger, methodischer Mann. Donna schätzte das an ihm. Er füllte ihr Glas mit Limonade nach, bevor sie ihn darum bitten konnte, stellte die Karaffe zurück auf den Tisch, nahm ein schwarzes, mit Samt bezogenes Ringetui aus seiner Jackentasche und schob es ohne ein Wort zu ihr rüber. Die einzige bemerkbare Veränderung betraf den leichten, lieblichen Schwung seiner Mundwinkel, der für die Zeit in Annapolis einem Lächeln gewichen war. Sie erwartete einen Ring, beide wussten das. Sie beide wussten, wie ihre Antwort lauten würde.

Sie nahm die Schachtel in die linke Hand und schob mit der Rechten eine Gabel mit Kartoffelpüree in ihren Mund. Als sie fertig war, legte sie die Gabel ab, öffnete die Box und steckte sich den Ring mit einem einzelnen, gefassten Diamanten darin auf ihren Finger. Es war still, es geschah behutsam, es war getan.

Als Antwort schob Donna einen Briefumschlag in Alex' Richtung über den Tisch. Sie hatte ihn diskret unter ihrer Unterlage platziert, um auf den richtigen Moment zu warten. Er war von der Marineverwaltung und diese Art von Briefen verängstigte sie immer ein bisschen. Alex nahm den Messing-Brieföffner aus der Schublade hinter sich und schnitt den Brief vorsichtig auf.

Geehrter Gefreiter Getz;
Hiermit informieren wir Sie, dass es eine Veränderung bezüglich Ihres bevorstehenden Einsatzbefehls gegeben hat. Bitte melden Sie sich am 1. August 1966 in der NAVBase San Diego zur Verlegung in das Vietnamesische Militärinstitut in Da Lat, Vietnam. Dort werden Sie Ihre vorgesehene Tätigkeit als zweite stellvertretende Lehrkraft in Manöveranalytik und höherer Mathematik antreten. Herzlichen Glückwunsch.

Er war mit der Unterschrift des Sekretärs der Marine versehen.

Getz legte den Brief auf den Tisch. Donna nahm ihn auf und las ihn durch.

„Eine Dozentenstelle?", fragte Donna.

„Anscheinend."

„Und, wie geht es dir damit? Das dürfte doch besser sein, denke ich. Stimmt's?"

„Ich weiß nicht", Getz war ehrlich erschüttert. „Ich werde dauernd neu eingeteilt. Die Frage ist, warum? Wo soll das hinführen?"

Sie beendeten ihre Mahlzeit stumm, jeder ging seinen eigenen Gedanken nach, Gedanken, die ihnen noch nie zuvor durch den Kopf gegangen waren.

Das Geschirr war bereits abgewaschen und weggeräumt. Sie spazierten in Richtung Stadtzentrum, wie sie es jeden Abend taten, wenn Alex zu Hause war.

„Wenn du deinen Abschluss hast, könntest du eigentlich bei mir leben ... wenn die Umstände entsprechend sind. Ich gehe davon aus, dass sie mich auf dem Campus unterbringen, oder in der Nähe, zusammen mit anderen Lehrern." Er schaute sie erwartungsvoll an. Es war ein fast unerhörter Luxus für einen Fähnrich, seine Frau im Einsatz dabei zu haben.

„Ich denke, das würde ich gerne machen", antwortete sie, „wenn die Umstände entsprechend sind."

Der August in Vietnam ist so heiß, dass sogar die Einheimischen sich am liebsten die eigene Haut ausziehen würden. Getz war an *heiß* gewöhnt, aber an Texas-*heiß*, die Hitze des Südwestens, mit den hin und wieder schwülen Nächten dazwischen. Da Lat zeichnete sich dadurch aus, dass es 1500 Fuß höher lag als der Rest des Landes und die Temperaturen selten mehr als frühlingshaft waren. Es war eine alte französische Stadt nach dem Schweizer Vorbild gebaut.

Er war tatsächlich mit den anderen Männern auf dem Akademiegelände einquartiert worden. Die Vietnamesische Militärakademie war auf zwei Jahre ausgelegt, seit den 50ern. Erst dieses Jahr war der Lehrplan auf ein Vier-Jahres-College erweitert worden. Der Lehrkörper war durchweg amerikanisch und repräsentierte 1 zu 1 das US-Militär, die Air Force und die Seestreitkräfte, mit den *Marines*, die wie immer unter der Aufsicht der *Marine*-Ausbilder standen. Das ganze Leben auf der Akademie war nach West Point ausgerichtet. Jeder Kadett würde vor dem Abschluss ein Jahr in einem der Zweige der US-Armee innerhalb der USA verbringen. Das Ziel schien zu sein, ein großes, gut ausgebildetes Kader von in Amerika geschliffenen, vietnamesischen Militäroffizieren zu kreieren, die für den Nachrichtendienst qualifiziert waren und, so hoffte man, den Zielen der USA genauso treu sein würden wie denen ihres eigenen Landes. Zurück von ihrem Jahr in den USA, würden die Absolventen sorgsam im vietnamesischen Militär positioniert werden.

Zehn Monate nach seiner Ankunft und zwei Wochen, nachdem Donna in Abilene ihren Abschluss gemacht hatte, kam sie zu Alex nach *Da Lat*. Sie hatte absolut keine Angst, und das machte ihn stolz. Sie kam alleine, an einen einzigen, ordentlich gepackten Koffer geklammert. Sie wurden vom Militärgeistlichen getraut, einem Air Force Mann.

Der Fähnrich und Mrs. Getz waren zu dieser Zeit das einzige verheiratete Paar auf dem Campus, mit Ausnahme des Kommandanten, aber der war Vietnamese und wohnte woanders.

Die Militärakademie war eine Eliteschule; *Da Lat* war als Kurort gebaut. Die Durchschnittstemperatur im August lag bei milden 24 Grad. *Da Lat* war berühmt für seine Rosen, seinen Kohl und die milden Temperaturen, während der Rest des Landes einem Ofen glich.

Getz fühlte sich schuldig, Tag für Tag, im Bewusstsein, dass seine Klassenkameraden in Kampfhandlungen verwickelt wurden, während er der verwöhnten Elite Vietnams dazu verhalf, Geheimdienstoffiziere zu werden. Auch nach ein paar Monaten wusste er noch immer nicht, wie es eigentlich zu dieser Berufung gekommen war.

Donna liebte die Geräuschkulisse auf dem offenen Marktplatz, wo sie frisches Gemüse und Obst, Blumen und Bücher kaufte. Sie kaufte Stoff und nähte Vorhänge, Kleider und Oberteile. Man ging schwimmen und spielte Golf. Überall gab es Gärten, meistens sorgfältig gemäht und geschnitten und geliebt.

Alex hatte keine Idee, wessen Vietnam dies war.

Getz' Unterricht lief gut an der Akademie. Seine Schüler hatten eine Affinität zur höheren Mathematik, schließlich waren sie nach diesem Kriterium ausgesucht worden. Er brachte ihnen auch die COBOL-Programmiersprache bei.

Sieben Monate später, am 31. Januar 1968, eröffnete der Vietcong die *Tet* Offensive. Es war die einzige Schlacht, die *Da Lat* ernsthaft in Mitleidenschaft zog. Sie blieben für die Dauer der Offensive in der Schule und verteidigten sie samt ihrer Studenten. In der letzten Woche der Gefechte zahlten die USA es dem Vietcong heim, indem sie hunderttausende Hektar Wald und Dschungel mit Agent Orange tränkten, angeblich, um die Guerillas zu vertreiben. Von diesem Moment an waren alle Nahrungsmittel, das Fleisch und die Milch, mit dem Pestizid, diesem Neurotoxin, kontaminiert. Die Sprühaktionen wurden wiederholt, immer wieder, über Monate. Der Grund war Getz unverständlich; es machte nach einer Weile einfach keinen Sinn mehr. Sie sprühten scheinbar einfach nur, um gesprüht zu haben – um zu sehen, was passiert. Sie aßen es, sie tranken es, sie atmeten es zusammen mit den Vietnamesen ein.

Im September 1968 gebar Donna ihr erstes Kind, Molly. Molly wurde mit einem riesigen Wasserkopf geboren und war blind. Sie lebte neun Monate und verstarb dann durch Gottes Gnade.

Ein weiteres Mal packte Donna ihren einzigen Koffer, sehr sorgfältig und ziemlich auf sich alleine gestellt, von allem Mut verlassen, und bestieg einen Flug nach Abilene. Sie sahen sich nie wieder, noch würden sie je wieder ein Wort miteinander sprechen.

Alex heiratete ein zweites Mal. Er stieg auf der Karriereleiter bis zum Vizeadmiral auf. Er zeugte einen Sohn und ließ sich in Virginia nieder, wo er ein hochrangiger Nachrichtenoffizier wurde und schließlich der Berater dreier US-Präsidenten. Er spielte eine wichtige Rolle in fast allen großen Verteidigungskontrakten mit der Industrie. Er wurde in die Geschäfte des *Sceptre* Konzerns verwickelt, direkt nach dem Vietnam-Krieg, aber auch während der Scharmützel im Mittleren Osten. *Sceptre* war einer der, wenn nicht der größte Lieferant des US-Militärs für Chemikalien. Und er war ihr am höchsten positionierter Lobbyist im Pentagon. Er beobachtete und er wartete, Eis in seinen Augen und die Winkel seines Mundes leicht nach oben gezogen, unmerklich an Amors Bogen erinnernd.

Die Piloten: Feuerbomber

„Zwei betriebsbereite Düsen. Versuchen Volllast."
„Drei-Fünfzig."
„Alles wird wunderbar."
„Und es regnet runter durch zwei-sechzig ..." Der Höhenmesser lag bei 2.600.
„Cal, mach den Sprinkler dicht."
„Alles Roger, Boss."

Der Boss war Tim Verzet Junior, 39 Jahre alt, Kapitän dieses Flugsimulators einer Boing 747, die als Großtanker für Löscheinsätze getestet wurde. Seine Freunde nannten ihn ‚Flyer', ein Spitzname, den ihm sein Vater als eine Art Auszeichnung verliehen hatte.

Speziell diese Testreihe war sowohl langweilig als auch anstrengend. Nicht zuletzt deswegen, weil sie die Flugzeuge knapp über dem Boden hielten – Feuerbomber nannten es ‚am Abgrund'. VLATs, was soviel hieß wie *Very Large Air Transporters*, verbrachten ihre kritischste Zeit ‚am Abgrund', schließlich brannte es genau dort. Die Herausforderung war, ein auffälliges, wanderndes Ziel zu treffen, was einiges an Kunstfertigkeit verlangte, wenn man sich selbst mit 150 bis 200 Knoten bewegte. Diese Piloten trafen ihr Ziel mit einer großen Menge an Brandschutzmitteln, in einem Moment, den sie mit der Floskel ‚den Abzug drücken' umschrieben. Das Gelände spielte aus einer Reihe von Gründen bei diesen Tests eine große Rolle. Jeder Pilot, der vergaß, die Maschine vor dem Abwurf hochzuziehen – unter Berücksichtigung der Größe seines Flugzeuges –, würde sehr wahrscheinlich einen der Flügel verlieren. Sie flogen ohnehin auf einer selbstmörderisch geringen Höhe über einem zerklüfteten Gelände. Ein schlechtes Urteilsvermögen machte in diesem Areal einen Absturz unausweichlich, obwohl die 747 sich als viel manövrierfähiger entpuppte, als alle erwarteten. Um zu beweisen, dass sie neben den kleineren, schnelleren Maschinen Brände bekämpfen konnten, mussten diese VLATs viel aggressiver geflogen werden als andere Passagiermaschinen, und das, sogar im Simulator, ließ Tims Arme und Schultern schmerzen.

Der zweite Faktor, der vom Gelände, aber auch von der Jahreszeit diktiert wurde, war der Wind. Luft an sich ist nicht gefährlich. Luft, die einen Berghang hinunter rauscht; Aufwinde und Wirbel, die durch die Hitze des Feuers gespeist werden; Wind, der durch eine Schlucht faucht, kann ein Flugzeug in seine Gewalt bringen und der *Crew* das Gefühl vermitteln, dass sie sich in einer Waschtrommel befindet. Eine Turbulenz kann den Kopf des Piloten gegen jede beliebige Oberfläche im Cockpit schleudern, sie kann alles, was im Inneren des Flugzeugs nicht festgezurrt ist, wie eine Waffe umher schleudern. Eine Turbulenz kann den erfahrensten Piloten einfach k.o. schlagen, indem sie ihn an die Innenwand seines eigenen Flugzeuges klatscht.

Tim rieb sich müde das Gesicht, stand auf und streckte die Arme hoch über seinen Kopf. „Ich hole Kaffee", sagte er.

Das Einzige, was es heute noch zu tun gab, war eine technische Inspektion der 747, die unten am *Pinon Airfield* stand. Die Versorgungssysteme für Brandschutzmittel mussten technisch überprüft werden. Die Elektriker folgten jeder Leitung, von den Ein- und Ausgängen, bis zurück zur Stromversorgung. Er hatte die Bedienungsanleitung studiert, am Abend zuvor, bevor er ins Bett gegangen war. Er war jetzt damit beauftragt, die Installation zu überprüfen und sicherzustellen, dass sie sich mit der technischen Anleitung deckte.

Als nächstes wurde er damit beauftragt, die Reparatur- und Wartungslisten zu überarbeiten. Morgen würde er einige weitere Simulationen fliegen. Die Simulationen waren nach langen Interviews mit flugerfahrenen Piloten entwickelt worden, und anhand der Analyse einer Reihe von Unglücken, großen und kleinen. Die Forstverwaltung hatte ordnerweise Unfallberichte, in denen Flugzeuge einfach in der Luft auseinandergebrochen, den Scherkräften erlegen waren. Im Laufe der Woche würde er das Flugbesatzungstraining und die Wartungstrainingsübungen ge- nehmigen. Seine Aufgabe in diesem NASA-Programm war fast abgeschlossen.

Es gab vier Phasen. Phase eins: eine eingehende Befragung von aktiven Piloten zu diesen Flugzeugen, insbesondere Interviews mit Löschflugzeugpiloten selbst. Die Piloten wurden ausgequetscht,

Wunschlisten aufgestellt, Beschwerden gesammelt darüber, wie bestimmte Flugzeugtypen sich bei den Einsätzen verhalten hatten. Ein halbes Dutzend *Crews* machten immer wieder dieselben Tests an diesem Vogel, der Boing 747. Einige andere *Crews* analysierten die McDonnell-Douglas DC-10 für dieselbe Aufgabe. Das waren die glücklicheren *Crews*. Sie waren in der Luft. Diese Vögel kämpften allerdings nicht um ein und denselben Platz, sie würden beide in die Feuerlöschstaffel des Forstdienstes der Vereinigten Staaten eingegliedert werden. Früher oder später würde es Testflüge an der 747 geben, und er würde einer der Piloten sein. Für ihn konnte das nicht schnell genug gehen. Die Durchführung dieser Vorabtests, bevor man das Flugzeug in die Luft bringen konnte, war für ihn der Inbegriff vom Tod-durch-Langeweile.

Phase zwei: Analyse von bestehenden Performance-Daten; mehr Langeweile. Wirklich, sie arbeiteten nur die Flugtauglichkeits-Tests durch, die schon von den Herstellern gemacht worden waren.

Phase drei: rein in die Simulatoren um die Handhabung und Performance unter verschiedenen Umständen über verschiedenen Geländen zu evaluieren. Sicherlich war das etwas besser, aber nicht so gut wie die Wirklichkeit. Sie simulierten Anflüge und Abwürfe, Flüge bei eingeschränkter Sicht, wie ein Pilot sie in dichtem Rauch erwarten würde, das Fahrwerkverhalten wurde getestet, Höhenmeter und Fluggeschwindigkeitsreferenzwerte wurden variiert, sie wurden gnadenlos Böen und Turbulenzen ausgesetzt, den schlimmsten Feinden des Feuerwehrpiloten. Flyer, sein erster Offizier, und sein Bordtechniker flogen simulierte Feuerattacken in Aufwärtsschlaufen mit jeder nur erdenklichen Anzahl von Variationen in den Parametern, und Abwärtsschlaufen, mit genauso vielen zufällig gewählten Variablen.

Phase vier bestand aus der Auswertung der Flüge mit den DC-10-Flugzeugen. Diese Flüge waren gerade im Gange. Am Ende, da es sich hier im Grunde um das Handwerk von Flieger-Assen handelte, würde das Einzige, was bei diesen riesigen Flugzeugen zu beachten war, sein, dass sie in der Startphase eine besondere Startrampe brauchten, um in die Luft zu kommen, und dass sie für die anderen, kleineren Flugzeuge im Szenario unweigerlich eine ganze Reihe zusätzlicher Turbulenzen kreieren würden. Daher wurde nie in Erwägung gezogen, eines dieser großen Flugzeuge zum Flughund zu machen – dem führenden Flugzeug –, man ging eher davon aus, dass sie die zweite Welle fliegen würden, sozusagen zum Groß-reine-machen. Abgesehen von diesen Überlegungen standen diese beiden Flugzeuge bezüglich ihrer Größe auf der Wunschliste ganz oben. Der *Dispatcher*, der diensthabende Flugdienstberater, würde einfach in dem Moment entscheiden müssen, ob die Anflugwinkel in dem gegebenen Gelände für Flugzeuge dieser Größe zu steil waren oder nicht.

Tim konnte es nicht erwarten, in die großen Maschinen zu kommen. Er hatte sein ganzes Leben dafür trainiert, geboren und großgezogen, um ein Pilot und Feuerwehrmann zu werden wie sein Vater. Er war hoch gewachsen, fast zu hoch zum Fliegen. Er hatte hellbraunes, gewelltes Haar, das er jetzt, da er vom Militär weg war, etwas länger trug. Seine Ohren hatten was von offenen Autotüren und seine Nase war etwas zu lang, aber alles in allem war er trotzdem eine gelungene Gesamterscheinung. Er war schlank für seine Größe und neigte dazu, etwas schlaksig zu laufen, ein Zug, der den inneren Motor verbarg, der ihn dazu trieb, immer höher zu steigen und schneller zu fliegen. Dies war der Teil in ihm, den er ständig zu zähmen versuchte. Er war 39 Jahre alt, sah aber zehn Jahre jünger aus.

Flyer verließ das Militär, um mehr Feuer löschen zu können, als dies auf einem Air-Force-Stützpunkt möglich war, wo die Sicherheitsbestimmungen ziemlich streng waren. Er fing bei Cal Fire an, der in Kalifornien beheimateten *Firefighter*-Staffel, die in *Redding* stationiert war.

Kalifornien war ein außergewöhnliches Trainings- und Testgebiet, denn die in Kalifornien beheimateten Bäume – Süßhülsenbaum, Eukalyptus, Ponderosa, eine Vegetation, die kaum mehr als Buschwerk darstellte –, waren ölhaltig und leicht entflammbar. Berglandschaften, Wüsten, ausgedehnte, aber dicht besiedelte Städte, etwas Flachland ... das alles gab es in Kalifornien. Er flog T94er, T95er, Grumann S2Ts, er war durch das Militär für die P3 Orion zugelassen und er würde am Ende die DC-6, DC-10 und die 747 fliegen dürfen. Er trug eine Bomberjacke, die ihm sein Vater 1988 zur Pilotenprüfung geschenkt hatte, Sein Vater war es, der ihm geholfen hatte diese Prüfung zu bestehen, indem er ihm das Fliegen beigebracht hatte.

Sein Vater, Tim Senior, war Pilot und Rettungssanitäter in British Columbia gewesen. Er war von der Sorte Feuerwehrpilot, die dir erzählten, dass sie ihr Flugzeug einfach nur als Werkzeug benutzten. Tim Senior sah aus wie Errol Flynn und war schon dabei gewesen, bevor es irgendwelche Gesetze oder etablierte Vorgehensweisen für die Löscharbeiten aus der Luft gegeben hatte. Er war ein Pionier, der diese Gesetze erschaffen hatte, durch pure Erfahrung und jede Menge Glück. Und er hatte einen guten Teil seiner Kameraden bei Löscheinsätzen sterben sehen.

Flyer hingegen war ein impulsiver Pilot, der einfach in den endlosen Horizont verliebt war und es vorzog, schnell zu fliegen. Anders als sein Vater, war er ein Pilot, der wirklich mit dem Feuer kämpfte. Dennoch hielten sich beide Männer an die bekannten grundlegenden Fliegerregeln für *Firebomber: Versuche mitten in der Luft zu bleiben; gehe nicht an ihre Ränder heran*; diese Ränder bestehen aus Boden, Gebäuden, dem Ozean, Bäumen und dem Weltraum. An diese Grenzen heran zu fliegen war wahrhaftig gefährlich.

Für jemanden von Tims Temperament war es befremdend, die streng kalkulierten, bedachten Flugmanöver durchzuführen, die zur Brandbekämpfung aus der Luft gehörten. Da wurde zu viel Zeit damit verbracht, die Situation abzuschätzen, das Feuer und die Möglichkeit, es einzukreisen, sowie für sich selbst wieder einen Weg hinaus zu finden. Aber impulsive Piloten kamen ums Leben. Er betrachtete die notwendige Selbstkontrolle als eine persönliche Herausforderung, als einen Weg, die Gefahr zu besiegen, indem man es langsam anging, ruhig blieb und unbeteiligt. Sie sprachen darüber, das Feuer ,flachzulegen'. Das war Tims Art, sein inneres Feuer flachzulegen. Sein Vater würde sagen, das sei ein Job und kein Notfall. Nicht dass er die Qualifikation, die diesen Piloten abverlangt wurde, heruntergespielt hätte. Die Feuer waren gefährlich und heiß; die Gelände teilweise absurd schwierig. Die *Crews* flogen ihre *Einsätze* ohne Unterbrechung in 8 Stunden-Schichten.

Der Job war im Grunde anstrengend und mies bezahlt. Leute, die weiter fliegen wollten, blieben dabei oder gingen für etwa dieselben

Löhne, die sie als *Fast-Food-Restaurant*-Kassierer verdienen konnten, in die zivile Luftfahrt. Viele seiner Freunde schliefen in Fracht-flugzeugen oder lebten bei ihren Eltern oder machten zwei Jobs, während sie auf eine Anstellung bei den großen Airlines spekulierten, die aber ohnehin niemanden einstellten. Nicht dass sich das *Firebombing* bezahlt gemacht hätte, aber es war als Beruf trotzdem befriedigend.

Gott sei Dank kam der Tag, an dem die Piloten endlich an die 747er ran durften. Egal wie man es betrachtete, sie war ein aufregendes Flugzeug; mit einer aktiven Reichweite von 5000 Meilen verfügte es über die Möglichkeit, die Ladetanks in gepulsten Schüben über einer Strecke von 25.000 Fuß zu entleeren. Es hatte eine Warteschleifen-Kapazität von 3 Stunden, das heißt, die Maschine konnte eine Weile in der Luft bleiben, bis der Brand ordentlich eingeschätzt worden war und es entweder einen Einsatz-befehl gab oder sie nach Hause geschickt wurde. Es war so, dass dieser Supertanker, mit sechs strategischen Tankmöglichkeiten quer über das Land verteilt, 90.000 Gallonen auf mehrere Ziele verteilt abwerfen und dabei 16 Stunden in der Luft bleiben konnte. Sie würde der größte Trumpf bei jeder Löschaktion, bei jedem Brand sein, mit Ausnahme derer in extrem zerklüfteten Geländen. Wenn er sich vorstellte, wie dieses Flugzeug als Teil einer Löschaktion aussehen würde, sah er einen großen Weißen Hai, der von hinten an einen heran schwamm. Fokussiert, muskulös, unaufhaltbar; das war noch nicht mal der Anfang einer adäquaten Beschreibung.

An einem wunderschönen, heißen Samstagmorgen im August in den Bergen im nördlichen *New Mexiko* stieg die Alpha-Crew in das kalte, dunkle Cockpit einer 747. Tim Verzet war der Kapitän dieses Flugzeuges, Cal Penderton der Erste Offizier und Lee Phillips der Bordingenieur. Sie gingen die Start-Checkliste durch, schalteten den Strom ein und fuhren die Systeme hoch. Innerhalb einer halben Stunde waren sie in der Luft. Tim flog wiederholt einen langgezogenen, lässigen Hufeisenanflug auf ein *Football*-Stadion in der Nähe. In regelmäßigen Abständen standen auf dem Rasen etwa drei Fuß hohe weiße Plastik-Auffanggefäße.

Am oberen Ende würden die Auffanggefäße das Brand-schutzmittel, wenn es runter regnete, auffangen und die

78

Flüssigkeitsmenge messen. Das Ziel war es, die Flüssigkeit gleichmäßig auf die Gefäße zu verteilen, mit einer gewissen Toleranz wegen des wechselnden Windes.

Sie sanken auf kürzeste Distanz auf einhundertachtzig Fuß, um die Geschwindigkeit möglichst niedrig zu halten, ein Manöver, das vom Boden aus jedes Mal wie eine Einladung zur Katastrophe aussah. Egal wie oft sie es mitansahen, allein wegen der unglaublichen Größe des Flugzeugs waren sich die Leute am Boden jedes Mal sicher, dass sie Zeuge werden würden, wie das Flugzeug wie ein Wal auf den Boden klatschen würde, mit einem Aufprall, der vom Kreischen aufreißenden Metalls und berstender Nähte begleitet werden würde. Und dann, wie durch ein Wunder, im letzten nur denkbaren Moment, erhob sich das Biest wieder in den Himmel. Im Anflug auf das Ziel fuhr Tim die Landeklappen voll aus und regelte die Triebwerke so ein, dass sie volle Kontrolle über die Flugbahn behielten. Er liebte es, diesen Vogel zu fliegen. Cal gab die Flughöhen durch, während sie sanken. Mehrere hundert Fuß über dem Grund zog Tim die Schnauze sanft hoch, hielt eine Flughöhe von etwa 180 Fuß. Er hielt die Höhe mit etwa drei oder vier Grad Anstellwinkel und einhundertfünfzig Knoten Fluggeschwindigkeit.

„Halten ...", rief Tim.

Tim drückte einen Auslösenocken auf seinem Steuerknüppel – drückte den Abzug – und zog alle vier Drosseln bis zum Anschlag auf, während er die Schnauze leicht nach oben hielt und 20.000 Gallonen Brandschutzmittel durch vier 12-inch-Düsen an der Unterseite des Flugzeugs geblasen wurden. Die Flüssigkeit wurde durch acht Presslufttanks getrieben und die gesamte Ladung war innerhalb von zehn Sekunden weg, was gut ist, denn bei 150 Knoten ist das Flugzeug schnell über das Ziel hinaus. Die 747 checkte aus.

Tim verbrachte den Abend damit, in dem Pilotenquartier im Stützpunkt seinen Seesack zu packen. Er würde am darauffolgenden Tag nach *Redding* zurückkehren, um den letzten Monat seines Vertrages abzuarbeiten, und dann, am ersten Tag des Oktobers, würde er ganz offiziell *Firebomber* für *Blue-Sky-Airways* am *Pinon*-Flughafen mitten im Nirgendwo in *New Mexiko* sein.

Tim hielt sich eine *Piper Supercut* in *Pinon*. Sie war seine persönliche Fahrkarte nach Hause, dieser VW-Käfer der Lüfte. Die

Supercup hatte zwei bestimmte Eigenschaften, die sie für Tim zum Transportmittel seiner Wahl machte. Ersten konnte sie auf allem landen, was nur näherungsweise flach war, auf kürzester Strecke. Zweitens war sie kriminell übermotorisiert. Das heißt, sie war schnell und es machte Spaß, sie zu fliegen. Ganz einfach.

Er starte an dem Morgen mit der Vorhersage von Sturm über Kalifornien. Das war typisch für den Sommer in Kalifornien und für den August im Besonderen. Abgesehen davon war *New Mexiko* für seine bodennahen Turbulenzen bekannt. Also würde er entweder nach dem Flug etwas durch den Wind sein oder er musste den Bus nehmen. Sein Wagen, eine sehr alte viertürige Volvo-Limousine, stand in Kalifornien. Über *Redding* erwartete er doch etwas mehr Turbulenzen. Da draußen war definitiv irgendwo ein schwerer Sturm. Aber im Moment war der Himmel überwiegend blau mit einer dicken Decke weißen Dunstes am Horizont.

Die Sicht war schlechter geworden in den letzten zehn Jahren, man vermutete wegen der Luftverschmutzung, die sich in der Atmosphäre sammelte. Die Standard-Sichtweitenerwartung war früher bei 40 Meilen gewesen. Jetzt lag der Standard bei zehn.

Für einen Piloten, der mit dem Gefühl lebte, dass der Weg bis zum Horizont der Weg bis ans Ende der Welt war, war eine 75%ige Reduktion seiner Standart-Sichtweite ein Grund zu trauern.

Er segelte über Inseln von Häusern, *High-Schools*, *Swimming Pools*, Kinderspielplätze, alles in grüne Quadrate verpackt. Die *Cal Fire Base* erschien und er brachte die kleine Maschine runter, rollte unauffällig in Richtung Standposition. Er parkte das Flugzeug an einer Stelle, wo es nicht im Weg sein würde. Es waren ein paar andere Privatflugzeuge hier geparkt. Jeder Pilot, der die Wahl hatte, würde die Luft wählen, nicht den Boden. Schwarze Wolken türmten sich in einiger Entfernung im Nordwesten und quollen hinter dem *Bully Choop* Mountain hervor.

Tim ging durch die Tür in den *Dispatch*, die Flugleitstelle, in dem die Flugdienstberatung saß.

„Hi Flyer!", eine Frau mittleren Alters saß mit einem *Headset* auf dem Kopf hinter einem Schreibtisch. „Bist wieder zurück?!"

„Klar, man kann doch nicht den ganzen Sommer abhängen, oder?" Tim grinste.

Er verschwand in der Umkleide, um seinen Vater anzurufen. Tim Verzet Senior, 70 Jahre alt, lebte jetzt friedlich im Ruhestand auf ein paar hundert Morgen am *Lake Helen* in den *Cascades*. Helen war der Name seiner Frau gewesen; deshalb hatte er das Anwesen gekauft.

Alle nannten den älteren Verzet „Huck", sogar Tim.

Einige hundert Meilen weiter lag der schneebedeckte *Mt. Shasta* mit Blick auf den *Lassen Peak*. Lassen Peak war ein noch immer aktiver Vulkan mit periodischen Dampfausbrüchen und blubberndem Schlamm.

Huck zog Gemüse, flog ein bisschen, arbeitete für seine Freunde, die in der Nähe als Förster den Gesundheitszustand der Pflanzen und die Reinheit des Wassers untersuchten ... Im Wesentlichen verbrachte er seine Zeit mit mehr oder weniger unspektakulären Dingen, aber das tat er auf seine ganz eigene und disziplinierte Art und Weise. Außerdem hielt er sich Bienen. Alles, was fliegen konnte, schien Tims Vater zu interessieren. Tims Mutter war gestorben, als er zehn Jahre alt war, also waren sie immer zu dritt gewesen – Tim, Tims Vater und immer wieder Jeff, der Sohn eines Mannes, mit dem Huck jahrelang geflogen war – und da waren natürlich Flugzeuge, so weit sich irgendjemand zurückbesinnen konnte.

Der inoffizielle Sohn, Jeff Brandenburg, war ein Flugzeugmechaniker der für eine große Fluglinie in *Dallas-Fort Worth* arbeitete. Sein Vater war gestorben, als Jeff zwei Jahre alt war. Jeff verbrachte einige Jahre mehr oder weniger in Schwierigkeiten, war weggelaufen und für einige Jahre untergetaucht, bis er eines Abends im Winter vor Hucks Haustür wieder an die Oberfläche gekommen war. Jeff hätte es demütigend gefunden, als Waise oder Sozialfall betrachtet zu werden, also kam und ging er, meldete sich, wenn ihm danach war, und schätzte sich glücklich, dass Huck keinen Staatsakt daraus machte.

Tim setzte sich rücklings auf eine Bank zwischen zwei Reihen von Spinden und tippte Nummern in sein Mobiltelefon.

„Verzet!" Wenn sein Vater das Telefongespräch entgegennahm, klang seine Stimme immer gleich. Sie hörte sich drahtig an. Wie sein Telefon. Sein Vater brauchte und schätzte die altmodische Technik. Dies war ein altes Haus mit einer alten, verlässlichen Infrastruktur.

Draußen in dieser Gegend brauchte man für die Winter alle Kommunikationsmöglichkeiten, die man kriegen konnte. Sein Vater hatte auch einen Kurzwellensender.

„Dad!"

„Flyer? Wo bist du?" Sein Vater freute sich, von ihm zu hören.

„Zurück bei Cal Fire, Dad."

„Wie ist es in New Mexico gelaufen?"

„Wirklich gut, diese Hunde gehen definitiv auf die Jagd." Tim benutzte einen der Lieblingsausdrücke seines Vaters. „Ich dachte, wenn ich hier in 26 Tagen fertig bin, nicht dass ich sie zählen würde, dass ich dann für ein paar Tage hochkomme, bevor ich nach Pinon runtergehe. Ist das okay für dich?"

„Klar doch, mein Sohn." Sein Vater war eindeutig erregt, aber wie sie beide es jedes Mal machten, hielten sie ‚das Feuer flach'.

„Großartig, ich rufe dich an, bevor ich komme."

Tim entleerte seinen Pilotenkoffer in seinen Spind und ging zurück in den *Dispatch*. Hier würden alle Nachrichten zusammenfließen. Zum einen würde es hier zuverlässige Wetterinformationen über diese schwarze Masse geben, die sich auf sie zubewegte. Innerhalb der vergangenen zwölf Stunden waren bereits mehrere trockene Gewitterstürme gemeldet worden, und es war kein Ende in Sicht. Die Stürme konnten Hunderte von Blitzen hervorbringen, ohne jegliche Feuchtigkeit im Rücken. Jeder Tropfen Regen, der damit einherging, würde lange verdunstet sein, bevor er den Boden erreichte, weil die Luft einfach zu heiß war. Cal Fire hatte ein ausgetüfteltes und robustes System von bodengestützten Feuerwehreinheiten, aber der Einsatz aus der Luft würde als Erstes angefordert werden. Sie würden schneller dort sein als irgendjemand anders, sie würden Gegenmaßnahmen ergreifen und essenzielle Informationen über das Feuer übermitteln, das nur aus der Luft beobachtet werden konnte. Die Feuerbomber löschten ein Feuer nie selber ganz aus, aber sie machten es möglich, dass man es löschen konnte. Der *Dispatch* meldete, dass die Feuergefahr heute extrem hoch war. Ganze Fronten dieser Stürme zogen über dicht bewaldetes Gebiet gen Süden.

In den vergangenen Stunden waren Blitzeinschläge und kleinere Feuer gemeldet worden. Es war möglich, sogar wahrscheinlich, dass

Hunderte von Bränden aufflammen und, wenn alles schieflaufen würde, sich zu einem Superinferno vereinen würden, das schnell unbeherrschbar werden konnte. Die Flugzeuge würden lange davor in der Luft sein, würden Brandschutz sprühen, um kleinere Brände einzukreisen und um Brandschutzmittel in der Nähe bewohnter Gebiete auszubringen, die in der erwarteten Ausbreitungsrichtung der Feuer lagen, um wichtige Beobachtungen für die Kommandozentrale zu machen, die an die *Crews* am Boden weitergegeben werden würden, und – wenn notwendig – um dort einzugreifen, wo das Feuer eine der *Crews* am Boden bedrohte. Die *Santa Ana* Winde, die jedes Jahr durch Kalifornien wehten, waren Teufelswinde und konnten sich von einem Augenblick auf den anderen gegen eine Bodencrew richten, das unglückliche Team auf einer Insel in einem Feuermeer einschließen, einer Insel, von der sie eigentlich erhofft hatten, dass sie nicht das Letzte sein würde, das sie in ihrem Leben sahen. Alle Feuerwehrleute wurden sorgsam ausgebildet und hatten Erfahrung damit, unter solchen Bedingungen zu arbeiten. Glücklicherweise zogen die *Santa Anas* normalerweise weit im Süden durch. Doch nun sah Nordkalifornien weißglühende Steppenbrände und Blitzlichtgewitter. An diesem Nachmittag, um drei Uhr dreißig, schickte der *Dispatch* Tim und drei andere Piloten in die Luft. Sie flogen alle S2Ts. Tim wusste, dass dies wahrscheinlich der letzte Feuerwehreinsatz werden würde, den er in dieser kleinen Maschine fliegen würde. Es war ein gutes Flugzeug, zuverlässig, sein mutiges kleines Feuerpferd.

„Roger, Rudelführer."

Tim flog während dieser Mission nicht im Leitflugzeug, während die Anweisung vom Rudelführer kam, ein kleineres Feuer einzukesseln, das sich abseits des eigentlichen Brandherdes gebildet hatte. Die Logistik war schon vor Ort und richtete ein großes Basislager ein, denn sie erwarteten ein großes Feuer. Hunderte Männer am Boden, Bulldozer, eine Küche, Zelte und die Wasserversorgung ... sie waren alle da. Cal Fire hatte diese *yes-we-can* Attitüde, und alles andere hätte auch keinen Sinn gemacht. Er hob ab mit einer vollen Ladung, etwas mehr als 9000 Gallonen in diesem Fall, nahm Kurs auf das Feuer und flog darüber hinweg – dabei peilte er Landmarken an, zwei waren die Regel, so dass er genau wusste, wann er den Abzug würde ziehen müssen. Er visierte seinen Fluchtweg an, raus in Richtung Südosten. Er kam in einem weiten Bogen angeflogen, orientierte sich an seinen beiden Referenzpunkten. Feuerbomber achten nicht auf Rauch und schauen nicht nach den Flammen. Sie identifizieren und orientieren sich an den Landmarken, die sie vorher festgelegt haben. Er kam in eine Flucht mit seinen Landmarken und drückte den Abzug.

„Volltreffer", krächzte das Funkgerät. Das war das leitende Flugzeug.

Vier weitere Stunden später baten sie Luftunterstützung an. Dieses Feuer hatte etwas Besonderes. Sie alle hatten es von Anfang an gewusst, auch wenn bisher noch niemand darüber sprach. Abgesehen davon, dass es von dem gnadenlosen *Santa Ana* vorwärtsgetrieben wurde, abgesehen von den ständigen Gewittern, die fast ohne Regen blieben, hatte dieses Feuer eine Vehemenz, eine gottlose Aggression, wie Tim sie nie zuvor gesehen hatte. Es war, als würde jemand unsichtbares Benzin in die Flammen gießen. Sie ließen sich einfach nicht flachlegen; sie donnerten und schrien und züngelten. Er war froh, dass er nicht am Boden war, und sehr besorgt um die Leute, die es waren. Das Feuer wurde von etwas angetrieben, das jenseits ihres Erfahrungshorizontes lag, und niemand wollte sich so recht mit der Idee anfreunden, dass die ungewöhnlich infernalische Kraft dieser verheerenden Feuerwalze die Wiege einer komplett neuartigen Feuerbrunst darstellte.

Als er seine sechste Ladung aufnahm, krächzte die Stimme des Flughundes aus seinem Funkgerät.

„72, wir haben ein Team, das sich fertig macht, sich zu dislozieren. Du bist die nächste Luftunterstützung."

„Es macht sich fertig zum Dislozieren?"

Die Feuerwehrleute würden die orangefarbenen Zelte aufbauen, die an Mumienschlafsäcke erinnerten. Sie würden sich in diesen Zelten einschließen und auf dem Boden auf Hilfe warten. Wenn ihnen der Sauerstoff nicht ausgehen würde, würden die Zelte Temperaturen von bis zu 500 Grad Celsius aushalten. Dann würde der Kleber, der die Zelte zusammenhielt, anfangen zu schmelzen.

„Roger 72, hab verstanden, sie werden überrollt. Das wird eng da oben."

So schnell es irgend ging, war er wieder in der Luft und flog zielgerichtet auf die angegebenen Koordinaten zu. In solchen Situationen – und das passierte allzu oft – hallte die Stimme seines Vaters durch seinen Kopf. „Dies ist kein Notfall, dies ist ein Job." Diese Einstellung und ein kühler Kopf hatten ihn mehr als nur einmal gerettet. Sich kopfüber in ein Feuer zu stürzen, um die Löscheinheit zu retten, war der sicherste Weg, den Piloten selber mit umzubringen. Er verortete die Gruppe der Feuerwehrmänner, die am Boden auf einer Insel gefangen waren. Die Feuerfront umringte sie wie ein infernalischer Dämon, der sie von allen Seiten anfauchte. Er sah, dass die Männer der Löscheinheit es fast geschafft hatten, sich in ihren Zelten in Sicherheit zu bringen. Es war nur wenig Zeit übrig, aber er flog eine Runde um die Insel herum, gab ihnen Zeit, sich ganz in Sicherheit zu bringen. Er legte einen Streifen Brandschutz längs einer der Flanken der Insel. Er wusste, andere waren hinter ihm. Jeder von ihnen würde einen Abwurf machen und so die Feuerwehrleute einkreisen, zur Not auch direkt auf sie drauf, wenn es Sinn ergab.

„Volltreffer, 72."

Mit entleerter Ladung drehte er ab und flog zurück zum Stützpunkt.

Er war dort, kurz nach Sonnenuntergang, als ein Lastwagen die verängstigten, erschöpften und dankbaren Männer der Löscheinheit zurück nach Hause brachte. Sie sahen aus, als wären sie fast zu Tode geprügelt worden, aber sie waren am Leben, verrußt, versengt und schwarz, aber atmend. Sie bluteten, aber das kam nicht von der Feuerwalze. In einem Buschfeuer wurden alle *Crews* zerkratzt und zogen sich ziemlich hässliche Schnittwunden zu.

Als er in dieser Nacht seinen Kopf in die Kissen sinken ließ, im Bewusstsein, dass das Feuer noch völlig außer Kontrolle war und sich weiter ausbreitete, ließ er alles, was er an diesem Tag aus der Luft gesehen hatte, noch einmal Revue passieren, und brannte sich ins Bewusstsein ein, was genau an diesem Feuer Besonderes gewesen war, an dieser Ausprägung des Infernos, wie er es noch nie zuvor erlebt hatte. Er wollte wissen, was da passierte. Es gab immer einen Weg, ein Feuer flachzulegen. Manchmal dauerte es einen Monat ... aber er hatte noch nie etwas Derartiges gesehen.

Dieses Feuer entwickelte sich katastrophal, intensiv und wurde unkontrollierbar. Am nächsten Morgen waren bereits 2000 Hektar in Flammen aufgegangen. Ein merkwürdiger Wind blies weiterhin aus östlicher Richtung mit mittleren Windgeschwindigkeiten von um die dreißig Meilen pro Stunde, der aber von Böen von einhundertzehn Meilen pro Stunde durchsetzt war. Er verhielt sich wie der *Santa Ana* der Teufelswind, der normalerweise aber viel weiter im Süden zu erwarten war. Funken flogen eine halbe Meile aus den Flammen heraus auf friedliche Wälder und entzündeten sie, manchmal richtig explosiv. Die Wipfel der Kiefern, die Kronen, brannten zuerst, und dann sprang das Feuer von Wipfel zu Wipfel, bevor der Rest der Bäume Feuer fing. Diese Kronenbrände waren zu heiß und gefährlich für die Feuerwehrleute. Tim und die anderen *Firebomber* flogen über große Bereiche des Infernos, die vom Boden aus völlig unerreichbar waren, und – wo sie sie ausmachen konnten – legten sie Brandschutzstreifen längs der Flanken des Brandes. Starke Winde jagten sich selber gegen den Uhrzeigersinn im Kreis.

Am Ende der Woche waren 20.000 Hektar in Rauch aufgegangen.

Sie kämpften drei Wochen lang gegen das Feuer, unterbrachen nur, um zu schlafen oder zu essen. Tim dachte oft daran, was für einen Unterschied es machen würde, eine DC-10 oder eine 747 dabei zu haben. Es war keine aus *Pinon* gekommen. Er war sich sicher, dass eine angefordert worden war. Es gab wohl noch Papierkram, mehr Bürokratie zu erledigen, bevor diese Supertanker zur Rettung kommen konnten.

Letztendlich rangen sie das Biest zu Boden mit dem, was sie hatten. Am allerletzten Einsatztag sah Tim einen Piloten sterben. Er und ein anderer Pilot waren zu einem Brennpunkt 20 Meilen südöstlich geschickt worden. Da brannte noch ein Feuer in einer Schlucht. Es war eine typische Situation, eine, die sie alle schon viele, viele Male gemeistert hatten. Sie suchten sich ihre Landmarken und die Fluchtroute, ein einfacher Schuss in ein weites Tal. Mike Appleby flog die andere S2V. Er war der Anführer und mehr als sie beide waren da nicht draußen. Mike funkte, dass er den Kessel von der Talseite der Schlucht aus anfliegen würde, um eine enge Kurve zu fliegen, sobald er drin war, grade zu ziehen und seine Ladung abwerfen. Das Ziel würde im gesamten Verlauf des

Manövers sichtbar bleiben und der Anflug war kurz, also bestand keine Gefahr, dass er zu schnell werden würde. Tim sah Mike reinfliegen, die Kurve ziehen, seinen Flieger ausrichten für seinen Abwurf. Alles sah nach perfekter Routine aus. Mike drückte den Abzug und rotes Brandschutzmittel fiel aus dem Bauch seines Flugzeugs. In dem Augenblick explodierte der Wald unter ihm wie Zunder, wie zwei Güterzüge, die frontal aufeinanderstießen, und der Aufwind schleuderte das Brandschutzmittel in Spiralen zurück in die Luft, hüllte das Flugzeug ein und wirbelt weiter hoch in den Himmel. Innerhalb von Sekunde hatte sich Mikes Maschine kopfüber gedreht und zerschellte an der Flanke der Schlucht. Das Flugzeug explodierte sofort.

Jeder Pilot hat schon einmal von diesem Szenario gehört. Alle Piloten beten, dass sie es nie zu Gesicht bekommen. Es war, als hätte eine Bombe in der Schlucht auf sie gewartet. Tim zog seine Maschine hoch, funkte den *Dispatch* an und flog in einem großen Bogen zurück zum Stützpunkt. Ein Unfallteam würde früh genug zu Mike herunter stoßen und zu dem, was von seinem Flugzeug übrig war.

Am nächsten Tag packte er seine Tasche ein weiteres Mal, mit der Absicht, zu seinem Vater zu fahren. Die Tür zu seinem Zimmer öffnete sich und einer der Funker erschien.

„Hey, das musst du dir anhören!" Er deutete Tim, ihm nach vorne in den *Dispatch-Raum* zu folgen. Ein Dutzend Piloten und Feuerwehrleute waren um das Funkgerät versammelt und hörten gebannt zu.

Zwei Teams hatten gefunkt, dass im vollständig gelöschten Bereichen des Brandes – große Bereiche, die schon vor Tagen gesichert worden waren –, die Bäume wieder Feuer gefangen hätten, weil – so schien es – die Wurzeln unter der Erde noch immer brannten.

„Was?", flüsterte Tim. Wie war das möglich? Es war gar nicht genug Sauerstoff im Boden, dass es weit unten im Boden überhaupt brennen konnte.

„Wie tief?"

„Drei Fuß ..., vier Fuß ...", antwortete der *Dispatcher*.

Dieses Mal benutzte er seinen alten Volvo, um zur Farm seines Vaters zu kommen. Er war völlig durch den Wind. Die Ruhe des *Lake Helen* und die schneebedeckten Spitzen von *Mt. Shasta* und Mt. *Lassen* waren genau das, was er jetzt brauchte. Sobald er nach *Pinon* kommen würde ..., das Erste, was er fragen würde war, wo zum Teufel die VLATs geblieben waren?

Es war eine Stunde vom Stützpunkt in *Redding* bis zu seinem Vater am *Mt. Shasta*. Der Geruch des Feuers hing hier noch schwer in der Luft. Er kurbelte seine Fenster hoch und machte das Radio an. Er fuhr die I-5 hoch, ließ den *Big Bend* zu seiner Rechten liegen. Während er fuhr, kam ihm die Szene immer wieder in den Kopf, wie Mike sich ins Feuer gebohrt hatte. Die Bilder kamen ungebeten, und jedes Mal musste er sie verscheuchen, aus Angst, dieser Anblick könne sich für immer in ihn einbrennen. Er fuhr am *Dunsmuir* Flughafen zur Linken vorbei und bog auf die I-89 ab. *Lake Helen* erschien auf seiner Beifahrerseite, ein so schöner See, vor dem Panorama des schneebedeckten *Mt. Shasta*. Es war eine seiner Lieblingsrouten, insbesondere an wolkenlosen Tagen, wenn der See spiegelglatt war. Heute war kein solcher Tag. Der Himmel war von Horizont zu Horizont milchig. Er war der Meinung, man blicke durch die letzten Spuren des Feuers, das sechzig Meilen weiter südlich getobt hatte. Über seiner rechten Schulter sah er ein Flugzeug aufblinken. Er schaute hoch und konnte eine DC-10 erkennen, sie flog relativ tief, nur auf etwa fünf bis achttausend Fuß. Vier weiße ausladende Streifen schossen aus Düsen an den Tragflächen, genau denselben Düsen, die er grade inspiziert und genehmigt hatte, und breiteten sich hinter der Maschine aus. Er dachte, dass es eine Schande war, dass wenn ein DC-10 Feuerbomber in der Nähe gewesen war, er sich nicht an den Löscharbeiten beteiligt hatte. Sie mussten wohl mehr Tests fliegen. Dabei war er sich sicher, dass sie für den Einsatz freigegeben worden waren. Er war ja schließlich dabei gewesen.

Er umrundete das Ende des Sees und folgte dem Seeufer, bis er zur Abzweigung kam, die ihn drei Meilen weiter zum Haus seines Vaters führte. Die Schotterpiste zog sich hin mit ihrer holprigen Oberfläche und den Schlaglöchern. Oft floss bei Unwettern das

Wasser so wild über die Piste, dass es hier und da Felsspitzen zum Vorschein kommen ließ und die Kanalrohre frei spülte. Man musste darauf Acht geben, nicht mit dem Wagen ,aufzusetzen oder sich einen Reifen kaputt zu fahren.

Huck wartete auf der Veranda. Fasane, die sich am Straßenrand befanden, flatterten, als er vorbeifuhr, ins Gebüsch. Tim ließ zum ersten Mal seit Wochen seinen Gefühlen freien Lauf, er sprang die Treppen hoch und umarmte seinen Vater. Tränen rannen ihm über das Gesicht. Sein Vater streichelte seinen Rücken und hielt ihn fest.

„Also", war alles, was er herausbrachte, immer wieder, „also." Tim schlief den Vormittag durch bis halb in den Nachmittag hinein. Als er aufwachte, fand er seinen Vater noch immer auf der Veranda sitzen. Er setzte sich neben ihn, an einen langen *Redwood*-Tisch. Huck deutete in den Himmel. Jemand musste, während er geschlafen hatte, lange weiße Streifen von irgendeiner Substanz ausgebracht haben. Einige *Streifen* breiteten sich federförmig aus und wurden zu Zirruswolken. Es war, als hätte jemand ein dünnes, weißes Laken über den Himmel gezogen.

„Hat das etwas mit dem Feuer zu tun, Paps?"

„Nein, das kommt von den verdammten Flugzeugen. Die waren schon vor dem Feuer hier."

„Was? Wie die DC-10, die ich heute morgen gesehen habe? Ich dachte, die versprüht Wasser ... vielleicht ein Übungsflug."

„Nein, mein Sohn. Das ist kein Wasser, das ist irgendein Aerosol. Ich hab das hier noch nie gesehen, und auch nirgendwo anders. Die Farbe erinnert mich an das Bor, das wir früher verwendet haben, aber es ist feiner und hängt viel länger in der Atmosphäre. Keine Ahnung, warum da oben jemand etwas sprühen sollte."

Tim war erstaunt. Wenn das kein Wasser war, dann war das, was der Pilot heute getan hatte, illegal. Das Gesetz verbot es, Chemikalien welcher Art auch immer über Gewässern zu versprühen – und hier waren so viele Seen in der Gegend –, es sei denn, dass das umgebende Land in Flammen stand.

„Schau dir das an." Huck stand auf, ging die Treppe runter und verschwand hinter dem Haus. Tim folgte ihm. Sie gingen etwa hundert *Yards*, dorthin, wo sein Vater ein Dutzend Bienenstöcke hielt. Sein Vater zog eine Schublade unter einem der Stöcke raus und kippte mit einer sehr dramatischen Geste Hunderte toter Bienen auf den Boden. Er ging die Reihe hölzerner Stöcke entlang und zog unter jedem von ihnen eine Schublade. Sie waren alle mit toten Bienen gefüllt.

Am nächsten Morgen war der Himmel wieder blau, zumindest annähernd. Blau war eine freundliche Umschreibung. Wenn man sich richtig Mühe gab hinzuschauen, konnte man ein bisschen Blau in dem Weiß ausmachen. Was auch immer am Tag zuvor über den Himmel verteilt worden war, dachte sich Tim, würde über Nacht auf den Boden gesunken sein. Entweder war noch etwas davon oben, was für eine phänomenale Verweildauer sprechen würde, oder sie hatten in der Zwischenzeit weitergesprüht. Er nahm seinen Kaffee mit raus auf die Veranda, er hörte, wie Huck weiter unten seine Hühner und Enten aufscheuchte. Sein Vater nutzte den recht großen Hohlraum unter dem Haus, um dort allerlei eierlegende Kreaturen zu halten, darunter auch ein paar Gänse. Nachts waren sie von einem leicht elektrifizierten Zaun umgeben, um Schwarzbären, Stinktiere und Marder fernzuhalten. Tatsächlich hängte Huck immer mal wieder Speck auf den Zaun, um den Raubtieren aus dem Wald einzubläuen, sich von dem *Speck-der-Stromschläge-verteilt* fernzuhalten.

Tim hörte das leise Dröhnen eines Flugzeugs am Himmel. Niemand außer einem Piloten hätte so etwas bemerkt. Über ihm, aus dem Süden kommend, begann ein Flugzeug, das genau wie die nicht gekennzeichnete Maschine vom vergangenen Morgen aussah, dieselben vier Streifen über den Himmel zu ziehen. Innerhalb einer Minute verschmolzen die vier zu einem breiten *Streifen*, der sich über einen Teil des Himmels legte. In ein oder zwei Stunden würde das wie eine Wolke aussehen – eine ungewöhnliche Wolke –, aber nichtsdestotrotz wie eine Wolke. Er schaute dem Flugzeug hinterher, bis es über dem *Mt. Shasta* verschwand. Fünfzehn Minuten später, vor der Geräuschkulisse seines geschirrspülenden Vaters, kam eine weitere nicht-markierte DC-10 aus dem Westen rein. Sie flog im rechten Winkel zu den Wolken, die schon da waren, und hinterließ am Himmel über den Bäumen ein perfektes Kreuz.

Jeden Tag flogen dieselben Flugzeuge dieselben Muster und versprühten dieselben Aerosole. An einem Tag kreuzten sich die

Linien am Himmel zu einem flächendeckenden Gitter. Sein Vater bekam einen trockenen Husten. Er war nicht krank; er hatte kein Fieber, keine Halsschmerzen oder sonstige Beschwerden. Nur ein trockener Husten, als ob etwas seinen Hals irritierte.

„Es war noch nie so schlimm", sagte er.

Am vergangenen Tag war kein Flugzeug da gewesen. Aber am frühen Nachmittag atmeten sie eine Art gelben Dunst, begleitet von dem leichten Geruch von Schwefel. Es erschien ein gelblicher Schimmer um die Sonne herum. Sein Vater hustete den ganzen Morgen, ein trockener Husten. Er sagte, er sei deswegen schon beim Arzt gewesen, sogar in der Notaufnahme, wo er im Warteraum mit lauter Leuten gesessen hatte, deren einziges Problem darin bestand, dass sie nicht aufhören konnten zu husten. Kein Fieber, keine Verschleimung, nur Husten. Es gab augenscheinlich keinen anderen Grund dafür als das Sprühen.

„Huck", fragte Tim, „hast du nicht die Stadt oder die Bezirksverwaltung angerufen und sie dazu befragt?"

„Natürlich", antwortete er. „Sie sagen, es gibt keine Sprühaktionen. Ich zeig' dir auch noch was anderes."

Er ging runter zu einer *Weymouths* Kiefer an der Straßenecke und rupfte die Rinde vom Baum runter, als wäre sie eine dicke Farbschicht. Tim kamen Bäume in den Sinn, die unter der Erde in Flammen aufgegangen waren, als er diesen zerstörten Baum sah.

Esoterisches: Mit dem Leben ist gut Kirschen essen.

Der *Golden Retriever*, eher weiß als golden, ärgerte den alten Jagdhund wieder zu Tode. Sie hatten als gute Freunde begonnen, sie und er. Er, ein zwei Monate alter Ball aus dem weichsten Fell der Welt, der sich an ihre alten Flanken kuschelte. Mit ihm zu spielen war damals noch leicht gewesen. Sie war gelangweilt und suchte verzweifelt Gesellschaft. Der Welpe wuchs, um Himmels Willen, wie Welpen das so taten. Er wuchs und wuchs und wuchs noch ein bisschen mehr. Ziemlich bald war es aus mit dem Spaß. Christina wachte oft morgens durch das hohe Kläffen aus der Waschküche auf, wo die Hunde in den wärmeren Monaten schliefen. Der Retriever hatte ein Spiel, das ungefähr so ging: Ich bin ein Wolkenkratzer und ich stürze auf deinen Kopf, und dann beiße ich dir in den Hintern.

Heute stand sie auf, um den alten Hund zu retten. Wie ehrenhaft von Fancy, dass sie nicht aufbegehrte und den Welpen auf seinen Platz verwies. Es war noch immer dunkel. Es war Ende Oktober, und das war nun mal, was jetzt passierte, der Winter holte seine Schatten hervor. An vielen Morgen seit dem Unfall hatte sie im Bett gelegen und auf das Licht gewartet, hatte versucht, sich daran zu erinnern, wie Aufwachen sich anfühlen würde, wenn sie auf der anderen Seite dieser schlimmen, schlimmen Sache angekommen sein würde. Sie war alt genug, um zu wissen, dass das einzig Verlässliche die Tatsache war, dass sie letztendlich damit fertig werden würde. Menschen schafften das. Aber wie würde das dann aussehen? Das Quieken in der Waschküche wurde lauter und aufgeregter, nur rhythmisch unterbrochen von dem freudigen Kläffen eines Welpen, der sich nicht vorstellen konnte, dass der Morgen mit einem schöneren Spiel beginnen konnte.

„Das ist ja richtig entspannend", murrte Otto auf der anderen Seite des Bettes, „wie ein Aquarium in einer Arztpraxis."

Es war kalt, sogar unter der Daunendecke. Das Feuer wollte geschürt werden. Es war Zeit, Fancy wieder im Haus schlafen zu lassen. Sie und Christina hatten eine gemeinsame Ebene, die Otto hartnäckig ignorierte. Die alte Jagdhündin würde Christina mit ihrer Nase stupsen, bis sie auf ihrer Seite des Bettes halb wach sein würde, Christina würde dann die Bettdecke lüpfen und das alte Mädchen würde unter die Decke kriechen und sich an Christinas Beine schmiegen. Es war für die beiden eine absolut legitime Definition des Paradieses. Wenn der Winter kommen würde, würde Christina die Bettdecke im Schlaf leicht anheben, wenn Fancy anfing zu gähnen, so gut geölt würde diese Wärme-Wärme-Maschine laufen.

Da war auch eine neue Fuhre Holz, die sortiert werden musste. Sie war einfach in die Einfahrt geschüttet worden, und wenn sie nicht bald gestapelt werden würde, würden der Schnee und die Kälte kommen, und Holz holen würde gleichzeitig auch Schnee schaufeln und es aus dem Eis heraushacken bedeuten. Das war es nicht wert. Sie würde das heute erledigen.

Sie fuhr Anya und David im Pyjama zur Schule, mit einer Arbeitsjacke darüber. Dann wechselte sie zu kniehohen Gummistiefeln mit Sweatshirt, zog sich die alten Lederhandschuhe mit dem Loch an, dessen Vorhandensein sie immer wieder an den Vorfall beim Öffnen des alten schmiedeeisernen *Vigilante* Ofens erinnerte, und begab sich zum Holzhaufen, um ihren Dienst zu tun.

Holzhaufen sind gnadenlos. Die Hunde saßen da, starrten sie vom Fenster der Waschküche aus an und wollten raus. Auch wenn es kein Verfallsdatum für die eigene Trauer gibt, so hat Leiden definitiv eine begrenzte Lebenserwartung, solange es nicht um das eigene geht. Bei den meisten ihrer Freunde erregten auch die bizarren und verwinkelten Umstände ihrer Geschichte an diesem Punkt nur noch wenig Interesse. Sie stellte fest, dass sie immer mehr Dinge einfach für sich behielt. Für den Moment war das in Ordnung. Trotzdem wusste sie, dass sich das ändern konnte. Christina war der großen Trauer schon zuvor begegnet. Früher oder später war sie wieder gegangen, ein unwillkommener Gast in einem fremden Leben.

Sie hatte versprochen, bei den Theateraufführungen sowohl der Mittelschule als auch der *Highschool* zu helfen, und sie würde ihr Wort halten. Das an der *Highschool* machte sie für Hank, sie versuchte, den Einakter-Wettbewerb am Leben zu erhalten. Jedes Jahr drohte diesem Spektakel mangels Unterstützung das 'Aus', aber er schaffte es trotz all den verrückten Unwägbarkeiten schluss-endlich doch, als Frühlingsmusical auf der Bühne zu landen. Eine kleine Hand voll Studenten, wie Hank, schätzten die Chancen, sich zu entwickeln, wie sie ihnen nur der Einakter-Wettbewerb bot. Abgesehen davon hoffte sie, dass diese Projekte ihr jede Menge Zerstreuung bieten würden, so dass die Zeit voranschreiten und verfließen würde.

Das Haus war grün-gelb gestrichen und stammte aus der Zeit von *Queen Anne*, um zirka 1890. Es hatte drei Etagen und einen sehr kalten, spartanischen Keller. Draußen führten völlig unlogische Windungen in Winkel, die grade einmal groß genug waren, um ein paar wilde Himbeeren zu beherbergen, die sich selbst Jahr um Jahr in ihrem eigenen Dickicht vor dem Abgeerntetwerden bewahrten. Irgendwie schaffte es der alte Ofen Marke *Viglante*, was soviel wie Bürgerwehr heißt, trotz Spalten und Zugigkeit das Haus auf eine respektable Temperatur zu bringen. Da war eine undichte Stelle, eine große, alte, undichte Stelle, von der zog es vom Dach aus über das dritte Stockwerk abwärts in die nordöstliche Ecke des Hauses, um von dort in Anyas Zimmer im zweiten Stock zu tunneln. Von dort war der kalte Luftzug vor kurzem ins Wohnzimmer im ersten Stock durchgebrochen. Es war ein Durchbruch, der ein hohes Maß an Selbstbestimmung erfordert haben musste. Sie überließen es dem Schnee, das Leck abzudichten und ihnen Zeit zu verschaffen, bis es Frühling werden würde und sie das Dach abdichten konnten.

Sie war halb durch mit dem Holzstapel, als sie von dem plötzlichen, explosiven Bellen des Hundes aufgeschreckt wurde. Da war ein hypnotischer Rhythmus in dem, was sie getan hatte, und ihr Herz raste. Sie hörte, wie der Briefkasten am Vorbau geöffnet wurde und wieder zuklappte, und als der Postbote zum nächsten Haus an der Straße weiterging, wurde das Bellen der Hunde – obwohl das kaum denkbar war – noch lauter und schriller. Sie zog die Handschuhe aus und warf sie auf das noch verbliebene Holz. Die Hunde hörten auf zu bellen, als sie mit mehreren Briefumschlägen zurückkam und sich gegen das Holz lehnte, um sie durchzusehen. Die Hoffnung auf einen gefährlichen Fremden, den man ankläffen konnte war, verflogen. Alles wieder ruhig, unglücklicherweise.

Zwischen den Briefen lag ein schlichter, weißer Umschlag. Er war mit blauer Tinte beschriftet und trug in der Ecke links oben keinen Absender. Sie hatte eigentlich gedacht, dass die Post heutzutage die Annahme solcher Briefe verweigerte. In dem Umschlag war eine Kopie der wesentlichsten Passagen des Polizeiberichts, der am Unfallort an dem Tag erstellt worden war, an dem ihre Mutter gestorben war. Sie schaute sich den Umschlag noch mal an und untersuchte die kopierten Seiten ... kein Hinweis darauf, wer sie geschickt haben könnte. Bis zu diesem Moment hatte man ihnen gesagt, dass es nur sehr wenige Informationen gab und dass Christina das, was es gab, nicht sehen durfte.

Der Bericht war kurz. Da gab es die Erklärung, dass Georg Walters ihre Mutter auf der Straße überfahren hatte und dass ihre Mutter letztendlich ihren Verletzungen erlegen war. Da war eine Beschreibung des Vans. Da war eine Liste von Zeugen, aber sie waren alle mit ihrer Mutter zur Kirche gegangen. Sie wusste, wer die Zeugen waren. Und das war's. Eine kurze, schriftliche Zusammenfassung von dem, was sie bereits wusste. Wut stieg in ihr hoch und nahm von ihrem Bewusstsein Besitz, so empört, so angewidert, so links liegengelassen fühlte sie sich. Offensichtlich versuchte es zumindest jemand. Jemand hatte ihr das geschickt, obwohl es so aussah, als ob er das eigentlich nicht hätte tun sollen. *Diese Frau hatte eine Familie, verdammt noch mal!*

Sie ging rein und setzte sich aufs Sofa, zog den *Laptop* ihrer Mutter hoch auf ihren Schoss und loggte sich ein. Die Hunde kamen aufs Sofa und legten sich jeweils an eine ihrer Seiten, während sie nach dem Büro des Bezirksstaatsanwaltes im Internet suchte. Sie würde einigen dieser Dinge jetzt auf den Grund gehen. Wenn es niemanden interessierte, dass hier draußen Leute über diesen Tod verzweifelt waren, wenn es niemanden interessierte, dass diese Frau eine Familie hatte, warum ärgerten sie sich überhaupt mit einer Strafanzeige herum? Wozu den Mann anzeigen, wenn der Schaden ohne Bedeutung war?

Sie fand die Nummer des Büros des Bezirksstaatsanwalts im Amtsgericht.

„Hallo, Amtsgericht."

„Hallo, mein Name ist Christina Galbraithe. Ich würde gerne mit jemandem sprechen, der mir ein paar Informationen über den Prozess gegen den Mann geben kann, der meine Mutter getötet hat."

Das Beste, was sie tun konnte, war eine Nachricht für den Rechtsberater zu hinterlassen und darauf zu warten, dass jemand zurückrufen würde. Es war ein Schritt in die richtige Richtung, zu wissen, dass so etwas überhaupt existierte.

Der Rückruf kam mehrere Wochen später. Ihr Handy klingelte, während sie sich in der Kostümsammlung der *Highschool* befand. Das Erntedankfest war grade gekommen und gegangen, und die Legende von *Sleepy Hollow* war in der Mittelstufe aufgeführt worden. Jemand hatte das Kostüm des kopflosen Reiters, kurz bevor der Vorhang aufging, unter irgendeinen Stuhl gekickt und so hatte David, nachdem er *Ichabod Crane* ein paar Minuten lang in der Luft hatte hängen lassen, sich eine Matrosenuniform übergeworfen, um *Ichabod* schließlich doch noch fertigzumachen und das Stück zu seinem verdienten Ende kommen zu lassen.

„Mrs. Galbraithe?"

„Am Apparat."

„Hier ist Becky Tripp vom Büro des Rechtsberaters, im Auftrag des Bezirksstaatsanwalts."

Sie musste einen Platz finden, um sich hinzusetzen. Sie sank auf einen weichen Haufen Sträflingskleider in der hinteren Ecke des Raumes. Sie hatte auf einen Anruf wie diesen vier Monate lang gewartet. Hier war jemand, der wirklich etwas wissen könnte.

Sie drückte ihre Knie an die Brust. Jetzt im Ernst, was ist passiert?

„Es tut mir leid, dass es so lange gedauert hat, bis wir uns an Sie gewendet haben, Mrs. Galbraithe. Ich fühle mich fürchterlich deswegen."

„Okay. Also, können Sie mir etwas über diesen Fall sagen, über diesen Mann? Ich weiß buchstäblich nichts."

„Ich habe nicht allzu viele persönliche Informationen über Mr. Walters ... das ist die Angelegenheit vom Bezirksstaatsanwalt, aber ich kann Ihnen ein paar Kleinigkeiten erzählen."

„Okay."

„Also, einmal war er bereits vor einer großen Jury, und die hat empfohlen, ihn wegen Totschlags anzuklagen."

„Moment, wie ist das möglich? Wie kann der Mann erneut vor Gericht gestellt werden und ich erfahre nichts davon? Wie kann der Fall ohne die Familie des Opfers weiter verhandelt werden?"

„Ich bin mir nicht sicher, was genau passiert ist. Es tut mir leid. Sie sind da ja anscheinend außen vor gelassen worden. Aber ich verspreche Ihnen, dass ich sicherstelle, dass Sie von jetzt an auf dem Laufenden gehalten werden."

Christina vergrub ihr Gesicht zwischen ihren Knien, lautlose Schluchzer entwichen ihr. Sie war halb unter den elisabethanischen Plunderkostümen begraben, die sie im vergangenen Jahr für Hanks Aufführung von Richard III. geschneidert hatte.

Die schwarzen Tülljacken mit den glänzenden Messingknöpfen hingen dort, wo sie versunken war, geradewegs vor ihrem Gesicht. Hanks Jacke hing direkt vor ihr, und sie vergrub ihr Gesicht darin. Dann zwang sie sich, der Unterhaltung wieder Aufmerksamkeit zu schenken.

„Tut mir leid", sagte sie, „was hatten Sie noch gesagt?"

„Schon in Ordnung, Mrs. Galbraithe, ich versteh das." Die Frau räusperte sich.

„Wie sind die Ergebnisse der Bluttests ausgefallen? Können Sie mir wenigstens sagen, wie die ausgesehen haben? Ein Aspekt der Sache muss das Fahren unter Einfluss gewesen sein."

„Ja, es zeigte sich anhand der Analysen, dass sein Körper keinerlei Spuren von Drogen oder Alkohol aufwies. Er war komplett nüchtern. Keine Drogen, kein Alkohol."

„Nichts. Nichts? Nicht ein einziger Wert, der erhöht war? Mir wurde zu verstehen gegeben, dass er an der Unfallstelle vollständig unzurechnungsfähig gewesen sei. Wie kann sich da auf einmal 'nichts' in seinem Blut befunden haben?"

„Ich verstehe das auch nicht. Die Staatsanwältin weiß vielleicht mehr. Soll ich veranlassen, dass sie Sie anruft?"

„Ja, tun Sie das."

Sie hängte Hanks Jacke zurück auf ihren Bügel und starrte sie an. Sie war schwarz, mit weißen Kordeln und Insignien, die mit spezieller Goldfarbe auf die Kragen gemalt waren. Das Vorderteil bestand aus einem separaten Stück Stoff, das sie in den Morgenstunden der Nacht vor der Generalprobe mit zerstochenen

Fingerspitzen mit Hunderten von Samtknöpfen besetzt hatte. Waren sie wirklich der Meinung, dass er ihre Mutter nur getötet hatte, weil er einen Moment unaufmerksam gewesen war? Wie können die damit leben? *Ach, Scheiß drauf.* Sie griff nach oben, und mit einem einzigen Ruck riss sie das Vorderstück vom Jackett herunter. Zu Hause pinnte sie es an die Wand in Hanks Zimmer. Sie vermisste ihn und die Umrisse ihres alten Lebens, das jetzt einfacher gestrickt schien, einfach fürchterlich.

Es war diese fürchterliche Trennung, das sauber geführte Schwert, das ihrer beider Leben voneinander getrennt hatte, die ihr am meisten zu schaffen machte. Eine Hälfte von ihr setzte einen Fuß vor den anderen, zog die Kinder groß, half in der Schule, fütterte die Hunde, versuchte zu lächeln. Die andere Hälfte umzingelte dieses unfassbare Ereignis von damals, das – da war sie sich fast sicher – die Ermordung ihrer Mutter darstellte. Wie kann ein Körper, ein Geist, eine Seele beide Zügel eines Pferdes halten, dessen Wagen derart zersplittert ist? Zu einem guten Stück war dies der Grund, warum sie sich zurückzog. Sie konnte mit diesem Zwiespalt einfach nicht mehr weiterleben. Sie musste dieses große Rätsel lösen, es *ad acta* legen, und dann die Fäden ihres Alltags wiederaufnehmen. Es gab keine andere Wahl.

Woran hatte ihre Mutter bei der *Navy* gearbeitet? Meteorologie. Physik der Atmosphäre. Sie hatte das zu einem bestimmten Zeitpunkt sogar selber studiert. Waffen. Es lag nahe, dass einige davon Wetterwaffen sein würden. Genau wegen solcher Dinge, dachte sie, hatte Gott doch das Internet erschaffen.

Anyas Gruppe führte ein unbekanntes Stück von Arthur Miller mit dem Titel „*The American Clock*" auf. Es sollte Mitte Dezember uraufgeführt werden, also ziemlich bald, was gut war, denn Anya war total erschöpft. Es wurde zu einem ihrer schwierigsten Jahre, wobei es den Kindern um weniger abstrakte Gründe ging, denn für sie war es schlicht der Verlust von Liebe. Liebe, die auf der Straße zerstört wurde, auf dem Weg zur Kirche. Das hatte sie verletzt und machte sie mürbe.

Millers Stück spielte in den Anfängen der großen Depression. *Big Business* boomte und schien wie immer von den Wirtschaftszyklen völlig unbeeindruckt. Aber da gab es die Menschen aus dem einfachen Volk, die keine Jobs bekamen, Jobs verloren, Stück für Stück alles, was sie besaßen, verkauften, romantische Allianzen eingingen, wenn sie von wirtschaftlichem Vorteil erschienen. Da war gute Musik ... *We're in the Money, Life is Just A Bowl of Cherries* ... bodenständiger Humor, einsamer Mut und gewöhnliche *Chutzpe*. Nach der Vorstellung saß das Publikum von der Geschichte gebannt und vollständig gefangen von der Geschichte dieser, nicht jener Tage, von dem, was ihnen heute passierte; die Geschichte, in der sie sich in ihre Wagen setzen würden, um zu ihrem Leben zurückzukehren, das Leben nach der *Show*. Die Schüler verstanden dieses Schweigen nicht. Sie dachten, sie hätten den Abend schlecht gespielt. Sie hatten noch nicht lange genug gelebt, um zu begreifen, dass sie die Geschichte ihrer eigenen Eltern erzählt hatten.

Life is just a bowl of cherries, don't take it serious, it's too mysterious ...

„Mama, ich bin so müde." Anya konnte oder wollte nicht aufstehen, um zur Schule zu gehen. „Meine Knochen tun heute weh."

Anyas Knochen. Sie hatte in den vergangenen Jahren über verschiedene Grade an Schmerz geklagt – unfähig, die chronischen, stetigen Schmerzen zu beschreiben, die durch ihre Muskeln und Gelenke wanderten, außer dass sie sagte, ihre Knochen täten weh. Wenn sie zu viel deswegen unternahmen, wurde es schlimmer, und dann schaffte sie es kaum noch, morgens ihre Glieder zu bewegen. Die Ärzte waren absolut ratlos. Das einzige Mal, dass Anya schmerzfrei war, soweit Christina sich erinnern konnte, war direkt nach ihrer OP. Sie wachte auf, noch benebelt von der Narkose, und Tränen rollten über ihr Gesicht.

„Was ist?", hatte Christina gefragt.

„Mein Nacken tut nicht weh", hatte das Mädchen geflüstert und vor Erleichterung geschluchzt, bis die Betäubungsmittel nachließen und der Schmerz zurück in ihre Knochen kroch.

Die Weihnachtsferien lagen vor ihnen. Sie ging davon aus, dass Anya nach einer Erholungspause wieder klarkommen würde. Hank würde in ein paar Tagen von der Schule nach Hause kommen, alle würden zu Hause schlafen – theoretisch. Christina wollte ihre Entlein zu Hause haben, sie um sich scharen. Das war das, was sie tun konnte. Sie würde dieses Jahr keine Karten schreiben. Es war niemals zuvor passiert, dass sie nicht in der Lage gewesen war, die Dinge so zu straffen, dass Weihnachten gerettet sein würde – vor welchem Desaster auch immer; alles wurde beiseite geschoben für einen kurzen heiligen Moment. Dieses Jahr sah es anders aus. Das Wetter wurde kalt wie im tiefsten Winter, und Christina verbrachte viel Zeit strickend an den Holzofen geschmiegt. Die meiste Zeit davon hatte sie keine Ahnung, was sie da strickte, aber Stricken half die Nerven zu behalten.

David und Otto kamen mit dem perfektesten Weihnachtbaum nach Hause, den sie jemals gehabt hatten. Sie stellten ihn wie üblich im Esszimmer auf, um ihre Mahlzeiten mit Licht und Wohlbehagen zu segnen. Hank durfte den Stern in die Spitze des Baumes hängen, weil er endlich zu Hause war, als Zeichen dafür, dass man ihn so bitter vermisst hatte.

Am ersten Tag des neuen Jahres sah sie im Fernsehen eine Reportage über einen Typ namens Getz, einen Vizeadmiral a.D., dessen Leiche im *Central Park* gefunden worden war, auf einem See dümpelnd. Sie strickte etwas für Hank und guckte nicht wirklich hin. Es war sicherlich eine traurige Geschichte. Was für schöne Ferien für seine Familie, dachte sie. Als der Reporter fortfuhr, streckte sie sich, ließ ihr Strickzeug sinken und schaute einen Moment auf. Da war ein Foto von ihm, ein verschmitzter Blick, mit weißem Haar, das heißt, was von ihm übrig war.

Getz war ein Vizeadmiral a.D., ein Vietnamveteran, der hohe Ämter bekleidet hatte. Er hatte in den obersten Rängen des Pentagon gedient und war Berater von drei US-Präsidenten gewesen. Er hatte eine extrem hohe Sicherheitsstufe gehabt. Der Mord erschien in diesem Moment als Zufall, sie hatten keine Ahnung, was passiert war oder warum. Als Zivilist im Dienst der Regierung hatte er über die Jahre mit verschiedenen Konzernen in Verbindung gestanden, die sich um Geschäfte mit dem Militär bemüht hatten.

Im Laufe der folgenden paar Tage hielt Christina nach weiteren Nachrichten über diesen Mann Ausschau. Nur ein paar Abende später sah sie eine weitere Reportage, in der ein guter Freund von Getz interviewt wurde, ebenfalls ein hoher Militärangehöriger. Er bezeichnete den Tod als das Werk von Auftragskillern. Christina konnte nicht glauben, was sie da hörte: eine Geschichte, das fühlte sie tief in ihren Eingeweiden, die der ihrer Mutter nur allzu ähnelte. Zivilisten, die für das Militär arbeiten, finden sich oft in gefährlichen Situationen wieder. Das wusste sie. Warum wurde ein alter Mann Ziel eines Auftragsmordes? Er bekleidete keine repräsentative Position. Sein Freund vermutete, dass er wahrscheinlich einen Plan oder Informationen veröffentlichen wollte, die jemand – die Regierung oder der Konzern, für den er zuletzt gearbeitet hatte – lieber nicht veröffentlicht sehen wollte.

Die Polizei hatte gemeldet, dass die Dielen in seinem Büro herausgestemmt worden waren, aber sie hatten keinen Hinweis darauf, ob Getz das selber getan haben könnte – und wenn ja, warum? Er war Spezialist für biologische und chemische Kriegsführung und hatte ein Fachbuch zu dem Thema geschrieben – sowie über Cyber-Terrorismus.

Sie hörten das Klacken des Briefkastens.

„Ich geh schon, Mama!", rief David aus dem Foyer.

Otto muss daran gedacht haben, Schnee zu räumen, dachte sie. Der Briefträger wäre die Treppe nicht hochgekommen, wenn die Stufen verschneit gewesen wären, und es lag zur Zeit immer Schnee. Es gab eine Reihe von Weihnachtskarten. Eine hatte eine australische Briefmarke. Sydney, NSW. Bennie. Ein schönes sommerliches, sydneyhaftes Weihnachten, nahm sie an.

Sie war nie dort gewesen. Bennie und Christina waren Freundinnen, auf eine unerklärliche, aber sehr reale Art und Weise miteinander verbunden.

Liebe Christina,
I weiß, dass diese Ferien für dich unbeschreiblich schwierig sind. Du kannst mich jederzeit anrufen.
In Liebe, Bennie

Bennie schrieb Romane, genau wie sie. Sie hatten sich während der Arbeit in diversen Ausschüssen kennengelernt, hatten sich die Zeit zusammen in ein paar Diskussionsgruppen vertrieben. Christina schickte eine E-Mail.

Bennie,
ich kriege das mit Weihnachten dieses Jahr nicht hin. Ich schaff's einfach nicht. Ich kann meine Hunde lieb haben, Anya küssen, David kitzeln, egal ob er das mag oder nicht, am Feuer sitzen und stricken. Das ist alles, was ich schaffe. Es muss reichen.
In Liebe, Christina

Sie raffte sich zusammen, hob die Hand an ihre Nase und nieste. Das Gold des Tages war erwacht und warf ein leuchtendes Symbol auf ihr Knie.

„Eine Minute!"

Sie verschickte die E-Mail, schloss den Laptop und ließ den Welpen in den Schnee raus. Er liebte es so sehr. Oft fand sie ihn hinten im Garten auf dem Rücken schlafend in einer Schneewehe liegen.

Am nächsten Tag saßen Anya und sie beim Frühstück, als ein Bericht über *Cable News* reinkam, dass fünftausend Vögel einfach tot vom Himmel gefallen waren. In dem Video aus Arkansas bedeckten Krähen die Bürgersteige und Straßen.

„Mama", fragte Anya, „was passiert da? Wie können tausende Vögel einfach zur selben Zeit sterben?"

„Ja, da stimmt was nicht."

Der Nachrichtensprecher fuhr fort, dass ein paar Stunden später 20.000 Fische tot in einem Fluss geschwommen hatten, 25 Meilen von dem Vorkommnis mit den Vögeln entfernt. Es gab ein Interview mit einem Beamten vom Fisch- und Wildamt. Er mutmaßte, dass das Feuerwerk während der Neujahrsfeierlichkeiten die Vögel einfach zu Tode erschreckt haben könnte.

„Mama", sagte Anya. „Feuerwerk? Wollen die uns verarschen?"

„Ich weiß", Christina nippte an ihrem Kaffee, „das ist eine ziemlich blöde Ausrede. Fünftausend Vögel sterben nicht einfach simultan und fallen vom Himmel. Nicht wegen eines Feuerwerks, und auch aus keinem anderen normalen Grund."

„Glaubst du, das war irgendeine Art Waffe, Mama?" Kluges Mädchen.

An ein- und demselben Tag wurde ein hoher Militär und Lobbyist von Konzernen, die sich um Rüstungsaufträge bewerben, tot aufgefunden, und fünftausend Vögel fallen tot vom Himmel. Am selben Tag, an dem jemand sagt, der Typ wusste etwas, was er nicht hatte wissen sollen oder hat versucht Interna rauszugeben, verenden 20.000 Fische am Ufer eines nahen Flusses. Diese Ereignisse waren miteinander verknüpft, egal was andere sagten. Ein hochgestellter, gut angebundener Chemiewaffentyp ausgeschaltet ... dann zwei mysteriöse Massensterben. Chemikalien? Biowaffen, vielleicht? Unweigerlich führte die Vorstellung von Waffensystemen, die über die Atmosphäre verteilt wurden, und Menschen, die durch sie oder wegen ihnen getötet wurden, Christina zurück zu ihrer eigenen Mutter. Es war beängstigend.

Am Abend darauf widmete sich eines dieser Magazine, die zu fortgeschrittener Stunde ausgestrahlt wurden, beiden Themen gleichzeitig: Getz' Ermordung und dem mysteriösen Massensterben bei den Tieren. Die Sendung begann mit Aufnahmen der toten Vögel, die überall auf Bürgersteigen und Straßen lagen. Der OFF-Kommentar hörte sich merkwürdig aufrüttelnd an: *Internet-Gerüchte! Wurde Alex Getz ermordet, weil er geheime US-Waffentests publik machen wollte, die für den Tod der Vögel verantwortlich sind?* Wieso taten sie das? Wieso wurde diese Verknüpfung den Leuten so deutlich und eindringlich nahegelegt, wo doch wahrscheinlich niemand von alleine darauf gekommen wäre? Es kam ihr vor wie eine der seltsamsten Finten, die je gelegt worden waren. Sie war sich ziemlich sicher, dass sie eine der wenigen Personen war, die in der Lage gewesen wäre, diese beiden Ereignisse in Verbindung zu bringen, und auch ihr fielen diese Gedanken, sich gegenseitig an die Oberfläche des Bewusstseins zu schaukeln, weil die Implikationen einfach zu erschreckend waren, zu schlimm, um wahr zu sein.

Sie und Anya hatten das Internet nach Informationen über Getz durchforstet und waren noch über nichts gestolpert, das diese Dinge auch nur ansatzweise in Verbindung brachte. War das ein schlichter Fehler in der journalistischen Arbeit? Oder eine Botschaft an andere, die sich in der Position befanden, sensible Daten rauszugeben?

Was war es?

Im weiteren Verlauf der Ferien kamen mehr Berichte über tote Tiere von überall auf der Welt ans Tageslicht. Sie waren ganz unterschiedlich: Vögel, Fische, Pinguine. Die einzige Gemeinsamkeit war die schockierend hohe Zahl an Opfern. Doch jeder dieser Berichte führte fort von dem ursprünglichen Ereignis. Christina fragte sich, ob da an verschiedenen Orten auf der Welt eine Waffe getestet wurde, oder ob das absichtlich getan wurde, um Verwirrung zu stiften. Oder war dies eine Art Schlacht, zwei verfeindete Lager, die Breitseite um Breitseite abfeuerten und damit ganze Populationen von Tieren auslöschten, nur um sich gegenseitig zu beweisen, wozu sie in der Lage waren. Egal wie sie es drehte, es war beängstigend.

Nach einer der Quellen im Internet hatte ein großes deutsches Magazin berichtet, dass die Lungen und Atemwege der Tiere – wie sie es beschrieben – buchstäblich explodiert waren, aus Mangel einer adäquaten Ausdrucksweise. Das klang schon nach Feuerwerk.

Doch dann, wahrscheinlich wegen des Magazinbeitrags spät nachts, versuchten die Leute im Netz die Dinge doch miteinander in Verbindung zu bringen. Andere Sender versuchten derweil, Getz in stundenlangen Beiträgen als offensichtlichen Alkoholiker zu diffamieren und ihn mit Drogenmissbrauch in Verbindung zu bringen. *Hey, der Typ war doch offensichtlich besoffen,* sagten sie. Dann, genauso plötzlich, verschwanden all diese Geschichten; vollständiges Schweigen, als ob nichts davon jemals passiert wäre.

Christinas Unterbewusstsein hatte sie, seitdem ihre Mutter auf der Straße überfahren worden war, durcheinander gebracht. Da war etwas Beunruhigendes in all ihren Gedankengängen gewesen. Sie hatte sich sechs Monate im Schock in Arbeit ertränkt, und dann passierte genau das, was sie geahnt hatte das passieren würde, dass wie durch Zufall die scheinbar unzusammenhängenden Puzzlestücke anfingen, an ihren Platz im Chaos zu fallen. So war es. So würde es immer sein. Sie und ihre Mutter. Code und Decoder, in der selben Packung Cornflakes inkarniert. Ihre Mutter – unbewusst, die nie wirklich für sich selber denken wollte – war das Manifest, die Syntax. Sie – hyper-aufmerksam, mit der Begabung Dinge zu sehen, die für sich betrachtet nichts bedeuteten, aber in der Verknüpfung alles – würde entziffern, was dort geschrieben stand ... und dann entscheiden, was sie damit anfangen würde. Und es würde ohne Zweifel etwas geben, das da zu tun war. Das war das Problem.

Als Otto an jenem Abend von der Arbeit zurückkam, saß sie auf dem Sofa im Wohnzimmer – auf ihn wartend – und stierte aus dem Fenster.

„Was ist?", fragte er und setzte sich zu ihr.

„Ich muss darüber schreiben, Otto."

„Okay." Er war sichtbar darüber verunsichert, warum sie diese Aussage machte. Sie schrieb immer, da war nichts Überraschendes dran, dass sie über etwas so Einschlagendes und Unerquickliches würde schreiben wollen.

„Nein, Otto. Du begreifst das nicht. Ich schreibe über das ... – ich kann noch nicht mal sagen, was 'das' eigentlich ist –, weil ich glaube, dass meine Mutter ermordet wurde."

Noch so eine Vorahnung, toll. „Also was bedeutet das jetzt genau?"

„Das bedeutet eine Reihe von Dingen", sagte Christina, „weitreichende Dinge. Als Allererstes heißt es, dass das hier gefährlich werden kann, wenn ich nicht irre. Wenn was immer da vor sich geht so viel Sprengkraft hat, dass eine kleine alte Dame, die sich noch nicht mal mehr ihre eigene Sozialversicherungsnummer merken kann, eine potentielle Bedrohung darstellt, dann droht hier eine ernsthafte Gefahr. Also muss ich sehr vorsichtig vorgehen. Ich muss auf einem Rechner schreiben, der nicht aktiv am Internet hängt. Ist das machbar?"

„Klar, wir müssen nur die Verbindung deaktivieren. Speicher deine Arbeit auf einem USB-Stick."

„Einem was?" Wie sollte Christina sich gegen die Geheimdienstgemeinschaft auflehnen, die möglicherweise ihre Mutter getötet hatte, wenn sie noch nicht einmal wusste, was ein USB-Stick war? Ohne Zweifel operierten *die* auf einem praktisch außerirdischen technologischen Niveau. Aber vielleicht war genau das ihr Ass im Ärmel. Vielleicht würde sie in der Lage sein, es zu tun, weil *die* nicht nach jemandem suchen würden, der – technologisch betrachtet – knapp oberhalb der Steinzeit operierte. *Sie würden noch nicht mal darüber nachdenken, mich hier unten zu suchen. Hoffe ich.*

„Zweitens", sagte sie, „habe ich keine Ahnung worin das Problem eigentlich bestand. Ich werde ihren Computer durchforsten müssen, und das wird weh tun. Ich muss nachforschen. Und ich muss den besten Weg finden, in Sicherheit zu bleiben, bis zu dem Punkt – und diesen Punkt mit einschließend –, wo ich die Arbeit bei meinen Agenten abgeben kann, um sie veröffentlicht zu kriegen. Es gibt so viele Möglichkeiten, du kannst die Bremsschläuche durchschnitten vorfinden oder Gift in deinem Apfelstrudel, in dem Szenario, das ich grade beschrieben hab. Aber in erster Linie muss ich einfach aufmerksam sein, weil die Geschichte zu mir kommen wird. Sie tut das immer."

Die Medien waren mit Alex Getz fertig. Die Medien waren auch mit den toten Vögeln, die vom Himmel fielen, fertig. Die Journalisten interessierte das jetzt nicht mehr. Sie hatten es fallenlassen wie eine heiße Kartoffel. War das von jemandem begraben worden? Mit an Sicherheit grenzender Wahrscheinlichkeit. Aber es gab keine Möglichkeit das herauszufinden, obwohl sie die größte Lust verspürte, in dem einen oder anderen Raum Mäuschen zu spielen, wenn es nur der Raum der richtigen Personen war. Es gab eine ganze Reihe vielversprechender Handlungsfäden; sie war bereit, sie alle weiterzuverfolgen, bis sie herausgefunden hatte, wo sie hinführten. Getz, das mysteriöse Tiersterben und ihre Mutter. Sicherlich würden diese Dinge einzigartige und ergiebige Einstiegspunkte ergeben.

Wehret den Anfängen!

Sie fragte sich, ob die Leute da draußen, die für all das Blutvergießen verantwortlich waren, sich jemals darüber bewusst werden würden, dass *sie* hier draußen war. Und wenn sie es sein würden, würde es sie interessieren? Sie konnte das Ganze unter einen Hut bringen, aber im Moment würde sie dem Szenario neben dem Namen ihrer Mutter nur einen einzigen weiteren Namen hinzufügen können: Wolfgang von Marschall. Es war ein Name, der in ihrem Bewusstsein immer wieder aufblitzte, der Atmosphärenforscher, der brillante Physiker, der Waffenspezialist der Marine, der so eng mit ihrer Mutter zusammengearbeitet hatte.

Sie öffnete den alten silbernen Laptop ihrer Mutter.

Der *Touchpad* war so abgenutzt, dass er eine leichte Delle in der Oberfläche hatte. Sie tat das nicht gerne, denn jedes Mal, wenn sie ihn aufklappte, erschien der Name ihrer Mutter und erinnerte sie daran, dass die Besitzerin dieses Laptops tot war. Dennoch musste sie einen Blick hineinwerfen, für den Fall, dass dort irgendetwas gespeichert war, das sie vorwärts bringen würde. Das war genau, was ihr immer wieder passierte, sie wurde zum Spielball von Wahrheiten, Fakten, Möglichkeiten und Hypothesen, die ihr im Gehirn herumstocherten, sie auf eine bestimmte Art paralysierten. Es spielte plötzlich keine Rolle mehr, wie viel Empörung ihr Herz emporschleuderte. Sei's drum; es gab Arbeit zu erledigen. Sie war jemand, der es nicht mochte, paralysiert zu sein.

Sie fand und öffnete einen Ordner mit der Bezeichnung 'Lektorate'. Ihre Mutter hatte seit Jahren nicht mehr als selbstständige Lektorin gearbeitet, da war sie sich fast sicher. Auf jeden Fall keine Regierungsaufträge. Trotzdem, ihre Mutter hatte immer versucht, auf jede erdenkliche Art Geld zu verdienen. Ihr Selbstverständnis in dieser Welt war immer um eine Haaresbreite von der Möglichkeit „auf der Straße zu landen" entfernt. Auch wenn diese Einschätzung ihrer Lage, ihre Schlussfolgerungen nicht der Realität entsprachen, suchte sie trotzdem stets nach Möglichkeiten, auf Teufel komm raus Geld zu verdienen.

Christina klickte auf *Ordner öffnen*. Da waren zwei Briefe drin, beide an örtliche Körperschaften. Eines war ein von der Universität gesponsertes Energieprojekt. Das andere war ein Privatanbieter. Sie waren beide *Off-Shore* und hatten beide ausschließlich mit Wind- und Wellenenergie zu tun.

Zwei Dinge kamen Christina in den Sinn. Erstens hoffte sie, dass diese Briefe Rohentwürfe waren, denn der Stil war wirklich nicht sehr gut. Es war möglich, dass ihre Mutter wusste, dass diese Leute zu kontaktieren relativ hoffnungslos war und dass sie deswegen kaum Mühe darauf verwendet hatte. Es war aber auch möglich, dass dies das Beste war, das sie zu bieten hatte. Ihre Mutter hatte viel freiberufliche Erfahrung darin, für Firmen Regierungsaufträge für die *Off-Shore*-Entwicklung von Technologien zu aquirieren. Die Anträge gingen meist an *die Defense Advanced Research Projects Agency*. Es gab keine Regierungsstelle, die dunklere, anrüchigere

Seiten hatte als die DARPA, eine Agentur, die mit den Brosamen, quasi aus Überresten begonnen hatte, die kleine Projekte aus dem zusammengeschustert hatte, was kein anderer in der Regierung anfassen wollte. Allerdings hatten sie schnell gelernt, Monster zu erschaffen, die den Rest der Verteidigungsindustrie verschlangen, einer Industrie, die auf dem besten Weg war, den Rest der Welt zu verschlingen.

Die andere Sache, die ihr nicht aus dem Kopf ging, war der Gedanke, dass ihre alte, gebrechliche Mutter ihre Tage abseits vom großen Betrieb der Regierungsaufträge, die mit Sicherheit etwas mit ihrem Tod zu tun hatten, hätte ungestört und ruhig bis zu ihrem Ende leben können, wäre da nicht dieser tragische Vorfall wie ein Fanal dazwischengekommen. Was, wenn die Firmen des militärisch-industriellen Komplexes in die dunkleren Facetten der internationalen Energiekonflikte involviert wären? Sie sinnierte darüber, ob die Briefe an ihre Mutter die Häscher angelockt hatten. Die Spekulation war verlockend, aber soweit unbeweisbar. Es wäre ihr lieber gewesen, in allen Punkten falsch zu liegen, aber die Anzeichen deuteten darauf hin, dass die fast manische Angst ihrer Mutter, mittellos zu sein, sich auf diese schreckliche Art gegen sie ausgewirkt haben könnte, obwohl sie ihre Tage doch hätte in Ruhe bis zu ihrem Ende leben können.

Christina schreckte auf, als ein kleines weißes Fenster rechts unten in der Ecke ihres Bildschirms aufsprang. Es war eine Nachricht von Bennie.

Hallo Liebes. Wie geht es dir?
Mir geht es entschieden schlecht. Danke der Nachfrage. Wie geht es dir?
Oh du meine Güte, was ist los?
Ich stecke fest. Es sieht so aus, als würde ich hier überhaupt nicht mehr von der Stelle kommen. Ich verliere die Geduld. Böse Träume. All diese Sachen. Ich stecke halt fest – klingt so populär-psychologisch.
Christina, hab ich dir jemals von meiner Mutter erzählt?
Nein.

Ich werde dich mit ihr zusammenbringen. Sie hat ein paar besondere Begabungen. Sie hilft Leuten, durch solche Sachen durchzukommen.
Klar doch, Bennie. Ich brauche jemanden, soviel ist sicher.

Zwei Tage später hatte Christina eine Kurzanfrage von jemandem mit dem Namen Adele bekommen. Adele wollte wissen, ob Christina eine Freundin ihrer Tochter Beata, wie sie sie nannte, war. Christina musste einen Moment nachdenken, bevor ihr einfiel, dass Bennie Beata war.

Ja, ich bin eine Freundin deiner Tochter. Sie hat mir gesagt, dass sie uns beide miteinander bekannt machen würde.

Christina, ich weiß, dass das bizarr klingt, aber ich habe eine Gabe. Ich kann manchmal mit Leuten in der geistigen Welt sprechen. Es mag unglaublich klingen, aber es ist wahr.
Ich hab da kein Problem damit, das zu glauben.

Ich habe darum gebeten, eine Vorstellung davon zu bekommen, wo du jetzt bist mit deinen Gefühlen, und der Schmerz war so stark, dass ich darum bitten musste, dass er von mir genommen wird. Aber, ich hatte Kontakt mit deiner Mutter. Sie sagte etwas von einem Ring.
Ja, meine Tochter hat einen breiten goldenen Ehering in den Sachen meiner Mutter gefunden. Ich hatte keine Ahnung wem er gehörte oder woher er kam. Und jetzt finden wir ihn nicht wieder, er ist einfach verschwunden.

Ja, es war der Ring deiner Mutter. Nur damit du weißt, dass es ihrer ist.
Ist sie in Ordnung? Ich meine, ich frage mich oft, wie es mit dem Unfall war. Es muss sie zu Tode erschreckt haben.

Sie sagte, sie habe nichts gefühlt.
Das war genau die Art und Weise, wie ihre Mutter es gesagt hätte.

Sie möchte, dass du dich mit deinem Vater aussöhnst.

Jetzt war sie sich nicht mehr so sicher, dass das ihre Mutter war.

Ich kann mich nicht mit meinem Vater aussöhnen. Er hat noch nicht einmal zur Kenntnis genommen, dass meine Mutter tot ist. Wir haben überhaupt nichts von ihm gehört. Und, nebenbei bemerkt, das ist keine Überraschung. Ich bin von ihm enttäuscht, aber glaube mir, es gibt nichts, was er nicht ignorieren könnte.

Mach einfach nur deinen Part. Erzähl ihm von mir und warte ab, was passiert.

Absolut! Meinem Dad sagen, dass eine Psychotante in Australien sagt, dass Mama will, dass ich mich mit dir versöhnen soll. Mama, nein!

In den folgenden Wochen sprach Christina mit Adele mehrere Male am Tag. Sie war ein wundervoller, warmherziger alter Engel, ein Flüchtling aus Brasilien, von der Copacabana. Sie und ihr Mann waren auf der Suche nach einem besseren Leben nach Australien ausgewandert, und sie rückte sofort damit heraus, sie hatten es dort gefunden.

Adele, ich liebe dich.

Ich liebe dich auch.

Wie hast du herausgefunden, dass du diese Gabe hast, dass es das ist, was du tun sollst?

Als ich ein kleines Mädchen war, erschien mir ein Engel und ich wusste es einfach. Ich habe es immer gewusst. Deine Mutter sagt, sie liebt ihre Familie. Sie sagt sie hat dich auf die einzige Art geliebt, auf die sie lieben konnte. Sie sagt, sie sei nun mal als verwöhnte Göre aufgewachsen.

Das wäre aber ein ziemliches Eingeständnis von meiner Mutter, Adele.

Sie will wissen, ob du ihr vorliest.

Sicher.

Sie liebte Adele so sehr. Es war offensichtlich, sogar aus zehntausenden Kilometern Entfernung, dass Adele ihre Liebe und ihre Weisheit und ihren Trost jedem spenden würde, egal wo.

Ich wünschte, ich könnte Engel sehen.

Deine Mutter spricht immer über dein Schreiben. Sie ist sehr stolz darauf.

Mein Schreiben, dachte Christina. Ein absolut verkanntes Genie bin ich, aber so kriege ich wenigsten Tonnen von Anerkennung in der Szene. Hätte ich wirklich vom Schreiben leben wollen, wäre ich wohl zu einem dieser Schreiberlinge geworden. Auf diese Art bin

110

ich wenigstens ein besserer Mensch geblieben. Die erfolgreichsten Schriftsteller sind doch die totalen Nieten, oder? Sie lächelte. Es war eine alte Litanei, die sie jedes Mal runterleierte, wenn jemand sagte, dass sie gut schreiben konnte. Im Grunde würde sie gerne davon leben können.

Sie will aus irgendeinem Grund, dass du ein Bild von ihr neben den Computer stellst, wenn du schreibst. Ich verstehe diese Vision nicht, wirklich. Und ich sehe eine Fotografie von ihr da stehen, wenn du ihr vorliest.

Das sind sehr seltsame Bitten, Adele. Die gefallen mir nicht. Es gibt mir das Gefühl, dass sie mich und mein Schreiben ganz für sich alleine haben möchte. Das hätte ihr nicht ähnlich gesehen, als sie noch gelebt hat.

Also, manchmal schließen bei mir die Drähte kurz. Also, ich hatte einen Traum und ich sah, wie deine Mutter ganz viele Leute mitgebracht hat. Ich weiß nicht, ob das alles Verwandte waren. Aber manchmal hab ich diese Kurzschlüsse.

Kurz darauf, an einem sonnigen Morgen, bekam sie einen Anruf von Hank. Es sah ihm nicht ähnlich, während des Tages anzurufen. Er wirkte energiegeladen, erregt aber doch irgendwie verschämt.

„Mama", sagte er. „Letzte Nacht hatte ich einen Traum. Ich hatte diese Unterhaltung mit einer Frau, die wie Großmutter aussah. Ich meine, sie sah aus wie sie, aber sie war es nicht. Sie klang überhaupt nicht wie Oma. Sie war nett und sanft und liebevoll. Wir sprachen eine ganze Weile. Dann bin ich aufgewacht, lag auf dem Boden und musste weinen, ganz lange."

Danke Mama. Er brauchte das.

Schließlich nahm Christina all ihren Mut zusammen. Sie wusste, dass ihre Mutter ohnehin auf diese Frage wartete.

Frag meine Mutter, ob ihr Tod irgendetwas mit ihrer Arbeit zu tun hatte.

Ja.

Christina hatte keine Idee, was sie schreiben sollte. Sie wusste nur, dass eine Geschichte daraus werden würde. Da klopfte eine Geschichte an ihre Tür. Es lag bei ihr, sie hereinzubitten, ihr einen Platz anzubieten und sie erzählen zu lassen, was sie wollte.

Am Anfang hatte sie Angst vor möglichen Verfolgern und ihren Bossen, und davor, dass sie das Buch, das sie schrieb, vielleicht nicht mögen würden. Sie könnte über etwas schreiben, das dazu führen würde, dass man sie umbrachte, und es noch nicht einmal begreifen. Für eine Weile, oder für immer, würde dieses Stück im Vertrauen geschrieben werden, im Vertrauen darauf, dass die andere Seite wusste, was sie tat. Sie wusste noch nicht einmal, ob die Geschichte es wert sein würde, dafür zu sterben. Wie viele Geschichten waren es denn wert?

Sie hatten ihre Mutter getötet, und ihr war nicht danach sie damit davonkommen zu lassen. Sie suchte nicht nach einer Person, sie suchte nach einem Grund. Sie sprach nicht darüber, außer mit Otto, obwohl sie die meiste Zeit damit verbrachte, darüber nachzudenken und darüber nachzuforschen und so einen weiteren Keil zwischen sich selbst und die Welt trieb; einen, von dem sie hoffte, dass er nur für eine Weile da sein würde. Sie dachte, es würde gut sein, wenn andere Menschen eine Kopie des Buches haben würden, zur Sicherheit. Dann begriff sie, dass wenn etwas passieren würde, so dass sich andere Menschen darum kümmern mussten, dass das Buch veröffentlicht werden würde, dass das bedeutete, dass sie tot war. Und als sie begriff, dass es das war, was sie erwog, erfasste sie wieder eine Welle der Angst. Nachdem sie sich wieder beruhigt hatte, überlegte sie, wen sie auf die Liste setzen sollte. Jeder Freund innerhalb der USA war zu nahe dran. Sie hatte Freunde in Europa, aber ein großer Teil der Geschichte würde in Europa spielen. Dann fiel ihr Bennie ein. Sie würde eine Kopie an Bennie in Sydney schicken. Weiter weg würde sie es nicht schaffen.

Würdest du bitte eine Kopie unter deiner Matratze verstecken, Bennie? Nur für den Fall.

Bennie war einverstanden. Es war gut, dass jemand wusste, was sie tat. Es war wie einen Zettel zu hinterlassen, wenn man rausging, so dass jemand wusste wo du warst, falls etwas passierte. Christina fragte sich auch, ob es sicherer war, einen Verleger dort unten anzusprechen. Es war eng geworden in der Welt. So eng, dass man Vorsorge treffen musste, dass solche Manuskripte nicht auf Geheiß irgendwelcher Regierungsstellen bei eingeschüchterten Verlegern auf Nimmerwiedersehen in der Schublade verschwanden. Sie könnte selber in Gefahr geraten, wenn sie einen falschen Zug machte. Und sie wusste, dass das Buch aufgehalten und begraben werden könnte, wenn sie einen falschen Zug tat. So fühlte es sich etwas sicherer an, auch wenn die Idee, es gäbe einen wirklich sicheren Ort, eine Illusion war.

Bennie, wenn ich fertig bin, könntest du dich dort unten umschauen und gucken, ob du rauskriegen kannst, welche Verleger so ein Buch machen würden?
Ja, ich verstehe.

Sie versuchte sich daran zu erinnern, woran ihre Mutter vor vielen Jahren als Selbstständige damals auf Hawaii gearbeitet hatte. Dann fand sie den Eintrag in einem alten Lebenslauf ihrer Mutter:
Im Februar 1993 vergab die Defense Advanced Research Projects Agency (DARPA) einen Auftrag über 5 Millionen US$ an die High Technology Development Corporation (HTDC), eine staatliche hawaiianische Agentur, um das National Defense Center of Excellence for Research in Ocean Sciences (CEROS) aufzubauen. Die Finanzierung betraf 12 Subunternehmen, die an insgesamt 11 Projekten arbeiteten. Im Kern des Projektes produzierten drei Unternehmen Algorithmen und Computerprogramme; drei entwickelten Prototypen, zwei produzierten Modelle und Designstudien, zwei erstellten Machbarkeitsstudien, ein Vertrag wurde vor Erfüllung aufgelöst. Nachdem die Projekte abgeschlossen waren, verlangte die DARPA einen schriftlichen Report, der die Forschung und Entwicklung in jedem einzelnen Projektbereich dokumentierte. 1998 legte CEROS diesen Bericht dem Kongress vor.
Ihre Mutter hatte einen Report an den Kongress lektoriert, aber Christina erinnerte sich an nichts davon. Der Report selber war inzwischen Gott sei Dank veröffentlicht. Sie fand ihn. Da waren tatsächlich zwölf Projekte in dem Bericht erwähnt. Sie konnte sie einzeln einsehen. Aber er würde sie nicht viel weiterbringen, es sei denn, dass sie eine Verbindung zu der Arbeit fand, die ihre Mutter kurz vor ihrem Tod gemacht hatte. Und auch das würde nichts beweisen.

Was suche ich eigentlich?

Sie tippte den Namen ihrer Mutter in eine Online-Suchmaschine und fand zwischen der Genealogie eine Liste mit Dokumenten, an denen sie in London gearbeitete hatte, und die jetzt alle öffentlich zugänglich waren; alle bis auf zwei. In einem Block verfasst, erschienen sie im Sommer 1991, woraufhin sie kurz danach wieder verschwanden. Das brachte Christina auf die Idee, die Namen der Wissenschaftler einzugeben, mit denen ihre Mutter in London gearbeitet hatte.

Die Suche nach Wolfgang von Marschall war, wie den Arm eines Einarmigen Banditen runter zu reißen; und es knackte den Jackpot. Er wurde als einer jener Wissenschaftler geführt, die im Rahmen des Projektes *Paperclip* herüber gebracht worden waren. Wenn sie das glauben konnte, was sie da las, dann war nicht nur Lorna von Marschall noch am Leben, sondern unglaublicherweise Weise auch Wolfgang, der jetzt in seinen späten Neunzigern sein dürfte. Sie fand sogar eine E-Mail-Adresse von Wolfgang und schickte ihm eine Nachricht.

Die einzigen jüngeren Verbindungen, die sie zu diesem Zeitpunkt finden konnte, waren zwischen dem Tiefseeprogramm der Universität von Hawaii, *Pantheons* Entwicklung einer stabilen Bohrplattform für Schiffe, und der eines Forschungs- und Lehrschiffs mit dem Namen *Intrepid* aus den Jahren 1997 und 1998. Es war derzeit hier in der Nähe im Atlantik stationiert und machte Langzeitexperimente. Eine der ozeanographischen Forschungseinrichtungen, die ihre Mutter vor ihrem Tod kontaktiert hatte, hieß *Intrepid Energy*. Sie las, dass der Chef ihrer Mutter bei der *National Defense Base for Research in Deep Sea Sciences* (CEROS) der stellvertretende Direktor des *Naval Research International Field Office* gewesen war. Er war wissenschaftlicher Beirat der *Joint Chiefs of Naval Operations* und des Oberkommandierenden der Pazifikflotte. Der größte Teil des vom Kongress genehmigten Geldes schien an *Pantheon* und ihre Bohrinsel für ultratiefe Tiefbohrungen gegangen zu sein.

Es gab Tage, in denen die Forschung so gut ausgestattet war, dass es einem die Zehen umkrempelte.

Sie hatte diesmal einiges herausgefunden. Sie wusste nur noch nicht, wie sie das alles zu einem Bild zusammenfügen sollte.

David erschien in der Tür. „Mama?"

„Ja, mein Sohn", antwortete Christina.

„Ich fühl mich nicht gut. Alles tut weh. Ich bin erschöpft, echt schläfrig. Ich will nicht zur Schule."

„Na super."

1997: Verrückter geht's nimmer!

Es war mehr Verkehr auf dem *Brooklyn Queens Expressway*, als um vier Uhr morgens während eines Hurrikans sein sollte. Otto überholte sogar jemanden auf einem Motorrad.

„Verfluchte Scheiße", murmelte Christina zwischen zwei Atemzügen.

"Was denn, Mama?", fragte Hank von der Rückbank. Er war als Einziger wach.

„Nichts, mein Schatz."

Vor einer Stunde waren sie auf den *Long Island Express Way* gefahren, waren dann auf den BQE in Richtung *Staten Island* abgebogen und weiter in Richtung *Newark Airport* gefahren. Die beiden Kleinen schliefen. Hank war vier, Anya war zwei, David war acht Monate alt. Auch wenn der Morgen anbrach, würde das Licht zu vernachlässigen sein. Der Regen hüllte sie gnadenlos ein, klatschte gegen die Scheiben und glitt wie gläserner Samt über das Glas. Autos und Unwetter. Christina, die unerschrockener war als alle Menschen, die sie in ihrem bisherigen Leben kennengelernt hatte, konnte nicht beschreiben, was diese Kombination mit ihr machte. Und in den vergangenen vier Jahren war es nur schlimmer geworden. Kurz bevor Hank gekommen war, hatte sich ihr jüngerer Bruder in seinem laufenden Wagen eingeschlossen, in einer Garage, die er sich nicht mehr leisten konnte. Christina sprach nicht darüber. Aber es stellte das Fundament der Probleme dar, die sie mit Autos hatte. Im Wassergedächtnis ihres Körpers, auf dieser subtilen Ebene des Körperbewusstseins, töteten Autos Menschen. War nicht ihre geliebte Großmutter auch in einem Auto gestorben? Eines Tages würde sie sich davon befreien, versprach sie sich.

Sie waren auf dem Weg nach *Big Island*, der Hauptinsel von Hawaii, weil ihre Mutter krank war. Irgendein Arzt hatte ihr grade eine Diagnose auf Multiple Sklerose gestellt.

Otto würde wieder zurückfahren, um zu arbeiten. Ihre Mutter war so gesehen die einzige 'echte' Familie, die ihr geblieben war. Ihre Kinder betrachtete sie anders. Sie empfand, dass ihre Mutter das letzte Fragment jener Welt war, in der sie wohl oder übel hatte aufwachsen müssen. Derselbe Teil ihres Selbsts, der Autos hasste, und schlechtes Wetter, musste zu ihrer Mutter, um jede mögliche Bedrohung von ihr abzuwenden. Christina ... die Löwenmutter der ganzen Welt. Manchmal war es ein bisschen viel.

Welche magischen Kriegerfähigkeiten auch immer aus dieser Charakterkonstellation erwuchsen, sie waren machtlos angesichts des Alptraums, den der *Los Angeles International Airport* darstellte. Die Medusa ihres Perseus, aber bevor die Geschichte sich zum Guten wenden konnte. Dort passierte nie etwas Gutes. Sie würde unbeschadet durch San Francisco kommen, aber nicht durch den LAX. Doch zunächst mussten sie lebendig nach *Newark* kommen und dann ein Flugzeug finden, das startete; beides stand noch in den Sternen.

„Wirst du uns wirklich vorne absetzen?", fragte Christina, als sie in der Taxispur vor dem Flughafen vorfuhren.

„Kein Geld für Parktickets, Schatz", entschuldigte sich Otto.

„Grrr ..." Christina klappte den Buggy auf und legte David hinein. „Anya, halt dich auf der einen Seite fest. Hank, du auf der anderen. Was auch immer passiert, nicht loslassen!"

Sie durften an Bord, aber dann saßen sie drei Stunden in einem heißen, feuchten Flugzeug auf ihren Polstern und warteten auf eine Lücke im Hurrikan. Sie starteten endlich und verpassten den Anschlussflug in LAX, weil die Angestellte der Fluggesellschaft, die sie dort treffen und ihnen helfen sollte, auf den Anschlussflug zu kommen, einfach nicht auftauchte. Dann nahm die Mitarbeiterin der Fluggesellschaft sich der Insel-Fluglinie an und brachte sie dazu, ihnen Ersatztickets für den nächsten Tag auszustellen, obwohl die eigentlich im Sinn hatten, ihr die Tickets aufgrund des verpassten Fluges ein zweites Mal zu verkaufen. Los Angeles und Christina. Perseus brauchte ein Schwert, und genau einen sauberen Hieb.

Nach der Zeit in London war ihre Mutter turnusmäßig zurück nach Dahlgreen, Virginia, versetzt worden, obwohl sie da nicht besonders scharf drauf gewesen war. Aber sie tat es, allein weil es ein sicherer Job war. Einige ihrer Kollegen kamen zur selben Zeit oder etwas früher oder später zurück, darunter auch die von Marschalls. Sie waren zurück in Alexandria, aber ihre Mutter behauptete, dass sie aufgehört hatten, miteinander zu telefonieren, und dass die von Marschalls auch keine E-Mails mehr beantworteten.

Sie war bei der *Naval Surface Warfare Division* stationiert, als sie im Alter von 60 Jahren in Pension ging. Sie suchte sich einen Platz auf der Hauptinsel, günstig, weil ganz Hawaii, besonders die vorgelagerten Inseln, in der ersten Welle der heranrollenden Rezession versanken. Für eine technische Lektorin mit ihrer Erfahrung gab es auf Hawaii eine nicht enden wollende Versorgung mit spontanen Aufträgen seitens des Militärs. Die großen, saftigen und ausgereiften Rüstungsaufträge bedeuteten für die Regierung mehr als dreizehn Milliarden US$ pro Jahr an Steuereinnahmen, und es gab unzählige Testeinrichtungen und Basen, die dem Unterwasserkrieg gewidmet waren. Alle heimischen Universitäten bewarben sich um das wissenschaftliche Stück dieses Kuchens. Hinter den tiefen, blauen Häfen und der tobenden Brandung versteckte sich einiges. Da waren die Verteidigungs-'Farmen' an der Küste nichts im Vergleich zu dem, was sich unter der Oberfläche weiter draußen auf dem Meer verbarg.

Sie kaufte ein Haus auf der *Old Volcano Road* in *Keaau*, direkt an der Gabelung, von der aus die Straße sich in der einen Richtung den Berg hinauf zur *Town of Vulcano* schlängelte und in der anderen weiter geradeaus nach *Pahoa* und zu den Lavafeldern führte. Aktive Lavaströme waren nie weit entfernt, sie flossen an der Südküste unterhalb des Meeresspiegels heraus und ließen das Wasser dampfen und blubbern. Das nahm den Druck von der Gegend unter dem Krater am Ende der Straße, die den Vulkan hoch führte. Der Boden unter dir konnte sich hier in flüssiges Feuer verwandeln, unter dir hervorquellen, dich verschlucken und in Asche verwandeln, aber es war sehr unwahrscheinlich, dass der Feuertod von oben herabregnen würde.

Sobald sie hierher gekommen war, deckte sich ihre Mutter mit vielen Lektoraten ein, genug für ihren gesamten Aufenthalt. In Virginia beschäftigten sich ihre Arbeitgeber mit U-Boot- und Landkrieg. Den Seekrieg hatten sie exklusiv und ohne Punkt und Komma für sich gepachtet. Hier auf Hawaii lag der Trend bei Tiefseeunternehmungen und der dabei hilfreichen Ausrüstung. Es gab Bedarf an Bohrvorrichtungen zum Errichten von Tiefsee-

Forschungsstationen und Ähnlichem. Sonar-Technologien waren groß im Kommen; Waffen, die sich kaum so verhielten, als wären sie unter Wasser, waren extrem beliebt. Viele Projekte führten die Worte 'nachhaltig' und 'Energie' im Titel. Viele Projekte hatten mit Überwachung zu tun. Die meiste Zeit arbeitete Christinas Mutter für eine Einrichtung mit dem Namen *Center for Excellence in Research in Oceanic Studies* oder mit Firmen, die versuchten, Aufträge von diesem zu bekommen. CEROS war eine Abteilung der *Defense Advanced Research Projects Agency (DARPA)*, die manchmal von den Zivilisten da draußen als das *„Department of Mad Scientists"* bezeichnet wurde.

„Ich wünschte das wäre witzig", pflegte sie zu sagen.

Dann wurde ihr während der Arbeit im Hof schummerig und dann, während sie Auto fuhr; sie sagte, in Panik, sie könne ihr eigenes Blut durch ihre Ohren strömen hören. Es hätte Angst sein können. Es hätte das sein können, was passiert, wenn man nichts mehr hat, um sich abzulenken, und man am Ende seinen eigenen Puls hört. Oder es hätte etwas anderes sein können. Also ließ sie ein CT machen. Ihr Arzt sagte, er denke, dass es Multiple Sklerose im Anfangsstadium sei. Also rief sie Christina an, sowie sie aus der Praxis raus war, und Christina sagte, sie würde gleich bei ihr sein.

„Warum ist denn das nötig?", hatte ihre Mutter gefragt.

„Hast du nicht eben gesagt, dir wird schummrig beim Autofahren? Wirst du aufhören zu fahren?"

„Nein."

„Dann denke ich, dass wir einfach vorbeikommen."

Ihre Mutter war ohnehin glücklich darüber, mit ihrem Haus angeben zu können. Es war ein gutes Beispiel für die Architektur in dieser Gegend; überwiegend weiß, mit einschalig gemauerten Wänden und klappbaren hurrikanfesten Fenstern. Auf der einen Seite stand ein riesiger Avokadobaum, hinter dem Haus Zitronenbäume. Hinter der Garage stand ein schon lange verwaister Schutzraum und als glorreiche Krönung ein uralter Feigenbaum im Vorgarten. Eine kleine Familie aus Okinawa wohnte nebenan. Die alternde Mutter erschien oft am Garagentor und brachte einen Teller mit *Ondagi*, einem frittierten, donutähnlichen Gebäck. Da war ein kleiner, ovaler Karpfenteich im Garten hinter dem Haus, und nachts quakten hunderte Frösche, deren Haut ein giftiges Sekret absonderte, und die sich dort versammelten, um trotz der Komplikationen, die ihre Eigenart so mit sich brachte, gemeinsam unter den Sternen zu singen.

Die Ankunftshalle in *Hilo* lag im zweiten Geschoss eines offen gestalteten, lichtdurchfluteten Terminals, der fast nur aus Glas zu bestehen schien. Sie hatte so viel Handgepäck wie irgend ging hinten an den Kinderwagen gehängt. David saß im *Buggy*, aber das Gewicht der Taschen war gefährlich nah dran, ihn hinten überkippen zu lassen. Auf dem lokalen Flug von *Honolulu* nach *Hilo* waren einige Fluggäste ziemlich ärgerlich gewesen, als sich drei aufgeregte, aber müde Kinder hinter sie gesetzt hatten.

Ihre Mutter schlängelte sich glücklich durch die Halle im Erdgeschoss; sie sahen einander über den Balkon. Sie wartete unten, tratschte mit jemandem – einem Freund oder Fremden –, es gab für sie kaum noch einen Unterschied. Wenn überhaupt, dann war sie Fremden gegenüber offener, aber in diesen Tagen sprach sie einfach mit jedem, der nahe genug herankam, um zuzuhören.

Seufzend drückte Christina den Knopf neben dem Aufzugsschacht. Sie hatte eine Art Vision gehabt, ein Bild, als ihre Mutter hochgeschaut hatte mit einem offenen, erregten Ausdruck, redend und gestikulierend. Sie hatte den Eindruck, dass sie eine Art Dia waren in der Diashow ihrer Mutter, und ihre Mutter stand dort unten und erzählte. Das war eine ihrer grundlegenden Eigenschaften: die Vorstellung ihrer Familie war köstlich, ein brillantes Stück Konversation, ein wunderbares Motiv für ein Kaffeekränzchen. Nach demselben Prinzip, nach dem sie mit Fremden sprach ... keine Fäden, keine Bande. Die momentane Realität ihrer Familie war eine einzige Qual.

Die Glastür glitt zur Seite. Christina schob all ihre Sachen rein und warf sich dann gegen die sich schließende Tür, so dass sie ihre Kinder mit rein bekommen konnte. Sie wartete darauf, dass ihre Mutter sehen würde, wie sie zu kämpfen hatte, wartete, dass sie ihr zur Hilfe eilen würde, aber ihre Mutter war völlig in ihrer Vorstellung verloren. Das war etwas, das sich niemals geändert hatte. Sie wartete darauf, dass ihre Mutter sie wahrnehmen würde, aber ihre Mutter war verloren in ihrer eigenen *Show*.

Aber niemand konnte behaupten, dass sie dabei nicht glücklich war.

Mein Gott, ich habe ein Baby unter einem Arm und einen Volkswagen unter dem anderen. Komm und hilf mir!

Ihre Mutter guckte überrascht, als ob der Gedanke zu helfen ihr bisher gar nicht hätte kommen können, und eilte herüber, mit der unausweichlichen Ausrede.

„Du wirst sicher einsehen, dass ich dir keine große Hilfe sein kann, wegen meiner Arthritis ..."

Ja, ja, ja ... ich habe verstanden, dass du mir nicht helfen kannst. Das war einer der fundamentalen Eckpfeiler ihres Lebens.

Natürlich fuhr ihre Mutter den Wagen. Sie war sich wohl noch nicht über die gestörte Beziehung zwischen Christina und Autos bewusst. Als sie ankamen, war da ein junges Mädchen im Haus ihrer Mutter. Sie putzte. Ihre Mutter hatte im Moment einfach nicht die Kraft, irgendetwas Physisches zu tun. Sie schoben Raumteiler auf und zu, denn das Interieur war am japanischen Stil orientiert, und schufen so Räume für die Kinder. Das Beste, soweit es Christina betraf, war eine Dusche, so groß wie ein ganzer Raum. Es war einmal ein traditionelles japanisches Bad gewesen, vollständig eingerichtet mit einer großen japanischen Wanne und einer Dusche. Christinas Mutter hatte den Vorbesitzer gebeten, es zu renovieren, es schön und modern zu gestalten, und er hat die Wanne einfach raus genommen und den Raum in eine einzige große Dusche verwandelt.

Am nächsten Morgen entdeckte Christina, dass sie mit allen Kindern zusammen da reinpasste. Eine Dusche für vier, und kein Bedarf an Babysittern. Wie die meisten Mütter kleiner Kinder, hatte sie oft Tage verbracht, ohne duschen zu können. Nicht mehr. Es war der reine Luxus. Baby David saß auf den Fliesen, planschte und lachte, kroch abwechselnd in den Wasserstrahl hinein und aus dem Wasserstrahl heraus.

„Pass nur auf, wenn du da reingehst", warnte ihre Mutter sie, „dort hält meine Katze ihre Mäuse."

So war die Löwenmutter gekommen und hatte ihr Camp aufgeschlagen. Warum war diese Frau so krank? Christina begriff sehr schnell, dass ihre Mutter ihr Essensbudget extrem klein hielt, um weiterhin Geld zum Reisen zu haben. Es gab jeden Tag das selbe, Tag ein, Tag aus: eine Tasse schwarzen Kaffee zum Frühstück, mit einer Banane und einer Schüssel Haferflocken; eine Schüssel gedämpften Reis zu Mittag oder Abend ... vielleicht etwas gedünstetes Gemüse. Zunächst einmal hungerte sich ihre Mutter zu Tode. Sie tat das vor allem wegen einer sehr gestörten Definition ihrer eigenen Bedürfnisse, das war natürlich in Ordnung, subjektiv betrachtet, nur dass sie sich selber damit krank machte.

War sie arm? Nein, sie hatte genug. Sie bestand darauf, dass sie pleite war. Und Christina wusste, dass ihre Mutter selber daran glaubte, oder zumindest von der Vorstellung besessen war, bis zu dem Punkt, wo sie andere dazu nötigte, ihr zu bestätigen, dass bei ihr alles in Ordnung war.

Bin ich arm? Geht es mir gut? Habe ich genug Geld oder wird morgen alles auseinanderfallen? Glaubst du, dass diese Person mehr Geld hat als ich? Wahrscheinlich. Mir steht viel mehr Geld zu. Glaubst du, die wollen alle mein Geld stehlen?

Christina war sehr daran gewöhnt, an das permanente Bedürfnis nach finanzieller Sicherheit, so wie an diese Litanei, die während Christinas gesamtem Leben einen großen Teil der Interaktion ihrer Mutter mit der Welt ausmachte. Je älter sie wurde, desto kindischer und unlogischer erschien ihr diese Litanei. Nun wurde diese Obsession gefährlich.

Es dauerte nicht lange, bis ihre Mutter ihrer müde war, der lauten, unordentlichen Wirklichkeit, besonders jener der kleinen Kinder. Mit Kindern im Haus wurden die Oberflächen klebrig und es gab Sand und Spielzeug auf dem Boden. Häuser mit Kindern waren immer mit Lärm erfüllt, Zankereien brachen aus, unerwartete Fieberschübe traten auf, und Hautauschläge erschienen wie aus dem Nichts.

Als sie ankamen, arbeitete Christinas Mutter an einem Projekt für CEROS. Es war für ein Unternehmen, das den Auftrag letztendlich nicht bekam. Dann bat CEROS sie, den Jahresbericht an den Kongress zu editieren; all das große Geld musste bilanziert werden.

Otto arbeitete alleine weiter in New York, eine Situation, für die er einfach nicht geschaffen war. Gegen September brachte Christina Hank in einem Kindergarten im Dschungel des *Pahoa Districts* unter, der *Malamalama Waldorf School*, in erster Linie, weil die andauernde Aktivität eines aufgeweckten Vierjährigen ihre Mutter sehr wahrscheinlich in den Wahnsinn getrieben hätte. Seine vierjährigen Dschungel-Freunde hatten Namen wie Mahatma und Orion. Sie kochten Steinsuppe und Hafergrütze und spielten im Dickicht mit den Tieren. Er wurde sehr braun, war glücklich und sorglos.

In der Zwischenzeit kümmerte sich Christina um ihre Mutter, von Mitte Juli bis weit in den Dezember hinein, fütterte sie mit Fleischeintöpfen und Eiern und versuchte, ihre unerquicklichen Proteinwerte zu heben. Ihre Mutter mochte nicht gesagt bekommen, was sie zu tun hatte, aber sie ließ es sich gefallen, bedient zu werden. Die Rolle, die Christina zwischen dem einen und dem anderen zu spielen versuchte, hörte irgendwann einfach auf zu funktionieren. Die alte Dame nannte ihren Besuch „die Invasion".

Anya war zu jung für den Kindergarten, obwohl sie unheimlich gerne mit ihrem älteren Bruder gegangen wäre. Eines Morgens fand sie das exquisiteste Paar hochhackiger, brokatbesetzter lila Pumps im Schrank ihrer Mutter und zog sie an. Farben hatten sie immer auf eine ganz besondere Art und Weise berührt. Christina nahm die Hand ihrer Tochter und führte sie in die Küche, damit ihre Großmutter auch gucken konnte, womit sie etwas tat, das sich später als fundamentaler Fehler entpuppen würde ... Sie erwartete die selbe entzückte und liebevolle Reaktion, die ihre eigene Großmutter gezeigt hätte. Aber stattdessen wurde Anya mit Missgunst und einer kleinlichen und egoistischen Geste empfangen.

Meine. Tu sie zurück. Darfst du nicht.

Die Schuhe waren schließlich ihr Privatbesitz und sie hatte nie jemandem erlaubt, sie anzuziehen. Christina hatte keine Ahnung, wie ein Mensch gegenüber einem zartbesaiteten sechsjährigen Mädchen so eine Geste machen konnte. Anya, als die großherzige Seele, die sie war, tat so, als ob es sie nicht berührt hätte. Christina begann zu verstehen, wie absolut und unheilbar selbstsüchtig diese Frau war, wer hätte diesem Püppchen mit den langen Locken widerstehen können, als es in lila Pumps hereingestrackst kam? Ihre Mutter mochte keine Kinder. Sie mochte sie wirklich nicht, dabei war sie Lehrerin gewesen, aber der Unterschied war, dass es da Schüler waren, dass der Umgang mit ihnen auf eine definierte Zeit begrenzt war, und dass sie jeden Tag nach Hause gingen, um am nächsten Tag sauber und gestriegelt zurückzukommen, als wären sie selber in der Wäscherei gewesen, Schüler, die im Wesentlichen auf Kommando ihre Sache zum Besten gaben und auf Kommando wieder damit aufhörten. Wenn 'sich gekümmert zu haben' die einzigen Lorbeeren waren, die es zu ernten gab ... sie war wirklich nicht interessiert.

Das Kapitel im Leben ihrer Mutter schrieb sich zu jener Zeit mit Worten wie 'alleine', 'nichts zu tun' und 'isoliert'. In bestimmten Kreisen gab sie sich sehr sozial, Kreise, die sie sich zu diesem Zweck ausgesucht hatte, Leute, die sie auf Armlänge halten konnte. In ihrem eigenen Haus war sie oft unnatürlich territorial, besonders den Kindern gegenüber. Ihre geistige Krankheit zeichnete sich jetzt deutlich als Relief vom Alltag ab. Sie kam zum Vorschein, weil sie sich jetzt nicht mehr selber in einer reglementierten Welt bewegte, nicht mehr andauernd beschäftigt war, nicht mehr gesagt bekam, was sie zu tun hatte und wann sie es zu tun habe. Sie wurde 'krank'. Sie wurde 'schwach'. In ihr versteckt wohnte ein neurotischer kleiner Busfahrer, der – natürlich metaphorisch gesprochen – den Bus jetzt durch Schlaglöcher steuerte, hoch auf den Bürgersteig, gegen Briefkästen. Derselbe demente Busfahrer stand nun mal auf dem Gas, mal auf der Bremse, in a-rhythmisch getakteten Intervallen. Es gab einfach nicht mehr genug Struktur, um die Dinge beieinander zu halten. Sie stürzte sich auf die Stücke, die aus dem Bus fielen, versuchte eine Weile, sie zusammenzuraffen, gab dann auf, legte sich auf das Rattan-Sofa, schaltete den Discovery Channel ein und verharrte dort, es sei denn, es gab etwas zu lektorieren, für bares Geld.

Sie versuchte sich um den Garten zu kümmern, besonders um die Zitronenbäume, aber es erschöpfte sie nur. Oft saß sie draußen, atmete schwer in der Sonne und lauschte dem Rauschen ihres Blutes und dem Schlag ihres Herzens. Das einzige Geschöpf, das sie da draußen lieben konnte, war ihre Katze. Ihre Katze verlangte nicht viel, im Sinne von 'sich kümmern müssen'.

Sie beklagte sich lauthals, dass sie nicht annähernd den Stundenlohn bekam, den sie wert war – während sie in einem tropischen Bungalow auf Hawaii saß, zwischen den Inseln hin und herflog, in einer der ökonomisch an stärksten in Mitleidenschaft gezogenen Gegenden des Landes; mit einer erschreckend hohen Arbeitslosigkeit. Ja, die Geisteskrankheit ihrer Mutter bewegte sich im Rahmen.

Christina wusste wie viele Kinder, dass es da jemanden in ihrer Mutter gab, der das nicht wollte, der um sein Leben diesen Weg nicht eingeschlagen hätte: diese harschen Wortwechsel und befremdlichen Verletzungen. Wären sie ihr in Form einer anderen Person begegnet, hätte sie nichts davon normal gefunden. Jemanden, den sie vor sich gesehen hätte, den sie hätte fragen können, *was zum Teufel denkst du dir dabei?* Doch da war die Krankheit an sich. Nichts machte sie glücklicher, als bei ihren Mitmenschen die Knöpfe drücken zu können, hysterische Reaktionen zu ernten, jedermann tanzen zu lassen. Sie hörte weder die Schönheit im Lachen eines Kindes, noch empfand sie die Wohltat der tagtäglichen Liebesdienste eines ihr verbundenen Menschen. Was sie wollte, wollte sie für sich selbst, und sie war unersättlich, gierig, pharisäisch und absolut selbstgerecht. Christina nannte es das 'Ich'. Das 'Ich' ist heute da. 'Ich' will, was ich will, und jetzt geht mir zum Teufel aus dem Weg! *'Das ist meins'*, würde das 'Ich' krächzen. Das 'Ich' würde glücklich voranschreiten, solange das 'Ich' das Gefühl hatte, über die Zeit der anderen verfügen zu können. Auf Hawaii war das 'Ich' in Fliegerlaune, trug eine Krone und wähnte sich auf dem Gipfel der Welt. Es war so einfach für Christina, die Geisel unter all dem zu sehen, die Gefangene, die die Türen ihres Käfigs nicht öffnen konnte.

Nachdem es ihrer Mutter besser ging, und es danach aussah, als würden sie noch eine Weile in *Hilo* bleiben, musste sie dafür sorgen, dass Otto sich ihnen anschließen konnte. Christina entschied sich, ein paar Kurse zu belegen, während sie darauf warteten, dass sich herausstellte, was als nächstes passieren würde. Niemand wusste es so genau.

Ihre Mutter tobte.

„Du bist hier, um dich um MICH zu kümmern", krächzte sie. „Ich hoffe, du bildest dir nicht ein, dass ich auf diese Kinder aufpasse, während du deine Kurse machst. Such dir einen Babysitter."

Dieselbe Person konnte jeden Sonntagmorgen ein farbenprächtiges Sonntagskleid und einen ausladenden Strohhut tragen, sich in dem rechteckigen Kirchenschiff mit dem Programmheft Luft zuwedeln und sich die Seele aus dem Hals singen. Meistens sang sie religiöse Lieder, und wenn sie sang, war sie eins damit. Da war eine Seele im Spiel. Es war aber noch immer das 'Ich', dass sich entweder selbst in den Himmel erhob oder – wenn das Lied sie an ihren verlorenen Sohn erinnerte – den Schmerz quer durch ihre Eingeweide bis hinunter in die Zehen spürte.

Es war auch das 'Ich' das an *Thanks Giving* ausrastete, auf Christina einschlug und prügelte, nur weil ihr irgendetwas nicht sofort von der Hand gegangen war. Otto hatte die Kinder aus der Haustür geschoben, aber Christina hatte dennoch gesehen, wie verängstigt sie waren. An jenem Tag war Otto wütend geworden, und Otto wurde nie wütend.

In ihren Augen funkelte etwas kurz auf, als sie realisierte, dass sie es geschafft hatte, ihrem Schwiegersohn eine Geste des Aufbegehrens zu entlocken. Es war nur für den Bruchteil einer Sekunde sichtbar, aber Christina sah es. Sie kannte dieses 'Ich' recht gut. Dieser Funke war das reinste Entzücken gewesen.

Nachdem Otto endlich eine lukrative Arbeit gefunden hatte, konnte die Familie schließlich *Big Island* verlassen, und es würden Jahre vergehen, bis sie wieder mit der Mutter sprechen würden.

Nach der großen Bleiche

Den ganzen Weg zurück nach *New Mexico* grübelte Tim über die Idee, VLATs könnten illegalerweise giftige Chemikalien versprühen. Sie mussten giftig sein; sie brachten die Leute schließlich ins Krankenhaus. Die Tatsache, dass wen auch immer man deswegen anrief, die Antwort lautete, nichts dergleichen würde passieren, war der größte Hinweis darauf, dass es sich hier um eine Art militärische Operation handelte – vielleicht NASA oder CIA oder beide – oder vielleicht noch höher angebunden und noch geheimer als das. Alle taten so, als würde es nicht passieren, trotz der weithin sichtbaren Beweise und der Opfer. Das bedeutete, dass die Leute Angst hatten. Zu viel Angst, um darüber zu sprechen. Warum? Er war lange genug beim Militär gewesen und hatte eine hinreichende Sicherheitsstufe, um zu wissen, dass er nicht auf den ersten Verdacht hin Alarm schlagen durfte. Wenn er es so anging, würde er für immer im Dunkeln bleiben. Er würde warten und beobachten und sehen, ob er herauskriegen konnte, was vor sich ging, nur indem er sich zum Dienst meldete und seinen Job tat.

Er war wütend, weil die Gesundheit seines Vaters auf dem Spiel stand, denn er wusste, dass sein Vater *Lake Helen* niemals verlassen würde. Was auch immer die Leute dort oben einatmeten, würde unweigerlich im Boden und im Wasser landen, und dort war es gut messbar. Sein Vater hatte schon ein paar eigene Analysen gemacht; Tim bat ihn darum, noch viele weitere zu machen, sobald er weg war. Sein Vater hatte gesagt, dass er das ohnehin vor hatte. Er kannte einige Naturschützer und Förster und Chemiker in der Gegend; Nordkalifornien war mit professionellen Ökologen schlecht bestückt. Die Ergebnisse dieser Analysen würden ihnen sagen, womit sie arbeiteten, und das könnte etwas über das *Wie* und *Warum* verraten. Niemand ging davon aus, dass sie die Antworten mögen würden.

In der Zwischenzeit hatte er einen Job zu erledigen. Das *Pinon Airfield* lag im äußersten Norden *New Mexikos* in einer Ebene zwischen zwei erloschenen Vulkanen. Das Erste, was Tim auffiel, als *Pinon* in Sichtweite kam, war die schier unglaubliche Anzahl an

Flugzeugen, die auf dem Rollfeld parkte. *Cal Fire* verfügte über etwa 50 Flugzeuge, die den gesamten Staat Kalifornien abdeckten. *Pinon* war ein kleiner Flughafen in der Wüste, auf der nördlichen Hochebene von *New Mexiko*, und dieser Flughafen zählte sechs DC-10s, drei 747er, zwei Grummans, vier S2Ts und zwei Helikopter, eine Super Huey und einen Erikson Skycrane Helitanker. Die DC-10's – neu auf dem Flugfeld – waren trotz ihres Alters von zehn Jahren noch pro Stück mindestens 5 Millionen Dollar Wert. Die 747er, auch hier nicht die neueste Baureihe, lagen noch bei einem Wert von 300 Millionen pro Stück. Die VLATs alleine würde er insgesamt auf etwa eine Milliarde Dollar schätzen. Wenn diese Flugzeuge nicht quer über die gesamten USA verteilt werden würden, war das eine absolut irrational große Löschflugzeug-Streitmacht. Die Rechnung ging einfach nicht auf.

Ging man davon aus, dass *BlueSky* normalerweise zwei Staaten abdeckte – New Mexico und Colorado – und vielleicht bei einigen anderen Bränden einsprang, so stand die Zurschaustellung dieser Luftflotte in keinerlei Verbindung mit der Realität. Der Wert der VLATs ließ alle anderen Löschflugzeuge zusammengenommen wie ein Schnäppchen erscheinen. Dennoch hatte *Pinon* offenbar keinen einzigen VLAT für das *Bully Choop* Feuer abstellen können. Vielleicht hatte der Kommandant hier keine Verfügungsgewalt über diese Flugzeuge. Tim würde zu einem späteren Zeitpunkt mit der Einsatzleitung sprechen. Vielleicht gab es ja einen guten Grund. Vielleicht wusste er einfach noch nicht, was es war, aber er konnte sich einfach nicht vorstellen, was jeden einzelnen dieser Vögel am Boden festgenagelt haben könnte. Halt deinen Mund und schalte deinen Radar ein, Tim.

Er brachte seine Piper runter, trotz der kleinen, typisch neu-mexikanischen Bodenturbulenz, die ihn ein Stück zur Seite wehte, und rollte auf seine Halteposition. Ein leichtes Flugzeug (oder was dies betraf, auch ein Großes) in New Mexico zu landen, beängstigte die Piloten am Anfang immer ein wenig. Er würde versuchen müssen, von einem anderen Piloten zurück nach *Redding* genommen zu werden, um seinen Wagen abzuholen und fahren zu können.

128

Dieser Flughafen war so ab vom Schuss, dass die meisten Piloten in den Baracken auf dem Stützpunkt blieben. Wie es schien, waren die meisten von ihnen *Singles*. Sie fuhren nach *Red River* oder für eine Stunde an ihren freien Abenden nach *Taos*, um ein Bier zu trinken und eine Runde Billard zu spielen. Hin und wieder verbrachten sie ein paar Tage in *Santa Fe* oder *Albuquerque*. Tim dachte daran, dass er gerne einen Trip runter nach *Los Alamos* oder vielleicht nach *Socorro* machen wollte, um sich die gigantische Antennenanlage mal selber anzuschauen. Es würde sich jemand finden, mit dem er sich die Zeit vertreiben könnte – so war es immer. Er nahm sich vor, bevor es zu kalt wurde, hoch in den Carson Nationalpark zu fahren, um zu schauen, ob es noch *Cutthroat-Forellen* gab. *Cutthroats* waren wunderschöne, widerspenstige und schlüpfrige Fische, und er liebte es, sie zu fangen. Es war grade einmal Oktober. Die Blätter fingen an, in ihren kraftvollen Herbstfarben zu leuchten. Die Berghänge waren bedeckt von kleinwüchsigen Krüppelkiefern und Salbei, Pinien und anderem Immergrün. Die Temperaturen lagen noch in den 10ern, manchmal in den 20ern. Vielleicht ging das noch, mit dem Angeln.

Draußen auf dem Rollfeld begann der *Huey* zu kreischen. Mit diesen *Huey* Helikoptern war es so, dass sie einfach eine Weile Lärm machen mussten, bevor die Rotorblätter anfingen, sich zu drehen. Es war unangenehm, den Motoren zuzuhören, wie sie auf Touren kamen. Als er auf dem Weg zum *Dispatch* war, schlugen der Wind und Dreck und Sand, der von den Rotoren aufgewirbelt wurde, Tim in den Rücken. Er war überrascht, denn alle Flughäfen, auf denen er stationiert gewesen war, pflegten ihre Rollfelder sauber und frei von allen Verunreinigungen zu halten, die dem Flugverkehr in die Quere kommen könnten. Der Wind und die Wüste, man muss dem nur regelmäßig entkommen können!

Die Baracken befanden sich hinter dem Bürogebäude, mit den Besprechungsräumen, der Kantine und den Fitnessräumen. Die Unterkünfte sahen nicht aus wie beim Militär, eher wie die Unterkünfte bei der Feuerwehr oder auf dem College, mit Zweibettzimmern.

Sein neuer Zimmergenosse war nicht daheim, als Tim sich daran machte, sein Gepäck zu verstauen. Später fand er heraus, dass sein

Zimmergenosse einer der Huey-Piloten war. Er war hungrig, also ging er in die Kantine, darauf spekulierend, dass dort sowieso alle anderen sein würden. Etwa ein Dutzend Piloten saß zusammen und schaute sich ein *Football-Spiel* an, trank Kaffee und Mineralwasser. Im Dienst. Er stellte sich vor. Sie hatten darauf gewartet, dass er ankommen würde. Sie wussten, dass er auf die eine oder andere Art mit der Forstverwaltung der Vereinigten Staaten verbunden war und dass er die VLATs durch die Zulassung gepeitscht hatte. Sie waren beeindruckt.

„Hey!" Ein großer Mann mit rotem Haar und heller Hautfarbe, sommersprossig, rief vom anderen Ende des Tisches herüber. „Komm, setz dich hier hin. Ich will was über diese VLATs hören."

Tim schlängelte sich zwischen den Tischen hindurch, hinter Stühlen und an der Wand entlang, quetschte sich schließlich zwischen Körpern, Stiefeln und Stühlen zur anderen Seite hindurch. Er schnappte sich einen metallenen Klappstuhl, der an der Wand gelehnt hatte, faltete ihn auf und setzte sich.

Der rothaarige Mann streckte ihm die Hand entgegen. „Phillip Yarmouth, willkommen." Er schüttelte Tims Hand wie den Arm einer Handpumpe. Phillip Yarmouth sah aus wie ein großer, roter Bär.

„Was fliegst du?", fragte Tim. Das war immer die erste Frage, die ein Pilot einem anderen stellte.

„Die *Huey*. Nenn mich Pip. Alle tun das ... sonst." Er grinste. „Und du? ... Abgesehen von den *Big Boys* natürlich."

Ein kurzer Name für so einen großen Kerl, dachte Tim. „Meistens Grummans. Aber ich habe jeden der montierten Flügel, die jetzt da draußen sind, geflogen."

Salbeifarbene, verkrüppelte Kiefern versperrten einen großen Teil des Blicks aus dem Fenster zu seiner Linken. Ein Panoramafenster, das die ganze Wand vor ihnen einnahm, offenbarte den endlosen Horizont unter einem sich langsam eintrübenden Himmel. Ein Mann, der seinen Husky an einer langen Leine spazieren führte, erschien von rechts. Tim betrachtete den Hund, der sich gegen das Leder stemmte. Tim fiel ein Lichtreflex in der Weite über dem Hund ins Auge, er bewegte sich auf etwa 20.000 Fuß. Er hätte es niemals bemerkt, wäre da nicht der Hund gewesen, der seine Aufmerksamkeit auf sich gelenkt hatte, und dann dieser feine weiße Streifen, den es hinter sich herzog. Er wartete darauf, dass der *Trail* sich auflöste, wartete darauf, dass er sich als normaler, ganz gewöhnlicher *Kondensstreifen* entpuppen würde. Stattdessen zog es sich wie endlose Strapse über den Himmel, es mussten hunderte von Meilen sein, oder mehr. Das war kein *Kondensstreifen*. Er machte sonst niemanden darauf aufmerksam. Wie lange ging das schon so? Er fühlte sich wie ein Volltrottel. Er war ständig in der Luft und hatte es nicht bemerkt. Oder lag es daran, dass er es gewohnt war, Kondensstreifen zu sehen, Kondensationsstreifen, die aus den Flugzeugabgasen stammten, und sich niemals die Mühe gemacht hatte, mit den Augen über das gesamte Bild zu streifen, um den Unterschied zu entdecken? Es stimmte schon, wenn er flog, war er meistens damit beschäftigt gewesen, seine Tankfüllungen auf Feuer abzuwerfen und es gab jede Menge Rauch in der Luft. Der Notfall befand sich 'unten', nicht 'oben'. Wahrscheinlich hatte er seine Aufmerksamkeit nach unten gerichtet.

„Hast du schon beim *Commander* eingecheckt?", fragte Pip.

„Nee, wie ist die Prozedur? Ich hab ihn kurz kennengelernt, als ich für das USFS hier war, aber ..."

„Also, ich glaube, er hat sich den Tag freigenommen, trotzdem, es ist immer gut, Meldung zu machen."

"Verstanden." Er schälte sich aus seinem Stuhl und ging in die Küche, um eine Tasse Kaffee zu holen. Die Kücheneinrichtung war brandneu. Es gab eine Kochinsel und alle Küchengeräte waren in Nirostastahl gehalten, es gab eine Geschirrspülmaschine. Der Kaffee war frisch gebrüht, der Linoleumboden sauber.

Als er zu seinem Platz zurückkam, eröffnete er die übliche 'wo-kommst-du-her?'-Runde mit dem Rest der Mannschaft. Die Antworten variierten, wie sie es immer taten: *Denver, Phoenix*, zwei aus *Chicago, Des Moines, Midland, Texas*. Pip war aus *Klamath Falls, Oregon*. Es stellte sich heraus, dass Pip auch sein Zimmergenosse war. Er war einer der Kerle, die groß genug waren, dass ihre Füße hinten vom Bett herunterhingen, wie bei Tim.

Am nächsten Morgen, um Null-Siebenhundert, stellte sich Tim im Büro des Kommandanten vor. War man einmal am *Dispatch* vorbei, gab es kaum noch einen Unterschied zwischen dem Büro des Kommandanten und dem Büro einer Papiermühle oder Versicherungsgesellschaft. Er saß hinter einem breiten, braunen Schreibtisch. Das Fenster hinter ihm war von den weißen Lamellen eines Rollladens bedeckt. Der Blick aus seinem Fenster bestand aus einer Reihe parkender Autos und ein paar Motorrädern. Um fair zu sein, da stand ein außergewöhnliches EDV-System auf seinem Schreibtisch. Zu seiner Rechten stand eine Reihe grauer Aktenrollschränke. Überall an den Wänden hingen topographische Karten, da waren Fotos vom Kommandanten, wie er in seinen besseren Tagen neben ein oder zwei Kampfflugzeugen stand, und eine eher elaborierte Funkerausrüstung zu seiner Linken. Sie quakte hin und wieder. Der Kommandant griff zu ihr rüber und stellte sie leise.

Der Kommandant dieses Flughafens war M. K. Unger. Sein Vorname war Mick, aber niemand nannte ihn jemals so. Alle Piloten auf diesem Flugplatz waren Ex-Militärs und sie würden einen Kommandanten eines Flughafens niemals beim Vornamen rufen.

Er fand ihn am Anfang etwas verklemmt, aber am Ende der Besprechung änderte er sein Urteil auf 'undurchsichtig'. Unger war nicht verklemmt. Er war nur wie einer dieser Typen, die bei der Armee Karriere machen und irgendwann so viele Geheimnisse haben, dass sie über vor allem die Fähigkeit verloren haben, Konversation zu betreiben. Er sah so gewöhnlich aus, dass es bemerkenswert war. Etwa fünf Fuß zehn groß, dünnes, kurz geschorenes schwarzes Haar, goldene Brille im Pilotenstil, ein Schnurrbart, ein blaues kurzärmeliges Hemd mit verdeckter Knopfleiste. Er mochte 165 Pfund auf die Waage bringen. Er trug eine goldene Uhr und einen Ehering. Er hätte ein Buchhalter irgendwo in den USA sein können. Aber dieser Mann führte eine betriebsame und gut ausgelastete, privat betriebene Wald- und Flächenbrandbekämpfungsfirma mit dem Namen *BlueSky Airways*, mit den größten Vögeln aus den verschiedenen Baureihen im Wert von sage und schreibe hunderten und aberhundert Millionen Dollar, die direkt vor seinem Fenster parkten. Unger war ein derartig perfektes Abbild des Mittelmaßes und des Normalen, er musste einfach CIA-Angehöriger sein.

„Willkommen an Bord, Verzet!" Unger erhob sich halb von seinem Stuhl und schüttelte Tims Hand. „Ich habe mich darauf gefreut, Sie wieder hier und wieder in der Luft zu haben. Sie kennen diese VLATs in- und auswendig. Sie sind ein außergewöhnlicher Feuerwehr- und ein erstklassiger Militär-Pilot. Da gibt es einiges, weswegen man Sie weiterempfehlen kann. Für jede Art von Mission."

„Danke, *Commander*", antwortete Tim und deutete auf den hölzernen Stuhl auf seiner Seite des Tisches.

Unger nickte, dass er sich setzen könne.

„Ich bin mir sicher, dass jeder andere Pilot hier mindestens genauso fähig ist, wenn nicht besser."

„Also", sagte Unger, in seinen Stuhl zurückgelehnt, „ja, sie sind alle Spitzen-Piloten, soviel ist sicher. Das ist die einzige Sorte, die wir hier einstellen. Aber nicht alle dürfen auf die Großen und nicht alle verstehen, wie das Sprühsystem auf diesen Tankern funktioniert. Es braucht schon eine besondere Begabung, ein Schiff von dieser Größenordnung zu manövrieren. Abgesehen davon haben Sie gute Kontakte zum Forstamt, und das passt uns gut in den Kram. Sind Sie verheiratet, Verzet?"

Tim lachte. „Nein, Sir. Noch nicht jedenfalls. Nur ich und mein Vater."

Unger betrachtete ihn endlose zehn Sekunden lang. „Haben Sie all Ihren Papierkram erledigt, Verzet?"

„Absolut!"

„Sehr gut. Nochmals willkommen. Checken Sie den Dienstplan im Tagesraum, wegen Ihrer Schichten. Sie können gehen." Unger nickte noch einmal, dann wandte er sich seinem Computer zu und begann zu tippen. Tim stand auf, um den Raum zu verlassen, hielt aber kurz inne.

„Bei der Gelegenheit, Commander ..."

Unger hielt inne und schaute zu ihm auf.

„Was ist mit all den großen Vögeln, die da draußen geparkt sind. Haben die kein Zuhause?"

„Haben sie. Sie kommen da schon noch hin. Sonst noch was?"

„Nein Sir." Tim machte auf der Hacke kehrt, verließ den Raum und schloss die Tür hinter sich.

Er nahm die Abkürzung durch die Abfertigung zum Tagesraum. Die Schichten waren an der Wand angeschlagen, genau wie der Commander gesagt hatte. Er fuhr mit dem Finger die Liste hinunter, bis er seinen Namen sah. Für weitere 36 Stunden war er nicht im Dienst. Er sah, dass Pip ebenfalls frei hatte. Auf *Pinon* lief es wie auf anderen Feuerstationen; drei Tage Dienst, drei Tage frei.

Er ging, um nach Pip zu suchen. Er wollte die Stillstandzeiten und das gute Wetter nutzen, um zu sehen, wie es mit dem Angeln stand. Er hatte einen Schlafsack und eine Rute mit Winde in der *Piper* verstaut. Pip war schon eine Weile hier und könnte unter Umständen etwas Licht in die Anomalien bringen, wenn sie während der gemütlichen Stunden, in denen man auf den Schwimmer, der im Wasser tanzt, starrt, dazu kommen sollten. Er hoffte, dass sein Zimmergenosse diese Art von Dingen mochte.

Er fand Pip draußen vor dem Fenster – oder genau genommen Pips Beine -, auf einem Rollbrett unter der *Huey*. Der Mann schien nicht in der Lage zu sein, sich von seinem Vogel zu trennen. Tim verließ das Gebäude, und trat hinaus ins Sonnenlicht. Der Wind blies heute sanft, nicht wie er es hier sonst im Frühjahr zu tun pflegte. *New Mexico* war berüchtigt für seine Frühjahrsböen, Tag für Tag, das war ziemlich verstörend. In dieser Zeit war es schwierig zu fliegen.

Er stand neben dem Helikopter. Pip, der unter dem Helikopter lag, sprach ihn an.

„Kann ich dir weiterhelfen?" Der große Rumpf ließ ihn weiter entfernt klingen, als er eigentlich war.

„Na, du Junkie", sagte Tim laut, „was sagst du, machen wir für einen Tag mal was anderes, oder so? Ich hab dieselben Schichten wie du. Angelst du? Man hört, hier gäbe es noch ein paar *Cutthroat-Forellen* in der Gegend."

„Ja, ich bin Angler. Möchtest du mal richtig alt aussehen? Ich bin nämlich richtig gut in dem Sport."

„Klar, lass mich ruhig alt aussehen. Lass uns hier nur abhauen, bevor wir wieder arbeiten müssen."

Tim lehnte sich mit beiden Händen an die massive Maschine. Er entdeckte eine große blaue Buick Limousine, die sich ihren Weg langsam durch die Einfahrt bahnte. Pip rollte unter seinem

Helikopter hervor, lag er einfach da und beobachtete. Ihm war nichts von noch ausstehenden Neuankömmlingen bekannt. Der Wagen fuhr am Hauptgebäude vor und zwei junge Männer stiegen aus. Sie hatten beide einen Seesack, den sie sich sofort nach Art des Militärs über die Schultern warfen. Sie verschwanden im Gebäude.

„Neue Rekruten?", fragte Tim.

„Ausgetrickst! Wir 'Ignoranten' haben natürlich keine Ahnung davon, dass noch jemand anderes auftaucht." Sie sahen, wie Unger mit den beiden Männern wieder rauskam. Sie stiegen wieder ins Auto und fuhren die paar hundert *Yards* zu dem Bereich, in dem die VLATs geparkt waren. Unger führte sie die Fluggast-Treppe zu einer der 747er hoch und öffnete die Luke. Alle drei Männer verschwanden im Inneren.

„Na komm", sagte Pip, während er von seinem Rollbrett aufstand und sich den Dreck von der Hose klopfte. „das kommt vor. Leute kommen und gehen, manchmal. Diese Vögel sind für andere Flughäfen bestimmt, da macht das Sinn. Lass uns gehen und ein paar Forellen klarmachen."

Sie nahmen Pips Pickup. Er hatte ein Zwei-Mann-Zelt hinter die Sitze geworfen. Das war alles, was sie brauchten, denn sie hatten wirklich nur einige Stunden Freizeit, keine Tage. Da war eine vierspurige Straße, dann eine zweispurige, dann Meilen um Meilen Schotterpiste durch kerzengerades Fichtengehölz. Die Höhe konnte täuschen. Das Wüstenklima ließ einen glauben, man wäre auf Höhe des Meeresspiegels, dabei lag die Gegend schon auf 1.600 Meter über Normalniveau. Die Zusammensetzung der Wälder spiegelte das wider. Der Boden hier war sauber und ordentlich wie überall in *New Mexiko*, mit einer Lage weicher Kiefernnadeln bedeckt. Die Forstdienste setzten manchmal kontrollierte Brände, um das gefährliche Unterholz im Zaum zu halten. Tim hatte einiges an Löscharbeiten an auf Privateigentum gesehen, sogar draußen, mitten im Nirgendwo, wo das Unterholz so dicht geworden war, dass die Äste dir ins Gesicht schlugen, wenn du dich dort drin bewegen wolltest.

„Hey, ich denke, wir sollten hoch zum *El Rito Creek* oberhalb des *Salvadore Canyon*", schrie Pip gegen das Radio und den durch die offenen Fenster fauchenden Wind an. Wie es aussah, hatte Pip ein

Faible für *Mariachi-Musik*. Trompeten spielten hohe, stakkatohafte Töne, es waren durch und durch optimistische Rhythmen.

„Kann es sein, dass mich mein Zimmergenosse zum Affen machen will? Du kennst die Gegend hier doch in- und auswendig?

Pip grinste nur. „Ich war hier oben für eine Weile für die Beaufsichtigung der *Hotshots* zuständig." *Hotshots* wurden Brigaden von zwanzig Feuerwehrleuten genannt, die darauf spezialisiert waren, Waldbrände zu verhindern oder wenn nötig, im frühen Stadium in den Griff zu kriegen. Sie hatten die allerbeste Ausbildung.

Sie kamen an eine unerwartete Kurve der Schotterpiste. Pip stieg abrupt auf die Bremse. Eine Kaffeekanne rollte unter dem Beifahrersitz hervor. Tim hob sie auf und schraubte den Plastikdeckel ab. Er schnüffelte an dem fettigen, grauen Inhalt.

„Was ist das?"

„Bacon-Schmalz! Aus der Küche. Hab auch etwas Butter reingeworfen!" Pip grinste. Er griff rüber und ließ das Handschuhfach aufschnappen; dann zog er eine Plastiktüte mit Maismehl heraus. „Ich bin anspruchsvoll mit meinen Forellen."

An einem Baum, der mit einem orangefarbenen Plastikband markiert war, lenkte er den Wagen von der Schotterpiste herunter. Ihnen stand ein unbemannter Schaufelbagger der Forstverwaltung gegenüber. Zum Glück kamen sie daran vorbei und konnte von hier aus noch ein paar Meilen weiterfahren. Aus irgendeinem Grund buddelte der Staat den Bach auf, das Wasser war schlierig und verschlammt. Keine großen Chancen, hier einen Fisch zu fangen. Am Ende der Piste parkten sie den *Pickup*. Sie wanderten noch eine Meile weiter flussaufwärts, bis sie an eine schnellfließende Stelle kamen, an der ein umgestürzter Baum quer über den Wasserlauf lag und so eine Brücke bildete.

Sie balancierten vorsichtig raus auf den Stamm und über den Fluss. Tim saß eher auf der einen Seite des Flusses, Pip auf der anderen, um nicht zu viel Gewicht auf die Mitte des morschen Stammes zu legen. Das Wasser tollte wie wahnsinnig über das Steinbett unter ihnen hinweg. Sie versahen ihre Haken mit Libellenködern und warfen ihre Angel flussabwärts aus. Die Köder verschwanden sofort unter der Wasseroberfläche, wurden runter und hinfort gerissen.

Sie hatten sich vorgenommen, still zu sein, um die Forellen nicht zu verängstigen, die sich eins ums andere Mal als überaus schlaue Fische erwiesen.

„Pip", flüsterte Tim. „Ich will eine dieser DC-10 mit hochnehmen. Willst du mit mir mitkommen? Ich kann die Forstverwaltung dazu bringen, dass das funktioniert ... als eine Art Scheintest sozusagen."

Pip kicherte. „Viel Glück. Ich komm nicht in ihre Nähe. Wir fliegen diese Vögel nie. Nur die Spezialkommandos haben die Erlaubnis, die zu fliegen."

„Warum denkst du ist das so?"

„Teufel, du weißt genauso gut wie ich, warum. Das ist irgendeine Art von Spezialeinheit. Aber man sagt, dass sie hier bald raus sind."

„Wohin?"

„Das, mein Freund, weiß ich nicht", sagte Pip, holte seine Angelschnur ein und warf sie wieder aus, „und es ist mir auch egal. Und dir sollte das auch egal sein, wenn du weißt, was gut für dich ist. Teufel, du weißt das doch genauso gut wie ich."

Gegen vier versank die Sonne hinter den Bäumen, wie sie das in den Bergen tat, und sie hatten vier *Cutthroats-Forellen* in der Reuse zwischen Grashalmen gebettet, als sie die Meile zurück zu ihrem Camp marschierten. Sie hatten das Zelt noch nicht aufgebaut, sondern waren direkt zum Fluss gegangen. Es war einfach aufzubauen. Tim machte Feuer, während Pip die Fische ausnahm und säuberte. Innerhalb einer halben Stunde waren die Fische mit Maismehl paniert und brutzelten in Butter und Schmalz in einer glühend heißen Pfanne aus Gusseisen. Tim lehnte sich zurück, mit seinem Schlafsack im Nacken. Er liebte *New Mexico* wirklich. Der Himmel war klar und blau und in der Regel hatte man auf Meilen klare Sicht, schon wenn man nur im eigenen Garten stand. Es gab nichts, was einem die Aussicht verderben konnte. Als er so in den wolkenlosen Himmel schaute, erschien aus dem Nichts ein weißer *Streifen*. Eben war er noch nicht da gewesen, jetzt war er es. Es musste ein Flugzeug sein.

„Gib mir dein Bino, Pip."

Er führte das Fernglas an seine Augen und fokussierte. Es war ein starkes Militär-Binokular, das eine 747 zeigte. Unmarkiert. Blau und weiß. Unter diesen Umständen war es wahrscheinlich die gleiche Maschine, bei der, bevor sie sich am Morgen auf den Weg gemacht hatten, vor seinen und Pips Augen Fremde an Bord gegangen waren. Tim ließ das Bino auf seine Brust sinken.

„Was ist los?", fragte Pip beiläufig.

„Unser Vogel", antwortete Tim. Er beobachtete ganze fünf Minuten lang, wie auf eine Länge von 100 Meilen oder mehr ein Streifen weißer Partikel ausgesprüht wurde und sich oben im Himmel langsam ausbreitete, während er kaum an Höhe verlor.

Er erwähnte Pip gegenüber nichts davon. Darüber hatte er nichts zu sagen. Dies war der Ausstiegspunkt, die Grenze zur Stille. Er fühlte sich irgendwie als Eingeborener, der einen Angriff auf sein Land erlebt, eine Invasion, die den Geschmack des Irrealen hatte. Unsicher, was es war ... einfach nicht sicher. Vorsichtig, um nichts zu provozieren, noch nicht. Das war es, was über dem Schweigen lag. Er beobachtete weiter, solange das Licht reichte, machte gegenüber seinem neuen Freund aber keine große Sache daraus. Die Partikel verteilten sich, bis sie eine breite, halb transparente, aber konturierte Wolke gebildet hatten, kaum noch zu sehen, es sei denn, man hatte den gesamten Vorgang beobachtet. Es hatte eine unglaubliche Dunststandzeit. Er vermutete, dass es bis mitten in die Nacht dauern würde, bis das Zeug den Boden erreichte. Was passierte da oben? Brauchten sie Regen? Die Feuergefahr war gering.

Dieses Flugzeug flog niedriger als die meisten anderen und der Partikelstreifen, den es ausspuckte, war dick und weiß und riesenhaft.

„Gib mir dein Bino, mein Sohn", sagte Pip. Er fokussierte auf das Flugzeug, während es über den Himmel zog. „Ich werde das Verkehrsministerium anrufen. Das muss ein gewaltiges Treibstofffleck sein ... die Flugroute stimmt nicht ... und sie fliegen viel zu tief. Da läuft was total schief da oben."

Pip holte sein Handy aus der Tasche. Er rief die Vermittlung an und wurde sofort zur Notfall-Nummer des Verkehrsministeriums durchgestellt. Tim vernahm natürlich nur Pips Seite des Gespräches; aber dessen triviale Antworten auf Fragen der anderen Seite, gepaart mit seinem sich immer stärker purpurn färbenden Nacken und seiner zunehmenden Gereiztheit verdeutlichten, dass das Gespräch ins Nirgendwo lief.

Zweimal unterbrach Pip mit 'würden Sie bitte dieses Flugzeug anfunken'. Zweimal konterte die Person am andern Ende der Leitung mit einem nicht enden wollenden Fragenkatalog. Pip gab schließlich auf und drückte das Gespräch weg. Er sah erstaunt aus, um es vorsichtig auszudrücken.

„Ich versuche eine gottverdammte *Crew* zu retten! Sie hatten absolut kein Interesse daran, dieses Flugzeug anzufunken. Das waren die unerfreulichsten fünf Minuten meines Lebens."

Vielleicht haben sie eine Liste von Flügen, die sie ignorieren sollen, dachte Tim. Es war recht wahrscheinlich.

Eine Woche später klingelte das Telefon um drei Uhr morgens. Pip murrte, zog sich ein Kissen über den Kopf und drehte sich auf die andere Seite. Tim versuchte das nervende Telefon zu greifen, aber er stieß es aus Versehen auf den Fußboden. Er tappte im Dunkeln, bis er es hatte, klappte es auf und sagte: „Hallo?"

"Tim?" Es war sein Vater. Seine Stimme klang bedrückt. Tim erschrak.

„Ja, Vater, was ist passiert?"

„Es ist Jeff. Es ist Jeff, Tim. Er ist tot."

„Warte, was?!" Tim beugte sich herüber und knipste seine Nachttischlampe an. „Dad, worüber redest du?"

Pip begriff, dass hier etwas völlig falsch lief, und setzte sich auf, hellwach.

„Er ist tot, mein Sohn. Ich habe grade einen Anruf von jemandem in Dallas bekommen. Mein Name war in seinem Adressbuch oder so, und jemand ... ein Freund ... benachrichtigte jeden, den er kriegen konnte. Es gab niemanden, der kommen und die Leiche abholen wollte, also haben sie ihn vor Ort eingeäschert und begraben. Ich frage mich, was sein Vater darüber denken würde?" Tim merkte, dass Huck kaum noch in der Lage war, dieses Gespräch zu führen.

„Kannst du mir erzählen, was passiert ist, Dad? Warte, ich ... ich stehe auf." Tim schwang seine Beine aus dem Bett und griff nach der Hose, die über der Lehne des Schreibtischstuhls hing.

Die Stimme seines Vaters war kaum mehr als ein Flüstern. „Sie sagen, er habe sich umgebracht."

„Ich bin schon auf dem Weg, Dad. Ich habe mein Handy, wenn du zurückrufen möchtest. Wirklich. Ich liebe dich, Dad. Ich komme."

Tim legte auf und steckte sich das Handy in die Jeans. Er zog sich ein dreckiges T-Shirt über und darüber ein Sweatshirt. Es würde draußen um diese Uhrzeit kalt sein.

„Kann ich helfen?" Pip saß auf der Bettkante.

„Jesus", sagte Tim. „Guck dir das an. Meine Hände zittern. Meine Knie zittern." Er setzte sich wieder hin. „Das war mein Vater. Mein Bruder ist tot. Also, er war nicht wirklich mein Bruder, er war ein Pflegekind. Er war mein ganzes Leben bei uns, von ein paar Ausnahmen abgesehen. Mein Vater tat, was er konnte, um ihm ein Zuhause zu geben, nachdem er seine Familie verloren hatte. Ich weiß nicht, was passiert ist, aber ich muss nach Hause." Er versuchte wieder aufzustehen, aber seine Knie gaben nach.

„Hey Partner. Setz dich. Welche Richtung musst du nochmal?" Pip kratzte sich am Kopf.

„*Redding*, Kalifornien."

„Ich flieg dich da raus. Du bist jetzt nicht in der Verfassung dazu. Dann kannst du mit deinem Vater darüber sprechen. Klingt das gut?"

„Ist das dein Ernst, würdest du das machen?"

„Ja. Es ist null-drei-hundert. Lass uns den Flugplan einreichen, alles fertig machen und im Morgengrauen starten. Okay?"

Pip hielt den Steuerknüppel von Tims *Piper*. Sie flogen von der aufgehenden Sonne weg in ein lila und goldfarbenes Morgengrauen.

„Hey, direkt über uns." Pip zeigte nach oben. Tim sah, dass direkt über ihnen eine DC-10 schwebte, etwa 10.000 Fuß weiter oben. Während sie hochschauten, schaltete der Pilot vier Strahlen von Aerosolen zu. Es wäre beunruhigend gewesen, wären sie nicht direkt darunter gewesen, so war ihnen beiden klar, dass der *weiße*

Streifen sich hinter ihnen ausbreitete. Das Licht zauberte Regenbögen in den Streifen, ähnlich den schillernden Lichtreflexen von Ölflecken auf Asphalt. Ihn überkam wieder dieses Gefühl, das Gefühl, ein Gegenüber zu beobachten, das Freund oder Feind sein könnte, Verbündeter oder Raubtier, oder beides. Es war, wie einem großen weißen Hai zu folgen. Für den Moment war man zwar in Sicherheit, aber das konnte sich ändern, jederzeit. So nah waren sie noch nie an diesem Phänomen dran gewesen. Abwarten, dachte Tim.

Das Schweigen wurde zu drückend.

„Willst du über diesen Typen sprechen?", fragte Pip.

Tim räusperte sich. Er hatte an Jeff gedacht. Es schien, dass man von Jeff immer nur die Rücklichter sah.

„Er war ein paar Jahre jünger als ich", sagte Tim, während er starr aus dem Fenster blickte. „Seine Familie ... die waren alle tot. Sein Vater und mein Vater waren zusammen in der *Air Force* geflogen. Er hat ein paar Mal gesessen ... wegen Drogen. Dann stand er einfach auf Hucks Türschwelle ... so nennen alle meinen Dad. Bald hatte Huck ihn soweit, dass er auf der Farm half, hat ihm beigebracht zu fliegen und Motoren zu reparieren. Jede Art von Motoren. Jeff lernte fliegen, machte seine Lehre als Mechaniker fertig und heuerte bei einem der großen Bosse an. Hab ihn eine Weile nicht mehr gesehen, obwohl Huck gesagt hat, er sei grade zu Hause gewesen."

Sowie sie in *Redding* gelandet waren, lief Tim zu seinem Wagen und fuhr in Richtung der Berge. Er war jetzt ruhiger und bereit, mit Huck zu sprechen. Pip drehte direkt um und flog die Piper zurück nach *Pinon*. Der Zeitungsmeldung zufolge, die Tim und sein Vater *online* fanden, war der Dallas *Coroner* sich sicher, dass Jeff Selbstmord begangen hatte. Sie wussten beide, dass das eine Lüge war. Sie waren beide darüber erstaunt, dass man ihn mit dem Inhalt einer Flasche Phenobarbital im Magen gefunden hatte.

„Du weißt ... und ich weiß ... dieser Junge hat sich nicht umgebracht", sagte sein Tims Vater sanft. „Wenn er diesen Weg hätte gehen wollen, hätte er das vor langer Zeit schon getan, als die Dinge wirklich schlecht standen."

„Natürlich, ich weiß doch, Dad. Wir finden raus, was passiert ist."

„Ich weiß es, mein Sohn. Ich weiß, was passiert ist." Er zog einen Briefumschlag aus seiner Manteltasche. Er war geöffnet, an Huck adressiert und von *Mt. Shasta* aus abgeschickt worden, von Jeff. Er musste ihn eingeworfen haben, als er hier war. Tim öffnete den Brief und las ihn, während er neben seinem Vater saß. Es fühlte sich an, als spreche er mit Jeff. Es fühlte sich an, als sitze Jeff direkt neben ihm. Es fühlte sich an wie Rasierklingen auf der Haut.

Lieber Huck

Du wirst verstehen, warum ich Dir das schicke, wenn Du es gelesen hast. Ich sitze hier auf ein paar Informationen, die wichtig sind, ich weiß auf Teufel komm raus nicht, an wen ich mich damit wenden soll. Vielleicht kannst Du mir helfen, den Richtigen zu finden. Ich hatte über die Chemikalien nachgedacht, die da oben auf Dich abgekippt werden, seit ich wieder auf Arbeit bin. Wie es scheint, sieht man das jetzt überall.

Du weißt doch, die Mechaniker ganz unten in der Hackordnung, das sind doch diejenigen, die in der Abfallentsorgung arbeiten, stimmt's? Niemand mag an den Pumpen, den Tanks und Leitungen arbeiten, über die das Abwasser aus den Bordklos entsorgt wird. Nur zwei oder drei Mechaniker auf jedem Flughafen arbeiten an diesen Systemen, aber wir haben diese gegenseitigen Hilfsabkommen zwischen den Airlines. Hin und wieder arbeiten wir an den Flugzeugen anderer Leute.

An einem der Tage, letzten Monat, haben sie mich aus dem Stützpunkt abgerufen, um so was zu tun. Die Dispatcherin konnte mir nicht sagen, was das Problem war, sie hat mir nur gesagt, geh da raus und schau dir das an. Stellte sich raus, dass das Problem im Abwassersystem lag. Hat mir nicht gepasst, aber ich hatte keine Wahl, ich musste das reparieren. Als ich das Laderaumabteil offen hatte, war sofort sichtbar, dass da etwas nicht stimmte. Da waren mehr Tanks, mehr Pumpen und mehr Leitungen, als da sein durften. Ich ging erst mal davon aus, dass das System neu designt worden war, so etwas passiert ja andauernd. Aber es war so offensichtlich, dass all diese Extratanks und Zusatzleitungen nicht zum Abwassersystem gehörten. Ich hatte das grade durchblickt, als ein anderer Mechaniker von meiner Firma auftauchte. Es war einer der Typen, die normalerweise an diesen Systemen arbeiten. Ich war froh, abgelöst zu werden, aber auf dem

Weg nach draußen fragte ich ihn nach den neuen Systemen. Er sagte nur, ich solle mich um mein Ende des Flugzeugs kümmern und ihm seins überlassen.

Am nächsten Tag war ich in meiner Firma am Computer, um eine paar Schaltpläne nachzuschlagen. Bei der Gelegenheit entschied ich mich, mir die neuen Systeme anzugucken, die ich gesehen hatte. Aber die Unterlagen zeigten nichts davon. Das ist nicht möglich, Huck. Ich habe mich sogar in die Herstellerdatenbank eingeloggt und nichts davon gefunden. Du kennst mich, an dem Punkt musste ich da dranbleiben.

Die Woche drauf hatten wir drei von unseren Flugzeugen in der Inspektion. Ich war grade mit meiner Schicht durch, also entschied ich mich, mal nachzugucken, ob ich noch so ein System finden konnte wie das davor. Da krochen überall Mechaniker im Flugzeug herum, also dachte ich mir, einer mehr oder weniger würde gar nicht auffallen. Natürlich hatte das Flugzeug, das ich mir ausgesucht hatte, die zusätzlichen Installationen. Ich fand etwas, das wie die Steuereinheit aussah. Die Steuereinheit sah wie normale Luftfahrttechnik aus, aber sie hatte keine Beschriftung. Ich konnte die Kabel von der Steuerbox zu den Pumpen und zu den Ventilen verfolgen, aber es gab keine Steuerkabel, die in die Box reingingen, um sie anzusteuern. Das einzige reinkommende Kabel war die Stromversorgung von der elektrischen Hauptsammelschiene. Das System hatte einen großen und zwei kleinere Tanks, schwer zu sagen, die Nische war vollgestopft, aber der große Tank sah aus, als würde er für etwa 50 Gallonen gut sein. Die Tanks hingen an einem Füll- und Auslassstutzen direkt hinter dem Stutzen für das Ablassventil. Als ich nach der Schnittstelle unter dem Flugzeug gesucht habe, fand ich sie etwas versteckt unter der Klappe, die den Zugang zum Abwassersystem öffnet.

Ich habe versucht, die Leitungen von den Pumpen aus weiterzuverfolgen. Sie führten zu einem Netzwerk aus kleinen Leitungen, die in den Endkanten und den Querrudern endeten. Wenn Du Dir die Flügel dieser großen Flugzeuge anguckst, siehst Du eine Reihe von etwa fingerdicken Stangen, die aus der Endkante hervortreten, um elektrostatische Entladungen zu ermöglichen. Du weißt doch, dass sie die statische Elektrizität abführen müssen, die sich bei den Flugzeugen während des Fluges aufbaut. Ich entdeckte, dass jede dritte Stange mit den Leitungen verbunden war. Die wurden ausgehöhlt, um dem was auch immer durch diese Leitungen fließt zu ermöglichen, hindurch zu fließen, raus in den blauen Himmel. Während ich auf dem Flügel war, sah mich einer der Manager. Er zitierte mich aus dem Hangar heraus und sagte mir nur, ich hätte keine Überstunden genehmigt bekommen.

Am nächsten Tag rief mich mein Abteilungsleiter zu sich rein und suspendierte mich auf unbestimmte Zeit, damit zwei Gewerkschaftstypen dem Verdacht nachgehen konnten, dass ich angeblich irgendwelche Papiere gefälscht habe. Am gleichen Abend kriege ich zu Hause einen komischen Anruf. Die Stimme sagt: „Jetzt weißt du, was mit Mechanikern passiert, die sich in fremde Angelegenheiten einmischen. Nächstes Mal, wenn du an Systemen arbeitest, die dich nichts angehen, bist du deinen Job los." Klick.

Huck, ich weiß nicht, was sie sprühen, aber ich kann Dir sagen, wie sie es tun. Ich denke, sie benutzen die 'honey trucks'. Die entleeren das Abwasser aus den Toiletten. Die Flughäfen lassen das von externen Firmen machen, und niemand kommt auch nur in die Nähe der Tankwagen. Ich meine, wer will schon neben einem Laster voll Scheiße stehen? Sie können gleichzeitig die Abwassertanks entleeren und diese anderen Tanks auffüllen. Sie kennen die Flugroute, das heißt, die Kontrolleinheit ist wahrscheinlich so programmiert, dass sie ab einer bestimmten Flughöhe oder Flugzeit anfangen zu sprühen. Die Düsen in den Sprühköpfen sind so klein, niemand im Flugzeug würde etwas sehen. Gott steh uns bei. Sag Bescheid, was Du davon hältst.   Jeff

Zwei Tage, nachdem Tim von *Lake Helen* zurück war, rief Unger ihn wie angekündigt in sein Büro. Er hatte sich entschuldigen lassen, weil sein Vater plötzlich krank geworden war. Dort erklärte Unger ihm, dass ein Angebot für ihn auf dem Tisch lag, ein besonderes Projekt.

„Und, wie sieht das Angebot aus?", fragte Tim.

„Zeitvertrag auf einem Stützpunkt nahe des *Gila* Nationalparks an der Grenze. VLATs fliegen. Insbesondere die 747. Es ist eine NSA Mission, in Zusammenarbeit mit dem Innenministerium und deinen alten Kumpels von der NASA. Die wollen dich dafür."

Tim runzelte die Stirn. „National Security Agency? Ich bin ein Feuerwehrmann."

Unger zuckte mit den Schultern. „Nimm es an, oder lass es bleiben, auf der Grundlage der üblichen Informationen, du weißt, dass sie nicht alles jedem Hinz und Kunz erklären können. So ließe sich keine Geheimoperation durchführen. Die Bezahlung ist hoch. Wirklich hoch. Nur der Himmel ist höher."

„Legal?", fragte Tim.

"Ja klar, mal was Sauberes zur Abwechslung!", lachte Unger.

Tim wusste, dass das nichts zu bedeuten hatte. Wenn es um solche Operationen ging, logen sie alle, dass sich die Balken bogen. Er wusste auch, dass das leicht in eine Sache ausarten konnte, aus der er nicht so leicht wieder würde raus kommen können, sobald er einmal drin war. Diese Dinge wurden so fragmentiert, dass Unger wahrscheinlich selber keine Ahnung hatte, was dort unten an der Grenze vor sich ging, und ihm ohnehin nicht mehr als einen Bruchteil dessen würde sagen können, was insgesamt vor sich ging. Die Jungs, die die Einsätze flogen, so wie er selbst, würden nur erfahren, was sie unbedingt wissen mussten.

„NASA. Huh ... Kriege ich Zeit, darüber nachzudenken?"

„Brauchst du Zeit, um darüber nachzudenken?"

Tim spürte in dem Moment nur seine Verletztheit und war unglaublich wütend. „Nein, Sir, ich bin dabei."

Er hatte die Jobs, die er für die NASA gemacht hatte, eigentlich gemocht. Er war als Feuerwehrpilot im Wesentlichen mit Interna beschäftigt gewesen. Trotzdem, die NASA konnte mindestens genauso schäbig sein wie jede der anderen Agenturen, die mit Verteidigung zu tun hatten. Die meisten Leute hatten keine Ahnung, dass die NASA mehr mit Geheimoperationen zu tun hatte als mit Weltraumforschung, und dass das schon eine ganze Weile so ging. Aber Tim wollte unbedingt in die Nähe der umgerüsteten Maschinen und des Programms, das so wichtig war, dass sein Bruder deswegen gestorben war.

Am kommenden Tag lenkte er eine der 747er die fünfzehnhundert Fuß lange Startbahn herunter, mit zwei anonymen jungen Männern in den Rollen des Ersten und Zweiten Offiziers an Bord. Hager, kurzgeschoren, Pilotenbrillen ... absolut nichtssagendes Erscheinungsbild. Sie flogen südwärts zu einem Flughafen, auf dem er noch nie gewesen war und von dem er nicht gewusst hatte, dass er überhaupt existiert. *Gila.*

Der *Gila* Nationalpark war noch auf dem Gebiet von *New Mexico*, längs der mexikanischen Grenze. Der Stützpunkt war irgendwo da unten. Die Grenze verläuft in diesem Bereich über Berge und ist von Canyons zerschnitten. Die Leute kamen hier auf Pferden zum Campen.

Tim unterhielt sich nicht mit seinen Kopiloten und sie sich nicht mit ihm. Sie fielen alle von alleine in den Geheimdienst-Modus. Tim war es wirklich todernst mit dieser Sache. Das Leben seines Vaters stand auf der Kippe, sein 'Bruder' war tot, und es hatte alles mit diesen umgerüsteten Flugzeugen zu tun. Er hatte für das Forstamt gearbeitet und diese Flugzeuge für die NASA durch die Zulassung gebracht. Sie hatten offensichtlich schon eine ganze Weile lang ein Auge auf ihn geworfen. Er würde die Gelegenheit nutzen, obwohl er genau wusste, dass wenn er einmal drin war, es keinen Weg mehr nach draußen geben würde. Er würde nicht lange leben, wenn er es versuchen würde. In diesem Moment war das für ihn in Ordnung. Die Liste an Fragen, die ihn beschäftigten, war kurz, aber prägnant: Was sprühen sie? Wer steckt dahinter? Aus welchem Grund tun sie es? Wie sind sie organisiert? Wie kriegen sie Piloten, ehemalige *Air Force* Piloten, dazu, da mitzuspielen? Wessen Gurgel würde er zu packen kriegen, wie fest und für wie lange?

Wenn er seine eigene Situation betrachtete – schließlich hatten sie ihn rekrutiert –, ging er davon aus, dass die anderen Piloten ähnliche Geschichten hatten. Er war Single, hatte nicht wirklich Familie, er war ein Fliegerass und daran gewöhnt, Zeitverträge zu unterschreiben, ohne zu wissen, worum es eigentlich ging. Im Moment war er extrem verletzt und ihm war seit Jeffs Tod wirklich danach zumute, etwas Unüberlegtes zu tun. Sie würden ihm jetzt erzählen, was sie dachten, dass er wissen sollte, und es würde wahr sein können oder auch nicht. Die Geschichte würde der Wirklichkeit so nahe sein, dass sogar, wenn etwas, dass sie ihm erzählten, nicht ganz der Wahrheit entsprechen würde, es keine losen Enden geben würde, an denen er würde ziehen können. Diese Operationen, wie ihre militärischen Gegenstücke, waren gespickt mit Soldaten, die aus armen Verhältnissen kamen. Sie würden mehr Geld verdienen, als sie sich vorstellen konnten, dass man verdienen kann; es waren Männer, die niemals zuvor ein positives Feedback bekommen hatten, sich ansatzweise fähig gefühlt hatten oder in der Lage waren, irgendetwas auf die Reihe zu kriegen, bis sie zum Militär gekommen waren. So schaffte man ultra-loyale, ultra-gehorsame Truppen. Da würde auch ein gewisser Anteil an *Special-Operations-Piloten* sein, CIA und Männer mit Söldnervergangenheit: Männer ohne die Bürde eines höheren Bewusstseins, nur wenige mit mehr Informationen als alle anderen und Wissen darüber, wer weiter oben auf der Leiter saß ... weiter als einen Rang höher. Das musste man wissen. So wurde das Spiel gespielt, so wurden Massen von Leuten manipuliert und funktionierten im Rahmen wirklich unschöner Szenarien, ohne zu wissen, was sie taten. Es war wirklich absurd einfach.

Als sie das Flugfeld erreichten und er Landeerlaubnis bekommen hatte, sah er etwa 45 VLATs unter sich geparkt, allesamt flugbereit. Er war erstaunt, auch wenn er es nicht zeigte. Wer hatte genug Geld, um so viele Flugzeuge im Stall zu haben? Einige waren komplett weiß, einige blau-weiß, und da waren ein paar kleinere; rot-gold-weiße. Eine Besonderheit zeichnete die meisten dieser Flugzeuge gegenüber jenen aus, die er in *Pinon* hinter sich gelassen hatte – sie hatten fast keine Fenster. Tim musste sich jetzt darauf konzentrieren, seine Maschine zu landen.

Er sah einen freien Platz zwischen zwei 747ern und bekam Anweisungen, dort einzuparken. Zwei Flugzeuge standen abseits, waren nicht Teil der Flotte. Sie zeigten die Insignien vom *National Express Package Delivery* und hatten den Schriftzug CARGO in großen Buchstaben auf die Seiten gemalt.

Lastwagen fuhren mit großen Säcken und Kisten beladen zu den Lagerhallen. Etwa ein Dutzend Arbeiter in braun-roten Uniformen entluden die Säcke und Kisten an beiden Enden der Strecke.

Soweit Tim das einschätzen konnte, gab es hierfür keinen anderen Grund, als Dinge zu bewegen, die nicht durch die normalen Zoll- und Sicherheitskontrollen gehen sollten. Wieder das oberste Gebot: alle im Dunkeln halten. Alles Fragmentieren. Nur wenige Menschen mussten diese Operationen wirklich verstehen – und sie funktionierten trotzdem. Die Angestellten, die mit diesen Paketen hantierten, mussten nur gut bezahlt werden und dumm genug sein. Sie mussten eine Vertraulichkeitserklärung unterzeichnen, und wenn sie ausreichend gut bezahlt worden waren, hielten sie auch ihren Mund. Einhundert hochgestellte Personen, die wirklich wussten, was passiert, und die die einzelnen Strippen zogen, konnten im wahrsten Sinne des Wortes einhunderttausend Menschen nach ihrer Pfeife tanzen lassen. Und wenn diese Einhunderttausend sich ordentlich bewegten und mit einiger Sorgfalt ans Werk gingen, dann konnten so Millionen manipuliert werden.

Wie Tim wusste, lag ein völlig falsches Verständnis davon zu Grunde, wie Menschen denken und handeln, wenn man davon ausging dass viele Menschen bewusst involviert sein mussten, bevor schreckliche Dinge getan werden können. So funktionierte das nicht. Wenn Leute eine Vorstellung davon entwickelten, wie Geheimdienstler sich verhalten, indem sie es daran maßen, wie sie selbst sich verhalten würden, dann lagen sie absolut daneben. Die Piloten kannten die Leute vom *Dispatch* nicht, die wiederum das Bodenpersonal nicht kannten. Das Bodenpersonal hatte keine Ahnung, welche Flugzeuge in welche Operation verwickelt waren. Piloten bekamen ihre Aufträge, wenn ein Job erledigt war, unter Umständen via Satellit von der anderen Seite der Welt. Der Typ am anderen Ende der Welt hatte keine Ahnung, mit wem er sprach und warum. Die Leute wurden trainiert, im Rahmen ihrer Abteilungen zu funktionieren, ihrer Spezialisierung, und darauf dressiert, den anderen Leuten ihre Spezialgebiete zu lassen. Und wenn sie etwas herausfanden, das sie gerne jemandem berichtet hätten, wem zum Teufel sollten sie sich anvertrauen?

Er rollte auf die Standposition in der Lücke zwischen den beiden 747ern. Sie fuhren die Systeme runter und gingen von Bord. Die anderen beiden Typen schienen zu wissen, was zu tun war; sie gingen in ein Verwaltungsgebäude. Tim folgte ihnen; er hatte seinen Koffer im Schlepptau und seinen Rucksack über die Schulter geworfen. Im Gehen machte er ein paar Überschlagsrechnungen.

Sagen wir vier Dollar pro Galone und eine Galone Verbrauch pro Sekunde ... etwa 60 Galonen pro Minute oder 3.600 pro Stunde. Wenn eine 747 fünf Stunden oben ist, hat sie 18.000 Galonen im Wert von 72.000 Dollar verbraucht. Das mal 30? Über 2 Millionen nur für Kerosin alle fünf Stunden. Nehmen wir an, nur eine Fünfstundenschicht pro Tag, an 300 Tagen im Jahr, würde Gesamtkosten für Kerosin ausmachen, von –

konservativ geschätzt – 600 Millionen pro Jahr. Wer zum Teufel zahlt diese Rechnung?

Sie liefen an Paletten mit brusthohen weißen großen Taschen vorbei. Sie sahen in Form und Größe Sandsäcken ähnlich, aber Tim konnte in einer der Beschriftungen das Wort 'Barium' erkennen. Das war immerhin etwas. Er konnte sich jetzt ziemlich sicher sein, dass zumindest ein Teil von dem, was auf sie niederging, 'Barium' war. Ihm wurde in dem Moment bewusst, dass er derzeit nicht in der Lage war, irgendwelche Untersuchungen anzustellen. Jeder seiner Atemzüge und Schritte würde bespitzelt und von der Security ausgewertet werden. Er würde nicht in der Lage sein, die Chemikalien, die er finden würde, zu analysieren. Er würde nicht in der Lage sein, seinem Vater zu schreiben oder mit ihm zu telefonieren, um die Ergebnisse seiner Untersuchungen abzufragen.

Er war vollständig abgeschnitten. Er war sich sicher, dass er früher oder später einen Schwachpunkt finden würde, eine Art Achillesferse, egal wie klein.

Sie kamen am Terminal an, die Glastüren öffneten sich.

Der Gila Nationalpark, sprich Hee-lah, war weltberühmt für die leicht zugänglichen Treckingrouten durch spektakuläre Canyons, Urlaub auf dem Rücken der Pferde und seine einsamen heißen Quellen. Er umschloss das Quellgebiet des *Gila*-Flusses. Krallenaffen saßen im Gebüsch und sahen den Wanderern zu, wie sie über kalte, kristallklare Bäche sprangen. *Silver City* war die nächste Stadt, sowohl von *Gila* aus betrachtet als auch vom *Gila*-Flugfeld, das ein Teil von einem kleinen Netzwerk abgelegener Flughäfen war, die von *BlueSky* Airways betrieben wurden.

Tim wurde im Rahmen des Arbeitsvertrages ein Appartement am Stadtrand zugewiesen. Es lebte kaum jemand auf dem Stützpunkt. Die *Security* war dort zu stark vertreten und schwer bewaffnet. Als er ankam, wurde er dem diensthabenden *Dispatcher* vorgestellt sowie jemandem, der sein Verbindungsoffizier, sein 'Handler' sein würde. Sein *Handler*, so verstand er dessen Aufgabe, würde ihm sagen, dass er sich ausschließlich um seinen Job zu kümmern habe und sich nicht um die Angelegenheiten der anderen kümmern dürfe; er sagte ihm, dass die einzigen Antworten, die er auf die Frage, was er tue, geben dürfe, eins zu eins von ihm, dem *Handler*, kommen würden. Er unterschrieb eine Vertraulichkeitsvereinbarung, die ihm untersagte, über den Stützpunkt zu sprechen, über alles, was mit dem Stützpunkt in Verbindung stand, und über alles, was er für die Firma tat, mit allen außer mit seinem *Handler*. Das Geld wurde sofort auf sein Konto überwiesen, 250.000 Dollar pro Jahr, als Vorauszahlung, alles auf einmal. Er konnte sich vorstellen, dass wenn er sich hier nicht benahm, der Gesetzgeber das plötzlich als Drogengeld einstufen würde, oder etwas ähnlich Illegales, und er sich im Gefängnis wiederfinden würde. Er wusste, wie diese Dinge funktionierten.

Was er schnell herausfand war, dass alle Piloten zumindest Handfeuerwaffen trugen; überwiegend 9mm und 45er. Es gab dazu nichts Schriftliches, an dem man sich hätte orientieren können. Es war eine ungeschriebene, unausgesprochene Vereinbarung, und er wusste, dass diese Waffen gegen Feinde drinnen wie auch draußen waren. Sobald er einen Schlüssel zu seinem Appartement hatte, fuhr er nach Silver City und kaufte eine Sig Sauer P226 9MM, die er unter dem Kopfkissen aufbewahrte oder im Rückenhalfter trug.

Die Temperatur war wieder über 27 Grad gestiegen, jetzt, wo er so viel weiter im Süden war. Er hätte nach Mexiko rein und rausfahren können, wenn er es gewollt hätte. Er wollte nicht. Er stellte sich den Leuten als *Flyer* vor, denn das hier sah mehr einem Militärstützpunkt ähnlich als *CalFire* oder *BlueSky*. Alle hatten hier einen *Handler*. Sie waren alle Ex-Militärs und alle auf ihre Art *cracks*. *Gila* nutze nicht gerne ziviles Personal, es sei denn, sie hatten keine andere Wahl oder sie heuerten Leute an, um Pakete abzufertigen. Militärpiloten wussten, wie man ohne Fragen zu stellen Befehle befolgte und ansonsten die Klappe hielt.

'Flyer' war nicht hier, um zu spielen. Er war nicht hier, weil er jemanden suchte, mit dem er abhängen konnte. Die Männer waren einsame Wölfe. Sie sprachen miteinander, und nur miteinander, aber die Art der Fragen und Antworten war eine andere ... einerseits waren die Unterhaltungen entspannt, aber die Leichtigkeit darin war nur gespielt. Der Informationsaustausch im Hintergrund war eigentlich eher hochkarätig. Die Stimmung, Richtung und das Ergebnis dieser Interaktionen konnte sich in Bruchteilen von

Sekunden ins Gegenteil verkehren. Die Piloten lebten alle am Abgrund. Die ganze Zeit.

Man erwartete von ihm, dass er diese Flugzeuge flog, und das tat er. Die 747 deckte den gesamten Kontinent der Vereinigten Staaten ab. Seine Route änderte sich jeden Tag, und er kannte sie nicht, bis er sich in der Luft befand. Er war niemals anwesend, wenn Chemikalien geladen wurden, noch war er dafür verantwortlich. An manchen Tagen war er derjenige, der den Abzug drückte, und an anderen Tagen flog er einfach, im Wissen, dass die Düsen automatisch gesteuert wurden. Er ging davon aus, dass die kleinen *Crews*, die für das Füllen der Tanks verantwortlich waren, die am höchsten bezahlten und die am meisten kontrollierten Angestellten auf dem Stützpunkt waren. Außerdem belud jemand die LKW mit Chemikalien, jemand anders fuhr die LKW's zum Stützpunkt, jemand anders entlud die Chemikalien, und noch jemand anders füllte die Behälter in den Flugzeugen.

Vollständige Fragmentierung. Flyer hatte das Innere seines Flugzeuges gesehen, komplett ausgeräumt, keine Sitze, keine Toiletten, keine Bordküche mehr. Vom Bug bis zum Heck waren Fässer aufgereiht, die ein wenig Bierfässern ähnelten, Reihe um Reihe, silbern mit goldenen Ventilen, alle über Schläuche mit den Hauptleitungen verbunden. Er hatte das Leitungssystem selber inspiziert; er wusste, wo es hinführte. Er hätte an keinem der Tage sagen können, was genau in den Fässern war. Er hatte keinen Zugang zu dieser Information. Wenn er gefragt worden wäre, er hätte es einfach nicht sagen können. So sollte es sein.

Fragen drängten sich auf: erstens, wer lieferte diese Chemikalien? Wie sah die komplette Liste an Chemikalien aus, die benutzt wurden? Was war mit den Piloten der kommerziellen Airlines, die offensichtlich über diese Sprühaktionen im Bilde sein mussten? Die *Flight Aviation Authority* (FAA), die zivile Luftfahrtbehörde, würde die Information bekommen, dass militärische Aktionen irgendeiner Art unterwegs wären, und der Flugüberwachung und den Piloten entsprechende Anweisungen weiterleiten. Aber das ging schon lange genug, um ernsthafte Fragen aufzuwerfen.

Alle kommerziellen Fluglinien heuerten auch Ex-Militärpiloten an. Am Ende würde es sich darum drehen, wer die dünn gesäten

Jobs bekäme, um Pilotenscheine und um den Lebensunterhalt, für jeden, der auch nur daran dachte, wegen ein paar Flugzeugen, die Chemikalien abwarfen, einen Aufstand zu machen. Es konnte sich auch um die Angst drehen, plötzlich vor Gericht gestellt und auf unbegrenzte Zeit ins Gefängnis geworfen zu werden. Diese Leute machten all das nicht zum Spaß.

Dann hatte Flyer Glück. Eines Sonntags klopfte es an seiner Appartementtür.

„Harry Gale." Ein Mann stand auf der Türschwelle und streckte die Hand aus. „Sie sind ... Flyer Verzet?"

„Ja." Tim schüttelte vorsichtig die Hand des Mannes. „Was kann ich für Sie tun?"

„Also", sagte Gale, „wie es aussieht, bin ich Ihr neuer Zimmergenosse. Für mich übrigens ein Glücksgriff. Ich hatte mir schon Sorgen gemacht, die würden mich bei Killer oder Mad Dog oder so etwas einquartieren. Ist sehr nett von Ihnen, Flyer. Danke." Er deutete in Richtung Wohnzimmer. Er hatte einen Rucksack auf dem Rücken und einen Koffer auf Rollen hinter sich.

Tim war überrascht. Soweit er es mitbekommen hatte, gab es in dieser Firma keine Wohngemeinschaften. Das stand im Widerspruch zu all den offensichtlichen Sicherheitsmaßnahmen vor Ort. Das machte ihn sehr misstrauisch. Trotzdem trat er beiseite, so dass Gale reinkommen konnte.

„Nicht viel Mobiliar", bemerkte Gale, als er seine Taschen abstellte.

„Stimmt", erwiderte Tim. „Hör mal, ich hab keinen Bescheid bekommen, dass jemand kommt. Ich muss telefonieren. Verstehst du?" Das Gewicht der 9mm, die auf seinen Rücken gehalftert war, beruhigte ihn.

Harry Gale nickte und setzte sich auf die Couch. „Natürlich, musst du."

Tim rief die Zentrale an und fragte nach dem diensthabenden Kommandanten; bisher war dies immer auch zugleich der *Dispatcher* gewesen. Die Geschichte erwies sich als korrekt, auch wenn es nur vorübergehend war und Gale bei ihm einquartiert wurde, weil er ohnehin viel weg war.

„Fühl dich wie zu Hause", sagte Tim, nachdem er aufgelegt hatte. „Du bist Pilot?"

Gale lächelte.

„Ich bin Doktor der Pathologie. Ich sammle hier Daten."

Dr. Harry Gale. Tim wusste, dass er zu diesem Zeitpunkt keine weiteren Informationen aus ihm herausbekommen würde ... oder jemals ..., aber alleine seine Existenz bestätigte eine Theorie. Daten werden gesammelt, wenn man Ergebnisse braucht, und Ergebnisse werden gebraucht, wenn Variablen auf irgendeine Art variiert werden. Nur ein Idiot würde nicht darauf kommen, dass es Folgen in der Biologie hat, wenn man die Biosphäre in Barium und Gott-weiß-was-noch ertränkt. Auch wenn das Projekt nicht das Wort 'Experiment' im Titel führen würde, so war es das zumindest in Teilen.

„Also, Harry, du hast den Platz hier größtenteils für dich allein. Ich bin meistens aus der Stadt weg. Zu Hause bin ich vielleicht zwei Tage die Woche."

Harry lachte. „Kein so großes Glück. Ich reise auch. Ich habe Büros in verschiedenen Städten."

Probenahmen, dachte Tim. Ja, dies war ein glücklicher Tag. Trotzdem war ihm klar, dass dieser Typ auch da war, um ein Auge auf ihn zu werfen. Wenn er Proben nahm, wenn er Sachen testete, dann musste Tim auch die Idee in Erwägung ziehen, dass er auch ein Proband sein würde. Im Moment war geplant, dass Tim am kommenden Morgen fliegen würde. Das war alles, was er wusste.

Am kommenden Morgen vor Sonnenaufgang bestiegen er und seine *Crew* ihr Schiff und wurden sofort von ihrem *Handler* in Empfang genommen. Es war ein Mann namens Thomas, obwohl sich Tim sicher war, dass das nicht sein wirklicher Name war, der regelmäßig aufkreuzte, um mit ihnen zu plaudern und sie zu überprüfen. Es war nicht derselbe Mann, der ihn bei seiner Ankunft in *Gila* eingewiesen hatte. Thomas setzte sich ins Cockpit und fragte, ob die Dinge gut laufen würden. Ob es irgendetwas zu berichten gäbe. Er stellte jedem von ihnen in der Kabine ein paar persönliche Fragen.

Dieser eine Mann, vermutete Tim, war der Einzige, der eine größere Einheit miteinander verband. Es war die einzige

Gelegenheit, bei der sie eine direkte Verbindung zu einem herstellen konnten, während sie auf der anderen Seite dafür sorgten, dass niemand wirklich Zeit mit jemand anderem verbringen konnte.

Dann flogen sie in Richtung Denver, und dieses Mal wurde automatisch gesprüht, was auch immer sie in die Atmosphäre ausbrachten. Er vermutete, dass das so war, wenn verschiedene Mischungen projektiert worden waren und die Düsen in definierten Abständen ein oder ausgeschaltet werden mussten. Sie flogen nie eine Route, die es ihm erlaubt hätte, etwas an Orten zu sehen, an denen er schon gewesen war. Außer im Cockpit gab es keine Fenster in diesem Vogel. Dies würde ein kurzer Flug werden.

Manchmal, wenn die Zielflughäfen in Flugzeit gerechnet so nah dran waren, würde er auf eine andere Maschine wechseln, mit einer anderen *Crew* und auf einer anderen Route weitermachen. Bei jedem Flugzeugwechsel bekam jeder Platz im Cockpit ein neues Crewmitglied. Aber an diesem Tag würden er und seine *Crew* über Nacht zusammenbleiben. So wurden sie davon abgehalten, sich miteinander anzufreunden. Zu große Tratschgefahr. Die einzige Verbindung, die er ziehen konnte, war, die Städte, die sie über-flogen, miteinander zu verknüpfen ... die Wüsten von *Las Cruces* und *Albuquerque; Santa Fee, Raton*, das sich auf dem wunderschönen Pass eingenistet hatte, wieder auf der Ebene *Pueblo, Colorado Springs* an den Hängen der *Rockies*, dann *Denver*. Die Berge waren schneebedeckt, wie sie es im November immer waren.

Sie brachten sie auf dem *Denver International Airport* runter, mit seinem absurden Zirkuszeltdach von der Größe eines *Football-Felds*, und dann kam eine stille *Crew*, um sie vom Flughafen wegzubringen. Sie hätten noch nicht einmal ausgehen dürfen, wenn sie auf dem Weg etwas gesehen hätten. Seine eigene *Crew* und zwei andere Mannschaften wurden in einen Bus verfrachtet und in Unterkünfte in den Hügeln oberhalb von *Golden* gebracht. So lief das. Am Morgen würden sie der DIA Bericht erstatten, an Bord einer dunklen und kalten 747 gehen, und sobald sie in der Luft waren, ihre Befehle erhalten.

In einer Branche, in der es kaum Jobs gab, und in der die wenigen, die es gab, praktisch Niedriglohnjobs waren, war jeder Pilot, der für *BlueSky* flog, glücklich, dieser Prozedur für eine

Viertelmillionen im Jahr folgen zu dürfen. Er dachte über die Mechaniker der Fluggesellschaften nach, so wie er es jedes Mal tat, wenn er von Bord ging, und sah, wie sie sich an ihr Geschäft machten, und jetzt, als sie vom DIA-Gelände runterfuhren, rein nach *Denver*, dachte er an Jeff, an die Honig-Trucks, die den Tod an einige der kommerziellen Flieger lieferten, er dachte an die Piloten der kommerziellen Flüge, die den Tod von den Flugzeugen anderer Piloten herabregnen sahen und kein Wort darüber sagen durften. Plötzlich war es sein eigener Hals, an den er Hand anlegen wollte. Er wusste aber auch, dass Jeff vollauf verstehen würde, was er tat. So wie sein Vater.

Tim warf sich auf das Bett in der Unterkunft. Die Einrichtung war luxuriös, wie sie es von all den anderen Orten unterwegs gewohnt waren. Die Piloten rotierten ständig und fanden sich selten zweimal hintereinander am selben Platz wieder. Es gab fünfzig 747er, die auf dem Kontinent Sprühflüge unternahmen, das hieß, die Anzahl der Permutationen war endlos. Und jedes Mal, wenn er den Abzug drückte, hatte er das Gefühl, dass er sein eigenes Grab ein Stück tiefer schaufelte. Es gab auch internationale Routen. Er ging davon aus, dass er irgendwann vielleicht auch die turnusmäßig fliegen würde.

Die *Denver Post* lag schon draußen vor der Tür, also nahm er sie mit rein. Er war nicht hungrig, also nahm er eine Dusche und legte sich kurz schlafen. Als er wieder wach war, las er die Zeitung quer. Das Hauptthema war wie immer die Wirtschaft ..., der Verfall des Dollars, Hinweise auf echten Ärger in Griechenland. Auf der Rückseite las er einen Artikel über das Gipfeltreffen in *Okinawa*. Das Treffen fand in einem atemberaubenden Nachbau der *Shuri* Festung in der Nähe von *Naha* statt. Die Abschlusserklärung, an der der Gipfel arbeitete, deckte eine Menge Gebiete ab und würde – der Zeitung zufolge – im kommenden Jahr weiterverhandelt werden. Da war ein Bild der Festung neben dem Artikel.

Er schnappte sich die Fernbedienung vom Nachttisch und schaltete den Fernseher ein. Es lief eine lokale Talkshow. Er döste vor sich hin, wachte dann aber abrupt auf, als er realisierte, dass ein Werbespot mit seinem neuen Zimmergenossen lief. Dr. Harry Gale war Spezialist für Atemwegserkrankungen, zumindest gab er sich als solcher aus, und er bat die Öffentlichkeit, sich in seinem Büro zu melden, wenn sie Asthmasymptome in ungewöhnlicher oder zunehmender Stärke hatte oder irgendwelche anderen Beschwerden mit den Atemwegen. Er brachte das mit der Umweltverschmutzung in Verbindung und Denvers berüchtigter Inversions-Wetterlage. Die Luftmassen über der Stadt blieben auf Teufel komm raus am Sockel der Bergkette kleben und bewegten sich tagelang nicht von der Stelle. Er sagte, er habe auch Büros in *LA, Boston* und *St. Louis*. Was für eine einfallsreiche Art, Daten zu sammeln. Tim war sich sicher, dass diese medizinischen Experimente ein Teil des Sprüh-programms waren.

Das nächste Mal, dass Tim Harry sah, war drei Tage später, zurück in der Unterkunft. Er war sich unsicher, ob er den Werbespot erwähnen sollte, entschied sich dagegen. Sie waren beide in der Küche; Tim holte Wasser und Harry war dabei, einen extrem leeren Kühlschrank zu durchforsten. Tim fing an zu husten. Das war etwas, das Dr. Harry Gale einfach nicht würde ignorieren können, hoffte er. Harry drehte sich um und schaute ihn an, wendete sich dann aber wieder zum Kühlschrank. Tim hustete ein bisschen mehr.

„Du meine Güte!", sagte Gale. „Klingt nach verfluchten Halsschmerzen. Was ist los, Flyer?"

„Chronischer Husten. Der geht einfach nicht weg. Ich hatte diese Halsprobleme jetzt für mehr als eine Woche, kommt und geht. Atme auch schwer in der Nacht. Kennst du hier irgendeinen Arzt?" Tim lächelte über seinen eigenen Witz. „Vielleicht könnte ich krankgeschrieben werden."

Harry starrte ihn einen Moment lang an. „Lass mich darüber nachdenken."

Eine Woche später sprach Harry ihn in der Kantine auf dem Flugfeld an. „Komm, setzen wir uns, okay, Flyer?" Harry klopfte ihm auf die Schulter und schob ihn in Richtung eines Stuhles.

Tim fand das nicht so lustig.

„Was willst du?", fragte er und sorgte dafür, dass eine leichte Irritation in der Frage mitschwang.

Harry ignorierte es.

„Also, ich habe die Erlaubnis, mir diesen chronischen Husten anzugucken, und zwar aus einem Grunde: Um sicher zu stellen, dass die Piloten in Topform bleiben, bin ich damit beauftragt, ein Programm zu entwerfen, das die physiologischen Parameter der Flieger untersucht, um jedwede chronische Störung behandeln zu können. Da die Atemwege mein Spezialgebiet sind, fällst du da in meinen Zuständigkeitsbereich. Also bevor du, mein Freund, wieder aufsteigst, werde ich eine ausführliche Untersuchung an dir vornehmen."

Die folgende Woche war eine einzige lange medizinische Untersuchung, und die darauffolgenden Wochen waren Routineflüge unterbrochen von Belastungs-EKGs und CTs seiner Lungen und Bronchien und jeder Menge Blutproben. Man nahm Haut-, Haar- und Urinproben. Seine Nieren und Leber wurden mit Ultraschall gescannt. Auch Sehkraft und Hörvermögen wurden getestet und von Neuem getestet. Harry versprach, dass diese Tests in Monatsabständen wiederholt werden würden. Zur gleichen Zeit wurden auch alle anderen Piloten diesen Tests unterzogen. In dem Moment, in dem er das gesagt hatte, wusste Tim, dass er an die Ergebnisse dieser Tests herankommen musste. Er wusste auch, dass dies so gut wie unmöglich war.

Tim war nun lange genug in *Gila* , um die Leute, die nicht mit Logistik beschäftigt waren, in drei Gruppen mit definierten psychologischen Profilen einteilen zu können. Sein Zimmergenosse war ein gutes Beispiel für die gefährlichere Variante, der Soziopath ... Leute, die im allgemeinen asozial sind, dazu neigen, aggressiv zu sein, oder pervers, oder amoralisch. Sie empfinden keine Empathie, genauso wenig wie Sympathie, und definitiv keine Reue. Das sind die Leute, die medizinische Versuche durchführen, die Joseph Mengeles dieser Welt. In der Regel verbergen sie es ganz gut und besetzen die meisten Führungspositionen in der Wirtschaft. Weil sie oft in der Lage waren, Reichtum und Macht aufzubauen, beneiden Leute diese kranken Hirne, obwohl sie dies am wenigsten verdient hätten. Was sie wirklich verdient hätten, wäre vom Rest der Menschheit fern gehalten zu werden.

Die andere Sorte, genauso reichlich vertreten, waren die Narzissten. Sie hatten starke Minderwertigkeitskomplexe und waren ständig mit sich selbst beschäftigt. Auch hier waren Empathie und Reue keine Bürde, die sie jemals würden schultern müssen. Dies waren die Mitarbeiter, die einfach nur Befehle ausführten, ohne Fragen zu stellen. Und dann gab es einen Typus – zu dem sie ihn selbst sicherlich zählten –, der Mann, der nichts und niemanden hatte, der mit dem Urteil, das seine Vorgesetzten über ihn fällten, verheiratet war, egal ob er nun ihren Segen bekam oder nicht.

Während seiner nächsten drei Tage 'zu Hause' fuhr Tim abends in die Stadt, alleine, und nahm eine einsame Mahlzeit in Chucks Taverne. Er glaubte nicht, dass irgendwelche Einheimischen irgendetwas von Belang über den Flughafen wussten, aber es würde sicherlich viele, viele Gerüchte geben. Er hatte die Schnauze voll davon, zu versuchen Informationen zu bekommen, ohne dass jemand Verdacht darüber schöpfen konnte, was er eigentlich vorhatte, aber es fehlte ihm der nächste Schritt. Die Stadt bot wenigstens einen Ortswechsel. Er saß an der Bar, diskutierte mit dem Barmann über die Hitze und aß *Chiles Rellenos*, ein Gericht aus der mexikanischen Küche. Egal was man sagen mochte, zumindest das Essen war in diesem Bundesstaat gut. Am dritten Abend ging die Tür krachend auf, als ob jemand dagegen gefallen wäre und sie sich dadurch geöffnet hätte. Ein Mann, den Tim vom Stützpunkt kannte, kam rein, ebenfalls alleine, aber anders als Tim schien er mehr als nur ein bisschen betrunken zu sein. Er erkannte Tim ebenfalls und steuerte direkt auf den Stuhl neben ihm zu.

„Wie geht's?" Er wischte sich die Stirn mit seiner Hand ab und wendete sich Tim zu. „Kenn ich dich nicht ... von der Arbeit?" Er lachte, als ob die Idee, dass das, was sie taten, im einfachsten Sinne des Wortes als Arbeit zu bezeichnen wäre, die lustigste Sache der Welt sei. Tim zog die Augenbrauen zusammen und wartete darauf, dass der Kerl sich beruhigt hatte. Er widmete sich wieder seinem Essen, ohne zu sprechen.

„Hey, hey, hey ...", sagte der Mann und beugte sich vertraulich zu ihm rüber, „tut, mir leid, ich weiß, dass wir nicht darüber sprechen dürfen. Macht ja nichts. Aber ... Sch ... Ich bin auch ein Pilot." Er schaute Tim in die Augen und zwinkerte.

Er griff nach einem eingeschweißten Menü, das auf einer hölzernen Auslage vor ihm aufgebahrt war, klatschte es auf den Tresen und öffnete es. So wie es aussah, würden sie zusammen essen.

„Ich verrate dir ein Geheimnis, mein Freund", fing der betrunkene Pilot wieder an, „ich ... wechsele auf die Logistikseite rüber. Wie find'st du das?"

Tim zuckte die Achseln. „Geht mich nichts an. Also dann wechselst du also. Sie erlauben dir, diese Gift-Vögel nicht mehr zu fliegen."

„Kein Ding. Außerdem, die Bezahlung ist die gleiche, und ich muss nichts Tödliches machen ... verstehst du?"

Tim antwortete nicht. Keiner, der bei *BlueSky* arbeitete und noch bei Verstand war, hätte auf diese Frage geantwortet.

„Ich sag dir, es wird großartig. Weißt du, wer alles seine Geschäfte durch diesen kleinen Hangar abwickelt, Kumpel? Ich sag dir, wer. Jeder, der was zu verschicken hat und an den staatlichen Kontrollen vorbei will. Oder INS. Regierungen, Firmen, du sagst es."

Der Barkeeper wandte sich an den Besoffenen: „Willst du was essen?"

„Ja, ich will die gefüllten *Burritos* und ein Frisches vom Fass", antwortete er. „Also, wo war'n wir? Oh, ja. Jeder, der irgendetwas privat verschicken möchte, schiebt das in die normale Post oder zwischen den *Cargo-Kram* auf einem dieser Flugfelder. Wir hab'n Verträge für Express-Sendungen, Luftpost und den Über-Nacht-Service mit unserem eigenen *National Express Package*, weil NEP über Nacht immer die passenden Anschlussflüge hat. *BlueSky* übernimmt all diese Fracht von NEP. Zum Teufel, die Sachen werden hierher geliefert! Du hast die Flieger gesehen. Die haben ein riesen Büro hier! *BlueSky* und NEP regeln den ganzen Kram hier. Macht Sinn, wenn man nur Pakete und Post bewegt. Macht aber auch Sinn, wenn du deinen eigenen Kram zur Fracht dazu packen möchtest, ohne dass dir jemand ins Handwerk pfuscht ..."

Er bestellte lautstark noch ein Gezapftes.

„Perfekt arrangiert, nicht? Was denkst du, schmuggeln die? Komm schon", er unterstrich jeden Punkt mit einem Hieb auf die Theke: „Waffen? Drogen? Dokumente? Menschen?" Er rülpste laut. „Wer weiß?"

„Klingt, als ginge da einiges unter dem Tresen durch." Flyer nippte an seinem Bier.

„Ja, glaube ich auch. Schwarze Konten, Briefkastenfirmen, das volle Programm. Ich sag dir was, mein Freund, ich will auch eine Kreditkarte auf eines dieser schwarzen Konten." Er lachte, als wäre dies das Zweitwitzigste, das er jemals gesagt hatte, legte seinen Kopf auf den Tresen und kicherte weiter. „Ach, diese Scheiße ist nicht neu. Die machen das seit fünfzig Jahren. Haben ein Riesennetzwerk über die ganze Welt."

Tim starrte den betrunkenen Piloten an. Er war ..., er musste einfach ein Selbstmordkandidat sein. Zumindest war er ein Idiot. Oder er war ein großer, fetter, lauter Test, der losgeschickt worden war, um Tims Loyalität zu testen. So kommt es dann, dass man erschossen und in der Wüste liegen gelassen wird.

Tim bekam hier erstaunliche Informationen, vielleicht, wenn sie stimmten, aber alleine zuzuhören, konnte sein Todesurteil sein. Er war in die Ecke gedrängt. In dem Moment kamen ein paar Frauen in die Bar; hübsch, jung. Der Typ war zu besoffen und zu dumm, um da nicht schwach zu werden. Also lehnte sich Tim zurück und entschied sich, der Katastrophe ihren Lauf zu lassen, dankbar für die 9mm, die über seine Schulter gehalftert war. Test oder nicht, er musste wegen dieses Typen etwas unternehmen, oder sich zu denjenigen gesellen, die gefährlich lebten. Und niemand wollte Teil dieser Mannschaft sein, weil alle automatisch unter Verdacht stehen würden und die Lösung solcher Probleme dauerhaft sein konnte.

Der Betrunkene wanderte in Richtung der beiden Frauen. Tim bezahlte seine Rechnung, nahm seine Jacke und ging raus in die fortgeschrittene Novembernacht.

Bald würde es Dezember werden und er würde nach Hause gehen, um seinen Vater zu sehen. Er hatte keine Idee, wie er das bewerkstelligen sollte, aber er musste Huck einfach sehen und Huck musste ihn sehen. Er hatte einen alten Ford F59 Pickup von jemandem in der Stadt gemietet, weil er keine Lust gehabt hatte, sich darum zu kümmern, seinen Volvo aus *Redding* zu holen. Er ging langsam im schwachen Laternenlicht zu seinem Wagen, lauschte dem Knirschen des Schotters unter seinen Füssen. Es war hier unten endlich kalt genug, dass man nachts seinen eigenen Atem sehen konnte. Er hatte einen Schalldämpfer unter dem Fahrersitz seines Pickups. Er holte den Schalldämpfer hervor, nahm die 9mm aus dem Rückenhalfter und legte sie auf die Frontablage. Er wartete. Es war nicht so, dass er keine Wahl gehabt hätte. Dieser Mann hatte sie alle kompromittiert, und – wenn Tim in der Position bleiben wollte, in der er war, oder höher steigen wollte in eine Position, in der er an mehr Informationen und mehr Verantwortung herankommen würde, dann gab es nur eine Sache, die er tun konnte. *Da waren Spitzel in der Bar gewesen, also mach jetzt keinen Fehler.* Soweit er es einschätzen konnte, hatte er jetzt nur eine Option.

Weitere neunzig Minuten verstrichen. Er schlug den Kragen hoch und blickte in den Himmel. Es waren keine richtigen Wolken am Himmel, obwohl die Sterne blass leuchteten, als wären sie hinter einem Film oder einer Art trüber Dunstglocke verborgen. Er erinnerte sich an die Himmel seiner Kindheit, die wunderbare Milchstraße, über die Huck immer gesprochen hatte, und wünschte sich, dass niemand einen Teppich giftiger Chemikalien über sie geworfen hätte. Er konnte sich noch nicht einmal mehr daran erinnern, wann er zuletzt die Milchstraße gegen einen kräftigen, blau-schwarzen Himmel hatte leuchten sehen, umgeben von all den Sternen, die noch da, aber nicht mehr sichtbar waren. Wenn der Himmel schon über der weiten, offenen Wüste von *New Mexico* getrübt schien, dann war er wirklich getrübt.

Schließlich kam der Betrunkene aus der Tür getaumelt und ging in Schlangenlinien auf seinen eigenen Wagen zu, ebenfalls ein Pickup. Er war 20 *Yards* entfernt. Tim bewegte sich nicht und verhielt sich still, bis der Mann in seinem Wagen saß, lief dann zur Beifahrertür rüber, öffnete sie, zielte und schoss – fast lautlos. Der Betrunkene kippte auf das Lenkrad, der Motor lief, das Radio war an. Tim ging ruhig zu seinem eigenen Wagen zurück und fuhr davon. Jetzt würde er befördert oder selber erschossen werden.

Er hatte das Gefühl, so zumindest eine zweite Option für sich herausgearbeitet zu haben.

Idiot.

Er war sich nicht sicher, mit wem von ihnen beiden er eigentlich sprach.

Die Ausbeutung des Himmels

Dan Bleeth liebte einfach alles an seinem Job. Er war zum Weltklasse-Wissenschaftler geboren. Er war so präzise mit allem, was er sagte oder schrieb, dass er Frauen förmlich abstieß. Akademische Auszeichnungen regneten auf seinen Kopf nieder, stapelten sich bergeweise auf seinem Schreibtisch, und das war ein würdiger Ersatz. Er wusste, dass er brillant war, er wusste, dass er andere ständig dazu brachte, sich dumm zu fühlen, und er liebte es. Er war mit drei Universitäten in zwei Ländern assoziiert, und er umwarb eine weitere in Frankreich. Er hatte an der *McGill-Universität* promoviert und leitete sowohl das Physikalische als auch das Mathematische Institut. Er war Gastreferent im *MIT* und an der *Jahns Hopkins Universität* und hatte PhDs von beiden Institutionen. Er unterrichtete werdende Doktoren an allen drei Universitäten, aber sein Geist, sein Körper und seine Seele waren nur von einem Thema besessen: dem *Geo-Engineering*. Bleeth nannte es *Die Bewegung*. Manchmal nannte er es *seine Hure*. Es war eine Sucht. So wie er es sah, obwohl seit den später 50ern verschiedene *Geo-Engineering*-Projekte in die Praxis umgesetzt worden und an Umfang und Intensität stetig gewachsen waren, existierte *Geo-Engineering* bis jetzt offiziell noch nicht. Es gab so etwas nicht, weil er selber definiert hatte, was *Geo-Engineering* war, und die Programme da draußen bei Weitem nicht an seine Erwartungen, an *Die Bewegung* heranreichten. So konnte Dr. Bleeth jedem im Brustton der Überzeugung erklären, dass es so etwas da draußen nicht gab, kein Programm, er konnte behaupten, dass es einfach nicht existierte. Das würde die Hure aber nicht daran hindern, ihn zu einem reichen Mann zu machen.

Bleeth war sich natürlich darüber bewusst, dass da ständig diese und jene Experimente mit der Atmosphäre gemachte wurden, chemisch und biologisch und elektromagnetisch und durch Nano-Technologien getragen. Er wusste auch, dass die einzelnen Fragmente sich zu einem großen Ganzen aufaddierten, gut finanziert durch Regierungen und private Personen. Er war sich bewusst darüber, dass die Wissenschaft, die die treibende Kraft dahinter war, extrem gefährlich war, sogar verantwortungslos, und er wusste, dass alle anderen in dem Ausschuss unlautere Ziele verfolgten. Sie brauchten ihn, um dem Projekt ein wissenschaftliches Gesicht zu geben, wenn es sich schließlich so entfalten würde, wie sie sich das wünschten; sie brauchten jemanden, der sich mit anderen Wissenschaftlern messen konnte und der sie auf die Knie zwingen konnte. Er hatte nicht nur sein Stück vom Kuchen auf der sicheren Seite, sein Part würde auch der einzige sein, der in der Öffentlichkeit am Ende Bestand haben würde. Er war der Meister der gigantischen Mengen an CO_2, die er unter dem Plasmaschild, das sie erzeugten, einfangen würden. Am Ende würde er erklären können, dass er die Welt vor der globalen Erwärmung gerettet habe, indem er das überschüssige CO_2 geerntet hatte. Er würde nicht ... niemals zugeben müssen, dass sein Programm ein Riesenstück zur Erderwärmung beitrug. Seine Assistentin schrieb ihre Doktorarbeit über die knifflige Frage, wie man Geo-Engineering in der Öffentlichkeit verkaufen könne. Er überlegte, ihr irgendwann doch mal ein romantisches Angebot machen zu müssen.

Irgendein armer Trottel an einer Universität in New Jersey hatte vor Jahren erkannt und ausgearbeitet, wie man aus CO_2 Treibstoff machen konnte, aber niemanden hatte es interessiert ... oder zumindest dachte das der arme Kerl. Seine Arbeit war zur Kenntnis genommen worden und von anderen weiterentwickelt, und dann in die Schublade geschoben worden.

Als Gegenleistung für seine Verdienste daran, dass er die misstrauische Öffentlichkeit in Schach hielt, wurde er mit den Exklusivrechten belohnt, diesen CO_2 Treibstoff zu produzieren und zu verkaufen. Sie glaubten, der Patentschutz sei noch aktiv, und würden auch alles dran setzen, dass dies auch weiterhin so bliebe.

Trotz seiner fast zwei Meter Größe brachte er mit seiner hageren Gestalt lediglich etwas mehr als 81 Kilo auf die Waage. Sein Gesicht war sehr lang und blass, sein Haar dünn und dunkel, seine Wangenknochen waren kantig, seine Nase rasierklingenscharf geschnitten. Seine Firma war bereits angemeldet und hatte ihren Betrieb in einer Steueroase aufgenommen.

An diesem Novembertag besuchte er die gesichtslosen Büroräume der *Sceptre* Corporation in Manhattan. Obwohl sie häufig per Videokonferenz kommunizierten, trafen sie sich zumindest einmal im Monat, um Dinge direkt miteinander zu bereden. Keiner von ihnen und den Strukturen, die sie repräsentierten, war nur im Entferntesten vertrauenswürdig. Wer roch nach Angst? Wessen Geschichte ergab plötzlich keinen Sinn mehr? Was passierte in Washington? Es war eine vor Wohlstand strotzende und kraftvolle Truppe, mit der er sich dort alliiert hatte, es war wie barfuß auf Scherben Walzer zu tanzen.

Es gab keinen Aufzug in dem aus Sandstein gemauerten Gebäude. Es war so unprätentiös wie möglich. Da war mehr Security als üblich, aber kein Wachmann; die Überwachungstechnik war unsichtbar. Das Treffen fand in einem Konferenzraum im vierten Stock statt.

In dem Raum stand ein sehr großer runder Tisch. Man kam sich nicht zu nahe; sie konnten sich alle gegenseitig die ganze Zeit über sehen. Einfach. Die Gespräche wurden aufgenommen und dann transkribiert, um sicherzugehen, dass auch alle ihr Wort hielten. Jeder bekam eine Kopie.

Bleeth hatte vor neun Jahren durch eine Rede vor einer handverlesenen Zuhörerschaft im MIT Zugang zu diesem Gremium erhalten. Einige seiner Kollegen, die die Physik der Atmosphäre erforschten, versuchten verzweifelt in den Daten, die keinen Sinn mehr ergaben, den *„missing carbon sink"* zu finden, aber Bleeth wusste genau, was gespielt wurde. Experimente.

„Ohne zu weit ins Detail zu gehen – Ihre Firmen haben bereits deutliches Interesse bekundet oder haben bereits Zusagen gemacht - möchte ich nur sagen, dass ich eine wissenschaftlich und ökonomisch saubere Methode habe, CO_2 effizient in etwas zu verwandeln, bei dem wir nicht das ganze Geld und all die Energie drauf verwenden müssten, es loszuwerden, oder wie derzeit in Mode, es zu verpressen. Wir können es recyceln. Wir nehmen CO_2, Wasser, Sonnenlicht und einen angemessenen Katalysator und erzeugen einen alkoholischen Treibstoff."

Er spielte mit dem Feuer, und er wusste das auch. Er war sich auch ziemlich sicher, dass er ihnen etwas anbot, das sie noch nicht hatten: ein öffentliches, vertrauenswürdiges wissenschaftliches Gesicht. Was das betrifft, würde sein Gehirn ihn wahrscheinlich immer retten. Er durchschaute so viele Dinge, die sie noch nicht einmal sahen; diese Sache war so einfach, sowie man ein paar Schlüsselfaktoren kannte. Kohlendioxyd in Treibstoff zu verwandeln war genau das, was fotosynthetisch aktive Organismen – überwiegend Pflanzen – seit Milliarden Jahren taten, auch wenn diese Treibstoffe einfache Kohlenwasserstoffe waren, wie Zucker. Und dann atmeten wir Menschen das Nebenprodukt; den Sauerstoff in der Luft. Bleeth würde das in einen Nobelpreis umrubeln.

„Wenn wir den Planeten in eine Plasmaschicht hüllen, dann wird mehr CO_2 bodennah gefangen und damit kann es offensichtlich auch geerntet werden, ohne das zu entfernen, was sowohl für das Pflanzenleben notwendig ist, als auch auf der anderen Seite retour, als Sauerstoff von den Pflanzen kommend, für das menschliche Leben. So machen wir Geld damit, so können wir das kontrollieren", sprach Bob Custer, der Landwirtschaftsminister. „Getz, gibt es schon irgendetwas zu dem schwebenden Patentverfahren?"

Custer war Experte für Patentrecht und hatte viele Patente für genetisch modifizierte Pflanzen- und Tiersorten und für verschiedene Insektizide erhalten. Er war geschäftsführender Direktor von *Sceptre* Landwirtschaft, bevor er von der derzeit *Sceptre*-freundlichen Administration als Staatssekretär im Landwirtschaftsministerium platziert worden war. Und *Sceptre* hielt Patente auf Saatgut, das jedem einzelnen Schwermetall widerstehen konnte, das auf die Erde geschüttet wurde. Schon bald würde nur noch ihr Saatgut aufgehen. Er hatte sich auch mit gierigen Vertretern der *Food and Drug Administration* (FDA) liiert, und im *Center for Desease Control*, um sicher zu gehen, dass sie damit beschäftigt sein würden, auf ihre Fingernägel zu starren, wenn die Legislative umgangen werden sollte oder daran gehindert werden musste, ihren Job zu tun.

„Ja Bob", antwortete Getz. „Das Patentamt besteht darauf, dass es der Universität gehört. Das haben sie letzte Woche gesagt, und auch letzten Monat. Ich sehe aber nicht, wie uns das daran hindern sollte, den Prozess zu nutzen.

Tauscht eine Schraube aus und meldet es neu an, oder auch nicht. Ich halte das nicht für so wichtig."

Er spürte ein leichtes Frösteln, eine kaum wahrnehmbare Kettenreaktion, die durch den Raum ging. Der Staatssekretär hielt seinen Atmen eine Sekunde zu lange an. Das war wahrscheinlich lange genug, um auf der Stelle getötet zu werden. Sobald sie zu einem anderen Thema gewechselt hatten, spürte er eine Welle der Angst, nahe an Panik, aber er konnte sie nicht zeigen. Er musste sein Pokerface wahren. Das war ein großer Fehler gewesen. Vielleicht würde er die Transskripte der Treffen des Ausschusses der vergangenen fünf Jahre benutzen, um sich letztendlich zu retten. Es gab nicht eine Person im Raum, die dieses Patent nicht gerne für sich oder seine Organisation gehabt hätte.

Viceadmiral Alex Getz a.D. war hier als Lobbyist für Rüstungsgeschäfte mit dem Pentagon. Er war ein Mann der Navy, aber er repräsentierte in diesem Raum die *Joint Chiefs*, die Vereinigten Generalstäbe – also alle militärischen Zweige – außer der Navy selbst. Die Air Force hatte das CO_2-Projekt aufgegriffen und weiter finanziert, bis es zu etwas Brauchbarem geworden war, also hatte sie mindestens genauso große Rechte daran wie die Universität. Das war ein weiteres Problem, das diese Männer bewegte. Diese Technologie stand über die Jahre für Milliarden Dollar Profit. Konservativ geschätzt.

Kontrolle war nicht verhandelbar.

Custer saß links von Getz. Custer sprach noch immer über Clubs und das kommende *Dartmouth-Yale Football-Spiel*. Er trug einen sorgfältig geschneiderten schwarzen Anzug mit einem gefalteten weißen Stofftaschentuch in der Brusttasche. Zu seiner Rechten saß der Börsenzar Georg Nero Pearle. Pearle sprach von der Flucht aus dem Ostblock und davon, wieder dorthin zurückzugehen, um das Geschäftsklima auszunutzen sowie die materiell ausgehungerte Bevölkerung. Jedes Programm, das in Entwicklung war oder bereits durchgeführt wurde, das die Kommission beaufsichtigte, war für ihn von großem Interesse. Sehr viele Dinge konnten erreicht werden, wenn man die Chemikalien und anderen Dinge, die in der Atmosphäre versprüht wurden, geschickt nutzte. Das geringste unter ihnen, weil am einfachsten durchzuführen, war die

Wetterkontrolle. Wenn ein Mann ein Vermögen verdienen konnte, indem er auf die eine oder andere Weise Güter kontrollierte, so konnte er mit der Möglichkeit, das Wetter zu kontrollieren, das Glück schon ein bisschen zu seinen Gunsten manipulieren.

Genaugenommen war ein großer Teil der Finanzen für die Flugzeuge von ihm gekommen. Die Hälfte der Flotte in *Gila* und einer Reihe anderer Flugfelder waren schon mal seine. Pearle hatte sogar ein System entwickelt, wie man auf das Wetter selbst Wetten abschließen konnte, was darauf hinauslief, Vorhersagen zu machen und dann dafür zu sorgen, dass man gewann. Es war einfach pures Glücksspiel. Und er spielte mit gezinkten Karten. Er hatte Millionen Hektar Ackerland in allen Ländern gekauft. Er war Mehrheitseigner an *Sceptre Agriculture*, eines Tochterunternehmens des Forschungs- und Entwicklungs-Giganten. Seine Leute entwickelten und patentierten Saatgut, das gegen all die Gifte, die aus den Flugzeugen fielen, resistent war. Und wie jeder kompetente Totalitarist hatte er seine Firmen fragmentiert, so dass fast niemand wusste, warum sie taten, was sie taten, oder welche globalen Effekte das nach sich zog.

Seine hingebungsvollen Teams bekämpften 'die globale Erwärmung und den Klimawandel' und waren glücklich, dies tun zu dürfen. „Nachhaltigkeit" war ein oft missverstandenes Wort, das in jedem Zusammenhang seine Magie entfaltete. Es brauchte so wenig. Daher würde er schon in der nahen Zukunft Milliarden mit dem Handel von Saatgut verdienen, das noch wuchs, während sonst nichts mehr wuchs, und Milliarden mit dem Wetter als Handelsware an sich.

Die New Yorker Stock Exchange stand unter massiver Beobachtung wegen des Derivaten-Handels, der die Weltwirtschaft letztendlich nur in den Abgrund geführt hatte. Chicago schwamm bezüglich des Aktienhandels im Kielwasser der NYSE und daher funktionierte die Schattenwirtschaft dort relativ gut. Er fokussierte sich auf große Versicherungspolicen, die Dinge wie Sturmschäden oder Dürrekatastrophen abdeckten, und verdiente ein Vermögen. In diesem letzten Sommer hatte er eine seiner großen landwirtschaftlichen Holdings gegen mehr als 10 Inch Regen versichert und dann die Schleusen des Himmels öffnen lassen. Er versicherte Ernten auf das Vielfache ihres Wertes und zerstörte sie aus der Luft, sackte dabei riesige Summen ein. Er hatte auf der Versicherungsseite einen sehr, sehr mächtigen Partner, einen Partner, der nicht in diesem Ausschuss saß.

Aber die größte Quelle an Reichtum und Macht, die in Verbindung mit *Sceptre* und der Vernebelung des Planeten stand, hatte etwas mit der Bevölkerung an sich zu tun. Sie hatten nicht nur entdeckt, dass diese Chemikalien Krankheiten erzeugten, sie unterdrückten auch das Immunsystem. Pearle besaß die größte pharmazeutische Einzelfirma im Westen. Es war eine klassische pharmazeutische Geschäftstaktik, die noch aus dem zwanzigsten Jahrhundert stammte: erzeuge eine Krankheit und dann erfinde die Pille die sie heilt ... oder eben auch nicht. Custer war ein großartiger Verbündeter in dieser Arena, denn er kontrollierte den Leiter der FDA genau wie den des CDC. Pearle selber war der Chef der Weltgesundheitsorganisation.

Getz repräsentierte das Pentagon und den größten Teil der Streitkräfte. Die *Navy* war nicht vertreten, weil die *National Security Agency* und die *Navy* sich um die Vorherrschaft im Geheimdienstspiel stritten. Zumindest soweit Getz das beurteilen konnte, war die *Navy* nicht vertreten. Es war unmöglich zu beurteilen, wie viele Schichten jeden der Männer an diesem Tisch umhüllten. Was sie davon zeigten war beängstigend genug, danke. Die Air Force hatte öffentlich ihre Absicht erklärt, das Wetter besitzen zu wollen, als eine Waffe, um Schlachten zu schlagen. Sie redeten da nicht um den heißen Brei herum und wussten, dass jede andere Supermacht und auch die nicht ganz so Super-mächtigen dasselbe versuchten. Bald würde es wie bei den Schlachten der Titanen sein, die im Himmel geschlagen wurden, Hurrikane und Gewitterstürme, Springfluten und Tornados; künstlich erzeugte Erdbeben. Es passierte schon jetzt, auch wenn außerhalb der eingeweihten Zirkel niemand davon wusste. Es gab keine Grenzen mehr. Es gab kein menschliches Ehrgefühl. Auf jeden Fall war da eine tiefe Missachtung gegenüber den Ökosystemen des Planeten und seinen menschlichen Bewohnern. Getz war auch hier in der Funktion als Experte für chemische und biologische Kriegsführung, weil Aerosole verwendet wurden – das war technisch gesehen das, was von den Flugzeugen aus versprüht wurde – und das fiel nun mal in den Bereich der biologischen Kriegsführung. Die Männer, die hier unter der Schirmherrschaft von *Sceptre* versammelt waren, hatten nichts Geringeres im Sinn, als das Gesicht des Planeten vollständig umzugestalten und auf Nummer sicher zu gehen, dass sie es von da an beherrschten. Es war wirklich ein Spiel galaktischen Ausmaßes. Niemand wusste, wie lebensfreundlich die Zukunft am Ende noch aussehen würde. Nero, wie alle ihn nannten, hatte die ihm verbleibenden Lebensjahre abgeschätzt und forsche Pläne gemacht, das Gesicht des Planeten zu schreddern, es mit seinem persönlichen Spielzeug zu spicken und wenn irgendetwas nicht funktionieren würde, würde er wahrscheinlich sowieso einer der ersten sein, der starb. Er glaubte nicht, dass es so kommen würde. Er war ein Spieler, und das Risiko war es wert. Der Gewinner würde nichts Geringeres als die totale Kontrolle über den Planeten sein Eigen nennen können.

Es gab einen Teilnehmer, der per Videokonferenz dazugeschaltet war. Er lebte in Nordkalifornien und war weit über den Punkt hinaus, an dem er irgendwie noch hätte reisen können. Es war bemerkenswert genug, dass er überhaupt noch lebte und seine Sinne beisammen hatte, aber es passierte, besonders wenn man sich von dem Aluminium und all den anderen Substanzen in der Atmosphäre schützte.

Er war immer dabei, mit einem Assistenten an seiner Seite. Je älter er wurde, desto häufiger rutschte er ins Deutsche. Es war Wolfgang von Marschall, Professor am Institut für die Physik der oberen Atmosphäre an einer der Bundeswehr-Universitäten, beim US-Militär sowie engagiert bei *Knell Labs*, für die er gearbeitet hatte und deren Direktor er seit 1997 war. Er war, und es war ihm bewusst, geistig viel reger als Daniel Bleeth, aber er hatte es nicht nötig, das zur Schau zu tragen, wie Bleeth es tat. Von Marschalls Vergangenheit stellte Bleeths ohne Weiteres in den Schatten und er wusste das. Aber der junge Amerikaner war des Englischen mächtig, und sich seiner Jugend bewusst, er würde seine Rolle früh genug übernehmen. Es war unausweichlich. Aber was Bleeth niemals haben würde wäre diese Vergangenheit. Er würde es niemals auch nur ansatzweise verstehen, was nötig gewesen war, um bis an diesen Punkt zu kommen.

Von Marschalls Vater hatte in den 20ern in Deutschland Physik gelehrt. Dann war die Zeit des Reichstages gekommen und man hatte sich dem hingeben müssen ... seine Seele, seinen Verstand und den Körper ... der Diktatur. Da war der Krieg gewesen, dieser Fleischwolf, und die Schmach danach. Er hatte lange darüber nachgedacht, welchen Weg er gehen sollte, als sowohl die Russen als auch die Amerikaner die Wissenschaftler zusammentrieben. Er hatte das Gefühl, dass es in Amerika besser sein würde, aber es gab keine Möglichkeit, wirklich sicher zu gehen, und jeden Tag, den er für das Militär arbeitete, war er von beiden Seiten flankiert von Sicherheitskräften, die Hunde waren hinter ihm her, immer hinter ihm her.

Nein, Bleeth hatte keine Ahnung. Er hätte die Sammlung von Reptilien, die sich um diesen Tisch reihte, noch nicht einmal angucken und als Menschen bezeichnen können. Aber das war der Ausschuss, der die Welt und ihre Ressourcen für sich selbst beanspruchte, indem sie die Technologie verwendeten, die Wolfgang als Wissenschaftler beim Militär und später bei *Knell Labs* entwickelt hatte. Nero hatte die Versuchsergebnisse mit eingearbeitet, die durch von Marschalls Kollegen, von Neumann, erarbeitet worden waren. Er war ein Seelenverwandter, auch wenn sie sich niemals getroffen hatten. Von Neuman war in Los Alamos gestorben, als der kreative Kopf des Manhattan Projekts, getötet von einer Strahlung, die noch nicht einmal er wirklich verstanden hatte. Aber seine Ideen waren brillant gewesen. Was mit einfachen Theorien begonnen hatte, darüber, wie man die Eiskappe in der Antarktis streichen müsse, um das Sonnenlicht einzufangen, damit das Eis schmilzt, war mit seiner eigenen Forschung über die Atmosphäre und künstliche Strukturen von in die Atmosphäre eingebrachten Chemikalien verknüpft worden. So war es möglich geworden, das Eis auf eine Art schmelzen zu lassen, die bisher niemand für möglich gehalten. Er wusste, dass Nero und die Wahnsinnigen, mit denen er zusammenarbeitete, die noch nicht einmal mit am Tisch saßen, seine Technologie dazu verwendeten, Öl freizulegen, und sogar, um an Goldlagerstätten heranzukommen. Sie waren Schweine, allesamt, dachte er. Nichts änderte sich je. Und dieser Nero-Typ?

Er glaubte, dass er sogar unter den Nazis niemals einen so skrupellosen Psychopathen getroffen hatte.

Die einzige abwesende Person war Mick Unger, der exklusiv für die Logistik der Flotte verantwortlich war. Er erschien maximal zweimal im Jahr, um Bericht zu erstatten. Er hatte die Erlaubnis bekommen, die VLATs aus den Bundesstaaten, die massive Waldbrände hatten, absichtlich abzuziehen – Feuer, die sich zu unkontrollierbaren Infernos entwickelten, weil die Aluminiumoxyd-Nanopartikel, die sich auf und in allem Lebendigen ab- und einlagerten, die runtersickerten und von den Wurzeln aufgenommen wurden, sich als unaufhaltsamer Brandbeschleuniger entpuppten – bis die Staaten und die Zentralregierung in Washington jeden Preis zahlen würden, den er aufrief, um die großen Flugzeuge und die patentierten Brandhemmer loszuschicken, um diese Monsterfeuer zu löschen.

„Wir brauchen dieses Patent, Getz", sagte Nero wieder. „Das fängt an nach einem Problem auszusehen."

„Ich besorge das", antwortete Getz. „Wir haben hier doch kein Problem, an diesem Tisch."

Du, mein Freund, hast ein Problem, dachte Nero.

Anya und David waren beide krank, die ganze Zeit. Anya schlief auf dem Sofa vor ihrem Kinderzimmer und schaffte es oft nicht vor Mittag, ihren Körper zu bewegen. Der Schmerz, mit dem sie sich über die letzten zwei Jahre hatte arrangieren müssen, erreichte neue Höhen, aber trotz allem nahm sie weiterhin am Schulunterricht teil. David war chronisch müde und hatte sich darauf eingestellt, zu Hause von Christina unterrichtet zu werden. Ein Teil davon war das Trauma, das sie im Sommer erlitten hatten. Sie – Christina und Otto – hatten entschieden, dass deswegen für dieses Jahr allesamt Narrenfreiheit haben sollten. Alle Schrulligkeiten mit inbegriffen, trotz all der notwendigen Rettungsmaßnahmen, vergeben und vergessen. Das Angebot galt für ein Jahr, und es schien notwendig, denn keiner von ihnen konnte sich daran erinnern, dass schon mal jemand, den sie geliebt hatten, auf der Straße von einem Auto überfahren worden war, und keiner wusste, was denn nun der beste Weg war, darüber hinwegzukommen.

In den einsamen Stunden, wenn alle anderen schliefen, stellte Christina ihre eigenen Nachforschungen an, suchte Veröffentlichungen, die sie zu Klimawaffen führen würden – solchen, die heute in Gebrauch waren, offen oder insgeheim – und vielleicht, nur vielleicht, zurück zu den Verbindungen ihrer Mutter mit dem Militär. Sie fing bei der Annahme an, dass ihre Mutter ermordet worden war. Vielleicht wusste sie etwas aus ihrer Zeit beim Militär, an das sie sich im Zusammenhang mit alle dem Massensterben bei den Tieren erinnert hätte... ein Sterben, das viele Monate später überall auf der Erde noch weiterging, von dem aber kaum etwas in der Presse hörte.

Sie suchte im Internet nach 'Klimawaffen'. Es gab wie zu erwarten viele, viele Einträge. Sie fand Berichte über Skalarwaffen, elektromagnetische Waffen; und näher an dem dran, wonach sie dachte, dass sie suchen sollte, fand sie Artikel über biologische und chemische Waffen, die als Aerosole in der Atmosphäre versprüht wurden. Die meisten Spekulationen gingen in die Richtung, dass die Chemikalien durch Flugzeuge oder Wetterballons ausgebracht wurden, einfach wegen der Unzahl an dokumentierten Augen-zeugenberichten weltweit. Irgendeine giftige Chemikalie, die so in die Atmosphäre ausgebracht wurde, würde sicherlich simultanes Massensterben bei den Tieren erklären. Sie las Berichte über Edward Teller, den Wissenschaftler, dem der psychotische Filmcharakter Dr. Seltsam nachempfunden war, weil er der erste und wichtigste Befürworter dieser Art von Projekten gewesen war. Sie entdeckte Infraschallwaffen, etwas, das die Polizei in diesem Staat sicherlich schon hatte, und giftige Aerosole, die in die obere Atmosphäre ausgebracht wurden, angeblich um die Klimaerwärmung zu stoppen, wo aber – wie jeder Experte, der nicht auf der Gehaltsliste stand, bezeugen würde – die Sinnhaltigkeit der verwendeten Chemikalien und die Notwendigkeit, es überhaupt zu tun, außerordentlich schwach war.

Wissenschaftler überall auf der Erde hatten unabhängig voneinander neben anderen Komponenten Barium, Aluminium, Cadmium, Arsen und Blei aus diesen Aerosol-Waffen nachgewiesen.

Irgendwann stieß Christina auf Gold, eine Informations-Goldader. Es war zwei Uhr morgens, der erste Februar. Sie war über ein *Video-Posting* von einem Typen gestolpert, der sich 'Amistad' nannte. Er schien sagen zu wollen, dass es da ein großes Netzwerk von Leuten gab, die alles taten, um die Wahrheit über diese Dinge auszugraben – Dinge, von denen sie vor einem Monat noch nicht einmal wusste, dass sie überhaupt existierten. Er war Kanadier, hatte einen ganz leichten französisch-kanadischen Akzent, braune Haare, ein Gesicht von unbestimmbarem Alter und eine Stupsnase. Das einzige Licht in ihrem Schlafzimmer war das Schimmern des Laptops. Alle anderen schliefen.

„Dies ist eine Videobotschaft an Bürger aller Länder und ihre Führer; an Bürger aller Klassen. Wir müssen unsere Kräfte auf globaler Ebene bündeln, um Geo-Engineering-Maßnahmen zu untersuchen und zu verhindern. Ich habe einen Verbund aus Netzwerken und Metanetzwerken gegründet, der inzwischen mehrere Tausend Menschen umfasst und rapide wächst. Wir sind fokussiert und intelligent. Wir sind nicht alleine.

In Quebec City war es ebenfalls zwei Uhr morgens. Er konnte das Metall in der Luft riechen. Er war einer von Tausend; einer, der im wahrsten Sinne des Wortes riechen konnte, was auf sie herunter schwebte. Oft machte es ihn krank. Er hob die Vorderseite seines Sweatshirts an und schnüffelte daran. Es roch nach Schwefel. Die Nächte waren am schlimmsten, denn sie bedeckten den Himmel den ganzen Tag über mit weißen Striemen, in Schachbrettmustern, und die Partikel sanken dann alle des Nachts auf sie herunter. Sein Name war Nikolai Louis, und er war Künstler, Aktivist und Vater. Er und sein Sohn Hugo lebten in einer Wohnung im Stadtzentrum, wo er freiberuflich arbeitete, um die Rechnungen bezahlen zu können, obwohl er einen Abschluss in Biochemie in *Carnegie Mellon* hatte. Aber die meiste Zeit verbrachte er mit seinem Aktivismus, überwiegend im Interesse seines Sohnes. Hugo wurde ebenfalls krank, jeder konnte das sehen. Sie waren dem Chemiebad ohne Pause ausgesetzt, was den Kleinen, deren Immunsysteme noch so verletzlich waren, noch viel mehr schadete. Nikolais Muskeln schmerzten, besonders nachts. Er hörte ein permanentes Summen in der Atmosphäre, wieder etwas, das die wenigsten in der Lage waren, wahrzunehmen. Einige der neuesten Effekte der chemischen Sprühaktionen, so ging das Gerücht, waren dem Erscheinungsbild von Herzinfarkten sehr ähnlich.

Er war aber auch alleinerziehender Vater, also konnte er einfach nicht krank werden. Sein Kopf klopfte, sein Hals war rau und er musste die ganze Nacht hindurch husten. Dennoch ging er zurück zu seiner Webcam, räusperte sich und fuhr fort:

Chemtrails – die wir im Folgenden als Geo-Engineering oder Aerosol-Engineering bezeichnen werden, was besser beschreibt, was seit ein paar Jahren vor sich geht – haben, so glauben wir, einen nachweisbar negativen Effekt auf Tiere und Pflanzen. Ich habe persönlich das Aussterben ganzer Kolonien von nützlichen Insekten gesehen, Marienkäfer und Ähnliches. Es gab unerklärliches und wiederholtes Massensterben von Fledermäusen und ganzen Fledermauskolonien. Im Jahr 2008 starben mehr als 11.000 Fledermäuse bei einem einzigen solchen Ereignis. Welches natürlich vorkommende Phänomen könnte dafür verantwortlich sein? Dieses Jahr wurde in Kalifornien das simultane Sterben von einer Million Honigbienen verzeichnet. Ich denke, wir haben grade Berichte von ein paar weiteren Millionen rein bekommen, aber ich muss das erst verifizieren. Wir haben es letztendlich geschafft, eine große Anzahl an Menschen von dem

174

Massensterben bei den Bienen zu informieren. Sowohl aus den USA als auch aus dem Vereinigten Königreich kamen Berichte, dass alleine im Jahr 2008 etwa ein Drittel der Bienenbestände verloren gegangen sind.

Die Böden werden nachweislich mit sehr hohen Mengen an Aluminium kontaminiert. Wenn die Aluminiumwerte über 400ppm steigen, werden zahlreiche Pflanzen sterben. Haben Sie Flecken auf ihren Pflanzen gesehen, ihrem Gemüse ... ein weißes Pulver, das die Blätter bedeckt? Essen Sie diese Pflanzen nicht, fassen Sie sie nicht an! Das ist Gift! Haben Sie eine Struktur gesehen, die wie Spinnenfäden aussieht und morgens Ihre Pflanzen bedeckt? Das sind Chemikalien.

Die braunen Pelikane in Kalifornien sterben. Die Ursache ist „mysteriös", aber sie haben einen „Rückstand" auf den Federn der sterbenden Tiere gefunden, der denen auf den Pflanzen ähnelt. Vögel fallen vom Himmel, aus keinem nachvollziehbaren Grund – nicht ein Vogel, verstehen Sie, sondern Tausende von ihnen fallen tot herunter. Ich habe gesehen, wie es tote Krähen regnet. Sie scheinen einfach aus dem Himmel zu fallen. Etwa einhundert von ihnen. Sie waren schon tot, als sie aufschlugen.

Nikolai machte eine Pause, um einen großen Schluck Wasser zu trinken, und drückte auf die 'Pause'-Taste. Er atmete tief ein und fuhr fort. Es würde bald ein Gegengift geben, es musste einfach.

Wir können aufgrund von Berichten der kalifornischen Naturschützer nachweisen, dass es in diesem Jahr zum größten Massensterben von Walen in der bisherigen Geschichte gekommen ist. Ebenfalls aus Kalifornien: Hunderte von Hektar an Ernte sind irreparabel geschädigt. Die Anzeichen sind die kleinen braunen Punkte, die den Anschein machen, dass sie sich durch die Blätter brennen. Das ist nicht das Werk von Käfern oder irgendeiner Art von Krankheit. Farmer verlieren ihre gesamten Ernten, quer durch Nordamerika.

Viele andere spontane, nie da gewesene Umweltprobleme tauchen auf und wir glauben, wir wissen, was diese Schäden verursacht. Wir sind dabei, Tests zu machen, und dann werden wir die Ergebnisse für die breite Öffentlichkeit publik machen. Und dann werden wir uns überlegen, welche legale Handhabe es gibt, um diesem Treiben ein Ende zu setzen ... das sich zu einer Massenvergiftung aufsummiert ... und werden die, die verantwortlich sind, bestrafen. Ich bin Nikolai Louis, für viele Amistad, und verabschiede mich für diese Woche.

Bitte rufen Sie mich an, wegen jedem Beweis den Sie finden, oder jeder Angelegenheit, die Sie persönlich betrifft. Bonne nuit.

Nikolai ließ seinen Laptop offen auf dem laminierten Küchentisch stehen und ging zu seiner Liege in der Ecke. Er hatte seinem Sohn das Schlafzimmer überlassen, da er normalerweise die ganze Nacht wach war. Zu schlafen war etwas, das ihm unmöglich geworden war, seitdem die chemischen Sprühaktionen begonnen hatten. Wenn er schlief, hatte er Alpträume.

Wenn die Schicht, die die Flugzeuge hinterließen, dick genug war, konnte er den Film auf seiner Haut spüren. Es wurde dann so heiß und schwül. An diesen Tagen konnte die Temperatur um 20 Grad oder mehr ansteigen. Das war ein besonderes Gemisch, das sie dann versprühten. Es erzeugte eine Decke, fing die Wärme ein, schien sogar selber auf irgendeine Art Hitze zu erzeugen und verbrannte die Haut leicht. Zwei oder drei Tage später würden die Temperaturen wieder auf Normalniveau fallen, und nach zwei weiteren Tagen kam Regen, um die Reste der brutalen Mischung auf ihre Köpfe regnen zu lassen. Es fiel ihm schwer, darin etwas wie einen natürlichen Zyklus zu sehen. Er machte es sich zur Aufgabe, Daten über Flugzeugsichtungen zu sammeln, über Schwermetall-messungen, und Berichte über Metallvergiftungen ... sei es in Böden oder in menschlichen Probanden. Er war schließlich ausgebildeter Biochemiker. Seine Datenbank war enorm gewachsen und er verschickte Serienbrief-Kampagnen.

Es erschien ihm sinnvoll herauszufinden, welcher Anteil der Geo-Engineering-Protestler bereit war, selber Briefe zu schreiben oder sich in Richtung anderer Formen des sichtbaren Protestes zu bewegen. Es erschien ihm sinnvoll zu evaluieren, was die globalen und lokalen Politiker als Antwort für die Bevölkerung bereithielten, die mutig genug war zu fragen. Es erschien ihm sinnvoll, die Adressen der Leute zu sammeln, die ihrerseits Daten sammelten.

In der Zwischenzeit scrollte sich Christina hunderte von Meilen auf seiner Webseite durch all seine Einträge, las alles was er innerhalb der vergangenen etwa sechs Jahre über Geo-Engineering an Daten gesammelt hatte. Er sprach auch davon, dass er als einer der wenigen in der Lage war, die Chemikalien zu riechen und zu schmecken, und von den Krankheiten, unter denen er wegen dieser

Sensitivität litt. Seine Beschreibungen ähnelten sehr stark Anyas Symptomen, und jetzt sah es so aus, als würde auch David diesen Weg einschlagen.

Es gab eine Möglichkeit, Nikolai zu kontaktieren. Sie konnte sich bei seinem Blog registrieren, ihn über *Facebook* anschreiben – er schien in all diesen sozialen Netzwerken gut präsent zu sein. Sie musste sich nur darüber klar werden, was sie sagen wollte. Er administrierte eine Gruppe auf *Facebook*, also trat sie dieser bei. Sie schlief diese Nacht nicht, sondern las und recherchierte; scrollte durch die *Posts* von hunderten von Leuten, fand, dass es da schon eine ganze Menge veröffentlichter Informationen gab, und war dankbar. Auch wenn es nur Einbildung sein mochte, es bewirkte, dass sie sich etwas weniger exponiert fühlte, es zeigte ihr, dass sie nicht die Einzige war, die etwas wusste. Sie hielt inne, als sie auf ein sehr umfangreiches Dokument stieß, das von der *Air Force* auch für das Laienpublikum zugänglich veröffentlicht worden war und den Titel „*Weather as a Force Multiplier: Owning the Weather in 2025*" trug. Allein die Implikationen aus dem Titel an sich waren schockierend.

Es dämmerte, die Sonne ging langsam zum sanften Summen des Druckers auf und über den kostbaren Schüben von Papier, die aus dem Drucker kamen und sich stapelten. Sie machte sich einen Kaffee, schürte das Feuer im Holzofen und setzte sich hin, um zu lesen. Das Erste, was herausstach, war eines der potentiellen Ziele der Wetterkontrolle und wie man einen Feind durch sie schwächen konnte: die Wetterwaffe. Dürren herbeiführen, die Trinkwasserversorgung kappen. Der Zugang zu Trinkwasser war ein Menschenrecht, dachte sie, durch die Vereinten Nationen schon vor Dekaden festgeschrieben. Eine Dürre war nichts, das man auf einen einzelnen Soldaten anwenden konnte, noch nicht einmal auf ein Bataillon oder eine Arme. Dürren wurden auf ganze Bevölkerungsgruppen niedergebracht, auch auf die Familien, die Kinder und die Alten. Diese Art Krieg zu führen hatte kein Ehrgefühl inne. Sie legte das Dokument beiseite, um später weiter zu lesen. Sie konnte immer nur eine begrenzte Menge auf einmal verdauen. Im Moment wollte sie nur den Kontakt zu Menschen herstellen, die im Bilde waren und versuchten diesbezüglich etwas zu tun ... was auch immer das war.

„Oui?" Eine schläfrige, männliche Stimme war am anderen Ende der Leitung.

„Hallo, Mr. Louis?"

Er räusperte sich. „Oui."

„Mein Name ist Christina Galbraithe, Mr. Louis. Ich hoffe, ich störe nicht."

„Nein, ich bin wach. Wie kann ich Ihnen helfen, Christina Galbraithe?"

„Ich hoffte, mit Ihnen über diese Aerosolwaffen sprechen zu können. Ich habe gesehen, dass Sie da Jahre an Arbeit reingesteckt haben, in dieses Gebiet. Und Sie gehen damit an die Öffentlichkeit. Die Leute nennen sie *Chemtrails*. Ich habe einen guten Grund, so viel wie möglich über diese Vorgänge herauszufinden."

„Also, Christina Gailbraithe", antwortete er, „das Wichtigste zuerst. Wir geben uns große Mühe, diese Dinge nicht *Chemtrails* zu nennen, auch wenn ich verstehen kann, dass die Leute sich daran gewöhnt haben und Gewohnheiten schwer zu ändern sind. Wir sprechen bei diesem Phänomen über Geo-Engineering oder sogar über Aerosolwaffen, aber ich ziehe Ersteres vor. Wir habe ziemlich bald mitgekriegt, dass Wissenschaftler, die wir mit dieser Ange-legenheit konfrontieren, im Brustton der Überzeugung sagen können, dass es keine *Chemtrails* gäbe, während sie die Existenz von Geo-Engineering niemals leugnen würden. Ich nehme das mal vorweg und hoffe, Ihnen so eine Menge Ärger ersparen zu können."

Christina wusste in diesem Moment, dass sie viel von diesem Mann lernen würde. „Was ist das für ein Phänomen, wie würden Sie das beschreiben, worauf sich Ihre Bürgerrechtsgruppe fokussiert hat?"

„Um es einfach zu halten, es sind Aerosole, die in die Atmosphäre dieses Planeten ausgebracht werden, auf unter-schiedlichen Höhen, in unterschiedlichen Konzentrationen und mit unterschiedlichen Zusammensetzungen an Chemikalien und Metallen. Es ist eine unbestreitbare Tatsache, dass einige wenn nicht all diese Aerosole schwermetallhaltig sind, und für alles Lebendige ungesund sind ... wenn nicht tödlich. Am Anfang machen sie dich krank, und irgendwann werden sie dich töten. Ganz einfach."

„Okay. Nächste, naheliegende Frage ... wer ist dafür verantwortlich?"

„Ja, Christina. Das ist die Frage, korrekt. Es gibt da viele Theorien, und die Wissenschaftler und Militärs auf der ganzen Welt sind sich wirklich darüber bewusst, dass sie das nicht mehr vor der Öffentlichkeit geheim halten können. Also werden einige von ihnen bald damit anfangen, das Thema von sich aus auf den Tisch zu bringen – es passiert schon – und sie werden ein paar menschlich klingende Ausreden hervorbringen, sowohl dafür, dass sie es tun, als auch dafür, dass sie es bisher geheim gehalten haben. Wir werden da schon bald konkrete Antworten haben, obwohl diese Interessengruppen – die militärischen und wissenschaftlichen Gruppen – ziemlich weit verzweigt sind, und es ist schwierig herauszufinden, wer wirklich verantwortlich ist. Wie üblich sieht es danach aus, als würden Halbwahrheiten für die Öffentlichkeit erfunden. Ich verfolge das jetzt seit einer Dekade und ich kann Ihnen versichern, dass das, was sie in diese Aerosole mischen ... – also, die allerbesten Absichten für die Menschheit werden in diesen Experimenten nicht verfolgt." Nikolai machte Brote für seinen Sohn, während er sprach. Hugo saß am Tisch und aß Müsli.

„Nikolai ... darf ich Nikolai sagen?"

„Ja, natürlich."

„Meine Kinder sind ziemlich krank ... meine Tochter schon seit einer ganzen Weile und mein Sohn seit kurzem. Ich sehe hier die Symptome, die du von dir selbst beschreibst, und sie sind denen bei uns erstaunlich ähnlich ... insbesondere bei meiner Tochter. Du scheinst davon überzeugt zu sein, dass diese Symptome direkt mit den Aerosolen zusammenhängen. Wie bist du zu dem Schluss gekommen? Ich meine, manche sind krank, andere sind es noch nicht, ich gehe davon aus, dass diese Chemikalien nicht personenspezifisch wirken."

„So ist es, Christina. Manche sind halt sensibler als andere. Besonders Kinder zeigen in den letzten zehn Jahren ein eher alarmierendes Spektrum an Krankheitsbildern. Das ist kein Zufall. Ich habe mein Blut auf Schwermetalle testen lassen. Und im übrigen: dass man keine Symptome entwickelt, heißt nicht, dass man nicht krank ist.

Du solltest das gleiche mit deinen Kindern machen. Labore findet man leicht über das Internet."

„Ich mache das umgehend, danke."

„Und, Christina ... wenn ich dich anrufen kann ... wenn du die Ergebnisse hast, ich würde mich freuen, wenn du sie mir zur Verfügung stellen würdest? Wir bauen eine Datenbank auf, um Trends, Ursachen und Wirkungen darstellen zu können. Sollte es uns jemals gelingen, die Quelle zu lokalisieren, um den Schuldigen zu finden und hoffentlich auch anklagen zu können, werden diese Informationen entscheidend sein. Zumindest können wir diese Sachen den Regierungen vorlegen und vielleicht auf diesem Weg Gesetze durchdrücken, die diese Sprüherei unterbinden."

„Hast du diesbezüglich irgendwelche Spuren gefunden, was anderes als einfach irgendwelche großen Organisationen ... wie das Militär?"

„Ja, ich denke, das haben wir. In zwei Wochen werde ich an einem jährlichen Symposium teilnehmen ... in einem der Vorträge wird es um Geo-Engineering gehen, und ich glaube, dass einige der großen Fische dort sein werden."

„Wo? Ich würde auch gerne kommen, wenn das möglich ist. Ich brauche diese Information." Otto würde sich einige Zeit frei nehmen müssen, um sich um Anya und David zu kümmern. Er würde es tun, für sie.

„*Phoenix*. Weit weg von *Quebec City*. Aber es ist notwendig." Nikolai hielt inne, um Hugo auf die Stirn zu küssen, als er sich auf den Weg zur Schule machte. „Wenn du es schaffst zu kommen, dann würde ich mich über ein Treffen freuen. Aber ich werde dich nicht erkennen, es sei denn, ich kriege ein Foto von dir. Du wirst mich kennen, aber ich dich nicht."

„Wenn ich es schaffe, das zu arrangieren, dass ich kommen kann, werde ich dir ein Foto schicken", lachte sie.

Zwei Wochen später ging sie an Bord des Delta Fluges 2706 in Richtung *Phoenix*.

Die Konferenz mit dem Titel *Future Research for Social Service* dauerte fünf Tage und umfasste zwei Veranstaltungen, die mit Geo-Engineering zu tun hatten: Gastredner, Vorsitzender des

Fachausschusses, Daniel Bleeth, PhD. Drei andere Wissenschaftler rundeten dieses spezielle Angebot ab.

Christina hatte auf dem Flug ihren Laptop offen. Sie hatte eine Reihe Radiointerviews mit einem anderen Experten gefunden: Charlie Shepard aus Kalifornien. Sie hoffte, dass sie irgendwann auf der Reise die Zeit finden würde, sie sich anzuhören. Nikolai hatte Recht. Da war eine sehr breite Bewegung, die sich mit dem beschäftigte, was ganz offensichtliches, wenn auch 'im Geheimen' praktiziertes Geo-Engineering war; manche nannten es auch Aerosol-Verbrechen. Das Wort 'geheim' war dabei zutiefst ironisch gemeint, denn alles, was man tun musste, war nach oben zu schauen und dem, was sich dort abspielte, auch nur einen Funken Aufmerksamkeit zu schenken. Trotzdem hatte sie nicht gewusst, dass das stattfand, bis ihre Mutter getötet wurde. Sie konnte diejenigen, die von der Gefahr über ihnen noch nichts wussten, daher auch nicht verurteilen. So aktiv die Bewegung auch war, die gängige Meinung in der Bevölkerung gegenüber dem Phänomen und der Protestbewegung war, dass sie alle Trottel waren. Volltrottel. Das war die einfachste Art und Weise damit umzugehen, und die Alternative war einfach zu erschreckend, um in Betracht gezogen zu werden.

Christina entdeckte Nikolai bei der Gepäckausgabe in *Phoenix*. Er hielt ein Schild mit ihrem Namen hoch, mit einem lila Filzstift geschrieben. Sie lachte. Er war über eine andere Route gekommen und war eine Stunde vor ihr dagewesen. Sie ging auf ihn zu und schüttelte seine Hand. Er zog sie an sich und umarmte sie herzlich. Das passte zu dem Eindruck, den sie von ihm hatte, einem freundlichen, aber resoluten franko-kanadischen Bären. Er war schließlich sein Leben lang Aktivist gewesen, und das waren in der Regel keine Leute, die sich nicht kümmern würden.

„Also!", rief Nikolai, „willkommen in Arizona. Es ist Februar und es sind 15 Grad. Wie gefällt dir das, Christina?"

„Mir gefällt das gut", antwortete sie. „Lass uns den Mietwagen abholen und zum Hotel fahren, okay?" Sie schaute auf ihre Uhr. „Die Seminare fangen in zwei Stunden an."

„Ja, das können wir machen. Da sind einige Leute, die wir treffen sollten, Leute wie du und ich. Insbesondere möchte ich jemanden aus Nordkalifornien treffen. Er hat eine Menge Boden-, Pflanzen- und Wasseranalytik gemacht und verfügt über eine unglaubliche Menge an Daten. Er will, dass ich dann mit ihm zusammen zurückfliege und mir das angucke. Vielleicht kannst du da mit, wenn du ein paar Tage extra entbehren kannst."

Die Konferenz belegte den gesamten zweiten Stock des Physikalischen Instituts der *Arizona State University*. Die Veranstaltungen waren auf großen Stundenplänen angekündigt, die strategisch neben den Eingängen zu den Seminarräumen und Hörsälen positioniert waren. Generell hatte man immer die Wahl zwischen zwei verschiedenen Symposien, die zur selben Zeit stattfanden. Das Symposium über Geo-Engineering sollte in zehn Minuten anfangen; sie waren also gerade noch rechtzeitig angekommen. Drei Reihen vom Podium entfernt gab es noch freie Plätze, vier Wissenschaftler hatten schon neben dem Rednerpult Platz genommen. Ein Dozent, ein dicklicher Mann mit ungekämmtem weißen Haar und Bart, stand hinter dem Podium, während von einem Projektor probehalber Bilder an die Leinwand hinter ihm geworfen wurden.

„Guten Morgen", sagte er schließlich in ein Mikrofon auf seinem Kragen. „Ich bin Dr. Svenborg, von der Arizona State University, und wir sind stolz darauf, heute diese Konferenz ausrichten zu dürfen."

Es gab Applaus.

„Wir heißen euch alle willkommen, die ihr gekommen seid, um hier in dem Geist teilzunehmen, den der Titel der Konferenz suggeriert, um etwas über neue, mutige Technologien zu erfahren, mutige neue Denkrichtungen, die hoffentlich darauf abzielen, die Gesundheit unseres Planeten und von allem, was darauf wohnt, zu erhalten."

Mehr Applaus.

„Unser erster Referent ist niemand anderes als Dr. Daniel Bleeth, Außerordentlicher Professor an drei führenden Universitäten und ein hoch angesehener Experte in dem jüngst so stark wachsenden Bereich des Geo-Engineerings. Sie können und sie sollten sich seine Referenzen anschauen, die im Programm abgedruckt sind. Ohne weitere Worte zu verlieren, hier ist Dan Bleeth!"

Durch den Applaus hindurch konnte Christina hören, wie Nikolais sagt: „Ah, 'der Tinman', wegen dem bin ich hier."

Bleeth begann ohne einführende Worte und redete eher schnell, wenn auch gut verständlich. Er verwendete nur eine geringe Anzahl an Grafiken, die hinter ihm an die Leinwand geworfen wurden. Er schien anzunehmen, und er hatte Recht damit, dass wenn er auch nicht zu anderen Wissenschaftlern sprach, er doch zumindest ein gut informiertes Publikum vor sich hatte. Er begann mit einer Definition von Geo-Engineering. „Es ist ein vorsätzlicher, großflächiger Eingriff in, oder eine Veränderung der Umwelt auf unserer Erde."

Und das sollte nicht schon in sich ein Problem darstellen?, fragte sich Christina. Bleeth fuhr fort und sprach über zwei der eher grundlegenden Anwendungen des Geo-Engineerings, die beide etwas mit Klimaerwärmung zu tun hatten, obwohl er soweit ging, dass er sagte, diese beiden Programme sollten in Sachen Forschung nicht miteinander verknüpft werden, was Christina überraschte. Natürlich waren alle Forschungsvorhaben und alle angewandten Lösungen über den Kontext der Klimaerwärmung eng miteinander verknüpft. Wie sollte es anders sein?

„Die Hauptanwendungen von Geo-Engineering, das glauben wir zumindest, wären die Sonneneinstrahlung in die Stratosphäre abzublocken und damit den Planeten zu kühlen, und das überschüssige CO_2, das bereits in der Atmosphäre ist, aus dieser zu entfernen. Es gibt Beispiele aus der Geschichte, die zeigen, wie das funktionieren würde; jede Menge schriftliche Quellen über große Vulkanausbrüche, in deren Folge Tonnen von Asche und Staub die Luft erfüllt haben und so die Oberflächentemperatur des Planeten signifikant gesenkt haben. Das heißt, die Idee, eine Art von Schutzfilm über uns zu kreieren, um die Hitze der Sonne zu blockieren, ist nicht besonders weit hergeholt. Der Mikropartikel, ein Nanopartikel in der Größe eines Mikrons, der am besten dafür geeignet scheint, ist Schwefel.

Das andere Konzept, das derzeit evaluiert wird, ist das überflüssige CO_2 einfach einzusammeln. Ja, Bäume übernehmen diese Funktion, und wir sollten damit weitermachen und sichergehen, dass die Wiederaufforstung fortgeführt wird, aber das geschieht langsam. Und vielleicht geht mit „langsam" die Rechnung hier einfach nicht auf. Wir wissen das nicht, denn wir versuchen hier Prozesse in Gang zu setzen, die auf die Bedingungen der Zukunft treffen werden.

Der Grund, warum Nanopartikel in der Atmosphäre eine sehr gute Option sein könnten, ist, dass dies eine schnelle Lösung sein würde. Lassen Sie mich an dieser Stelle unterstreichen, dass diese Überlegungen sich ausschließlich in der Planungsphase befinden. Wissenschaftlich betrachtet ist es wahr, dass ein Gramm an Schwefel eine Tonne CO_2 wettmachen kann. Das sind gute Aussichten, denke ich. Aber wie ich sagte, niemand, der bei Verstand ist, spricht davon das jetzt sofort zu machen. Wir müssen vorher Forschungsprojekte durchführen."

Es war eine erstaunliche Rede, die offenbarte, wie viele Nanopartikel eigentlich in der Luft, in den Böden und im Wasser gemessen wurden. Wenn Christina so darüber nachdachte, wurde klar, dass er nicht log. Niemand, der bei klarem Verstand ist, würde so etwas jetzt tun. Er sagte aber nicht, dass es nicht getan würde. Christina würde diesen Mann im Auge behalten.

Bleeth schloss seinen Teil des Symposiums mit der Ankündigung, dass es noch ein Symposium geben würde, eine spontane Veranstaltung am letzten Tag der Konferenz, denn er müsse für eine Sitzung zurück nach Washington DC. Für heute, entschuldigte er sich, würde es keine Zeit für eine Frage- und Antwort-Runde geben.

Christina würde auf jeden Fall bei dem zweiten Treffen dabei sein.

„Also", sagte Nikolai, als er sich auf dem Weg nach draußen bei Christina unterhakte, „das verschafft uns ein wenig Freizeit. Es wird eine offene Gesprächsrunde im Anschluss an das spontane Symposium geben, und wir wollen dann doch dabei sein. Du könntest in der Zwischenzeit mit mir zusammen nach Nordkalifornien kommen. Dort gibt es eine Gruppe von Wissenschaftlern, die dort leben, und die Analysen von allen nur denkbaren Sachen gemacht haben: Pflanzen, Tiere, Böden, Wasser, Leute ... Ich würde das gerne mit denen diskutieren.

Wir müssten von hier aus nach *Sacramento* fliegen und dann ein Stück fahren."

„Ich habe Zeit, ich habe sie mir für die Konferenz reserviert. Lass uns Tickets buchen."

Der Flug gab Christina die Zeit und die Gelegenheit, zwei Dinge zu tun, die sie sich vorgenommen hatte: ein langes Radiointerview mit dem Aerosol-Verbrechen-Experten Charlie Shepard zu hören und Nikolai eine Frage zu stellen, die sie bisher noch nicht gestellt hatte.

„Also, wenn du nicht von meiner Fragerei genervt bis, warum 'Amistad'?"

„Weil ich ein Gefangener bin. Amistad war ein Afrikaner, der mit Gewalt aus seiner freien Heimat geraubt und zum Sklaven gemacht wurde. Ich wurde dazu verdonnert, Gift zu atmen, zu essen und zu trinken. Amistad aß, was auch immer man ihm vorwarf, atmete die stickige Luft der Sklavenschiffe und Gefängnisse. Ich habe meine Steuern zu zahlen. Amistad war eine Handelsware, deren Arbeitskraft in jeder Minute, jedem Zug seines Leben dazu genutzt wurde, die Taschen der Oberschicht zu füllen. Das sind meine Steuern, meiner Hände Arbeit. Ich muss Gesetze befolgen. Ich muss Lebensmittel essen, die vermutlich noch nicht einmal mehr Lebensmittel sind, und Wasser trinken, das absichtlich mit Säuren und Giften versetzt wird, um mir zu schaden. Ich muss diese Dinge tun, weil sonst die Leute, die diese Dinge nicht tun müssen, mich bestrafen, indem sie mir die Möglichkeit rauben, mich frei zu bewegen. Macht mich das nicht zum Sklaven? Amistads Geschichte ging gut aus, weil er jemanden fand, der den Gründungsvätern der USA nahe stand und der seinen Fall vor ein Gericht brachte, das noch Moral und Ethik hatte und den Unterschied zwischen richtig und falsch kannte. Das Feuer dieser Ideen brannte noch in seinem Geist und in dem Geist seines Landes. Sag mir Christina ..., wer wird kommen, um uns zu retten? Wer hat die Macht, sich auf die Seite der Menschheit zu stellen und die Sklaven zu befreien? Es sieht so aus, als hätte es diese Orte mal gegeben, aber ich kann sie nicht mehr ausfindig machen."

Christina war still. Er hatte natürlich Recht. Die Regierung musste wissen, dass diese Dinge passierten, und sie gab absichtlich vor, es gäbe sie nicht. Ihre Mutter war wegen ihres möglichen Wissens über diese Sache getötet worden ... nur auf den Verdacht hin. Sie wusste nicht, was sie sagen sollte, und Nikolai schien zu verstehen, dass es keine passende Antwort auf eine Aussage gab, die die Dinge derart auf den Punkt brachte; er drehte sich von ihr weg und schaute aus dem Fenster in den Himmel. Sie fragte sich, wie viele Stunden er schon damit verbracht haben musste, den Himmel zu betrachten.

Ihr Laptop war im Handgepäckfach über ihrem Kopf verstaut. Sie schnallte sich ab, stellte sich auf die Zehenspitzen und wühlte etwas ungeschickt in den Winkeln ihres Handgepäcks, bis sie seine vertraute Oberfläche ertastet hatte. Charlie Shepards Radiointerview war *runtergeladen* und gesichert und wartete auf sie. Sie fand die Aufnahme, ging sicher, dass sie Papier und Stift griffbereit hatte, und spielte sie ab.

Barium, Strontium, Aluminium-Oxyd ... die alle regelmäßig in Bodenproben, Schnee, Pflanzen und auch im menschlichen Blut gefunden werden." Hatte Charlie Aluminium-Oxyd gesagt? Da waren eine Menge Chemikalien gelistet, von denen sie so spezifisch noch nie gehört hatte. „Da gibt es eine etwas ältere Air Force Studie ... online abrufbar für jeden, der sie sich anschauen möchte. Diese Aluminium-Nanopartikel sind so klein, dass es eine Weile braucht, bis man die Giftigkeit nachweisen kann. Bei den Ratten, an denen man es getestet hatte, war die Fähigkeit des Immunsystems beeinträchtigt, ausreichend weiße Blutkörperchen gegen Eindringlinge zu bilden. Dramatisch beeinträchtigt. Mit anderen Worten, das Immunsystem wird zerstört, und man wird für alle möglichen Erreger und Krankheiten anfällig, es bleibt wenig übrig, womit man Krankheiten und Bakterien abwehren könnte. Dieses Aluminium-Oxyd zerstört die Fähigkeit des Systems, aus dem Körper der Ratte Gifte auszuscheiden, und theoretisch würde das Gleiche auch für Menschen gelten. Ich meine, es gibt einen Grund, warum man bei klinischen Studien Laborratten statt Menschen nimmt."

Christina hatte Berichte aus den Reihen des Militärs zugespielt bekommen, die ganz unverblümt darauf hindeuteten, dass es das Ziel war, die Gesundheit ganzer Bevölkerungsgruppen aus der Luft heraus so zu schwächen, dass damit ein taktischer Vorteil errungen würde.

Witzig, sie war einfach davon ausgegangen, dass sie da über „die anderen" sprachen.

Charlie redete noch immer.

„*Gift in Pflanzen verzögert die Samenbildung, verringert die Erträge, wenn in der Atmosphäre versprüht, so dass es sich auf dem Boden ablagern kann. Viele unterschiedliche Schäden werden mit diesen Materialien angerichtet, und sie wissen es – du kannst es in ihren Forschungsarbeiten sehen. Es gab ursprünglich sicherlich einmal lautere Absichten, oder was nach lauteren Absichten aussah, wenn man zurückgeht zu den Anfängen dieser Programme. Ich weiß, dass Nanopartikel aus Aluminiumoxyd dem Flugbenzin beigemischt wurden, um die Effizienz in der Verbrennung zu steigern, und das hat für das, was es war, auch sehr gut funktioniert. Die Reichweite auf eine Gallone wurde um 40% gesteigert ... was soviel heißt wie, dass das Aluminium die Hitze besser durch die gesamte Brennkammer verteilt hat, aber der Preis dafür ist eben, dass diese Reaktion vor nichts halt macht. Die weniger erwünschten Effekte von Aluminium-Nanopartikeln sind dann zum Beispiel, dass wenn diese Nanopartikel von Bäumen aufgenommen werden, bis hinunter ins Wurzelwerk, dass dann die Waldbrände unterirdisch weiter brennen, weil sich das Wurzelwerk lange, nachdem das Feuer an der Oberfläche bereits gelöscht ist, entzünden kann. Sauerstoff ist dort unten vorhanden, auch dort, wo nicht direkt Luft drankommt; durch das Aluminium-Oxyd entzündet es sich!*"

Wie soll ein solches Metall, sogar als Partikel in der Größe unterhalb von einem Mikron ... etwas, das Pflanzen tötet und Flächenbrände befeuert, dabei helfen, die Klimaerwärmung zu stoppen? Und wenn es uns alle krank macht, was für ein Unterschied macht da noch ein etwas kühlerer Planet, wenn es das ist, was dabei herauskommt?

Sie sah darin einfach keine Logik. Da musste es andere Gründe geben, eine andere Agenda.

Das Flugzeug setzte in *Sacramento* auf. Das Radiointerview hatte sie so sehr in Beschlag genommen, dass sie es gar nicht gemerkt hatte. Sie hatte außer dem Handgepäck nichts mitgenommen und so konnten sie direkt zum Schalter der Autovermietung vorpreschen. Keiner der beiden war früher schon einmal durch Nordkalifornien gefahren, aber das Glück blieb ihnen treu und sie schafften es, ohne Schwierigkeiten aus der Stadt herauszukommen. Die Stadt von

Mt. Shasta lag dreieinhalb Stunden weit entfernt, so dass Christina die Augen schloss und schlafen konnte, während Nikolai fuhr. Sein trockener, bissiger Husten kam wieder und wurde stärker, je weiter sie nach Norden kamen. Sie wachte auf.

„Bist du in Ordnung?", fragte sie.

„Nein. Da war ein schwerer organischer Geruch in der Luft. Jetzt wird es metallisch. Es ist wirklich krass hier, und wird schlimmer, je weiter wir nach Norden kommen."

Christina dachte einen Moment nach. „Was meinst du mit 'organisch'?"

„Für eine Weile war es der eisenartige Typ von Aerosolen, die gesprüht wurden. Ich unterscheide die nach Geschmack und Duftnote, nicht weil ich weiß, woraus sie bestehen. Es schmeckt halt wie Eisen ... mit anderen subtileren Sachen dazwischen. Nach meiner Erfahrung gibt es eine Reihe von Symptomen, die mit diesen Geschmacksnoten einhergehen, so kann man das, glaube ich, ausdrücken. Das war in den vergangenen Jahren die am häufigsten gesprühte Mischung, die ich persönlich wiedererkenne. Wenn ich so etwas sage, sagen mir die Leute, dass ich mich wie ein Verrückter anhöre. Wenn jemand eine Erkältung hat, oder selbst wenn sich gerade eine entwickelt, reicht der Geruch ihres Atems schon aus, bei mir meine Nebenhöhlen zu reizen. Klingt ungewöhnlich, ich weiß, aber es ist wahr. Ich habe einfach einen absonderlich feinen Geruchssinn. Das ist kein großer Gewinn für mein Leben, glaub mir."

Christina war erstaunt.

„Also, Nikolai, du sagst, du nimmst diese Gerüche wahr und hast dann ganz bestimmte Symptome, ... du wirst krank oder noch kranker?"

„Na ja, nicht nur ich, Christina. Viele Leute in meinem Umfeld werden auf eine voraussehbare Art krank, wenn ich bestimmte Gerüche wahrnehme. Diese Gerüche sind für mich, weil ich doch so ein Glückspilz bin, wirklich unverwechselbar. Mir sind schon eine ganze Reihe verschiedener Gerüche begegnet, und dann gibt es plötzlich Erkältungen wie irre oder Grippesymptome, ... Halsschmerzen, plötzlich geht ein Infekt um. Vor allem Kinder scheinen krank zu werden.

Darüber habe ich nicht Buch geführt, aber das ist, wohl oder übel, meine Erfahrung."

Sie fuhren an einem Straßenschild vorbei, auf dem 'Mt. Shasta 2 Meilen' stand. Sie hatte es geschafft, ganze drei Stunden zu schlafen.

„Christina, kannst du die Wegbeschreibung aus meinem Rucksack holen ... da vorne ... und mich lotsen? Ich war hier noch nie. Ich weiß, dass wir durch die Stadt durch müssen und dann in Richtung der Berge. Nicht weit die Bergstraße hoch soll es ein Schild geben, das zu French Baums Anwesen führt. Er hat zig Morgen mit jeder Menge Wasser, kleine Tümpel und so. Er und sein Freund Isaac Masters haben über Jahre Umweltproben von der gesamten Vegetation, der Luft und des Wassers genommen. Ich glaube, die haben einen relativ großen Gemüsegarten, einen guten Morgen groß, in dem sie den Effekt auf essbare Pflanzen untersuchen konnten. Baum ist pensionierter Förster, und Masters ist irgendwie Ökologe oder so. Da ist noch ein anderer Typ da oben, Huck irgendwas. Ich kann mich grade nicht an seinen Nachnamen erinnern. Ich dachte, Isaac würde zur Konferenz kommen, aber er ist aufgehalten worden. Er ist übrigens ein exzellenter Koch. Wir müssen ihn davon überzeugen, dass er für uns kocht."

Und in der Tat, einige Meilen nördlich der Stadt von Mt. Shasta, an einer Straße, die in Serpentinen den Hang hoch führte, entdeckten sie ein Schild, „French Creek Ranch". In kleineren Buchstaben stand darunter der Name French Baum. Die Abzweigung zur Linken brachte sie sofort auf eine schotterbedeckte Piste, die den Hang ein wenig herunter führte, wiederum in Serpentinen, um grasbedeckte Geländeformationen und Eichenschonungen herum, Zedern und einige Redwoods. Das Gras war gelb und trocken und wurde von einer Herde von etwa 20 Schafen kurzgehalten, die ungeachtet ihrer geräuschvollen Ankunft in Ruhe weiter grasten. In der Ferne leuchtete der Mt. Shasta, der mit Schnee bedeckt war und von ihrem Standpunkt aus betrachtet im reinsten Weiß erstrahlte.

Dafür, dass es Mitte Februar war, war der Tag etwas diesig, aber warm. Ein großes Blockhaus erschien hinter einer Reihe von Hügeln, zweistöckig mit einem umlaufenden Balkon auf Höhe der ersten Etage. Weißer Rauch kam aus Schornsteinen, die aus grob behauenen Granitblöcken gemauert waren, und die jeweils an den Enden des Hauses lagen. Der Geruch brennenden Holzes hatte sie schon lange erreicht, bevor sie das Haus sahen. Sie parkten unter der Veranda und verließen das Auto, glücklich, dass sie aufstehen und sich bewegen konnten. Die letzten paar Tage waren zwischen Flugzeugen und Autos verlaufen, und Christina war ziemlich steif.

„Hallo, das Haus!", rief Nikolai. Christina hatte diese Phrase nicht mehr gehört, seit sie Zeit in Irland verbracht hatte. Über ihnen begannen Hunde zu kläffen, und Stupsnasen versuchten sich zwischen den Brettern des Bodens über ihnen hindurch zu drängen,... eine, zwei, dann drei. Das Kläffen wurde hysterisch. Feste Schritte trafen die Veranda über ihnen und führten in Richtung des Gekläffs.

„Hey, die ganze Bande ist jetzt mal still!", kommandierte jemand gegen den Lärm an.

Nikolai schürzte seine Hände vor den Mund und rief „French!", dann lachte er. Dann wurde der Lärm eines weiteren Fahrzeugs auf der Straße hinter ihnen wahrnehmbar. Ein sehr alter, verbeulter Jeep Commander kam um die Ecke, am Steuer saß ein alter Mann mit kurz geschorenen grauen Haaren. Er trug eine Brille im Pilotenstil und einen bunten Cowboy-Strohhut. Er winkte ihnen kurz zu, parkte und stieg aus.

„Huck Verzet", sagte er und streckte seine Hand zu Nikolai aus.

„Angenehm."

Das Kläffen über ihnen brauste noch einmal auf und hätte einem Rudel Jagdhunde zur Ehre gestanden, das hinter seiner Beute her war.

„Wir sollten hochgehen", rief Huck, „lass sie sehen, wer da ist, dann halten sie die Klappe."

Er ging zur Tür, die ein paar Meter weiter war, ging hinein, Nikolai und Christina direkt hinter ihm. Sie standen in einem kleinen Foyer. Über ihnen hörten sie eine gläserne Schiebetür sich öffnen und wieder schließen.

„Hallo allerseits", rief ein Mann. „Ich komme runter, wartet." Ein schlanker Mann, vielleicht in den 40ern, mit schütterem braunem Haar, kam vor ihnen die Treppe herunter.

„Willkommen in French Creek. Willkommen." Er schüttelte die Hand von Christina und umarmte Nikolai.

„Habt ihr euch mit Huck bekannt gemacht?" Das war French Baum. Nikolai hatte ihn auf der Konferenz erwartet, aber er war wegen Angelegenheiten hier auf der Ranch verhindert gewesen. „Kommt hoch auf die Veranda."

Da war eine Bergkette weiter entfernt im Westen, die von der Straße nicht einsehbar gewesen war. Direkt nordöstlich lag *Mt. Shasta*. French bot ihnen an sich zu setzen.

„Wie geht's mit der Konferenz bis jetzt?", fragte er.

„Kommt nur langsam ins Rollen. Völlig in Ordnung, dass du gewartet hast, weil der Tinman wegen irgendetwas zurück nach Washington eilen musste. Noch nicht mal eine Frage- und Antwort-Runde. Wir machen das am Ende der Woche wieder gut", antwortete Nikolai.

French lachte.

„Stimmt", sagte Christina, „ich habe gehört, dass ihr ihn so nennt. Woher kommt das?"

„Das kann ich dir erklären", sagte French. „Wir nennen ihn den Tinman, weil das meiste, was in der Luft und im Boden und im Wasser ist, Aluminium-Nanopartikel sind, und niemand hat es bisher geschafft, Dan Bleeth dazu zu bringen, es zuzugeben, geschweige denn, offen darüber zu sprechen. Es ist ein seltsames kleines Spiel. Solange wir es nicht zugeben, findet es nicht statt. Das ist genau das, was mein Hund macht, wenn ich ihn zum Tierarzt bringe, im Namen des Herrn ... Ich kann dich nicht sehen, also siehst du mich auch nicht."

Sie unterhielten sich noch für eine Weile, und dann entschuldigte sich Christina, um sich ihr Gästezimmer anzuschauen. Sie wollte zu Hause anrufen und gucken, wie es den anderen ging. Ihr Raum ging zu den westlichen Bergen raus, und sie hatte von ihrem Fenster aus einen Ausblick sowohl auf einen großen Garten als auch auf einen kleinen See. Sie setzte sich auf die Bettkante und zog ihr Mobiltelefon aus ihrer Tasche.

„Hallo Mami!" Anya war am anderen Ende der Leitung. „Ich vermisse dich. Was machst du?"

„Hallo Schätzchen! Wie geht es dir?"

„Ziemlich gut. Warte, Daddy will dich ... warte."

„Hey", es war Otto, „wie geh's da draußen? Siehst du ein bisschen was vom Land?" Er lachte.

„Ja, natürlich. Wie geht's den Kindern?"

„Unverändert. Mal besser mal schlechter. Mach dir keine Sorgen darüber. Ich kümmere mich darum, Schatz."

„Okay."

„Also ..." Otto klang zögerlich.

„Was?" Christina wusste, dass irgendetwas kommen würde.

Er seufzte. Es war ein Seufzer, der auf ein dünnes Lager aus Resignation gebettet war.

„Walters."

„Ja?"

„Schwerer, sehr schwerer Hirnschlag. Ganz plötzlich. Wird wahrscheinlich bald sterben."

Christina fehlten für eine gute Minute die Worte. Armer Otto. Über die Jahre war er zum Boten einiger unglaublich verheerender Nachrichten in ihrem gemeinsamen Leben geworden.

„Also." Christina musste etwas sagen, nur um sicher zu sein, dass sie noch sprechen konnte.

„Ja", sagte Otto. „Du meldest dich?"

„Ja."

Sie saß auf diesem seltsamen Bett in einem unbekannten Haus, von Leuten umgeben, die sie genaugenommen auch kaum kannte. Wie es aussah, würde der Mörder ihrer Mutter nicht dabei helfen, auf den Grund der ganzen Angelegenheit vorzustoßen, was auch immer er war. Sie wusste fast gar nichts über ihn. Ein Hirnschlag war sicherlich der Preis, den er zu zahlen hatte. Aber war das Gerechtigkeit? Sie wusste es nicht. Über Walters und das Geheimnis, das ihn umgab, nachzudenken warf sie aus der Spur, untergrub ihre Fähigkeit zu funktionieren oder auch nur nachzudenken. Sie war nicht zu Hause, wo sie wenigstens die Option gehabt hätte zurück in ihr Bett zu kriechen und sich die Decke über den Kopf zu ziehen. Solange sie ihren Verstand beisammen hielt, würde sie hier die Gelegenheit haben, aus einem ganz anderen Blickwinkel heraus zu versuchen zu verstehen, was passiert war.

Sie wollte auf diese Angelegenheit keine Zeit verschwenden.

Unten waren die Männer im Foyer zusammengekommen und wartete offensichtlich auf sie.

„Ist alles in Ordnung?", fragte Nikolai.

„Alles ist in Ordnung", antwortete sie. „Was machen wir?"

„Wir warten auf Isaac, der grade den Hügel hochgelaufen kommt, und dann gehen wir zum Gemüsegarten, um uns eine Reihe von Sachen anzugucken." Ein weiterer Mann, eher klein und drahtig, war um die letzte Biegung der Straße vor dem Haus gekommen. Er winkte.

„Isaac", sagte er und schüttelte Nikolais und Christinas Hände. „Okay, lasst uns laufen."

Sie machten sich auf den Weg. French Baum, Isaac Masters, Huck Verzet, Nikolai Louis und Christina Galbraithe. Es würde eine fünf-Meilen-Rundwanderung werden, die Frenchs großen Gemüsegarten mit einschloss, auch wenn es Februar war und außer wetterfestem Blattgemüse noch wenig wuchs; eine Pause in French Creek, um über die Frischwasserablaufmengen zu reden und über Bakterien und all die kleinen lebendigen Dinge, die dort hätten gedeihen sollen, es aber nicht taten; einige der Eichen wurden inspiziert, weil sie in einem alarmierenden Tempo und aus keinem ersichtlichen Grund starben, und dann hielten sie an einem steinigen Abhang mit Aussicht auf ein tiefes, wunderschönes Tal. Dieser Teil von Kalifornien war in dieser Jahreszeit normalerweise von Schnee bedeckt. Aber das Wetter war warm gewesen ... zu warm.

Es gab dort eine Feuerstelle zwischen den Felsen an einem der Hänge und sie würden ein Lagerfeuer anzünden, etwas zu essen bereiten und über die Situation sprechen und über die Forschung, die Huck und French durchgeführt hatten. Christina hatte einen Stift und ein Notizbuch in ihrer Tasche.

French zeigte ihnen, dass der pH-Wert im Gartenboden viel zu hoch war, und die Statistik von vor zehn Jahren, die zeigte, dass er damals genau richtig war, um Gemüse zu ziehen. Sie nutzten ein kräftiges Vergrößerungsglas, um sichtbar zu machen, wie wenig Bodenleben in der Erde noch übrig war. Isaac hatte Wasserdaten, die Aluminiumwerte zeigten, sogar von der Spitze des *Mt. Shasta*, die zehntausendmal höher lagen als das, was von der Regierung als sicherer Grenzwert angegeben worden war, genau wie die Barium- und Strontiumwerte.

„Das Oberflächenwasser", meinte Isaac, „ist im Grunde genommen ein Gift, und das fließt nach Süden runter, bis auf die Höhe von L.A." So schwer der Schaden in dieser Region auch war, es war auch ein Anschlag auf L.A.

French und Nikolai machten ein Feuer und schürten es, bis die Funken hoch in das um sich greifende Zwielicht stieben. Es würde sich auf etwa zehn Grad Celsius abkühlen, was den Rückweg angenehm machen würde. French zog Würstchen aus seinem Rucksack. Sie fanden lange Stöcke und hängten sie auf Astgabeln gespießt über das Feuer, wendeten sie regelmäßig. Eine große Krähe ließ sich auf einem nahegelegenen Baum nieder und stimmte, als sie das Essen sah, einen hoffnungsschwangeren Krächzgesang an.

Huck Verzet hatte Daten über erhöhte Blei- und Arsenwerte in der Vegetation und im Wasser.

„Du weißt, dass diese astronomischen Werte von egal welchem dieser Metalle die Leute zum Ausrasten bringen können, sie gewalttätig machen. Wir haben hier in der Gegend eine Flut von ungewöhnlich gewalttätigem Verhalten gesehen. Ich kann das noch nicht mathematisch korrelieren, aber ich arbeite dran. Hier ...", er reichte Christina einen Stapel Zeitungsausschnitte aus Lokalblättern, die über Schlägereien berichteten, spontan und völlig unmotiviert. Sie schaute sie sich an, machte sich Notizen über Namen und Daten, so dass sie sie wiederfinden würde, wenn sie wieder zu Hause war, dann reichte sie sie weiter an Nikolai.

„Also, wahrscheinlich eine dumme Frage, aber gibt es da nicht irgendein Regierungsorgan ... jemanden, der diese Dinge auf dem Schirm hat?", fragte Christina. „Ich meine, es müsste doch eigentlich Gesetze geben, die diese Art von Aktivitäten verbieten."

Die Männer lachten und lächelten sich gegenseitig zu.

„Ja", ergriff French das Wort, „es gibt eine Menge Gesetze ... speziell zu diesem Thema, eher Abkommen, die Experimente am Menschen ohne deren Einverständnis verbieten. Das nahm seinen Anfang nach dem Zweiten Weltkrieg mit den Nürnberger Verträgen. Das ist das, worum es geht, um Gottes Willen! Da gibt es ein Abkommen, das die USA 1992 unterzeichnet haben, das das

Gleiche besagt. Schon mal was von dem *Shuri*-Vertrag gehört?"

„Klar", antwortete Christina.

„Er ist jetzt seit zwei Jahren in Verhandlung. Deckt das gleiche Gebiet ab, aber das ist das erste Abkommen, das explizit den Ausdruck *Terraforming* benutzt. Was soviel heißt, wie vorsätzlich das Gesicht des Planeten zu verändern. Hundert der beteiligten Länder fordern inzwischen verbindliche Zusagen bezüglich der drängendsten globalen Probleme, die sich an den verbrieften Menschenrechten orientieren sollen. Chemische Waffen an ganzen Bevölkerungen zu testen ist eine ziemlich heftige Verletzung der Menschenrechte; ein Verbot von *Terraforming* jeglicher Art ohne globale oder nationale Beschlussfassung durch ein demokratisches Mandat würde so ziemlich jeden Aspekt dieser Programme betreffen, was auch immer diese Programme sind."

„Also, warte mal. Wenn da schon Abkommen wirksam sind, wo ist das Problem?"

„Kriegsrecht", warf Huck ein. „Wir rufen diesen speziellen Ausnahmezustand gemäß Kriegsrecht aus, der es uns erlaubt, an allen Abkommen vorbei zu handeln. Und dann vergessen wir einfach, ihn wieder zurückzunehmen."

„Diese *Shuri*-Leute brauchen Informationen. Echte, harte Informationen und Beweismaterial, sonst kommt niemals etwas Spezifisches zu Papier."

Es gab viel zu bedenken, besonders für Christina, für die das alles neu war. Als sie zurück zum Blockhaus gingen, bemerkte sie die toten Bäume, die den Weg säumten. Die Männer sagten, es gäbe keinen ersichtlichen Grund dafür außer den hohen Werten an Aluminium-Oxyd, die in jeder Probe von sterbenden Bäumen gefunden worden waren. Diese Metall-Nanopartikel waren nicht vereinbar mit den Prinzipien des Lebens. Das war es einfach nicht. Trotzdem waren sie überall ... tonnenweise. Warum?

Am darauffolgenden Tag mussten sie und Nikolai zurück nach *Sacramento*, um ihren Rückflug nach *Phoenix* zu kriegen. Dieses Mal kam French Baum mit ihnen. Sie waren eingeladen, bei Huck vorbeizuschauen. Seine Bäume waren in einem noch schlimmeren Zustand als Frenchs.

„Guten Morgen", rief Huck. Er stand an der Straße, neben dem selben Baum, den er seinem Sohn gezeigt hatte. Unter dem Arm klemmte ein Umschlag aus Manila-Papier, den er Christina aushändigte. Im Umschlag befanden sich Artikel, die Huck in den vergangenen eineinhalb Jahren gesammelt hatte. Einige Journalisten hatten über starke Schwermetallkonzentrationen in der Umgebung von *Redding* geschrieben und über einen möglichen Zusammenhang zu der hohen Gewaltbereitschaft unter Kindern.

„Viele Meilen entfernt von jeglicher Industrie, und dennoch verzeichnen wir hier irrsinnige Konzentrationen von Chemikalien", sagte er leise. „Sie können nur aus einer Richtung kommen, wegen ihrer gleichmäßigen Verteilung über große Flächen. Aus dem Himmel. Aber warum hier? Warum genau dieser Ort oder ein Ort wie dieser? Ich denke mir das so. Wir befinden uns hier zwischen zwei Gebirgszügen, eine Gegend die, abgesehen vom *Hoover Damm*, das größte Wasserreservoir der Westküste darstellt. Wasser! Leute trinken dieses Wasser, es dient der Bewässerung in der Landwirtschaft. Und der Ozean ist auch nicht allzu weit entfernt, der ist auch ein starker Motor für diesen Wasserkreislauf. Das ist das Einzige, das diesen Ort von anderen unterscheidet."

Sie dankte Huck, der sagte, sie solle den Briefumschlag mitnehmen. Er habe Kopien von allem.

Zurück im Wagen sagte French leise: „Er hat kürzlich einen Jungen verloren ... einen Adoptivsohn, nicht sein leibliches Kind, aber er hat ihn trotzdem geliebt. Er glaubt, dass es etwas mit diesem Programm zu tun hatte. Und ich denke das auch."

„Hör mal, Nikolai", sagte Christina und verdrängte die Erinnerung an ihre Mutter und das Bild des Mannes, der sie getötet hatte und jetzt bewegungsunfähig in irgendeinem Krankenhausbett lag, „ich will auf der Rückfahrt einen kleinen Umweg machen." Sie lächelte ihm zu, etwas nervös.

„Aus welchem Grund?", fragte Nikolai.

„Zwischen hier und *Sacramento*,... etwas westlich,... gibt es einen Platz namens *Knell Labs*."

„Ja, ich kenne diesen Platz. Es ist ein sehr schlechter Ort. Warum um alles in der Welt solltest du da hin wollen? Alles was im

Umkreis von 20 Meilen um dieses Labor passiert, wird gefilmt und ausgewertet. Wir haben schon so viel potentiellen Ärger."

„Da ist ein Wissenschaftler, von dem ich glaube, dass er viel mit diesem Programm zu tun hat, Nikolai. Ich könnte vielleicht reinkommen, um ihn zu sehen, weil er mit meiner Mutter gearbeitet hat. Ich kenne ihn. Er ist noch am Leben, wenn auch schon in seinen 90ern. Wie gefährlich könnte das sein?"

Nikolai drehte sich zu French und schaute ihn an, als wolle er fragen, was sie tun sollten. Die Vorstellung, einer der Wissenschaftler, die diesen ganzen Mist verzapft hatten, würde ihnen dreien zu Verfügung stehen, war fast unwiderstehlich. Und sie waren so nahe dran.

French zuckte mit den Schultern, während ein Anflug von Unruhe über sein Gesicht huschte. Was auch immer geschah, er würde weiter hier in der Gegend leben müssen.

„In Ordnung", sagte Nikolai schließlich, „wenn du das wirklich tun möchtest. Hast du eine Adresse?"

Der Umweg kostete sie 45 Minuten. Sie waren grade vom Highway runter, da sahen sie schon *Knell Labs*. Der Name stand auf einem kleinen Schild an dem Haupttor, das von sehr großen Schildern eingerahmt war, die den Leuten sagten, sie sollten sich fern halten. Mehrere uniformierte Männer vom Wachschutz standen vor dem Tor – eine Art Rolltor von vier Metern Höhe. Das Labor sah für den Rest der Welt wie ein kleines Gefängnis aus. Stacheldraht zierte den vier Meter hohen Zaun, der das Gelände umgab. Von der Straße aus sahen die Gebäude nach weiß gestrichenen Backsteinhäusern aus. Es gab viele rechteckige Häuser, mit schmalen, schlitzartigen Fenstern knapp unter den Dächern. Eines der rechteckigen Gebäude war deutlich als Verwaltungtrakt erkennbar. Es war entschieden schlicht gehalten und lag an einer bogenförmigen Zufahrt. Sie hatten Angst, langsamer zu fahren. Überall waren Überwachungskameras zu sehen. Sie hatten sogar Angst, rüber zu gucken, aber sie taten es. Zehn Minuten später fuhren sie in die kleine Stadt, die bei den Labs lag; viele der Einwohner dürften mit ihnen in Verbindung stehen. Dieses Labor war ein wichtiger Arm des Verteidigungsministeriums; gefährlich, geheim und oft tödlich.

Sie kamen an einer sehr kleinen Grundschule vorbei. Eine Hand voll Kinder standen um eine Wippe herum. Die Stadt war klein, zusammengewürfelt aus von Bäumen gesäumten Sackgassen. Überall blickte man auf Vorhänge, die den Blick ins Innere der Häuser verbargen. Und auf Mini-Vans. In einer bestimmten Sackgasse befand sich 42 *Playa Encantada*. Das war alles, was Christina wusste, dies war das Zuhause von Lorna und Wolfgang von Marschall. Nikolai parkte auf dem Bürgersteig vor dem Haus. Es war sehr unprätentiös, dieses Haus. Vielleicht ein Zwei-Zimmer-Bungalow. Die einzigen Auffälligkeiten waren verschiedene Skulpturen, die im Vorgarten zwischen Sträuchern und Bäumen platziert waren. Auf einer Seite des Hauses gab es einen Weinstock an einem weiß gestrichenen Spalier. Es war warm.

„Also", sagte Nikolai, „da sind wir." Irgendjemand musste ihnen jetzt einen Ruck geben, und er hatte es somit getan. „Und los."

Christina nahm ein paar tiefe, langsame Atemzüge. Da war nichts Außergewöhnliches an dieser Stadt, der Straße oder diesem kleinen Haus. Dennoch war sie sich ziemlich sicher, dass einer der Väter der Aerosol-Experimente an der gesamten Menschheit genau hier wohnte.

Sie ging zwischen den strategisch positionierten Keramik- und Holzgesichtern hindurch, die auf Ästen und hinter Sträuchern versteckt waren. Sie erschrak, als sie bemerkte, dass sie soeben ihren Fuß auf ein Gesicht gesetzt hatte, das als Pflasterstein in den Weg eingelassen war. Der Rest des Weges hielt keine Gesichter mehr für sie bereit, die sie von unten anstarrten, bis sie vor der Eingangstür stand und die Klingel drückte. Sie hörte keine Bewegung im Inneren. Sie wartete. Sie klopfte an die Tür, laut. Niemand reagierte auf ihre Anwesenheit, darauf, dass sie gekommen war, um Leute daran zu erinnern, dass ihre Mutter existiert hatte. Sie wollte Lornas Gesicht sehen, wenn die Tür sich öffnete und sie erkannte, dass es Christina war. Die beiden hatten sicherlich keine Ahnung, dass ihre Mutter tot war, aber Christina würde mehr als glücklich sein, sie in ein Gespräch zu verwickeln.

„Also was hättest du ihn denn gefragt, Christina?", fragte Nikolai, also sie wieder zurück im Wagen war.

„Zum einen hätte ich gefragt, Wolfgang von Marschall, warum sterben hunderte und tausende von Vögeln und fallen tot vom Himmel? Wenn ich die Antwort darauf bekäme, ich wette ich könnte 50 andere Fragen beantworten." Sie strich sich eine Strähne aus dem Gesicht. „Vergesst es; lasst uns hier abhauen. Wir müssen ein Flugzeug kriegen, stimmt's? War den Versuch wert." Ohne ein Wort zu sagen, fuhren sie langsam zurück zum Highway und nahmen die Auffahrt in Richtung *Sacramento*. Es war wenig Verkehr, was das betraf, hatten sie Glück. Die Hügel waren sanft und freundlich.

Als sie auf der Kuppe eines besonders hohen Hügels angekommen waren, sagte French plötzlich: „Hört ihr das?" Er wendete sich in Richtung des Geräusches, das immer lauter wurde. Es war hinter ihnen. Es klang wie eine ganze Armee aus Schneepflügen. Es war laut und klang mechanisch.

„Was zum Teufel ...?" French saß gebannt da, durch was auch immer er durch die Heckscheibe sehen konnte. Nikolai justierte seinen Rückspiegel so, dass er sehen konnte, was auch immer French dort sah. Christina drehte sich auf ihrem Sitz um und verrenkte den Kopf nach hinten. Ein Blackhawk Helikopter erschien über der Hügelkuppe und flog direkt auf sie zu: im extremen Tiefflug. Er fuhr damit fort sie anzufliegen, um in der allerletzten Sekunde die Schnauze hoch zu ziehen, wobei er ihr Heck, wie es schien, nur um Haaresbreite verfehlte. Christina schrie.

French schnallte sich ab, kniete sich auf die Rückbank und versuchte aus der Heckscheibe heraus nach oben zu gucken. „Scheiße!"

Er setzte sich wieder hin und schnallte sich erneut an. Da war ein lautes Donnern überall im Wagen, wie ein mechanischer Hurrikan. Durch die Heckscheibe konnten sie wieder den Blackhawk Helikopter sehen, der 10 oder 15 Fuß über dem Asphalt schwebte und ihnen jetzt in sehr kurzem Abstand folgte. Der Wind, den die Rotorblätter erzeugten, machte es für French fast unmöglich, den Wagen in der Spur zu halten. Sie konnte die Piloten buchstäblich sehen, zwei an der Zahl, wie sie die drei durch ihre dunklen Sonnenbrillen anstarrten. Es gab keine Beschriftung auf der

Maschine, keine Kennzeichnung, er war einfach schwarz. Die Helme der Piloten waren schwarz, ihre Sonnenbrillen, ihre Anzüge.

„Fahr!", schrie French.

Ein weiterer Helikopter erschien über ihrem Kopf und ging neben ihnen auf Augenhöhe, parallel zu Beifahrerseite. So wie es aussah, wurden sie von den beiden Blackhawks eskortiert, oder bedroht, oder beides. Sie zogen sich die T-Shirts über Mund und Nase, um nicht an den Abgasen zu ersticken. So fuhren sie über drei Meilen oder mehr, bis die Helikopter schließlich abdrehten und zurückflogen, zurück in was auch immer das für eine Hölle war, aus der sie gekommen waren. Es waren weder Autos hinter ihnen gewesen, noch waren ihnen welche entgegengekommen. Ein paar Minuten, nachdem die Blackhawks sich von ihnen getrennt hatten und weggeflogen waren, passierten sie eine Straßensperre. Die California Highway Patrol hatte den Gegenverkehr aufgehalten, wahrscheinlich wussten sie noch nicht einmal genau, warum. Niemand hielt sie an, was komisch war. Sie fuhren einfach weiter, und niemand hatte gesehen was sie gesehen hatten.

Sie fuhren weitere zehn Meilen unter Schock und bleicher Stille, in Angst anzuhalten oder auch nur das Tempo zu drosseln. Hin und wieder drehte sich French um und suchte den Horizont hinter ihnen ab. Schließlich kamen sie in eine andere kleine Stadt, und Nikolai fühlte, dass er nun in der Lage sein würde, für einen Moment anzuhalten. Er musste einfach. Er konnte nicht mehr weiterfahren. Sobald er stand, öffnete Christina die Beifahrertür und kotzte den Bürgersteig voll. Dann wischte sie ihren Mund mit ihrem Ärmel ab und setzte sich wieder ins Auto.

„Was zum Teufel war das?", fragte sie. Sie alle zitterten noch. Sie ließ die Wagentür offen, ein Fuß auf dem Pflaster, als wolle sie sich einen Fluchtweg freihalten. Es war eine sinnlose Geste, aber es hielt sie davon ab, sich ein zweites Mal zu übergeben.

„Das", antwortete French etwas zu laut, „ist die Quittung dafür, dass wir unsere Allerwertesten zufälligerweise im Territorium von *Knell Labs* haben blicken lassen. Eine sehr aggressive Warnung. Sicherlich sind Nikolai und ich bei denen nicht unbekannt, und jetzt wette ich, bist du auch auf deren Radar gelandet. Genaugenommen hast du uns auf der Beliebtheitsskala grade übersprungen. Glückwunsch."

Sie schafften es trotz der Bedrohung durch die beiden Blackhawk-Helikopter, und obwohl sie noch zur Mietwagen-rückgabestelle mussten, sich schlafwandlerisch durch die Flughafen-Security zu schleusen und ihren Flug zurück nach *Phoenix* noch zu bekommen. Nachdem sie sicher an Bord des Flugzeuges waren, wurde Christina bewusst, dass es für die Kräfte, die hinter dem Tod ihrer Mutter standen, ein Kinderspiel sein würde, es ihr auf dem Weg zurück nach Hause unmöglich zu machen, durch die einfachsten Sicherheitskontrollen zu kommen. Sie brauchte da nur dran zu denken, und ihr stieg Panik aus den Eingeweiden empor. Es waren dieselben Verdauungssäfte, die sie hatte niederkämpfen müssen, als ihr zum ersten Mal bewusst geworden war, dass sie ihre Mutter ermordet hatten und dass sie ohne Frage deswegen etwas würde unternehmen müssen. Das Gift im Himmel ließ ihr ohnehin keine Wahl. Diese Stadt in der Nähe von *Mt. Shasta,* so freundlich und normal sie auch wirken sollte, war eine hochgradige Illusion. Unsichtbare Augen sahen jede Bewegung, und Waffen waren bereit, gezogen um benutzt zu werden, und wenn sie erschienen, war es, als wären sie aus dem Nirgendwo gekommen. Trotzdem lachten da Kinder in einer Grundschule, geborgen in einer unauffälligen kleinen Stadt im ländlichen Nord-Kalifornien; Leute kauften im Einkaufszentrum ein und nahmen ihre Kinder auf ein Eis mit raus und gingen ins Kino, in dieser gefährlichen kleinen Stadt.

Sie hatten ein sehr wichtiges Symposium, an dem sie in *Phoenix* teilnehmen wollten, und dann würden sie alle nach Hause fahren. French würde denselben Weg zurück zu seinem Anwesen fahren müssen, was ihn verdammt beunruhigte. Er würde die ganze Zeit alleine sein. Aber es ließ sich nicht ändern.

Nichtsdestotrotz fanden sich die drei im selben Saal wieder, in dem sie am Montag schon einmal gewesen waren, mit einigen hundert anderen Menschen, und die gleichen Sprecher teilten sich das Podium, einschließlich der Person, die, wie Christina es verstand, ihr wichtigster Gegenspieler innerhalb der wissenschaftlichen Gemeinde war: Dr. Daniel Bleeth. Er war genauso gekleidet wie am Montag und trug einen Ausdruck teilnahmsloser Resignation zur Schau, um jedem zu verstehen zu geben, dass er in Eile sei und nach der letzten Frage sofort verschwinden würde.

Dieses Symposium war ein reines Frage-und-Antwort-Spiel, das – so hofften sie – sich auf den Vortrag davor beziehen würde. French Baum hob seine Hand und stand auf, als Bleeth ihm das Wort erteilte.

„Dr. Bleeth, mein Name ist French Baum, und ich bin Ökologe und Rancher aus Nord-Kalifornien. Ich habe persönlich statistisch verteilte Proben aus einem Gebiet von 100 Quadratmeilen genommen, bzw. habe als Partner an dieser Beprobung teilgenommen, und wir haben dort etwas gefunden, das bezüglich Aluminium-Oxyd im Wasser die sogenannten amtlichen Grenzwerte so um das 60fache übersteigt ... in Schneeproben, in Vegetation und im Boden. Was ist Ihrer Meinung nach der Effekt auf den Planeten und seine Bewohner, wenn die Aluminiumwerte so hoch sind?" French stand aufrecht und schaute Bleeth in die Augen.

Bleeth antwortete entspannt: „Bisher sind keine Studien bezüglich Aluminium und wie es sich auf die Gesundheit von Lebewesen auswirkt veröffentlicht worden. Offensichtlich müssen wir das tun. Bisher haben wir dazu keine Daten, und die Effekte müssten ohnehin in Langzeitstudien untersucht werden, wenn es welche gäbe. Es ist, als würde man sich die Zukunft seiner Enkel ausleihen. Da gibt es nicht wirklich ein unmittelbares, moralisches Problem."

„Also, bei allem Respekt, Dr. Bleeth, das klingt ziemlich danach, als würde da an Menschen herumexperimentiert, ohne ihr Einverständnis zu haben."

Im Raum wurde es still.

„Also, damit wir uns hier richtig verstehen, Sie sagen, dass eine Menge von 60 Tonnen Aluminium-Oxyd Nanopartikeln, ausgebracht über eine Fläche von 160 Quadratkilometern, zu keinerlei Gesundheitsbeeinträchtigung bei Lebewesen führen? Können Sie uns mal erklären, wie sich das mit dem von der

Regierung festgelegten Schwellenwert von 1000 ppm verträgt, der damit wohl weit überschritten wäre?

Wer diese Schwelle überschreitet löst außerdem automatisch eine Intervention des Staates aus." French kam jetzt auf den Punkt.

Bleeth wurde blass. Seine Kollegen rückten nervös auf ihren Stühlen herum.

„Lassen Sie mich hier sehr präzise sein. Ich habe gesagt, dass wir keine Werte für Aluminium in der Biosphäre veröffentlicht haben. Offensichtlich müssen wir hierzu Studien anstellen."

Wir haben keine Studien über den biologischen Effekt von Tonnen von Aluminium-Oxyd in der Atmosphäre gemacht, die letztendlich niedersinken und das Land durchseuchen, die Vegetation, das Wasser und die Menschen. Das war zumindest eine wahre Aussage. Das hieß nicht, dass es keine Studien gegeben hätte, angefertigt von den besten zivilen und militärischen Instituten. Das hieß nur, dass Bleeth, Meister des Tanzes auf dem Kopf einer Stecknadel, der Tinman, sagen konnte, dass er selber noch keine gemacht hatte. Genaugenommen hatte er gesagt, er habe noch keine veröffentlicht. Was für ein gefährlicher Mann.

Der gute Soldat

Patton hatte etwas gesagt wie ... ein Leben besteht aus drei Minuten Ja's und Nein's ... Tim konnte sich nicht an den genauen Wortlaut erinnern, obwohl er es sicherlich auch Huck bei vielen Gelegenheiten hatte sagen hören. General Patton behauptete kategorisch, dass die militärische Karriere eines Mannes das Produkt von drei Minuten Ja's und Nein's sei. So wurde sein Weg bestimmt und Geschichte geschrieben. Es war ein Spiel, das Tim spielte, ein Spiel, von dem er wusste, dass es von Grund auf wahrhaftig war. Es war eine Aussage, die auf das Leben der meisten Menschen zutraf. Er versuchte das alles zusammenzubringen, nachts, wenn der Schlaf ihn warten ließ, was er meistens tat. Er versuchte die Ja's und Nein's seiner eigenen drei Minuten zusammen zu kriegen. Es half ihm, sich durch das Beiwerk zu graben, die wirklich unwichtigen Dinge, die, so wie es sich zur Zeit anfühlte, den Löwenanteil ausmachten, um herauszufinden, wie er an den Punkt gekommen war, an dem er sich befand. Es half ihm auch – als Ex-Militär –, wenn er das Gefühl hatte, das er in 60 Sekunden oder weniger alles würde erklären können, wenn das jemals nötig sein würde. Und er hoffte, dass er dies würde tun müssen.

Direkt nachdem er den betrunkenen Piloten in der Bar erschossen hatte, war er ruhig in seinen Pickup gestiegen und war zurück zur Basis gefahren. Er ging nicht gleich zurück in sein Appartement, sondern schaute auf dem Weg noch beim *Dispatch* vorbei. Der diensthabende Einsatzleiter war überrascht ihn zu sehen, nachdem er auf dessen Geheiß durch die Sicherheitssperren zum Haupteingang vorgelassen worden war. Er sagte, einer der Piloten habe einen 'Unfall' gehabt und er sei gekommen, um Meldung zu machen. Sofort ging das Licht in dem gesamten Erdgeschoss an; es sah aus, als habe er einige Leute geweckt. Es war ein weiterer Moment, in dem er daran arbeitete, sein Leben auf drei Minuten zu komprimieren, nur um seine Nerven zu beruhigen. Es schien ihm eine gute Übung zu sein, Sekunden bevor die Hölle losbrechen würde.

Zu seiner großen Freude brach die Hölle nicht los. So lief das hier nicht. Ein Mann erschossen, in einer Bar. Ein Pilot, und ein besoffener Pilot dazu, war kein besonderer Grund zur Besorgnis. Die einzige Sorge – und Tim wusste, dass das so war – war, was der arme Trottel zu Tim gesagt hatte, zu dem Barmann, zu den Mädchen, die *BlueSky* geschickt hatte – und Tim war sich sicher, dass auch dies so war –, als was auch immer für eine Ratte in der Bar gemeldet hatte, dass es ein Problem gab. Dieser versehentliche Informationsaustausch könnte ihn eine Kugel in den Kopf kosten, ohne weitere Fragen, das hing davon ab, wie die das hier handhabten. Sein *Handler* kam herein, in Begleitung von Mick Unger. Unger huschte ein Lächeln über das Gesicht.

„Hi Tim!" Ungers Grinsen war breit und aggressiv. Es hielt die Balance nicht, ein Mundwinkel zog sich bei jedem Einatmen nach unten und ging beim Ausatmen wieder auf Linie. „Du hattest viel zu tun heute Nacht, hab ich gehört."

Er griff sich einen hölzernen Stuhl mit senkrechter Lehne, drehte ihn mit dem Rücken zu Tim. Er stellte seinen rechten Fuß auf den Stuhl und stützte sich mit gekreuzten Ellenbogen auf seine Knie. Trotz der fortgeschrittenen Stunde trug er noch ein hellblaues, kurzärmeliges Hemd und Krawatte. Seine Sonnenbrille ruhte in einem Futteral in seiner Tasche. Seine schwarzen Anzughosen zeigten eine scharfe Bügelfalte. Seine Schuhe waren schwarz poliert und hatten zur Uniform passende Schnürsenkel. Tim hatte diese Pose schon unzählige Male gesehen. Sie sollte eine einfache *lass-uns-den-Dingen-auf-den-Grund-gehen*-Attitüde zum Ausdruck bringen. Es war die Pose des verständnisvollen stellvertretenden Direktors, wie geschaffen, um verheulte Geständnisse aus 13-jährigen herauszupressen. Dennoch versagte Ungers Lächeln, es fiel, er rückte es wieder an seinen Platz, es fiel, er rückte es wieder an seinen Platz.

„Jawohl, hab ich ...", antwortete Tim, bemüht möglichst neutral zu wirken, „nicht ganz so geschäftig, wie er hätte sein können. In dem Moment, als die Dinge kritisch wurden, verließ ich die Bar. Und dann habe ich das Problem aus meiner unmittelbaren Umgebung entfernt. Hatte den Eindruck, das stand an, wollte nicht als Teil des Problems dastehen."

Ihm war danach, Unger zu fragen, was zum Teufel er auf dem *Gila* Flugplatz verloren habe, aber es war einfach nicht der richtige Zeitpunkt.

„Das ist auch, was *wir* gehört haben, Tim", merkte Unger an. Er schien noch immer verunsichert. Natürlich. „Unsere Informationen decken sich exakt mit dem, was Sie sagen. Aber trotzdem, wie kam es, dass Sie sich entschieden haben, Ihre unmittelbare Umgebung zu säubern? Was ist schiefgelaufen?"

„Gerede darüber, was so geht, so das eine und das andere, Sir." Das war der gefährlichste Moment. Er musste zugeben, dass der Besoffene Details ausgeplaudert hatte, egal ob wahr oder nicht. Der Barkeeper hatte sie gehört und stand sicherlich auf ihrer Gehaltsliste. Die beiden Mädchen waren später reingekommen, aber sicherlich hatte der Besoffene nicht widerstehen können. Eine schöne Frau beeindrucken zu können schmiert die schon mit Alk geölten Räder. Der Barkeeper – oder jemand in der Nähe – würde genau wiedergeben, was gesagt wurde, also machte es keinen Sinn, irgendetwas zu bestreiten. Tim hatte nicht viel gehört. Er hatte dafür gesorgt. Er war sich auch ziemlich sicher, dass die beiden Mädchen unfreiwillig mit reingezogen worden waren, auch wenn sie für die Firma arbeiteten. Der Besoffene wird zu viel offenbart haben, als dass sie sie am Leben lassen konnten. Er würde sich das angucken, wenn er das nächste Mal in der Stadt war. Wahrscheinlich ein Autounfall. Die Mädchen dürften den Abend nicht überlebt haben.

Unger stierte Tim eine Weile an, wie es manchmal seine Art war. Er drehte sich um und sah Tims *Handler* an, der einen Platz hinter einem Tisch in der Ecke des Raumes gefunden hatte, sich gesetzt hatte und nervös auf einem Zahnstocher kaute. Der Mann zuckte mit den Schultern.

„Gute Arbeit heute Nacht, Tim. Genau das Richtige getan. Geh nach Hause. Schüttel das ab. Ich will dich hier morgen früh sehen. Morgen wird hier ein harter Tag. Willkommen an Bord." Er stand auf, stellte den Stuhl an seinen Platz zurück und ging.

Tims *Handler* hatte leichte Probleme mitzukommen. Und dann war Tim alleine, in diesem von Neonlicht durchtränkten und mit grün getönten Kunstledermöbeln ausgestatteten Büro. Er war sich nicht ganz sicher, was grade entschieden worden war. Er war sich nicht sicher, das er nicht aus der Tür gehen würde, um sich eine Kugel zu fangen, oder einen Unfall auf dem Weg nach Hause zu haben. Er hatte keine andere Wahl, als diese Meile zu fahren. Drei Minuten Ja's und Nein's. Er würde diesem Moment sicherlich einen Ehrenplatz auf der Liste einräumen. Er ließ die Dinge auf seiner Liste Revue passieren, als er ganz gefasst und aufrecht aus der doppelverglasten Tür des Bürogebäudes schritt und zu seinem Pickup ging.

Nun denn ... Drück den Knopf. Die Tür öffnet sich, nichts passiert. Rein. Schlüssel drehen. Nichts passiert. Okay. Rückwärtsgang einlegen und die Bremsen durchtreten. Die Bremsen tun's.

Auf dem Weg nach Hause ging Tim jeden einzelnen Schritt durch, und jeden einzelnen Schritt hatte er überlebt. Auf dem Weg nach Hause gab es keine verdächtigen Scheinwerfer in seinem Rückspiegel. Er ging die Stufen hoch und drehte seinen Schlüssel im Schloss seines Appartements. Aber sowie er den Wagen verlassen hatte, hielt er seine Waffe im Anschlag, auf den Boden gerichtet, aber bereit, auf die geringste Bewegung oder das geringste Geräusch hin hochgerissen zu werden. Er sicherte das Appartement Raum für Raum, guckte hinter jede Tür, unter sein Bett. Er schloss und verschloss die Eingangstür.

Sein Mitbewohner war nicht in der Stadt, was er normalerweise auch nicht sein sollte, und würde irgendwann morgen im Laufe des Tages wiederkommen. Er legte sich aufs Bett, in voller Montur, den rechten Arm mit der Waffe zu seiner Seite. Den Stuhl hatte er unter den Türknopf seiner Schlafzimmertür geklemmt. Dann stand er noch einmal auf und schob das gesamte Bett gegen die Tür, damit er jeden Versuch, das Zimmer zu betreten, als Stoß gegen sein Bett würde fühlen können, das die Tür versperrte. Das Einzige, was er nicht überleben würde, wäre, wenn jemand wiederholt einfach durch die Tür schießen würde. Er würde das ohnehin nicht überleben, es sei denn, er würde sich im Wandschrank verstecken. So hatte er freie Schussbahn auf das Fenster. Er legte sich wieder hin, Pistole auf dem Bauch, und stierte auf das Fenster, bis die Sonne aufging. Ihm wurde klar, dass seine Reaktion typisch für das 20. Jahrhundert war, sehr instinktiv, 0815, ihm wurde bewusst, dass er in einem Rattenkäfig lebte, gebaut für Firmenbesitz aus Fleisch und Blut. Sie würden ihn sicherlich einfach dort, wo er lag, vergasen können, es würde sie nicht mehr kümmern als eine Kakerlake in der nächsten Küche. Er wusste auch, dass sie ihn mit an Sicherheit grenzender Wahrscheinlichkeit observieren würden, und es war ihm egal. Hier hatten ihn seine Reflexe hingeführt. Außerdem war er ernsthaft darauf gefasst, dass ein Rollkommando der örtlichen Polizei ihn festnehmen könnte. Seine Instinkte und seine Erfahrungen, die er als Mensch in diesem Land gesammelt hatte, schienen es zwingend festzuschreiben, dass sie bald hier sein würden, um Gerechtigkeit zu fordern. Sein Verstand hingegen sagte ihm, dass die Firma diese gesamte Klasse von Optionen eliminiert hatte.

"Flyyyy-yeeeeerrr!!!"

Er hatte seine Augen geschlossen, ohne es zu merken. Er schoss hoch, beide Hände am Griff seiner Waffe.

„Hey, jemand zu Hause?"

Es war sein Zimmergenosse, Harry. Es war Morgen. Die Uhr zeigte 7:11 und der Himmel über der Wüste war in blasses Rosa getaucht, mit lila Streifen. Er rieb sein Gesicht und zog eine Grimasse, um wach zu werden. Er musste pinkeln. Er musste sich rasieren. Er stand steif auf, schob sein Bett geräuschvoll wieder an seinen Platz, denn die Müdigkeit steckte ihm in den Knochen und er fühlte sich unwohl in seiner Haut. Er platzte durch die Tür seines Zimmers, als wolle er sagen, erschieß mich, scheiß drauf, mach schon, erschieß mich schon. Sein Zimmergenosse lachte.

„Reg dich zum Teufel ab, Mann."

Tim warf Harry einen verschlagenen Blick zu und ging ins Bad, die Waffe noch immer in der Hand, den Schussarm in Habt-Acht-Stellung. Harry lachte. Er schien Verständnis für die Situation zu haben, vielleicht war er zum *Dispatcher* gerufen worden, als er am Flugfeld angekommen war. Er sprach zu Tim durch die geschlossene Badezimmertür.

„Du hast dich bewegt, ein gutes Stück weiter hoch in der Nahrungskette, Käpt'n." Tim hörte, wie Harry im Kühlschrank herum wühlte. Es war das Erste, was er machte, jedes Mal wenn er ins Appartement kam, eine fürchterlich sinnlose Angewohnheit.

Denn aus Sicherheitsgründen deponierte keiner von ihnen beide je etwas im Kühlschrank. Mit Essen und Trinken konnte so leicht Schindluder getrieben werden. Tim zog sich den Hosenstall wieder zu und spülte. Die Tatsache, dass Harry dies als Mitglied des Mediziner-Teams so oft machte, war genaugenommen der Grund, warum Tim nichts mit Ess- oder Trinkbarem im Appartement zu tun haben wollte.

„Ernsthaft, Harry", bellte er sanft, „warum zum Teufel guckst du da überhaupt rein?"

Er drehte den Hahn auf, voller Sehnsucht nach dem Gefühl warmem Wassers auf seinem Gesicht, Schaum und einer scharfen Klinge. Er würde den Mund halten und sich rasieren, um sich selbst zu beruhigen.

„Angewohnheit. Vielleicht sichere ich den Kühlschrank. Hast du da mal drüber nachgedacht?" Seine Augen funkelten. Harry war deutlich vom Lauf der Dinge begeistert.

„Wie bin ich höher in der Nahrungskette?"

Tim schabte den Rest der Bartstoppeln dieser Nacht von seinen Wangen und trocknete sein Gesicht grob ab. Er ging an Harry vorbei in sein Schlafzimmer, öffnete eine Schublade in seinem Kleiderschrank und zog frische Kleider raus, die er auf das Bett warf. Er griff in den Schrank nach einem frischen Hemd.

„Du bist es einfach. Unbezahlbarer, brillanter Zug letzte Nacht, mein Freund." Harry lehnte in der Türfüllung und sah Tim dabei zu, wie er sich das Shirt überzog.

Tim räusperte sich. Harry gab auf und setzte sich auf das Sofa im Wohnzimmer, während Tim sich umzog. Plötzlich war die verspielte Stimmung gegangen, als ob ein Schalter umgelegt worden wäre, und er schien Befehle für Tim zu haben. Er war auf irgendeine Weise für diesen Moment verantwortlich, für diese Kehrtwende.

„Wir müssen uns in dreißig Minuten am Flugfeld melden. Du musst dich heute um eine Reihe von Sachen kümmern. Unger gibt dir die Befehle. Um vier Uhr nachmittags meldest du dich bei mir, im Labor. Wir müssen dir ein 'A-Klasse'-Gesundheits-*Upgrade* verpassen. Du bist für die Firma grade verdammt wertvoll geworden." Er grinste wieder. „Wirklich, an deiner Stelle würde ich mal mein Bankkonto checken."

Als er sich fertig angezogen hatte, verließ Tim das Appartement und fuhr zum Flugfeld. Die Wachen ließen ihn ein und er meldete sich beim *Dispatch*, als wäre es irgendein beliebiger Tag. Der *Dispatcher* von der vergangenen Nacht war durch eine Frau ersetzt worden, die die Tagesschicht machte. Sie stand auf und begleitete Tim wieder aus der Tür zu einer wartenden Limousine mit einem Fahrer, den er nicht kannte.

„Mr. Unger wartet auf Sie draußen auf dem Testfeld, Mr. Verzet." Sie drehte auf dem Absatz um und ging zurück ins Gebäude.

Tim stieg ein und schloss die Tür. Von jetzt an würde sein Leben eine Serie nicht enden wollender Momente sein, in denen er die Wahrscheinlichkeit abschätzen würde, getötet zu werden. Wenn er in dieser Organisation und am Leben bleiben wollte, dann war daran nichts zu ändern. Sein Fahrer brachte ihn von der Dispatch weg, fort vom eigentlichen Flugfeld und der dort geparkten Staffel von Flugzeugen, raus in die Wüste. Nach fünf Minuten sah er die Gebäude, von denen er annahm, dass es die Gebäude vom Testgelände waren. Seine Vorstellung wanderte zu Fotografien, die er vom *White Sands* Gelände gesehen hatte, Gebäude, die nicht mehr als Nissenhütten waren, um die Menschen vor dem Wahnsinn der Atombombentests zu schützen.

Was für eine dämliche Art von Affen wir doch sind.

Soweit er sehen konnte, lag jenseits der Gebäude eine kurze Reihe großer Parabolspiegel, die in ihrem Erscheinungsbild an die Riesenspiegel in *Socorro* erinnerten. Ein Sendemast, der vom Fuß bis zum Kopf von metallenen Antennen blitzte, ragte am näher gelegenen Ende des Gebäudes in den Himmel. Er war vielleicht 30 Meter hoch.

Die Limousine glitt auf einen Parkplatz vor ein längliches, zweistöckiges Gebäude, das in der Form an einen Lkw erinnerte. Es bestand überwiegend aus Glas, und er sah drinnen 50 oder mehr Techniker in weißen Kitteln. Da war auch eine Handvoll Leute in normaler Kleidung. Er stieg aus und ging zu der Flügel-Glastür in dem einzigen Gebäude, das in Reichweite war. Unger erschien, sobald Tim das Gebäude betreten hatte, und zog ihn beiseite.

„Verzet, nochmal, gute Arbeit gestern Nacht. Also lassen Sie uns jetzt nach vorne schauen. Setzen Sie sich."

Tim setzte sich auf einen der beiden Stühle in einem sehr kleinen Raum, zu klein für einen Tisch.

Unger blieb stehen, verschränkte die Arme vor der Brust. „Ich habe Sie auf *Handler*-Position befördert, fürs Erste. Das bedeutet eine 100% prozentige Gehaltserhöhung, wenn Sie mich verstehen. Die Rechnung ist ziemlich einfach. Sie haben dreißig drei-Mann Flugbesatzungen, für die Sie verantwortlich sind. Das bedeutet aber keine Einsatzbesprechungen am Morgen. Wir sind nicht bei der Air Force. Das bedeutet, Sie erscheinen, wenn die Besatzungen es am wenigsten erwarten, und checken sie durch. Das heißt, Sie investieren genug Zeit, die Leute kennenzulernen, um dann hoffentlich vorher Bescheid sagen zu können, bevor jemand in die nächste Bar rennt und anfängt zu singen. Das heißt auch, Sie werden viel früher über anstehende Änderungen in der Technik informiert, so auch über eine, die wir grade im Begriff sind einzuführen. Deswegen treffen wir uns auch hier draußen auf dem Testgelände. Irgendwelche Fragen?"

„Nein, Sir."

„Großartig. Ich sehe, da kommt der große Bus, da draußen, der bringt die anderen."

Tim stand auf. Aus dem Fenster konnte er rötlichen Staub am Horizont aufwirbeln sehen. Es sah wie ein größeres Fahrzeug aus, vielleicht ein Bus. Er folgte Unger raus in die Haupthalle und ein paar Stufen hoch. Der zweite Stock bot einen Panoramablick auf das umgebende Flugfeld und die fast leere Wüste. Etwa 20 Techniker waren da, standen oder bewegten sich durch den Raum, drehten an Steuerelektronik und sprachen in *Headsets*. Sie trugen alle knielange weiße Kittel mit einem Schriftzug auf der linken Brustseite: *Pantheon*. Anscheinend führte *Pantheon* den Forschungs- und Entwicklungs-Zweig dieses Projektes. Er hatte bis dato drei Logos gesehen: *BlueSky*, National Express Package Delivery, und jetzt *Pantheon*, wirklich ein sehr, sehr großer Fisch unter den großen Fischen. So ziemlich der größte.

Zwanzig Leute stiegen aus dem Bus und gesellten sich zu Unger, Tim und dem verschiedenen technischen Personal im oberen Stockwerk. Ein Mann mit einem *Pantheon*-Emblem auf dem weißen Überzug trat vor, um zu der Gruppe zu sprechen.

„Okay, warum sind wir heute hier? Wir haben ein experimentelles Austragungssystem zu testen. Sie sehen es draußen auf dem Beton am anderen Ende der Startbahn. Das ist das neue titanbeschichtete Flugzeug, weiterentwickelt aus der 747, ausgerüstet mit der Sprühtechnik, die ihr alle kennt. Sie steht direkt neben der normal aussehenden DC-10-30, ebenfalls neu, auch auf dem Stand der Technik, später ein Teil von, jetzt noch ein Einzelstück in unserer Flotte. Diese DC-10-30 nennen wir den *Plato* und sie ist ein teurer Vogel, ich denke, Sie werden das einschätzen können, etwa eine Milliarde pro Stück. Aber wenn wir eine Bevölkerung haben, die am Ende doch nach oben schaut, dann ist es gut, dass wenn sie es tut, dass ihre Überwachungsgeräte das Flugzeug nicht so leicht sehen können. Die Russen haben die Titantechnik seit Jahren bei ihren U-Booten benutzt, es macht die U-Boote für magnetische Überwachungstechniken unsichtbar. Vielleicht wissen Sie, oder auch nicht, dass das nur unter Wasser funktioniert. Das Titan kommt übrigens aus Russland. „Also", fuhr er einen Ton höher fort, „warum Titan? Es ist wesentlich leichter, flexibler und schenkt uns ein viel manövrierbareres Flugzeug. Wir nennen es die *Proteus*.

Die andere, die *Plato*, ist im Wesentlichen für den Radar unsichtbar. Heute können wir die Unsichtbarkeit unserer *Plato* nicht zeigen, aber was wir zumindest zeigen können, ist die Sichtbarkeit der *Crew* im Inneren. Daraus ergibt sich eine Umkehrung der technischen Grundannahme ... Auf dieser Ebene sind Sie alle von der normalen Bioakkumulation gereinigt worden. Unterhalb Ihres *Levels* und draußen, in der normalen Bevölkerung, sobald sich die Körper an unser Produkt gewöhnt haben, ein Produkt, das nebenbei bemerkt durch Titan hindurch detektiert werden kann, ... ich kann sehen, wie sich die Räder im Kopf dieses Piloten drehen ... durch unsere Partikel bildet sich eine einzigartige elektrisch reaktive Partikel-Signatur aus, die wir absolut überall einmessen können; bald auch bis zu mehreren hundert Metern unter der Erde."

Ein leises Murmeln ging durch den Raum.

„Etwas mehr Disziplin bitte! Die *Plato* neben der *Proteus* ist also auch ein neues Tier im Stall. Ihre Außenhaut ist aus einem Kohlefaser-Verbundmaterial, mit so gut wie keiner Radarreflexion. Die Kohlefaser-Verbundmaterialien sind übrigens leichter als das Titan, und stärker. Die Vorführung heute hat zwei Dinge zum Ziel. Können wir das Flugzeug unsichtbar machen, während die Leute darin sichtbar bleiben? Und verfolgbar, wenn wir das wollen? Es ist auch essenziell, dass die neue Flottengeneration viel manövrierfähiger sein wird und ein wesentlich günstigeres Kostenprofil entwickeln wird."

An diesem Punkt sprang Unger ein.

„Das geht jetzt speziell an die Piloten: stellen Sie sich vor, welchen Unterschied die leichten Materialien für das Flugverhalten ausmachen. Alle müssen da drauf üben. Zumindest bringt einer von euch die Erfahrung mit, derartige Systeme unter Flugbedingungen zu testen."

Tim hatte das ungute Gefühl, dass man ihn heranziehen würde, um das neue Flugzeug durch die Flugtauglichkeitsprüfungen zu bringen. Es würde für ihn fast unmöglich sein, das zu tun, jetzt wo er wusste, wozu sie benutzt werden würden. Er würde daran sicher keine Freude finden.

Sogar ein Publikum, das so abgebrüht und paranoid war, konnte nicht anders, als ein paar Stoßseufzer von sich zu geben. Es gab hier einen massiven Entwicklungssprung in der Technik, und auch eine einmalige Gelegenheit, einen neuen Vogel zu fliegen. Der Techniker wandte sich einer Anzahl von Bildschirmen zu, die längs der Fensterfront aufgereiht waren, die zum Rollfeld rausschaute. Alle Geräte liefen, sie sahen den Geräten ähnlich, die die FFA zur Flugüberwachung nutzte, aber ihre Anzeigetafeln waren in 3D. Da war der Umriss eines Flugzeugs, nicht zweier. Es war nur eine Vermutung, dass es sich hier um die *Proteus* handelte, aber sie nährte sich aus vielen Hinweisen, die hier und da gestreut worden waren. Das Interessanteste an diesem Display war, dass sie drei Figuren im Inneren der Kabine der *Plato* sehen konnten, Punkte, die Formen nahelegten. Der Techniker legte einen Schalter um und die Namen und die Positionen dieser Phantome menschlicher Gestalten erschienen im unteren Drittel der jeweiligen Bildschirme.

„Sie müssen mir einfach glauben, dass das bei jedem funktioniert, der nicht ein 'A-Klasse'-Gesundheitsupgrade bekommen hat. Sehen Sie sich das an, Gentleman."

Draußen begann die *Proteus* die Startbahn runter zu rollen. Trotz der geringen Länge war die Piste grade eben lang genug, um eine *Proteus* in die Luft zu kriegen, also gab der Pilot Stoff. Der Vogel schrie auf, während er beschleunigte, das Manöver fiel deutlich in die Kategorie „zu schnell". Er schaffte es grade noch abzuheben, bevor die Maschine aus dem betonierten Bereich herausschoss.

Der Bildschirm zeigte ein normales Bild, bzw. fast normal, ganz bestimmt war da nichts, was ein innovatives Flugzeug im Flug hätte darstellen können. Der Techniker drückte einige Knöpfe und auf dem Schirm erschienen drei dieser schemenhaften menschlichen Gestalten, die sich über den Bildschirm bewegten, scheinbar als würden sie aus eigener Kraft heraus fliegen, auch wenn das Titan hin und wieder einen Reflex auf den Bildschirm warf.

„Ganz offensichtlich ist dies Fernüberwachung in höchster Vollendung, auch wenn es wirklich in anderen Kontexten eingesetzt werden sollte. Das war nur ein einfacher Weg, es zu demonstrieren. Wir kontrollieren diesen Plasmahintergrund im Himmel dank einiger Dekaden von Forschungsanstrengungen und praktischer Anwendung. Das Plasma ist jetzt stabil und wird durch unsere Sprühsysteme gewartet. Mit dieser Chemie im Hintergrund, kombiniert mit Satellitenüberwachung oder im einfachen Fall einem mobilen Überwachungsgerät, wie in diesem Fall, können wir Kimme und Korn auf die Konsole bringen und das Ziel unserer Wahl rausnehmen. Im echten Leben werden die Ziele nicht so lammfromm sein. Alles weitere, das ich Ihnen sagen könnte, würde mich und Sie in eine ziemlich exponierte Lage versetzen ...., aber hier sehen Sie es. Wir werden diese Flugzeuge in ein paar Monaten unseren Anforderungen entsprechend in Dienst stellen können."

Später, zurück in dem Labor im *Dispatch*-Gebäude, traf Tim Harry wieder. Harry bat ihn herein, führt ihn zu einem Waschbecken und gab ihm ein Glas mit einer purpurfarbenen Flüssigkeit.

„Spülen und spucken", sagte er.

„Das schmeckt wie Pampelmusensaft", sagte Tim.

„Ja, rate nur weiter. Mach das, fünfzehn Sekunden lang jedes Mal, einmal alle fünf Minuten oder so, und zwar für eine ganze Weile. Ich will, dass du hier jeden Tag herkommst und das machst, es sei denn, du bist nicht in der Stadt."

„Warum? Was tue ich hier?"

Harry grinste, fast schadenfroh.

„Tu einfach, was ich dir sage, Pilot. Ich muss die Lichter ausmachen, das Schwarzlicht einschalten." Er griff rüber, legte die Schalter um, einen nach oben, einen nach unten. „Weiter spülen und spucken, bitte."

Tim tat, wie ihm befohlen wurde. Als er den Mund voll Pampelmusensaft ausspuckte, sah er, dass irgendetwas aus seinem Mund herauskam und in dem Waschbecken landete. Es sah wie dünne Fasern aus. Es waren hunderte von ihnen, manche kurz, manche lang, einige verklumpt. Zwischen den Fäden hing etwas, das wie kleine schwarze Samenkörner aussah, zumindest hoffte er, es wären Samen. Dann sah er, dass sich einige der Fäden leicht bewegten.

„Was zum Teufel ist das?", schrie er.

„Das sind nur die kleinen Freunde, die uns helfen, mit der breiten Masse zu experimentieren. Mit der Zeit, durch Bioakkumulation, verbinden sich diese Kreaturen mit jedem einzelnen Menschen auf diesem Planeten – ihrer zellulären Individualität –, um ein Radiosignal zu erzeugen, das so einzigartig wie ein Fingerabdruck ist, so dass wir jeden, jederzeit, überall orten können. Du hast das heute in Aktion gesehen, denke ich. Schau in den Spiegel hier. Sie gehen über die Mundschleimhaut raus, wenn sie den richtigen Stimulus dafür bekommen."

Er schob Tim etwas nach rechts. Seine Iris, der Ring um die Pupillen, fluoreszierte. Das sollte so nicht sein.

„So checken wir, wie sauber du bist", sagte Harry. „Wir müssen auf null Fluoreszenz kommen." Er klopfte Tim freundschaftlich auf die Schulter.

„Wie viel davon ist in mir?" Tim hyperventilierte etwas.

„Reg dich ab. Wir kriegen dich sauber. Es dauert ein paar Monate, aber es ist ziemlich einfach. Mach das jeden Tag, ein paar Mal. Nimm diese flüssige Zeolith-Mischung jeden Morgen auf leeren Magen. Trink ab jetzt nur sauberes Wasser. Wir haben eine

Destille vor Ort. Und schlussendlich gebe ich dir Pillen. Eine am Tag, jeden Tag. Frag mich einmal im Monat nach einer neuen Packung. Mit der Zeit reinigt sich dein System, auch wenn es sein kann, dass du ein paar Hautprobleme bekommst, falls die kleinen Freunde versuchen, deinen Körper auf diesem Weg zu verlassen. Sag einfach Bescheid, falls das passiert." Er grinste das Grinsen eines von der Wissenschaft infizierten 12-jährigen, der grade seinen ersten Chemiebaukasten zu Weihnachten bekommen hat. „Aber, das ist wichtig, wenn du sauber bleiben willst, musst du diese Pillen nehmen. Hast du das verstanden, Pilot?"

Ein altbewährter Weg, sich Geiseln zu halten, dachte Tim. Das war das gute alte 'nimm-das-Gegengift-damit-das-Gift-dich-nicht-tötet'-Szenario. Wut stieg in ihm auf bei dem Gedanken, dass sein Vater und alle anderen, die er kannte, mit diesen Dingern verseucht waren. Er musste herausfinden, was sie bewirkten – und er würde es herausfinden. Dazu hatte er jetzt eine halbe Million Dollar auf dem Konto. Abgesehen von der Tatsache, dass der Dollar ständig an Wert verlor, würde er etwa über ein Fünftel davon als echte Liquidität verfügen können, ein Wink mit dem falschen Finger seitens der richtigen Person, und er würde sich im Gefängnis wiederfinden, wegen Besitzes ungeheuerlicher Geldsummen, die er nicht ordentlich verbuchen konnte. Vielleicht würde es eine hübsche Geschichte ergeben, dass er etwas mit Geldwäsche oder Drogengeldern zu schaffen habe. Aber es würde da sowieso keine Gerichtsverhandlung geben. Die Gesetzesvorlage, die es denen erlauben würde, jedermann ohne Gerichtsverfahren auf unbe-stimmte Zeit festzuhalten, war so gut wie beschlossene Sache. Er war nur ein Pilot, der Biowaffen auf die breite Masse der Bevölkerung sprühte, sie würden ihn einfach hängen.

Als der Becher leer war, den Harry ihm gegeben hatte, wandte er sich zum Gehen.

„Und noch eins", warf Harry ein, „darüber wissen nur wir Bescheid. Wir versuchen das Zeug, das wir für das Team brauchen, aus den Regalen raus zu halten – kein Zugang für die breite Öffentlichkeit, versteht sich. Bis das alles vollbracht ist, bleibt das alles unter uns. Verstanden?"

Tim würde gesund bleiben, aber er war viel mehr Gefangener, als er das vor zwei Tagen noch war. Manchmal besteht eine Falle aus Dummheit, manchmal besteht eine Falle aus Wissen. Er ging in den kleinen, weiß gestrichenen Raum im Verwaltungsgebäude von *Gila*, den sie hier 'das Bistro' nannten. Er wollte einfach etwas im Magen haben. Einerseits wurde ihm bei dem Gedanken, was alles in seinem Körper herumkroch, wirklich übel. Auf der anderen Seite wollte er jetzt wirklich etwas in den Magen bekommen. Er entschied sich für Milch. Zwei kleine Packungen Milch und eine Hand voll Kekse. Er fand einen Tisch am Fenster, in der Hoffnung dort etwas Ablenkung zu finden.

Es war ein schrecklicher Tag gewesen.

Er war jetzt mit dem Wort 'Bioakkumulation' vertraut, und in diesem Kontext mit dem Begriff 'Sättigung', er wusste nun, dass Dinge 'eincheckten', aber nicht wieder 'auscheckten'. Er schämte sich, denn er musste zugeben, dass er zu seiner eigenen Überraschung einfach nur erleichtert war, dass er einer der wenigen sein würde, die in den Genuss dessen kämen, was Harry einen 'health upgrade' nannte. Er wusste, dass er sich schlecht fühlen sollte, weil es für alle anderen keine Heilung gab – und er fühlte sich schlecht. Er hoffte, dass er, indem er das hier tat, zumindest in eine Position kommen würde, aus der heraus er helfen können würde, das Gift zu eliminieren – nur das, vielleicht ohne dass sie überhaupt erfahren mussten, was in ihren Körpern herumkroch.

Was diese Spezialflugzeuge betraf, jeder Militärangehörige war mit der Stealth-Technologie vertraut. Abgesehen von den Anschaffungskosten dieser Dinger war diese Sache fast langweilig. Es war die Fernüberwachung von Menschen, die die Aufmerksamkeit aller Beteiligten gefesselt hatte. Dann hatte Dr. Harry ihm den inneren Mechanismus gezeigt, mit dem die Menschheit gekennzeichnet wurde. Das war eine eklatante Verletzung menschlicher Integrität und aller ethischer Grundsätze, eine Verletzung der Souveränität des Individuums. Weiß Gott, wie viele internationale Abkommen dadurch gebrochen wurden. Drei Minuten Ja's und Nein's, und der Lauf der Geschichte ist auf neuen Wegen.

Jemand hatte eine *LA Times* auf dem Tisch vor der Tür liegen lassen. Er holte sie sich rüber, setzte sich und blätterte durch die Seiten, während er an seiner Milch nippte. Er hielt inne, um einen Artikel auf Seite zwei zu überfliegen, Queen Elizabeth auf königlicher Stippvisite in Kanada. Die Wirtschaft nahm in diesen Tagen die Seite 1 und die Hälfte aller anderen Seiten für sich in Anspruch. Die Inflation war außer Kontrolle; der Dollar war noch immer auf Talfahrt, daheim wie im Rest der Welt, und sorgte überall für Hungeraufstände.

Ein Schwarzweißfoto eines Japanischen Gebäudes auf Seite 11 zog seine Aufmerksamkeit auf sich, ein Update über die Verhandlungen zum Shuri-Abkommen. Die Abschlusserklärung selber war fast fertig ausgearbeitet. Einige Länder hatten in letzter Minute Einwände oder Hinweise auf Unrechtmäßigkeiten, die den genauen Wortlaut der Abschlusserklärung in Frage stellten. Diese Dinge mussten ausdiskutiert werden oder vielleicht sogar vor Gericht gebracht. Es gab einen Ausschuss, der dem Projekt vorstand, deren Mitglieder ihr Bestes gaben, dass diese Rechtsstreitigkeiten das Unternehmen an sich nicht zu Fall bringen würden. Das *Shuri*-Abkommen zog seine Aufmerksamkeit auf sich, wo auch immer es ihm begegnete. Der Punkt waren die Menschenrechte; die Atmosphäre, wie das Wasser, waren die wichtigsten Aspekte, die, wie Tim hoffte, zu einer Thematisierung und einem absoluten Verbot der Anwendung von *Terraforming* ohne die ausdrückliche Zustimmung aller Vertragspartner führen sollte.

Wenn die nur wüssten. Ich könnte ihnen Terraforming zeigen, das ist so sicher wie der Teufel und das Amen in der Kirche.

Tim konnte sich keinen besseren Befreiungsschlag gegen das Programm dieser Verrückten vorstellen, zu dem er jetzt als Gefangener gehörte, als eine Lkw-Ladung an Beweismitteln im Gerichtshof von *Shuri Castle* in Okinawa abzuladen. Sollte doch jemand anders, eine Gruppe von Diplomaten oder Verwaltungsbeamten, sich diesen Filz angucken, diese Katastrophe, und etwas daran ändern. Er würde seine 60-Sekunden-Erklärung abgeben und auf Vergebung hoffen, Amnestie, dafür dass er sie alle ans Messer geliefert hatte.

Dann würde er auschecken und den Rest seines Lebens damit verbringen, in das, was passiert war, irgendeinen Sinn zu bringen.

Das war ein schmerzhaft anspruchsvoller Wunsch, der verflog, als er eine DC-10-Mule im Landeanflug sah. Der Lärm und die Vibration holten ihn aus seinen Phantasien und warfen ihn zurück in den Alptraum; mit einem Schulterwurf, der ihn auf dem Rücken schmiss und ihm den Atem nahm.

Er entschied sich, zurück in sein Appartement zu fahren, um zu schlafen; er stand auf, faltete die Zeitung zusammen, ließ sie auf den Tisch fallen für irgendjemand anderen. Er stierte durch das Fenster auf die Besatzung der DC-10, die jetzt über das Flugfeld zum Dispatch-Gebäude heranfuhr. Der dritte Mann in der Reihe war einen Kopf größer als alle anderen und trug eine Sonnenbrille im Pilotenstil. Sein rotes Haar reflektierte die Sonne wie ein brennender Spiegel und Tim erkannte einen roten Bart. Es war Phillip Yarmouth. Das musste ein Traum sein; eine Halluzination, die sich einstellte, weil er es sich so wünschte, noch einmal an dem Punkt zu sein, wo er diese aberwitzige, todbringende Entscheidung noch einmal würde überdenken können. Er stand dort und schaute der Besatzung zu, die näher und näher kam. Es war in der Tat Phillip Yarmoth.

Tim hatte keine Eile zum Dispatch zu kommen, um seinen alten Kumpel zu begrüßen. Hier brachte jede Interaktion Gefahren mit sich, und er würde Pip nicht in Misskredit bringen. Als er darüber nachdachte, wurde ihm klar, dass Pip ohnehin hier auflaufen würde. Er würde nicht in der Lage gewesen sein, den Himmel zu ignorieren, nachdem er einmal damit angefangen hatte, besonders nach diesem Anruf, den er getätigt hatte, um die Flugzeugbesatzung zu retten. Er musste Tim folgen. Und da war er. Tim würde sich eher vor ihm verstecken müssen, bis er einen Weg gefunden hatte, weiterzumachen.

Ich kann's nicht glauben, großer, roter Bär. Dummer, dummer Bär. Gott sei Dank hast du es auch bis hierher geschafft.

Bevor er nach Hause fuhr, hielt er im Einkaufscenter an und kaufte sich Kleidung. Jede Art Kleidung, die ihm in den Sinn kam. Es würde den Eindruck erwecken, dass er sich im Kaufrausch befände, jetzt wo er so viel Geld auf der Bank hatte. Sie würden ihn gut aufgelegt und glücklich erleben. Das würde ihre Einschätzung bestätigen, dass er jemand war, der sich mit Geld motivieren ließ.

Als er die Stufen zu seinem Appartement erklomm, trug er vier Einkaufstüten voller Kleidung: Hosen, Shirts, Sweater, Krawatten, seidene Taschentücher und Schuhe. Er hatte nichts Normales, nichts Alltägliches mehr gemacht, seitdem das *Bully Choop* Feuer ausgebrochen war. Er warf seine Taschen auf das Sofa im Wohnzimmer und holte eine mit Metall geschirmte Jacke, von der Sorte, wie sie sie benutzten, wenn sie durch Sicherheitskontrollen mussten und unerwünschte Blicke abwenden wollten. Er setzte sich auf die Couch, schaltete den Fernseher ein und begann ein gelbes Stück Papier auszufüllen, das bereits in einem Ordner klemmte. Er unterbrach das Ausfüllen hin und wieder und wühlte durch seine neue Kleidung. Er wollte, dass es aussah, als sei er so normal wie nur irgend möglich. Er tat das etwa eine Stunde lang, mit der Absicht, jeden möglichen Zuschauer so zu langweilen, dass ihm auch nur der geringste Anflug von Konzentrationsfähigkeit abhanden kommen würde. Er nahm seine Taschentücher aus dem Einkaufsbeutel und hielt ein gelbes Seidentaschentuch in der Hand, bewunderte es für eine Weile und stand dann mit Taschentuch und Kladde in der Hand auf, um den Fernsehkanal zu wechseln. Er hatte die Seide noch in der Hand, und als er sich wieder setzte, ließ er es in den Ordner gleiten, direkt auf das gelbe Papier. Er schrieb nur einen einzigen Satz auf die Seide. „Nicht sicher." Dann faltete er all seine Kleider sorgfältig und methodisch zusammen, faltete das Taschentuch und schob es in die Hosentasche der Hose, die er bereits an hatte. Dann verstaute er all die Kleider in den Schubladen und Wandschränken. Er ging zurück zur Couch, nur mit dem, was er am Körper trug. Er zappte absichtlich wieder durch alle Fernsehkanäle, legte sich auf die Couch, schob eine Hand in die Hosentasche und verbrachte eine Stunde damit, das Taschentuch mühselig mit vier Fingern zusammenzurollen, bis es etwa die Größe eine Gewehrkugel hatte. Es war ein alter Trick, jeder Erste-Weltkrieg-Fan dürfte ihn kennen, es funktionierte. Es war ein Stück Seide. Es gab kein Geräusch von sich. Es wurde unglaublich klein und war leicht weiterzugeben.

Er konnte es behalten, bis er Pip wiedersehen würde. Dann würde er es ihm weiterreichen und auf das Beste hoffen. Die eine Sache, bei der er sich sicher war, war dass er einen Weg finden musste zu kommunizieren. Er würde diesen Trick auch mit Huck anwenden, wenn er nach Hause käme. Der Vorgang, zwei Wörter auf eine Oberfläche geschrieben zu bekommen, die er sicher transportieren konnte, ohne erschossen zu werden, hatte ihn zweieinhalb Stunden Zeit und 1200 Dollar im Einkaufszentrum gekostet. Das war verbesserungswürdig.

Tim wachte um zwei Uhr morgens auf. Sein Bettzeug war klatsch-nass, obwohl er zitterte, eher nasskalt als fiebrig. Das Dreieck zwischen seinem Adamsapfel und den beiden Enden seines Schlüsselbeines schrie vor Schmerz. Er hustete klaren Schleim heraus. Er hustete, und hustete weiter. Und das betroffene Dreieck schmerzte bei jedem Mal.

„Oh", krächzte er, „was zum Teufel ...?"

Er war krank, ganz offensichtlich, und es erinnerte ihn an die Bronchitis, die er als Teenager gehabt hatte, schwer und kräftezehrend. Aber wenn es das gewesen wäre, hätte der Auswurf jetzt verschiedene Farbtöne zwischen grünlich und gelb haben müssen.

Er fühlte sich so krank, dass er weinen wollte. Er schwankte zwischen dem Bedürfnis, einfach loszuheulen, und dem Satz „schmeiß es raus", der durch seinen Kopf geisterte. Jeder Atemzug wurde von einem tiefen, rasselnden Ton begleitet. Er kämpfte sich auf die Beine und wankte zu der Tür von Harrys Schlafzimmer.

„Jesus", sagte Harry, „lass uns dich zurück ins Labor bringen."

Bis sie dort ankamen, hatte Tim auch unregelmäßig wiederkehrende stechende Schmerzen in den Muskeln und Gelenken und völlig willkürliche, aber wahrhaft qualvolle Krämpfe.

„Konzentriere dich darauf, die Muskeln locker zu halten", warnte ihn Harry. „Ich gebe dir erst mal eine Megadosis Kalium."

„Leg dich hier hin." Harry zeigte auf einen kleinen, dunklen Raum mit zwei Liegen. Er erinnerte Tim an den Raum der Krankenschwester in der Grundschule. Er fiel auf eine der Liegen, zog eine Decke halb über sich und wimmerte.

„Wo hast du gelebt, bevor du nach *New Mexiko* gekommen bist?", fragte Harry. „Du stirbst nicht, aber das hier ist ein ernsthafter Entgiftungsprozess."

„*Redding*, Kalifornien", antwortete Tim.

„Ja, das erklärt einiges. Massiver Abwurf da, jede Menge Kram für die Atemwege."

Tim dachte an Huck und seinen chronischen Husten.

„Ich werde dir auch etwas Aktivkohle geben", sagte er, reichte ihm ein paar Tabletten und ein Glas Wasser, „und dann spritzen wir etwas Glutathion und Vitamin B12 ... morgen fange wir dann mit einer großen Dosis Niacin an. All das gute Zeug für eine Schnellreinigung auf Zellebene. Das dauert maximal 24 Stunden. Ich lasse dir einige Liter Wasser am Bett. Trink das alles aus."

Er verließ den kleinen Raum, in dem Tim in Schmerzen lag, und knipste das Licht im Labor aus. Vierundzwanzig Stunden später konnte Tim wieder zur Arbeit gehen.

Als er wieder auf den Beinen war, begann für ihn eine neue Tagesroutine: im Labor vorbeigehen, um den Mund mit Pampelmusensaft zu spülen und seine Pillen zu holen, dann zu Unger, um sich Befehle abzuholen. Heute würde es darum gehen, wie er mit der ersten *Crew* umzugehen hatte. Führungsoffiziere bekamen aus Sicherheitsgründen keine Liste mit den Namen ihrer Schützlinge ausgeliefert. An dem jeweiligen Tag wurde er an Bord eines Flugzeuges gebracht und zu einer Mannschaft irgendwo anders geschickt, eine Mannschaft, die ihn nicht erwartete. Er fragte sich, ob wenn er die ganzen 30 *Crews* durchgecheckt hatte, ob er dann auf eine neue Gruppe von *Crews* angesetzt werden würde. Der *Dispatcher* schickte Tim an Bord einer DC-10, die nach *Des Moines* flog. Er sollte nicht mit der Flugbesatzung sprechen, sondern saß auf einem Klappsitz im Frachtraum, im Angesicht mehrerer Reihen von Metallfässern, die mit Rohrleitungen verbunden waren, die nach unten führten, und – das wusste er – nach draußen. Es war ein zweiter *Handler* auf diesem Flug anwesend. Aber auch sie nahmen keine Notiz voneinander, da es innerhalb ihrer Dienstzeit strengstens verboten war. Ihre Aufmerksamkeit galt der *Crew* am anderen Ende des Fluges, und nur dieser *Crew*. In *Des Moines* entdeckte er die blau-weiße 747, die leicht zu finden war, das

Flugzeug ohne Kennzeichnung oder Markierung irgendeiner Art, und ohne Fenster, abgesehen vom Cockpit. Er ging an Bord und klopfte zweimal an die Cockpit-Tür. Der Funker öffnete. Es war Pip. Tim konnte wohl oder übel sein Glück kaum fassen. Er steckte seine Hand in die Hosentasche, ergriff das gelbe Taschentuch und stellte sich vor, seine Hand weit ausgestreckt.

Pip schlug ein, fühlte das kleine Bündel und nahm es an sich.

„Meine Herren, ich bin heute Ihr Checkpoint. Erlaubnis an Bord kommen zu dürfen?"

Er schüttelte die Hand des Copiloten und dann des Piloten. Keiner der drei sah besonders verunsichert aus. Das war ein ziemlich häufiges Ereignis, auch wenn er daran Zweifel hatte, dass alle *Handler* dieselben Fragen stellten. Es wäre zu einfach, sich eine akzeptable Antwort zurechtzulegen.

„Was dagegen wenn wir mit den Flugvorbereitungen weitermachen, fragte der Pilot. Sein Name war Leon. Tim glaubte eine winzige Spur Abneigung in Leons Tonfall zu hören.

„Überhaupt nicht." Tim nahm Platz, wartete, bis die *Crew* in der Luft war. Er würde sie Mann für Mann mit nach hinten ins Flugzeug nehmen und ihnen ein paar einfache Fragen stellen, die er von seinen Vorgesetzten bekommen hatte, und die Antworten protokollieren. Wie es sich herausstellte, würde er dann direkt Unger Bericht erstatten. Er wartete mit dem Piloten bis zum Schluss, sein Instinkt sagte ihm, dass dies die schwierigste Psychologie sein würde, eine, die etwas schwer zu durchschauen sein würde. Pip würde er als Ersten ran nehmen.

„Mr. Yarmouth, darf ich Sie ein paar Minuten in den Frachtraum bitten?", fragte Tim, als sie auf dem Weg waren.

„Sicher", antwortete Pip. Er stand auf und folgte Tim ans Heck des Flugzeugs.

Sie setzten sich. Tim sah Pip an und schüttelte kaum merkbar den Kopf. Pip verstand.

„Also, Sie schicken mich hin und wieder mit einer Reihe von Fragen. Das wissen Sie sicherlich schon."

„Mein erstes Mal, jetzt", antwortete Pip entspannt.

„Ah! Okay, dann ... erste Sache: Lassen Sie uns über Ihre Gesundheit sprechen. Wie geht es, so im allgemeinen. Wir wollen sichergehen, dass hier an Bord alles einwandfrei funktioniert. Kommt hier nichts rein während des Sprühens?"

„Nicht, dass ich etwas bemerkt hätte. Ich bin noch gesund." Pip zog die Augenbrauen zusammen. „Ich hatte eine langwierige Sache mit den oberen Atemwegen, aber das ist im Labor klargemacht worden. Ansonsten keine Klagen."

Unger wusste natürlich, dass sie sich kannten, und sie würden das offen zugeben müssen, was aber bedeutete, dass sie noch zehnmal vorsichtiger sein mussten. Einfach normal sein. Pip las seinen eigenen Text von Tims Lippen ab.

„Schön dich wiederzusehen, Pip", sagte Tim und stand auf. Sie schüttelten sich die Hände. „Kannst du mir den Copiloten schicken?" Dieser Satz sollte Pip den Grad der Freundschaftlichkeit signalisieren, den sie offen zur Schau tragen durften, und der in diesem Fall nahe Null war. Sich gegenseitig vollständig zu meiden, wäre unter Ungers wachsamen Augen aber zu verdächtig.

Der Copilot hieß Josh. Er war blond, ziemlich jung, schlank und drahtig. Er schritt vorwärts, als ob sie in Formation liefen.

„Welche Branche, Josh?" Tim lächelte.

„Air Force." Josh saß da mit versteinertem Gesicht.

„Sie haben die Erlaubnis zu spekulieren, Pilot", sagte Tim und schaute in seine Augen. „Ernsthaft."

Josh war misstrauisch, aber wenn das ein Befehl war, so war das ein Befehl.

„Als Erstes, hatten Sie seit Ihrem letzten *check-in* Grund zur Annahme, zu glauben, dass Sie von jemandem außerhalb der Firma überwacht worden sind?"

Josh dachte einen Moment ernsthaft nach. „Nein."

„Josh, nochmal, Sie haben hier ein breites Spektrum an Möglichkeiten, mit dieser Frage, und der Einzige, der das zu Gehör bekommt, bin ich ... verstehen Sie?"

Josh nickte.

„Was ist hier eigentlich Ihre Aufgabe?" Wieder musste Josh nachdenken, um die Frage richtig einschätzen zu können.

Tim vermutete, dass seine Motivation hier in Frage gestellt war. Vielleicht war Josh nicht ganz so im siebten Himmel mit seinen Gehaltsschecks, wie sie sich das vorgestellt hatten.

„Warum bist du hier, Josh?"

„Schutz. Vor Sonnenstürmen. Gammastrahlung. Und auch um das Stromnetz zu schützen, vor den gleichen Dingen."

Das Problem mit einer solchen Antwort war, dass man sich niemals sicher sein konnte. Es konnte der Wahrheit entsprechen, es konnte aber einfach nur das sein, was der Pilot unter den gegebenen Umständen als sicherste Antwort einschätzte. Leon kam als nächster. Er trug sich selber mit einem Hauch Affektiertheit. Tim konnte sich nicht vorstellen, dass dieser Mann jemals einen Moment des Selbstbewusstseins erlebt hatte. Er lächelte. Dies war ein weiterer Charakter aus Tims Kabinett von Militär-Typen: sanft im Umgang, aalglatt, stromlinienförmig und völlig von sich selbst eingenommen. Leon würde davon ausgehen, dass Tim so dumm war, zu glauben, dass er das Zeug dazu hatte, jemanden wie ihn durchschauen zu können.

Tim fragte ihn dieselben Fragen wie Josh. Dann bellte er plötzlich: „Warum bist du hier?!"

„Geld." Leon grinste wieder, ein Lächeln, das bezeugte, dass er in der Position war, in der er war, weil er der Beste war. „... und Macht."

„Erkläre mir das näher, Pilot."

„Ich fühle mich einfach machtvoll. Lass uns mit dem Scheiß aufhören, okay? Viel mächtiger als die Idioten da unten am Boden, ja ... weil ich Teil eines geheimen Programmes bin. Ich hab keine Ahnung, was zum Teufel ich sprühe ... aber es gibt mir das Gefühl, Gott zu sein, und ich liebe es. Ja, wahrscheinlich richtet das bei den Leuten irgendwie Schaden an, aber wenn es die Menschen kümmern würde, würden sie uns stoppen. Genaugenommen ... ich würde mich freuen, wenn sie es versuchen würden, dann würden wir nämlich sehen, wer hier der Stärkere ist."

„Danke Leon", sagte Tim. „Das wäre alles. Du siehst fit aus. Guten Flug noch."

Jesus, was für ein Fall für die Klapse. Wie viele von der Sorte mochten noch da draußen auf ihn warten?

Dreißig Minuten später ging er in Chicago an Bord eines Fluges nach *Gila*.

Das Einzige, was er jetzt tun wollte, war zu seinem Vater zu fahren. Aus so vielen verschiedenen Gründen. Huck starb von dem, was er atmete, und wusste es nicht. Huck wusste, dass er versetzt worden war, er wusste, dass Tim um die Versetzung gebeten hatte, aber er hatte seinen Vater seit fast zwei Monaten nicht mehr kontaktiert. Er würde sich ein paar Tage freinehmen und zwischen *Thanks-Giving* und Weihnachten nach Hause fahren. Er musste Unger nur darauf ansprechen und herausfinden, wie sich das bewerkstelligen ließ. Vielleicht würden sie ihn vorbeibringen und er würde eine *Crew* durchchecken und einfach dort bleiben. Er würde nach Hause fahren, auch um eine verflucht lange Taschentuchbotschaft zu hinterlassen. Vielleicht verlor er langsam seine biologische Funksignatur, aber er wusste, dass sie ihn sahen und ihm zuhören konnten, wann und wo auch immer sie wollten.

Das Buch

„Mom!", rief ihr David durch die alten Fenster zu, die die Kälte des Wintertages aussperrten, als sie aus dem Auto stieg. Die trockene Wüstenwärme von Arizona und das ungewöhnlich lang anhaltende milde Klima in Nordkalifornien lagen nun hinter ihr. Mit dem zweiten Schneefall dieses Winters hatte sich letztendlich ein Fuß hoch Schnee in die Dorfgassen verirrt. Die Lufttemperatur schwankte, blieb aber seit Wochen unter dem Gefrierpunkt. Christina war glücklich, wieder zu Hause zu sein. Jetzt würde sie Informationen über George Walters sammeln; dieses absurde Rätsel, das um einen verkrüppelten alten Mann kreiste, der kaum lesen und schreiben konnte. Er war der Darsteller, der die Ereignisse ins Rollen gebracht hatte; aber seine Rolle in dem Spiel lag noch vollständig im Dunkeln.

Vor allen Dingen war es an der Zeit, sich hinzusetzen und die Notizen, aus denen mal ihr Buch entstehen sollte, zu etwas Sinnvollem zu verknüpfen. Es würde wohl oder übel die Zusammenarbeit ihrer Mutter mit Personen nachvollziehen, die in die Programme für Klimawaffen involviert waren. Indem sie dies tat, würde Christina sich in Zeiten zurückversetzen, in denen sie beide zusammen gewesen waren, würde das Gute und das Schlechte herausarbeiten. Es gab nicht einen Moment zwischen ihnen beiden, der sie nicht Stufe um Stufe zu dieser Aufgabe hingeführt hätte. Monate waren gekommen und vergangen. Sie war, wo sie war wegen des Todes ihrer Mutter. Sie lebte nicht in der Erwartung, dem Verantwortlichen für diese Tat einen Namen geben zu können. Es spielte keine Rolle mehr. Sie tat, was ihr zu tun vorherbestimmt war. Walters musste sie sich anschauen, einfach weil er der andere lokale Protagonist war. Vielleicht verbargen sich hinter seiner Person weitere Hinweise, vielleicht nicht. Zur Zeit lag er bewegungsunfähig in einer Rehaklinik, nicht einmal mehr in der Lage, jemanden wiederzuerkennen, kaum in der Lage zu sprechen. Soviel wusste sie. Otto hatte ihr berichtet, das Koma habe sich etwas gelichtet.

In dem, was sie heute mit zurückgebracht hatte, darin spielte Walters keine Rolle – zumindest soweit sie das heute wusste und öffentlich äußern würde – und doch war es das, was zum Handeln aufrief. Die Luft musste zurückerobert werden, die Sonne befreit, und das Wasser und der Boden mussten geheilt werden. Sie waren in der absurden Situation, dass sie ihren eigenen Planeten für sich selbst *terraformen* mussten; ihn wieder in einen lebensfreundlichen Ort verwandeln. Irgendeine Kraft hatte eine ziemlich dicke Decke aus Gift zwischen die Oberfläche der Erde und die obere Atmosphäre gezogen, ohne vorher zu fragen oder sich irgendwem zu erklären. Bosheit? Gier? Psychose? Was davon war verantwortlich? Hier ging es nicht mehr um ein Verbrechen gegen ihre Mutter insbesondere.

Christina setzte sich hin mit ihren Aufzeichnungen, verwendete, was zu verwenden war, tat, was sie gelernt hatte zu tun; um Alarm zu schlagen. Sie tat das, ohne eine besondere Erwartung an die Zukunft zu hegen, nichts jenseits der allgemeinen Hoffnung, dass auch wenn sie keine Antworten finden würde, die Antworten schon von irgendwoher kommen würden.

An diesem Abend, nachdem sie einige Stunden gearbeitet und danach ihren Koffer ausgepackt hatte, saß sie vor dem Fernseher und sah sich ein Interview mit der Witwe von Vizeadmiral Alexander Getz an, dem Mann – sie erinnerte sich sofort –, den man tot in einem See im Central Park gefunden hatte; der Mann, der mit tausenden toter Vögel in Verbindung gebracht worden war. Getz' Witwe sprach, einige Monate später, jenseits der Schockstarre angesichts seines gewaltsamen Todes, während eine Aufnahme der Beerdigung ihres Mannes gezeigt wurde.

„Ich fing an, nervös zu werden, weil er Silvester zu Hause sein wollte und wir danach zu meiner Schwester nach *Hartford* auf ihren Hochzeitstag wollten. Ich hab natürlich auf seinem Handy angerufen, aber er hat nicht zurückgerufen. Auch wenn das nichts Ungewöhnliches war ... er war so von dem, was er tat oder was um ihn herum vorging, absorbiert ... also, als das Wochenende kam, war ich ziemlich wütend. Sie machten seine Schwester ausfindig, nachdem sie es nicht geschafft hatten, mich zu erreichen.

Seine Schwester hatte auch versucht anzurufen, aber ich hatte es Samstag morgen nicht geschafft zurückzurufen."

Dann war die Kamera ganz bei ihr, sie stand eindeutig noch immer etwas unter Schock, und bei Alex' Sohn, Alex Junior.

„Sie rief mich am nächsten Tag wieder an und sagte, sie müsse mich sofort sehen, mir etwas über Alex sagen."

Die Kamera fokussierte auf Alex Junior, während seine Mutter weitersprach und sich noch einmal an diese schrecklichen Stunden erinnerte. Der Ausdruck auf dem Gesicht des Sohnes fuhr Christina in die Eingeweide. Sie konnte sein inneres Zwiegespräch belauschen, sah die Weigerung, dem Interviewer ins Gesicht oder in das Auge der Kamera zu schauen, eine Verweigerung, die sie schon gespürt hatte, während seine Mutter die Geschichte erzählte; er versuchte nicht zu schreien, mein Vater wurde hingerichtet! Er ist nicht beraubt worden, er war nicht dement oder besoffen oder irgendetwas anderes in der Richtung. Es war eindeutig ein Auftragsmord, der direkt auf seine Arbeit zurückzuführen war. Ja, Christina erkannte die gespannten Linien in seinem Gesicht, den Kampf darum, die Beherrschung zu behalten, den Kampf, es für sich zu behalten für den Fall, dass er irgendwann einmal etwas deswegen unternehmen wollte.

Die Frau fuhr fort.

„Also, ich kam zu seiner Schwester, und sie führte mich sofort weg von der Party und sagte er sei tot, Alex sei tot."

Dann war sein Sohn an der Reihe zu sprechen.

„Es war wie ein Buch oder ein Film in Zeitlupe, oder so. Ich habe mich um die ungeklärten Umstände gekümmert, und um die Untersuchungen der Kriminalpolizei. Es nimmt einen total mit, hat das Zeug dazu, dir emotional den Boden unter den Füßen wegzuziehen."

Für eine Weile denkt man darüber nach, was man tun könnte – sogar jetzt noch –, um da zu einem anderen Ergebnis zu kommen. Aber natürlich, das ist abgeschlossen, aber es dauert, bis man sich damit abfindet. Die unbeantworteten Fragen. Der Fall, den sie nie ganz gelöst haben. Christina wusste, dass dies mehr war als ungelöste Kreuzworträtsel. Dies sind Teile von Menschen, die bis ans Ende aller Zeit als Geiseln genommen werden; Teile des Sohnes von Alex Getz, Teile von Christina. Es hätte so einfach sein sollen. Doch je näher sie an das herankam, was eine einfache Angelegenheit hätte sein sollen, eine logische Antwort auf eine Frage nach Ursache und Wirkung, desto mehr Kräfte kamen ins Spiel, die sie zurückwarfen, die stärker drückten, als sie es konnte. Letztendlich würde sie noch ein bisschen stärker und länger drücken, und sie würde drinnen sein, da würden sie sich mit ihr verrechnet haben.

Otto saß neben ihr auf der Couch und legte seinen Arm um sie. Er war einen guten Fuß größer als sie, so passte sie nahtlos in den rechten Winkel unter seiner Schulter.

„Also", fragte er, „gute Reise gehabt?"

„Ja", antwortete sie müde und schloss ihre Augen, „wenn eine gute Reise haben heißt, eine Menge Informationen zu kriegen, die dich in Angst und Schrecken versetzen, und gleichzeitig ein paar Leute kennenzulernen, die genauso hart arbeiten wie du und die selben Risiken auf sich nehmen. Dann, ja, dann war das eine gute Reise."

„Erinnerst du dich an die guten alten Tage", sagte er, „als eine gute Reise ein netter Strand und jede Menge Essen mit Knoblauch und Käse war?"

Christina lachte. Sie erwähnte die Helikopter nicht, die sie von Wolfgang von Marschall weggejagt hatten, und sie würde das auch niemals tun. Sie hatte den Verdacht, dass sich diese Momente häufen könnten und sie Otto mehr und mehr verheimlichen würde.

Ich denke, du solltest mir erzählen was es Neues gibt", sagte sie. „Übrigens, danke, dass du hier die Stellung solange gehalten hast. Konntest du was arbeiten?"

„Nein. Ja. Macht das einen Unterschied?"

„Okay. Was ist mit Walters? Irgendwelche Neuigkeiten?"

„Er hat es geschafft, Prozessaufschub zu bekommen, kurz bevor du gefahren bist. Sagt, das ganze Ding sei die Schuld seines Arztes. Dann hatte er diesen schweren Schlaganfall ... für alle weiteren Verfahrensschritte ist er jetzt völlig verhandlungsunfähig, physisch und psychisch. Die Staatsanwaltschaft sagt, dass seine Familie gesagt habe, dass es auch nach monatelanger Reha, die seine Ärzte ihm verschrieben haben, nicht zumutbar wäre, ihn mit einer Verurteilung zu konfrontieren."

Christina hatte keine Idee, wie sie sich dem gegenüber fühlen sollte. Würde es ihn schwer belasten, schuldig gesprochen zu werden, dass er ihre Mutter überfahren und getötet hatte? *Na, so eine verfluchte Scheiße!* Das war ihre spontane Reaktion. Sie sagte nichts.

„Haben wir etwas von unserem Anwalt über die Offenlegung gehört? Er sollte sie inzwischen vorliegen haben. Der Staatsanwalt hatte gesagt, es sei eine einfache Angelegenheit ein Formular einzureichen, um Einsicht bekommen zu können ... einen richterlichen Beschluss dafür zu bekommen. Ich will wissen, was medizinisch los war zu diesem Zeitpunkt. Ich will wissen, wieso dieser Mann am Steuer eines Autos saß." Christina rieb sich die Augen. „Es ist ziemlich frustrierend, einen Anwalt zu haben, der es mit Dingen, die für uns eine Angelegenheit von Leben und Tod sind, nicht besonders eilig hat."

Otto reichte ihr einen ziemlich dicken Briefumschlag. Er war an sie adressiert. Der Absender zeigte die Adresse ihres Anwalts. Sie sah ihn an; ließ ihn in ihren Schoss fallen. Endlich.

„Gott sei Dank", sie streichelte Ottos Hand und seufzte. „Weißt du was? Für heute Abend reicht es zu wissen, dass er hier ist. Ich werde ihn am Morgen öffnen, wenn die Kinder in der Schule sind."

Anya und David waren auf dem Weg, Christina saß an ihrem Schreibtisch, rührte in ihrem Kaffee und starrte den Umschlag an. Trotz ihrer Entscheidung, bis zum Morgen zu warten, hatte sie nicht gut geschlafen. Der Briefumschlag war ziemlich dick; und wenn man ihn anhob, hatte er ein ziemliches Gewicht. Er wartete dort, still. Das Ding da hatte einiges zu richten, was auch immer dort drin war, musste für Monate der Abweisung, der Leere, des Nichts entschädigen. Sie öffnete den Umschlag mit dem Finger und zog einen Stapel Papiere heraus.

Da war eine lange Liste mit Fahrzeugen. Walter hatte, so wie es aussah, schon eine ganze Weile Gegenstände und Leute angefahren. Von Zeit zu Zeit verlangte der Staat von ihm, sich von einem Arzt untersuchen zu lassen, bevor er seinen Führerschein verlängert bekam, bevor er wieder einen Wagen fahren durfte. Sie durchsuchte die Unterlagen nach dem Datum der letzten Routineuntersuchung. Wenn es da jemanden gab, der diesem Mann grade auf die Straße losgelassen hatte, oder einen Arzt, der es versäumt hatte, seinen Zustand zu dokumentieren, dann war das jemand, mit dem Christina gerne gesprochen hätte ... am besten vor Gericht.

Nach diesen Unterlagen lag die letzte Untersuchung vor dem Unfall, bei dem ihre Mutter gestorben war, Jahre zurück. Trotzdem hatte es seitdem in seiner Akte unzählige Einträge von Verkehrsverstößen gegeben. Dann guckte sie, wer denn sein Arzt zum Unfallzeitpunkt gewesen war. Doch die medizinischen Informationen rissen nach der letzte Routinekontrolle ab. Es gab seit damals bis heute keinerlei Einträge. Da war ein Mann, der unter jedem Gesichtspunkt medizinisch so hinfällig war, dass jeder Experte, mit dem er nach dem Unfall bis zum heutigen Tag in Kontakt gekommen war, davon ausgegangen war, dass er unter irgendwelchen Drogen stehen würde. Sie hatten alle geglaubt, einem Mann gegenüber zu stehen, der völlig zugedröhnt war.

Er musste in den vergangenen vier Jahren beim Arzt gewesen sein, allein wegen seiner Diabetes und dem, was ihn vom Sauerstoff abhängig gemacht hatte, wenn schon aus keinem anderen Grund. Christina schickte ihrem Anwalt eine E-Mail, der mit ihr darin übereinstimmte, dass eindeutig medizinische Unterlagen fehlten. Er sagte, er würde versuchen, sie für sie zu besorgen.

Und du sagst mir, hier wäre nichts faul? Sag mir, das habe alles seine Ordnung, na los!

Sie war glücklich, dass Hank für die Winterferien nach Hause gekommen war. Die Kinder lenkten ihre Gedanken oft von diesem traurigen, verstrickten Durcheinander ab. Sie konnte ihn hören, wie er in seinem Zimmer direkt über ihr umher sprang und Dialogfetzen von sich gab. Das war völlig normal, er studierte Schauspiel, und Gott weiß warum er herumhüpfte und Dialoge rezitierte, aber es waren seine Hausaufgaben, ohne Zweifel. Er kam oft nach Hause, erzählte niemandem, dass er im Ort war, und machte sich an die Arbeit. Er liebte die Stadt, aber er brauchte auch immer wieder die Bäume, den Strand und die Wildnis.

Die Schauspiel-Hausaufgaben waren allerdings etwas lästig, bis man sich daran gewöhnt hatte. Christina war froh, ihn zu sehen, froh, in der Lage zu sein, seine Schlafzimmertür morgens leise zu öffnen und ihn friedlich in seinem Bett schlafend vorzufinden.

Sie wusste, dass diese Tage sich langsam ihrem Ende näherten. Zwei Tage nachdem sie nach den fehlenden Informationen gefragt hatte, erhielt sie eine Nachricht ihres Anwalts, mit der er sie in Kenntnis setzte, dass er entschieden hatte, dass diese Unterlagen für den Fall nicht relevant wären, und dass er sie nicht anfordern würde; es wäre weder das Geld noch die Mühe Wert. Christina war absolut perplex. Sie rief Otto an.

„Das ist absurd", sagte er. „Wie kann von allen Menschen auf der Welt ausgerechnet dein Anwalt behaupten, dass 'Walters' medizinische Betreuung zum Zeitpunkt des Unfalls für den Fall nicht ausschlaggebend ist? Hat das Gericht diese Unterlagen? Der Staatsanwalt? Ich glaube langsam, wir brauchen einen neuen Anwalt."

Christina war einverstanden. Sie hatte ein Recht darauf, diese Unterlagen zu sehen, und – ob es das nun wert war oder nicht – ihr standen Antworten zu. Sie hatte das Recht darauf, die genauen Umstände dieses Ereignisses an jenem Sonntag im Juli zu erfahren. Sie machte einige Nachforschungen und fand die beste Kanzlei im Staat. Sie kontaktierte den Senior Partner und der verband sie mit jemandem, der auf diese Art von Fällen spezialisiert war.

„Mrs. Galbraithe, Sie sollten diese Unterlagen schon lange haben", versicherte er ihr, „das ist einfach absurd. Da gibt es Fristen. Lassen Sie mich für Sie da mal reingucken."

Sie fühlte sich besser. Es sah aus, als ob ein unverdorbener Blick auf die Dinge für diesen Teil der Angelegenheit vorteilhaft wäre. Fünf Tage später hatte sich der Mann nicht nur nicht bei ihr gemeldet, er reagierte auch nicht auf ihre Bitte um Rückruf. Zwei Anwälte, die so verängstigt waren, dass sie die medizinischen Unterlagen der letzten Jahre nicht kriegen konnten, und ein Täter, der seinen Arzt beschuldigte und dann einen schweren Schlaganfall erlitt? Nichts Verdächtiges daran zu finden, stimmt's?

Es war jetzt an der Zeit, jeden anderen Gedanken beiseite zu schieben, jedes Gefühl, so gut wie es eben ging, und sich die Fakten anzuschauen. Zunächst einmal stellte niemand den Gesundheitszustand von George Walters in Frage. Es gab eine Zeit, wurde ihr versichert, in der er geistig genug beieinander gewesen war, um erkennen zu können, dass er nicht mehr am Steuer eines Autos sitzen sollte, und trotzdem hatte er sich entschieden, weiterhin zu fahren. Nachdem er weniger und weniger in der Lage gewesen war, überhaupt irgendeine Entscheidung zu treffen, hatte er weiterhin 'entschieden', mit der Unterstützung der Ärzte und des Staates, dass er fahren durfte.

Ein Szenario, das einfachste, war, dass George Walters ihre Mutter getötet hatte, weil er darauf bestanden hatte, weiterhin am Steuer eines Autos zu bleiben. Es würde außerordentlich schwierig sein, dass zu akzeptieren, aber es war eine sehr einfache Schluss-folgerung, die man aus einer Reihe in sich schlüssiger Ereignisse ableiten konnte.

Christina musste dann andere Dinge, von denen sie wusste, dass sie wahr waren, in die Waagschale werfen. Ja, Walters war körper-lich so behindert, wie man nur sein konnte, und dennoch lief er herum. Aber da waren eine ganze Reihe von Unstimmigkeiten. Sie war nicht in der Lage gewesen, den Polizeibericht zu sehen, bis ihr einer anonym nach Hause zugeschickt worden war. Sie hatte nie auch nur einen einzigen Anruf von der örtlichen Polizei erhalten, gerade angesichts der Tatsache, dass dies eine sehr kleine Stadt war und man es einfach erwartet hätte, etwas von den Polizisten zu hören, von denen sie einige sogar ganz gut kannte. Diese Stille war ohrenbetäubend. Nun fehlten die letzten Jahrgänge seiner medizinischen Berichte oder waren nicht verfügbar. Walters selber schob die Schuld an dem Vorfall seinem Arzt zu. Ihr eigener Anwalt hatte eine 180-Grad-Wende vollzogen und weigerte sich zu versuchen, diese Unterlagen anzufordern. Und er war nur einer von zwei Anwälten, die so verängstigt worden waren, dass sie diese Dokumente nicht anfordern wollten. Um an die Anfänge zurückzugehen, sie wäre selber fast von der Straße gedrängt worden, als sie den Wagen ihrer Mutter fuhr. Nun hatte der eine Mann, der die fehlenden Stücke hätte beisteuern können, einen schweren Schlaganfall erlitten und war seitdem sogar noch mehr 'völlig behindert'. Diese Dinge passierten einfach nicht im Umfeld eines einfachen Verkehrsunfalls mit einem Fußgänger. Sie taten das einfach nicht.

Eine andere Möglichkeit, egal wie unwahrscheinlich, war, dass der Mann zu krank war, um fahren zu können, geistig zu umnachtet, um die richtige Entscheidung zu treffen – auch wenn die Geschworenen das definitiv so nicht gesehen hatten. Es bestand die Möglichkeit, dass der Arzt, der sich damals um ihn kümmerte, ihn nur an seinen guten Tagen, an seinen zurechnungsfähigen Tagen gesehen hatte, wenn es die denn gegeben hatte, und dass die Leute, die dafür zuständig gewesen wären, ihr die Unterlagen zum Tod ihrer Mutter zuzusenden, es alle einfach vergessen hatten. Und seine medizinischen Unterlagen bis zu dem Zeitpunkt des Todes ihrer Mutter waren wirklich nicht relevant für den Fall, und sowieso war es nichts, was Christina etwas angegangen wäre. Konnte die Situation wirklich so absurd sein? Wenn es einfach nur der Fall eines alten Mannes war, der einen Wagen zur Verfügung hatte, mit dem er sich selber auf den Straßenverkehr loslassen konnte, was zum Teufel sollte dann diese ganze Geheimniskrämerei?

Zu all dem stand es ihr noch bevor, herauszufinden, warum die Organspende ihrer Mutter abgelehnt worden war, nur weil sie während der 90er in England gelebt hatte. Sie konnte diesbezüglich nichts drüber herausfinden. Gar nichts.

Christina wandte sich wieder den Dingen zu, die Sinn ergaben. Bei diesen Gelegenheiten, wenn sie alle zusammen waren, zu Hause, in dem großen, zugigen, gelb-grünen Haus, gab es immer diese Abendessen. Die Kinder blieben zu Hause, auch wenn sie die Gelegenheit gehabt hätten auszugehen, und belagerten die Küche. Mit Hank auf dem College und allen anderen dabei, Pläne zu machen, wurde das Abendessen zu einem Ereignis, das für sich stand, zu einem besonderen Moment. Bald würde Anya sich nach Toronto aufmachen, um Kunst zu studieren. David freute sich überhaupt nicht darauf, der Einzige zu Hause zu sein. Der März, der die tiefste Kälte des Winters mit sich brachte, hatte es sich hier oben im Norden recht bequem gemacht. Der Ofen brannte rund um die Uhr, wie im tiefsten Winter, und sogar die Katze mit dem flauschigen Fell schlief auf der in Backstein gesetzten Bank unter dem Ofen.

Die Kinder umzingelten die Küche, erst einzeln, dann alle auf einmal, flogen ins Esszimmer ein, um zu erschnuppern, ob das Essen schon fertig war, und wieder zurück. Sie eilten in alle Richtungen davon, zu den Hausaufgaben oder dem Computer oder zu den Tieren. 'Abendessen' erhob sich im Haus, füllte ganze Räume mit seiner Vorahnung, so dass sie immer und immer öfter kamen, bis das Essen schließlich aus der Küche entlassen wurde. Anya saß zu Ottos Rechten. David saß zu Christinas rechter Seite. Hank saß zwischen Otto und David. So war es immer gewesen. Brennende Bienenwachskerzen würden die Tafel erleuchten, von Otto bis hinüber zu Christina ... wie üblich.

„Verflucht", sagte Christina sanft, während sie in den Esszimmerschrank schaute. „Hank, kannst du zur St. Demetrius 'rüberfahren, um Kerzen zu holen?"

St. Demetrius war eine alte Griechisch-Orthodoxe Kirche, etwa eine halbe Meile weiter weg. Die Kirche benutzte Bienenwachs – und nur Bienenwachs – innerhalb der geweihten Räume, weil sie, wie Christina, daran glaubten, dass Bienenwachs von einer höheren Spiritualität war, weil es niemals den Boden berührt hatte, ein Wesen der Luft. Es schwebte zwischen Himmel und Erde.

Dies waren ihre Rituale, die Wäscheklammern, die ihr Leben ordentlich am Platze hielten. Hank verließ sich auf jeden Fall darauf, die Dinge so vorzufinden, wie er sie hinterlassen hatte. Christina verließ sich auf sie, jetzt, wo alles desintegrierte. Die Kinder würden alle wissen, was es bedeutete, etwas Einfaches und Wunderschönes zu erschaffen, so hoffte sie, worauf sie ihre eigenen Heime würden aufbauen können. Sogar das Tischgebet, das sie sprachen, war ihres gewesen, seitdem David im Kindergarten gewesen war:

Erde, die Du dies gebracht,
Sonne die es reif gemacht,
liebe Sonne, liebe Erde,
Euer nie vergessen werde.

Hank machte sich auf zur Kirche. Christina tat es immer leid, wenn sie nicht selber gehen konnte. Sie liebte es, im Kirchenschiff zu stehen – den Blick an die Decke gerichtet, während sie eine Ikone nach der anderen ins Blickfeld holte, eine schöner als die andere. Sie bewunderte die kleinen, goldbesetzten gerahmten Ikonen, die längs der Gänge hingen. Die Malereien im Kirchenschiff waren die Arbeit eines Vaters und seines Sohnes, die aus Griechenland hierher geschickt worden waren. Dies war ihr Lebenswerk. Sie wurden geschickt, kamen an und blieben so lange in jedem Gewölbe, bis der

Geist, der darin wohnte, zu ihnen sprach und sie wussten, was zu malen war. Dann wurden die Gerüste gestellt und ihre Visionen wurden atemberaubende Wirklichkeit. Hank kam mit vier wunderschönen Kerzen zurück. Sie krönten den Tisch, um ihr Mahl mit Licht zu vervollkommnen.

Irgendwo zwischen den Karotten und dem Apfelstrudel erzählte ihnen Hank von dem Obdachlosen und der Stange Geld.

„Ich lief eines Tages durch die Stadt, wie das so ist, und ich ging grade die Treppen der U-Bahn-Station an der 14ten Richtung *Union Square* hoch. Ich hörte, wie jemand sich die Seele aus der Brust schrie. Dann sah ich, dass es ein Obdachloser war, so verdreckt, wie ein Obdachloser nur sein kann. Er nahm diesen Haufen Irgendwas – es war Geld –, schmiss es auf den Boden und stampfte darauf herum, schrie, wie verdorben Geld doch sei. Ich hab keine Ahnung, ob das echt war oder *Show*. Ist auch egal, denke ich."

„Was hast du dann gemacht?", fragte Anya

„Ich hab ein Foto mit meinem Handy gemacht, als er nicht geguckt hat, und es an mich selbst geschickt. Ich mache das oft, wenn ich an den Wochenenden durch die Stadt laufe – mir selber zu texten was ich sehe. Eines Tages schreibe ich das alles mal auf."

„Also Papa und ich bereiten uns auf die Anime in Boston vor", sagte Anya. Otto hatte immer diesen Wahnsinns Comic-Wettbewerb in der Schule betreut, was damit geendet hatte, dass er das Osterwochenende mit Anya und ihren 58.000 besten Freunden in Boston verbrachte. Anya schneiderte sich immer Kostüme, plante und skizzierte Monate im Voraus. Für Anya gab es nichts auf diesem Planeten, was nicht in die Kategorie Kunst gefallen wäre.

„Dad will als 'Crimson Chin' gehen, aber wir kriegen den Dreh nicht raus, wie das Kinn, das wir aus Styropor für ihr gebastelt haben, am Gesicht kleben bleibt."

Otto war so ein guter Kumpel und es machte ihm wirklich Spaß, da mitzugehen. Nächstes Jahr würde David auch dabei sein. Christina stellte sich vor, dass sie an diesem speziellen Wochenende in die Stadt fahren würde, um Hank zu besuchen.

Ich frage mich, ob es noch so etwas wie die Oster-Prozession in Manhattan gibt, dachte sie.

„Mama", fragte David. „Was hast du auf deiner Reise gemacht?"

„Ich war auf einem Symposium, bei dem ging es um ...", sie seufzte, „das auf *Terraforming* raus läuft, denke ich."

„Was ist das", fragte er mit einer Ladung Apfelkuchen im Mund. Der Golden Retriever manövrierte immer zwischen Davids Beinen, wo die Wahrscheinlichkeit, dass Stücke und Krümel ihren Weg in die Hundezone finden würden, am größten war.

„Ich glaube, die strengste Definition ist, große Teile der Umwelt auf einem Planeten absichtlich und tiefgreifend zu verändern."

„Warum sollte man so etwas tun?", fragte Hank.

„Ich glaube, die Idee und der Begriff stammen aus einer Zeit, als man anfing, daran zu denken, andere Planeten zu verändern, um sie bewohnbar zu machen", antwortete Otto.

„Also, Mama", lachte Anya, „gehörst du jetzt zum Raumfahrtprogramm?"

„Nein." Christina musste ihnen etwas mitteilen. „Ich mach mich mit der Tatsache vertraut, dass es erdrückende Beweise gibt, dass jemand oder irgendeine Agentur grade die Erde *terraformed* – genau jetzt – und das auch schon seit einer Weile macht."

„Was?" Hank legte seine Gabel nieder. „Warum?"

„Da gibt es viele Theorien. Ich denke bald, weil so viele Leute dieselbe Frage fragen, werden sie – wer auch immer das ist – etwas zu diesem Warum sagen müssen. Es wird spannend sein, zu sehen, wer ihr Sprecher sein wird, und ich bin mir sicher, dass sie sagen werden, dass sie es tun müssen, um uns vor irgendetwas zu retten. Wir können uns ja mal die Möglichkeiten anschauen. Was war der Sinn von *Terraforming* noch mal?"

David sprach: „Um einen Planeten für Menschen bewohnbar zu machen."

„Lassen wir gelten", sagte Christina. „Und die Veränderung schließt das Land, auf dem wir unser Essen anbauen, mit ein, das Wasser, das wir trinken, und die Luft, die wir atmen. Wenn wir die Dinge ordentlich anpassen, könnten wir auf einem vorher lebensunfreundlichen Planeten leben, wie zum Beispiel dem Mars. Oder der Venus. Stimmt's? Auch wenn du annimmst, dass unser Planet irgendwie all diese Veränderungen nötig hat – und das ist ein gigantisches Wenn –, gibt es eine Reihe von Dingen, die man beachten muss. Als Erstes sieht es so aus, als ginge es darum, die Dinge zu beseitigen, die der Menschheit gefährlich werden könnten, denn schließlich haben wir ja schon all die Dinge, die uns ein Leben im Überfluss bescheren, ja?"

Sie waren alle einverstanden.

„Nun, die Indizien beweisen, dass genau das Gegenteil wahr ist. Viele Sachen, die in Wirklichkeit tödlich für Menschen und die Umwelt sind, werden in die Umwelt versprüht ... und ich spreche nicht von CO_2, meine Jungs. Ich meine andere, viel tödlichere Gifte."

Sie hatte nicht erwartet, so tief in diese Sache einzutauchen, aber nun waren sie hier und sie würde herausfinden müssen, wie viel sie sie wissen lassen konnte, ohne sie bis ins Mark zu erschüttern. Kinder sollten nicht in die Lage kommen, selber entscheiden zu müssen, ob ihr Leben auf Ängsten basieren sollte oder nicht. Otto hatte keine Anstalten gemacht sie aufzuhalten.

„Zweitens, nehmen wir an, alles andere wäre identisch, was ist die eine Sache, die wir der Venus und dem Mars voraus haben? Denkt nach Jungs!"

„Na uns", sagte David bestimmt.

„Ja. Leben. Allerlei Lebensformen. Wir haben einen Planten, der auf Menschen, Tiere und Pflanzen wie zugeschnitten ist. Und da muss ich mich doch wundern, ob es möglich ist, einen Planeten zu *terraformen*, wenn da Billionen von lebendigen Wesen von dem leben, was schon da ist, ohne diese Lebensformen dramatisch zu beeinflussen? Ich glaube nicht, dass das geht. Ich denke, dass es fast eine Binsenweisheit ist, dass die natürliche Ordnung ein sensibles Gleichgewicht ist, das wir um alles in der Welt davor bewahren sollten, durcheinandergebracht zu werden."

Stille machte sich um den Esstisch breit. „Da gibt es viel, um darüber nachzudenken", sagte Otto schließlich.

Christina fand mit der Zeit heraus, dass sogar von den wenigen Menschen, denen sie sich mit diesen Dingen anvertraute, die meisten ihr einfach nicht glaubten. Nicht unbedingt bezüglich der Willkür hinter dem Tod ihrer Mutter, oder des Fehlens einer Absicht ... sie vertraute dem, was ihre Mutter ihr vor etwa einem Jahr gesagt hatte. Was sie ihr nicht abnahmen, war der Gesamtkontext. Jeden einzelnen Aspekt. Es dauerte eine Weile, aber irgendwann bekannten sie Farbe. „... sagst du das jetzt nur so oder ist das wirklich wahr?" Verwicklung des Militärs? „Nicht unsere Jungs." Regierungen, die Teppiche aus Gift ausbringen? „Die werden da sicherlich schon einen guten Grund haben."

Die Leute dachten wirklich, dass sie nur irgendeinen Unsinn erzählte. Als sie erkannte, dass die Leute einfach nicht sahen, was sich direkt vor ihren Augen abspielte, sogar bei Leuten, die sie gut kannte, verstand sie plötzlich, warum die menschliche Rasse so tief in der Scheiße steckte. Zugegebenermaßen, da gab es Dinge – entscheidende Dinge, die verschleiert waren, nicht vollständig durchleuchtet, in Dunkelheit gehüllt. Sie wünschte sich so sehr, all das ans Licht zu bringen. Ihre Aufgabe war, das vorwärts zu bringen, und ob ihr zu diesem Zeitpunkt jemand glaubte oder nicht, das war so ausschlaggebend wie ein Schneeball in der Hölle. Das war, was sie tun würde, und bei Gott im Himmel, sie würde es zu Ende bringen. Zum Glück glaubte Otto bedingungslos an sie. Sie konnte sich nicht vorstellen, was um sie herum passieren würde, wenn dieses Buch herauskam ... wenn das Buch denn erscheinen würde.

Ein paar Tage, nachdem Hank wieder in der Schule war, rief Christina die Staatsanwaltschaft an, um einen Termin zu vereinbaren. Sie wollte wissen, ob sie als Privatperson das Recht hatte, Walters' Akten einzusehen. Das war so ein blödes, großes, fehlendes Stück im Puzzle. Die Frau, die den Hörer abnahm, war die gleiche, mit der Christina schon zuvor gesprochen hatte.

„Wie witzig, dass Sie anrufen. Ich war drauf und dran, Sie anzurufen! Walters' Anwalt war grade hier und hat gefragt, ob Sie jemals die medizinischen Unterlagen bekommen haben, die Sie gesucht hatten."

Christina war einen Moment sprachlos. Was? „Nein, habe ich nicht, wirklich. Egal wie oft ich meinen Anwalt gebeten habe, sie zu besorgen, insbesondere seit wir einen Gerichtsbeschluss vorliegen haben, vom Richter unterzeichnet, er ignoriert mich oder blockt einfach ab oder sagt, es sei es nicht wert, die Zeit zu verschwenden, da auch nur reinzugucken ... Ich vermute, er denkt, man könne da kein Geld rausschlagen. Das ist mir eigentlich egal. Ich will nur wissen, wer medizinisch für diesen Typen verantwortlich war, der meine Mutter überfahren hat. Ich glaube, jeder würde das wissen wollen."

Christina sagte nicht, dass ein weiterer Anwalt großes Interesse an dem Fall gezeigt hatte und dann einfach von der Bildfläche verschwunden war.

„Das ist doch Wahnsinn", sagte die Frau. „Natürlich werden Sie das wissen wollen. Lassen Sie mich da mal ein bisschen in den Akten wühlen, und ich rufe dann zurück, okay?"

Am folgenden Tag kam der Rückruf von der Staatsanwaltschaft. Sie sagte, sie würden die Akten für sie besorgen. Sie konnte kommen und sie sich in Anwesenheit des Staatsanwalts angucken. Für Christina war das der erste Etappensieg in diesem Fall, und er hatte so lange auf sich warten lassen. Sie würde so bald wie möglich gehen. Etwas Größeres anzugehen hätte sie jetzt den Verstand gekostet.

Otto ging ans Telefon. Sie konnte ihn in der Küche sprechen hören.

„Es ist Bennie", rief er.

„Guten Morgen oder was auch immer ihr da jetzt habt", sagte Christina, als sie den Hörer übernommen hatte.

„Hallo", dieser unverwechselbare australische Akzent mit der darunterliegenden italienischen Note. „Christina, hast du die Nachrichten gesehen? Ist dir bewusst, was in Japan passiert?"

„Nein, haben wir nicht. Was ist passiert?"

„Ein monstermäßig schweres Erdbeben, gefolgt von einem noch monströseren Tsunami."

„Oh mein Gott", sagte Christina leise.

„Aber das Schlimmste ist, dass ein Kernkraftwerk mit vier Reaktoren dabei ist, außer Kontrolle zu geraten ... direkt an der Küste."

„Um Gottes Willen", antwortete Christina.

„Ich weiß", sagte Bennie. „Die Strahlung darf nicht außer Acht gelassen werden. Diese Reaktoren sind undicht. Das wird um den Planeten gehen, denke ich."

„Wo zieht es hin?"

„Über den Pazifik, fürchte ich ... deine Richtung." Stille machte sich breit.

„Ich geh hier in die Knie, Bennie. Ich werde mir darüber Gedanken machen müssen, meine Kinder wegzubringen."

„Komm nach Australien!"

„Ernsthaft ... wir sind eine große, laute Bande, weißt du doch", Christina lachte.

„Je mehr desto besser", sagte Bennie. „Sag mal, wie kommst du mit dem Buch voran?"

„Ja, deswegen wollte ich dich eigentlich schon anrufen. Ich habe viel darüber nachgedacht ... und über dich. Ich fange grade erst an, mich da rein zu beißen."

„Halt mich auf dem Laufenden, okay?" Sie redeten noch ein paar Minuten und legten dann auf.

Am Morgen des 11. März gab es auf allen Sendern und Internetforen Sondersendungen und *Specials*: Ein Erdbeben der Stärke 9.0 auf der Richterskala hatte Japan heimgesucht – gefolgt von einem unglaublich zerstörerischen Tsunami. Die gesamte Familie hing am Bildschirm, Hank am Telefon aus New York, als die Nachrichtensender der Welt die fürchterliche Kraft und Gnadenlosigkeit der unaufhaltbaren Wassermassen zeigte, die über Städte und Ackerland schwappten, tief ins Landesinnere. Die Bilder zeigten Jumbojets, die hinaus ins Meer gesogen wurden. Es war ein gewaltiges Ding. Dann kamen Meldungen rein, genau wie Bennie gesagt hatte, dass eins von Japans Kernkraftwerken mit vier Reaktoren in große Schwierigkeiten geraten war, entweder durch den Tsunami, oder durch das Erdbeben, oder durch beide.

Christina hatte das Gefühl, Armageddon zu durchleben. Vor acht Monaten war ihre Mutter überfahren und getötet worden. Sie hatte die Zeit seitdem damit verbracht, etwas zu entdecken, was wie ein Plan aussah, ein Plan den Planeten zu vergiften. Und jetzt war die Welt, oder fürs Erste die nördliche Hemisphäre, in Gefahr wegen riesiger Mengen freigesetzter Strahlung. So viele Menschen, die aufs offene Meer raus gezogen oder von den Trümmern zerquetsch worden waren, der Pazifik gefüllt mit Flugzeugen und Flugbenzin, Autos und Häusern. Wie konnte all das in einem Jahr zusammenkommen?

Später machten in den Nachrichten die ersten Gerüchte über eine Kernschmelze die Runde. Otto war über dieses Ereignis, das so urplötzlich passiert war und kritische Ausmaße angenommen hatte, mehr besorgt als über die schmerzhafte Geschichte, die sich seit dem Unfall langsam entpuppt hatte.

„Davon wird Strahlung in der gesamten nördlichen Hemisphäre um die Erde ziehen, Christina", sagte er leise.

„Otto", sagte sie, als sie zusahen, wie das Wasser große Teile der Ostküste Japans ins Meer riss, „wir müssen uns darüber unterhalten, ob wir die Kinder an einen sicheren Ort bringen können, wenn es denn noch einen gibt."

Er sagte nichts, wartete einfach darauf, dass sie weitersprach.

„Wie ist es mit Australien?", fragte sie. „Bennie ist dort."

„Wir können über eine Reise dorthin nachdenken ... eine Expedition. Sie kann aber nur zu Weihnachten stattfinden."

In der Zwischenzeit traf Christina eine Verabredung, um sich in ein paar Wochen mit dem Staatsanwalt zu treffen. Sie fuhr damit fort, für das Buch Notizen über die Karriere ihrer Mutter beim Militär zu machen, und gönnte es sich, zunächst zögerlich und mit großer Vorsicht, in ihrer eigenen Erinnerung an ihre eigene Geschichte zu einigen glücklichen Momenten zu reisen, und zu einigen außergewöhnlich unglücklichen. In einem zweiten Notizbuch schrieb sie die Ereignisse nieder, so wie sie in der Gegenwart passierten. Es waren Dinge passiert, die entscheidend waren, aber sie passierten noch immer. Die Geschichte entfaltete sich vor ihren Augen. Sie wollte die Gegenwart nicht aus den Augen verlieren, während sie die Vergangenheit durchwühlte.

An dem Morgen, an dem sie mit Bennie gesprochen hatte, hatte sie angefangen zu schreiben:

Sie setzte sich den roten Strohhut mit der breiten Krempe auf ihre kurzen, stahlgrauen Locken ...

Es war an der Zeit alles niederzuschreiben.

*****

Die Länder, die an der Verfassung des Shuri-Abkommens beteiligt waren, entschieden nach langen Verhandlungen, sich auf den Nürnberger Kodex zurückzubesinnen, der nach dem Zweiten Welt-krieg entwickelt worden war. Das andere Dokument, auf das sie sich bezogen, war die Charta der universalen Menschenrechte, ebenfalls aus der Zeit nach dem Zweiten Weltkrieg. Sie wollten das Beste aus jeder Menschenrechtsdeklaration seit damals mit einbe-ziehen. Jeder Belang, Krieg, Menschenversuche, der Entzug von Lebensgrundlagen, biologische und chemische Kriegsführung ... all dies reduzierte sich letztendlich auf die Frage, ob Menschen das Recht hatten, nein zu sagen. Der führende Kopf bei diesem Unterfangen – eine Frau – war der Meinung, das 21. Jahrhundert könnte mit keiner besseren Geste eingeweiht werden. Und sie war auch der Meinung, dass man eine Art Zwangsmechanismus ins Spiel bringen sollte. Das war der Schlüssel. Das war der Knackpunkt.

Sie verbrachten zwei Jahre damit, Daten zu sammeln und Be-weise, und im Ausschuss darüber zu debattieren, was alles mit eingeschlossen sein sollte und welche Strafmaßnahmen für die-jenigen vorgesehen sein sollten, die den Beschlüssen nicht folgten. Es sah nicht danach aus, als gäbe es etwas, das groß genug sei, etwas, das jede Entität auf diesem Planeten so direkt bedrohen könne, ein Druckmittel, das einen weltweiten Konsens einfach erzwingen könnte.

Diese Aussage fesselte Christinas Aufmerksamkeit. Sie hörte wieder einmal Charlie Shepard im Radio, und dieses Mal diskutierte er etwas, das in Japan vor sich ging und sich das *Shuri-Abkommen* nannte.

„Der erste Satz des Nürnberger Kodexes lautet: Die freiwillige Zustimmung der Versuchsperson ist unbedingt erforderlich. Was sonst muss denn noch gesagt werden?"

„Also Charlie, lass uns das auf den Punkt bringen", sagte die weibliche Moderatorin, „du hast das Gefühl, dass das Geo-Engineering in der Atmosphäre letztendlich einen Versuch am Menschen darstellt?"

„Ja, das tue ich. Da sind Dutzende von Chemikalien und Biowaffen, die auf die Population weltweit jeden Tag niederregnen. Was über diese Chemikalien und ihre Wirkung bekannt ist, birgt in der Tat sehr schlechte Nachrichten für die Menschen. Dieses Phänomen muss entweder als biologische und chemische Kriegsführung eingestuft werden, oder als Experiment, oder als Individuum. Die Testpopulation ist völlig ahnungslos und hat nicht eingewilligt, weder als Kollektiv noch als Individuen."

Christina notierte sich nun den Namen dieses Mannes: Charlie Shepard. Das war jemand, den sie treffen musste, eine weitere Person aus den Untiefen, die sie auszuloten gedachte. Sie nahm das

Telefon und rief die Redaktion an, aber sie nahmen schon keine Zuhöreranrufe mehr entgegen. Der Typ, der geantwortet hatte, sagte, die Kontaktdaten von Charlie Shepard seien auf der Webseite des Radiosenders. Direkt nachdem sie aufgelegt hatte, kopierte sie sich Charlie Shepards E-Mail-Adresse von der Webseite und schickte ihm eine kurze Nachricht. Dann rief sie Nikolai an.

„Was ist dieses *Shuri*-Abkommen-Ding in Japan genau? Hast du das auf dem Schirm?"

„Oh, ja, absolut", sagte Nikolai. „Das wird ein Manifest, was wirklich Neues; der erste Anlauf für ein globales Vertragswerk in diesem Jahrhundert. Wir haben einige Erfahrung mit gescheiterten Verträgen ... wegen der üblichen Versuchungen der Macht und sonstiger menschlicher Eigenarten, wobei sich bestimmte Dinge ändern und andere gleich zu bleiben scheinen. Das Projekt läuft schon eine ganze Weile, mit Unterstützung religiöser Führer, privater Aktivisten und einiger juristisch versierter Personen. Ich glaube, der Wendepunkt war, als sie die Unterstützung einer Frau gewinnen konnten, die eine japanische Prinzessin gewesen war, ein Mitglied der königlichen Familie, bis sie geheiratet hatte. Der Kopf des Ausschusses ist die frühere spirituelle Beraterin der Prinzessin, eine buddhistische Würdenträgerin. Ich glaube, die Buddhistin ist aus Schweden. Es gibt noch eine Hand voll andere aus allen Ecken der Welt."

„Ich finde das wirklich spannend als Möglichkeit, unseren Daten und unserem Fall internationale Aufmerksamkeit zu verschaffen, indem wir sie Leuten in die Hand geben, die in der Position sind, die Dinge, die am Himmel passieren, als Kriegsverbrechen einzustufen. Was denkst du? Wie können wir ihre Aufmerksamkeit bekommen?", fragte Christina.

„Ich habe kürzlich gelesen", antwortete Nikolai, „dass es bald ein Zeitfenster geben wird, in dem Veröffentlichungen eingereicht werden können, und Anregungen und solche Sachen. Das wird die Gelegenheit sein, um zu versuchen, etwas Aufmerksamkeit zu bekommen."

Die Idee, während man unter Beobachtung stand, ein Team zusammenzustellen, um nach Japan zu gehen und Beweise für angewandtes Geo-Engineering vorzulegen, machte Christina aus vielerlei Gründen höllische Angst. Es sah aus, als müsse eine Unmenge an Daten ausgewertet und zusammengefasst werden, aber da gab es ein Team in Kalifornien, das da schon inoffiziell dran arbeitete. Sie musste mit Charlie Shepard sprechen. Sie fragte sich, ob er wohl daran teilhaben wollen würde. Er war so daran gewöhnt, über das Thema zu sprechen, und er schien die Frau zu kennen – ihr Name war Choshin Soderholm – zumindest ein kleines Bisschen. Jemand musste den Mut aufbringen, in der internationalen Arena aufzustehen und das Gesicht des Widerstandes zu werden. Sie hoffte aufrichtig, dass nicht sie es würde sein müssen.

„Hier ist Charlie." Er hatte Christina seine Telefonnummer geschickt. Die Vorwahl zeigte, dass er irgendwo nördlich von San Francisco beheimatet sein musste. Wieder Kalifornien.

„Hallo Charlie! Ich bin Christina Galbraithe."

„Hallo Christina. Wie ich sehe, hast du es geschafft, mich zu finden. Was kann ich für dich tun?"

„Charlie, ich bin ziemlich verwickelt in diese Bewegung, die Quelle der giftigen Chemikalien in der Atmosphäre zurück-zuverfolgen, herauszukriegen, wo sie herkommen."

„Gut. Immer schön zu wissen, dass mehr und mehr Leute dem Aufmerksamkeit schenken."

„Das wäre eigentlich schon Grund genug gewesen, um an-zurufen ... aber ich habe einige deiner Radio-Interviews über das Thema gehört. Ich habe gehört, wie du vor ein paar Tagen über den *Shuri*-Vertrag gesprochen hast, und ich würde gerne mit dir darüber sprechen, im Zusammenhang mit dem giftigen Himmel. Das ist immer meine Kurzformel dafür."

„Giftiger Himmel. Kurz und süß und fasst es gut zusammen. Das ist die andere Seite der Medaille, Christina. Wie gehen wir das an? Ich würde mich freuen, über das *Shuri*-Abkommen zu sprechen, weil ich in diesen Vorstoß eine ganze Menge Hoffnung setze. Allerdings muss ich jetzt aus dem Haus. Ich fliege nach Boston, für ein weiteres Interview."

„Ich wohne bei Boston, antwortete Christina. „Wie wäre es, wenn ich dich dort treffe, dann können wir sprechen. Ich könnte uns ein Mittagessen spendieren, oder ein Abendessen, oder ...?"

„Ich sag dir was. Komm runter zum Studio und du kannst dann

dabei sein, während ich das Interview gebe. Wir können dort reden. Klingt das gut?"

„Das kann ich tun." Nachdem Charlie ihr den Namen und die Adresse des Studios gegeben hatte, legte Christina auf. Er war für zwei Uhr am darauffolgenden Nachmittag eingeplant worden. Der Portier in der Eingangshalle würde ihren Namen haben.

Diese Nacht träumte sie von ihrer Mutter.

Sie war in Arbeitskleidern, trug ein langes Kleid und hübsche, flache Schuhe. Die Szenerie hätte in Virginia sein können, oder aber auch in England, eins von beidem; wolkig, verregnet, etwas kalt und düster. Christina schaute die Frau lange und intensiv an, während sie in dem Bürogebäude verschwand. In diesem Traum war sie vielleicht in den Mittfünfzigern. Schwer zu sagen.

Sie betrat das, was ihr Arbeitsplatz war – zumindest in diesem Traum –, auch wenn dort Schränke und eine Spüle längs einer der Wände waren. Sie saß an einem langen Tisch, mehr Ess- als Schreibtisch, und zog einen gelben Briefbogen hervor. Sie schrieb die Worte 'streng geheim' oben auf das leere Blatt, mit sehr deutlicher Schrift. Sie schrieb einen Brief.

So deutlich auch die Worte ‚streng geheim' erschienen waren, hatte Christina Schwierigkeiten, den Namen des Empfängers zu lesen. ... Stavros ... Stamos, das 'S' war das Einzige, bei dem sie sich sicher war. Christina sah dann, wie ihre Mutter eine Tüte Karamellbonbons hervorholte, Brach's Caramels, wie sie sie vorsichtig und bedächtig auspackte und während sie schrieb, einen nach dem anderen aß. Christina fiel es schwer, das nachzuvollziehen, denn ihre Mutter hatte eine starke Neigung zur Plaquebildung und hätte etwas Derartiges niemals gegessen.

Es wurde schon bald sogar noch seltsamer, als sie eine Schachtel Zigaretten herausnahm und sich eine ansteckte. Ihre Mutter war Sängerin gewesen. Sie hätte nie geraucht. Trotzdem umspielte jetzt der Rauch der Zigarette ihren Kopf und füllte den kleinen Raum. Ihre Mutter saß an diesem Tisch, rauchte, aß Karamell und schrieb diesen streng geheimen Brief auf einen gelben Briefbogen.

Das Karamellbonbon und die Zigaretten mussten irgendein Hinweis sein. Alles an diesem Traum waren Hinweise. Aber was bedeuteten sie?

Dunkelgrüne Flüssigkeit begann über den Tisch zu fließen und dann runter auf den Boden. Bald floss sie auch die Wände herab. Ihre Mutter nahm etwas davon mit ihren Händen auf. In ihrer Handfläche hatte die Flüssigkeit einen öligen Schimmer, auch wenn das, was die Wände herunter und über den Boden floss, dickflüssiger aussah und etwas von der Konsistenz von Frostschutzmittel hatte. Dann kam es auch aus dem Wasserhahn über der Spüle. Es schien das gesamte Gebäude zu erfüllen. Plötzlich musste ihre Mutter husten, bekam Schwierigkeiten beim Atmen. Sie sah Christina an und sagte: „Ich habe versucht es aufzuhalten."

Sie hatte bis dahin nicht von ihrer Mutter geträumt, noch konnte sie mit dem Traum in diesem Moment etwas anfangen, außer ihn im Kopf zu behalten, bis etwas ihren Weg kreuzen würde, das ihr helfen würde, ihn zu verstehen.

Um sechs Uhr am darauffolgenden Morgen nahm Christina den Zug nach Boston. Dann stieg sie in die U-Bahn zum *Copley Square* und lief eine Meile bis zu der Sendeanstalt, in der Charlie interviewt wurde. Wie versprochen hatte der Wächter am Eingang ihren Namen auf der Liste und sie bekam die Erlaubnis, hoch ins Studio im zehnten Stock zu fahren. Es war ein kleiner Radiosender, der nur drei magere Stunden am Tag auf Sendung ging, mit Interviews mit Aktivisten aus dem ganzen Land. Manchmal waren es Telefoninterviews, manchmal kamen die Gäste angereist.

Charlie sah sie durch das kleine Fenster in der Tür kommen und öffnete die Tür, um sie hereinzulassen.

„Guten Morgen Christina!", sagte er warmherzig. „Hattest du eine gute Reise hier runter?"

„Hatte ich, danke." Sie reichte dem anderen Mann im Raum die Hand und schüttelte sie. Er war derjenige, der das Interview machen würde.

„Hi, ich bin Cliff", sagte er. „Such dir einen Platz."

„Wie war deine Reise, Charlie?", fragte Christina. Sie war etwas nervös, hoffte, mit der Peripherie verschmelzen zu können, wenn das Interview begann.

„Ganz gut, denke ich, für einen kommerziellen Flug."

„Fliegst du sonst auf anderen Wegen?"

„Ich bin früher selber geflogen. Ich bin Pilot. Als ich anfing, mit diesen Sachen an die Öffentlichkeit zu gehen, wurde das aber zu gefährlich. Kleine Flugzeuge lassen sich so leicht sabotieren, das passiert andauernd. Also fliege ich immer mit dem größten Charterschiff, das ich finden kann, spreche ein Gebet und hoffe, dass alles gut geht."

Leute, die in diese Sachen verwickelt waren, sprachen öfters davon, dass ihr Leben in Gefahr war.

„Können wir loslegen, Charlie?", fragte Cliff.

Charlie setzte sich, zog sich die Kopfhörer über die Ohren und deutete Christina an, sie möge sich auf einen Sessel ihm gegenüber setzen.

Der Moderator der Sendung stellte Charlie vor und verwies auf einige seiner Veröffentlichungen, einschließlich der Forschungsarbeit, die er im vergangenen Jahrzehnt zum Thema Geo-Engineering gemacht hatte, und bedankte sich bei ihm für seine unerschrockenen und klaren Worte, mit denen er in die Öffentlichkeit trat.

„Heute möchte ich nicht nur über das sprechen, wovon wir wissen, dass es am Himmel passiert ... Millionen von Menschen überall auf der Welt sprechen darüber, dokumentieren es, rufen Politiker an oder schreiben ihnen oder bringen die Angelegenheit sogar vor Gericht. Suffolk County auf Long Island befindet sich mitten in einer schweren Schlacht, um die Luft über ihren Köpfen wieder zu kriegen. Wir können das natürlich alle tun, und viele Gemeinden bringen das jetzt vor Gericht, denn es ist verboten, den Himmel ohne die Einwilligung der Bürgerschaft zu vergiften. Diese Sachen sind wirklich wichtig. Nehmt euer Wohlbefinden und das Wohlbefinden eurer Kinder in eure eigenen Hände.

Eine Sache, über die ich sprechen möchte: ab jetzt bis in den Juli hinein ... was in etwa drei Monaten ist ... findet eine Versammlung statt, denn das ist, was es eigentlich ist, eine Versammlung besorgter Bürger aus allen Teilen der Welt, die an der ersten internationalen Konvention des 21. Jahrhunderts arbeiten. Die nennen es das Shuri-Abkommen. Und du weißt Cliff, dass ich mit der Leitfigur dieser Bewegung, Frau Choshin Soderholm, sehr gut bekannt bin".

„Choshin", bemerkte Cliff?, „ist ein ungewöhnlicher Name."

„Ja, das ist buddhistisch. Ich bin da kein Fachmann, aber ich denke, dass sie diese Namen annehmen, wenn sie eine spirituelle Funktion innerhalb

der buddhistischen Gemeinde übernehmen. Es wäre phantastisch, eine Chance zu bekommen, ihr diese Fragen eines Tages direkt im Rahmen dieser Show stellen zu können. Auf jeden Fall ist das 'Soderholm' schwedisch, denn Choshin ist Schwedin. Sie ist in Stockholm aufgewachsen und etwa 1970 in die USA immigriert. Und es gibt da noch einige andere aus allen Teilen der Welt, einen Priester, einen Bürgerrechtsanwalt und Richter mit Spezialisierung auf Kriegsverbrechen, einen Lehrer aus Argentinien, Ärzte aus Japan und Botswana ... Sie haben schon einige Jahre lang daran gearbeitet, eine neue Menschenrechtserklärung zu entwickeln. Sie haben es geschafft, sich mit der japanischen Regierung zu arrangieren und von ihr gesponsert zu werden, weil einer von ihnen ursprünglich aus dem japanischen Königshaus stammte."

„Wirklich", antwortete Cliff. „Interessant. Also, das ist eine super Anbindung an Leute, die unter Umständen die Möglichkeit haben könnten, dafür zu sorgen, dass diese Bewegung beziehungsweise die Erklärung internationale Aufmerksamkeit und Anerkennung erfahren würde. Die Sache mit einer solchen Konferenz ist, dass sie mir das Gefühl verleiht, dass wir diese Fragen eigentlich schon bis zur Erschöpfung ausdiskutiert haben. Was gibt bei dieser neuen Deklaration Anlass zur Hoffnung?"

„Gute Frage, Cliff. Ich glaube, dass, was wir im 21sten Jahrhundert brauchen, genau das ist - nämlich keine Zeit mehr zu verschwenden, um neu zu definieren, was denn nun Menschenrecht ist. Wir haben das 100 Jahre lang getan – mindestens. Und dann haben wir all die Theorie unter all den Umständen auf den Prüfstand gestellt, die die Frage von Menschenrechten aufbringen könnten: Krieg, Okkupation, Totalitarismus, Faschismus, Hungersnöte, Seuchen, Großmachtallüren, wissenschaftliche Experimente als Selbstzweck. Die Frage der persönlichen Souveränität ist da völlig unter die Räder gekommen. Diskussionen über Kinder und andere, die sich nicht selber schützen können, sich selber helfen oder auch nur für sich selber sprechen können, haben durch dieses vergangene Jahrhundert gewütet. Wir haben diese Arbeit schon erledigt, die Liste ist vollständig. Ob es da draußen nun Entitäten gibt, die sich einen Scheiß um diese Dinge kümmern oder sie nur als kleine Hindernisse auf ihrem Weg sehen, die es zu überwinden gilt, spielt keine Rolle – die Arbeit ist nun mal erledigt. Die selbst auferlegte Aufgabe der Shuri-Kommission ist es, diese Definitionen und die internationalen Abkommen, die im 20. Jahrhundert *festgeschrieben worden sind, zu nehmen und die unumstößlichen Werte auf die Verbrechen gegen die Menschlichkeit des 21. Jahrhunderts zur Anwendung zu bringen."*

„Ich erinnere mich, dass du gesagt hast, dass der Ausschuss im kommenden Juli die Diskussion in der Weltöffentlichkeit eröffnet. Wo findet das statt, Charlie?"

„An dem Ort, nach dem das Abkommen benannt worden ist, die Shuri Festung auf der Insel Okinawa. Alle Mitglieder des Ausschusses waren in den vergangenen zwei Jahren dort in der Nähe ansässig. Die Regierung hat ihnen freundlicherweise die Erlaubnis erteilt, die Welt-Konferenz dort im Juli für die Dauer von zwei Wochen abzuhalten. Ich habe vor, dort zu sein."

Christina saß wie angewurzelt da. Sie wusste, dass der Mitschnitt dieses Interviews online sein würde, also hatte sie nichts mitgeschrieben. Aber sie wusste auch und vor allem, dass sie Teil dieser Bewegung sein würde. Zweitens: dieses Treffen im Juli würde Teil ihres Buches, Teil der Geschichte ihrer Mutter werden. Das musste es einfach. Im Laufe eines Jahres würde Christina einen Pfad entlang geführt worden sein, der auf einem Zebrastreifen in einem Küstenort im nördlichen Neu-England begonnen hatte und der sie in ein mittelalterliches japanischen Schloss auf der Insel Okinawa führen würde. Was für ein Höllenritt.

Der Sonnendieb

Georg Pearle Nero ließ sich auf der Marmorterrasse hinter dem riesenhaften Hauptgebäude der De-Geier-Festung nieder ... auch wenn die Briten den Ort Chateau-de-Geier nannten ... und ließ seine Blicke über den sorgsam geschnittenen und getrimmten Garten wandern, der überraschend, aber eindeutig an der Grenze zu einem sehr großen, privaten Jagdrevier endete. Dies war eine routinemäßige Zwischenstation *en route* zu seinem eigenen Anwesen am Maggiore See in Italien. Es gab Dinge, die wollten unter vier Augen besprochen werden. Jedwede Form der Kommunikation war streng, ja fast obsessiv abhörgesichert. Sie machten sich keine Sorgen, dass ihre Gespräche mitgeschnitten werden könnten oder auf irgendeinem anderen Weg festgehalten, aber es war eine Sache der Gewohnheit, bestimmte Entscheidung von Angesicht zu Angesicht zu treffen. Es gab so wenige Eingeweihte in ihrem Kreis.

Die Sache, die heute abgehakt werden sollte, war die Angelegenheit mit dem Ausschussmitglied Vizeadmiral Alexander Getz. Sie hatten natürlich fast von Anfang an gewusst, dass Getz auf beiden Seiten spielte. Aber solange er sich als nützlich erwiesen hatte, war das nicht ausschlaggebend gewesen. Alle, die sie kannten, spielten aus jedem nur erdenklichen Winkel. Das war in ihrer Welt die einzig vernünftige Vorgehensweise. Getz hatte über die Jahre unzählige Verträge zwischen dem Ausschuss und den Vereinigten Staaten verhandelt und gesichert.

De Geier schrieb die Schecks aus, die das Pentagon liquide hielten, denn die USA waren schlichtweg pleite. Seine Familie hatte seit der Großen Depression, der Mutter aller Depressionen des 20. Jahrhunderts, viele fette Schecks ausgestellt, um die USA liquide zu halten. Mit etwas Glück stieg grade ein weiterer Deal über dem Horizont auf, und wenn wirklich alles gut lief, würde das die Welt verändern. Zumindest war eines ihrer militärischen Programme, eines der wichtigsten, kurz davor, in eine globale Testphase zu kommen, und es war unerlässlich, dass dies passierte. Und Getz würde, das wussten sie, dies niemals zulassen. Er war am Ende seines Weges, die Grenze war erreicht. Er würde versuchen sie aufzuhalten. Diese Ressource musste in den Ruhestand versetzt werden. Aber weil es um dieses spezielle Programm ging, und der Ausschuss nun beabsichtigte, ein Instrument in den Ruhestand zu versetzen, das nur eine Stufe unterhalb der Vereinigten Stabchefs stand, musste eine Erlaubnis eingeholt werden. Nero ging zu Lord de Geier, der nur wenige Stufen unterhalb eines Gremiums von zwei Personen stand.

Die 'Erlaubnis' würde nur einen Telefonanruf kosten, aber das war eine Telefonnummer, die Nero niemals zu Gesicht bekommen würde.

„Nero, mein Freund", rief die Stimme eines Mannes aus dem Haus und Carroll de Geier erschien, braungebrannt, das weiße Haar vom Wind zerzaust. „Was verschafft mir diese extreme Ehre?"

Er glitt ein paar Schritte nach vorne und die Männer schüttelten sich die Hände wie alte Freunde. „Einen schönen Nachmittag wünsche ich, Carroll", antwortete Nero. „Und schön, Sie zu sehen, natürlich."

„Setzen Sie sich!" De Geier deutete auf ein Sofa am anderen Ende der Terrasse.

Sie gingen hinüber, setzten sich, so weit voneinander entfernt wie möglich, ohne eine zu offensichtliche Distanz zu schaffen, wandten sich einander zu und beobachteten sich, die Luft flirrte trotz zur Schau gestellter Gelassenheit vor Spannung. Für Nero war der lockere Ton die reinste Parodie. Niemand war locker in Anwesenheit dieses Mannes. Nero wurde etwas ungehalten, als er begriff, dass er entweder mit dem Rücken zur Tür würde sitzen müssen, oder seinem Gesprächspartner nicht ins Gesicht würde schauen können. Aber mit dem Rücken zur Tür zu sitzen war wesentlich ungefährlicher, als Lord Carroll de Geier zu beleidigen.

„Jetzt", sagte de Geier, „können wir reden. Möchten Sie irgendetwas trinken?"

„Danke, nein, im Moment grade nicht."

„Sehr gut. In welche Richtung reisen Sie?"

„Mailand."

„Sehr schön", de Geier war mit den Höflichkeitsfloskeln fertig. „Was haben Sie auf der Seele, Nero?"

„Getz."

„Oh, ja?"

„Dieses Instrument bringt keinen Nutzen mehr."

„Ich verstehe."

„Können Sie mir da ein 'Okay' drauf holen?"

„Verlassen Sie sich darauf." De Geier lächelte.

Und das war das Ende von Alex Getz. Nero stand auf, denn er wurde in Mailand erwartet, und ging. De Geier hatte kein Interesse daran, mehr über Getz zu erfahren. Es gab Kräfte im Pentagon, die ihn in Pension schicken konnten, und es gab Kräfte in *Sceptre*, die auf andere Weise damit umgehen konnten. Es war völlig egal, wie es geschah. Getz war eine Sache, die benutzt und dann entsorgt wurde.

De Geiers Sohn, Rupert, begegnete Nero im Foyer.

„Haben Sie Vater gesehen?"

„Ja, Rupert ... auf der Veranda." Nero schlüpfte durch die Vordertür zu einem wartenden Rolls Royce.

Es war irritierend, dass Rupert de Geier heute keine Höflichkeiten mit ihm ausgetauscht hatte. Er wusste, dass Rupert und sein Bruder Solomon über die Auseinandersetzungen zwischen ihm selbst und Cordham verärgert waren. Dieses Hickhack, die Aufmerksamkeit, die es erregte, und die juristischen Sperenzien warfen unnötiges Licht auf die Leben aller Beteiligten.

Neros Fahrer hatte noch nicht einmal den Motor abgestellt, Kondenswasser tropfte aus seinem Auspuff.

Das Geräusch heftig unter Wagenrädern knirschenden Schotters erreichte Rupert, als er sich umdrehte, um seinen Vater ausfindig zu machen.

Rupert schritt hinaus in die Sonne, die auf die ländliche Szenerie Englands schien. Sein Vater saß noch immer in seinem Sessel, jetzt mit einem großen Gin. Sein Vater war offensichtlich kein Idiot, und Rupert musste das Thema Nero auf den Tisch bringen. Für die Familien waren auch Leute wie Nero und Cordham nichts weiter als menschliche Ressourcen. Soweit es Rupert betraf, waren sie noch nicht einmal das. Diese beiden waren eher Rottweiler, die jeweils an ihrer eigenen Pforte zu stehen hatten. Ein Rottweiler bewachte das Tor mit der Aufschrift „Essen". Der andere bewachte das Tor mit der Aufschrift „Information". Der Plan der Familie für das 21.

Jahrhundert konnte auf drei Imperative reduziert werden: Nahrungsmittelkontrolle, Informationskontrolle und die Entwicklung eines Instrumentariums, um effektiv und mit aller Gewalt abstrafen zu können. *Basics.* Eine Garantie dafür, sich alle wichtigen menschlichen Ressourcen sichern zu können.

Diese Rottweiler gehörten nicht zur Familie, auch zu keiner anderen der Familien. Vielleicht sollte man sie aufeinander ansetzen, damit sie sich gegenseitig in Stücke rissen. Das würde ein hübsches Spektakel geben und das Problem lösen. Vielleicht war genau das bereits arrangiert worden. Er würde es niemals erfahren. Vielleicht hatte sogar sein Vater keinen Zugang zu dieser speziellen Information.

Die meiste Zeit über wohnten die de Geiers in *Mayfair* in der City von London. Aber das Leben in *Mayfair* war extrem reglementiert und streng, fast faschistisch mit all diesen gnadenlosen Regeln, die es zu beachten gab. Ruperts Großvater hatte das so eingerichtet. Dutzende von Bediensteten halfen der Familie aufzustehen, sich anzuziehen und Kammerdiener rollten die Pflichten des Tages vor ihnen aus. Der Kammerdiener seines Vaters war gleichzeitig sein persönlicher Sekretär und Leibwächter, und sein Gehalt rangierte in der Größenordnung einiger Millionen Pfund Sterling. Wenn die Familie erschöpft war oder sich neu organisieren wollte, kamen sie hier raus auf das Chateau-de-Geier, wo die Dinge etwas weniger strikt organisiert waren, wenn auch immer noch recht förmlich. Nach drei Jahrhunderten, in denen sie genauso gelebt hatten, war ihnen eine andere Daseinsweise unvorstellbar geworden. Das war der Grund, warum viele der Jungen anfingen zu trinken und auf Partys gingen, solange es irgendwie ging, normalerweise direkt, nachdem sie ihre angestammte Universität, das *Institut d'Études Politiques de Paris*, absolviert hatten. Es war für sie die einzige Möglichkeit, wie sie wenigsten für einen Moment beiseite schieben konnten, wer sie waren und was von ihnen erwartet wurde, bevor die Tür des Käfigs hinter ihnen für immer zuschlug. Ruperts älterer Bruder, Sebastian, hatte sich erhängt am Tag, bevor er anfangen sollte, für seinen Vater zu arbeiten, bevor er das Büro in Lissabon übernehmen sollte. Schwäche. Es war besser, dieses Erbgut loszuwerden. Jetzt musste er sich nur noch um seinen jüngeren

Bruder kümmern, Solomon. Solomon hatte die Party-Periode sechs dekadente Jahre lang zelebriert. Die ganze Welt erwartete, dass Rupert das Ruder übernehmen und dass Solomon in irgendeinem spektakulären Autounfall sein Leben lassen würde. Dann hatte er urplötzlich damit aufgehört, als habe er einen Schalter umgelegt. Er war in geschäftlichen Dingen ein todbringender Konkurrent für andere, aber auch für Rupert selber geworden. Solomon war brillant. Um Solomon würde er sich kümmern müssen.

„Vater." Rupert benutzte dieses Wort als Begrüßungsformel.

„Rupert", antwortete Carroll.

Rupert setzte sich auf das Sofa, auf den selben Platz, den Nero vor ein paar Minuten verlassen hatte.

„Der erinnert mich jetzt an die Schweinerei, die er mit Cordham veranstaltet hat. Gott sei Dank sehe ich unseren Namen ... dein Gesicht ... in England in den Abendnachrichten. Aber diese beiden haben zu viel Aufmerksamkeit auf sich gezogen. Die sogenannten alternativen Medien schnüffeln unentwegt herum. Diese losen Enden wieder einzusammeln, ist wie Glühwürmchen fangen zu wollen. Verfluchtes Internet. Ich frage mich, ob wir mit Nero und Cordham nicht eine Bresche in den Deich geschlagen haben, an die wir nicht mehr herankommen. Wir müssen wirklich die Medien wieder unter Kontrolle bringen."

Lord de Geier stierte in sein leeres Kristallglas. „Vielleicht wird einer dieser Idioten ihre kleine Fehde gewinnen und die Massen werden, wie sie das manchmal tun, ihre Köpfe erheben und sich umschauen. Wenn sie aus irgendeinem Grund die Kraft sammeln sollten, sich so zu formieren, dass uns das in die Quere kommt, so werden sie ihre Lektion lernen müssen. So war das immer, Rupert. Dieser kleine Kampf um die beste Position am Fressnapf im Zwinger ändert da gar nichts dran."

„Hmmm", antwortete Rupert und stierte auf den Waldrand. „Es sind so verdammt viele da draußen."

„Im Moment, ja. Unser Instrument ist die Wahrnehmung. Wir investieren in die Form der Wahrnehmung, in nichts anderes, auch wenn die Wahrnehmung von Reichtum und Armut schon eine große Triebkraft ist. Wir entscheiden, was Wert hat, und die ganze Welt fließt dorthin, wie Wasser in eine Vase. Wenn ich sagen würde, dass Pferdescheiße die neue Währung ist, dann werden sie sich innerhalb von einer Woche darauf stürzen, so viel Pferdescheiße zu kaufen, wie sie in die Finger kriegen können. Also ja, in begrenztem Umfang bin ich damit einverstanden, dass die öffentliche Auseinandersetzung zwischen Nero und Cordham unsere Wahrnehmungshoheit ein wenig angreift. Aber die Öffentlichkeit ist so daran gewöhnt, geführt zu werden, dass die Korrektur danach einfach sein wird, für die Massen sogar eine Erlösung", sagte Lord de Geier. „Sogar jetzt schauen sie schon zu uns auf, um uns zu fragen, was sie darüber denken sollen. Die Herde mag es nicht, wenn sie für sich selber denken muss. Die Schafe fühlen sich dabei außerordentlich unwohl."

Dreihundert Jahre früher war das Chateau-de-Geier ein einfaches Jagdschloss gewesen. Königin Anne saß damals auf dem Thron und hatte das Anwesen dem allerersten Lord de Geier als Anerkennung für seine Loyalität übereignet. Nach siebzehn Schwangerschaften hatte die unattraktive Anne es immer noch nicht geschafft, ein Kind in die Welt zu setzen, das älter als elf wurde, weswegen sie stets kurz davor war, entmachtet zu werden. Sie entwickelte gemäß den Memoiren des ersten de Geier zudem eine auffällige Arthritis, war schwer übergewichtig, und es war nicht einfach, seine Blicke auf ihr ruhen zu lassen. Die de Geiers blieben trotz allem loyal, und Anne schlug den ersten de Geier zum Ritter.

Alle de Geiers waren am liebsten hier im Chateau, außer Solomon, der jede Metropole der Welt diesem Ort vorzog, am liebsten gleich alle auf einmal. Die Gerüchte darüber, wo er sich grade aufhielt, endeten nie. Er wollte es so. Es verlieh ihm die Aura der Omnipotenz.

Da war ein Ölporträt der Jungen, grade mal in halber Lebensgröße, das im Foyer der Suite ihrer Mutter hing. Sie alle trugen das Gen, das rote Haare hervorbrachte, ihre Gesichter waren blass und etwas sommersprossig. Die rote Flamme würde zu einer blassen Erinnerung verkümmern, denn sie alle alterten früh, und ihre Haare wurden weiß. So war es mit ihrem Vater passiert. Der Erstgeborene Sebastian saß auf einer mit feinstem Brokat beschlagener Louis XIV *chaise longue*, seine dünnen Beine leger gekreuzt, eine Pose, deren Leichtigkeit im Widerspruch zu der massiven Unzufriedenheit mit so vielen Dingen in seinem Leben stand. Diejenigen, die in so einer Position unzufrieden waren, hatten nur wenige Optionen, insbesondere die erstgeborenen Männer, von denen erwartet wurde, dass sie jeden Rivalen dahinschlachteten und den Platz an der Spitze der Pyramide einnahmen. Hin und wieder schlich sich ein anämischer Funke Skrupel ins Erbgut. Es war ein schrecklicher Unfall, wenn das an die Oberfläche kam, ein verzweifelter Versuch, Luft zu schnappen, die Sonne zu Gesicht zu bekommen. Das war ihre Definition von Geisteskrankheit, die am besten in einer hoch gelegenen Dachkammer weggesperrt werden musste, aber normalerweise regelte sich so etwas von alleine, wie es das auch im Fall von Sebastian getan hatte. Niemand hatte je in Erfahrung gebracht, ob er Sehnsucht nach einem anderen Leben, einer anderen Karriere gehabt hatte. Er hatte sich vermutlich selbst nicht gekannt, hatte sich selbst nicht erlaubt, zu glauben, dass es eine andere Seite dieser ererbten Medaille gab. Er wird bis in die Tiefe seiner Seele nur Ausweglosigkeit empfunden haben. Sein Vater hatte direkt nach der Nachricht von Sebastians Tod eine Runde Golf gespielt.

Der mittlere Sohn Rupert saß neben Sebastian auf derselben *chaise longue*. Seine Gesichtszüge waren etwas lebhafter, er hatte den Mund seiner Mutter und ihre Wangenknochen.

Es war immer motivierend für die jüngeren gewesen, den Ältesten herauszufordern. Anders als zum Beispiel im Kontext einer königlichen Familie konnte jeder männliche Spross die anderen ausstechen und das gesamte Imperium für sich beanspruchen. Rupert war von dieser Möglichkeit, von dieser sogar wahrscheinlichen Wendung berauscht. Sie trieb ihn in den Wahnsinn. Empathie und Skrupel waren keine Bürde, die irgendjemand in der Familie tragen musste, besonders Rupert nicht. Die Fähigkeit zu Verdrängen war in diese Blutlinie hinein gekreuzt worden wie eine Art unzerstörbare Rasierklinge. Es war keine Fähigkeit mehr, denn von Fähigkeiten kann man Gebrauch machen oder eben auch nicht, je nachdem wie der, der sie trägt, entscheidet.

Es hatte sich festgefressen wie ein soziopathisches Programm. Frage einen de Geier mal, ob er fähig sei, ohne die Hilfe seiner Hände eine Münze vom Tisch verschwinden zu lassen ...

Da hätte man selber sicherlich mehr Glück dabei.

Hinter den beiden stand Solomon de Geier, zu der Zeit, als das Porträt in Auftrag gegeben wurde, grade einmal 16 Jahre alt. Er war ganze vier Jahre jünger als Rupert und sieben Jahre jünger als Sebastian. Seine Interessen galten dem Tennis, Ponys, der Universität und Mädchen. Er stellte keine Gefahr für irgendjemanden dar, außer vielleicht für sich selbst.

Die Söhne waren sehr jung und Carroll de Geier war sehr alt, 48 Jahre lagen zwischen ihm selbst und Sebastian. Das war durch und durch Absicht. Bis die Jungen mit sich selbst und miteinander klargekommen sein würden, würde er wahrscheinlich tot sein. Es war durchaus möglich, dass wer auch immer aus dieser Sache triumphierend herauskommen würde, versuchen würde den alten Platzhirsch vorher zu Fall zu bringen, aber er glaubte nicht daran, dass es so kommen würde. Seine Söhne gegeneinander antreten zu lassen verschaffte ihm den Freiraum, sich um das Imperium zu kümmern, um das sie kämpften. Allgemein gesprochen, alle Nachkommen der Familien verschanzten sich hinter ihrem Recht auf Vorherrschaft, und sie wurden darauf trainiert, bei jedem Zug Konzessionen für sich heraus zu handeln. Es war eine unvermeidbare Folge eines fürchterlich kleinen Genpools.

Hin und wieder musste der Vater einen der Söhne auf seinen Platz verweisen. Sobald sie alt genug waren, animierte er sie, sich gegenseitig zurechtzuweisen.

Am darauffolgenden Abend war Lord Carroll de Geiers 82. Geburtstag. Seine Frau Elspeth würde da sein. Repräsentative Anlässe waren ihre wichtigste Aufgabe. Seit Kurzem, wahrscheinlich wegen seines fortgeschrittenen Alters, hatte de Geier begonnen, seine Frau wie eine Person zu behandeln und nicht wie ein Stück Mobiliar. Sie war an dieses Umfeld durchaus gewöhnt, sie kam aus einer der anderen Familien ... der Sylvester-Jones Familie. Lady Elspeth de Geier war auch erheblich jünger als ihr Mann, noch nicht einmal 60. Sie unterhielt einen permanenten und exklusiven Stab, um das *Catering* für Feiern wie diese zu organisieren. Alle mit penibel überwachten Gesundheitszeugnissen, großzügig bezahlt, alle mussten Vertraulichkeitserklärungen unterschreiben, alle waren sich der offen ausgesprochen Todesdrohungen bewusst.

Lady de Geier hatte noch keine Enkelkinder. Das wurde langsam ein Manko. Rupert war 34 und wenn er wie sein Vater noch 14 Jahre warten würde, bevor er eine Familie gründete, würde das ziemlich langweilig werden. Elspeth glaubte jedoch, dass Solomon Rupert ausstechen würde. Sie freute sich schon darauf. Sie hasste Rupert. Eigentlich hasste sie alle, wünschte, dass sie eine Tochter geboren hätte, oder zwei. Die Prioritäten bei Töchtern waren völlig andere.

Ja, es würde kommende Nacht eine Party steigen. Alle wichtigen Familienmitglieder würden da sein – einige der skrupellosesten Männer auf der Welt und ihre unmittelbaren Angehörigen – inklusive Solomon de Geier, dessen Ankunft für das Wochenende erwartet wurde. Das *Catering*-Team, bestehend aus 50 Leuten, würde bald mit den Vorbereitungen für ein Treffen von grade mal 25 Teilnehmern beginnen und würde gegangen sein, lange bevor die Gäste kamen.

Normalerweise zogen es die Familien vor, auf dem Rasen hinter dem Haus zusammenzukommen, aber es war Dezember und im Moment dafür etwas zu kalt. Das Essen würde in der großen Halle serviert werden. Die große Halle war ringsherum so verspiegelt, dass es aus jeder Position heraus möglich war, jeden zu sehen, der sich von hinten auf einen zubewegte. Das Arrangement der Tische glich einem großen Hufeisen, derart dass alle Gäste den Eingang im Auge behalten konnten.

Dieses Elite-Kader, das für das *Catering* zuständig war, sprach mit den Bediensteten und hin und wieder mit Lady Elspeth, aber das war auch schon alles. Hin und wieder schnappten sie ein paar Fetzen von dem auf, was in der Familie gesprochen wurde. Aber sie hatten keine Ahnung wer sonst noch welche Aufgabe auf dem Anwesen hatte. Keine Verbindungen oder Muster konnten aus den Informationen abgeleitet werden, die diese Angestellten über die Jahre ansammeln konnten.

Solomon kam abends um 8 Uhr 30 am Anwesen an. Er war nicht alleine. Da war eine Frau bei ihm, eine Frau, die nicht aus dem etablierten Gen-Pool der Familie kam, denn er hatte entschieden, dieser Linie ein paar frische Gene hinzuzufügen. Sie war Lady Helen Lippincoth, eine große, langbeinige Brünette, gute zwei Inch größer als er. Sie war Schottin. Solomon hatte vor, sie zu heiraten, und er hatte heute vor, das auf seines Vaters Geburtstagsfeier völlig unerwartet anzukündigen. Er fragte niemanden um Erlaubnis, das tun zu dürfen. Er tat es einfach.

Solomon hatte die vergangenen drei Jahre damit verbracht zu reisen, zu arbeiten und die Interessen der Familie zu studieren sowie die Geschichte, und, basierend auf der brutalen Realität, dass die meisten Währungen der Welt dabei waren, ins Bodenlose zu stürzen oder zumindest kurz davor waren, war er bei Gott bereit, nun seinen Zug zu machen. Die gleiche Inzucht, die diesem Kreis von Tyrannen eine Art soziopathisch emotionale Struktur auferlegt hatte, hatte nebenbei auch einen Grundzug der Arroganz mit sich gebracht, die – nach seiner Überzeugung – inzwischen pathologisch geworden war, und die dabei war, das Ende der Kontrolle des Planeten durch die Familien zu besiegeln.

Sie wurden an der Tür von einem Butler empfangen, der, sollte er schockiert gewesen sein, eine fremde Person an der Seite Solomons zu sehen, es nicht im Geringsten zeigte.

Er nahm Lady Helens Umhang und Solomons schweren Mantel entgegen und reichte sie einem zweiten Bediensteten weiter. Solomon hatte eine gefaltete Zeitung unter den Arm geklemmt, die er dem Butler aber nicht aushändigen wollte. Der Butler führte das Paar zum breiten Eingang der großen Halle. Ein halbes Dutzend Stufen führten zum großen Parkett der Halle empor. Das war kein übliches Arrangement, aber sie hatten das Gefühl, man wäre besser höher als niedriger relativ zu Neuankömmlingen, wer auch immer das war, der den Saal betreten könnte. Als Sicherheits-maßnahme gab es zwei Türen, in jeder Wand eine, die aus der großen Halle führten, zurück in den Kern des Hauses.

Solomon nahm Helens Arm und führte sie hinter dem Butler die Stufen hoch, der innehielt, um sie anzukündigen. Im Raum wurde es plötzlich tödlich still. Fünf Sekunden später glitt Lady Elspeth in ihren sozialen Modus und hinderte die Situation daran, in diesem Moment vollständig zu entgleiten. Sie schwebte über das Parkett, das lange Kleid vom Luftzug getragen, was sie mehr wie etwas aussehen ließ, das durch die Luft schwebte, als eine Matriarchin. Sie streckte Lady Helen ihre Hand entgegen.

„Meine Güte", rief sie sanft. „Solomon hat uns eine wunderschöne Überraschung mitgebracht. Willkommen meine Liebe, komm doch rein."

„Lady Elspeth de Geier", warf Solomon ein, „darf ich vorstellen, Lady Helen Lippincoth."

Sie wandte sich ihrem Sohn zu, küsste seine Wange und hielt für den Bruchteil einer Sekunde inne, um ihn mit ihren Augen zu fixieren. Er wusste, dass er eine der wichtigsten Regeln der Familien gebrochen hatte. Er hatte eine Fremde zu einem Gruppentreffen mitgebracht, ohne vorher um Erlaubnis zu bitten. Lady Helen schien keine Ahnung von dem zu haben, was grade passiert war.

„Wir wollen uns doch setzen, oder ... jetzt wo Solomon und seine Freundin gekommen sind?"

Carroll de Geier versuchte die Situation unter Kontrolle zu bringen. Lord Sylvester-Jones war sichtlich in der Stimmung, Solomon zu strangulieren. Es war nicht möglich, seinen Blick einzufangen; so erfüllt von Gewalttätigkeit war er. Es war ein bisschen zu früh, um zu speisen, aber alle in dem Raum – außer Lady Helen – wussten zwei Dinge: das Gesicht musste gewahrt werden und der Abend musste irgendwie herum gebracht und so schnell wie möglich beendet werden, so dass man sich um diesen unglaublichen Affront seitens Solomons würde kümmern können.

Was ihn selbst betraf, war Rupert entzückt. Was für ein Ende würde das für seinen einzigen Rivalen sein: was für ein brillanter Akt der Selbstdemontage das war. Rupert musste sich nicht länger um Solomon kümmern. Solomon würde das hier vielleicht noch nicht einmal überleben, auch wenn die Deaktivierung direkter Familienmitglieder eine äußerst seltene Angelegenheit war. Es war nur zweimal in drei Jahrzehnten passiert, und niemand wusste genau, wer da eigentlich was genau getan hatte.

Sowie sich alle gesetzt hatten und der Wein ausgeschenkt worden war, erhob sich Solomon, der die gefaltete Zeitung neben sich auf das weiße Leinen gelegt hatte, und sprach.

„Meine Freunde, meine liebe Familie", sagte er klar und deutlich, „darf ich um ein paar Minuten Aufmerksamkeit bitten."

Die Lords de Geier und Sylvester-Jones fixierten Solomon unmittelbar dort, wo er stand, mit Unheil verheißenden Blicken.

Er senkte den Blick und schaute auf die ahnungslose Frau an seiner Seite.

„Ich möchte diesen Moment nutzen – da wir ja so selten alle in dieser Form versammelt sind. Und ich bitte meinen Vater um Verzeihung dafür, dass ich ihm an seinem Geburtstags ein bisschen die Schau stehle, aber ich hege die Hoffnung, dass wenn er den Grund erfährt, alles vergessen und vergeben sein wird", fuhr Solomon fort. „Ich möchte einfach nur bekanntgeben, dass die wunderbare Lady Helen und ich uns offiziell verlobt haben. Ich habe sie gefragt und sie hat sich einverstanden erklärt. Ich bin der glücklichste Mann auf Erden heute Nacht."

Ein paar der Leute, die um den Tisch versammelt waren, mussten hörbar Luft holen. Carroll de Geier warf seine Serviette zu Boden. Lady Helen sah etwas überrascht aus, weil sie das Gefühl hatte, seine Reaktion habe etwas von einem Schock an sich gehabt. Verlobungen waren doch eine freudige Nachricht. Sie kannten sich definitiv nicht gut genug, um sie nicht zu mögen; sie kannten sie eigentlich überhaupt nicht. Sie sah wieder hoch zu Solomon, etwas beunruhigt.

Solomon fuhr unbeeindruckt fort. Wenn überhaupt, so hatte ihn diese Reaktion angespornt – denn es war so gut wie unmöglich, überhaupt eine Reaktion von diesem Publikum zu bekommen. Sie waren zu geübt darin, die Fassade zu wahren. Er klappte die Zeitung auf, die er an den Tisch mitgebracht hatte. Es war der „Evening Coronet", die am meisten gelesene Tageszeitung in ganz England, auch wenn sie von vielen als Klatschblatt verschrien war. Dort, auf der Titelseite, war ein ganzseitiges Farbfoto von Solomon und Helen mit dem Titel, der besagte, dass Solomon de Geier eine Schottin heiraten würde! Es war schon in ganz England bekannt.

Wieder fühlte sich Rupert de Geier bestätigt, auch wenn er sich über diesen taktischen Zug total aufregen konnte. Die Presse entglitt auf eine essentielle Art und Weise ihrer Kontrolle. Der Coronet gehörte niemand anderem als Richard Cordham, dem Pressezaren, der seit kurzem mit Nero Pearle seine Kräfte maß. Cordham war ein toter Mann.

Der Abend strebte seinem Ende entgegen, um schließlich mit einer exquisiten Geburtstagstorte seinen Höhepunkt zu finden, die für Lord de Geier herein gerollt wurde. Es war mehr als alles andere eine Geste, da ausschließlich die Kinder Kuchen aßen und nicht allzu viele davon anwesend waren. De Geier hatte keine Enkel, aber es gab ein paar Kleine im Sylvester-Jones Klan. Lord de Geier schnitt den Kuchen unter tosendem Beifall, seine Frau an seiner Seite. Rupert stand auf einer Seite der Halle, Solomon und Lady Helen auf der anderen. Die anderen Gäste wechselten gelegentlich ein paar Worte mit Solomon, hielten sich aber überwiegend von ihm fern. Niemand wollte als Teil dieser Sache missverstanden werden. Schließlich brachte Lady Elspeth, nachdem sie die Diener fortgeschickt hatte, zwei Stücke des Kuchens eigenhändig zu Solomon und seiner neuen Verlobten. Helen nahm ihres, auch wenn sie es unter anderen Umständen niemals angerührt hätte.

Elspeth zeigte ein breites Lächeln. „Vielleicht, Solomon, bekomme ich jetzt das Enkelkind, nach dem ich mich so sehr sehne. Das würde mich so glücklich machen."

„Vielleicht wirst du das, Mutter", antwortete Solomon. Vorausgesetzt, dass nichts völlig Inakzeptables über dieses Mädchen und ihre Familie ans Tageslicht käme, würde sich seine Mutter vielleicht auf seine Seite ziehen lassen, und sie hatte soeben mitgeteilt, was ihre Bedingungen waren. Lady Helen lachte leise. Sie war nur 20 Jahre alt. Sie verstand noch nicht, dass alles, was sie sich erhoffte, an der Frage hängen könnte, wie schnell sie schwanger werden würde.

Am Ende kam auch dieser Abend zu einem Schluss, und Solomon schickte Helen alleine hoch in ihre Gemächer. Er wusste, dass sein Vater mit ihm würde sprechen wollen, und er wollte unbedingt mit seinem Vater sprechen. Er war eher freudig erregt als ängstlich. Die Männer aus dem Hause de Geier gewannen immer, also war Angst wirklich nichts, womit sie sich abgeben mussten. Es gab wirklich nichts zu verlieren, aber alles zu gewinnen. Rupert ging an Solomon und Lord de Geier vorbei. Er schlug Solomon auf die Schulter und lachte ihn grade heraus an.

„Mein Gott", kicherte er, „wirklich. Gut, dich zu sehen, wirklich." Er hörte nicht auf laut zu lachen, während er die Treppen hochstieg.

Er konnte sich ernsthaft nicht vorstellen, wie die Szene zwischen Solomon und seinem Vater aussehen würde.

Die große Halle war leer. Carroll de Geier ging mit gemessenen Schritten zu den großen Türflügeln links und rechts des Eingangs und zog sie halb zerrend, halb Schwung holend zu, eine nach der anderen. Er ging langsam und bedächtig vor, erlaubte seiner Wut zu wachsen, hielt sie für den Moment aber noch im Zaum und konzentrierte sich auf seinen Kleinsten, seinen jüngsten Sohn, der gewagt hatte, was so gut wie niemand je zuvor gewagt hatte. Es war wichtig, an diesem Punkt zu gewinnen auch wenn es nur um Haaresbreite sein würde.

Solomon wartete. Er erlaubte es dem alten Mann, näher zu kommen, obwohl er genau wusste, was wahrscheinlich passieren würde. Carroll war nicht sein Hauptziel. Er wusste, dass er das Spielfeld in kürzester Zeit abräumen konnte, und er braucht seinen Vater an seinem Platz, um das Gesicht zu bewahren, um alle glauben zu lassen, dass er die Familie noch immer führte. Solomon wollte ein paar Streiche mit grobem Strich führen, und wenn das aufflog und seine Schuld nachgewiesen werden würde, dann würde jemand hängen. Bis zu dem Zeitpunkt, an dem er letztendlich starb, würde er einen guten Sündenbock abgeben, der es zudem verdient hatte.

Carroll landete eine schallende Ohrfeige auf dem Gesicht seines Sohnes, wirklich ein brutaler Schlag, der Ring seines Vaters hatte eine Lippe böse aufgeschlitzt. Sein Kopf flog zur Seite, seine rechte Braue schlug gegen die mit Spiegeln besetzte Wand hinter ihm, was eine weitere klaffende Wunde in seinem Gesicht riss. Blut lief aus beiden Wunden. Solomon würgte die Wut ab, die seinen Hals hoch kroch, und schluckte sie wieder runter.

Seltsamerweise hatte Carroll keine Gegenwehr erwartet. Das wäre in der Tat ein schlechter Stil gewesen, der eine Schwäche in seinem Sohn offenbart hätte. Er wusste, dass das nicht passieren würde. Mit an Sicherheit grenzender Wahrscheinlichkeit würde Solomon einfach nur da stehen, und innerhalb einiger Sekunden würde ihn eine kalte Ruhe erfüllen. Das war die einzig mögliche Reaktion.

Carroll stand vor seinem Sohn, demjenigen, der diese absurd kopflose Handlung hingelegt hatte, dehnte die Handinnenflächen und begann zu sprechen – auch wenn er in keinster Weise auf dieses Gespräch vorbereitet war.

„Erklär mir, was das gewesen sein sollte", krächzte er leise.

„Du bist nicht dumm, Vater", antwortete Solomon durch seine geschwollenen Lippen. „Was denkst du, mag so eine Sache bedeuten?"

„Dass du den Verstand verloren hast."

„Ich habe drei Jahre Zeit in jedem großen Büro, das wir auf der Welt haben, verbracht, alter Mann. Du bist schwach ... impotent ... faul ... und unser Haus wird fallen, wenn sich nicht jemand entscheidet die Klinge auf ein Neues zu schärfen."

Eine direkte Herausforderung. Um ehrlich zu sein, das hatte Carroll nicht erwartet. Er war zu alt, zu nahe dem Grab. Er erwiderte nichts und zeigte keinerlei Gefühl. Er ließ die Herausforderung ausklingen. Oft wurde die Initiative auf diese Weise übernommen, der Kraft eines anderen Mannes entwendet.

„Ich heirate, wen ich will, Vater, und bringe etwas frisches Blut in diese kranke Linie", fuhr Solomon fort. „So einfach ist das. Ich hätte natürlich weglaufen können, aber ich möchte diesen meinen Wunsch und meine Überlegenheit öffentlich und extravagant feiern. Ich will, dass alle sehen können, dass ich der rechtmäßige Erbe bin."

„Wieso glaubst du, dass ich dich nicht aufhalten kann?"

„Zum einen wirst du dein Gesicht wahren müssen. Du wirst auch einen Teil deines Geschäftes, das du in den Jahrzehnten aufgebaut hast, nicht verlieren wollen ... auch wenn ich um nichts in der Welt verstehe, was du da so Besonderes dran findest. Wir haben atmosphärische Waffen, die so kraftvoll sind, dass wir die ganze Welt von dem Gesindel säubern können, und können sie ganz besitzen. Alles deins. Das sind sowieso nur Parasiten, und es ist an der Zeit, aber keiner hat den Mumm dazu. Statt dessen gibst du dich mit Versicherungsbetrug und genetisch veränderten Nahrungsmitteln ab, diesem ganzen Kram. Wozu gibst du dich denn mit so etwas ab? Mein Gott, wie langweilig. Warum denn nicht einfach mal eine Epidemie vom Zaun brechen, die mit potenten Erregern mal schnell zwei Drittel der Menschheit ausradiert! Damit wär's dann erledigt, du dummer, dummer Mann!"

Carroll war inzwischen total verstört, denn es war klar, dass Solomon bereit war, ihn im Namen der Familiengeschäfte zu hängen.

„Ich kann dich zu jedem Preis an den Höchstbietenden verkaufen, zusammen mit Nero Pearle und den Versicherungsbetrügereien, den künstlichen Dürren und Hungersnöten, der Nahrung, die ihr gentechnisch so verändert habt, dass sich einem das Innerste nach außen krempelt, nur um das Zeug wieder loszuwerden ... und ich werde das tun. Lass uns nicht vergessen, Vater", krächzte Solomon, „du und deine Partner, ihr habt eure Hand überreizt; ihr seid in Panik geraten, ihr habt ein zu schnelles Tempo vorgelegt. Die Währungen sind in allen Ländern der Welt wertlos geworden. Die Goldreserven, da ist jetzt kein Rankommen mehr. Hast DU gesehen, wie die Länder im Ostblock ihre Währungen im Winter zum Heizen verwendet haben? Es ist die Ära der Piraten angebrochen – wieder einmal. Ich werde ausreichend Infrastruktur kreieren, um den *Reset*-Knopf drücken zu können, und um auf diesem gottverdammten Planeten ein für alle mal aufzuräumen."

„Offensichtlich bist du nicht über alles im Bilde", erwiderte Carrol. „Solomon, wir haben Feinde. Sie sind mächtig und über den gesamten Planeten verteilt, da besteht mehr als nur eine Chance, dass sie die wenigen, die wir sind, exekutieren, bevor was auch immer wir unternehmen, um sie loszuwerden, greifen würde."

„Oh Mann, um Himmels willen. Ich weiß das. Ich glaube nur nicht mehr nach fünfzig oder sechzig Jahren Arbeit daran, die Infrastruktur in Position zu bringen, um die meisten von ihnen zu eliminieren. Und überleg mal! Macht das überhaupt einen Unterschied? Die Würfel müssen geworfen werden, und zwar *jetzt*."

Rupert James de Geier konnte sich keines glücklicheren, zufriedeneren Moments entsinnen ... noch nicht einmal, als sie Sebastians lebosen Körper gefunden hatten. Sebastian war nie eine Bedrohung gewesen.

Die Sylvester-Jones Fraktion war schnell gegangen, ohne große Zeremonie, im vollen Bewusstsein, dass das Blut auf dem Boden war, das aufgewischt werden wollte. Es musste vollständig bereinigt werden, so dass klar war, dass niemand so etwas jemals wieder tun würde. Rupert hatte den letzten von ihnen durch die große Eingangstür gehen sehen und war zum großen Treppenhaus gegangen. Seine Suite lag auf der linken Seite, am Ende eines endlosen Korridors. Er ging an der auf dem Weg liegenden Suite seiner Mutter vorbei, klopfte an der Tür und öffnete sie kurz.

Seine Mutter saß auf einem Sofa vor einem hell brennenden Feuer und wiegte ein Glas Champagner in ihren Händen. Es war ihre Hausmarke, aus Frankreich eingeflogen. Sie schaute zu ihm hoch, mit schwermütigem Blick angesichts der Ereignisse dieses Tages. Sie hasste ihn, und er wusste das. Er machte sich nicht die Mühe, gute Nacht zu sagen. Nichts konnte den Effekt dieses Abends in seinen Augen trüben. Sein Vater würde sich um Solomon kümmern, und wenn er das überleben sollte, würde ihm niemals wieder jemand trauen. Wie er sich wünschte, dass Solomon nun bekäme, was er verdient hatte, und ihm dabei würde zuschauen müssen, wie er dieses Imperium anführen würde. Solomon und seine Kinder, und die Kinder seiner Kinder würden zu Unberührbaren werden. Rupert würde dafür sorgen.

In seinem Raum, in einem sehr sicheren Safe, bewahrte er einen kürzlich getätigten Neuerwerb auf, im Wert von einer Millionen Pfund. Es war eine Flasche Henri IV Cognac Dudognon Heritage, abgefüllt von den Nachfahren Henri des Fünften seit 1776; jede Charge durfte ein Jahrhundert im Fass reifen. Er zog die Flasche vorsichtig heraus. Sie war mit 24 Karat Gold vergoldet und mit 6500 kleinen Diamanten besetzt. Das Fass, aus dem diese Flasche abgefüllt worden war, war im Jahr 1899 angesetzt worden. Dieses Gefäß schien mit purem Licht gefüllt zu sein, und heute schien genau die richtige Nacht gekommen zu sein, sie zu öffnen. Er hatte sie für den Moment aufbewahrt, an dem er seinen jüngeren Bruder zerstören würde, und dieser Moment war gekommen. Er hatte noch nicht einmal einen Finger dafür krumm machen müssen.

Sein Kammerdiener klopfte leise an die Tür und betrat den Raum mit einem Tablett, auf dem ein großer, angewärmter Cognac-

Schwenker stand. Rupert öffnete die Flasche und schenkte eine wertvolle Unze in den Schwenker. Der Kammerdiener verschwand im Bad und stellte das Wasser an, um eine versenkte, grottenartige Wanne zu füllen. Sein Bad war in Handarbeit aus schwedischem, grünen Marmor gemeißelt worden, einem der härtesten und am schönsten geäderten Steine der Welt.

Rupert nippte an dem vorgewärmten Gefäß, fühlte das wundervolle Bukett auf seiner Zunge, gefolgt von dem milden Brennen, das seinen Gaumen kitzelte und dann den Hals hinunter floss. Er stellte das Glas ab und begann sich auszuziehen. Wahrscheinlich würde er diese Nacht nicht schlafen, er war zu erregt, zu glücklich. Trotzdem wollte er baden. Er wollte mehr von diesem Cognac. Er wollte Blut sehen. Sie lebten in so blutleeren Zeiten, es war eine Schande.

Blutvergießen war nicht mehr, als einen Schachzug zu machen und die Opfer auf einem Formular einzutragen. Der erste Lord de Geier hatte das Leben seiner Kontrahenten noch eigenhändig und mit echtem Blutdurst genommen; viel spannender, als zu versuchen, den ökonomischen Lebenssaft aus einer Person, einer Firma oder einer Nation zu saugen. Das kostete Zeit.

Der Cognac wärmte seinen Körper, entfachte den Wunsch zu erobern, zu gewinnen. Heute hatte er triumphiert, egal was passieren würde. Er ließ seinen Bademantel neben der Wanne zu Boden gleiten und stieg ins Wasser. Drei Stufen führten hinunter zu einer Sitzfläche an der Rückwand des Pools. Er legte je einen Arm auf den Marmor links und rechts seines Kopfes, erlaubte seinem Kopf, nach hinten zu sinken, während er den Kronleuchter über sich betrachtete. Leichte Nebelschwaden waberten aus einem Arrangement an der Decke auf ihn herab.

Eine halbe Minute später realisierte er, dass er seinen Kopf nicht mehr anheben konnte, dass er seine Arme nicht mehr bewegen konnte, dass er noch nicht einmal mehr blinzeln konnte. Er hatte mehr von seinem Cognac gewollt und musste feststellen, dass es nicht ging. So wie es schien, war er paralysiert. Seine Atmung schien langsamer zu gehen. Er war unter Drogen gesetzt, war vergiftet worden, ein Paralytikum ... bewusst, aber unfähig, sich zu bewegen. Muskeln, die ihren Dienst versagten, weil die wichtigsten Synapsen direkt unten am Muskel blockiert waren. Es war wahrscheinlich Curare, ein Gift, das nach antiken Intrigen, verstaubten historischen Meuchelmorden und Blutfehden roch. Keine Frage, der Cognac war jungfräulich gewesen, ungeöffnet seit dem Moment vor einer Dekade, in dem er versiegelt worden war. Das Glas? Das Badewasser? Der Nebel?

In seinem Inneren geriet er in Panik. Seine Gedanken rasten. Sein Kammerdiener pflegte nicht zurückzukommen, nachdem er das Bad eingelassen hatte. Überall gab es Panik-Knöpfe, sogar stimmgesteuerte Systeme, aber er konnte nichts unternehmen. Er konnte fühlen, er konnte sich nur nicht bewegen.

Er hörte ein weiches Stapfen hinter sich, jemand ging über den weichen Teppich in Richtung Bad. Er versuchte verzweifelt zu sprechen, konnte es aber nicht. Im Nebel über seinem Kopf tauchten Hände auf, die einen großen, silbernen Sektkühler von beiden Seiten fest umschlossen. Es kam ein Geräusch heraus, vielleicht als ob etwas mit den Flossen schlug. Die Hände verrieten nichts. Er konnte das Gesicht nicht sehen, die Arme, die Kleidung. Das Gefäß wurde langsam und vorsichtig ausgeleert, der Inhalt begann heraus zu fließen, nur ein bisschen ... dann mehr ... dann floss Wasser in einem schmalen, gleichförmigen Schwall aus dem Gefäß.

Seine Panik war umso unerträglicher, als sie keine Ausdrucksmöglichkeit fand. Kleine, zylindrische, torpedoförmige Dinge fielen in unregelmäßigen Abständen mit leisen Klatschern in das Becken um ihn herum. Es könnte hundert dieser Kreaturen gewesen sein, weiß, vier oder fünf Inch lang, ohne weitere auffällige Merkmale, die er hätte erkennen können, als sie in das Wasser vor ihm fielen. Dann verschwanden die Hände und der Behälter einfach, als ob sie nie dagewesen wären, und die Tür schloss sich im nächsten Moment sanft hinter ihnen.

Seine Aufmerksamkeit kehrte zum Badewasser zurück, das nun um ihn herum zu kochen schien. Die torpedoartigen Fische bissen sich mit ihren Zähnen in seiner Haut fest, drehten sich und rissen so ein Stück Haut und Fleisch heraus, bohrten sich auf diese Art und Weise einen Weg in seinen Körper. Die Löcher wurden tiefer und tiefer, bis er schließlich fühlte, wie ein Fisch etwas im Inneren seines Bauchs fasste und sich anfing zu drehen. Der Schmerz war unbeschreiblich. Die meisten Fische hatte den Weg in sein Inneres innerhalb etwa einer Minute gefunden. Seine Organe versagten eines ums andere, und er verlor das Bewusstsein.

Das war der kleine Wels aus dem Amazonas, einer der Candiru, die sich in den Körper bohrten und alle Weichteile aßen – und dabei nur Haut und Knochen übrig ließen. Jeder, der zufällig einen Körper sah, der auf diese Art getötet worden war, hätte förmlich glauben können, dass die Löcher in dem Körper Schusswunden waren, sie waren so sauber, es sei denn, es gab zu viele von ihnen.

Am nächsten Morgen stand der Nebel in den Wäldern dicht. Gigantische Eichen, die mit grauem Raureif bedeckt waren, markierten das Ende der Rasenfläche und bewachten den Eingang zum Wald. Lord und Lady de Geier standen mit einem halben Dutzend Bediensteten da, noch diesseits der Wildnis. Da waren Fuß- und Schleifspuren im Tau. Jemand hatte das Haus vor Morgengrauen angerufen, ein Ereignis, dem kurz darauf das Klopfen eines halben Dutzend örtlicher Polizisten an der Tür folgte. Sie hatten vor, durch das Dickicht ans Ende des Waldes zu gehen. Wie es aussah, war ein Einheimischer, der seinen Hund spazieren geführt hatte, über eine Leiche gestolpert. Es schien, dass diese Leiche mit ziemlicher Sicherheit einmal Rupert de Geier gewesen sein dürfte.

Er war unbekleidet. Er lag einfach so im Wald, mit einer dünnen Schicht Tau bedeckt, übersät mit chirurgisch-sauberen, kleinen Löchern in der Größe eines etwas schwereren Kalibers. Es gab kein Blut, weder an der Leiche noch auf dem Boden.

Die Redaktion des Coroners stand ziemlich schnell auf der Matte. Als sie die Leiche auf die Bahre hoben, war es, als sei sie leer. Haut und Knochen; das war alles, was übrig war. Alles weiche Gewebe war verschwunden; war sauber herausgetrennt worden.

Lady de Geier, in einen langen Mantel gehüllt, den sie sich direkt über ihr Nachthemd gezogen hatte, ein Schal um ihren Hals, schaute auf die Leiche ihres mittleren Sohne und fühlte nichts. Sie begegnete kurz dem Blick des Typen, der die Untersuchung leitete, offenbarte ihm nichts, wandte sich dann ab und ging langsam durch den grauen Frost hindurch zurück zum Haus.

Am Dienstag, den 24. Dezember, nahe der Stadtautobahn, dem Beltway *von* Washington D.C., hatte Alex Getz ein Treffen mit dem Armee-Staatssekretär. Danach aß er mit Lieutenant General Toby Morrow zu Mittag. Morrow war mit der Luftwaffe verbunden und fest in die Kommandostruktur integriert, die letztendlich die Befehlsgewalt innehielt, das heißt, wenn man in seiner Hierarchie in direkter Linie nach oben kletterte, geriet man im ersten Schritt an den Verteidigungsminister und danach direkt an den Präsidenten. Toby Morrow hatte gute Verbindungen, lateral und horizontal. Lateral hieß auch nach unten hin, quer durch die Truppe. Morrow war davon überzeugt, dass der offene Zugang nach unten genauso wichtig war wie der Zugang nach oben, wenn nicht sogar wichtiger.

Getz stimmte darin mit ihm überein. Die einzige Person, die die übergreifende Struktur aus dem militärisch-industriellen Komplex und dem Kongress besser verstand als Morrow war Getz, der einen kleinen Vorsprung bezüglich seiner informellen Kontakte zum Kongress hatte, was zum großen Teil auf seine Zeit in der Marineakademie zurückzuführen war.

Morrow hatte einige Jahrzehnte im Kontext des Planungs-, Programmierungs- und Finanzierungssystems gearbeitet, dieses hoffnungslos verfilzten Dickichts, das letztendlich die 'Rechtfertigung' für Verteidigungsausgaben lieferte, und nebenbei all denjenigen Unterschlupf gewährte, deren einziger Grund zu leben es zu sein schien, dicke, fette Rüstungsaufträge für korrupte Technologieunternehmen zu ergattern. Er war ein verdeckter Anhänger einer Gruppe pensionierter Militär-Größen, ehrbarer Männer mit Erfahrung und brillantem Geist, die vor hatten, das irrsinnige Labyrinth des Pentagon des 21. Jahrhunderts und der Psychopathen, die es führten, zu durchleuchten, die einzelnen Protagonisten dingfest zu machen und die faktischen Beweise dann der Öffentlichkeit vorzulegen. In dem Labyrinth gab es viele von dem Kaliber eines Toby Morrow, die gut darin waren, das System für die bösen Jungs zu dirigieren, während sie an einer Startrampe für die Guten arbeiteten. Getz nannte sie die *White Hats*, und er wusste, dass ihre Stunde kommen würde. Für sie beide zusammen war niemand, absolut niemand unerreichbar. Toby Morrow war zudem Getz *Handler*.

Den Vereinigten Stabschefs waren, was die Befehlsgewalt betraf, die Fangzähne schon lange gezogen worden, egal wie mächtig ihre Titel auch klingen mochten. Man brauchte kein kräftiges Gebiss, um Geschäfte machen zu können. Sie steckten über beide Ohren in dem Geschacher um die Rüstungsaufträge, dass heißt, im Kontext der einfachen Schweinetrog-Politik waren sie noch immer mächtig. Getz hatte einen direkten Zugang zu ihnen allen, und jeder von ihnen hatte seine Finger tief in mehr als einem Kuchen.

Nach dem Treffen mit Hap LeBlanc fuhren Getz und Morrow zum *Hell Point* in Annapolis auf ein paar Krabbenpasteten. Sie wussten, dass sie beschattet wurden, beobachtet und dass jedes Wort auf Band aufgenommen wurde. Schließlich gaben sie selber ständig Befehle, andere unter diese Form der Überwachung zu stellen. Um sich öfters treffen zu können, ohne Verdachtsmomente aufkommen zu lassen, hatten sie eine nun schon Jahrzehnte alte Tradition kultiviert, nämlich die Gegend um Washington DC und die *Chesapeake*-Bucht nach der besten Krabbenpastete abzusuchen. So schafften sie es, sich einmal im Monat zu treffen, manchmal öfters. Da sie beide teilweise dieselben Rüstungskonzerne betreuten, waren diese Treffen dafür gedacht und so eingestellt, dass sie den Löwenanteil der Geschäfte in ihrer Gruppe abdeckten. Morrow stand für das Heer, Getz für die Marine – es machte Sinn, dass sie ihre Köpfe wegen einiger Paragraphen in den Vertragswerken zusammensteckten. Außerdem waren sie alte Freunde.

Aber bevor er sich mit Toby Morrow treffen konnte, würde Getz sich mit LeBlanc herumschlagen. 'Hap' LeBlanc war der Armee-Staatssekretär, und das schon seit acht Jahren. In Wirklichkeit war er ein Zivilist, der einen Armee-Spitznamen mit einer passenden Geschichte dazu kultiviert hatte – eine, die er gerne in aller Breite auspackte –, die jedoch zu 90% aus purer Fiktion bestand. Sein Büro befand sich im Pentagon. Er war die Karikatur eines Beamten, und das am schlechtesten gehütete Geheimnis im Pentagon war, dass LeBlanc ein Auge auf den Präsidentensessel geworfen hatte. Die größten Chancen auf diesen Posten würde er haben, wenn er versuchen würde, den Thron in Kriegszeiten zu besteigen. Daher schien sein allererster und wichtigster Job zu sein, um sich herum eine permanente Alarmstufe-Rot-Stimmung zu kultivieren und das

Gefühl unmittelbarer Bedrohung. Getz hatte die höchstmögliche *Security Clearance* und so lenkte er seinen Wagen mit einer lässigen Begrüßung am MP an dem Eingangstor vorbei und suchte sich einen Parkplatz. Das Thema heute würden die *Co-Operations and Strategic/Tactics (COAST)* sein. Im vergangenen Jahrzehnt war Getz' Spezialgebiet Countercyberterrorismus gewesen, was soviel hieß, dass er ein Genie darin war, feindliche Strategien der elektronischen Kriegsführung zu verstehen und durch die Implementierung entsprechender Gegenstrategien zu neutralisieren. COAST war ein Programm für sehr fortgeschrittene Technologien, die entwickelt worden waren, um spezielle Waffen-Signaturen zu erkennen, zu orten und Schläge gegen sie durchzuführen, auf den Punkt genau und mit deutlich reduzierten Kollateralschäden.

Was auch immer das bedeutete, dachte Getz. Auf jeden Fall hatte das diese Wochen im Kongress mächtig Eindruck hinterlassen. Opferzahlen unter den Zivilisten zu reduzieren und gleichzeitig die Verteidigungsausgaben hochzuschrauben, in ihren Augen war das eine eindeutige *win-win*-Situation.

Weil er ein Genie in dieser technologischen Domäne war, wurde von ihm zu seinem nicht enden wollenden Bedauern erwartet, dass er counterterroristische Strategien entwickelte, die weit über eine Antwort auf das hinausgingen, was dort draußen an realer Bedrohung zu erwarten war. 'Sie' sagten, dass das proaktiv sei, genau wie 'deren' Kriege. Da war es ein echtes Ärgernis, dass 'da draußen' so gut wie gar nichts war. Das meiste von dem, was man hörte, war reine Fiktion ... eine grob übertriebene, aufgeblasene Fantasiewelt, erschaffen, um das MICC im Geschäft zu halten.

Das Seemannsgarn, das sie sponnen, suggerierte, dass umgehend mehr und höher entwickelte Technologie von Nöten sei, aber in Wirklichkeit war das Unsinn. Nur dass die amerikanische Öffentlichkeit dieses Seemannsgarn samt Haken und Schwimmer geschluckt hatte. Dies war eine Reaktion auf die künstlich generierte Atmosphäre der Angst, die das Land in den vergangenen zehn oder mehr Jahren geatmet hatte.

Diese Kabale, die Struktur, die einer rücksichtslosen Kriegsmaschinerie den Weg geebnet hatte ... diese Struktur, die zu großen

Teilen für die scheinbar bodenlose Verschuldung der Vereinigten Staaten verantwortlich war, war heute allerdings seine geringste Sorge.

Sceptre hatte den COAST-Vertrag. Das hieß, er war der wichtigste Verbindungsmann. Zu viel Macht war an die politischen Strukturen verloren gegangen, die militärischen Richtlinien wurden zu dem versponnen, was die Agenda der Administration *du jour* grade verlangte. Und sogar diese Agenda selbst war oft ein Plan, der dem Weißen Haus aus dem MICC hoch geschickt worden war. Die alles umfassende Definition einer 'Bedrohung' machte eine echte Definition einer Bedrohung oder eines Zieles undenkbar. Es ist unmöglich, sich gegen einen Feind zu verteidigen, den man nicht definieren und klar identifizieren kann. Schutz zu bieten ist ebenfalls unmöglich. Alles was in Bewegung war, war politisiert, militarisiert und pre-emptiv. Die unvermeidbare Konsequenz war, die Herausforderung anzunehmen und alles und jeden – jede Situation – als Bedrohung zu definieren, und in letzter Konsequenz auch als Ziel. Jeder war ein Feind, bis zum Beweis des Gegenteils. An diesem Punkt der Geschichte hieß das, dass alle Angehörigen der Exekutive für die Operation von COAST '*gehandelt*' werden durften, innerhalb jeder Abteilung des Militärs und der lokalen Polizei. *Sceptre* hatte die Nation unter seiner Fuchtel, endlich.

Natürlich war auch das genaue Gegenteil denkbar: dass die Regierung aus diesem Trancezustand erwachen würde und zu Verstand kommen würde. Niemand, für den Getz gearbeitet hatte, machte sich da Hoffnungen, außer Morrow. Politik, die auf Profitmaximierung basiert war, ließ Ross und Reiter den glitschigen Abhang mit unmenschlicher Geschwindigkeit herunterschlittern, und alles auf dem Weg wurde mitgerissen. Auf der einen Seite mochten die Leute, die an den roten Knöpfen saßen, Dinge, die 'Bumm' machten. Sie waren wie Kinder, die wollten, dass das Feuerwerk ewig währte ... Explosion um Explosion um Explosion. Dieselben Leute verkauften sich oft an das höchstbietende Rüstungsunternehmen, das nicht unbedingt das 'Bumm' genoss, aber dafür um so mehr das Klingeln in der Kasse. Und die Leute, die ihre Hände auf den Leuten hatten, die an den roten Knöpfen saßen, schrieben die Schecks aus. Sie finanzierten den ganzen

Prozess, seitdem den USA das Geld ausgegangen war, um es selber zu tun. Auf diesem Weg konnten sie die Infrastruktur privatisieren und auch sonst tun, wonach immer ihnen war, denn sie mussten weder ihre Ziele preisgeben noch sich für irgendetwas rechtfertigen. *'Special Ops'* konnten auf der Basis von Tagesbefehlen so komplex gestaltet werden, dass sogar die hellsten Köpfe bei all dem Durcheinander Schwierigkeiten hatten, die eigentliche Maschinerie in Bewegung zu sehen. Nero war ein Zauberlehrling. Und auch *Sceptre* war ein Ableger von denen. Am Ende waren drei Viertel der Leute, die die *Show* dirigierten, noch nicht einmal amerikanische Staatsbürger. Getz hasste das.

Nero und die Kriecher, für die er arbeitet, dachte Getz.

Von den meisten von ihnen hatte die amerikanische Öffentlichkeit noch nie gehört; und jenseits der eingeweihten Zirkel im Pentagon und einiger besonders aufmerksamer und intelligenter Leute wie Morrow hatte niemand eine Ahnung, um wen es dort eigentlich ging. Wirklich beängstigend war die Tatsache, dass sogar sie Leute hatten, für die sie arbeiteten, und nur Gott wusste, wer die waren.

Getz hielt am Tisch von LeBlancs Sekretär an.

„Vice Admiral Alexander Getz", kündigte er sich selber an, wie es hier gebräuchlich war, obwohl er erwartet wurde. Der junge Offizier stand auf, öffnete die Tür und meldete seinem Vorgesetzten Getz' Ankunft. Getz war schon an ihm vorbei, und die Tür schloss sich geschwind.

„Alex." Hap LeBlanc erhob sich von seinem eindrucksvollen Schreibtisch, ging um ihn herum und drückte Getz' Hand. Er war ein Mann der – wie Getz' Mutter zu sagen pflegte – ins Fleisch gegangen war. Kurz und dick. Wahrscheinlich einer, der immer auf seine Linie achten musste, aber es nie tat. Sein Schreibtisch war für eine wesentlich imposantere Gestalt gebaut worden. Getz nahm an, dass dahinter ein stark justierbarer Schreibtischstuhl stand, der auf seine volle Höhe ausgefahren war. Er erinnerte Getz immer an den glatzköpfigen Monopoly-Charakter mit Schnauzer und Zigarre im Mund, mit kleinen Augen und mit schwarzer Krawatte, Anzug und Hut. Er war der Typ mit Bündeln von Geld, die aus seinen vollgestopften Taschen fielen. Und er kicherte jedes Mal, wenn es ihm passierte.

LeBlanc deutete Getz an, sich zu setzen.

„Wie geht es bei *Sceptre*, Vice Admiral?" LeBlanc war ausschließlich an diesem enormen Gebilde interessiert, bei dem etwa ein halbes Dutzend ihrer lukrativsten Verträge zu Hause waren.

„Es geht", antwortete Getz. Er wählte seine Worte sorgfältig. Dies würde kein einfaches Treffen werden. „Im Moment bin ich beauftragt, den Bordflugplaner so zu verfeinern, dass Daten ... gigantische Mengen von Daten ... in den Flugplan eingearbeitet werden können, damit die Zielerfassung auf den Punkt genau durchgeführt werden kann. Ich habe kein Problem damit, weder strategisch noch von der fachlichen Seite her, diese Aufgabe zu erfüllen."

LeBlanc antwortete nicht. Es war offensichtlich, dass Getz mehr zu sagen hatte, und es würde wahrscheinlich nichts sein, das er hören wollte. Verdammtes *Sceptre*. Sie verfolgten ständig ihre eigene Agenda. Sie gaben sich selber grünes Licht. Die Vereinigten Stabschefs wurden später proforma über einige der Dinge in Kenntnis gesetzt, die *Sceptre* tat, aber er hatte keine Kontrolle darüber. Der Landwirtschaftsminister, eine weitaus machtvollere Position, als alle glaubten, war der Verbindungsmann zum Weißen Haus, und da ging es meistens um Nahrung, Ackerland und Wetter. Die Stabschefs wurden, soweit notwendig, über die Waffen- und Geheimdienstprogramme informiert. Informiert. Nicht um Erlaubnis gebeten, informiert. *Sceptre* war aber in der Lage, ihn im Weißen Haus zu positionieren, und das war alles, was ihn interessierte, also spielte er mit. Eigentlich war es seine Aufgabe, jede Operation zu stoppen, die eine Grenze überschritt, die den Code-Namen Molly trug. Das war, was jetzt kommen würde, LeBlanc wusste es. Aber er würde niemals ein *Sceptre*-Projekt stoppen. Das wusste er auch. Männer wie Getz würden nicht für ihn arbeiten, wenn sie nicht daran glaubten, dass es irgendwo eine Grenze gäbe. Ein großer Teil dessen, was LeBlanc tat, war, immer komplexere Irrgärten zu schaffen; die Mäuse im Kreis zu jagen, sie mit Aufgaben zu beschäftigen die wichtig erschienen, während *Sceptre* seine Spitzentechnologie-Programme ausrollte. Er mochte es nicht, Männer wie Getz auf diese Art zu benutzen. Sie waren zu wertvoll. Das Problem war, dass man sie niemals vollständig umdrehen konnte. Nun hatte Getz Zugang zu Informationen, die das Ende von zu vielen schwarzen Programmen bedeuten würden, die oberhalb der Exekutive und der militärischen Ebene operierten. Er war zu nahe dran, hatte keine Angst und war zu mächtig. Er würde entfernt werden müssen.

„Gibt es ein Problem?" LeBlanc war letztendlich gezwungen zu reagieren.

„Ja, Sir, wir haben Molly." Getz hatte nicht gezögert.

„Sie wissen, dass das belegt sein muss, Getz", erwiderte LeBlanc verärgert.

„*Sceptre* ist dabei, einige ihrer biologischen Waffenprogramme mit in ihr Mikrowellen-Waffenprogramm zu integrieren. In der Theorie ist das kein Problem. Aber ab dem 1. Januar werden weltweit massive Versuche an Tierpopulationen vorgenommen. Ich denke nicht, dass massive Tests an menschlichen Populationen lange auf sich warten lassen werden, wahrscheinlich innerhalb der Grenzen aktueller Kriegsgebiete, aber nicht unbedingt. Wir befinden uns in einem Bereich, bei dem die Frage, welche Bevölkerungs-gruppe ins Visier genommen wird, wirklich keinen Unterschied mehr macht, genauso wenig wie die ungenehmigten Freiland-versuche. Ein kurzfristiges Ziel ist es, auch diese beiden Programme mit dem jüngsten Überwachungsprogramm zu kalibrieren, das sowohl auf *Micro-Chipping* als auch auf der Bioakkumulation von Nanopartikeln basiert, die über die letzten Dekaden ausgebracht worden sind. Diese beiden Langzeitexperimente stehen jetzt kurz vor ihrem Abschluss und ihrem Übergang in die Praxis. Sowie das vollbracht ist, werden sie eine Waffe besitzen, mit der sie ganze Populationen auslöschen oder aber auch ein einzelnes Individuum rausnehmen können, und das ist die Linie, bei der wir uns einig waren, dass sie niemals überschritten werden darf. Und schlimmer als das, wir werden eine vollständig kontrollierbare Spezies auf diesem Planeten bekommen: die Menschheit. Das zeichnet sich ziemlich deutlich ab, es wird auf der einen Seite *Sceptre* geben, und auf der anderen Seite alle anderen auf diesem Planeten. Sie werden die totale biologische Kontrolle haben."

LeBlanc schwieg eine Minute, die sich aber wie eine halbe Ewigkeit anfühlte.

„Wir müssen die Verträge dicht kriegen, Getz, wann steht das nächste Treffen des Komitees an?"

„Am 28. Dezember."

„Da müssen wir dich dann ins Boot holen."

Die eigentliche Tragödie ist, dachte LeBlanc, dass er sich tatsächlich einbildet, dass wir irgendetwas daran ändern könnten.

„Toby Morrow", sagte die Stimme am anderen Ende der Leitung.

„Toby, Alex Getz hier." Alex hatte die Nummer gewählt, sowie er aus dem Parkplatz raus war. „Mach dir nicht die Mühe, die Farm heute zu verlassen, Kumpel. Es ist immerhin Heiligabend. Ich komme dort runter gefahren, und wir können uns dort treffen. Danach muss ich auch nach Hause, hab immer noch eine Frau, die auf mich wartet." Er lachte. Der Verkehr war dicht, viele Leute waren auf dem Weg in die Weihnachtsferien.

„Klar doch Alex", antwortete Toby etwas zögerlich. „Wenn du es so tun möchtest, passt das schon für mich. Ich denke, ich werde draußen in der Scheune sein, wenn du hier eintriffst."

Eine Stunde später lenkte Getz seinen Wagen den langen Schotterweg hoch, der an Weiden entlangführte, die zu den ToMorrow-Ställen bei Culpeper, Virginia, gehörten. Toby Morrow und seine Familie besaßen ein paar Dutzend Pferde. Sie betrieben Zucht überwiegend der Hengste wegen. Es waren vor allem Araber aber er hielt auch ein paar norwegische Fjordpferde, muskelbepackte blonde Ponys mit wildem Blut und Mähnen, die senkrecht abstanden wie Bürstenhaare. Getz liebte alle Pferderassen, aber er war besonders von den Fjordponys fasziniert.

Das hügelige Land Virginias schien ein uralter schlafender Riese zu sein, schon so lange im Schlaf versunken, dass seine Existenz dem Gedächtnis der Menschheit entglitten war. Wenn man lange genug hinschaute, konnte man ihn atmen sehen. Die Baumstämme auf den Hügeln waren so dick, dass sich förmlich alles hinter ihnen verstecken konnte. Im Winter legte sich die Luft in die Täler und man hätte schwören können, sie sei blau. Zur Zeit lag kein Schnee auf dem Boden, aber das würde sich innerhalb der nächsten Tage ändern.

Natürlich standen die Scheunentore weit offen. Er sah Toby, einen drahtigen Typen mit dunklen Haaren, die militärisch kurz geschoren waren, eine volle Schubkarre schieben. Er trug einen Overall und darunter einen Jersey gegen die kalte Luft. Seine Stiefel reichten ihm bis zu den Knien und waren mit Matsch und Stroh bedeckt. Getz betätigte seine Hupe, als er an der Scheune vorbeifuhr. Toby schaute auf und winkte. Die Bäume, die den Weg zum Haus innerhalb des weißen, hölzernen Zaunes säumten, der sich eine halbe Meile von Haus weg erstreckte, waren kahl, aber das Gras hatte sich dank der glücklichen Lage der Gegend um die *Chesapeake*-Bucht und der Feuchtigkeit, die sich das ganze Jahr über hier hielt, einen guten Anteil Grüntöne bewahrt.

Getz stieg aus seinem Wagen und lief zurück zum Areal um die Scheune, öffnete das Tor im Zaun und ging hinein, wobei er sich gewünscht hätte, Gummistiefel zu haben. Der Matsch auf der Koppel war feucht und fand seinen Weg auf die Oberseite seiner Schuhe. Er fand Toby in der Scheune, wo er ein Fjordpony striegelte.

„Ah, du bist ein mutiger Mann, da mit diesem Teufel reinzugehen."

Toby lachte. „Er liebt mich, stimmt's Deke?" Er striegelte das Pferd weiter.

Getz lehnte sich an die vordere Wand der Box.

„Also, warum zum Teufel bist du hier rausgekommen?", fragte Toby pointiert. „Wie soll ich denn jetzt an meine Krabbenpastete kommen?"

„Wir sind auf Molly, mein Freund", sagte Getz nüchtern. „Das ist eine Kernschmelze." Morrow hörte auf, das Pferd zu striegeln, und verließ den Stall, ging dabei sicher, dass das Gatter ordentlich verschlossen war. Er ging auf einen Traktor zu, der einen Hänger zog, der hoch mit Heuballen beladen war.

„Komm mit", sagte er zu Getz, setzte sich und ließ den Motor an. Er fuhr langsam genug, dass Getz nebenher laufen konnte. Morrow liess sich dieselben Dinge berichten, die Getz schon LeBlanc unterbreitet hatte. Sie sprachen, während sie die Umzäunung der ersten Weide entlangfuhren, Heuballen abwerfend, einen nach dem anderen, während ihnen die Pferde auf Schritt und Tritt folgten, bis alle Ballen einer nach dem anderen vom Hänger geworfen waren.

Morrow hielt seinen kleinen Traktor mitten auf dem Feld an und lehnte sich über das Lenkrad.

„Das größte Problem, das wir haben, ist der Super-User-Status von *Sceptre*. Ich habe keine Ahnung, wer zum Teufel soetwas rückgängig machen könnte, weil ich auch nicht weiß, wie eine Firma oder eine Forschungseinrichtung oder was auch immer die da sind, an diesen Status dran kommt."

Sceptre war als zentraler Controller mit Super-User-Privilegien klassifiziert. Dass heißt, sie konnten jeden beliebigen Befehl an jede Stelle des Verteidigungsministeriums, des NORAD, der Luftstreitkräfte und des FFA einfach kippen. Egal was grade passieren würde, *Sceptre* hatte die Möglichkeit einzuschreiten und die Spielregeln zu ändern, in jede beliebige Richtung, zu jedem erdenklichen Zeitpunkt. Die Mitarbeiter von *Sceptre* konnten Zertifikate erstellen, die ihnen Zugang zu jeder Einrichtung verschafften, oder die sie an jedem Treffen teilnehmen lassen konnten, die besser waren als die, die die *National Security Agency*, die NSA, sich selber ausstellen konnte. Sie taten das oft, stellten sich unter falschen Namen auf Treffen vor, zu denen sie nicht eingeladen worden waren und bei denen sie geschäftlich betrachtet eigentlich auch nichts verloren hatten, und später konnte man sie nicht mehr ausfindig machen. Leute verbrachten Jahre damit, herauszufinden, wer die beiden Männer waren, die an ihrem Top Secret Meeting uneingeladener Weise teilgenommen hatten. Super-User-Status hieß, dass wer auch immer versuchen sollte, *Sceptre* auszuschalten, durch *Sceptre* selber zur Ordnung gerufen werden würde.

„Ich treffe mich mit denen am 28.", sagte Getz, „und ich denke, danach bin ich raus ... wahrscheinlich."

„Hast du das Gefühl, dass sie dich gehen lassen werden?"

„Es ist das einzige Gefühl, das ich in mir zulasse."

Dort standen sie in ein schreckliches Schweigen gehüllt, auf dem Feld, mit Pferden, die hier und dort über die Weide verteilt waren und an ihren Heuballen zupften. Eine knapp bemessene Hand voll Schneeflocken schwebte herab und umspielte ihre Schultern.

„Schick das Wort einfach die Befehlsketten hinunter", sagte Getz, als er sich zum Gehen wandte. „Schick die Botschaft raus, dass wir vor der Kernschmelze stehen. Ich erwarte, dass die Truppe uns rettet. Gott möge uns beistehen, wenn sie nicht die Eier dafür haben." Getz lief zurück zu seinem Wagen, fuhr nach Hause, um seine Frau und seinen Sohn für ein paar Stunden zu sehen, bevor er in New York sein musste.

Molly

Thanksgiving wurde zur Erinnerung. Weihnachten ging fast unbemerkt vorbei. Endlich, gegen Ende Januar, konnte Tim Verzet zwei kostbare Tage frei bekommen, um Huck am *Lake Helen* zu besuchen. Zwei kostbare Tage ohne Unterbrechung. Er vertrieb sich die Wartezeit auf seinen Anschlussflug damit, heimlich auf einem Seidenstück eine Nachricht an seinen Vater zu verfassen. Kurz. Auf den Punkt. Mit Hinweisen, was er beobachten sollte, und wo er in den kommenden Monaten Dinge beobachten sollte. Und ... er wurde in *Gila* erwartet.

In den höher gelegenen Regionen im hohen Norden Kaliforniens lag tiefer Schnee. Er hatte einen Punkt erreicht, an dem ihm diese Wüste, ob das nun passte oder nicht, Habgier und Verderbtheit symbolisierte. Hier in den Bergen im Norden fiel der Schnee hemmungslos. Er kam fast senkrecht vom Himmel und legte sich auf Tims Wollmütze. Er war an dem Punkt angekommen, wo er überhaupt nicht mehr glauben konnte, dass es noch so etwas wie natürliches Wetter gab, aber hier schob er diesen Reflex mit aller geistigen Disziplin, die er zusammenbekommen konnte, beiseite. Es war Vollmond; nicht der Schneemond des Februars, es war der Wolfsmond des Januars. Er lag hinter den Wolken, aber der blasse Umriss war nicht zu übersehen. Er war dort. Die Mythen, die am Mond hingen und die Seelen der Völker so tief berührten, halfen ihm, mit den Dingen in Beziehung zu treten, dem Fluss der Zeit, dem Wechsel der Jahreszeiten und den Stürmen. Tim fand so seine innere Ruhe wieder. Das war ein gottverdammtes Geburtsrecht. Noch konnten sie den regelmäßigen Rhythmus des Mondes nicht verändern. Das lag außerhalb ihrer Reichweite.

Am Ende der Straße wartete sein Vater, dass sein Sohn aufholen würden, bequem auf seinen Skiern ruhend. Sein Atem gefror schwer vor seinem Gesicht wie bei einem Pferd, das an einem kalten Morgen auf der Rennbahn vom Wind umspielt wurde. Tim war so erleichtert, dass sein Vater noch das Zeug dazu hatte, das Land nachts auf Skiern zu durchqueren. Früher war das eine ihrer Lieblingsbeschäftigungen gewesen. Huck sagte, dass es mit seiner eingeschränkten Atmung nicht immer ging, und er tat es normalerweise niemals alleine. Aber dies war ein besonderer Anlass und es war grade mal Mitternacht.

Die Seide, die Huck von seinem Sohn bekommen hatte, er war von dem alten Kriegs-Trick sowohl amüsiert als auch beunruhigt, lenkte seine Gespräche mit seinem Sohn. Er hatte verstanden, dass Tim in etwas verwickelt war, weswegen er die ganze Zeit über strengstens überwacht wurde. Sie waren auf der holprigen Straße, die direkt an Hucks Blockhaus vorbeiführte. Es war ein einzigartiger, energiegeladener, hochkonzentrierter Wortwechsel; für Huck wie für Tim. Einzelne Wörter aus Tims Botschaft kamen Huck in den Sinn, als er sanft durch den Schnee glitt: gefährlicher Job, Biowaffen, Weltbevölkerung, *Shuri*, *Okinawa*. Ein Wort machte ihm Angst: Bioakkumulation. Das war genau das, worum es in dem wissenschaftlich untermauerten Gerichtsverfahren ging, das er und seine Freunde seit Jahren in Vorbereitung hatten. Die Daten würden jedem zur Verfügung gestellt, der diesen Genozid würde stoppen können. Das *Shuri*-Abkommen war für Huck genauso bedeutsam, wie es für Tim zu sein schien. Jetzt war sein Sohn, sein einziges Kind, mitten im Feindesland. Huck hoffte, dass alles, was er ihm in seinem Leben beibringen konnte, und Tims Erfahrungen im Schlund des Ungeheuers, die er als Feuerbomberass gesammelt hatte, ihn am Leben erhalten würde, auch wenn er keinen blassen Schimmer hatte, wie ein Mann sich aus den Klauen von *so* etwas befreien konnte. Auf der anderen Seite war Huck selber alt und erfahren genug, um zu wissen, dass ein einzelner Mensch über alles hinauswachsen konnte, absolut alles.

Diese Gedanken verankerten sich in dem beharrlich fallenden Schnee auf dem Berg unter dem Wolfsmond, dessen blasses Licht unaufhaltsam durch die Wolken brach, um die dunkle Nacht zu erhellen. In der Nähe von Hucks Haus lebten einige Eulen. Eine von ihnen machte sich bemerkbar, in der Nacht, tiefer in den Wäldern.

Sie erreichten zusammen die Kuppe eines Hügels, wo sie einen Moment ruhten. Huck begann, schwer in der kalten, feuchten Luft zu husten. Er hustete weiter, beugte sich leicht nach vorne. Tim wartete.

„Dad, es tut mir leid", sagte er, nachdem die Hustenkrämpfe schließlich vorbei waren. Huck wischte sich mit dem Handschuh über den Mund.

„Nun, mein Sohn, der Schaden wurde angerichtet, lange bevor irgendjemand von uns wusste, was passiert", antwortete er. „Alles, was ein jeder von uns nun tun kann, ist, sein Bestes zu versuchen. Ich bin stolz auf dich, Tim. Das wird dich wahrscheinlich einiges kosten. Das ist auch für mich ein schweres Opfer. Aber ich kann damit leben."

„Ich liebe dich, Huck."

„Lieb dich auch, Flyer."

Sie standen zusammen auf der Kuppe des Hügels im treibenden Schnee ... der dünner und dünner fiel. Dann riss die Wolkendecke über ihnen einen Spalt breit auf und erlaubte dem Mond, die Nacht mit seinem Licht zu bestechen. Fünf Minuten später wandten sie sich schweigend ihrem Zuhause zu.

*****

Tim und Pip nahmen die Klappsitze, auf demselben Flug zurück nach *Gila*. Pip hatte seine Eltern weiter oben im Norden besucht, in *Klamath Falls*. Man war fast niemals wirklich lange 'raus'. Im besten Fall ein oder zwei Tage, und dann niemals ohne Schatten. Die Überwachung war intensiv und unbarmherzig. Tim schob Pip dieselbe Seide zu, die er auch seinem Vater zugeschoben hatte. Er wollte, dass Pip jederzeit bereit war. Er wusste nicht worauf, aber er wollte, dass er vorbereitet war. Er fragte sich, ob es überhaupt irgendeinen Weg geben würde, wie er darum bitten konnte, dass Pip ihm helfen durfte, die neuen Flugzeuge durch die Zulassung zu bringen. Wahrscheinlich nicht, aber er würde einen Versuch riskieren. Er wusste, dass etwas Großes würde passieren müssen, so ging das nicht weiter, jemand würde zu einer Verzweiflungstat schreiten müssen und denen einen Schraubenschlüssel ins Getriebe werfen. Er wusste, dass er das sein würde. Er hatte nicht wirklich eine Idee, wie es passieren würde.

Es war die Zeit der heftigen Frühlingswinde in *New Mexico*, die Böen waren eiskalte Terroristen. Sie waren Vorboten der Wärme, aber selber noch in der Kategorie, die das Leben alles andere als lebenswert machte. Die größeren Flugzeuge reagierten nicht allzu schlimm, aber für eine kleine Maschine war es die Hölle auf Erden. Sand und Dreck fegten ungehemmt über die Landebahn, wie eine Waffe. Die Windschutzscheiben wurden unter dem Bombardement der kleinen Steinchen ganz pockennarbig. Man nahm überall seine Zahnbürste mit hin, weil sich unweigerlich, sobald eine Person eine längere Zeit draußen war, Sandablagerungen auf den Zähnen bildeten. Das Schizophrene war, dass man sich gegen den raspelnden Wind bis über beide Ohren einpacken musste, während zur selben Zeit die Sonne von oben herab brannte, ein grausamer Witz, wobei der Wind niemals erlaubte, dass etwas dieser Hitze die Haut erreichte. Die Winde hielten in der Regel den gesamten März über an, manchmal bis in den April hinein. Aber die Temperaturen stiegen an diesem Punkt schnell an, und am Ende triumphierte die Sonne. Eidechsen sonnten sich auf Steinen; *Roadrunner* flatterten über die Highways. Die Sonne kehrte zurück, um ihren rechtmäßigen Thron am Himmel zu beanspruchen.

Was sie für die neue DC-10-30 und die neue 747 gehalten hatten, entpuppte sich als die *Pantheon Plato* und *Proteus*, und sie wurden endlich für die Testflüge im Juni eingeteilt. Das Pilotentraining sollte im Juli beginnen. Tim war der Staffelkommandeur für das Projekt, weil er in der ersten Welle schon die 747er und die DC10s rausgebracht hatte, und bekam seltsamerweise die Erlaubnis, ein oder zwei Wünsche bezügliche der *Crews* zu äußern. Er benannte Pip als Ersten Offizier bzw. Navigator, und Pip wurde wie gewünscht in die Zwölferauswahl aufgenommen. Am Ende würden sie alle in der Lage sein, die breite Masse der Piloten auf diesen neuen Maschinen zu trainieren.

Der eigentliche Unterschied für die Piloten war die Handhabung. Die Techniker am Boden kümmerten sich um die Algorithmen für das Versprühen der Chemikalien und die Betankung. Viele Piloten hatten sich für diese Jobs freiwillig gemeldet. Er wusste selber nicht genau warum, aber Tim verspürte die Neigung, eher die auszuwählen, die sich zurückhielten. Vielleicht bildete er sich ein, dass sie weniger einverstanden mit dem waren, was sie alle taten, und dies waren die Leute, mit denen er sich verbinden wollte.

Irgendwann erkannte er, dass trotz der extremen Paranoia, unter der diese Einheit normalerweise operierte, die Testcrews doch auf eine bestimmte Art Beziehungen aufbauen mussten, zueinander und zu den Flugzeugen, sonst hätten sie die Maschinen nicht vernünftig testen können. Das Letzte, was die Firma gebrauchen konnte, war ein mit Chemikalien beladenes Flugzeug, das irgendwo außerhalb ihrer Reichweite runterging. Um die Sicherheit der Flugzeuge zu gewährleisten, war es das Risiko Wert, Arbeitsbeziehungen entstehen zu lassen, die zuvor aus Sicherheitsgründen verboten gewesen wären.

Es war nur einmal passiert; irgendwo auf dem Balkan war ein Flugzeug runtergegangen, und die Vereinigten Staaten hatten alle Guthaben des kleinen, hilflosen Landes, das involviert war, eingefroren und eine sofortige Rückführung ihres Flugzeugs gefordert. Tim hatte keine Zweifel daran, dass die USA auch extreme Maßnahmen ergriffen hätten, einschließlich eines massiven Militärschlages oder sogar einer offiziellen Kriegserklärung, nur um das Flugzeug zurück zu bekommen.

Joshua, der Copilot, der sich freiwillig gemeldet hatte und von Tim zeitgleich mit Pip ausgewählt worden war, hielt immer noch an der Idee fest, dass die Sonne im Begriff war, in den kommenden zwei Jahren ungeheure Mengen an Strahlung freizusetzen. Das *Worst-Case*-Szenario war, dass die Infrastruktur der Welt zusammenbrechen würde und es nicht Monate, sondern Jahre dauern würde, sie wiederherzustellen. Bis dahin würden schlimme Dinge passieren. Josh war davon überzeugt, dass die Atmosphäre transformiert würde, um zu versuchen, diese Strahlung irgendwie abzuschirmen oder umzuwandeln. Nachdem er von Tim einmal grünes Licht bekommen hatte, darüber zu sprechen, nutzte Josh jede Gelegenheit, diese Konversation fortzuführen. Tim bestätigte ihm alles, was auch nur ansatzweise den Fakten entsprach.

So arbeiteten diese Leute ... grade genug Wahrheit kundtun, um die Angelegenheit zu vernebeln. Viele der Männer flogen diese Missionen ausschließlich für Geld. Einige flogen, weil es sie auf der militärischen Karriereleiter beflügelte, sie kamen aus einem Milieu, in dem sie kein Lob bekommen hatten, keine Erfolge feiern konnten und keine Kompetenz gesammelt hatten. Ab einer bestimmten

Ebene befolgten diese Männer einfach nur Befehle, egal welche. Es wurden keine Fragen gestellt. Der Erfolg hing nur davon ab, wie schnell man einen Befehl ausführen konnte. Aber Tim war noch immer davon überzeugt, dass die Piloten der Schlüssel dazu waren, diesen Wahnsinn zu beenden, dass sie die Achillesferse des Programms waren.

Tim und Pip machten aus dem gegenseitigen Zustecken von Seidenbotschaften eine Wissenschaft. Sie waren sich fast ganz sicher, dass es niemandem aufgefallen war. Um ihre Freundschaft innerhalb dieses schwierigen Umfeldes zu legitimieren, suchten sie Ungers Nähe. Wann auch immer er sich auf der Basis blicken ließ, versuchten sie sich zu den Mahlzeiten zu ihm zu gesellen. Sie waren die beiden einzigen Piloten aus *Pinon*. Es ergab Sinn. Außerdem war Tim sich bewusst, dass Unger aus irgendeinem Grund *BlueSkys* Verbindung zur US-Forstverwaltung erneuern wollte. Tim hatte jahrelang Erfahrung darin gesammelt, mit dieser Abteilung zu arbeiten. Unger hatte das einmal angemerkt, und es für später vorgemerkt, es schien sehr wichtig zu sein. Was die Unterbringung betraf wohnte Pip in einem anderen Gebäude am anderen Ende der Stadt ... in einem Haus, von dem Tim noch nicht einmal gewusst hatte, dass es der Firma gehörte.

Die Idee des *Shuri*-Vertrags wurde mehr und mehr zum Objekt von Tims Gedankenkarussell. Bis dato war es die einzige Rettungs-insel gewesen, die er ausmachen konnte. Er wusste so viel. Wenn er nur dort hinkommen, wenn er nur Beweise vorlegen könnte; Be-weise in Form eines Flugzeugs, wenn möglich voll beladen mit Chemikalien, und einige medizinische Beweisstücke. Harry, 'der Doktor', würde auch einen Besuch in *Okinawa* machen müssen. Tim hatte keine Idee, wie er das bewerkstelligen sollte.

Es war der erste Juni. Die Sonne hatte die Frühjahrsstürme in die Flucht geschlagen. Es war an der Zeit, etwas auf den neuen Flug-zeugen zu lernen. Tim sollte sich bei Unger für eine Unterweisung melden. Es waren zwei andere Männer anwesend, die Tim nie zuvor gesehen hatte. Sie wurden einander auch nicht vorgestellt. Unger ergriff das Wort.

„Die neue *Pantheon Plato* wurde in den *Skunk*-Werken von *Pantheon* entworfen und wird auch dort produziert. Das ist alles, was man darüber wissen muss. Schließlich seid ihr Piloten ... und werdet feststellen, dass diese Flugzeuge fliegen. *Pantheon* hat dafür Sorge getragen, dass diese Vögel fliegen, und sie sind in der Tat hierher zu uns geflogen worden. Wir haben *Pantheon*-Leute hier bei uns auf dem Gelände, um uns Hinterwäldlern zu helfen, herauszufinden, wie sie voll beladen fliegen, und um dafür zu sorgen, dass wir lernen, sie gut genug zu fliegen, um den anderen *Hillbillies* beibringen zu können, wie man sie fliegt. Merkt euch das. *Pantheon* ist hier omnipräsent, das ist kein Geheimnis. Die fangen an, mir auf den Geist zu gehen. Sie sind die Einzigen, die Kontrolle über unsere Flugzeuge haben.

Es braucht eine Weile, um diese Flugzeuge herzustellen, aber da wir keine Passagiere um des Profits willen befördern und wir bereits eine einsatzbereite Flotte haben, hat das keine Eile, bevor wir nicht sicher sind, dass es genau das ist, was wir wollen. Sie machen es auf diese Weise, weil wir wollen, dass es so gemacht wird, egal wie es in der Vergangenheit gemacht wurde. Das hier ist nicht die Vergangenheit, das ist das Jetzt und getanzt wird nach unserer Pfeife. Ich hoffe, alle haben das inzwischen verstanden."

Tim fing an sich Notizen zu machen.

„Keine Mitschrift, Männer, es sei denn, es sind aktuelle Operations- oder Flugpläne. Danke."

Tim schloss sein Notebook.

„Wenn wir elektrische oder andere Systeme *outsourcen* wollten, könnten wir eins von denen innerhalb von vier Tagen zusammen klatschen. Aber offensichtlich haben wir nicht vor, das zu tun. Zumindest noch nicht. Das gesamte Flugzeug ist aus Kohlefaser-Verbundstoffen gemacht.

Sie wissen als Profis, dass diese Flugzeuge jetzt viermal stabiler als Stahl sind und viel, viel leichter. Sie werden in euren Augen auch etwas anders aussehen. Verbundstoffe aus Kohlefaser können auf wenige übereinanderliegende Lagen reduziert werden und sie passen sich besser Krümmungen an. Die sanfteren Krümmungen sind Teil des *Stealth*-Aspektes dieser neuen Flugzeuge, da die Winkel oft die auffälligsten *Hotspots* für die zurückgeworfene

Radarenergie sind. Durch diese Kombination der neuen Kompositmaterialien und der veränderten Krümmungsradien hat die aus Kohlefaser gebaute *Pantheon* fast keine Radarsignatur mehr.

Die Turbinen stellten noch ein Problem dar. Wie Sie wissen, zieht rotierender Stahl eine Menge Radar-Aufmerksamkeit auf sich. Diesem Problem wurde auf zweierlei Weise begegnet. Erstens haben wir große, konusförmige Gitter über der Ansaugöffnung platziert. Damit bleibt nur noch das letzte Problem, die Temperatursignatur in der Abgasfahne. Wir haben uns die Idee der Infrarot-Störsender ausgeliehen – dieselben Schutzmaßnahmen wie auf der *Air Force One* –, über dem Abgaskonus montiert und an die Notstromversorgung in der Hecksektion angeschlossen.

Die Ladekapazität ist ebenfalls wesentlich größer. Sie ist umkonfiguriert worden und fasst jetzt 20% mehr unserer 'Produkte'. Die meisten Systeme, die auf Hydraulik basieren, sind gegen Elektronik ausgetauscht worden. Der Computer ist viel, viel schneller. Er kann Turbulenzen handhaben, von denen Sie niemals glauben würden, dass sie handhabbar sind. Die Ausgleichsbewegungen sind so umfassend, dass Sie wahrscheinlich noch nicht einmal merken dürften, dass da draußen überhaupt Turbulenzen sind. Das dürfte das Flugzeug heil durch höllische Stürme bringen. Genaugenommen, Gentlemen, hat uns der Entwurf dieses Flugzeugs mehr als achthunderttausend Stunden Rechenzeit auf einem Supercomputer gekostet, und mehr als fünfundvierzig Milliarden. Zum Glück konnte das meiste Zeug bei der Produktion der *Titan-Proteus* wiederverwendet werden. Obwohl wir diesen Vogel für unsere eigenen Zwecke rausbringen werden, sind die meisten Ziele, die wir mit ihm verfolgen, noch immer so, dass jeder nur so viel erfährt wie unbedingt nötig, und ihr Jungs müsst eigentlich gar nichts erfahren."

Tim wusste, dass das Titan immer noch auf dem Radar auftauchen würde, also war die *Stealth*-Technik offensichtlich nicht das Hauptmerkmal der größeren Maschine.

„Die Kabine und das Cockpit haben sich wirklich nicht verändert. Der Unterschied im Flugverhalten, wenn überhaupt, liegt im Gewicht und in der Veränderung der Profile an der Außenhaut. Wir wissen nicht, ob die Extra-Ladekapazität in Kombination mit der leichteren, windschnittigeren Hülle Probleme im Flugverhalten bewirken wird. Der Computer sagt ‚vielleicht'. Wir werden sehen."

Der Flug war für den kommenden Morgen angesetzt. Pip war sein Copilot und Josh sein Navigator. Sie trafen sich zum Frühstück im 'Bistro'. Tim war als erster dort und griff sich die Morgenzeitung. Er hatte über die Monate herausgefunden, dass es die einzige echte Chance war, an Nachrichten heranzukommen.

Die Titelseite der L.A. Times berichtete, dass der Medienzar Sir Cecil Cordham, nachdem man ihn wegen mehrerer Fälle des Betruges und der Bestechung von Beamten schuldig gesprochen hatte, tot aufgefunden worden war. Da war ein Foto des berühmten Solomon de Geier und seiner neuen Frau, Helen, wie sie auf dem Balkon ihrer Stadtwohnung in *Mayfair* standen und den Passanten zuwinkten. Um sie herum standen einige eher unglücklich wirkende Leute.

Ziemlich rotes Haar hat der Typ.

Baseball. Wetter. Er suchte immer nach Nachrichten über Fortschritte des *Shuri*-Ausschusses in Okinawa. Es gab da heute nicht viel, nur eine Erinnerung daran, dass Veröffentlichungen eingereicht werden konnten und dass die öffentlichen Foren auf den ersten Juli terminiert waren. Sie würden den ganzen Monat andauern. Die Wirtschaftsnachrichten waren katastrophal. Tim fragte sich, ob der US-Dollar bald wertlos sein würde. Er könnte es genauso gut schon jetzt sein. In Realwerten gerechnet war jeder Dollar jetzt schon nur noch 25 Cent wert ... an einem guten Tag. Das wirklich Überraschende war, dass die meisten Leute sich dessen noch nicht bewusst waren oder es schafften, es zu verdrängen. Die Aktienmärkte waren in einer Achterbahnfahrt, die unaufhaltsam erschien.

Pip und Josh kamen zusammen rein.

„Sportseiten?", fragte Tim. Pip war ein absoluter Baseballfanatiker.

„Ja." Pip war zwischen seiner zweiten und dritten Tasse Kaffee. „Warte!"

Er zog los, um Kaffeenachschub zu organisieren. Josh war wachsam, strahlte und war wie immer auf dem Sprung. Tim dachte, dass es schön gewesen wäre, wenn er – nur hin und wieder – von der Ehrenhaftigkeit ihrer Mission hätte überzeugt sein können. Leider hatte er nie daran geglaubt, dass Josh unter den Piloten sein würde, die sich letztendlich weigern würden, diesen Job hier zu tun. Aber er war ein Fliegerass und hatte es verdient, Teil dieses Teams zu sein.

Es gab vier Teams von jeweils drei Männern. Jedes Team würde jedes Flugzeug sechsmal hochbringen und dann Berichte schreiben, die Tim zu Unger bringen würde, und Unger würde sie dann an *Pantheon* hoch reichen. *Pantheon*-Mitarbeiter waren sowieso immer hier, um zu beobachten, das würde da nicht anders sein.

Sie kletterten in das kalte, dunkle Cockpit, Tim war so erregt, wie er es nicht mehr gewesen war, seitdem er vor einigen Monaten in *Gila* angefangen hatte. Gute Piloten lebten dafür, neue Flugzeugtypen ausprobieren zu dürfen, auch wenn sie sich dafür schuldig fühlten.

*****

24. Juni, Memphis, Tennessee. Der Pilot Leon Gore saß aufrecht in seinem Hotelbett im Dunkeln und rauchte eine Zigarette nach der anderen, wobei er die neue jeweils am glühenden Stummel der vorhergehenden anzündete. Sein Zimmergenosse hatte das Zimmer verlassen und schlief bei einer anderen *Crew*, weil der Rauch, der Gestank und die Nervosität nicht auszuhalten waren. Fick dich, kleiner Mann.

Das Geld. Leon dachte über das Geld nach, sein Gehirn mahlte in immer kleineren, enger gewundenen Kreisen. Sein Gehirn schrie. Er hatte zwei Millionen Dollar auf der Bank. Seit diesem Morgen war das Geld nur noch ein Viertel davon wert. Seine Aktien waren im Verlauf des vergangenen Monats gefallen. Er hatte dadurch Millionen verloren. Es war kein Ende dieser ökonomischen Todesspirale in Sicht, egal was gesagt wurde. Die Wirtschaft verblutete. Er war nicht dumm, auch wenn der Rest des Landes es war. Er war kurz davor, alles zu verlieren. Die Macht war nicht mehr hinreichend. Er hatte sich an all die Nullen auf seinem Kontoauszug gewöhnt.

Sein T-Shirt stank. Er hatte sich seit ein paar Tagen weder geduscht noch die Kleider gewechselt. Er hatte widerwillig seinen Dienstplan erfüllt. Sein Körper war anwesend, aber das war auch alles. Er sollte an diesem Morgen zurück nach *Gila* fliegen. Dann hatte er ein paar Tage frei. Er glaubte nicht daran, dass er ein paar freie Tage überleben würde, keine Aufgabe, kein Job, nichts, womit er seinen Körper beschäftigen konnte. Er würde seinem Wahn vollständig anheimfallen.

Was für einen Unterschied würde das ausmachen?

Er saß im Stockdunklen auf seinem Bett. Die Uhr zeigte auf fünf Uhr morgens. Es würde bald hell werden. So erregt, wie er in den Wochen, die zu diesem Morgen geführt hatten, auch gewesen war, er hatte in dieser langen, langen Nacht eine Art Rubikon überquert. Er fühlte sich, als wäre er auf dem Bauch einen Berg hinauf gerobbt, wobei er nur seine Hände benutzt hatte, um sich weiter zu ziehen. Jetzt, auf dem Gipfel, blickte er in das Tal vor ihm und eine gefährliche Ruhe überkam ihn.

Er kannte hier in der Nähe einen Ort. Sie wussten nicht, dass er ihn kannte, aber er tat es. Sie wurden beobachtet, aber es gab keine Wachen vor seiner Tür. Er würde um sieben abgeholt und zurück zum Flughafen gebracht werden, für seinen Flug zurück nach *Gila*. Wenn er der Routine folgte, würde er seine Ladung auf dem Weg über dem Stadtgebiet von *St. Louis* abwerfen. Sie würde dort bis zum Anbruch der Nacht schweben, und dann würde die übliche Inversionswetterlage sie herunterdrücken, runter auf die Erde, und der Wind würde sie fein verteilt haben, eine schöne, dünne Lage sanft tötenden Gifts, die auf die schlafende Bevölkerung von Missouri heruntergeht. Nanopartikel, die leicht zwischen den Fasern der Stoffe hindurchschlüpfen, durch Fensterdichtungen, und sowieso durch jede Menge offener Fenster, im Juni im Missouri. Das Gift würde sich auf dem Gras und auf den Bäumen ablagern, auf den Blumen und dem Wasser. Farblos, geruchlos, fast schwerelos und feinst verteilt. Leon sah, wie der Himmel langsam seine Farbe veränderte. Seine Fliegerkollegen würden sich bald rühren. Er stand schnell auf und schlüpfte in seine schmutzigen blauen Jeans; zog ein Hemd über sein T-Shirt. Seine Tennisschuhe waren für diese Mission gut genug. Er schob sein Portemonnaie in seine hintere

Hosentasche und fuhr sich mit dem Kamm durch die Haare. Dann schlüpfte er leise auf den Flur hinaus, war innerhalb von Sekunden durch die Halle und draußen.

Die Gebäude der *Manly Chemical Mixing Company* waren drei Blocks weiter östlich, und einen Block nördlich seines Hotels. Es war eine einfache Angelegenheit, dorthin zu laufen. Trotz der Dunkelheit sangen schon Vögel in den Bäumen. Er konnte sie nicht sehen, dazu lief er sowieso zu schnell, aber er hätte zu gerne noch einen Blick auf sie geworfen. Er lief an einem sehr großen Baum vorbei, eine Art, die er niemals hätte beim Namen nennen können. Die Äste und die Blätter formten eine Art Globus, eine Kugel, die dicht in tausenden von grünen Blättern versteckt war. Es klang, als wären hunderte Vögel dort drinnen, grade dabei aufzuwachen, dabei den Morgen selber wachzurütteln. Er ging weiter. Nach seiner Einschätzung würden dies für ihn die letzten etwa zwanzig Minuten auf dieser Erde sein. Während er nach dem, was ihm zugestoßen war, kaum in der Lage gewesen war, die Erkenntnis bei sich zu behalten, darüber, wie schwer er betrogen worden war, so war er jetzt bei dem Gedanken, welches Schwert er ihnen an den Hals setzen würde, mehr als ruhig. Er würde es sauber und tief durch ihre Hälse führen und Blut würde vergossen werden, da würden sie sich drauf verlassen können.

Die Fabrik war dunkel, verschlossen, ruhig.

Super, dachte er, keine dritte Schicht. Vielleicht Geldsorgen? Er hatte da seine Zweifel. Es gab unglaublich viel Geld zu verdienen, wenn man Chemikalien auf Bestellung mischte.

Er ging einmal um das Backsteingebäude herum, fand ein Fenster, das leicht angekippt war und das tief genug lag, dass er von unten hochspringen konnte, um die Oberkante zu ergreifen und sie herunter zu ziehen. Es war schon entriegelt. Es hätte ihn überrascht, wenn das Öffnen des Fensters jetzt einen Alarm ausgelöst hätte. Er ergriff das Fenster, das aus Milchglas bestand, um die Leute daran zu hindern hineinzuschauen, und hängte sein ganzes Gewicht daran. Es ächzte unter dem Gewicht und schließlich brach eine Ecke, gab nach und bog sich nach unten. So öffnete sich ein Winkel, durch den er versuchen konnte einzusteigen. Es stellte sich heraus, dass er so den inneren Griff mit der Hand erreichen konnte. Er zog, stemmte seine Füße gegen die Außenseite des Gebäudes. Obwohl seine Füße unter seinem Gewicht ins Rutschen kamen, reichte es, um seine Brust über die Kante und halbwegs in die Lagerhalle hinein zu kriegen. Denn dieser Teil der Fabrik war die Lagerhalle. Es war eine Fabrik, das wusste er. Von hier wurden die Bestellungen für die Chemikalien-Mischungen bedient, die einerseits für *BlueSky* vorgesehen waren, wo auch immer sich die Flugzeuge grade befanden, und andererseits für die Sattel-schlepper, die ihre flüssige Ladung zu den Orten brachten, wo die *'honey trucks'* betankt wurden, die dann insgeheim unter dem Deckmantel der Toilettenentsorgung die Linienflieger mit diesen Chemikalien betankten. Es war absurd einfach. Daheim in *Gila* wurden einige spezielle Mischungen angefertigt, das wusste er, wenn die Barium-Komponenten der Mischung hinzugefügt wurden.

Aber es gab auch viele Flüge, auf denen die Barium-Komponenten ganz alleine versprüht wurden. Es brauchte nur ein wenig Aufmerksamkeit, um über die Zeit diese Zusammenhänge zu begreifen, aber sogar sie, die Piloten, waren sorgsam darauf trainiert, sich um ihre eigenen Angelegenheiten zu kümmern und nur ihren Job zu tun. Abgesehen davon wollte niemand wegen dem, was er wusste, sterben.

Er warf sein rechtes Bein über die Fensterbank und schlüpfte durch das Fenster, sein linkes Bein unnatürlich verrenkt, bis es ihm gelungen war, es aus dem Winkel des Fensters zu ziehen, und dann fiel er auf den Betonboden. Er wartete. Manchmal gab es Hunde in diesen Lagerhallen. Nicht heute Nacht. Er lächelte, dasselbe langsame Grinsen, das bei den Spezial-Op-Missionen über sein Gesicht kroch. Es war das Gefühl, das er gewinnen würde.

Er ging zielgerichtet durch das Lagerhaus und öffnete alle Hähne, die er erreichen konnte.

Er schaffte es, die großen roten Ventile an den Tanks für flüssiges Methan zu öffnen. Die Seite dieser Ventile trug die Aufschrift '9000 gal'. Die tiefgekühlte, tödliche Flüssigkeit floss in die Mitte des Lagerhauses, das so gebaut war, dass alles über die Neigung in die Mitte fließen würde, wo sich ein halbes Dutzend Gullys befanden. Das Gas verdampfte schnell und begann seine

Sinne zu benebeln. Er musste sich beeilen. Er fand Paletten mit 5-Gallonen-Gebinden irgendeiner pulverförmigen Mischung, riss sie herunter und verteilte sie über die Gullys. Der Trick funktionierte wunderbar. Nur sehr wenig Methan verschwand in den Gullys, das meiste blieb oben, verteilte sich seitlich über die ganze Halle. Als nächstes wollte er ins Büro; wo er einen normalen Anruf tätigen konnte ... irgendetwas, wo er die Tür im Auge behalten und seine Waffe drauf richten konnte, während er sprach.

Er entdeckte das Büro, von dem er wusste, dass es da sein musste, und ging dorthin. Wann auch immer er einen Methanhahn sah, hielt er inne und machte sich die Mühe, ihn zu öffnen. Die meisten von ihnen ließen sich drehen. Er wollte noch keine Chemikalien mit beimischen, denn er wollte von keinem bizarren und tödlichen Gas überwältigt werden. Er hatte etwas zu sagen. Kurz bevor er den Bürotrakt erreichte, entdeckte er einen 12.000 Gallonen-Tank mit der schwarzen Aufschrift 'Pottassium-Hydroxyd'. Er sah Petroleum-Destillate, Hydrochlorische-Säure, Benzene und Lithium-Salze. Einige davon, das wusste er, brauchten nur ein oder zwei Tropfen Wasser, um zu zünden und die Decke dieser Fabrik wegzupusten. Das Feuer würde tagelang brennen.

Er knackte das Schloss des Büros schnell und setzte sich an den Schreibtisch im Inneren. Er legte seine Pistole vor sich hin und durchwühlte dann die Schubladen nach einem lokalen Telefonbuch, um die Telefonnummer einer lokalen Sendeanstalt zu finden. Den Finger weiterhin auf der Nummer, klemmte er sich das *Headset* über die rechte Schulter und wählte. Es war fünf Uhr zwanzig morgens. Der Anruf ging direkt in die Nachrichtenredaktion.

„KRTD Nachrichtenredaktion", sagte eine verschlafenen Stimme.

„Ich muss mit jemandem sprechen, der mich live auf Sendung bringen kann. Das ist ein Notfall."

„Was?" Die Stimme füllte sich mit ein bisschen Leben. „Auf Sendung?"

„Ja du blöder, tauber Bastard. Ich habe mich in einem Gebäude verbarrikadiert, das ich in die Luft sprengen werde, und ich möchte Sendezeit."

„Sehr witzig. Sie wissen, dass Sie für so etwas richtig in die Scheiße kommen können."

„Ich meine das absolut ernst." Leons Stimme war eiskalt.

„Warten Sie." Leon musste glaubhaft geklungen haben, denn der nächste, der in der Leitung war, war der Chefredakteur. Sie hatten sowieso die Anweisung, in solchen Situation die Polizei zu benachrichtigen und den komischen Kauz so lange wie möglich in der Leitung zu halten. Sie waren alle darin ausgebildet.

„Hallo, hier ist Ed Hillary." Die Stimme klang wesentlich älter, natürlicher. „Was verlangen Sie?"

„Ich habe mich in der Manley-Fabrik eingeeigelt ... die ich zu zerstören beabsichtige, es sei denn, ich bekomme etwas Sendezeit", sagte Leon.

„Ahm, okay, ich muss hier den Leiter der Sendeanstalt mit einbeziehen. Bleiben Sie in der Leitung."

Und die Polizei, dachte Leon. Macht nur. So wird es spektakulärer. Sowie die Örtlichen mich auf Sendung bringen, werden die nationalen Nachrichten es aufgreifen.

„Die Morgenshow läuft. Mister ... äh ..." Der Nachtredakteur war wieder in der Leitung. „Wer sind Sie?"

„Leon Gore ist der Name."

„In Ordnung Mr. Gore. Sie können etwas Zeit bekommen, eine direkte Livezuschaltung. Aber Sie wissen, dass wir die Polizei benachrichtigen mussten, stimmt's?"

„Da verlasse ich mich drauf. Haben Sie ein Stück Papier und etwas zu Schreiben zur Hand?"

„Sicher."

„Also, dann notieren Sie diese Zahlen. Dies sind Zahlen, um mein Bankkonto aufrufen zu können. Ich möchte, dass sich jemand das anguckt, bevor ich auf Sendung gehe und die Hölle losbricht. Können Sie das tun?"

„In Ordnung, aber warum?"

„Ich habe Aktien im Nennwert von 2 Millionen Dollar auf dieses Konto eingetragen, ohne einen guten, nachvollziehbaren Grund. Ich denke, dort sollten wir alle anfangen, oder nicht?"

„Jesus."

Die Sirenen begannen in der Ferne zu heulen. Mittlerweile dürfte die auslaufende Flüssigkeit unter den großen Lagerhallentoren hinauslaufen. Das dürfte ausreichen, um die lokalen Ordnungskräfte in Schach zu halten.

„Hallo, Leon Gore. Hier ist Charles Foster und Sie sind auf Sendung. Mr. Gore, bin ich richtig informiert, dass Sie sich im Inneren der *Manly Chemical Mixing-Fabrik* hier in *Memphis* befinden?"

„Ja, das ist eine richtige Information. Ich möchte nicht, dass Sie mir Fragen stellen, Foster. Das würde die wenige Zeit, die mir bleibt, verschwenden. Ich hoffe Sie nehmen das auf ... Sie werden sich wünschen, dass Sie das aufgenommen haben, das verspreche ich Ihnen. Ich arbeite für eine Gesellschaft, die sich *BluSky Air* nennt. Ich bin Pilot, einer von hunderten. Wir fliegen weltweit Flugzeuge, die giftige Chemikalien versprühen – tödlich giftige Chemikalien –, rund um die Uhr in die Atmosphäre, sieben Tage die Woche. Wir hören niemals auf. Aluminium. Barium. Arsen. Lithium. Was auch immer Sie sich vorstellen können. Wir sprühen das auf die Bevölkerung. Die bezahlen mir eine Menge Geld, damit ich das tue. Nur dass jetzt die Wirtschaft kollabiert ... diese Idioten. Der Dollar ist nichts mehr wert. Ich möchte nur, dass jemand versteht, dass ich meine Seele an den Teufel verkauft habe, für Geld – Massenmord – für nichts. Völlig umsonst."

„Entschuldigen Sie, Mr. Gore, aber warum? Warum sollte irgendeine Firma so etwas tun wollen? Und wie kommt es, dass niemand davon weiß?"

„Warum? Ich weiß nicht warum. Kranke Schweine mit zu viel Geld. Frag die. Und viele Leute wissen davon. Sie beschönigen es ... nennen es Geo-Engineering ... und die dummen Massen denken, oh, die schlauen Wissenschaftler müssen doch wissen, was sie tun! Oder sie geben ihnen eine super-geheime Weltrettungsmission, die aber *top secret* ist, also shhhh ... Jesus, jedes Kind auf dieser Welt würde darauf reinfallen ... oder sie sind wie ich, und das Gefühl, Chemikalien auf schlafende Leute abzukippen, verleiht ihnen das Gefühl, mächtig zu sein. Kommt man richtig auf'n Trip mit, Alter!"

Er hörte Sirenen von Feuerwehrwagen. Es waren mehrere, und sie waren nah. Ein Helikopter schwirrte über seinem Kopf.

„Gut. Ich höre all die Rettungsdienste da draußen", sagte er ins

Telefon. „Ich brauche Zeugen. Hat schon jemand mein Bankkonto gecheckt?"

Der Moderator vernahm die Antwort seines Produzenten durch sein *Headset*, das er mit seiner Hand ans Ohr drückte.

„Ja wir konnten zwei Millionen ausmachen, die inzwischen aber mitsamt dem Bankkonto spurlos verschwunden sind."

„Ja, am Anfang konnten wir 2 Millionen bestätigen. Jetzt gibt es keinen Eintrag, dass Sie jemals auch nur ein Bankkonto besessen haben, Mr. Gore."

Leon lächelte. „Behalten Sie das im Kopf. Das ist wichtig. Sehr bald werden Leute kommen und Ihnen vorschreiben, dass sie mich zum Schweigen bringen sollen. Sie werden dann keine große Wahl haben, aber versuchen Sie, sie so lange wie möglich davon abzuhalten."

Da waren tatsächlich zwei Männer von der Regierung in der Sendeanstalt. Sie waren grade angekommen, legten dem Leiter der Sendeanstalt, der jetzt im Gebäude war, einwandfreie Dokumente vor, nachdem er wegen eines echten Notfalls aus dem Schlaf gerissen worden war. Leon durfte sprechen, aber sie behielten sich vor, ihn jederzeit von der Sendung zu nehmen. Und, nein, sie wollten nicht mit ihm sprechen. Im Moment wollten sie nur wissen, was er vorhatte, zu sagen.

In *New Mexico* wurden die *Handler* in Ungers Büro auf dem Versuchsfeld gerufen. Nur sechs von ihnen waren auf dem Flugplatz, alle anderen waren im Dienst und über das Land verteilt. Dieser Typ war aus dem Hotel raus marschiert und hatte sich drei kurze Blöcke weiter in einer Chemiefabrik verschanzt. Er hatte von dieser Fabrik gewusst und auch genau, wo er hin musste. Wie? Das war etwas, das sie nicht herausbekamen.

„Wer zum Teufel ist es", murrte Unger.

„Leon Gore", sagte jemand weiter hinten im Raum. „Nennt sich selbst 'der Bulle'".

„*Handler*?"

„Meiner", sagte Tim. Dies würde ohnehin sein Ende bedeuten. Es war Zeit abzutreten. Pip war noch an Bord der *Plato*. Tim war *gepaged* worden, schnell ins Gebäude zu kommen. Wie zum Teufel hatte Leon von dieser Chemiefabrik wissen können? Tim konnte das sicherlich nicht sagen, aber sicherlich würden sie die Schuld auf ihn schieben.

Auf einem großen Fernsehbildschirm über ihren Köpfen verfolgten sie die sich schnell entwickelnde Notfallsituation in *Memphis;* die lokalen Polizeikräfte und die SWAT-Teams kamen an, überall standen Rettungsfahrzeuge. Der Nachrichtensprecher berichtete, dass der Verrückte am Telefon war, dann sprach er zu *Memphis* und dann zur Nation, nachdem die nationalen Nachrichtensender die Geschichte aufgepickt hatten. Die Bilder aus dem Lokalsender wurden auf alle Bildschirme im zweiten Stock in *Gila* gebracht. Die *Manly Chemical Mixing-Fabrik* war in einer dicht besiedelten Gegend eines Vorortes von *Memphis* gelegen. Das Gebiet wurde so schnell wie möglich evakuiert.

Luftaufnahmen zeigten ganze Tümpel von Chemikalien, die aus dem Fabrikgebäude geflossen waren, rennende Feuerwehrleute, die versuchten, außer Reichweite zu kommen. Der Fluss von Chemikalien unterspülte eines der Löschfahrzeuge vollständig. Gore hatte eine chemische Sintflut entfacht. Die Nachrichten berichteten über Methan und andere tödliche Chemikalien, die in den Tanks auf dem Gelände lagern sollten, um nach speziellen Wünschen der Kunden gemischt zu werden. Die Besitzer stellten keine weiteren Informationen zur Verfügung. Die örtlichen Autoritäten hatten vorerst kaum eine andere Wahl, als Leon sprechen zu lassen. Es ging zu schnell. 30 Sekunden, nachdem er den lokalen Nachrichtensender telefonisch erreicht hatte, hatte er darauf bestanden, direkt zum Publikum zu sprechen ... ausschließlich über die lokale Presse.

Sobald das Wort *BlueSky* gefallen war, gaben die nationalen Sendeanstalten vor, den Kontakt verloren zu haben. Die kleine lokale Nachrichtenstation machte weiter, bis die Regierungsvertreter sie baten, die Tonspur aus Gründen der nationalen Sicherheit zu kappen. Die Bilder waren erschreckend genug. Die örtliche Polizei evakuierte die unmittelbare Umgebung so schnell sie konnte. Ohne Vorwarnung schoss Feuer über die Oberfläche des Chemieflusses aus dem Inneren der Halle und erfasste die gesamte Oberfläche des überfluteten Geländes. Der Bauch des Löschzuges fing sofort Feuer. Fünf Sekunden später explodierte die gesamte Mischung und schickte schwarze Rauchwalzen in den Himmel. Die Druckwelle war noch Meilen weiter spürbar.

Unger war während der gesamten Sendung am Telefon. Er klemmte sich den Hörer zwischen Kinn und Schlüsselbein und griff nach dem Funkgerät, um mit dem *Dispatcher* zu sprechen.

„Geht ans Funkgerät und holt jedes einzelne Flugzeug runter. Sie sollen die nächste *BlueSky* Basis anfliegen und landen. Punkt-aus-Ende. Keine Fragen. Ich will alle innerhalb einer Stunde unten haben." Der *Dispatcher* würde jetzt mit einer Reihe unglaublich komplizierter Vorgänge beschäftigt sein, und Unger widmete sich jetzt wieder der wichtigen Person am Ende der anderen Leitung. Es war kein Name gefallen.

Zu dem Zeitpunkt, als die Fabrik explodiert war, hatte Tim sich schon wieder zu der wartenden *Plato* begeben. Es war kein Befehl rausgegangen, die Triebwerke herunterzufahren, und das Flugzeug stand am Ende einer der Startbahnen, da es als nächstes an der Reihe war, einen Testflug zu absolvieren. Tim und Pip hatten um fünf Uhr morgens einen Flug in der *Proteus* absolviert, entlang der Küste Zentral-Kaliforniens. Sie hatten grade die Flugvorbereitungen auf der *Plato* abgeschlossen und die drei riesigen Triebwerke kamen langsam auf Touren.

Die Tarnkappentechnik an diesem Vogel war nicht von dieser Welt. Jedes Triebwerk hatte ein umlaufendes Leitblech, das zur eigentlichen Außenhaut hin einen Spalt formte, durch den während des Fluges zusätzliche Umgebungsluft angesaugt wurde. Die Kohlefaserstruktur reichte nach hinten hin über das gesamte Triebwerk und umschloss den Auslass der Düse, um dahinter in einen plattgedrückten Konus auszulaufen. Das war mehr oder weniger das gleiche Abgas-Diffusionskonzept wie bei dem F-117 *Nighthawk Stealth Fighter* bei dem kältere vorbei strömende Luft in einem abgeflachten Abgasstrom beigemischt wurde, um die Infrarotsignatur des Triebwerkes dramatisch zu reduzieren. Als Tim diese Modifikationen zum ersten Mal gesehen hatte, musste er lachen, weil sie in seinen Augen in eine Kategorie fiel, die er Buck Rogers-Luftfahrt nannte. Das zweite Triebwerk, das in das Heckleitwerk integriert war, sah von den dreien am seltsamsten aus.

Tim zwang sich, am Flugteamchef unter dem Flügel vorbeizu-
gehen, der nahe bei einem der Triebwerke stand und auf sein Signal
wartete. Tims instinktive Reaktion, als er dem Flugzeug näher kam,
war sich die Ohren mit den Händen zuzuhalten, um sie vor dem
betäubenden Jaulen der Triebwerke zu schützen, und dies, obwohl
sie noch nicht einmal wirklich auf Touren waren. Er zog die
Aufmerksamkeit des Leiters auf sich, der sich daraufhin zu ihm
herüberbeugte, um ihn trotz seines *Headsets* hören zu können, wobei
er auf das Kommunikationskabel, das ihn mit dem Bauch der
Maschine verband, achten musste.

„Chef – da gibt es einen Notfall!", schrie Tim gegen den Lärm der
Triebwerke an. „Wir müssen diesen Vogel sofort in die Luft
bringen!" Sein Gesicht hielt er nahe an die Kopfhörer des
Teamchefs, so dass dieser hören konnte, was er sagte. Der Teamchef
nickte und zeigte ihm seinen nach oben gerichteten Daumen.

„Sowie ich an Bord bin, fahr die Fluggast-Treppe zurück und
zieh sofort die Bremsklötze weg! Wir müssen rauf!"

Dem Gesichtsausdruck des Teamchefs war deutlich zu
entnehmen, dass er den Ernst der Situation verstanden hatte. Er
salutierte salopp und sagte: „Bin im Bilde!" Seine direkte
Anbindung an das Flugzeug über das Kommunikationskabel hatte
den Teamchef daran gehindert, den Befehl mitzubekommen, dass
alle Flugzeuge landen sollten.

Tim ging die Fluggast-Treppe hoch, drehte sich um und zog die
Tür in die Lukenöffnung, versperrte und verriegelte sie fest im
Flugzeugrumpf. Dann wandte er sich schnell nach links, durch den
Küchen- und den Toilettenbereich, und schnappte sich sein *Headset*,
als er über die Mittelkonsole mit den Schubreglern kletterte und sich
in den Pilotensessel fallen ließ, etwas irritiert darüber, dass dieses
ungeschickte Manöver ihn einige weitere kostbare Sekunden
kostete.

Pip schaute von seiner Kladde mit der Checkliste auf und über
seine linke Schulter, reagierte prompt, als er Tims todernsten
Gesichtsausdruck und seine schnellen, effektiven Bewegungen
bemerkte.

„Los", sagte Tim, versuchte gleichzeitig tapfer das Mantra zu wiederholen, das Huck ihm beigebracht hatte ... es ist kein Notfall, es ist ein Job.

„Was?", fragte Pip und schob sein *Headset* vom Ohr, aus Angst, dass er sich verhört haben könnte.

„Ich sagte *los*. Genau das!" Tim bereitete sich darauf vor zu starten, richtete die Ruderpedale aus und griff nach dem Steuerknüppel an der linken Konsole. Er wusste, dass er die Flugvorbereitungen auf ein gefährliches Minimum reduzieren musste. Sie mussten in die Luft kommen.

Er lehnte sich ungeduldig auf seine linke Seite und beobachtete auf der Pilotenseite aus dem Fenster hinaus, wie der Teamchef die Fluggast-Treppe so schnell er konnte auf sichere Distanz zum Flugzeug brachte. Tim war erleichtert zu sehen, dass die Bremsklötze unter den riesigen Flugzeugrädern schon entfernt worden waren und das Kommunikationskabel schon gezogen war. Er drückte die Schubregler nach vorne, härter als üblich, und sofort spürte er, wie das Gewicht des riesigen Flugzeugs vorwärts schnellte, das vordere Fahrwerk wurde zusammengedrückt, als seine träge Masse beschleunigte. Während das Flugzeug ins Rollen kam, bediente er den Steuerknüppel, um es in seine Startposition am Ende der Hauptstartbahn zu bringen. Er drückte die Bremsen für ein paar Sekunden durch, drückte die Schubregler nach vorne, während die Triebwerke schnell auf Touren kamen, und dann ließ er sie los, nachdem Pip ihm signalisiert hatte, dass seinen Instrumenten im vollverglasten Cockpit zu Folge alles gut aussah. Die Beschleunigungsphase war stark, schnell, und dann waren sie in der Luft.

Während sie über die Startbahn schossen, sahen sie, wie die Techniker in der zweiten Etage des Testgelände-Gebäudes zu den Fenstern rannten und mit den Armen fuchtelten. Tim und Pip wussten das nicht, aber Unger hatte grade die gesamte Flotte auf den Boden zurückgerufen. Zum Glück war ihr Start auf genau diese Zeit terminiert worden. Unglücklicherweise lief die Startbahn direkt an der Stelle vorbei, wo Unger die anderen *handler* um sich geschart hatte. Pip zog das Fahrwerk ein, sowie das Gewicht von den Hinterachsen runter war. Sowie die Räder verschwunden waren, sah das Flugzeug aus, als würde es nach einem vergeblichen Landeanflug durchstarten. Als dieser parasitäre Luftwiderstand in dem glatten Unterboden des Flugzeuges verschwunden war, schoss das Flugzeug regelrecht nach vorne. Tim zog den Steuerknüppel nach hinten und brachte sie in einen steilen Steigflug.

Unger guckte ungläubig.

„Verflucht noch mal!", schrie er, als die *Plato* davonzog. „Ich sagte, alle Flugzeuge auf den Boden. Wer zum Teufel ist das?"

„Das dürften Verzet und Yarmouth sein, Sir. Sie waren terminiert, diesen Vogel genau jetzt da hochzubringen", rief ein Techniker aus dem Hintergrund.

Unger nahm das *Dispatcher*-Mikrophon noch einmal an sich. „Bring diesen Vogel runter! Jetzt!"

„Versuche ich, Sir. Sie reagieren nicht, Sir", kam die Antwort.

„Wo geht's hin, Kapitän?", fragte Pip. Er hatte sich der Situation jetzt hingegeben und war ziemlich ruhig. Im Moment musste er nur wissen, welchen Weg sie nehmen würden.

„Dreh nach Nordwesten auf 280. halte sie auf 2000 Fuß ü.N.N. Ich denke, dass wir die erste Strecke im Sichtflug fliegen müssen und das Gelände nutzen, um unsere Flugroute so gut wie möglich zu maskieren. Wir werden uns wahrscheinlich an den Boden schmiegen müssen, falls sie jemanden hinter uns herschicken. Diese große, dicke Mama fällt auf wie ein Stinkefinger am klaren Morgenhimmel, *Stealth*-Technik hin oder her", überlegte Tim.

„Verzet scheint sich nicht abregen zu wollen", knurrte Unger. „Ist jemand anwesend, der die *Proteus* hochbringen kann?"

„Sir", bemerkte ein *Handler*, „wir haben Flugverbot."

„Das ist kein Transporter, dieses Schiff. Niemand wird es als Teil unserer Flotte identifizieren oder irgendwie mit uns in Verbindung bringen. Die *Plato* ist jetzt außer Sichtweite und kann auf dem Radar nicht geortet werden, da haben wir verdammt noch mal für gesorgt. Jemand muss sie einfangen ..., jemand, den wir verdammt gut sehen können ..., und der sich dicht an seinen Schwanz hängt. Ich will das hier wenn möglich in der Familie behalten. Ich bin sicher, Sie verstehen."

„Ja, Sir", antwortete der *Handler*. „Josh und seine *Crew* sind hier. Sie haben auf die *Proteus* gewechselt, als das hier anfing. Sie sind an Bord und die Flugvorbereitungen sind soweit abgeschlossen, abgesehen davon, dass der Vogel noch nicht aufgetankt worden ist. Es sollte nur ein sehr kurzer Flug werden."

„Das ist mir scheißegal! Bringt das Flugzeug in die Luft. Jetzt!" Er rannte die Treppe runter zum *Dispatch*. „Schalt mich durch zur *Plato*", sagte er. Das Funkgerät erwachte krächzend zum Leben.

„*BlueSky* 10 Heavy, hier ist die Basis, copy?" Eine Vene an Ungers Stirn pulsierte. „Ich wiederhole, haben Sie verstanden?" Er lehnte sich nach vorne, drehte seinen Hals, um das Flugfeld runterschauen zu können. *Die Proteus* war auf der Landebahn.

Stille.

„Verzet!", bellte Unger ins Funkgerät. „Schlimme Dinge werden passieren, wenn Sie nicht antworten."

Die *Proteus* kam am *Dispatch* vorbei, glitt die Startbahn mit wundervoller Leichtigkeit entlang. Josh flog ein konservatives Startmanöver, um Kerosin zu sparen. Er zog leicht nach links, als er abhob. Josh verfolgte Tims Flugbahn anhand der Überreste seiner Abgasfahne.

„Wir haben einen anderen Vogel, der dir jetzt folgt. Bring dieses Flugzeug zurück, es sei denn, du willst, dass man dir wehtut ... oder vielleicht willst du, dass anderen Leuten wehgetan wird."

Eine kleine Ewigkeit verging. Unger dachte, Tim würde sich weigern zu antworten.

„Uh ... das ist ein NEG, Sir. Negative."

„Verflucht nochmal, bring dieses Flugzeug zurück!"

„Nein ... Sir."

„Was willst du denn machen, mit meinem teuren Flugzeug, Pilot?"

„Mit ihm weg fliegen, Sir. Es klauen, mich mit ihm in Sicherheit bringen."

„Wohin?"

Der Klang von Gelächter brach durch das Funkgerät.

In diesem Moment war weder Tim noch Pip bewusst, dass die ganz aus Titan gebaute *Proteus* leichter und schneller als eine normale 747 war. Genaugenommen war sie um 20% schneller als die *Plato* mit all dem Luftwiderstand durch die *Stealth*-Technologie, die auf ihre Außenhülle montiert war.

Plötzlich sahen Tim und Pip die *Proteus* im rechten oberen Winkel ihrer Windschutzscheibe seitwärts hinab tauchen und ihre Flugbahn kreuzen. Aus reinem Reflex zog Tim den Steuerknüppel rüber und drehte die *Plato* in Richtung der Abgasfahne des größeren Flugzeuges. Der Verbundstoffrahmen stöhnte unter den Scher-kräften, als sie in den Flugkanal der *Proteus* einschwenkten. Die Turbulenzen, die durch die Verwirbelungen an den Flügelspitzen des größeren Flugzeuges ausgelöst wurden, ließen die *Plato* erzittern. Das ganze Cockpit schien ins Taumeln zu geraten, als sie darum kämpften, ihre Flugbahn zu stabilisieren.

„Scheiße!", flüsterte Pip. „Ist das deren Ernst?"

„Gott sei Dank sitzen wir in einem Kohlefaserrahmen. Diese Wirbelschleppen hätten jedem anderen Flugzeug die Flügel abgeschert", bemerkte Tim, während die Vibrationen und das Zittern der Flügel abklang. „Mit all dieser Flug-Stabilisierungs-Software, die sie diesem Baby eingebaut haben, könnten wir wahrscheinlich durch einen verdammten Hurrikan fliegen! In mancherlei Hinsicht sind wir im Vorteil, auch wenn wir langsamer sind. Ich bin da fast optimistisch."

Tim beobachtete, wie die *Proteus* sich in einem Bogen wieder in Ausgangsposition hinter sie setzte und beschleunigte, dann schaute er zu Pip rüber. Er war weiß wie ein Laken. Tim schaute zurück zu Josh und dem Flugzeug, wie er die Maschine über dem Wüsten-boden grade zog. Dann stieg er wieder hoch, um sie vermutlich ein zweites Mal zu schneiden.

„Zeit sie runter, direkt über das Gelände, zu bringen", schlug Tim vor. „Er kann nicht auf uns runter stoßen, wenn wir so tief fliegen, wie er überhaupt runter kann."

„Ich hatte gehofft, dass du das sagen würdest", lachte Pip nervös, als Tim den Steuerknüppel nach vorne drückte. Tim schaute wieder zu Pip hinüber. Sie lachten, als sich ihre Blicke begegneten. Die negative Schwerkraft während des Parabelfluges, der nun folgte, erinnerte Tim an die Achterbahnfahrten, die er mit Huck erlebt hatte, als er noch ein Kind gewesen war. Er liebte dieses Gefühl des Fallens. Es hatte sein Interesse am Fliegen befeuert, die Möglichkeit, es zu erleben, wann auch immer er wollte. Er musste auch bei dem Gedanken lachen wie, als er Kampfflugzeuge für das Militär geflogen war, die Waffensystemoperatoren ihn deswegen gehasst hatten, denn neben der Tatsache, dass unter negativer Schwerkraft sich jeder Staubpartikel im Cockpit in die Luft erhob, verloren die meisten seiner Unterstützungsoffiziere dabei ihr Frühstück. Flyer hatte den Ruf eines 'Ein-Mann-Kotz-Kometen'.

Tim brachte die *Plato* runter auf 200 Fuß und zog sie grade. So nah über dem Gelände erzeugten jede Thermik und jeder Aufwind für ein normales Flugzeug eine Turbulenz. In einem Kampfflugzeug hätte sich diese Art Flugmanöver so angefühlt, als ob man mit einem Allradfahrzeug durch die Wüste fährt. Aber die Verbundstoff-*Plato* reagierte bemerkenswert sanft.

Diese neue Strategie zwang Josh, sich der Situation neu anzupassen, und so flogen sie schließlich in das *Monument Valley* mit seinen spektakulären Plateaus und Felsformationen hinein. Josh zog seine Maschine grade und folgte Tims Kurs. Langsam schob er sich vorwärts und positionierte sich neben Tims Steuerbord-Flügelspitze. Er konnte Joshs Silhouette durch die Windschutzscheibe der *Proteus* sehen.

„Josh", sprach Tim ruhig in das Funkgerät. „Geh nach Hause. Dreh um, Josh. Ich weiß, wie viel Kerosin in dem Vogel ist, den du fliegst. Ich war der letzte Pilot, der sie oben hatte. Das war heute morgen. Sie ist noch nicht wieder aufgetankt worden."

Das Funkgerät krächzte zurück. Es war Josh.

„Tim", sagte er, „ich muss das hier machen. Ich hab meine Befehle. Dreh du um und dann wirst du mich und meine *Mannschaft* nicht töten."

„Dieser Hurensohn", sagte Pip zwischen zusammengebissenen Zähnen. „Warum zum Teufel haben sie dieses Kind hinter uns hergeschickt?"

Josh, der mit flehendem Blick durch den Himmel gestarrt hatte, in der Hoffnung dass Tim irgendeine Reaktion zeigen würde, die darauf hinwies, dass er zurückkehren würde, erschrak, als er eine

Frauenstimme in seinem *Headset* hörte. Es war das Gelände- und Hindernis-Kollisionsschutzsystem. Eine leicht besorgt klingende weibliche Stimme sagte. „Geländewarnung! Hochziehen! Geländewarnung! Hochziehen!" Die *Proteus* flog direkt auf ein Hochplateau zu. Josh zog den Steuerknüppel voll nach hinten. Das Schiff begann sich zu schütteln, als der eine Flügel sich der Geländekante näherte. Er schaffte es, der Felsformation auszuweichen – grade eben noch so –, zog das Schiff in eine leichte Rechtskurve, um wieder in die Waagerechte zu kommen, und schaute zurück, um zu sehen, wo Tim geblieben war.

„Du hinterhältiger Hurensohn", flüsterte Josh.

Sie waren tief nach *Arizona* rein geflogen. Die Stadt *Flagstaff* kam in Sichtweite. Dreihundert Meilen und eineinhalb Stunden Flugzeit lagen hinter ihnen. Nullachthundert. Tim kannte die Grenzen von Joshs Fähigkeiten als Pilot. Er würde Josh noch eine Gelegenheit anbieten, sein Flugzeug runter zu bringen. Dann, wenn er sich weigerte, würde er ihn durchschütteln müssen. Das heißt, er würde ihn auf den Ritt seines Lebens nehmen, direkt durch den *Grand Canyon*. Wenn er das überleben würde, würde ihm immer noch der Treibstoff ausgehen. Er würde irgendwo landen müssen, denn das Einzige, was noch schlimmer war, als die *Plato* zu verlieren, war mit der *Proteus* irgendwo in der offenen Wüste abzustürzen, damit Gott und die Welt sie sehen konnte.

„Warum lässt du ihn uns nicht einfach verfolgen, in grade Linie, bis ihm der Treibstoff ausgeht?", fragte Pip.

„Er ist schneller als wir. Er kann uns mit diesen Abdrängmanövern verfolgen, bis jemand einen Fehler macht und wir vielleicht alle tot sind. Und ehrlich, direkt über dem Pazifik? Ich will keinen Zeloten auf meinem Flügel sitzen haben, den ganzen Weg nach draußen, bis er ins Wasser klatscht, danke."

Tim hatte Wut im Gesicht, als er den Knopf an seinem Mikrofon wieder drückte.

„Josh. Letzte Warnung. Brich die Verfolgung ab. Dreh ab. Tu es jetzt!"

„Kann ich nicht machen, Tim."

Tim schaute Pip an, schüttelte seinen Kopf. Er drehte wieder nach Norden, flog direkt in Richtung des östlichen Endes des

Canyons, etwa sechzig Meilen nordwestlich. Sie würde in wenigen Minuten dort sein.

„Fertig, Pip?"

„Teufel, nein!", antwortete er, die Farbe wich aus seinem Gesicht. „Aber hier sind wir nun mal."

Das Höhenmeter zeigte plötzlich einen Höhengewinn über dem Gelände von 7000 Fuß an. Sie hatten den Südrand des Canyons überflogen und die Formation fiel abrupt diese Tausende von Fuß nach unten ab, bis runter zu dem *Little Colorado* Fluss, der sich nun unter ihnen zeigte.

Als Tim in einer steilen Rechtskurve in die spektakuläre Tiefe des Canyons tauchte, hörte er Josh mit der Basis sprechen, und mit Unger, der inzwischen kochte.

„Sir, *BlueSky Proteus Heavy*, bitte um Erlaubnis über dem *Grand Canyon* zu bleiben, bis Verzet wieder raufsteigt. Da ist nicht allzu viel Raum dort unten für zwei Jumbojets ..."

„Mein Sohn, lass mich hier ganz deutlich sein ... Es ist mir ... scheißegal ... wie du es machst, aber du bleibst direkt hinter Verzets Arsch und bleibst auf Sichtkontakt, durchgehend. Hörst du mich, laut und deutlich? Over."

„Jedes einzelne Wort, Sir ... Uh ... Sichtkontakt halten", antwortete Josh bestimmt. Dann kippte er die *Proteus* in eine graziöse Linkskurve und folgte Tim in die Tiefen des Grand Canyons.

An diesem Morgen tranken die Kampfpiloten Kapitän Steve Fitzgerald und Major Jamie Steiner mit zwei weiteren Piloten auf dem *Nellis Air Force* Stützpunkt direkt östlich von *Vegas* im Bereitschaftsraum neben der Operationsbasis Kaffee. Sie vier waren für *Rasorback* eingeteilt; so lautete das Codewort, wenn sie in einer Notfallsituation aktiviert werden würden. Die Schicht hatte grade begonnen; und schon wurden sie in Alarmbereitschaft versetzt. Ein blecherner Signaltongeber zerstörte mit seinem Getröte die Stille des Morgens. Alle im Gebäude erstarrten vor Schreck. Wo zuvor noch angeregte Unterhaltungen stattgefunden hatten, herrschte nun eisernes Schweigen in Erwartung von unmittelbaren Befehlen. Über das metallen klingende PA-System brach eine Stimme aus der North

American Defense Command (NORAD) Zentrale tief im Inneren des *Cheyenne Mountain* in der Nähe von *Colorado Springs* herein. Das Tonsignal knarzte, als der Pilot am anderen Ende sich räusperte.

„Achtung: bereit machen für ein vom NORAD autorisiertes TCAM. Dies ist ein *Covered Wagon Alert*. Ich wiederhole: dies ist eine vom NORAD autorisierte *Threat Condition Alerting Message*.

Covered Wagon. Dies ist keine Übung"

Fitzgerald guckte über den Tisch auf seinen Flugzeugführer Steiner.

Covered Wagen hieß, dass ein unbekanntes Flugzeug den US-Luftraum anflog oder bereits drinnen war. Sie fragten sich beide, ob das ein echter Terroranschlag auf die Vereinigten Staaten war. Ihre Blicke trafen die anderen Piloten in ihrer *Crew*; sie standen wie ein Mann auf und eilten in die Operationsbasis. Die Spezialisten dort waren auf Hundertachtzig. Ein Major händigte jedem von ihnen einen Ausdruck aus. Der einzige Weg, eine Bedrohung einschätzen zu können, war ein Auge auf sie zu werfen und einen IFF – *Interrogiation-friend-or-foe*–Funkspruch abzusetzen. Das war der Job des *Rasorback*-Kommandos.

„Sieht so aus, als ob NORAD eine Bedrohung ausgemacht hat, die aus *New Mexico* kommt, und sie kommt in unsere Richtung. Bewegt sich jetzt grade durch das *Monument Valley*. Sie bringen auch zwei Abfangjäger aus *Luke* und der *Edwards Air Force Base* in die Luft, um sie einzukeilen. Das ist ein Einsatz mit zwei Jägern. Fitzgerald, Steiner ... ihr beide übernehmt das; Neuigkeiten kommen am laufenden Band herein. Wenn ihr abhebt werden wir euch mit präzisen Details versorgen ..."

„Gute Jagd", wünschten die beiden anderen Piloten und gingen zurück an ihren Tisch im anderen Raum. Steiner und Fitzgerald liefen in die Umkleidekabinen für Piloten, griffen nach ihren Helmen, Anti-G-Anzüge und Faustfeuerwaffen. Sie rannten zu einem wartenden *Shuttle*-Fahrzeug.

„Ich hatte mich so auf diesen Kaffee gefreut", scherzte Fitzgerald.

Eine echte Luft-Luft-Abfangaktion war für einen Piloten etwa so wie ein Ticket nach Disneyland für ein Kind. Es war die Krönung von Jahren hingebungsvollen Trainings und es gab nur wenige Einsätze, die so aufregend waren wie die in einer F-16, mit scharfer

Munition und vollem Nachbrenner. Der *Shuttle* würde sie in den Notfall-Hangar bringen, wo vier voll bewaffnete F-16 Viper standen, eine jede in ihrer eigenen *bay*. Die Hangartore waren schon an beiden Seiten geöffnet worden, das Bodenpersonal wuselte um das Flugzeug, zog die Sicherungsbolzen an den Waffen und kümmerte sich um die anderen Flugvorbereitungsmaßnahmen. Die Waffensystem-Mechaniker saßen in beiden Cockpits und machten die routinemäßigen Testläufe auf den Waffen- und Flugsystemen. Fitzgerald und Steiner nutzten die Fahrt, um sich umzukleiden. Der Teamchef zog grade die letzten Bolzen.

„Guten Morgen, Sir", salutierte der Teamchef. „Ihre Viper ist startklar, alle Systeme auf 100%."

„Danke, Sergant", antwortete Steiner mit einem leichten Lächeln. Er wollte, dass seine *Crew* wusste, dass er sie sehr schätzte, besonders für den Fall, dass er nicht wiederkommen würde. Die Art der Bedrohung lag noch völlig im Dunkeln. Steiner ging einmal um das Flugzeug, erklomm die Leiter, die noch von der Einstiegsluke hing, und ließ sich ins Cockpit gleiten. Er war von einem komplexen Arrangement von Schaltern, Drehknöpfen und Messinstrumenten auf mehreren Schalttafeln umgeben.

Fitzgerald stieg in seine F-16 und sie schnallten sich mit Hilfe des Einsatzleiters an, verkoppelten den Anti-G-Anzug mit dem Flugzeug, stöpselten die Kommunikationsleitungen ein und zeigten beide den nach oben gerichteten Daumen als Zeichen, dass es losgehen konnte.

Major Steiner stellte sein Mikrofon auf Schiff-zu-Schiff. „Startklar?"

„*Affirmative*, ich bestätige!", kam die Antwort. „Lass uns diese Show durchziehen."

„Nellis Tower, *Razorback* Flug, eins und zwei, soweit startklar."

„Control – bestätigen Sie das, *Razorback* eins. Die Startbahn ist frei. Starten Sie wenn Sie soweit sind.

Die schwer beladenen Flugzeuge rollten vorwärts, folgten den Markierungen, die längs der Mittellinie der Startbahn aufgemalt waren. Als die Düsen anfingen zu donnern, drückte es die Frontfahrwerke der beiden Vipers ein gutes Stück unter dem Schub der Triebwerke zusammen. Die Landschaft hinter den beiden

Flugzeugen wurde zu einer flimmernden, halb durchsichtigen Staubwolke, als der Abgasstrom der beiden F-16 alles, was nicht im Boden festzementiert war, aufwirbelte. Steiner meldete sich beim Tower:

„Nellis Tower, *Razorback* Flug startbereit. Over."

„*Razorback*, Sie haben Starterlaubnis. Gute Reise, Gentlemen."

Nachdem sie in der Luft waren, schickte *Nellis* sie auf 15.000 Fuß Höhe und 160 Grad, was in etwa in Richtung *Flagstaff* war.

„*Razorback* Flug ... *Nellis* Control ... ah, dieser *Covered Wagon* scheint aus zwei nicht identifizierten Flugzeugen zu bestehen, *heavy*, die aus dem Süden von *New Mexico* kommen ... sie fliegen im Moment durch das *Monument Valley* direkt auf euer Zielgebiet zu. Eigentliches Flugziel unbekannt. Die NSA befürchtet, dass wenn es ein Ziel gibt, dass das Vegas sein könnte. Infrarot Signatur und Radar zeigen allerdings nur ein Flugzeug. Sieht nach einen Boing 747 aus .... ah ... vermutlich ein Vertragspartner der Regierung ... NORAD sagt, ein 747-ähnliches Flugzeug gefolgt von einem anderen Jumbojet ... aber wir haben überhaupt keine Kennung davon. Keine IFF Signatur und kein IR. Wenn das echt ist, dann ist das was ganz Spezielles ... nur eine Spekulation, aber da gab es doch diese Explosion in dem Chemiewerk diesen Morgen in Tennessee."

„*Razorback* eins, *copy*."

„*Razorback* Flug, ihr werdet ihre Spur nördlich des *Grand Canyons* aufnehmen. Die Abfangjäger aus *Luke* ... eine weitere Viper, zwei Flugzeuge ... Navajo Flug ... werden die Südflanke sichern, und *Edwards* bringt zwei weitere hoch, um das westliche Ende der *Kill-Zone* abzusichern."

Dann gab es eine längere Pause. Der Controller war noch auf Sendung. Er sprach mit jemandem im Hintergrund.

„Wollen Sie mich verarschen? Im Geländedeckungs-Tiefflugsystem?" Er war zurück in voller Lautstärke.

„*Razorback*, man hat uns gesagt, dass diese beiden schweren Maschinen im Tiefflug – unterhalb 500 Fuß – durch das *Monument Valley* fliegen. Sieht nach knapp über dem Boden aus ... ein klares Geländedeckungs-Tiefflugprofil ..."

Er brach wieder ab, um leisen Stimmen aus dem Hintergrund zuzuhören.

„Oh ...", sagte er, dann war er wieder da. „Sind Sie sicher? Sind ... Sie ... sicher ...? Bestätigen Sie das."

„Razorback, hier ist wieder *Nellis* Control. Piloten, wir haben hier eine Molly-Situation. Wiederhole. Dies ist Molly, *Razorback*."

Steiner und Fitzgerald schauten sich durch die Weiten des Himmels verdutzt an. Molly war der Code dafür abzubrechen. Eingeweihte Piloten wie sie wussten, dass dies ein Befehl des Pentagon war, von Lt. General Toby Morrow persönlich, abzubrechen und diesem Schiff freies Geleit zu gewähren. Wenn dies ein echter Molly war, so würden alle Stützpunkt-kommandanten inklusive des CO und NORAD unter Hausarrest gestellt werden oder Schlimmeres, wenn sie den Befehl, sich zurückzuziehen, nicht befolgten. NORAD war daran gewöhnt, Befehle nur vom Verteidigungsministerium entgegen zu nehmen. Die Kommandanten würde der Schlag treffen, dass ihre Einsatzbefehle von jemandem aus dem Pentagon annulliert worden waren.

Tim fand eine Position, etwa 500 Fuß von der Canyonwand entfernt, auf der Seite mit den Aufwinden, und versuchte dort zu bleiben – obwohl Josh an seiner Heckflosse klebte. In einem Canyon mit tausende Fuß hohen blanken Felswänden drehte das Abstand-Warnsystem völlig durch. Aber die Winde in der Mitte kegelten mit ihren Scherkräften alles durcheinander. Er wusste, dass es Flugverbotszonen unterhalb 14.500 Fuß gab, um den Lärm von den Touristen fernzuhalten. Das war der sicherste Ort, an den man ein Paar sehr großer, gestohlener Flugzeuge bringen konnte ... wenn es denn überhaupt einen sicheren Ort gab. Die Touristen würden sich halt ducken müssen. Es war ja schließlich nicht so, dass man sie nicht würde kommen sehen können. Und der Lärm tötete niemanden.

„Stopf dem Ding die Schnauze!", bellte Tim Pip an, damit er die Geländeerkennung ausschaltete. Er hatte auch ohne die ständigen Warnungen genug, worüber er sich Sorgen machen konnte. Die Beschleunigungskräfte, die erzeugt wurden, wenn das Flugzeug plötzlich wegsackte und sich bei hoher Geschwindigkeit wieder fing, erforderten genug Aufmerksamkeit. Josh würde dieselben Probleme haben.

Pip legte einen Schalter um. Ungeachtet der Breite des Canyons, in dem Moment, wo Josh hinter ihm in der *Proteus* runtergesaugt wurde, überdachte Tim seine Taktik. Es war sehr wahrscheinlich, dass sie so alle getötet werden würden. Diese Flugzeuge waren verdammt noch mal zu groß für diesen Canyon.

Er fällte eine Entscheidung.

„Pip", sagte er, „ich werde jetzt einfach fliegen und ein paar Manöver machen, denen Josh in dem Wal nicht folgen kann, tut mir leid."

Pip dachte einen Moment nach. „Okay. Es war seine Entscheidung. Wir müssen hier raus."

Tim tauchte runter, verlor so schnell an Höhe, dass die Beschleunigungskräfte alles im Cockpit, was nicht festgenagelt war, mit sich rissen. Kladden mit Checklisten hoben ab, die leeren Kaffeetassen vom Morgen schlugen gegen die Decke. Pips Beine riss es nach oben.

„Oh Gott, ich hasse negatives G", sagte Pip, als sich das Flugzeug wieder gefangen hatte.

Tim hatte keine Ahnung, ob Josh irgendetwas über den *Grand Canyon* wusste, oder über das Fliegen durch Gebirge und Canyons im Allgemeinen. Tim war ein Feuerwehrpilot. Gelände wie diese waren sein täglich Brot. Wenn Josh nur etwas Verstand besaß, würde er die *Proteus* nicht auf diesen besonderen Ritt mitnehmen. Aber er erschien direkt hinter Tim.

„Verflucht", sagte Tim. Er hatte gehofft, dass Josh die Befehle verweigern würde, aber gewusst, dass er es nicht tun würde. So ein dummer Grund zu sterben.

Tim zog die Maschine hoch und legte sie in eine Linkskurve. Er hatte diese Manöver schon tausendmal im Feuer geflogen. Josh hatte weder die Zeit noch die Manövrierfähigkeit, um auf dieselbe Art und Weise zu reagieren, und so flog er seinen Vogel direkt gegen eine blanke Canyonwand. In der *Proteus* ließ die Kollision der Schnauze mit der Felswand das Cockpit und den vorderen Teil der Maschine sich akkordeonförmig wie Taschentuchpapier zusammenfalten. Der Fußboden brach der Länge nach auf und die

314

silbernen Fässer rissen sich los. Im selben Moment füllten die Chemikalien den Bauch des Flugzeugs und die Triebwerke gingen in Flammen auf. Der Explosionsdruck schüttelte die *Plato* kräftig durch. Tim stieg über die Kante des Canyons auf, Sekunden bevor es auch für ihn zu eng geworden wäre. Es war keine Gegend, wo Touristen gewesen sein dürften.

Er ging wieder in Tiefflug, damit er ohne vom Radar entdeckt zu werden, aus der Gegend entkommen konnte. Er und Pip sprachen kein Wort, bis das Meer in Sichtweite kam. Sobald sie die weiße Brandungslinie sahen, die gegen die Pazifikküste anrollte, gingen sie auf 28.000 Fuß und schalteten die mit Aluminiumoxid betriebenen Raketentriebwerke zu, um Treibstoff zu sparen. Normalerweise bewegte sich die Plato – mit Kerosin angetrieben – nur auf Reiseflughöhe, wobei die Raketentriebwerke zugeschaltet werden, um die Maschine auf höhere Lagen zu katapultieren. Aber in diesen drei Minuten stieg die *Plato* von 28.000 auf 70.000 Fuß. Dann gingen sie auf Reiseflug.

„Organisierst du einen Wetterbericht, machst du das? Hier oben kriegt uns keiner", sagte Tim. Sie hatten dieses Manöver in diesem Flugzeug beide ein halbes Dutzend Mal absolviert, aber es war noch immer aufregend.

„Taifunwarnung auf den Philippinen ... Klasse II. Windgeschwindigkeiten von 37-62 mph innerhalb der kommenden 24 Stunden", erwiderte Pip nach einer Weile. „Klingt nicht allzu schlecht."

Ihnen waren noch etwa 10 Stunden Flugzeit verblieben.

„Lass uns in Schichten fliegen, okay?", schlug Tim vor. „Du zuerst. Gönne dir ein paar Stunden, Pilot."

Zwei Stunden später erwachte das Funkgerät zum Leben. Tim und Pip schauten sich verdutzt an.

„Ah", Pip schlug sich auf die Stirn. „Satellit. Gleiches Prinzip wie die Raumstation. Das heißt, da gab es Befehle von ganz oben."

„Gentlemen", eine Stimme knisterte in ihren Kopfhörern.

Sie blieben still. Diese Stimme würde sich einen Namen geben müssen, bevor sie irgendeine Form von Nachricht von der *Plato* bekommen würde.

„Gentlemen, hier spricht Georg Nero Wolfe ... und das ist mein Flugzeug." Tims Augen weiteten sich und Pip schüttelte seinen Kopf ungläubig.

„Hast du das grade gehört?", fragte Pip. Tim zuckte mit den Achseln.

„Bring mein Flugzeug zurück, Verzet. Du auch Yarmouth." Tim legte den Schalter am Mikrofon um. „Nein danke."

„Verzet, du kannst die *Plato* wenden oder du kannst mitten in einem Taifun landen. Da baut sich grade ein ziemlich hässlicher über den Philippinen auf. Er könnte *Okinawa* genau in dem Moment treffen, wo du lieber nicht ohne Sprit dastehen möchtest."

Pips Kopf schnellte herum. „Was?"

„Sie können das wahrscheinlich tun, ja." Wie wussten sie nur von *Okinawa*? „Also, wo soll ich sie denn sonst landen?", konterte er. „China? Japan? Moskau? Mach deine Wahl. Ich kann dorthin kommen, ohne dass der Sprit ausgeht."

„Na gut. Ich werde dieses Flugzeug runter holen. Merk dir meine Worte." Das Funkgerät war tot.

„Wow", Pip setzte sich auf und richtete sein *Headset* zurecht. „Was denkst du?"

„Sie können es oder sie können es nicht. Es wird passieren oder eben auch nicht. Ich hab den Boden des *Grand Canyons* überlebt und schwebe jetzt auf 70.000 Fuß. Ich denke, wir können mit diesem Vogel durch ein bisschen Regen gleiten. Der Bordcomputer sollte in der Lage sein, mit einem Hurrikan klarzukommen." Tim gähnte, obwohl er leicht besorgt war. „Glaube ich zumindest."

„Danke", sagte Pip trocken, „das finde ich jetzt aber sehr beruhigend."

Acht Stunden später mussten sie auf Sinkflug gehen. Letztendlich ging ihnen der Treibstoff aus. Auf 28.000 Fuß wurde klar, dass Nero Wolfe ein Mann war, der sein Wort hielt. Da war ein Klasse II – *made by Nero* – auf dem Weg nach *Okinawa*. Sie würden die vorderen Ausläufer kreuzen, aber sie würden auf dem Boden sein, bevor der Taifun zuschlagen konnte, wenn er es denn tun würde. Die Windgeschwindigkeiten lagen auf 28.000 Fuß bei 40 mph, aber es schien so, als würde es weiter unten nicht schlimmer werden.

Wie es aussah, war Neros Flugzeug Neros Sturm davon-geflogen. Dennoch, in jeder anderen Maschine wäre es eine absurd raue und ziemlich gefährliche Landung geworden.

„Wahnsinn, geschafft!" lachte Pip, „jetzt frage ich mich nur, wie sie die *Plato* im März in *New Mexico* landen wollen. Ohne Flugzeug dürften die damit jetzt ein Problem haben."

Das Hologramm

Liebste Christina,
Ich habe lange und intensiv über Dich und Deine Situation und Dein Buch nachgedacht. Ich bin heute morgen mit dem deutlichen Gefühl aufgewacht, dass ich nichts damit zu tun haben sollte. Ich kann Dir nicht helfen. Außerdem bin ich hier in Australien relativ bekannt und muss meinen Ruf bewahren. Was die Weihnachtstage betrifft, da bin ich weg. Auf Reise um mein eigenes Buch zu promoten. Es tut mir so leid.
Bennie

Als sie Otto die Mitteilung zeigte, sagte er: „Also ich denke, dass es eine gute Sache ist, dass wir die Tickets noch nicht gekauft haben."

Der Mai machte dem Juni Platz. Christina hatte jetzt ein paar Monate an ihrem Buch gearbeitet. Otto hatte für sie im Schlafzimmer vor dem Panoramafenster einen kleinen Esstisch aufgestellt. Er war normalerweise mit Korrespondenz von Charlie Shepard bedeckt, Ausdrucken ihrer eigenen Recherchen und mit verschiedenen Rohentwürfen, an denen sie gearbeitet hatte, an denen sie grade arbeitete oder die sie noch auszuarbeiten gedachte. Da gab es normalerweise mindestens ein skurriles Paar Kinderhandschuhe, mehr oder weniger fertig gestrickt, versprengte Fotos, Blumen in einer Vase, aber auch Überreste halb gegessener Mahlzeiten. Die Wände. Die Wand, vor der ihr Tisch stand, war mit Papptafeln bedeckt, auf die sie Details notiert hatte, Zeitlinien und Fragen und tausend andere Dinge, die sie vergessen könnte. Von ihrem Sitzplatz am Computer blickte sie über die vordere Veranda und auf die Straße. Der Wechsel der Jahreszeiten war ihr in diesem Jahr in diesem Rahmen begegnet.

'Was für eine geheime Mission!', dachte sie. 'Du kannst durch das Fenster sehen, was ich tue.' An diesem Tag tippte sie. Jeder Hund, der an ihrem Fenster vorbei spazieren geführt wurde, veranlasste ihr eigenes ungleiches Paar Hunde loszuheulen.

Der alternde Postbote, weit jenseits der Pensionsgrenze, humpelte jeden Tag um die Mittagszeit die Vordertreppe hoch und warf die Post in einen Briefkasten, der sich nur ein paar Fuß von der

Stelle entfernt befand, an der sie saß. Bennies Botschaft, in einem prägnanten, weißen Leinenumschlag, war an diesem Tag der einzige Brief. Das war mehr als genug. Christina fielen sofort hundert gute Gründe ein, Angst zu bekommen, aber Bennie hatte nicht wirklich Erfahrungen damit, was tausend Meilen weit weg geschah, außer das Wissen darüber, dass Christina Grund dazu hatte zu glauben, dass ihre Mutter ermordet worden war.

Bennie war auf eine unbeschreibliche Art verängstigt, fast mehr um ihre Reputation als um alles andere. Ungeachtet des schroffen Tons des Briefes sah es so aus, als ob Bennie in Panik geraten war. Auch wenn es weh tat, dass eine Freundin, auf die sie sich verlassen hatte, sie im Stich ließ, war sie sich klar darüber, dass sie sich an diejenigen halten musste, die genug Mut hatten und bereits dabei waren, diesen Filz ans Licht des Tages zu zerren, wo man ihn sehen und sich um ihn würde kümmern können. Es waren so viele da draußen, die mit dieser Aufgabe befasst waren ... Christina würde sich ihnen einfach anschließen. Dieser Betrug an der Menschheit würde im Licht der Öffentlichkeit scheitern. Sie fragte sich, ob Menschen, die daran glaubten, auch Angst bekommen konnten. Im Moment spielte es keine Rolle, was irgendwer anders tat; es gab Arbeit zu erledigen.

Sie hatte geplant, ihr Manuskript bei einer vertrauenswürdigen Person am anderen Ende der Welt in Sicherheit zu bringen, aber die Angst hatte ihren Weg dorthin gefunden, wie sie es so oft tat. Sie hatte Bennie immer für eine mutige Seele gehalten. Das war eine einzigartige Qualität, in die sie ihre größte Hoffnung gesetzt hatte. Mehr denn je war sie nun überzeugt, dass ihre Familie um so sicherer sein würde, je mehr Leute das Buch und seinen Inhalt in die Finger bekommen würden; so entschied sie sich, es aggressiv in die Öffentlichkeit zu bringen. Es war eine harte Entscheidung, ein gefährliches Vorhaben. Das würde auch bedeuten, sich im E-Mail-Bereich, in dem es keine Privatsphäre gab, mehr zu trauen. Charlie Shepard hatte sie gleich am Anfang gewarnt, dass diese E-Mails und Telefongespräche – all seine Aktionen und Interaktionen – durchgehend überwacht würden, und dass hin und wieder jemand, den er kannte, persönlichen Drohungen ausgesetzt war; welcher Art diese Drohungen waren und wie stark sie vorgetragen wurden, hing vom Thema ab, um das es ging. Sie wusste, dass das ein Risiko war. Von dem Moment an, in dem ihre Mutter gestorben war und sie ihren Laptop aufgeklappt hatte, war sie davon ausgegangen, dass auch sie überwacht worden war. Sie dachte, nur halb im Scherz, dass es in diesem Land zur Zeit mehr Menschen geben musste, die andere Menschen überwachen, als solche, die letztendlich überwacht werden. Dass jemand versucht hatte, sie in dem Wagen ihrer Mutter nur ein paar Wochen nach dem Unfall von der Straße zu drängen, unterstrich diesen Verdacht grob.

Christina wusste, dass wenn sie sich in die Öffentlichkeit begeben wollte, sie dies so schnell wie irgend möglich tun musste, und per E-Mail war nun mal der schnellstmögliche Weg. Das größte Problem war, dass das Buch noch nicht fertig war, und so würde sie noch für eine Weile verletzbar sein. Trotzdem setzte sie sich hin und schrieb einen *pitch* für das Buch, den klassischen, komprimierten, alles sagenden Fünfzeiler, mit dem man Agenten und Verleger auf seine Seite zog.

Noch in der Nacht schickte sie fast zweihundert E-Mails an verschiedene Literaturagenten, einige davon kannte sie persönlich, aber die meisten noch nicht, sowie ein paar E-Mails an unabhängige Verlage, von denen sie dachte, dass sie den Mut aufbringen würden, sich dieser Geschichte anzunehmen. Dann setzte sie sich wieder an die Arbeit. Und sie schrieb weiter wie bisher; Tag um Tag, Monat um Monat, alleine in einer Ecke ihres Schlafzimmers. Sie kümmerte sich natürlich um ihre Kinder, bei denen sich die Auswirkungen der vergifteten Umwelt am deutlichsten manifestierten, auch wenn der Sommer eine leichte Linderung mit sich zu bringen schien. Die Kälte, die hermetisch abgedichteten Häuser, all das schien die Symptome zu verschlimmern. Alles andere ließ sie in dieser Phase einfach links liegen. Das Geschirr stapelte sich neben der Spüle zu wackeligen Türmen; die schmutzige Wäsche stapelte sich auf dem Bett im Gästezimmer zu immer höheren Bergen; der schwächelnde Staubsauger kämpfte gegen dicke Schichten aus Staub. Der Vorgarten lag unter einer Schicht alten, feuchten Laubes, wo doch sonst hunderte von Buschbohnen dort wuchsen.

So würde es bleiben, bis diese Geschichte erzählt war.

Das war jedoch nur das Buch. Nur eine Hälfte der Gleichung. Die andere Hälfte war die verlockende Gelegenheit in *Okinawa*. Christina und Charlie und Nikolai. Je mehr sie darüber nachdachte, desto sicherer wurde sich Christina, dass sie den Kern einer Gruppe bilden sollten, die an der öffentlichen Sitzung des Ausschusses beim *Shuri*-Abkommen im Juli teilnehmen würde. Charlie und Nikolai mussten sich noch persönlich treffen.

Sie wollte auch die Truppe aus Kalifornien für die Reise einplanen. Ihre Dokumentation war unbezahlbar, schwer erarbeitet, und sie hatten es verdient, eine Stimme verliehen zu bekommen. In welcher Konstellation sie auch immer ihre Botschaft in die *Shuri*-Festung tragen wollten, sie hatten etwa drei Wochen Zeit, einen Plan auszuarbeiten; was nicht allzu viel Zeit war. Wenn sie einmal dort sein würden, hätten sie ihre erste Gelegenheit, ihren Fall dem Ausschuss vorzutragen, und sie würde beten, dass sie in die Liste für die längere Anhörung aufgenommen werden würden. Christina und Nikolai würden die längsten Wege zurückzulegen haben und Nikolai sagte, er habe kein Geld für die Reise. Sie mussten entscheiden, was sie diesbezüglich tun würden. Nikolai musste dabei sein. Er hatte jahrelang in dem Kampf in vorderster Front gestanden.

„Hab nie von ihm gehört", sagte ihr Charlie am Telefon. „Ich schließe mich mit Cliff kurz, mal sehen, ob er weiß, wer Nikolai ist. Ich weiß, dass du ihn öfters erwähnst, und die Jungs oben in *Shasta* haben ihn auch erwähnt. Warum kenne ich den Typen nicht?"

Sie schickte Kopien ihrer halbfertigen Manuskripte an Charlie, aber nicht per E-Mail. Charlie würde in Frage stellen, sie herausfordern, bestätigen ... all die Dinge, die sie sich von einem Leser wünschte. Sie war für dieses zweite Paar Augen zutiefst dankbar; jemand, der die Sachlage in dieser Angelegenheit kannte. Sie war dankbar, dass sie jemanden kannte, der den Mut hatte.

Es war unter diesen Umständen etwas schwierig zu entscheiden, wie sie ihm die Kapitel zukommen lassen sollte. Sie wechselte die Form der Zustellung so oft sie konnte. Die schlechteste Wahl war ihr lokales Postamt. Sie hatte da ein schlechtes Gefühl. E-Mails sparte sie sich für Momente der größten Verzweiflung.

Dann gab es da natürlich all diese Tage ... immer seltener im Laufe der Zeit ... an denen sie sich fragte, ob sie nicht einfach unter echtem Verfolgungswahn litt. Sie wusste vom Verstand her, dass es das nicht war. Aber es war dennoch gut, das zu hinterfragen, sich selbst zu vergewissern. Es hieß, dass sie noch rational handelte. Es wäre beunruhigender gewesen, diese Fragen einfach zu ignorieren.

Und dann kam der Tag, an dem sie ihren Computer abschalten musste, die Reisepläne für *Okinawa* beiseite legen, um sich mit der Staatsanwältin zu treffen, um George Walters' medizinische Akten durchzuschauen. Die monatelangen Versuche, die ins Leere führten, die Begegnungen mit Menschen, die entweder taub waren oder so taten, als verstünden sie kein Englisch, wenn sie mit ihnen verhandelt hatte, waren, nachdem sie einen Gerichtsbescheid erwirkt hatte, schließlich zu einem Ende gekommen. Otto fuhr mit ihr zum Landgericht dreißig Minuten südlich. Sie wurden in den zweiten Stock geschickt. Eine Assistentin gab Christina einen großen Ordner mit Untersuchungsergebnissen und führte sie in einen stillen Raum, in dem sie sich setzen konnte. Die Assistentin sagte ihr, sie möge sich bei ihr im Nachbarraum melden, wenn sie irgendwelche Fragen hätte.

„Also, ich weiß jetzt schon, dass es da ein paar Fragen gibt, die ich der Staatsanwältin gerne stellen würde", sagte Christina.

„Oh, das tut mir aber leid", antwortete die Assistentin. „Die Staatsanwältin ist heute nicht hier. Sie musste zu einer Besprechung in einer anderen Stadt. Wir können ein weiteres Treffen vereinbaren, wenn Sie mit ihr sprechen wollen. Sie sagte, sie sei sich nicht sicher, ob Sie überhaupt kommen."

Otto und Christina schauten sich gegenseitig an.

„Wovon reden Sie da? Wir hatten eine Verabredung. Warum sollte ich nicht hier sein?"

„Naja, sie war sich halt nicht sicher." Die Assistentin legte ein charmantes Lächeln auf und ging in ihr Zimmer zurück.

„Okay, na dann", sagte Christina ruhig, „lass uns da mal reinschauen." Das ergab alles keinen Sinn.

Sie durchforstete jede Seite; Unfallberichte, Listen mit Zeugen, Identifikationsnummern von Polizisten ... sogar die Rechnung für den Krankenwagen. Schließlich fand sie eine Liste der

Medikamente, die er zu der Zeit genommen hatte. Es war etwa ein Dutzend, Aspirin und Multivitamin mit eingeschlossen. Es war die Art Liste, die man bei einem alten Mann erwartet hätte, mit einer Ausnahme. Der Bluttest in Boston hatte eine besondere Substanz in seinem Körper gefunden, obwohl man ihr vor einem Jahr gesagt hatte, dass da nichts in seinem Körper gewesen wäre. Es war eine *downer*, der das zentrale Nervensystem beruhigen sollte. Sie arbeitete sich weiter durch den Ordner; Seite um Seite von Verkehrsunfällen, eine lange Liste von angefahrenen Gegenständen und Menschen. Sie wusste das alles. Am Ende des Ordners fand sie die gleichen zwei ärztlichen Berichte, die sie schon gesehen hatte, mit einer Lücke von einigen Jahren dazwischen, und sonst nichts. Dieser Ordner endete genau dort, wo der andere geendet hatte. Es gab keinen medizinischen Untersuchungsbericht irgendeiner Art zur der Zeit oder kurz vor dem Zeitpunkt, als Walters ihre Mutter überfahren hatte. Sie stieß sich mit einer wütenden Geste vom Schreibtisch ab und machte sich auf die Suche nach der Assistentin.

„Entschuldigen Sie, wenn ich Sie störe", sagte Christina, „aber da sind keine medizinischen Untersuchungsberichte drin. Wir sind, wie Sie alle wissen, gekommen, um diese Berichte zu sehen, die wir bisher nicht einsehen konnten."

„Oh je", antwortete die Assistentin. „Lassen Sie mich einen Anruf machen, mal sehen, ob ich die Staatsanwältin erwische."

Genaugenommen hatte Christina das schon fast erwartet. Diese Berichte, so wichtig sie auch für sie und bezüglich Walters' Zustand, als er an jenem Tag seinen Van gefahren hatte, waren, würde im Verborgenen bleiben. Sie wusste das. Da war etwas in diesen Berichten, vielleicht der Name einer Person, die beschützt wurde. Die Frage war, warum?

Die junge Frau kam zurück. „Ja, die Staatsanwältin sagte, sie mussten darüber nichts wissen, um den Fall abschließen zu können."

„Also, sie wollen damit im Endeffekt sagen, dass seine Gesundheitsversorgung zu jenem Zeitpunkt, irgendwelche Veränderungen in seiner Medikation, die zum Tod meiner Mutter geführt haben können, es nicht wert gewesen seien, untersucht zu werden? Was, wenn es dort draußen einen Doktor gibt, der ernsthaft etwas zu Walters' Unfähigkeit, einen Wagen zu fahren, beigetragen hat? Sollten wir darüber nichts in Erfahrung bringen? Die wichtigste Frage in diesem Fall ist doch: Warum war dieser Typ hinter einem Steuer eines Autos, wenn er doch medizinisch gesehen offensichtlich völlig behindert war?"

„Also, das wäre eine zivilrechtliche Sache, kein Straftatbestand." Die Assistentin lächelte.

Christina rieb sich die Stirn, versuchte verzweifelt die Tränen zurückzuhalten. „Wie wäre das denn zu bewerkstelligen, diese Information zu bekommen."

Also, sein Anwalt müsste eine Unterschrift von ihm bekommen, auf einer Verfügung, die diese Berichte freigibt."

„Sie meinen den Mann, der nach einem schweren Schlaganfall im Bett liegt und sich noch nicht einmal mehr an seinen Namen erinnert? Dieser Mann? Noch nicht einmal sein eigener Anwalt hat daran geglaubt, dass das eine wichtige Information sei."

Die Assistentin zeigte Christina ein Lächeln, das sogar noch breiter war als das zuvor.

„Ja."

Wenn sie mir jetzt einen Guten Tag wünscht, ich schwöre, ich verpasse ihr eine Ohrfeige.

Hatte diese Droge eine weiterreichende Auswirkung auf Walters' Fahrtüchtigkeit an jenem Tag? Sie würden es wahrscheinlich niemals erfahren. Ihr kam auch der Gedanke, dass die Anwälte ihre Finger von diesem Fall ließen, weil sie wussten, ohne dass sie es ihr gesagt hatten und sie damit aus dieser Zwickmühle befreit hätten, dass sie niemals Akteneinsicht bekommen würden, bevor die offiziellen Einspruchsfristen abgelaufen sein würden.

Wahrscheinlich würde man Walters zunächst für unzurechnungsfähig erklären müssen, und dann könnte derjenige, wer auch immer sein Vormund sein würde, die Freigabe unterschreiben. Das würde viel Zeit kosten. Mehr als sie hatte.

Jetzt hatte sie drei mögliche Gründe, warum die Anwälte sich von dem wichtigsten Teil des Rätsels abwendeten: erstens, sie hatten Angst. Zweitens, sie glaubten nicht daran, dass es da Geld zu holen gab. Drittens, sie wussten, dass sie die Akten niemals rechtzeitig bekommen würden, um noch irgendetwas damit anfangen zu können. Vielleicht auch alle drei. Nicht einer von ihnen hatte sie während der langen Monate von ihren Leiden befreit, indem er es ihr in klar verständlichem Englisch gesagt hatte. Otto war auf 180. Sowie er im Wagen war, machte er seiner Wut Luft.

„Ich kann nicht glauben, dass sie uns ernsthaft weismachen wollen, dass die letzten fünf Jahre seiner Krankengeschichte ohne Bedeutung sind, wenn seine physische Fähigkeit, ein Fahrzeug zu führen, hier in Frage steht. Durfte er hinter dem Steuer eines Autos sitzen, das ist doch hier die Frage. Ich denke, wir müssen hiermit durch die Instanzen gehen, und zwar schnell."

„Ja." Christina war einverstanden. Sie wusste, dass Walters das Innere dieses Gerichtssaals niemals erblicken würde, und sie wusste, dass sie wahrscheinlich die ausschlaggebenden Berichte, auf die sie ein Recht hatte, niemals zu Gesicht bekommen würde, aber – bei Gott – sie würde hier die Pforte der Hölle öffnen, bezüglich der Frage, wie es zu all dem hatte kommen können, und schauen, ob sie damit irgendwelche Truppenteile aus der Reserve locken konnte. Das konnte sie tun.

Sie machte sich wieder an die Arbeit; das war, was sie tun konnte.

Zwei Tage später hörte sie Rufe und Gelächter von der Straße. Sie legte ihre Lesebrille auf den Tisch und ging, um nachzuschauen, was vor sich ging. Otto und die Kinder errichteten ihre geliebten Foliengewächshäuser. Angesichts der Tatsache, dass die Samen schon längst in der Erde gewesen sein müssten, schon dabei zu treiben, hatte ihr Mann gesehen, dass sie es nicht schaffen würde, dieser Sommertradition dieses Jahr Aufmerksamkeit zu schenken, aber er wusste, dass sie sie dringend brauchen würde, in den Wochen, die da kamen. Er sah, dass sie am Fenster stand, knuffte David in die Seite. Anya und David, die Erde auf den kleinen Bohnengarten schaufelten, schauten auf, grinsten breit und winkten.

„Hallo Mama!", riefen sie zusammen.

„Wir säen mal was an Gemüse", rief Otto.

Christina lächelte und winkte zurück. Es würde sie so glücklich machen, die nächsten Tage die jungen Sprossen im Boden zu finden. Der Beitrag dieser Saat für ihr aller Leben war ein wichtiger Akt der Rebellion.

„Mama!", rief Anya. „Ich muss wegen meines Projekts in die Bibliothek." Christina hatte schon Stunden an ihrem Rechner gesessen. Ihr war eine Pause willkommen. Sich für ein paar Tage in dem Buch zu vergraben, hatte die Wogen etwas geglättet und ihre Aufmerksamkeit von der unerledigten Angelegenheit mit dem Rechtsstreit abgelenkt. Aber im Grunde wusste sie, dass das zwar ein Segen war, aber zugleich auch das Problem. Sie hatte diesem Mann noch nicht Aug in Aug gegenüber gestanden, sich bewusst entschieden, wessen sie ihn anklagen würde und wie er dafür bezahlen sollte. Auf der anderen Seite arbeitete der Staat ohne jede Aufmerksamkeit für den Verlust, den ihre Familie erlitten hatte. Es ging ausschließlich darum, gegen welche Gesetze dieser Mann verstoßen hatte und was das vorgesehene Strafmaß dafür war, wenn man sie brach. Für die Hinterbliebenen konnte es sich bei all den ungeklärten, offenen Fragen nur um die Vortäuschung einer Wiedergutmachung handeln, im Grunde eine Verhöhnung.

„Ich kann euch zwei absetzen", sagte Otto. Er hatte die Wagenschlüssel schon in der Hand. „Ich bin auf dem Weg ins Büro, für ein Weilchen." Sie fuhren die Meile zu der kleinen Bibliothek aus Backstein und weiß gestrichenem Holz, direkt vor der Grundschule. Sie stand auf einem getrimmten Stück grünen Rasens neben der Autobahnauffahrt. Otto ließ sie vor der gläsernen Doppelflügeltür aus dem Van steigen und reihte sich wieder in den Verkehr ein. Das Schuljahr näherte sich dem Ende. Christina wollte aus dem Haus rauskommen, das war die perfekte Ausrede. Hier konnte sie sich hinsetzen und in einem sonnendurchfluteten Raum die neueste Sonntagsausgabe der New York Times lesen, an einem ruhigen warmen Platz unter einem hohen Fenster, während Anya ihre Nachforschungen anstellte.

Eineinhalb Stunden später kam Anya mit einem Arm voll Bücher zurück. „Komm Mama, lass uns draußen auf Papa warten."

Sicherlich hätten sie Otto auch von dem Aussichtspunkt in der Lesehalle die Abfahrt runterkommen sehen. Aber sie gingen raus, durch die Abteilung mit Unterhaltungsliteratur, durch den Schalterbereich. Als Christina die Eingangstür aufdrückte, hörte sie das laute Kreischen von Bremsen gefolgt von einem lauten Krachen.

Sie und Anya schauten sich gegenseitig kurz an und stürmten nach draußen.

Einige Leute rannten über das Gras vor ihnen. Ottos Van war in einen parkenden Lastwagen geknallt. Er war groß, weiß und trug auf der Seite die Aufschrift 'Ricks Appliences'. Zum Glück war niemand drin gewesen. Der Airbag hatte sich aufgeplustert und Otto sah erregt aus. Christina rannte zur Fahrertür und zog sie auf.

„Oh mein Gott", sagte sie, „was ist passiert? Bist du okay?"

„Daddy!" Anya war direkt hinter ihr.

„Die Lenkung hat versagt." Otto schüttelte den Kopf, konnte nicht glauben, was er da sagte. „Gott sei Dank bin ich von der Auffahrt runter und musste sowieso langsamer fahren. Jesus Christus. Die Lenkung hat versagt."

Am kommenden Morgen erklärte ihnen ihr Mechaniker, dass ein Bolzen aus der Lenksäule 'rausgefallen' sei. Christina glaubte nicht daran, dass der Bolzen sich einfach über die Zeit gelockert hatte und zufälligerweise in einer so gefährlichen Zeit ihres Leben herausgefallen war. Aber sie äußerte diesen Verdacht nicht laut vor ihrem Mann und ihrer Tochter.

Ein paar Tage später fand sie, als sie David zur Schule fahren wollte, ihren Subaru mutwillig beschädigt in der Einfahrt vor, alle Türen und die Fächer im Inneren waren aufgerissen worden. Später, noch am selben Tag, rief Charlie an und erzählte ihr, dass ein Freund von ihm, der am selben Thema arbeitete, von dem auch ihr Buch handelte, auf der Straße in die Ecke gedrängt und bedroht worden war.

All das war die Antwort auf den *pitch*, den sie in die Welt geschickt hatte. Es konnte sich hier doch nicht um einen Zufall handeln, denn der Schritt in die Öffentlichkeit hatte diesen Schub von Einschüchterungen und Drohgebärden ausgelöst. Diese Erkenntnis erschütterte sie für eine Weile. Es hatte sie in den Moment zurückgeworfen, in dem sie neben dem zerschmetterten Körper ihrer Mutter in der Notaufnahme gestanden hatte. Darum war es gegangen. Diese Dinge waren dazu gedacht, sie an diese Szene zu erinnern, aber die Gedankengänge, die sich um die Idee rankten aufzugeben weil es zu gefährlich war, das war Territorium das sie schon zu einem früheren Zeitpunkt durchschritten hatte ...

bis in den letzte Winkel ... im Herbst nach dem Tod ihrer Mutter. Wenn der Vergiftung der Atmosphäre kein Einhalt geboten würde, würden sie ohnehin alle sterben. Es machte wenig Sinn, es nicht zu versuchen.

Christina war mehr denn je davon überzeugt, dass sie sicher gehen musste, dass jeder, der dieses Manuskript annahm, eine Kopie bekommen sollte, und sie musste sicherstellen, dass sie das auch so grade heraus am Telefon und per E-Mail sagte, damit ihre Verfolger es hören konnten. Das tat sie dann auch. Die Drohung war ins Leere gelaufen. Alles war still, bis ein Paket mit Kapiteln auf dem Weg zu Charlie verschwand. Es tauchte schließlich in ihrem eigenen Briefkasten wieder auf, der Umschlag war an mehreren Stellen aufgeschlitzt.

Das Buch war eine fiktionalisierte Version dessen, was passiert war, großzügig mit konkreten und beweisbaren Fakten gespickt. Sie hatte die Namen geändert, um sich selbst das Wenige an Schutz zu bieten, das sie sich selber anzubieten hatte. Trotzdem schien sie irgendwo dort drinnen einen Nerv zu treffen. Sie wusste nicht, wo, und es war ihr auch völlig egal; sie erzählte die Geschichte nur so, wie sie passiert war. Wenn es die Vorstellungskraft der Menschen nur so weit beflügelte, dass sie ihre Augen in den Himmel hoben, dann bestand Hoffnung, dass die Dinge sich ändern würden. Das wäre gut genug.

Um Gottes Willen, schließlich ist es nur eine gruselige Geschichte.

„Hallo, Christina hier." Ihr Handy hatte geklingelt.

Sie saß wieder an ihrem Tisch, grade zurück vom Kampf gegen gewaltbereite rote Himbeerranken, die mehr mit von Dornen besetzten Peitschen gemein hatten als mit Sträuchern, und vom Umgraben im Garten an der Seite des Hauses. Sie wusste, dass die Pflanzen und die Erde, in denen sie wuchsen, vergiftet war. Genug Wasser zu destillieren, um einen Garten in der Größe zu bewässern, war im Moment einfach nicht machbar. Sie konnte höchstens daran herum experimentieren, wie man diese Böden regenerieren konnte. Sie hatte darüber gelesen – dasselbe passierte überall auf der Welt, vor den Augen von Leuten, die meistens keine Ahnung hatten, dass auch nur irgendetwas im Argen lag. Sie sahen die unerklärliche weiße pulverartige Substanz auf ihren großblättrigen Pflanzen und die spinnennetzartigen Formen morgens im Gras und auf den Bäumen, kratzten sich am Kopf und beließen es dabei.

Ich frage mich, wie viele Fast-Armageddons stattgefunden haben, welche anderen vielleicht tödlichen Krisen der Aufmerksamkeit der Menschen im vergangenen Jahrhundert entgangen waren.

Sie musste einfach daran glauben, dass es den Moment 'nachdem das alles aufgehört hat' geben würde, und dann mussten sie darauf vorbereitet sein, der Erde zu helfen, anzufangen sich von all dem zu erholen. Ein anderes Szenario war einfach nicht denkbar. Ganz nebenbei half es ihr, bei Verstand zu bleiben, während sie die wahnwitzige Geschichte zu Papier brachte, die sie grade lebte.

„Hi Christina", die Stimme am anderen Ende der Leitung klang weit entfernt. „Hier ist French Baum."

„French! Natürlich, du wolltest anrufen ... Ich war draußen bei den Pflanzen heute. Hast du meine Nachricht gekriegt, darüber, wie wir die Reise nach *Okinawa* koordinieren sollen?"

„Habe ich. Wir gehen alle. Formieren uns zu einem Kampftrüppchen, denke ich. Ein Haufen alternder Wissenschaftler mit jeder Menge Beweisen zum Vorzeigen. Die Dinge verschlimmern sich hier derzeit noch."

„Schlimmer? Was meinst du?"

„Erinnerst du dich, als du hier draußen warst, dass wir darüber geredet haben, dass es einen nachweisbar steigenden Anstieg bei den Gewalttaten in dieser Gegend gab? Wir hatten eine weitere Nacht des Irrsinns gestern Abend. So etwas passiert nicht einfach so, Christina. Es ist ja nicht so, dass die Leute die Läden ausrauben, weil sie Hunger haben ... Sachen wie diese. Das sind brutale, sinnlose und willkürliche Sachen. Wir haben daran gearbeitet, es neben den normalen Umweltproben zu dokumentieren. Wir sind uns ziemlich sicher, dass wir hier eine Korrelation aufzeigen können."

„Was ist passiert?", fragte sie.

„Ich faxe dir den Artikel. Ich hab darüber schon den ganzen Tag geredet. Der Bezirkssheriff ist ein Freund von mir. Alle sind so erschüttert ... Ich will meine Kraft jetzt darauf verwenden, über diese Reise zu sprechen. Ich möchte mich auf das Positive konzentrieren." Er seufzte schwer.

„Okay French." Sie konnte das Zittern in seiner Atmung hören.

„Sollen wir uns in San Francisco treffen und zusammen rüberfliegen oder versuchen wir, uns in *Naha* zu treffen?" fragte er. „Ich habe gehört, dass da eine Schlechtwetterfront von den nördlichen Philippinen heraufzieht ... die könnte sich zu einem Taifun auswachsen. Ich hoffe, der wird uns nicht erwischen."

„Ich hab auch davon gehört. Es ist zu diesem Zeitpunkt schwer vorhersehbar. Ich denke, dass wir alle den kompletten Satz an Informationen bei uns tragen sollten und ein wenig ausschwärmen sollten. Uns auf verschiedene Flüge verteilen. Diese Leute scheinen keine Achtung vor menschlichem Leben zu haben. Charlie sagt, dass er ein Haus für uns organisiert hat. Es gehört Choshin Soderholms japanischer Freundin ... derjenigen, die dem Königshaus angehört hatte, bis sie geheiratet hat. Es liegt am Fuß des Hügels, auf dem die *Shuri*-Festung steht. Ich denke mir, dass wir bis dahin alle fit genug sind, um dort unsere Sache darzustellen. Ahm ... Ich brauch dich aber noch, um mit den Jungs zu sprechen."

„Worüber?", fragte er.

„Nikolai und sein Sohn. Sie haben nicht die Mittel, dies zu tun, aber er hat es verdient, dort zu sein. Können wir da alle was in den Topf werfen?"

„Ich könnte mir vorstellen, dass sie das gerne tun würden. Ich lass es dich wissen."

„Super", sagte sie sanft. „Und, French? Es tut mir wirklich leid wegen dem, was da draußen passiert ist. Wirklich."

„Danke Christina. Lass uns dem einfach ein Ende setzen." Er legte auf.

Nachdem er den Hörer aufgelegt hatte, schüttelte Charlie Shepard in seinem Haus in Carmel ungläubig seinen Kopf. Er kannte den Chef der Feuerwehr in der kleinen Stadt, in der das Massaker stattgefunden hatte. Dass so etwas Abgedrehtes, so eine blutdurstige Gewalt in Nordkalifornien in der Gegend zwischen *Redding* und *Mt. Shasta* zum Ausbruch kommen konnte, war unfassbar. Es ging schon so seit ein paar Jahren, war aber spürbar im letzten Jahr oder den letzten beiden eskaliert. Charlie wusste, dass diese Ecke ein wichtiges Abwurfgebiet für in die Luft gesprühte Chemikalien war. Mit Sicherheit gab es überall im Lande

Gegenden wie diese. Dank einfacher Leute, die Sichtungen protokollierten, Fotos machten, Messungen durchführten und ihre Aufzeichnungen miteinander verglichen, fingen sie an, einige dieser Gegenden zu identifizieren. Die Küste von *Maine* war eine solche Gegend. Die Flugzeuge kamen vom Atlantik rein und versprühten ihre Ladungen dort, wo der Wind sie landeinwärts tragen konnte. Die Bevölkerung der Insel war als sehr friedliebend bekannt, nur war deren Gegend inzwischen auch total vom Sprühen kontaminiert. Es gab mehr Hinweise auf Erkrankungen aus *New England*, wie zum Beispiel die von Anya und David. Die bittere Wahrheit war jedoch, dass das gesamte Land in Giftstoffen ertrank.

French Baum lebte oben bei *Mt. Shasta*. Shepard kannte French ziemlich gut. Sie waren beide tief in das Geo-Engineering-Rätsel verstrickt. Er würde French später anrufen. An diesem Morgen wartete er auf etwas anderes, einen Anruf von einem Freund beim FBI. Er brauchte Informationen über einen Nikolai Louis. Da gab es ein Problem, das konnte er fühlen. Cliff, der Typ mit dem Radio-programm, hatte von Nikolai gehört, hatte aber trotz wiederholter Versuche, ihn auf Sendung zu kriegen, ihn nicht dazu bringen können zurückzurufen. Wenn jemand etwas über Nikolai 'Amistad' Louis herausfinden konnte, dann war das dieser Mann.

Charlie hatte wieder einmal sehr viel Glück. Wie erwartet beförderte er eine nachlässig versteckte Personalakte zutage, die sogar mit einer hohen Sicherheitsstufe versehen war ... ein Wink mit dem Zaunpfahl.

Der Typ sollte also ein Künstler und Aktivist sein. Sein FBI Kontakt am anderen Ende der Leitung lachte laut auf.

"Dieser Typ ist todsicher ein Informant für die Dienste," warf er ein. "Komm dem blos nicht zu nahe."

Charlie ließ sich die Akte rüber faxen. Nikolai hatte seine Karriere bei den Special Forces beim Militär begonnen und sich eine erhöhte Sicherheitsstufe erworben. Er hatte einen Abschluss in Biochemie. Seine Vita listete als Arbeitgeber unter anderem die CIA, NSA, Interpol und die Royal Canadian Mountain Police, das National Research Council of Canada – NRC, den Canadian Security Intelligence Service – CSIS, das US-Gesundheits-ministerium ... die Liste war vernichtend. Er war Berater für verschiedene Universitäten, die meisten davon in den Vereinigten Staaten, zum Thema Bevölkerungsdatenerfassung. Die Akte war jedermann zugänglich, aber man musste wissen, wonach man sucht.

Interpol, um Himmels willen.

Nikolai Louis war als Koautor einer wissenschaftlichen Studie gelistet, in der es um die Informationsgewinnung im globalen humanen Genetikinventar ging, ein 25 Jahre altes Projekt, das nicht mehr oder weniger darstellte als den Versuch einer ambitionierten und erschöpfenden Datenbank über jedes menschliche Wesen auf dieser Erde, initiiert und finanziert durch die US-Regierung. Er war ein Maulwurf. Ein Spion. Ein professioneller Beschaffer und Archivar von Informationen. Er hatte eine Dekade damit verbracht, Namen, Wohnorte und Kontaktinformationen von Leuten überall auf der Erde zu sammeln, die sich vehement gegen Geo-Engineering wandten. Er führte Untersuchungen durch, um herauszufinden, wer aus diesen langen Listen von Gegnern am allerwahrscheinlichsten aktiv werden würde, wer von ihnen Gehör finden könnte, und wie viel.

Willkommen in den sozialen Medien.

Die meisten privaten Unternehmen in dieser Akte hatten als Hauptbetätigungsfeld die Datenbeschaffung und *'intelligence'*, und ihre Ergebnisse gingen danach an das Militär, die Polizei und die Gesundheitsbehörden. Er war ein Experte darin, und er hatte einen großen Teil seiner Laufbahn damit verbracht, diese Datenbanken im Interesse dieser Agenturen miteinander zu vernetzen.

Das nächste, was Charlie tat, war auf Nikolais Webseite zu gehen. Als er sich durch die vergangenen Wochen und Monate klickte, konnte er sehen, wie Nikolai von jeden, der sich auf Schwermetalle und andere Giftstoffe hatte testen lassen, um Kopien von Laboruntersuchungen bat. Er führte Untersuchungen durch, inwieweit natürliche Detox-Verfahren bei den Leuten funktionierten oder nicht. Er hatte eine Datenbank mit Namen und Kontaktinformationen geschaffen, die Tausende von Einträgen hatte. Nikolai war also ein Verräter, ein falscher Fünfziger, eine Fatamorgana, mittels derer eine Scheinwirklichkeit erschaffen wurde, in dessen Täuschungen sich die Mitstreiter verlieren sollten.

Gib ihnen das Gefühl, dass sie für die Sache kämpfen, an die sie glauben. Er war auch ein Heuchler. Er war auch ein Lockvogel.

Er sorgte dafür, dass sie alle ständig miteinander sprachen.

Es war eine Medaille mit ihren üblichen beiden Seiten: denn auf der einen Seite war es eine Gruppe hingebungsvoller Aktivisten, die die wahren Ziele dieses globalen Projektes offenlegen wollten. Das war das zweischneidige Schwert der sozialen Medien. Ohne dieses Data-Mining würde es dieses Netzwerk, das sich um den Planeten spannte und indem man sich gegenseitig mit lebensnotwendigen Informationen versorgten, gar nicht geben.

Charlie lehnte sich in seinem Stuhl zurück; legte eine Hand hinter seinen Kopf. Was nun? Er hatte den Mann noch nie getroffen. Das musste sich ändern. Sie würden zusammen in *Okinawa* sein. Was für ein Spionage-Coup musste das für Nikolai Louis sein. Ein Spitzel, für wen auch immer er arbeitete, mitten im vitalen Zentrum des Widerstandes, und das zu dem wahrscheinlich wichtigsten Moment dieser Bewegung. Charlie würde es sonst niemandem verraten. Dieser Typ würde das sofort merken und sich aus dem Staub machen. Er würde warten, bis sie alle in *Okinawa* waren und ihn dann dazu zwingen, öffentlich zu gestehen. Nikolai Louis hatte Berge von Daten, viele davon medizinisch, alle sinnvoll aufbereitet. Das würde er zugeben müssen, sonst würde er ein blaues Wunder erleben.

Christina zog das Fax von French Baum aus ihrem Faxgerät. Sie saß an ihrem Schreibtisch und beobachtete auf der Straße ein halbes Dutzend Teenager beim Skaten. Ein *Pickup* bremste und hupte die Jungs an, die nicht auf den Verkehr geachtet hatten. French hatte eine kleine Notiz auf den weißen Rand um den Artikel herum geschrieben: Ein weiterer Tag des Blutvergießens, dieser Artikel ist von etwas südlich von hier, wo der chemische Fallout die schlimmsten Auswirkungen auf die Landschaft hatte. Ich lass dich den Rest selber lesen.

„Am gestrigen Tag ging bei der Polizei der Notruf eines Mannes ein, der einen heftigen Streit zwischen drei Bewohnern einer Wohnge-meinschaft meldete, in deren Verlauf es zu Gewalttätigkeiten kam. Zwei der Männer erlitten wiederholt Stichverletzungen. Der Täter flüchtete und setzte seinen blutigen Amoklauf auf der Straße fort, wobei er einen älteren

Nachbarn erstach und einen Stadtangestellten in einem parkenden Lastkraftwagen angriff und verletzte. Der LKW-Fahrer versuchte zu fliehen, wobei er gegen ein anderes parkendes Fahrzeug fuhr. Der Täter setzte beide Fahrzeuge in Brand. Den Polizeibeamten gelang es nicht, die Insassen der betroffenen Fahrzeuge zu retten. Ein Motiv für die Tat ist bisher nicht bekannt."

Huck hatte, soweit sie sich erinnern konnte, damals über die stetig wachsende sinnlose Gewalt in seiner Gegend gesprochen und über eine Jugend, die unnatürlich aggressiv und in einem konstanten Erregungszustand zu sein schien. Christina verließ ihren Computer, verließ ihre Arbeit, um sich noch einmal eine Pause im Garten zu gönnen. Die Zerstörung, die Angst, die Ungläubigkeit der Menschen – die Vorstellung, was für ein Geist so ein Vergiftungsprogramm aushecken konnte –, wenn sich Christina von diesen Dingen überwältigt fühlte, zog sie sich in eines der Tunnelgewächshäuser zurück. Otto wusste, wie es ihr dann ging. Im Norden von *New England* konnte es einem Anfang Juni die Knochen wärmen, wenn man sich in diese bermudaartige Atmosphäre begab, vorausgesetzt, dass die Sonne den ganzen Tag auf das weiße Plastik gebrannt hatte. In anderen Jahren, wenn sie die Foliengewächshäuser aufstellte und die Erde umgrub, waren die Würmer noch immer im Winterschlaf. Heute hatte sie frühes Junigemüse, das durch die Krume brach, Spinat, Grünkohl, Blattsalat, Karotten, Erbsen, Radieschen. Sie krabbelte in das kleinste Gewächshaus und fing an Unkraut zu zupfen. Ihr wurde unerwartet warm ums Herz, als sie die Taube in der Ulme rufen hörte. Diese einsame Taube kam jedes Jahr wieder, ganz alleine. Wenn die Sommersonne hoch stand und brannte, stolzierte sie oft in der Einfahrt herum, völlig unbeeindruckt von den Bewohnern die kamen und gingen. Das erste Mal, als sie erschienen war, war Christina eigentlich davon ausgegangen, dass sie verletzt sein musste, weil sie soviel herumlief und sich durch nichts irritieren ließ. Der Klang einer wehleidig gurrenden Taube erinnerte sie an Hawaii, denn dort hatte es immer irgendwo eine klagende Taube in den Bäumen gegeben. Vielleicht war es die Nähe zum Meer, die die Tauben anlockte, obwohl sie Tauben eigentlich noch nie als Seevögel betrachtet hatte.

Sie - Nikolai, Charlie, Isaac, French und Christina - hatten sich vorgenommen, an St. Johns loszufliegen und die letzten Junitage in *Naha* zu verbringen. Es gab Gerede wegen eines Taifuns, der sich aufbaute, aber er würde auch genauso gut aufs Meer raus ziehen können. Zum einen kannte Charlie Choshin Soderholm und wollte sie treffen, das Dokument mit ihr diskutieren, ihr eine Vorstellung der ganzen Angelegenheit geben ... wenn sie es zulassen würde. Diese Strategie würde vielleicht ihre Vorstellung von *fair play* verletzen. Wahrscheinlich hatten sich bezüglich des Protokolls schon Regeln etabliert. Im Moment gab Christinas Gruppe ihr Bestes, um herauszufinden, welche Art der Präsentation am effektivsten sein würde. Mit dem Besten, was ihnen einfiel, würden sie fünf Minuten haben, um die Gründe zu benennen, warum sie für die längeren Anhörungen nominiert werden sollten. Viele Gruppen wollten die Aufmerksamkeit der Kommission. Die öffentlichen Anhörungen waren über zwei Wochen verteilt. Dann würde die Kommission sich zurückziehen, um die Abschlusserklärung zu verabschieden, die in weiten Teilen schon ausgearbeitet war. Was würde passieren, nachdem ihr Anliegen in den Entwurf eingearbeitet sein würde? Niemand konnte das sagen. Es war alles, was ihnen zu tun einfiel, also steckten sie all ihre Hoffnungen und all ihre Kraft hinein.

Sie kamen in San Francisco zusammen: Nikolai, sein Sohn, Hugo, und Christina trafen sich mit Charlie, jeder von ihnen mit vollständigen Kopien der Beweise, die sie mitnehmen wollten, bewaffnet - dann gingen sie zusammen an Bord eines Nippon Air Fluges. Sie gingen kein Risiko ein. French, Huck und Isaak Masters reisten als Gruppe mit China Air.

Charlie konnte sich nicht entscheiden, ob es besser war, bei Christina und Nikolai zu bleiben oder ein dritte Gruppe mit einem anderen Typen bei einer anderen Fluggesellschaft zu bilden. Es war nicht so, dass er das Gefühl hatte, dass Christina in Gefahr schwebte. Es war, weil Nikolai selber ein Beweisstück war, ein wichtiges, das man im Auge behalten und das man schon aus Prinzip stets bei sich haben sollte.

Ein Flugzeug würde das in Kalifornien ansässige Team von Wissenschaftlern und ihre quantitativen Umweltdaten nach *Shuri* bringen. Und das andere Team würde diesen Regierungsagenten mitbringen, der die persönlichen Daten erhoben hatte, die Laboranalysen und Schwermetallwerte, und die Gesundheitsdaten, nur um herauszukriegen: wie weit würden sie gehen, um das Geo-Engineering zu stoppen, wo wohnen sie, wie gut sind sie organisiert, was denken sie, was könnten sie in Planung haben?

Shepard fand heraus, dass Nikolai eine weitere, mit seinen anderen Seiten unverlinkte Webseite betrieb, auf der er über Forschung und Anwendung von Datenerfassungsmethoden diskutierte. Charlie entschied sich, bei Nikolai zu bleiben, denn dieser Mann musste gezwungen werden, zumindest einen kleinen Teil dessen zu erzählen, was er wusste. Sie würden ihm nicht erlauben dürfen zu verschwinden, wenn er merkte, dass etwas schief lief. Er war zu wertvoll. Vielleicht war es hilfreich, dass Hugo mit dabei war, vielleicht nicht. Falls Nikolai nach der Konferenz entscheiden sollte, nach Kanada zurückzukehren, und er wusste nicht, warum er das tun wollen könnte, würde Charlie empfehlen, dass niemand mit Nikolai in derselben Maschine sitzen sollte. Eine Idee, wie man mit diesen Problem am besten umgehen konnte, würde ihm schon noch während des Fluges kommen. Weiter als bis dort würde er nicht denken. Der Sturm, über den sie sich Sorgen gemacht hatten, hatte das südliche Ende der japanischen Inseln gestreift, hatte es sich dann aber anders überlegt, hatte seine Richtung geändert und war aufs offene Meer gezogen.

Das Flugzeug näherte sich der Insel von Norden und überflog, bevor sie den Flughafen von *Naha* anflogen, grüne und braune Klippen, schmale Strände und kristallklare Lagunen. Das Meer war noch etwas rau, als einziges Indiz dafür, dass hier ein großer Sturm durchgezogen war. Japanische Instrumentalmusik rieselte aus den Soundsystemen des Flugzeugs, ganz im Hintergrund, kaum hörbar durch das eintönige Dröhnen der Triebwerke. Sie waren zu viert und saßen in den beiden Reihen, die den Flügeln an nächsten lagen. Das metallische Quietschen der Landeklappen, die nur widerspenstig ausfahren wollten, ließ sie zusammenzucken, so sehr waren sie durch den Anblick von *Okinawa* gefangen als sie es umflogen.

Die Landebahn begann genau dort, wo der Ozean endete, so dass sie den einen Moment noch über dem Wasser schwebten und schon im nächsten den Asphalt küssten.

Das Ruckeln beim bei der Landung war so heftig, so abrupt, dass Nikolais Sohn ausrief: *Regardez! Nous atterrissons!"*

Sie holperten tatsächlich über den etwas schlaglöchrigen Asphalt. Der Flugbegleiter musste wohl schon eine Weile Ansagen auf Japanisch gemacht haben, aber erst das unsanfte Aufsetzen des Flugzeuges ließ sie aus ihrer Trance hochfahren, und sie bemerkten erst dann die unüberhörbaren Ansagen des Kabinenpersonals über die Lautsprecheranlage.

Okinawa war aus der Luft ein farbenfrohes Muster aus terrassierten Hügeln; Feldern mit Zuckerrohr und Reis. Später würde Christina Ananas entdecken, Tabak, und sie las, dass die Farmer auf den kleineren vorgelagerten Inseln Erdnüsse anbauten. Es gab Zentren intensiven modernen Lebens, die von üppigem Dschungel und überbordender Landwirtschaft umgeben waren.

Sie checkten aus und trafen die andere Gruppe 20 Minuten später an der Gepäckausgabe. Das Gehen war gar nicht so einfach. Sie waren so viele Stunden im Flugzeug gewesen und waren steif. Wieder vereint, bahnten sie sich ihren Weg durch den Zoll. Dann nahmen sie zwei Taxis zu ihrem Hotel. Sie würden eine Nacht in diesem Hotel verbringen und dann zu dem kleinen Haus gebracht werden, das für sie reserviert war. Hugo wollte, sowie sie ihr Gepäck auf die Zimmer gebracht hatten, unbedingt zu einem der Strände gehen, die sie aus dem Flugzeug heraus gesehen hatten. Es war unerträglich heiß, nicht normal für diese Jahreszeit, doch die Hitze schien ein Überbleibsel des Sturms zu sein.

„Ich mach euch einen Vorschlag, meine Freunde", sagte Charlie, „wie wäre es, wenn ihr alle jetzt sofort an den Strand geht, bevor wir morgen zu beschäftigt dafür sind. Wäre das was für dich, Nikolai?"

„Klar", sagte Nikolai, „für mich wäre das okay. Ich sterbe."

„Ich glaube, der alte Mann bleibt hier und macht ein Nickerchen unter der Klimaanlage, wenn ihr nichts dagegen habt", gluckste Isaac müde.

Christina hatte einen Raum für sich alleine. Charlie schlief mit Nikolai und Hugo. Die alten Herren teilten sich einen dritten Raum. Ihr Hotel lag auf der *Kokusai Dori*, der *Kokusai* Straße. Es war die Hauptschlagader, die belebteste Straße in *Naha*, einer Stadt von gut 300.000 Einwohnern. Es herrschte ein unglaublicher Verkehr – Autos und Fahrräder –, und mit Fischen gefüllte Kanäle durchschnitten die Stadt. Egal wo sie sich in *Naha* aufhielten, sie saßen im Schatten der *Shuri*-Festung.

Die gewaltige Festung der alten *Ryukyu* Dynastie würde zwei Wochen lang für die Öffentlichkeit geschlossen bleiben, während der Ausschuss Beiträge aus aller Welt anhörte. Die majestätischen Räumlichkeiten waren so hergerichtet worden, dass die Verhandlungen von einer zeremoniellen, diplomatischen Atmosphäre getragen wurden. Dann würde sich die Kommission zurückziehen, um den *Shuri*-Vertrag auszuformulieren, eine Menschenrechtserklärung, und zwar die erste internationale Menschenrechts-Initiative im 21. Jahrhundert. Sie würde zunächst der japanischen Regierung vorgelegt werden, die schon zugesagt hatte, die Erklärung auf der internationalen Bühne zu unterstützen.

Christina und Charlie verschwanden in dem niedrigen Fußgängertunnel unter der einschienigen Hochbahn; die Bahn rauschte über sie hinweg, als sie unter ihr hindurch liefen. Der Puls dieser Stadt raste, auch wenn die höheren Gebäude in der Regel nicht mehr als sechs Stockwerke hatten und es auch nicht allzu viele von ihnen gab. Aber es gab sehr, sehr viele eingeschossige Häuser, mit im chinesischen Stil rot gedeckten Dächern, die sich in engen, alleeartigen Straßen aneinanderreihten. Der Klang von vorbeiradelnden Radfahrern erfüllte die Luft. Sie liefen an zwei Lebensmittelläden vorbei, einem verführerisch gestalteten Eiscafe einer bekannten Kette, das sie in dieser Hitze wie mit Sirenengesang anzulocken versuchte, und weiter ging es vorbei an einem Restaurant das ganz im Stil eines Palmhauses gehalten, den Blick auf zwei wohl sortierte Buchläden freigab. Der Klang einer lauten, glücklichen Menschenmenge wehte von irgendwo weiter vorne zu ihnen herüber.

Sie liefen weiter und fanden schließlich heraus, dass der Lärm von einem Baseball-Stadion herrührte, das sogar in der unerträglich schwülen Hitze des Nachmittags bis zum letzten Platz ausverkauft war.

Fünfzehn Minuten später erreichten sie eine dieser schmalen Alleen, diese nahm ihren Ursprung zwischen einem Gemüsestand an der einen, und einem Nudelladen an der anderen Ecke. Der Duft getrockneten Fisches stach in die Nase. Zweihundert *Yards* weiter oben verengte sich die Straße zu einer Gasse, das Durcheinander kleiner Läden endete so abrupt wie der Strom der Leute, die auf die Straße und zurück ins Zentrum strömten. Genau dort, wo die Gasse in einer scharfen Linkskurve endete, stand ein kleines Haus, umgeben von einem hohen, aber schlichten Holzzaun. Charlie drückte das Tor auf und sie betraten einen kleinen, mit Sorgfalt gepflegten Garten. Am Tor standen einige Paar Schuhe, aber der Pfad zwischen Sonnenblumen und Hibiskus auf der einen und Tomaten und Karotten auf der anderen Seite war geschottert, so dass sie ihre Sandalen anbehielten.

Christina hatte das Gefühl, dass ein Haus von solcher Schönheit, versteckt in Mitten des verrückten Treibens einer großen Stadt, etwas Zauberhaftes an sich hatte. Eine schmale Bronzeglocke hing neben einer rot gestrichenen Holztür. Charlie zog zweimal an der Glocke. Einen Moment später hörten sie leise Schritte im Inneren. Die im *Shoji-Stil* gehaltene Tür aus Holz und Glas glitt auf und ein hochgewachsener Mann, der sich auf einen Stock stützte, stand vor ihnen. Er war hager, trug eine Brille und sein dünner werdendes Haar reichte bis auf seine Schultern.

„*Buenos tardes*", sagte er, als er Charlies Hand ergriff. Es war eine Überraschung, in diesem Umfeld Spanisch zu hören.

„*Buenos tardes*", erwiderte Charlie. „Sie müssen Senior Maldonado sein." Der Mann nickte einmal, es war fast eine kleine Verbeugung.

"*Senor* Shepard?"

"*Si*. Dies ist Christina Galbraithe."

"*Me gusta*", sagte er und ergriff auch ihre Hand.

Er bedeutete ihnen still, ihm durch einen kurzen, leeren Flur zu folgen. Christina konnte nur leise murmelnde Stimmen hinter einer mit Leinwand bespannten Tür ausmachen.

„Wenn Sie bitte die Schuhe ausziehen würden", sagte er.

Sie schlüpften aus ihren Sandalen und ließen sie im Flur stehen.

Maldonado machte vor einer transparenten Schiebetür zu seiner Rechten halt. Er schob sie sanft mit den Fingern seiner rechten Hand auf und gab den Weg in einen Raum frei, der grade einmal groß genug war, um einen niedrigen, hochpolierten Tisch aus Kirschbaum zu beherbergen. Sechs Leute saßen um ihn herum, auf *Zabutan*, flachen Kissen, die direkt auf dem Boden lagen. Charlie erkannte Choshin Soderholm, ihr breites Grinsen, das Haar kurz geschoren, so kurz, dass es so gut wie nicht mehr vorhanden war. Es war nicht mehr möglich zu sagen, welche Haarfarbe sie eigentlich hatte. Eine Lesebrille mit halbmondförmigen Gläsern auf ihrer Nase, mit einem Bändchen um ihren Nacken gesichert. Ihr Gesicht war rund, und sie strahlte Ruhe aus.

„Charlie Shepard. Christina Galbraithe. Bitte, setzt euch zu uns." Sie winkte sie herein. „Kommt, kommt!"

Christina folgte Charlie in den Raum. Sie setzten sich auf die beiden noch freien *Zabutan* an den Tisch, Maldonado kehrte zu seinem Platz zurück, seinen Stock schob er unter den Tisch. Nun waren alle Plätze besetzt. Hinter Choshin hing eine Bastmatte in einer Türöffnung und bewegte sich leicht im Wind. Die Schiebetür stand offen, denn die Temperatur lag bei 35 Grad Celsius, passend zu der Feuchtigkeit, und geschlossene Häuser verwandelten sich bei dieser Hitze in Dampfdruckkochtöpfe. *Okinawa* war das einzige unter den japanischen Archipelen, das vollständig in der subtropischen Klimazone lag.

„Mein Freund", sagte Choshin warm, als Charlie sich setzte. „Möchtest du etwas zu trinken haben?"

„Gott, ja. Ein Bier wäre toll."

Sie stand auf, etwas steif, ihre gesamten 60 Jahre in den Gliedern. „Oh, hey, bleib sitzen", sagte Charlie, „ich kann es holen."

„Hör mal zu. Ich bin okay. Ich bin geübt in Yoga und im älter werden. Ich bin etwas steif, weil ich zu alt bin, um noch mit den Süßigkeiten aufzuhören, und der Zucker setzt sich in meinen Gelenken ab. Aber du wirst bemerkt haben, dass du keine Gelenke hast knacken hören?" Sie lachte sanft. „Ihr hattet Glück. Ihr habt den Sturm verpasst."

„Haben wir gehört. Haben aber nicht viele Anzeichen von Schäden gesehen."

„Nein, wir hatten auch Glück. Christina?" Choshin hielt direkt ihr gegenüber am Tisch inne und schaute durch ihre Lesebrille auf sie hinab.

„Was auch immer Charlie nimmt ist okay", sagte sie. Sie war angesichts dieser Frau, die ihr gesamtes Leben als Aktivistin und spirituelle Führerin verbracht hatte und die nun diese wichtige Mission betreute, etwas schüchtern. Frei von Angst, vermutete sie. Christina wollte einen guten Eindruck hinterlassen.

Choshin kam bald mit einem Tablett mit zwei Dosen Orion-Bier zurück, das Kondenswasser rann an den Seiten des Aluminiums herunter. Sie hatte in den Taschen ihres Hemdes jeweils ein Glas, das sie sachte vor ihnen auf den Tisch stellte, während sie sprach.

„Ihr habt Maldonado an der Tür getroffen", sagte sie.

„Ja", erwiderte Christina.

„Er kommt aus Venezuela, nicht wahr Maldonado?"

„Sie mag meinen Nachnamen", sagte Senior Maldonado mit einem breiten Grinsen. „Sie nennt mich nie Arturo. Bitte, ihr müsst euch nicht verpflichtet fühlen, mich auch Maldonado zu nennen."

"Maldonado … Maldo-NA-do." Choshin ließ den Namen mit spanischem Akzent von ihrer Zunge rollen. „Es ist wie einem Stierkampf beizuwohnen, oder einem Flamencotanz, nur diesen Namen zu sagen. Meint ihr nicht?"

„Venezuela!", sagte Charlie und nahm sein Bier von Choshin entgegen. „Ein wunderschön raues Land. Auch sehr unabhängig. Macht viel, um sich den Imperialisten entgegenzustellen, stimmt's?"

Arturo lächelte.

„Warum? Ja", sagte er. „Wir sind Kämpfer; soviel ist sicher. Ich habe aber auch einige Jahre in Spanien gelebt."

Choshin kniete nieder und ließ sich wieder auf ihrer Matte nieder. „Christina", fragte Choshin, „wie weit bist du gereist, um hier bei uns sein zu können?"

„Oh", Christina nippte an ihrem Bier, „Nordwest *New England* … in den Vereinigten Staaten. Ich bin von Boston aus geflogen."

„Wunderbar", erwiderte Choshin. „Ich habe viele glückliche Jahre in *Cambridge* verlebt. Wohnst du weit von dort?"

„Nicht wirklich. Etwa zwei Stunden Fahrt."

Christina wusste, dass Choshin als Teenager aus Schweden gekommen war, nördlich des Polarkreises. Charlie hatte sie mit den wichtigsten Informationen gefüttert; er und Choshin kannten sich gut. Charlie war viele Male ihr Gast gewesen. Sie hatte sich 1967 alleine in Brooklyn niedergelassen, hatte abends studiert und tagsüber in einem *Automat* gearbeitet – einer Art Cafeteria. Irgendwann machte sie ihren Abschluss als Grundschullehrerin. Sie lebte auf der *Lincoln Street* in *Parc Slope*, Jahrzehnte, bevor die Gegend wieder in ein Wohnviertel zurückverwandelt wurde. Ihr Vermieter dort war ein Buddhist aus Thailand gewesen. Sie und er belagerten regelmäßig die vordere Veranda, um über Buddha und den Dalai Lama und das Leben und die Natur von Gut und Böse … und viele andere Dinge zu diskutieren, Stunden um Stunden, abends wenn es zu heiß war, um sich in geschlossenen Räumen aufzuhalten. In den 1970ern konnte man sich als junge Person immer noch für etwas einsetzen, das das eigene Wachstum förderte. Die Dinge lagen offensichtlicher zutage und es gab nicht diesen riesigen Graben zwischen dem erlebten Alltag und den realen Gegebenheiten, wie heute."

„Wer noch?", fragte Choshin rhetorisch. „Also, dieser ältere Herr ist Pater Francis Sullivan." Sie wies mit einer Kopfbewegung zu dem kleinen Mann, der zu ihrer Rechten saß. Er war sehr schmächtig mit unregelmäßigen weißen Strähnen auf seinem Kopf. Sie lehnte sich konspirativ zu ihm hinüber und flüsterte deutlich hörbar.

„Er ist Katholik. Psst …"

„Nennt mich Frank", sagte er in einem breiten irisch-amerikanischen Akzent. „Alle nennen mich so."

„Frank lebt als Pensionär auf Hawaii." Choshin setzte nun ihre ganze Kraft in die Vorstellungsrunde. „Er ist ein Freund von diesem anderen netten Menschen am Tisch zu seiner Rechten, Professor Theo van Hal. Er lehrt Geschichte und Soziologie an der *Chaminade* Universität. Noch mehr Katholiken."

„Mein Gott, Choshin, hör auf damit", sagte Dr. van Hal. Er streckte seine Hand aus, etwas zu weit rechts von ihr, und da wurde ihr bewusst, dass er nicht mehr besonders viel sehen konnte. „Pater

Frank hilft mir, mich zurechtzufinden, da mein Augenlicht mich verlässt. Wir sind lediglich zwei alte Einsiedler, deren Präsenz dem heißen Südpazifik eigentlich egal sein kann", sagt er leise, während ein Lächeln um seine Mundwinkel spielte.

„Hallo, wie geht's Ihnen?" sagte Christina.

„Dann, auf der anderen Seite des Tisches, haben wir Polo. Polo Matambo ist ein Arzt aus Botswana. Er leitet das schottische *Livingstone* Krankenhaus und hat eine Gruppe gegründet, die sich „Ärzte für die Menschenrechte in Afrika" nennt. Sie haben Gruppen überall auf dem Kontinent, glaube ich. Sein Krankenhaus hat ihn großzügiger Weise für einige Zeit beurlaubt, damit er bei uns sein kann."

Christina und Charlie nickten und reichten ihnen die Hand. Dr. Matambo schien genauso stark wie die anderen unter der Hitze und der Feuchtigkeit zu leiden, was sie überraschte. Äquatorialafrika müsste doch noch wesentlich heißer und feuchter sein. Er war jünger, mit einer sehr dunklen Hautfarbe und etwas beleibter. Auch fehlten ihm oben schon einige Haare. Er vermittelte einen ernsten, unbequemen, vielleicht sogar zornigen Eindruck.

Nun ja, es gab genug, worüber man zornig werden konnte, dachte Christina. Und sie waren grade in etwas verwickelt, das Schlagkraft entfalten sollte.

„Polo stammt aus einer sehr abgelegenen Ecke der Kalahari-Wüste", sprang Choshin ein. „Der Überfluss an Wasser hier wirkt sich ein bisschen wie ein Schock auf sein System aus, denke ich."

„Und zum Schluss präsentieren wir hier unseren Kanadier, Philip Ford, ein Bürgerrechtsanwalt aus Vancouver", fuhr Choshin fort. Sein Name klingt gutbürgerlich-weiss, aber er ist halb *Inuit*. Ich finde, die Inuit sind ein extrem interessantes Volk, um das bescheiden auszudrücken."

„Ja, ich habe von Ihnen gehört", sagte Christina.

Ford bearbeitete überwiegend unmögliche, gefährliche Menschenrechtsangelegenheiten von großem öffentlichen Interesse.

„Ist mir eine große Ehre, Sir", brachte Charlie hervor.

„Und nicht zuletzt meine geliebte Freundin Mai Arikari, eine hier ansässige Ärztin und ein wunderbar hilfreicher Kontakt zu der japanischen Regierung. Sie und ihre Familie leben auf einer der kleineren Inseln. Ab morgen werden Sie in einem Bungalow wohnen, der ihr gehört. Er liegt zwei Straßen weiter und etwas hügelaufwärts. Noch jemand, der sich in der Gegend um Boston auskennt. Sie hat die medizinische Fakultät in *Cambridge* besucht. Dort haben wir uns kennengelernt."

„Vielen herzlichen Dank", sagte Christina, „wir sind so froh, dass wir einen ruhigen Platz haben, an dem wir zusammen sein können, um uns vorzubereiten."

„Nicht der Rede wert." Mai verneigte sich leicht. Sie teilten eine Mahlzeit *soki soba*, Nudeln in einer reichhaltigen Soße mit Schweinegeschnetzeltem und Ingwer, die in der Fleischbrühe schwammen, etwas gedämpften Süßwasserfisch und Tee. Choshin und Mai sprenkelten ihre Nudeln förmlich mit scharfer roter Peperonisoße. Als Nachtisch gab es Blutorangen und jede Menge zu besprechen.

„Arturo", sagte Christina, während sie sich eine Orange schälte, „wie ist es dazu gekommen, dass du Teil dieser Kommission geworden bist?"

„Ahm ...", antwortete er und schob seine Brille ein Stück weiter die Nase hoch, „ich war Lehrer in Venezuela. Auch wenn ich jetzt in Spanien zu Hause bin, bin ich noch Mitglied einer aus der Lehrerschaft hervorgegangenen Organisation von Aktivisten, die dafür kämpfen, den Bewohnern der nördlichen Hemisphäre eine Idee von der Lebenswirklichkeit in Südamerika zu vermitteln. Wir haben erkannt, das weite Teile unseres Kontinents, die vom Kleinbauerntum mit seinem traditionellen Lebensstil geprägt waren, jetzt in Gefahr sind in schockierender Weise in die Abgründe der modernen Zeit gerissen zu werden. Wir haben nicht allzu viel Erfahrung mit den Zwischenzuständen sammeln können, und das, das können wir spüren, ist unser Vorteil. Es ist für uns leicht zu erkennen, dass das einfach nur 'falsch' ist."

„Hast du das Gefühl, dass das die Leute in die Opferrolle drängt?"

„Eigentlich nicht mehr als jeden anderen auch. Ist es besser, keine Ahnung von dem Bösen zu haben und ihm dann unerwartet zu begegnen, oder von Kindheit an darauf gedrillt zu sein, das Böse als taktischen Vorteil zu akzeptieren, um dann auf der langen Hand die

Scheuklappen heruntergerissen zu bekommen? Vielleicht gehst du auch raus und versuchst, mit dem Bösen eins zu werden, weil man dir beigebracht hat, dass das erstrebenswert ist. Es wäre schwer zu behaupten, dass irgendeiner von uns, wie hast du das ausgedrückt, nicht 'in der Opferrolle' steckt. Ich denke, das heißt einfach 'außerordentlich verletzlich'?" Maldonado lächelte.

Einer nach dem anderen gingen die Mitglieder des Komitees. Jeder von ihnen würde in den kommenden Wochen eine wichtige Rolle spielen, der Höhepunkt von zwei Jahren Arbeit. Am Ende blieben Choshin, Christina und Charlie am Tisch zurück. Die Luft hatte sich merklich abgekühlt und auch die Sonne hing inzwischen tief am Horizont. Die Schatten im Garten waren viel länger geworden. Choshin verschwand noch einmal kurz, um sich um die anderen im Haus zu kümmern.

„Und schließlich zu dir, Charlie", sagte sie, als sie sich zurück an den Tisch setzte, „was ist es, worüber du hier und heute sprechen möchtest?"

Charlie lächelte, schaute auf seine leere Schale mit seinen *Hashi-Stäbchen*. Es sah aus, als würde er nicht wissen, wo er anfangen sollte.

„Lasst uns in den kleinen Garten gehen, wäre das was? Christina?" Choshin schwang ihre Beine unter dem Tisch hervor. Charlie stand schnell auf und half ihr, obwohl sie protestierte, auf die Beine. Sie schob die Trennwand zwischen dem Raum und dem Garten beiseite und sie folgten ihr durch die Tür.

„Choshin", sagte Charlie leise, „wie du weißt, bin ich mit einer Delegation hier. Die Antwort auf die Frage, warum ich dich und die Delegation vor der Zeit sehen wollte, ist auch mir nicht ganz klar. Ich wollte wissen, wer sie sind. Die Informationen in unserer Präsentation sind so gewichtig und dringlich, dass wir die uns zugewiesenen fünf Minuten Sprechzeit nicht mit irgendwelchen Lappalien verschwenden dürfen."

Choshin ließ seine Worte eine Weile wirken.

„Aber du weißt, dass ich nicht damit einverstanden wäre, irgendetwas vorab zu hören. Das wäre politischer Lobbyismus", sagte sie.

„Ja", antwortete Charlie. „Ich denke, dass ich enttäuscht gewesen wäre, wenn du es getan hättest. Ich wollte nur eine Idee davon haben, wen wir hier ansprechen."

„So wie ich dich kenne, Charlie", bemerkte Choshin, „kann ich mir vorstellen, dass du heute eine Menge wichtiger Informationen gesammelt hast. Aber was anderes: was ist mit dem Transfer morgen, vom Hotel in das Haus die Straße hoch? Mai wird zu euch kommen und schauen, ob alles in Ordnung ist. Schafft ihr es, früh am Morgen wieder hierher zu finden? Nehmt euch ein Taxi und gebt ihm diese Adresse."

Sie schob ihm ein zusammengefaltetes Papier in die Hand.

„Ja, wir werden um acht Uhr hier sein. Reicht das? Und die Vorabpräsentationen sind dann in vier Tagen?"

„Ja. Es war schön, dich gesehen zu haben." Sie stellte sich auf die Zehenspitzen und küsste Charlie auf die Wange. „Und nett auch, dich kennengelernt zu haben, Christina."

Wie versprochen kamen die sechs Mitglieder der Delegation zusammen mit Nikolais Sohn Hugo zu der Adresse, die Choshin zur Verfügung gestellt hatte. Sie war der Festung tatsächlich ein ganzes Stück näher. Es war das Zuhause von Dr. Mai Arikaki und ihrer Familie, wenn sie sich in *Naha* aufhielten. Oft wohnten sie auf einer der weiter draußen gelegenen Inseln, auf der Mai praktizierte. Dies war ein zweigeschossiges Haus, das Dach war reichhaltig mit roten Ziegeln verziert.

Einmal im Inneren und von Mai begrüßt, sahen sie sich mit einer Kombination von chinesischen und japanischen Einflüssen konfrontiert, gespickt mit ein paar westlichen Bequemlichkeiten als Erinnerung an Mais Tage, an denen sie an der Harvard Medical School Medizin studiert hatte. Das Haus hatte vier Sektionen, längliche Rechtecke, mit einem Gang, der das Haus von außen von drei Seiten einfasste, mit Ausnahme der Seite, die der Straße am nächsten war. Längs der Innenwand des Rechtecks war ein zweiter Gang, der alle vier Sektionen miteinander verband. Auf einer größeren Fläche im Herzen von all dem lag ein Garten.

Es war eines der schönsten und praktischsten Designs, die Christina je gesehen hatte. Sowie man einen der Räume verließ, fiel sofort dieser offene Hof im Inneren des Hauses ins Blickfeld, oder wenn man sich in den Außenbereichen befand, so fiel der Blick auf die Welt dort draußen. Man musste nur den *Shoji* zum Innenhof beiseite schieben oder aus den Fenstern längs des umlaufenden Ganges schauen.

Die Schuhe blieben an der Eingangstür stehen und wurden gegen *Slipper* getauscht. Die Böden waren hier, wie sie es auch in Choshins Residenz gewesen waren, mit *Tatami*-Matten ausgelegt. Sie fühlten sich unter den Füßen weich und angenehm an. Gleich zur Rechten war ein schmales Treppenhaus, das in die Schlafzimmer im ersten Stock führte. Darunter zur Rechten befand sich das Esszimmer, der Tisch war eine schwarze Lackarbeit. Auf der Linken ein Raum mit einem Ofen im Zentrum, umgeben von sorgfältig drapierten Sitzkissen. Christina stellte sich vor, dass hier eine Teezeremonie stattfinden könnte. Da gab es ein 'Sitzzimmer' mit kurzen, breiten, mit Kissen belegten Bänken, das zu einem im westlichen Stil gehaltenen Wohnzimmer führte, das mit Sesseln und großen Sofas eingerichtet war. Mai führte sie hierher, als sie ankamen. Ihre Taschen blieben im Foyer.

Die beiden Söhne von Mai waren bei ihr.

„Ich dachte, Hugo würde vielleicht gerne Leute in seinem Alter hier haben, um mit ihnen 'abzuhängen'", sagte sie pointiert, wobei sie den amerikanischen Slang gezielt benutzte, von dem sie dachte, dass er Hugos Aufmerksamkeit auf sich lenken könnte. „Die beiden fahren heute Nachmittag mit ihrem Vater zurück nach *Kumejima*. Schnorcheln, Angeln, Fernsehen ... wir haben alles da draußen."

Hugo schaute seinen Vater erwartungsvoll an.

„Ich bin mir sicher, dass das in Ordnung geht, Hugo. Aber du wirst einen extra Rucksack für ein paar Tage zusammenstellen müssen", sagte Nikolai lächelnd. „Danke vielmals, Dr. Arkadi. Ich kann mir nicht vorstellen, dass Hugo hierbei Spaß haben könnte."

„Gut, abgemacht. Hugo", sagte sie, „die Reise nach draußen geht mit der Fähre, dauert vier Stunden."

Die Schlafordnung war genau die gleiche wie im Hotel. Die Betten in diesem Haus waren traditionelle Futons, was soviel hieß, wie mehrere Lagen aus verschiedenen Matten, die mit Laken bedeckt und tagsüber weggeräumt wurden. Christina hätte erwartet, dass die Küche der am meisten verwestlichste Bereich des Hauses sein würde, fand ihn aber am traditionellsten vor.

„Das hängt am Erbe meines Mannes hier in Okinawa", erklärte Mai. „Wir haben hier einen buddhistischen Schrein, offensichtlich, aus Respekt für meinen Glauben. Der Garten ist sehr formalistisch japanisch, eine Geste bezüglich meiner früheren Position im Königshaus. In Okinawa ist die Küche das Herz des Hauses, sie ist mit der Macht der Frau verbunden und hat nichts von dem demütigen, servilen Charakter wie im Westen. Küchengöttinnen, ja! Aber die Frauen regieren die Inseln und dies ist im sozialen Kontext ihr Thronsaal, wenn du so willst. Okinawa hat eine stark animistische Kultur, mit Frauen an der Spitze der Gesellschaft, und nichts hat das aus der Welt räumen können. Ich mag das eigentlich ... warum auch nicht? Die Situation weckt keine negativen Assoziationen wie in Amerika."

Es gab, wie sie sagte, dort einen Animismus, der noch aus prähistorischen Zeiten stammte, noch älter als der Shintoismus, der niemals an Kraft verloren hatte. Glücklicherweise war er von einer matriarchalischen Spiritualität getragen, früher durch die *Noro* – die Seherinnen und Priesterinnen der *Rykokyo* Dynastie – und heute durch die *Uta*. Die *Uta* waren die Schamaninnen von Okinawa.

„Meine Schwiegermutter ist eine *Uta*, eine Art Kombination aus Schamanin und Psychologin und ein bisschen Priesterin. Sie hat hier viel Einfluss, wie alle *Utas*", erklärte Mai. „Sie werden oft durch eine Art unerwarteten seelischen Zusammenbruch oder eine intensive emotionale Krise zu *Utas*. *Uta* ist das, was auf der anderen Seite einer solchen persönlichen Implosion liegt. Mystizismus."

Sie trugen ihre Taschen hoch in ihre jeweiligen Zimmer. Christina schien das eigentliche Schlafzimmer bekommen zu haben. Etwas versteckt in einer Ecke stand ein *Butsudan*, ein buddhistischer Altar. Er sah aus, als könne das schwarz und golden lackierte Möbelstück, wenn gewünscht, auch geschlossen werden. Neben einer kleinen Statue Buddhas waren darin ein schwarz-weißes Foto eines Mannes, ein paar Papiere mit japanischen in Schwarz kalligraphierten Schriftzeichen, ein paar Blumen, eine sehr kleine Holzschachtel, die dekorativ in Seide eingeschlagen war, und eine wunderschöne Schale mit einer Art Gebäck. Eine kleine glasierte

Räucherschale stand dort, noch mit der Asche von Räucherwerk gefüllt, der Duft lag noch in der Luft. Unter dieser Ablage mit kostbaren Gegenständen befanden sich schwarz lackierte Schubladen mit Einlegearbeiten aus Schildpatt. Christina konnte sich nur zu gut vorstellen, dass dies ein Stück war, das Mai aus der Königlichen Residenz mitgenommen hatte. Sie fragte sich, ob die Präsenz eines Fotos eine Konzession an den Shintoismus war, aber sie war sich nicht sicher.

Sowie Hugo auf den Weg gebracht war, würde Christina eine Besprechung ansetzen. Sie mussten sich zusammensetzen und diskutieren, was sie und Charlie in Erfahrung bringen konnten, als sie mit Choshin und den anderen Mitgliedern der Kommission gespeist hatten. Sie mussten eine Strategie ausarbeiten, die darauf basierte, wer in dieser Kommission saß, was das Ziel des Abkommens war und was sie an Beweisen mitgebracht hatten. Ihnen blieben noch ein paar Tage Zeit. Die Erstanhörungen würden Dienstag früh beginnen, am ersten Tag des Julis.

Hugo erschien mit einem vollgestopften Rucksack auf seinem Rücken.

„Papa", sagte er, „peux tu m'aider?" Hugo benutzte sein Englisch selten, besonders wenn er nur mit seinem Vater sprach.

„Oui", antwortete Nikolai. Er begab sich hinter seinen Sohn, stopfte den widerspenstigen Inhalt des Rucksacks ein wenig tiefer hinein und zog die Schnallen fest.

Das Ganze platzte zweimal wieder auf und Hugo und Nikolai mussten lachen. Beim dritten Anlauf blieb der Rucksack zu.

Hugo ging aus der Tür und die Gasse hinunter, für dieses eine Wochenende in sein eigenes Abenteuer. Christina fühlte, dass sie seine Reise im Grunde bevorzugen würde. Vielleicht könnte man Plätze tauschen.

Als sie die Eingangstür zuzog, rief Christina die anderen. „Hey, alle mal herhören! Lasst uns an die Arbeit gehen."

Sie hatte einen gelben Notizblock und einen Stift, hatte aber ihre Kopie der Daten in ihrem Zimmer gelassen. Die Daten gehörten im Wesentlichen denen, die sie gesammelt hatten. Sie hatte eine Kopie zur Sicherheit, aber das war alles. Huck, Isaac und French erschienen. Nikolai war schon da, mehrere Dokumententaschen, die mit dicken Gummibändern gesichert waren, steckten in seinem Rucksack. Er fand einen Platz auf dem Sofa und begann sie auszupacken. Charlie hatte mehrere Aktenordner, genau wie die anderen. Plötzlich fragte sich Christina, warum sie überhaupt dort war, vielleicht wurde sie gar nicht gebraucht.

Ignoriere das, dachte sie, du hast nur Angst.

Sie war dort für ihre Kinder. Sie war dort, um ihre Mutter zu repräsentieren und alle anderen, die gestorben waren, weil sie irgendeine Kleinigkeit über dieses Programm wussten. Sie war dort, weil es ihr vorherbestimmt war, dort zu sein.

Charlie eröffnete die Sitzung.

„Christina und ich, wir haben gestern Abend etwas Zeit mit der Kommission verbracht, rein informell, wie ihr wisst. Das war ein unglaublicher Glücksfall. Natürlich haben wir nicht über die Anhörungen gesprochen oder über irgendetwas Spezifisches, warum wir hier sind, aber wie haben die Kommission getroffen, und das wird sehr ausschlaggebend für die Entscheidung sein, wie wir in der kurzen Zeit, die wir am Dienstag haben, die Akzente setzen werden."

„Warum gehen wir nicht die Kommissionsmitglieder einen nach dem anderen durch, Charlie?" fragte Isaac. „Wir können dann Notizen machen, gucken was zusammenkommt."

„Sicher. Gute Idee. Ich fange mit den Kommissionsmitgliedern an und arbeite mich bis zur Vorsitzenden durch, Choshin Soderholm."

Alle im Raum begannen sich Notizen zu machen.

„Unterbrich mich, wenn du etwas hinzufügen möchtest oder wenn ich was vergesse, oder wenn du etwas hinzufügen möchtest, Christina?"

Sie nickte.

„Lasst uns mit dem Mann aus Botswana anfangen. Einige der Dinge habe ich gestern Abend recherchiert, weil es da Lücken zu füllen gab. Als Erstes, Botswana ist politisch stabil, ganz anders als die meisten seiner Anrainerstaaten. Ich bin mir sicher, dass sie das gerne so behalten möchten. Dr. Polo Matamba ist ein relativ junger Mann, der das *Scottish Livingstone Hospital* in *Molopolole* leitet. *Molopolole* wird als Botswanas größtes Dorf bezeichnet ... interessante Terminologie. Über 63.000 Einwohner und sie nennen das noch immer Dorf. Das verdeutlicht eine Grundhaltung. Das Krankenhaus ist modern, so wie es wahrscheinlich auch das Dorf in weiten Teilen sein wird, aber sie nennen es auch das Tor in die Kalahari-Wüste. Wasser ist ein wichtiges Thema für diesen Mann, aus jedem erdenklichen Grund, der euch nur einfallen könnte. Trinkwasser, Brauchwasser, Nahrungsmittelproduktion. Dass heißt, er wird an die Gesundheitsaspekte denken, die Forschung in der Biologie und an das so wertvolle Wasser, das durch die Gifte unbrauchbar gemacht wird. Er wird sich auch extrem gut mit Dürren auskennen. Diese sogenannten Geo-Engineering-Leute manipulieren das Wetter; erzeugen Überschwemmungen und Dürren, wir vermuten, hauptsächlich im Rahmen von Versicherungsgeschäften. Das dürfte bei Dr. Matambo einen Volltreffer landen."

„Also brauchen wir für ihn eine Kombination aus Wasser- und Bodendaten, Landwirtschaftsdaten und Gesundheitsdaten. Bis wir Beweise für die Versicherungsangelegenheit haben ... was nicht mehr lange dauern wird, wir beobachten die *Chicago Stock Exchange*, um Beweise zu finden ... müssen wir das vielleicht raus lassen oder mit einer Theorie abschließen. Hauptsache wir erwähnen das Wort 'Dürre', und deuten an, dass wir den Vorwurf untersuchen, dass bestimmte Interessengruppen am Regen und an den Ernten herum manipulieren, um Versicherungszahlungen einzustreichen", schlug Nikolai vor.

„Du hast die Sammlung von Studien bezüglich der Belastung von Blutproben, stimmt's?" fragte Huck.

„Ja", antwortete Nikolai.

„Der nächste ist Arturo Maldonado, ein Lehrer aus Venezuela. Aber wir sollten uns diese Versicherungsangelegenheit noch mal für diesen Anwalt in der Truppe vormerken. Moldanado ist Mitglied einer südamerikanischen Gruppe von Aktivisten, die sich aus Lehrern zusammensetzt, aber er ist auch in Spanien aktiv. Die Effekte dieser Chemikalien auf Bewusstseinsprozesse und insbesondere auf Kinder wird von großer Bedeutung für ihn sein. Er ist auch Venezolaner, und diese Leute sind stolz auf ihre Unabhängigkeit. Weite Teile von Südamerika sind unbewohnt und unverdorben. Sie reagieren extrem sensibel auf diese internationalen

Heuschrecken, die ihre Ressourcen ausbeuten möchten, ohne einen Gedanken an die Zukunft zu verschwenden. Die Daten über Geburtsfehler und den zunehmenden Grad an Aggressivität in der Bevölkerung ... French und Huck? Wie steht es mit denen?"

„Wir haben erst angefangen, das zusammenzutragen, aber es scheint sehr offensichtlich zu sein. Das sollten wir so rausgeben. Können wir das im Laufe der kommenden Tage zusammen ausarbeiten?" French guckte Huck fragend an.

„Ja", sagte Huck. „Das kriegen wir hin."

„Also dann könnten wir ja mit dem Anwalt in der Truppe weitermachen, Philip Ford. Der Typ hat die stärkste Webpräsenz. Er ist ein weithin bekannter Bürgerrechtsanwalt aus Vancouver, *British Colombia*. Seine Vorfahren waren *Inuit*, auch wenn ich mir nicht ganz sicher bin, ob das hier eine Rolle spielt. Er ist angstfrei, wenn es darum geht, gefährlich Themen aufzugreifen, und das kommt uns in dieser Situation sehr gelegen. Unsere Position ist, dass der Abwurf von Geo-Engineering-Chemikalien als medizinische Versuche am Menschen einzustufen sind. Also muss das benannt werden und es muss schmerzhaft deutlich gemacht werden, dass das mehrere Menschenrechtsdeklarationen verletzt, bis zurück zu dem Nürnberger Kodex und davor. Auch der Zugang zu frischem, sauberen Trinkwasser ist gemäß der Statuten der Vereinten Nationen ein Menschenrecht, oder? Der Zugang zu Trinkwasser ist ein fundamentales menschliches Grundbedürfnis und damit ein grundlegendes Menschenrecht. Das ist ein Zitat von UN-Generalsekretär Kofi Annan. Dieses Wasser ist giftig. Wettermanipulation als großangelegter Versicherungsbetrug dürfte einen rechtlich geschulten Geist interessieren, was wiederum zurückführt auf eine sichere Wasserversorgung als Menschenrecht und nicht als Handelsware. Für Wasser gibt es keinen Ersatz, ohne geht es nicht."

Charlie machte eine Pause.

„Ich denke, ich kümmere mich darum", sagte er.

„Da ist noch eine Doktorin in der Gruppe", fuhr Christina fort. „Ich musste grade an sie denken. Dr. Arikaki. Sie wird die gleichen medizinischen Bedenken haben wie Matambo. Sie ist, soweit ich weiß, die Einzige, die selber Familie hat, also wird die Auswirkung auf Kinder eine hohe Priorität für sie haben. Ich würde vorschlagen, dass Machtmissbrauch seitens Regierungen – wenn ich mir ihren historischen Hintergrund angucke – ihr Bewusstsein über Herrscherklassen und unterworfene Länder, das heißt, den Preis den man für totalitäre Systeme zu zahlen hat, bei ihr etwas anklingen dürfte. Wir haben hier ein Weltherrschafts-Thema und es geht um Genozid. Ich denke, wir sollten daran rühren, auch wenn es nur philosophisch ist."

„Kannst du das machen, Christina?", fragte Nikolai.

„Klar. Ich weiß, wie sich das anfühlt, wenn man dabei zuschaut, wie die eigenen Kinder krank werden, genau wie du, Nikolai."

„Das sollte auch den Professor in der Gruppe ansprechen", sagte Charlie. „Theo van Hal. Professor für Geschichte und Soziologie an der *Chaminade Universität* in Hawaii. Er ist Holländer, es ist angesichts seines Alters sehr wahrscheinlich, dass seine Eltern unter Hitlers Besatzungsregime gelitten haben. Menschenversuche und totalitäre Regime, damit wird er sich auskennen. Chaminade ist übrigens eine Jesuitische Einrichtung."

„Wie willst du denn das mit unserem Anliegen verknüpfen?" fragte Isaac.

„Weiß ich auch nicht", antwortete Charlie, „hab's einfach nur erwähnt. Er könnte ein sehr prinzipientreuer Mensch sein. Dann kommen wir zu den beiden religiösen Führern. Der eine ist Pater Francis Sullivan, Frank. Er ist in den 80ern, da bin ich mir sicher. Er lebt derzeit auf Hawaii und kümmert sich um van Hal, der nicht mehr sehen kann. Ich denke, ich hätte das erwähnen sollen. Frank war in einer Stadt im Bezirk Cork Priester, nicht mehr und nicht weniger. Er hat auch den Astronomischen Verein geführt, also wird die Tatsache, dass man den Mond nicht mehr von einem Käsekuchen unterscheiden kann, mit dieser dicken Plasmaschicht im Himmel, dem Typen etwas bedeuten. Das ist auf vielfache Weise ein großer Verlust ... wissenschaftlich, ästhetisch, akademisch. Das wird ihn interessieren und auch die anderen Sachen, und sicherlich die Idee des Bösen. Das wird ein Mann sein, der Böses gesehen hat und sich nicht zu schade war, ihm gegenüberzutreten; ein Mann, der Zeit darauf verwendet hat, die Natur von Gut und Böse zu studieren ... würde dir das etwas ausmachen, das bei dir mit reinzunehmen, Nikolai?"

Nikolai schaute überrascht auf.

„Würde mir nichts ausmachen, aber ich wüsste nicht, warum ich dafür die erste Wahl wäre."

„Nur so ein Gefühl von mir", sagte Charlie.

„Damit bleibt nur eine Person übrig. Choshin Soderholm, die treibende Kraft bei all diesen Bemühungen. Die Initiatorin des Ganzen. Ich wette, sie wird Interesse daran haben, die seit dem Zweiten Weltkrieg in Kraft getretenen Erklärungen auszuwerten, und sie wird ganz explizit feststellen, wer sich nicht daran gehalten hat, und auf welche Weise. Sie wird das tun, wenn Ford es nicht sowieso schon getan hat. Sie versteht das Böse, glaube ich, als Dunkelheit ... auf eine sehr alte, spirituelle Art und Weise ... und möchte alles ins Licht bringen. Und wenn es dem Licht des Tages nicht standhalten kann ... wird sie Wege suchen, die Souveränität eines jeden einzelnen menschlichen Wesens und ihre jeweilige Verbindung seinem Gott, was auch immer das sein mag, in Ehre zu halten. Also medizinische Versuche an oder ein Eingriff in die Fähigkeit der Menschen zu denken und frei zu entscheiden ist ein absoluter Affront gegen ihre freien Willen. Ich kenne Choshin. Sie denkt, dass es für die Menschheit an der Zeit ist, zum Teufel noch mal erwachsen zu werden und sich sinnvollere Beschäftigungen zu suchen."

„Wenn du ihnen nicht helfen kannst, so füge ihnen zumindest keinen Schmerz zu", sagte Christina.

„Ja, der Dalai Lama", antwortete Nikolai, „und natürlich, zu allererst, richte keinen Schaden an ... die Ärzte in der Gruppe werden da ihre Aufmerksamkeit drauf richten."

„Okay", Charlie rieb sich die Hände. „Ich denke, wir haben jetzt alles klar vor Augen. Wir haben ein paar Tage Zeit. Sonst noch was?"

„Ja", sagte French. „Wir brauchen eine Redeordnung. Wer was wann sagt und wie lange das jeweils dauern darf ..."

„Also, wir haben fünf Minuten. Wie wäre es, wenn die Truppe aus Kalifornien zwei Minuten macht, ich mache eine Minute und Nikolai macht eine Minute?"

„Was ist mit mir?", fragte Christina.

„Du sprichst die einführenden Worte. Nimm dir die erste Minute, mach den ersten Eindruck."

„Was? Warum?"

„Weil du uns hierher gebracht hast, Christina. Wir folgen dir."

Am Abend bevor die öffentlichen Anhörungen der *Shuri*-Konferenz stattfanden, saß Christina im Innenhof. Hier im Garten zirpten sich die Grillen sogar Mitternachts noch die Seele aus dem Leib. Es war ein Geräusch, das sie eher mit dem Abend assoziierte, die Zeit direkt nach dem Abendessen. Mais Garten war um drei aufrecht stehende Steine arrangiert, die Buddha und zwei Weggefährten symbolisierten. Diese Steine trugen das nicht wirklich in sich, sie waren dafür gedacht, dass man es in sie hinein projizierte. Eine Steinbank stand an der Seite, die zum Haus hinführte, genau zu diesem Zweck. Die Umrandung bestand aus Ahornbäumen, die wie Palastwachen in Reih' und Glied standen. Im Herbst waren sie in wundervollen Gold- und Rottönen gekrönt. Auf einer drei Fuß hohen Felsformation prangte ein Eisenholzbaum, so gebogen und verdrillt gewachsen, dass er einer Statue eines Diskuswerfers aus dem alten Griechenland ähnelte. Ein kleiner Bach sprang irgendwo im Garten über Steine, doch man konnte ihn von der Bank aus nicht sehen, was wahrscheinlich Absicht war. Man sollte ihn hören, was ein Bild in der Phantasie erzeugte.

Christina ruhte sich aus. Schon bald, in ein paar Stunden, würde sie in der *Shuri*-Festung vor einem international besetzten Podium stehen und die erste Menschenrechtsdeklaration des einundzwanzigsten Jahrhunderts mitgestalten. Es waren nur noch ein paar Tage zum ersten Jahrestag des Todes ihrer Mutter. Der zerschmetterte Körper einer alten Frau auf einem Zebrastreifen war der Katalysator gewesen, der Teufelswind, der ihr Schiff hierher getrieben hatte. Sie war so glücklich, die Familie zu haben, die sie hatte. Und Otto. Die meisten ihrer Freunde würden diese gewaltsam schöne Transformation, die nach dem Tod ihrer Mutter stattgefunden hatte, nicht verstehen. Und das war in Ordnung so. Es spielte keine Rolle. Sie wusste das.

Sie hatte ihn nicht kommen gehört. Nikolai setzte sich neben sie.

Er beugte sich vor, die Arme auf seine Knie gestützt, und war für eine Weile still.

„Alles in Ordnung?", fragte er schließlich.

„Ich denke über Morgen nach und darüber, was ich sagen werde. Ich denke an die hundert Morgen, die dorthin geführt haben. Und du?"

„Wie immer, ich denke an meinen Sohn."

„Wie fühlst du dich? Irgendwas besonderes mit der Luft hier?" Er hatte, seit sie angekommen waren, kein Wort über sein Kranksein verloren. Vielleicht hielt die Brise über der Insel die Dinge in Bewegung.

„Nur nachts. Wegen der Konvektion, weißt du, wenn sich das alles absetzt. Aber auch dann gibt es meistens genug Wind. In der wirklich heißen Saison, wenn die Luft steht ... das ist hier auf manchen Inseln dann so ... das könnte die Situation verschlimmern. Aber wir werden nicht mehr hier sein, um das herauszufinden."

Sie lauschte dem verrückten Gesang der Grillen.

„An dem Tag, an dem wir von Zuhause los sind, war der Himmel gefüllt mit Chemtrails ... Dutzende. An manchen Tagen sind dutzende Flugzeuge am Himmel, ziehen ihre Linien kreuz und quer über den Himmel. Wie kommt es, dass kaum jemand das wahrnimmt?"

„Ich bin der festen Überzeugung, dass das in weiten Teilen schon durch die Chemikalien selber kommt. Sie wirken irgendwie als Sedativ ... ich weiß, dass Barium eins ist."

„Ich will, dass meine Kinder eine gesunde Zukunft haben, Nikolai. Niemand hat das Recht, anderen die Gesundheit zu ruinieren, nur weil er Vorteile daraus ziehen kann. Niemand mit gesundem Menschenverstand würde das wollen."

„Das ist im Moment auch mein oberstes Ziel, und alles andere, egal ob es nun egoistisch klingen mag, hat sich dem unterzuordnen."

„Ich habe dir nie erzählt, dass meine Mutter getötet wurde, oder? Ich vermute, dass sie von den Leuten getötet wurde, für die sie im Verteidigungsbereich gearbeitet hatte ... sie arbeitete mit einigen Wissenschaftlern zusammen, die viele dieser atmosphärischen Gifte im Rahmen der Operation *Paperclip* entwickelt haben."

Christina war sich nicht sicher, warum sie das Nikolai niemals erzählt hatte. Irgendetwas hatte sie davon abgehalten.

„Mein Gott, nein!", antwortete er. „Hast du nie erwähnt. Für welche Agentur hat sie gearbeitet?"

„Es spielt keine Rolle." Christina stützte ihren Kopf in die Hände. „Ich möchte nicht darüber sprechen. Ich muss über morgen früh nachdenken. Ich denke, ich bin vorbereitet. Es ist so wichtig. Wie ist es mit dir?"

„Ich denke, ich bin auch vorbereitet", sagte Nikolai. „Ich weiß, dass es schwer werden wird, heute Nacht zu schlafen, aber du solltest es versuchen. Ich gehe hoch."

„Natürlich", sagte Christina. Sie folgte ihm ins Haus und die Treppen hinauf.

In dem kleinen schlichten Teeraum, der direkt hinter Christinas Bank lag, hatte Charlie Shepard gewartet und zugehört, nur für den Fall der Fälle. Er war zutiefst erleichtert, dass sie an diesem Punkt nicht angefangen hatte, Informationen über ihre Mutter auszuplaudern. Er war auch zutiefst erleichtert, dass Nikolai nur als Informationssammler gefährlich war. Sie hatten es fast geschafft. Er hatte eine Überraschung für den kommenden Morgen parat, für alle, und das war der Punkt an dem Nikolai außer Kontrolle geraten könnte. Allerdings war Hugo noch in ihrem Gewahrsam, vier Stunden weit entfernt. Das würde als eine Art Hebel wirken, egal was Nikolai als Undercover-Agent tun würde, Charlie war sich sicher, dass er seinen Sohn liebte. Außerdem waren sie auf einer sehr kleinen Insel, tausende von Meilen entfernt von den Vereinigten Staaten. Er war so verwundbar, wie sie ihn nur kriegen konnten. Es war nicht unwahrscheinlich, dass sie ihn ohne Rückendeckung erwischen würden.

Charlie hatte nicht geschlafen, und er zweifelte daran, dass irgendeiner von ihnen es getan hatte. Um sechs Uhr morgens rief er sie in das Esszimmer. Er hatte Tee, Früchte, Brot und Käse auf den Tisch gestellt. An jedem Platz lag eine Dokumentenmappe. Jede Mappe trug einen ihrer Namen, so manövrierte er Nikolai in die Mitte, zwischen ihn selbst, der Außentür am nächsten, und French Baum, der auf der anderen Seite dem Weg zum Rest des Hauses am nächsten war. Christina saß Nikolai am Tisch direkt gegenüber, mit Isaac auf der einen und Huck auf der anderen Seite. Wenn sie einmal saßen, würde es für Nikolai extrem schwierig werden zu türmen. Unter den jeweiligen Namen hatte er 'nicht öffnen' geschrieben. Die Temperatur war inzwischen schon wieder auf 27 Grad gestiegen und die Sonne stand frei am Himmel. Die inneren Räume waren wie erwartet etwas kühler und schattig.

Einer nach dem anderen kamen sie in den Raum getrottet, die müden Augen aber erfüllt von Erwartungen an den Tag, auf den sie so lange gewartet hatten, auch wenn sie überwiegend gar nicht genau wussten, warum.

„Mehr Hausaufgaben?", grummelte Isaac.

„Für die Zukunft wahrscheinlich das Wichtigste, was wir bisher gesehen haben ... aber hey, lass uns was Essbares in den Magen bekommen." Charlie schaffte es sogar zu lachen. „Wir sollten uns das nicht auf leeren Magen angucken."

„Was ist das, ernsthaft jetzt?" Christina war nicht in der Stimmung für Überraschungen. Sie kämpfte darum, angesichts der Präsentation die Ruhe zu bewahren.

„Es ist in Ordnung", antwortete Charlie. „Esst einfach. Vielleicht ist es für einige von uns ohnehin nichts Neues. Ich will nur sichergehen, dass wir alle wissen, was wir wissen müssen, bevor wir zu dem offiziellen Part dieses Projektes kommen."

Sie waren zu müde, um zu diskutieren. Brot und Käse waren bereits geschnitten ... Charlie wollte kein Besteck auf dem Tisch haben, insbesondere keine Messer. Heißer Tee könnte ein Thema werden, aber Nikolai konnte nur einen von ihnen treffen, bevor er auf dem Boden sein würde, und das würde er wissen. Charlie hätte darauf wetten können, dass egal wo Nikolai Louis sich befand, er einen Fluchtplan parat hatte. Die meisten guten Spione hatten das, und er musste zugeben, dieser Typ war einer der besten. Sie konnten nur ihr Bestes versuchen.

Zwanzig Minuten später waren sie fertig. Sie hatten gegessen, weil es eine gute Idee war zu essen, aber es blieb eine Pflichtübung. Sie hatten untereinander kaum Worte gewechselt, da sie alle ausnahmslos nervös waren.

„Okay, einen Moment bitte", sagte Charlie, „French, du sitzt am nächsten dran, kannst du den Kessel zurück auf die Platte stellen ... und die Teekanne mitnehmen?"

Während sie aßen, hatte Charlie gesehen, dass die Teekanne einen Griff hatte, und Nikolai könnte, wenn er es denn wollte, die Kanne einigen von ihnen über den Kopf ziehen und aus der Tür sein, bevor sie ihn unter Kontrolle gebracht hatten. Zwei Minuten später war French wieder bei ihnen, die Beine unter dem Tisch.

„In Ordnung. Das, was in diesem Ordner ist, ist ziemlich wichtig. Wir müssen in dieser Situation sehr wachsam sein. Also bitte öffnet sie, wenn es recht ist, aber immer nur umblättern, wenn ich es sage. In Ordnung?" Charlie versuchte, die Wichtigkeit seiner Anleitung zu unterstreichen. Wenn hier jemand nach vorne preschen würde, gäbe es ein Problem.

Auf der ersten Seite war eine Botschaft für jeden von ihnen, außer in Nikolais und in Charlies Mappe. In ihren Mappen war ein technisches Diagramm, mit dem er hoffte, Nikolai für ein paar Sekunden ablenken zu können, lange genug, dass die anderen ihre Botschaft würden lesen können.

Es ist eines von Gottes Geheimnissen, warum es immer einen Judas zwischen den Rechtschaffenden geben muss. Aber dies wird uns letztendlich zu einem großen Vorteil gereichen. Das ist ein Versprechen. Alle bleiben hier. Alle halten sich bereit.

Fünf Sekunden später sagte Charlie: „Okay, ihr alle, lasst uns das zusammen anschauen."

In der Mappe war eine Kopie von Nikolais Lebenslauf. Oben drüber war eine Notiz von Charlie, die darauf hinwies, dass Nikolai auf den Gehaltslisten der meisten Sicherheits- und Spionage-Agenturen in der englischsprechenden Welt gestanden hatte oder noch stand. Es waren nur drei Seiten, alle drei mit einer kurzen Zusammenfassung von Charlie oben drüber.

„Bleibt ruhig", mahnte er leise. „Lasst uns für einen Moment nicht sprechen." Nikolais Körper ging in einen Zustand entspannter Bereitschaft über, Charlie konnte das fühlen. Er schloss seine Mappe, während die anderen weiterlasen. Hucks Gesicht wurde so rot, dass es fast ins Purpurne ging. Christina spürte, wie sie den Boden unter den Füssen verlor, obwohl sie sich nicht bewegt hatte.

Die Zeit schien stillzustehen. „Du glaubst das doch nicht etwa, Christina, oder?", fragte Nikolai schließlich. Er hatte sie als Erste angesprochen, diejenige, von der er wusste, dass sie am weichherzigsten war. „Ich bin unfassbar krank, und mein Sohn ist krank. Warum sollte ich für Leute arbeiten, die uns so krank machen?"

„Das ist eine gute Frage, Nikolai", antwortete Charlie für Christina, die sprachlos war. „Warum für Leute arbeiten, die dich und deinen Sohn krank machen? Haben sie einen Weg, euch gesund zu machen? Irgendeinen Weg, euch immun zu machen? Das ist ja eine bekannte Masche, eine uralte Taktik, da draußen. Ich meine, wir atmen alle dieselbe Luft."

„Ich streite das vollständig ab", sagte Nikolai.

„Ich dachte, du wärst Künstler", flüsterte Christina.

Nikolai guckte sie über die plötzlich tiefschwarze Tafel mit einem versteinerten Blick an. Er weigerte sich eine ganze Weile zu den Dingen die im Raum standen Stellung zu beziehen. Charlie ließ Christina eine Minute wüten.

„Du Hurensohn! Ich könnte dich auf der Stelle umbringen. Welchem Geheimdienst spielst du diese Informationen zu? Da muss doch ein Verteiler existieren".

Charlie hob seine Hand.

„Es reicht. Seht mal, es ist, was es ist. Wir müssen in einer Stunde eine Fünf-Minuten-Präsentation machen. Ich schlage vor, dass Christina die Sache eröffnet, so wie es geplant war, und dass Nikolai seine Zeit darauf verwendet, ein umfassendes, öffentliches Geständnis abzulegen und um über den Berg an Daten zu sprechen, die er in der vergangenen Dekade gesammelt hat. Und dann kriegen die Jungs aus Kalifornien ihren Auftritt ... es sei denn, es kommt wegen uns zu einem kleinen Volksaufstand, dann sollten wir uns unter den Schutz der Kommission und der Verwaltung von Okinawa begeben", sagte er mit einem verstohlenen Lächeln, das über sein Gesicht huschte.

Nikolai guckte überrascht und fing an zu stottern. „Was? Warum in Gottes Namen sollte ich das tun?"

„Was hast du denn für eine Wahl? Ich werde dich dort vor Gott und der Welt bloßstellen, wenn du es nicht selber tust. Dann kommst du in Gewahrsam, oder die Trolle im Publikum ... und du weißt; dass sie da sein werden ... jagen dir einfach eine Kugel durch den Kopf, weil du aufgeflogen bist und sie nicht wollen; dass du auspackst. Also, komm dem zuvor und sprich. Dann bitte ich um Schutz für dich. Oder du fliehst einfach, ich lasse deine Tarnung auffliegen, und du versuchst zu Hause in Kanada zu überleben. Dein Sohn ist in Sicherheit fürs erste. Du weißt; dass ihr beide in etwa einer Stunde in Schwierigkeiten stecken werdet. Du kannst versuchen; den Schaden zu begrenzen; oder in Panik geraten. Was wirst du tun?"

„Gibt es eine Heilmethode?", bohrte Christina.

„Christina, wir kommen noch dazu", sagte Charlie.

„Nein!" wehrte sie Charlie ab, und wandte sich wieder Nikolai zu: „Du Aas! Gibt es eine Heilmethode? Weil wenn es eine gibt, dann solltest du mir zum Teufel noch mal davon erzählen!"

Die Anhörung sollte in dem Raum stattfinden, den die Herrscher dafür reserviert hatten, Gäste aus Japan zu empfangen. Es war die Südhalle. Es gab auch eine Nordhalle, die dafür reserviert war, Gesandte aus China zu empfangen. Die Südhalle war nur halb so groß wie die Haupthalle, aber bis auf den letzten Platz besetzt. Ein paar Fernsehanstalten hatten Stellung bezogen, meistens aus nichtenglischsprechenden Ländern.

Choshin Soderholm und ihre Verbündeten betraten den Raum von einer Seitentür aus und begaben sich hinter eine lange Tafel. Die sechs anderen Teilnehmer am Podium setzten sich an die beiden Enden der Tafel. Es stand ein Mikrofon vor jedem Teilnehmer auf dem Podium. Choshin blieb stehen und begrüßte das zahlreich erschienene Publikum.

„Ich heiße Sie heute willkommen und bedanke mich bei Ihnen für Ihre Teilnahme an dieser vielversprechenden Veranstaltung. Wie könnte es anders sein, wenn so viele Menschen von so weit hergekommen sind, um eine so wichtige Arbeit weiterzuführen? Wir blicken inzwischen auf fast ein ganzes Jahrhundert zurück, in dem wir gemeinsam gute und weniger gute Erfahrungen mit verschiedenen Menschenrechtserklärungen gesammelt haben. Wir wissen, was davon funktioniert, und was funktionieren würde, wenn wir uns nur danach richten würden.

Ja, wir müssen uns, denke ich, in die Zeit direkt nach dem Zweiten Weltkrieg zurückversetzen, in die Zeit, in der der Nürnberger Kodex entwickelt wurde. Es ist ein exzellentes Dokument.

Alle Menschenrechtserklärungen scheinen ein Resultat davon zu sein, dass unbeschreibliche Verbrechen verübt werden; Mensch gegen Mensch, Staat gegen Staat, und so weiter. Dass heißt, diese Dokumente sind auf eine sehr reale Weise in Blut geschrieben worden, und das verlangt tiefen Respekt. Wir sollten uns auch ein älteres Dokument in Erinnerung rufen, die Satzung des Völkerbundes – soweit ich weiß, der erste Versuch im 20. Jahrhundert, Menschenrechte festzuschreiben –, die unglücklicherweise durch den U.S.-Präsidenten Wilson auf Betreiben seines Beraters Colonel Edward House, der vermutlich eine andere Agenda verfolgte, zu Fall gebracht wurde. Trotzdem haben wir es versucht und sind gescheitert, haben es versucht, und sind gescheitert. Ein Abkommen kann leider das menschliche Herz nicht zwingen, so zu werden oder so zu bleiben, wie es eigentlich sein sollte.

Was dann hat uns ein Jahrhundert Arbeit am Thema Menschenrechte gegeben?

Wir haben von Grunde auf immer und immer wieder definiert, was ein Menschenrecht ist. Doch diese Festlegungen ändern nicht viel. Wir können diese grundlegenden Wahrheiten nehmen und sie auf aktuelle Missstände anwenden, auf die aktuellen Gegebenheiten. Wir haben bald mehr aus unserem Versagen lernen können als aus unseren Erfolgen, und wir können uns die Situation an einem beliebigen Ort auf der Welt anschauen und vielleicht eine Idee davon bekommen, welcher Aspekt der Menschlichkeit missachtet wird und was wir deswegen unternehmen könnten. Wir können die Herzen der Menschen nicht mit unseren Deklarationen verändern, aber wir können dazu beitragen, dass unsere Mitmenschen vor Übergriffen verschont bleiben, wenn nur genug Menschen diese Abmachungen einhalten. Mein Wunsch, für uns und für alle Menschen, mit denen wir diesen Planeten teilen, ist, dass wir unser Verständnis weiterentwickeln und daran feilen, bis die Zeit gekommen ist, dass jeder von uns, oder jede der Nationen, bereit ist zu sagen: Nein, diese Linie können wir nicht mehr überschreiten. Unser Ziel sollte es sein, gemeinsam zu erkennen, wann die Dinge drohen aus dem Ruder zu laufen. Wie Sie alle, die Sie heute hierher gekommen sind, wissen, hören wir zunächst die Kurzbewerbungen für die späteren Anhörungen. Bitte denken Sie nicht, dass, wenn Sie bei den später folgenden Anhörungen nicht berücksichtigt werden, Ihr Kurzvortrag nicht in die Substanz des Abschlussdokumentes mit einfließen wird. Seien Sie versichert, dass sie ein Teil des Abschlussdokumentes werden. Wir haben einfach das Gefühl, dass es in Zeiten wie diesen zwingend notwendig ist, einen präzisen Eindruck davon zu bekommen, was derzeit um uns herum passiert. Und einige dieser Themen brauchen dann etwas mehr Zeit unter der Sonne, um genauer betrachtet zu werden. So lassen Sie uns beginnen.

Nur kurz, den sie sind ja im Programm aufgelistet, das jeder von Ihnen hat, möchte ich Ihnen vorstellen: zu meiner Rechten Pater Francis Sullivan, Dr. Theo van Hal, Arturo Maldonado. Zu meiner Linken den hoch angesehenen Philip Ford, Dr. Polo Matambo und Dr. Mai Arikaki.

Verschwenden wir keine Zeit! An die Arbeit! Als Erstes rufen wir die Gruppe aus ...", sie warf einen Blick auf ihre Notizen auf dem Tisch vor ihr, „... Kalifornien, USA, auf, angeführt von Christina Galbraithe."

Sie waren die Ersten, also würde sie nicht nur den ersten Schritt für ihre Gruppe machen, sondern für die gesamte Konferenz. Das beunruhigte Christina an diesem Punkt aber nicht im Geringsten, denn sie war wütend, so wütend, und sie würde ihre Minute mit Blut und Leidenschaft füllen.

„Frau Vorsitzende, herzlichen Dank. Wir sind heute hier als eine Gruppe von sechs Menschen. Fünf von uns haben ein Jahrzehnt damit verbracht, geduldig zu observieren, Daten zu sammeln, die Dinge zu beobachten, wenn sie geschahen, und das alles zu einem umfassenden Stück an Beweismaterialien zusammenzufügen, dafür dass ein Verbrechen an allen Lebewesen auf diesem Planeten begangen wird, das so penetrant, so nachhaltig giftig und so geheim ist, dass man es nur als eine Art Genozid beschreiben kann, vielleicht als einen Akt der chemischen Kriegsführung, auf jeden Fall aber als ein breit angelegtes medizinisches Experiment. Ich, Christina Galbraithe, bin für meinen Teil hier im Namen einer Frau, von der ich glaube, dass sie getötet wurde, weil sie in irgendeiner Form mit den Menschen verknüpft war, die dieses Genozid-Programm entworfen haben. Sie ist sicherlich nur eine von vielen. Ich bin auch hier, weil meine Kinder krank sind und sich nicht mehr von dieser Krankheit erholen, wie ich glaube als Resultat von biologischen Experimenten, die in der Atmosphäre durchgeführt werden. Das ist das, was mich persönlich betrifft. Es hat mich zu einer Gruppe von Menschen geführt, die ihrerseits erkannt haben, dass im Himmel mörderische Dinge vor sich gehen, und die sich entschieden haben, dieses Verbrechen ans Licht zu bringen, indem sie so viele Fakten sammeln, dass es unmöglich sein wird, es weiterhin zu verleugnen. Wir haben nach meinem Vortrag eine weiterführende Präsentation. Ich kann nichts anderes tun, als die Wahrheit dessen, was wir heute dem Podium präsentieren, zu bezeugen, in ihrer ganzen Skurrilität. Danke, dass Sie uns anhören. Ich reiche weiter an meinen Kollegen, Nikolai Louis aus Ontario, Kanada."

Als er vor den sieben Repräsentanten bei den Eröffnungs-anhörungen für das *Shuri*-Abkommen stand, ging Nikolai Louis durch das Nadelöhr. Er tat es aus dem einen Grund, aus dem Leute etwas Schmerzvolles taten: weil er keine andere Wahl mehr hatte, entweder er tat dies, oder er würde an die Behörden ausgeliefert werden. Noch ehe es ihm gelänge, sich unerkannt nach Kanada oder an irgendeinen anderen Ort in Nordamerika abzusetzen, wäre das von seinen Auftraggebern schon längst registriert worden, und damit seine Tarnung aufgeflogen. Sie würden ohne Zögern das tun, was eindeutig in ihren Abmachungen stand, sie würden ihn töten.

Es könnten sich sogar jetzt schon ein paar persönliche Aufpasser mit Spezialauftrag unter das Publikum gemischt haben, die nur darauf warteten, ein paar gezielte Schüsse auf ihn abzufeuern, doch hatte er hier eine größere Chance ein mögliches juristisches Nachspiel noch unter den Lebenden mitzuerleben. Er tat es auch für seinen Sohn. Vielleicht würden sie zusammen untertauchen können. Die Leute, für die er gearbeitet hatte, würden ihm jetzt niemals die

Rezepte für die Anleitungen zur Ausleitung zukommen lassen, und das Gegengift für die chemischen Toxine, aber wenn das Ganze gestoppt werden würde und ans Licht der Öffentlichkeit käme, würde er vielleicht Heilung für seinen Sohn bekommen.

„Mein Pass besagt, ich sei Nikolai Louis." Er hielt den Pass hoch und klappte die Seite mit dem Foto auf. „Mein Geburtsname ist John Clayfell und ich wurde in Nebraska geboren. Ich bin US-Bürger und dem Landwirtschaftsminister unterstellt, so wie ich in den vergangenen 20 Jahren Angestellter aller Landwirtschaftsminister war, sowie der *Sceptre Corporation*.

Meine Hauptaufgabe während der vergangenen zwei Dekaden bestand darin, meine eigene Bevölkerung auszuspionieren, indem ich intensiv nachrichtentechnisch relevante Fakten über sie und ihre Aktivitäten gesammelt habe."

Die Leute in der Halle begannen zu murmeln.

„Können wir bitte Respekt und Ruhe bewahren", sagte Choshin mit Nachdruck. „Fahren Sie fort, Mr. Clayfell, bitte."

„Es gibt ein massives, privatisiertes und militarisiertes Programm, das derzeit aktiv ist und Massenvernichtungswaffen in die Atmosphäre einbringt, weltweit. Es handelt sich um ein medizinisches Forschungsprogramm, ein Programm der chemischen und biologischen Kriegsführung, ohne dass sich die Regierenden dazu bekennen, und ohne das Wissen der Mehrheit der Bevölkerung. In seinen Auswirkungen hat es sich zu einem Genozid-Programm entwickelt. Ich möchte die Gelegenheit für mich selber und im Dienste der Kommission nutzen, um die unwiderlegbaren Beweise, die wir zu diesem Zwecke gesammelt haben, vor der ehrenwerten Kommission und innerhalb der Gerichtsbarkeit von Okinawa vorzulegen. Ich glaube, dass der Zeitfaktor hier eine zentrale Rolle spielt, denn sowie bekannt wird, dass ich hier bin und bereit bin auszusagen, dass ich und meine gesamte Gruppe in höchster Gefahr schweben werde. Deswegen möchte ich um politisches Asyl bitten."

Während Nikolai sprach, verblasste sein Akzent und es hörte sich an, als würde jemand eine Rede anlässlich eines Treffens des Eltern-Lehrer-Verbandes irgendwo in den großen Prärien der USA halten.

Unmittelbar danach wurde die gesamte Gruppe durch Beamte der okinawischen Polizei in Schutzhaft genommen, die sie in einem anderen Raum im Südflügel unterbrachten. Innerhalb von zwanzig Minuten erschienen Reporter aus aller Welt in der *Shuri*-Festung, die meisten von den kleineren und weniger kontrollierten Nachrichtenagenturen aus den nicht-englischsprachigen Ländern. China, Japan, Indonesien, Indien, Russland, einige europäische Agenturen ... die Schweizer, die Griechen. Die einzige englischsprachige Nachrichtenagentur, die sofort zur Stelle war, kam aus Neuseeland. Wie Christina später erfuhr, erschien wie durch Zauberhand ein Gruppe, die die kanadischen Sicherheitsinteressen vertrat. Sie verlangten Redezeit, um eine wichtige Mitteilung machen zu dürfen. Sie richteten sich mit folgenden Worten an Choshin.

„Bei allem gebührenden Respekt, Frau Vorsitzende, die kanadische Regierung bittet hiermit um eine sofortige private Unterredung mit der Kommission."

Ein Sicherheitsbeamter der kanadischen Botschaft bahnte sich seinen Weg zum Podium, wo ein paar Minuten zuvor aus Nikolai John Clayfell geworden war. Drei weitere Sicherheitskräfte standen am Ausgang der Halle.

„Sie können Ihr privates Treffen bekommen, Sir", antwortete Choshin, „am Ende unseres Tagesprogramms. Wir haben hier Menschen aus allen Teilen der Welt, die hier auf eigene Rechnung hergekommen sind ... manchmal auch unter großer Gefahr für ihr persönliches Wohlergehen. Ich kann mir durchaus vorstellen, was sie mit mir zu bereden hätten, aber, meine Herren, von einem Notfall kann hier wohl unter keinen Umständen die Rede sein. Es ist auch sehr unwahrscheinlich, dass die Kommission aufgrund dieser Diskussion irgendetwas ändern würde. Wir werden damit fortfahren, die Petitionen wie geplant anzuhören."

Der Saal war von Lärm erfüllt, obwohl sich die Kommission größte Mühe gab, die Kontrolle über die Anhörung wiederzuerlangen. Ein gewisses Maß an lautstarkem Ausdruck musste sich wohl Luft verschaffen, bevor sie wieder zur Tagesordnung übergehen konnten. Die Veranstaltung wurde in den teilnehmenden Ländern über das Fernsehen übertragen, etwas, wofür die Kommission zutiefst dankbar war. Choshin stand auf und bat alle um Aufmerksamkeit, zwar deutlich, aber mit etwas zurückhaltender Stimme.

„Wir werden uns für zehn Minuten zurückziehen, ausschließlich mit der Absicht, die Angelegenheit soweit in Ordnung zu bringen, dass wir zurück an die Arbeit gehen können. Wenn Sie darauf warten, sprechen zu dürfen, bitte entschuldigen Sie diese kurze Unterbrechung, ich denke, es ist auch in Ihrem Interesse. Vielleicht müssen Sie dann nicht schreien, um gehört zu werden." Sie stand mit der gesamten Kommission auf und verließ den Raum durch die Tür, durch die sie den Raum betreten hatten.

Der Mann von der kanadischen Staatssicherheit machte Anstalten zu protestieren, aber er ließ es bleiben, vielleicht wegen des hohen Maßes an Aufmerksamkeit, das diese ganze Angelegenheit bereits erregt hatte. Er trat zurück und gesellte sich zu seinen Kollegen. Doch sie blieben in der Halle. Sie steckten während der zehnminütigen Unterbrechung die Köpfe zusammen, flüsternd, was anscheinend an der Präsenz der Videokameras um sie herum lag.

In der Zwischenzeit war Christinas Gruppe zu einem Raum innerhalb der Festung eskortiert worden. Überall in der *Shuri*-Festung gab es Videoübertragungen. Die Leute verfolgten gespannt die Videoübertragung in kleinen Gruppen. Christinas Gruppe war sichtlich erleichtert, dass diese Veranstaltung auch über die Fernsehkanäle lief, obwohl ihnen das ursprünglich nicht unbedingt klar gewesen war.

„Ich möchte mit dir sprechen", sagte Christina zu Nikolai beziehungsweise John. „Aber ich werde mir erst die Verhandlungen anschauen. Ich traue mir im Moment selber nicht."

Nikolai ignorierte sie und widmete seine Aufmerksamkeit der

Videoübertragung in ihrem Raum. Sie war zur Zeit das geringste seiner Probleme.

Die Kommission kam zurück. Choshin bat um Ruhe.

„Ich bin darüber in Kenntnis gesetzt worden, dass wir eine weitere ungewöhnliche Präsentation haben", sie nahm ihre Lesebrille von der Nase und putzte sie mit einem Tuch. Sie sah verunsichert und besorgt aus. Sie war zugleich ermutigt und verängstigt, weil die Konferenz auf diese Art eröffnet wurde, denn es bedeutete, dass die Dinge schon so schlecht standen, wie sie es befürchtet hatte, vielleicht sogar noch viel schlechter, aber es bedeutete auch internationale Aufmerksamkeit, zumindest in der Theorie. Sie war auch von dem Mut überwältigt, der dort an den Tag gelegt worden war. Das war genau der Mut, den es brauchte, um das Schiff für das kommende Jahrhundert und überhaupt für die Zukunft der Menschheit auf diesem Planeten zu wenden. Vielleicht waren all diejenigen, die auf dem Weg hierher gestorben waren, nicht umsonst gestorben.

„Wir werden diese Zeugenaussage per Videoschaltung hören müssen, denn es wurde als zu riskant eingestuft, diese Leute hier in der Öffentlichkeit auftreten zu lassen", fügte sie hinzu. „Ruhe!"

*****

Die Plato kam letztendlich zum Stillstand, trotz des Sturmes und des Regens, der ihnen die Sicht raubte. Danke dem Herrn für den Bordcomputer, dachte Tim. Vielleicht werde ich einfach die Betonpiste küssen, wenn ich hier raus bin. Aber auf jeden Fall möchte ich denjenigen küssen, der dieses System auf den neuesten Stand gebracht hatte.

„Wahhh!!!", schrie Pip und trommelte sich auf die Brust. „Hardcore!" Er begann hysterisch zu lachen, das wahnsinnige Lachen von jemandem, der weit über den Zustand der Erschöpfung hinausgewachsen war und der erstaunt war, dass er sich noch am Leben befand.

Sie wurden unter Planen versteckt auf der Ladefläche eines Jeeps zu einer aufgegebenen Militärbasis am *Onna* Point etwa fünfundzwanzig Meilen von *Naha* entfernt gebracht. Sie war zuerst von der

Air Force betrieben worden, dann von der Marine; jetzt schien sie vollständig verlassen zu sein. Sie wurden von einer gemischten Gruppe aus *ryukyu*-trainierten Freiwilligen aus den Reihen der okinawischen Polizei und Elite-Marines mit *ForeCon-Insignien* bewacht. Tim wusste, dass ein Bataillon dieser Soldaten auf Okinawa stationiert war, das 5te, aber er war sich sicher gewesen, dass es bereits abberufen worden war. Die Soldaten verhielten sich still, außer wenn sie grundlegende Befehle weitergaben. Tim und Pip waren froh, okinawische Polizei zu sehen, aber eher unglücklich über die Elite-Marines. Sie waren sich nicht sicher, auf welche Seite sich die Soldaten stellen würden, oder von wo sie ihre Befehle bekamen. Aber wenn es sich herausstellen würde, dass diese Soldaten hinter ihnen standen, dann hatte sich das Blatt gewendet. Punktum. Okinawa strotzte nur so von der Präsenz der Marines.

Ein Mann erschien, der seine Selbstkontrolle in vollkommener Förmlichkeit zur Schau trug, offensichtlich ein offizieller Vertreter der Polizei von Okinawa. Er empfing Tim und Pip wenige Sekunden, nachdem sie das Gebäude betreten hatten.

Abgesehen von seinen ausgeprägten okinawischen Eigenarten sprach er mit einem deutlichen amerikanischen Akzent und bat sie ihn „Salty" zu nennen. Die Piloten befanden sich nicht in der Position, irgendwelche Fragen stellen zu können. Sie waren nur dankbar, dass sie noch nicht im Gefängnis saßen.

Die Aneinanderreihung von Militärs, die ihnen den Weg geebnet hatten, so dass sie diesen Vogel in Okinawa landen konnten, war die wundersamste Sache, die sie je gesehen hatten, es war wie die Zweiteilung des Roten Meeres durch Moses. Sie hatte erwartet, vor *Stealth*-Jägern flüchten zu müssen und über dem Pazifik abgeschossen zu werden. Stattdessen hatte jemand dafür gesorgt, dass sie entkommen konnten.

„Also, ihr Männer ..." Salty setzte sich und begann, sie auf eine neutrale, sachliche Art zu befragen. „Gehört ihr dem Militär an?"

„Ex-Militär", antwortete Tim. „Wir arbeiten zur Zeit für eine private Gesellschaft. Eine private Fluggesellschaft mit dem Namen *BlueSky*. Sie haben einen Stützpunkt mitten im Nirgendwo nahe der Grenze zwischen Neu Mexiko und Alt Mexiko. Das ist ihr Vogel."

„Gibt es da jemanden, der vorbeikommen könnte, um nach diesem technischen Meisterwerk zu suchen?"

„Ich denke, dass da derzeit eine Menge Leute Blut schwitzen, aber ich glaube kaum, dass da jemand hervortreten wird, um sie zurückzufordern, nein. Ich weiß nicht, ob sich die US-Regierung unter diesen Umständen einmischen wird, zumindest nicht offiziell. Die *Plato* wurde in den *Pantheon*-Werken der Vereinigten Staaten entworfen und montiert. Das ist ein Privatunternehmen. Ich weiß selber nicht, wo die Befehlskette endet und wo die Order, sie zu bauen, ihren Anfang genommen hat. Ich kann nur sagen, dass ich mitten über dem Ozean einen ziemlich hässlichen Funkverkehr mit einem obszön reichen Industriellen hatte." Tim lachte.

„Ja, wirklich?", fuhr Salty fort. „Wer könnte das bloß gewesen sein?"

„Nero Pearle."

„Nero Pearle hat Funkkontakt mit euch aufgenommen, warum?"

„Hat gesagt, er will sein Flugzeug zurück", half Pip nach.

Salty war für einen Moment still. „Notiert", sagte er schließlich. „Nächste Frage. Warum Okinawa, Jungs?"

„Wegen des *Shuri*-Abkommens. Das Flugzeug ist eindeutiges Beweismaterial, ein großer fetter, rauchender Colt, für ... Gott ... es ist eine Massenvernichtungswaffe, es ist eine chemische Waffe, Beweismaterial dafür, dass im großen Stil medizinische Experimente an der Menschheit gemacht werden ... es ist alles." Tim zählte die Gründe an den Fingern seiner Hand ab.

„Zur Kenntnis genommen. Sagen wir, ich gehe jetzt sofort an Bord dieses Flugzeug, wonach suche ich?"

„Nach einem dicken Bauch voll mit Behältern mit tödlichen Chemikalien. Einem Sprühsystem, das durch die Flügel hinausgeführt wird. Sie werden herausfinden, dass eine Chemikalie versprüht werden kann, oder eine beliebige Kombination von mehreren. Chemikalien, die nichts im Himmel verloren haben, überhaupt nichts, niemals, aus keinem Grund der Welt, außer zur totalen Kriegsführung. Aber auch dann, denke ich, stünde diese Art der Kriegsführung auf dem Index."

„Okay", Salty zuckte mit den Schultern. „Also dann habe ich ein Flugzeug voll mit Chemikalien. Und den Beweis, dass es auf die

Leute versprüht wird. Vielleicht werden sie aber auch nur transportiert. Vielleicht ist es ja so eine Art weltweites chemisches Reinigungs-Imperium ..."

Tim verstand, was Salty da tat. Denn es wären eine verwirrende Menge an Scheinerklärungen zu erwarten, die sich *Pantheon*, die US-Regierung oder Nero Pearle aus den Fingern saugen würden. Wenn sie nicht alle festnagelten, dann würden die hiesigen Behörden das Flugzeug zurückgeben und Tim und Pip gleich mit.

„Ich habe vor, zu bezeugen, dass Pip hier und ich jede Menge gesprüht haben. Wir werden das gestehen und wir werden euch Namen geben, Daten und die Koordinaten des Haupt-Flugplatzes. Wir werden euch sagen, wonach ihr suchen müsst, und ihr könnt das direkt hier tun. Okinawa ist keine Ausnahme. Nehmt Stichproben überall in Japan. Wasser, Boden, Vegetation und Luft. Vergleicht die Werte mit dem Anstieg von Atemwegserkrankungen, Alzheimer, all den Autoimmunerkrankungen, die im Laufe der vergangenen zehn Jahren explosionsartig zugenommen haben. Es muss doch archivierte Proben von Erde, Wasser und Luft von vor 10, 20 Jahren geben, mit denen ihr die Werte vergleichen könnt. Fragt nach Freiwilligen in der Bevölkerung, oder einfach innerhalb der Polizeikräfte, um ihr Blut auf Schwermetalle testen zu lassen."

Salty saß still und hörte Tim und Pip zu. Er hatte den Befehl bekommen, die beiden mit ihrem Flugzeug zu empfangen, sie und das Flugzeug unter allen Umständen zu verteidigen. Das gab ihrer Aussage Glaubwürdigkeit. Wenn jetzt noch die US-Regierung anfangen würde, deswegen Himmel und Hölle in Bewegung zu setzen, würde er völlig überzeugt davon sein.

„Hungrig?", fragte er schließlich.

„Oh ja", antwortete Pip erschöpft.

„Lasst uns euch in eure Unterkünfte bringen und dann bringen wir was zu essen her. Für den Fall, dass ihr es nicht bemerkt habt, diese Basis ist verlassen. Für eine Weile geschlossen. War mal Air Force, dann Marines. Jetzt ist sie gar nichts mehr. Eine Geisterstadt, also nutzen wir sie für besondere Gelegenheiten." Er lächelte.

Er führte sie durch Gänge mit schwingenden Leuchtstoffröhren. Sie quietschten bei jeder Bewegung. Der Wind brachte auch etwas Luft ins Gebäude. Die Farbe an den Wänden und an der Decke war blass, pellte sich stark ab, und die Räume rochen nach Verfall und Moder. Die Feuchtigkeit der Tropen legte schnell ihre Hand an Gebäude, die die Menschen unbeaufsichtigt ließen, wenn es auch nur für kurze Zeit war.

Sie erreichten einen Raum mit zwei Doppelbetten, einer Lampe und einem Tisch. Es gab einen Fernseher auf einer Kommode mit drei Schubladen.

„Packt eure Sachen hier rein. Die Klos sind gleich nebenan und funktionieren. Ich bin für eure Sicherheit verantwortlich, bis ich neue Befehle erhalte. Das bedeutet, ihr esst oder trinkt nicht, was ich euch nicht persönlich ausgehändigt habe. Das heißt, ihr tut nichts und geht nirgendwo hin, es sei denn, dass ich persönlich bei euch bin. Wir haben ein Dutzend Männer hier, und die sind so gut ausgebildet, wie man nur ausgebildet sein kann. Ihr werdet niemals alleine sein und ständig in Bewegung bleiben. So bleibt eure Überwachung im Bereich des Unauffälligen. Verstanden?"

„Ja, Sir", sagte Tim. „Es gibt aber etwas, das sie wissen sollten."

„Was ist das?", fragte Salty.

„Sie können uns verfolgen. Sie wissen immer genau, wo wir uns befinden."

„Erkläre das."

„Ja, erklär mir das", fiel Pip mit ein.

„Bioakkumulation."

„Das Zeug, das sie auf uns vom Himmel geworfen haben?"

„Nanopartikel, die verfolgt werden können. Das geht schon so lange, dass unsere Körper sie assimiliert haben, sich mit ihnen auf eine Art verbunden haben, die eine sehr persönliche Signatur erzeugt. Genaugenommen, innerhalb des Flugzeugs ist der einzige Ort, wo wir eine Chance hätten. Okinawa ist klein. Der Vogel hat ein unsichtbares Radarprofil, aber er ist nicht mehr in Bewegung. Sie werden ihn bald gesichtet haben, es sei denn, er befindet sich in einem Hangar."

In diesem Moment kamen zwei Männer in Polizeiuniformen, um den Eingang zu ihrem Zimmer zu bewachen. Zwei Marines waren bereits draußen vor dem Fenster positioniert, im strömenden Regen, abgesehen von der Tatsache, dass das Fenster sich im oberen Viertel der Wand befand und vergittert war. Einige Männer würden auch um das Gelände patrouillieren.

Salty war etwas überrascht. „Ich muss diesbezüglich noch Anweisungen besorgen. Rührt euch jetzt bloß nicht von der Stelle. Ich gehe was zu essen holen."

Sowie die Tür verschlossen war, ergriff Pip das Wort. „Wovon zum Teufel redest du, Mann?"

„Es ist wahr, Pip. Es sind nicht nur wir. Es betrifft alle. Ein menschliches Überwachungs- und Kontrollprojekt. Frag mich nicht, warum die sich die Mühe machen, jeden Menschen auf diesem Planeten zu *chippen*. Sieht mir nach Zeit- und Geldverschwendung aus. Ich kann dir nicht mehr als das erzählen, weil ich nicht mehr als das weiß. Tut mir leid."

„Also wir werden bei Gott etwas deswegen unternehmen", grummelte Pip.

Zehn Minuten später kam Salty mit einem Tablett mit Sandwichs, Früchten und Kaffee zurück. Er stellte das Tablett auf eines der niedrigeren Betten.

„Seht mal Männer", sagte er und verschränkte die Arme. „Ich habe mit meinen Vorgesetzten gesprochen. Die Idee, dass man euch finden kann, egal was wir mit euch machen, stellt uns vor eine große Herausforderung. Die erste Überlegung ist natürlich, was ist wichtiger ... das schwere Beweismaterial oder eure Zeugenaussage? Wir können nicht wirklich sagen, dass eines der beiden hier das Rennen macht. Also kommt ein Technikerteam rein. Wir warten das ab. Sie wären schon hier, wenn das Wetter nicht wäre, aber der Sturm zieht schnell weiter. Das sind Experten, die da kommen, aus ein paar extrem relevanten Fachrichtungen, aus überwiegend neutralen Ländern. Aus der Schweiz, Indien, Neuseeland, Indonesien, Island ... ein paar direkt hier aus Japan. Wir werden diesen Vogel mit einem fein gezinkten Kamm bearbeiten und viele Fotos machen. Videos auch. Die technischen Einbauten überprüfen. Bis das abgeschlossen ist, seid ihr gleichermaßen wichtig. Sowie wir die Beweise aufgenommen haben, können wir uns voll darauf konzentrieren, euch in der Tasche zu behalten. Mehr können wir nicht tun."

In Wirklichkeit wusste Tim nicht, ob er angesichts seines Gesundheits-Upgrades noch gefunden werden konnte, aber er hatte nicht vor, das Pip zu sagen.

Sie würden zusammen leben oder zusammen sterben.

„Oh, ja", fügte Salty hinzu, „wir könnten euch beide aus Sicherheitsgründen trennen. Eher unwahrscheinlich, dass sie euch beide erwischen, wenn ihr euch an getrennten Orten aufhaltet, stimmt's?"

Er ließ sie alleine. Sie waren etwas überrascht. Sie waren nie auf die Idee gekommen, dass man sie trennen würde, egal wie viel Sinn das jetzt ergab. Die einzigen Geräusche stammten von dem Regen, der noch immer gegen die Mauern des Gebäudes klatschte. Plötzlich war das, was sie sich am meisten wünschten, dass der Sturm vorüberziehen würde.

Eine Woche später fand sich Christina in einem kleinen Raum in der Haupthalle der *Shuri*-Festung wieder, zusammen mit Huck, Charlie, Isaac, French und einem Typen, den sie noch nicht einmal kannte, mit dem Namen John Clayfell. Sie verfolgten die im Rahmen der Einführungsveranstaltung vorgetragenen Petitionen auf einem ziemlich großen Fernsehbildschirm, und, egal ob es jemand zur Kenntnis nahm oder nicht, Christina versuchte sich selbst davon abzubringen, John Clayfell von hinten anzufallen und auf seinen Kopf einzuschlagen. Aber dann musste sie es einfach tun. Er war vor ihr, etwas zur Rechten, und beobachtete den Bildschirm. Um ehrlich zu sein, der Einzige in dem Raum, der nicht daran gedacht hatte, genau dies zu tun, war Charlie. Charlie hatte einige Zeit damit verbracht, sich ins Gedächtnis zu rufen, was er über Nikolai beziehungsweise John wusste.

Mit einem gutturalen Schrei landete sie auf seinem Rücken und schlang ihre Arme um seinen Hals.

Obwohl er überrascht war, hielt er sich zurück, warf sie nicht über seine Schulter oder verteidigte sich auf irgendeine andere Art und Weise, außer dass er versuchte, den Druck ihrer Arme abzufangen, um zu verhindern, dass er von ihr erwürgt wurde.

„Geh runter, Christina!" Seine Stimme klang schon halb erwürgt. „Kann jemand sie da runter holen?"

„Christina!", sagte Charlie und schlang seinen Arm um ihre Hüfte.

„Lass los, verdammt noch mal! Lass los!" French versuchte ihre Arme von Johns Gurgel wegzubekommen. Charlie schaffte es, sie von ihm wegzuziehen, aber sie landete noch eine ganze Reihe von Fausthieben auf seinem Rücken und erwischte ihn mit einem Fußtritt am Bein. Er dreht sich herum, um ihr zu begegnen, und sie landete einen direkten Volltreffer zwischen seine Beine.

Er klappte zusammen.

„Weißt du", sagte sie hechelnd, „es ist nicht nur, dass du den Leuten hilfst, die versuchen, meine Kinder zu töten ... ich will zum Teufel wissen, wer meine Mutter ermordet hat! Wer hat sie getötet, Nikolai! Wer ... war .... es ...!"

„Hey, wartet! Seid ruhig!", rief Huck. „Guckt euch die Übertragung an!"

Der Ausruf von Huck war so untypisch für ihn, dass sie alle sofort rüberschauten.

„Das ist mein Junge! Das ist mein Junge!", weinte er.

Der große Bildschirm zeigte einen erschöpften, betrübten Tim Verzet. Er nippte an einem Glas Wasser und wartete. Ein unsichtbarer Mensch an seinem Ende musste Tim das Signal gegeben haben, dass es Zeit war zu sprechen. Er stellte das Wasser ab und räusperte sich.

„Madame Soderholm, ich grüße Sie und die Mitglieder Ihrer Kommission. Mein Name ist Timothy Andrew Verzet und ich komme aus Kalifornien in den Vereinigten Staaten. Ich und mein Kamerad, Philip Yarmouth ...", er wischte sich mit der Hand über die Augen und seine Stimme brach. Dann räusperte er sich erneut und fuhr fort, „Pip Yarmouth und ich haben etwa vor einer Woche ein Flugzeug nach Okinawa geflogen, um es der Kommission vorzuführen, sowie der japanischen Regierung, als Beweis einer globalen, chemischen Kriegsführung und eines geplanten universellen Genozids.

Soweit ich weiß, gibt es da ein Team von Experten, die die Inspektion des Flugzeugs grade beenden und Ihnen einen gedruckten Bericht vorlegen werden, und – wiederum – natürlich der japanischen Regierung.

Das Flugzeug ist ein System zum Ausbringen von giftigen Chemikalien in die Atmosphäre. Soweit ich weiß, ist das der einzige Zweck und Grund für seine Existenz. Pip und ich waren zwei der Piloten, die diese schrecklichen Missionen geflogen haben. Angesichts der Risiken, die wir auf uns genommen haben, der Gefahr, in der wir uns befinden, und der großen Opfer ... die wir gebracht haben, bitten wir die Kommission, unsere Geschichte anzuhören. Vielen Dank."

Die Tränen strömten über Hucks Gesicht, als er das sah. French legte seine Hand auf Hucks Schulter.

„Das ist mein Sohn", flüsterte er.

Das Bild im Fernseher wechselte zu Choshin Soderholm, die sichtlich gerührt von Tims Schmerz war.

„Ich verstehe, Mr. Verzet. Ich bin dankbar dafür, dass ich einige Informationen sowohl von der japanischen Regierung als auch von der örtlichen Polizei hier in *Naha* bekommen habe. Wir freuen uns darauf, entgegenzunehmen, was Sie unter so hohen Verlusten für sich selbst und für Mr. Yarmouth hierher gebracht haben. Vielen Dank."

Christinas kleine Gruppe im Nebenraum war still.

„Huck", sagte Charlie schließlich, „hast du eine Idee, worum es da geht?"

Huck trocknete seine Augen mit einem überdimensionierten Taschentuch.

„Ja, ich weiß, was das ist", sagte Huck, schaute direkt auf John und lächelte. „Er hat eines der Flugzeuge hierher gebracht. Was sagst du dazu, du Bastard?"

Pip und Tim saßen lange schweigend da, erschrocken darüber, dass sie in diesem Rennen auf der Zielgraden voneinander getrennt werden sollten, der Ziellinie so nahe, dass sie sich fast hätten nach vorne beugen können, um das Band zu zerreißen. Aber Salty hatte trotzdem recht. Tim wusste das noch mehr, als Pip es wusste. Einer von ihnen musste es bis zur Kommission schaffen und anfangen zu reden.

„Ich habe nicht viel darüber nachgedacht, was passieren würde, wenn wir hier ankommen würden, Pip", sagte Tim, „weil ich nicht erwartet hätte, dass wir es schaffen."

„Hab ich auch nicht", sagte Pip.

Er seufzte. Es war so einfach für ihn, mit einer Situation klarzukommen und weiterzuschreiten. Tim würde von den Dingen, die er nicht kontrollieren konnte, aufgefressen werden. Pip griff sich ein Sandwich, nahm die Platte hoch und bot Tim eines an. Tim griff zunächst zu, änderte dann aber seine Meinung und schüttelte den Kopf.

„Na komm schon Pilot", ermahnte ihn Pip sanft, „du bist jetzt im Grunde ein Kriegsgefangener. Iss, wenn es etwas zu essen gibt."

Tim lachte halbherzig. Guter alter Pip. Er griff nach seinem Sandwich ... Thunfischsalat. Der Kaffee war auch gut, großzügig mit Zucker und Sahne verarztet. Die Männer hier waren Soldaten und Krieger, sie wussten, was gebraucht wurde.

„Ich nutze die Gelegenheit, um etwas Schlaf zu kriegen." Tim legte sich auf eines der unteren Betten. Pip trank seinen Kaffee aus und rollte sich auf dem anderen zusammen. Wie immer standen ihre Füße aus den Betten über, wenn sie ihre Beine ausstreckten.

Sie bekamen gute vier Stunden Schlaf, bevor es an der Tür klopfte. Die Tür öffnete sich sofort und ließ ein breites Band von Neonröhren ihr Licht in den verdunkelten Raum strömen.

„Tut mir leid, Männer." Es war Salty. „Wir müssen uns bewegen. Und wir gehen außerdem in unterschiedliche Richtungen."

Pip und Tim standen auf, bereit zu gehen. Sie hatten sich grade einmal die Schuhe ausgezogen.

„Lasst uns gehen", Salty lehnte sich in die Türöffnung und bedeutete ihnen zu folgen. Ein weiterer Soldat, der am Ende der langen Halle gewartet hatte, durch die sie zuvor reingekommen waren, schloss sich ihnen an. Wie es aussah, hatte jeder von ihnen ein halbes Dutzend Männer, das mit ihnen reisen würde. Ein paar der *Marines* blieben weit hinter ihnen. Es gab keine Geräusche von Wind oder Regen, der gegen die Fenster oder auf das Dach fiel. Es war dunkel ... aber war es noch dunkel oder wieder dunkel? Sie hatten keine Ahnung. Sie hielten an der Tür und warteten auf Befehle von Salty.

377

„Okay", sagte er, „Verzet, wir gehen zuerst. Draußen stehen zwei identische Limousinen. Natürlich werden wir dir nicht sagen, wohin du gehen wirst. Einmal in der Limousine, versteckst du dich wieder unter einer Decke auf der Rückbank. Los!"

Tim wurde hinaus in die Nacht geschickt. Die Tür der schwarzen Limousine war bereits offen, ein Polizist in zivil stand neben der hinteren Tür, ein anderer war auf der Rückbank. Er erkannte einen der *Marines* als den Fahrer, obwohl er Straßenkleidung trug. Salty schlüpfte schnell auf den Beifahrersitz. Tim wurde auf die Rückbank gestoßen und runter auf den Boden. Er kauerte sich auf den Boden und sie bedeckten ihn mit einer Armeedecke. Durch seine Körperlänge war es extrem unbequem. Seine Gelenke und insbesondere die Knie waren in unnatürlichen Winkeln gebogen. Er hatte keine Idee, wie lange die Fahrt dauern würde, aber er hoffte, es würde schnell gehen. Fahrt schnell.

Das gleiche würde mit Pip im Wagen hinter ihm geschehen. *Gute Reise, Pilot.*

Er spürte eine Rechtskurve auf der Straße vor dem Luftwaffenstützpunkt. Der Fahrer gab sofort Gas. Es mochte dreißig Sekunden später gewesen sein – er würde sich niemals an die genaue Reihenfolge der Ereignisse erinnern können –, als er den vagen Klang einer Explosion hörte, gefolgt von dem Schrei von Leuten und dann etwas, bei dem es sich nur um ein explodierendes Fahrzeug handeln konnte, eine Explosion, die den Wagen, in dem er sich befand, durchschüttelte. Der Fahrer seines Wagens drückte das Gaspedal durch. Die Reifen jaulten förmlich auf und sie waren weg, bewegten sich hinfort von dem, was auch immer hinter ihnen brannte.

„Was zum Teufel war das?", fragte Tim unter der Decke.

„Ich schätze, das war dein Kumpel", antwortete Salty, „es tut mir leid."

„Was zum Teufel ...", wiederholte Tim.

„Keine Ahnung. Der Wagen war hundertprozent sauber. Wenn es eine Rakete war, haben wir keine wie auch immer geartete Signatur gesehen. Ich kann jetzt gerade kein Funk oder Handy verwenden, aber ich werde herausfinden, was es war."

Tim weinte stumm, auf dem Boden, wo er noch immer hockte. Vierzig Minuten später wurde er in ein Haus oder Appartement geführt. Er war noch immer unter der Decke, so dass er nichts sah, was ihm etwas über seine Umgebung verraten würde. Sowie er drinnen war, warf er die Decke ab. Er folgte Salty in eine Küche, eine Küche, die im westlichen Stil gehalten war. Er setzte sich an einen simplen Küchentisch mit geschliffener Lackoberfläche, während Salty auf die Tasten seines Handys drückte. Vier weitere Wächter waren dort, um sie zu empfangen, sie erlaubten ihnen, das Haus zu betreten, verließen aber ihre Positionen an den Fenstern und Türen nicht. Tims Augen waren rot und brannten von den 40 Minuten, die er geweint hatte, seine Wangen waren rot und erhitzt von dem Zorn, der still in ihm aufstieg. Er schob das Glas Wasser beiseite, das jemand vor ihn hingestellt hatte, löste seinen Blick nicht von Salty, der einsilbige Wörter in sein Telefon murmelte. Schließlich drückte Salty den Anruf weg und klappte sein Telefon zu. Er schaute Tim verdutzt an.

„Kein Gerät unter dem Wagen, nichts aus der Luft hat den Wagen getroffen, keiner der Leute im Wagen war mit irgendetwas verdrahtet. Die gesamte Ausrüstung durchgecheckt und wieder durchgecheckt. Die Männer, die im Eingang standen, als die erste Explosion stattfand ..." Saltys Gedanken drifteten weg, es sah aus, als wolle er diesen Satz wirklich nicht zu Ende sprechen.

„Also?" Tim spuckte das Wort aus.

Salty blieb stumm und schaute Tim an.

„Verflucht noch mal!", bellte Tim. „Was haben Sie gesehen?"

„Yarmouth", seufzte Salty und schüttelte seinen Kopf ungläubig. „Es war Yarmouth, der explodiert ist ... sozusagen."

„Noch mal." Tim hatte das Gefühl, als würde sein gesamter Körper von etwas geflutet. Er kannte die Wahrheit, die in dieser Aussage lag, auch wenn er den Mechanismus nicht ganz kannte und verstand.

„Einer der Marines ist jetzt in der Leitung. Du kannst ihn selber fragen, es tut mir leid. Tut mir wirklich leid. Wenn ich raten soll, auf Grundlage dessen, was du uns bereits über Bioakkumulation erzählt hast, dann würde ich sagen, die Überwachungselemente sind nicht das Einzige da drinnen. Das ist genau in der Kategorie der Dinge, die wir „wissen", aber „nicht wissen". Also auf den Punkt gebracht: erinnerst du dich an all die Vögel, die im Januar vom Himmel gefallen sind, und all die Tiere, die zu hunderten und tausenden tot aufgefunden wurden ... die Autopsien haben massive innere Verletzungen offengelegt, so als hätten sie einen extremen Schlag mit einem stumpfen Gegenstand abbekommen. Könnte so etwas in der Art sein. Könnte sein, dass sowie sie dich gefunden haben, sie irgendeine Art Distanzwaffe oder -technik einsetzen können, vermutlich elektromagnetisch. Wahrscheinlich via Satellit. Das bringt uns jetzt unmittelbar zur Frage, was wir mit dir tun und wie es kommt, dass du noch nicht hochgegangen bist?"

Tim fühlte, wie sich eine tiefe Höhle unter seinen Füßen öffnete und er fiel. Es wäre besser gewesen, auf dem Boden des Grand Canyon zu zerschellen.

Sei still. Wir haben das Flugzeug hier. Das ist das Einzige, was zählte. Pip wusste das.

„Ich hatte einen wesentlich höheren Dienstgrad als Yarmouth", gab Tim zu. „Mein Körper ist von jeder Menge Zeugs gereinigt worden. Was noch drinnen ist ..., ich kann es nicht sagen. Das war etwas, was wir anscheinend nicht wissen mussten."

„Okay", sagte Salty. „Lass uns jetzt wachsam bleiben, bis mein Mann hier ist."

Tim saß am Tisch. Sie verließen den Raum, überließen ihn seinen Gedanken. Er wunderte sich nur, dass sie sich noch so nahe bei ihm aufgehalten hatten, nach all dem, was mit Pip passiert war. War wohl auch ein Teil ihres Jobs. Aber vielleicht war es auch ein Teil der *Show*. Zu sterben, während man einen *Whistleblower* beschützte, stand bestimmt in der Jobbeschreibung.

Eine halbe Stunde später kamen zwei Soldaten, bedeckt mit Dreck und einer Schmiere aus schwarzem Rauch und Schweiß. Sie hatten neben dem Wagen gestanden, als Pip Anstalten machte einzusteigen. Sie beschrieben eine Szene, in der Blut anfing gleichzeitig massiv aus seinen Ohren, der Nase, dem Mund und den Tränendrüsen zu fließen. Er hatte die Augen geweitet, der einzige Ton, der aus seiner Kehle gekommen war, war ein ersticktes Gurgeln, seine Lungen füllten sich mit an Sicherheit grenzender Wahrscheinlichkeit mit Blut. Dies waren alles klassische Zeichen für schwere innere Verletzungen. Da sie davon ausgingen, dass sie jetzt einen medizinischen Notfall hatten, hatten sie ihn einfach in den Wagen geworfen, der davon rauschte, und waren zurück nach drinnen gelaufen, um das lokale Militärhospital zu benachrichtigen. Einige Momente später explodierte der Wagen mit Pip und drei Polizisten darin. Die Wachen am Gebäude berichteten, dass kein Projektil reingekommen war, keine Rakete, nichts. Tim wusste jetzt genauso viel wie alle anderen über den Vorfall, bei dem einer seiner besten Freunde grausam, aber nach seiner Einschätzung höchst ehrenvoll sein Leben gelassen hatte.

Christina lag auf ihrem Rücken auf einem spartanischen Sofa, eine Art Bank mit einem Plastikkissen, das über die gesamte Länge verlief. Es war fehl am Platz, ein Alien hier in diesem steinernen Monument der *Ryukyu* Dynastie.

„Warum sieht hier alles so chinesisch aus?", fragte sie in die Runde.

„*Okinawa* ist viel chinesischer als japanisch", antwortete Nikolai „Hast du die Drachen überall bemerkt, und die roten Ziegel auf den Dächern?"

Christina bewegte sich nicht, sie starrte weiterhin auf die Ornamente an der Decke. Sie hatte die Drachen gesehen. Sie waren überall.

„Warum hast du es getan, Nikolai?", fragte sie schließlich.

„Es ist ein Job, Christina. Genaugenommen ist es sogar ein sehr alter Beruf. Die Spionage des einen ist der Patriotismus des anderen. Es ist ein oder zwei Jahrzehnte her, dass wir in einer unkomplizierten, einfach gestrickten Welt gelebt haben, und weißt du was? Ich glaube, wir haben nie in einer Welt gelebt, in der sich die Leute nur um ihre eigenen Angelegenheiten gekümmert haben."

„Ich dachte, du wärst krank."

„Bin ich. Ich kann all das riechen und schmecken. Sie sagen mir, dass wenn ich einen guten Job mache, dass sie mir dann die Ausleitungs-Pillen geben. Wenigstens kann ich die Stoffe so aus meinem Körper und aus dem Weg kriegen. Aber ich würde sie wahrscheinlich einfach nur meinem Sohn geben."

Christina ließ diesen Satz eine Weile in der Luft hängen.

„Biologische Kriegsführung. Da sind wir als Menschen hingekommen. Wir können da sitzen, anscheinend sogar für diejenigen arbeiten, die diese Biowaffen an uns ausprobieren, medizinische Experimente mit uns als Spezies durchführen, während unsere Kinder sterben ..."

„Denkst du, dass das ein neues Phänomen ist?", fragte Nikolai.

„Es ist eine Perversion des zwanzigsten Jahrhunderts, irgendeine Krankheit des Geistes oder des Willens."

„Nein, Christina. Wie denkst du, hat im vierzehnten Jahrhundert der Schwarze Tod seinen Weg durch Europa gefunden, sich wie ein Buschfeuer ausgebreitet? Rat mal!", sagte Nikolai.

Niemand sprach.

„Es war ein militärisches Konzept, ein Angriff. Von einer Armee von Tartaren, dort wo heute die Ukraine liegt ... sie wurden belagert und hatten eine Pest-Epidemie innerhalb der Festungsmauern ihrer eigenen Stadt. Die Tartaren schleuderten die infizierten Leichen gegen die verfeindete Armee. Was danach folgte war die Pandemie, die wir den Schwarzen Tod nennen. Niemand weiß, woher der Erreger eigentlich kam, aber so ist er freigesetzt worden. Wir reden über eine Spezies, die pestverseuchte Leichen auf ihre Feinde schleudern konnte und es auch getan hat. Na komm schon, Christina, wach auf. Fünfundzwanzig Millionen Europäer sind binnen vier Jahren an der Pest gestorben. Sie hatten Katapulte, wir haben Flugzeuge, die fast schon Raumschiffe sind. Der einzige Unterschied ist die Technologie."

„Nein. Der Unterschied", warf Charlie ein, „ist, dass wir uns nicht im Krieg befinden. Es gibt keinen Krieg, der gegen die Menschheit als Ganzes erklärt worden wäre; nur eine Handvoll Psychopathen und ihre Anhänger, die uns auslöschen wollen."

„Sie werden dich jetzt töten", sagte Christina.

„Ja, höchstwahrscheinlich werden sie das."

„Wir werden auch getötet werden."

„Nicht unbedingt. Mein Tod kann erklärt werden. Am Ende bin ich doch nur ein Spion. Spione haben es verdient, fürchterliche Tode zu sterben; das hat sich in den vergangenen fünfzig Jahren so eingebürgert. Sie werden mich aus Wut töten, um ein Exempel an mir zu statuieren. Wenn sie uns alle töten, werden sie automatisch die Aufmerksamkeit auf das lenken, was wir sagen ... dass es tatsächlich passiert. Es gab eine Zeit, in der ihnen das egal gewesen wäre, so vollendet war ihre Arroganz. Aber sie sind jetzt in Panik. Denen entgleitet es. Aber du solltest trotzdem deine Familie warnen, vorausgesetzt es ist noch nicht zu spät."

„Kann ich nicht", sagte sie. „Ich weiß nicht, wo sie sich aufhalten."

„Was meinst du damit?", fragte Charlie.

Christina richtete sich auf. „Sie sind irgendwo hier. Otto und ich dachten, das Schlimmste, was man tun könnte, wäre alle Anderen zu Hause zu lassen, ein leichtes Ziel. Also sind sie am selben Tag wie wir geflogen. Sie sind irgendwo hier ... Ich weiß nicht genau wo ... mit Absicht. Otto wird mich finden, wenn er denkt, dass es sicher ist."

Es klopfte an der Tür; fünf laute Schläge.

„Ja!", rief Charlie.

Die schwere, mit geschnitzten Ornamenten verzierte Tür schwang, gehalten von Bronzescharnieren, langsam auf. Ein junger okinawischer Mann – gepflegt, mit ernster Mine – stand im Eingang. Er verneigte sich leicht. Hinter ihm erschienen Choshin Soderholm und Philip Ford.

„Einen guten Tag allerseits." Choshin sprach als Erste. „Es muss ein langer, anstrengender Tag gewesen sein. Wie ist es uns denn ergangen?"

„Es war ein langer Tag", erwiderte Christina.

„Darf ich euch jemanden vorstellen, der im Laufe der kommenden paar Tage sehr wichtig für euch sein wird?" Choshin deutete auf den okinawischen Mann. „Das ist Captain Miyahiro. Er ist mit euer aller Sicherheit betraut, dem ganzen Personenschutz, hier in *Shuri*, für die Dauer der kommenden zwei Wochen."

„Willkommen", sagte er. „Wenn Sie mir folgen möchten, wir haben etwas gefunden, wovon wir glauben, dass es der sicherste Ort für Sie alle sein dürfte."

Sie schauten auf Choshin, warteten auf irgendeine Art der Bestätigung.

„Ja", sagte sie, „das ist der Fall. Ihr könnt Miyahiro vollständig vertrauen."

„Bitte", er hielt inne und wandte sich ihnen zu, „ich ziehe es vor, Salty genannt zu werden."

„Das ist aber ein netter, solider amerikanischer Akzent, Salty", merkte Charlie an.

„Ja." Dieses Mal hielt Salty nicht an, drehte sich nicht um, machte keinerlei Anstalten, sich in eine Unterhaltung verwickeln zu lassen. Er führte sie einen Gang hinunter, der die Längsseite der Südhalle flankierte. Am Ende öffnete er eine Tür. Christina hatte erwarte ins Freie zu treten, aber die Tür führte unmittelbar in ein Treppenhaus, das eine Ebene tiefer führte. Sie wurden unter dem Hof hindurch in eines der anderen Gebäude gebracht.

Choshin und Ford bildeten die Nachhut.

Schließlich kamen sie in Räumlichkeiten, die wie eine Art Kommandozentrale aussahen, noch immer unterhalb der Erde, verknüpft durch Tunnel von einer Gesamtlänge von vielleicht einhundert Metern. Abseits der Zentrale, vollständig elektrifiziert und mit Telefonanschlüssen ausgestattet, gab es einzelne Kammern, die an Kajüten erinnerten, wie man sie auf alten Kriegsschiffen fand.

„Das unterirdische Hauptquartier!", stellte Huck fest.

„So ist es", erwiderte Salty. „Das Hauptquartier der Königlich Japanischen Armee, aus der Zeit vor der Schlacht von Okinawa. Es war hier, als die Schlacht stattfand. Ein Teil davon ist restauriert worden."

Er führte sie zu den Kammern, in die wie durch ein Wunder ihr Gepäck gebracht worden war. Die Betten waren klassische Schiffs-Kojen, wenig mehr als ein Stück Segeltuch, das von Federn auf einen Eisenrahmen gespannt wurde.

„Da es für die, die euch beobachten, offensichtlich sein wird, dass ihr nicht mehr in der *Arikari*-Residenz bleibt, hoffen wir, dass wir es geschafft haben, eure Sachen unbemerkt hierher zu bringen. Offensichtlich können wir nicht anfangen, Matratzen und andere Sachen hier runterzuschleppen. Das muss so reichen. Es gibt hier ausreichend Kissen und Decken, die Kombüse ist bestückt. Es gibt hier unten Strom, so dass ihr die Verhandlungen mitverfolgen könnt, und es gibt eine Klimaanlage. Glaubt mir, ihr werdet sie brauchen. Loggt euch in keines eurer privaten E-Mail-Postfächer ein und benutzt eure Handys nicht. Schaltet sie noch nicht einmal an. In Ordnung?"

„Geht klar!" stimmten sie zu.

„Gut", sagte Salty. „Ich komme heute Abend zurück mit einer weiteren Lieferung."

Er zog sich zurück, ließ nur Choshin und Ford bei ihnen.

„Ich möchte euch hier und jetzt sagen, bevor ihr eure eigentlichen Aussagen macht, was unter den gegebenen Umständen morgen passieren sollte, dass ich, nachdem die Verhandlungen hier abgeschlossen sind, vor habe, mehr über die kriminellen Aspekte dieser Situation zu hören und dass ich den Fall vor den internationalen Strafgerichtshof in Den Haag bringen möchte. Indem ich euch das sage, gebe ich euch die Möglichkeit, euch darauf vorzubereiten und zu entscheiden, wie weit jeder von euch da persönlich mitgehen möchte", sagte Ford. „Einige von euch haben da keine Wahl."

„Könnt ihr euch darauf vorbereiten, morgens als Erste dran zu sein?", fragte Choshin. „Ich denke, wir werden euch hier unten auch videoüberwachen. Wir legen euch ... wie nennt man das so schön ... danach auf Eis."

„Sicher", antwortete Charlie. „Wir werden dann bereit sein zu gehen."

Choshin und Ford gingen auf dieselbe Art, wie Salty gegangen war. Nur ein Trupp von einem halben Dutzend Männer blieb bei ihnen, drei an jedem Ende des Tunnels, und sie gingen davon aus, dass es okinawische Polizisten waren.

„Oh", Choshin steckte ihren Kopf noch einmal durch die Tür, „geht nirgendwo hin, es sei denn, Salty ist bei euch, und bitte entschuldigt die Versorgungslage, wir haben einfach keine Möglichkeit, Sachen hier runterzubringen."

Hinter ihnen begann French in der kleinen Kombüse zu kichern. „Nato-Briketts", lachte er. „Na, das nenne ich einen Urlaub!"

Die Männer begannen ebenfalls zu lachen. „Was sind Nato-Briketts?" fragte Christina.

„Soldaten-Trockenfutter", antwortete Charlie. „Wir sind jetzt definitiv im Schützengraben angekommen. Das ist der Beweis."

„Hier", sagte French, „guck dir das an."

Er reichte Christina einen vakuumverpackten Plastikbeutel. „Feldrationen."

„Sind das noch immer Zweite-Weltkrieg-Sachen?", lachte Huck.

„Nein", antwortete French, „ sie sind neu, Gott sei Dank."

„Wartet mal, was ist denn das alles hier? Ihr Männer scheint das zu kennen", fragte Christina.

„Ja, entschuldige", sagte Charlie. „Hier hat sich das japanische Oberkommando versteckt, von hier aus haben sie die Schlacht von Okinawa während des Zweiten Weltkrieges dirigiert. Das ist der Hauptgrund, warum das so eine langwierige und blutige Schlacht war ... das war ein reiner Geniestreich. Was auch immer, ich habe gelesen, dass es riesig gewesen sein soll.

Das muss nur ein kleiner, restaurierter Teil sein."

„Ich wette, dass sie die Knochen der japanischen Offiziere wegräumen mussten, die am Ende Selbstmord begangen hatten", fügte Isaac hinzu.

„Gott", sagte Christina, „das klingt ja schrecklich. Was ist das denn hier? Wie machen wir daraus was zu 'essen'?"

„Also, lasst uns mal gucken." Isaac, Huck und French wühlten im Schrank herum und warfen einzelne Pakete zu Charlie herüber, der sie auf dem Tisch aufreihte und die Etiketten vorlas, als sie an ihm vorbeiflogen.

„Chili mit Bohnen, Rindfleisch-Ravioli, Huhn mit Nudeln, Rindfleisch-Hüftsteak, Rindfleisch-Eintopf, Vegetarische Lasagne, Zitronen-Pfeffer-Thunfisch, und die legendären New Yorker Hähnchenflügel – *Buffalo-Chicken*", las er vor, und sagte dann „hey, wartet eine Sekunde!"

Er riss eine Packung auf und hielt etwas hoch, das wie ein Schokoriegel aussah.

„Wow!", riefen die Männer.

„Was?" Die ganze Übung machte Christina wütend.

„Das ist ein Energie-Riegel", lachte Charlie. „Wir haben immer gesagt dass man für diese Mahlzeiten ein Klistier bräuchte, für einen Einlauf."

Jetzt breitete sich in Christina neben der Wut auch noch Beunruhigung aus.

„Ich bin mir sicher, dass sie Fortschritte gemacht haben." Charlie guckte auf seine Schuhe, und dann zurück zu Christina. „Wir können die hier wenigstens auf dem Herd warm machen. Ich bin ziemlich hungrig."

„Ja, schmeiß mir den Beutel mit Hackbraten rüber", sagte French lachend.

Um elf Uhr abends kam Lärm aus dem Tunnel, Gesprächsfetzen und Bewegung. Sie setzen sich auf und lauschten, in Angst davor, jemand könnte die Security überwunden haben und würde sie wegbringen, vielleicht in die Vereinigten Staaten, oder man würde ihnen einfach eine Pistole an die Schläfen setzen, gleich hier, vor Ort. Es war ziemlich schwierig, vor dem Unbekannten nicht in Panik zu geraten, und da dies hier eine vollkommen neuartige Erfahrung war, war jeder Laut, jedes Rascheln, jede Maus, die ihre Schnurrhaare in den Eingangstunneln putzte, ein solches unbekanntes Etwas.

Salty erschien im Eingang. Die Wachen ließen ihn passieren. Mit ihm zusammen kam ein einzelner Mann; Tim Verzet. Huck sah ihn, verließ seine Koje und bahnte sich seinen Weg durch die Gefährten, um zu seinem Sohn zu kommen.

„Hi Dad", sagte Tim, und die Tränen schossen ihm in die Augen. Er war unrasiert, von Sorgen gezeichnet, und er hatte seit Tagen nicht mehr wirklich geschlafen.

„Hallo Sohn", antwortete Huck sanft. „Du kommst grade zur rechten Zeit. Gute Arbeit, mein Junge."

Sie umarmten sich und blieben für eine ganze Minute in dieser Haltung. Seit der langen Nacht im Schnee auf dem Hügel im Januar hatten sie sich weder gesehen noch gesprochen. Huck hatte, so wie es aussah, nicht gewusst, was Tim vor hatte – weil Tim es nicht geplant hatte – bis zu dem Moment, als es passiert war. Er wusste nur, dass Tim nach der Kerbe gesucht hatte, wo er den Hebel ansetzen konnte, um alles weit aufbrechen zu können.

Christina spürte ebenfalls, wie sich Tränen in ihren Augen sammelten.

„Dies ist derzeit der sicherste Ort auf der Insel", sagte Salty schließlich. „Auf eine Art direkt unter der Nase aller. Gab Gerüchte, dass das hier eine Angelegenheit zwischen Vater und Sohn werden könnte. Freut mich, dass sich das als wahr herausgestellt hat."

„Guter Gott, Tim", fragte Charlie, „wie zum Teufel hast du eines dieser Flugzeuge aus dem Land gekriegt?"

„Oh, Tim", sagte Huck mit flatternder Stimme, „das ist Charlie Shepard."

„Shepard." Tim streckte seine Hand aus. „Sie sind am Boden geblieben. Das war der Hauptgrund. Das Militär an der gesamten Westküste ist unten geblieben und hat uns freies Geleit gegeben. Das war die abgedrehteste Sache, die ich je gesehen hab."

„Jesus, ich wünschte, ich hätte das mitansehen können", flüsterte Charlie.

„Und ich wünsche mir, wir hätten hier was, das wir dir anbieten könnten", sagte Christina. „Kaffee brauchst du ja wahrscheinlich nicht. Vielleicht brauchst du einfach etwas Schlaf. Vielleicht brauchst du auch bloß Zeit mit deinem Vater."

Nikolai saß in der Ecke und beobachtete Huck und Tim. Tim bemerkte ihn schließlich.

„Wer ist das?" Tim deutete mit seiner Hand in Nikolais Richtung.

„Schüttel nicht seine Hand, Sohn, er ist ein verdammter Verräter", sagte Huck. Tim kniff seine Brauen zusammen.

„Wovon redet ihr?"

„Oh, sie meinen, dass ich als Spion aufgeflogen bin. Ich habe viele Jahre für den US-Landwirtschaftsminister gearbeitet, und die haben es geschafft, mich hier in die Enge zu treiben und mich gezwungen, mich zu *outen*", sagte Nikolai trocken. „Angenehm!"

Er reichte Tim seine Hand. Tim nahm sie und die beiden starrten sich gegenseitig an.

„Ich habe keine Ahnung, was ich dazu sagen soll", sagte er.

„Warum schüttelst du überhaupt seine Hand?", fragte Christina.

„Ich denke, sie warten darauf, dass du mich in Stücke reißt ... wo du doch der Gute bist und ich der Böse bin", spekulierte Nikolai. „Ich sehe das aber nicht passieren, du vielleicht?"

Tim setzte sich. Er starrte Nikolai einen Moment lang an. „Nein", sagte er.

„Seht ihr, was er weiß, und was ihr euch noch nicht eingestanden habt, ist, dass während ich an der Seite stand, gesammelt und archiviert habe ... die Stimmung der Leute betrachtet habe, wirklich

... in dieser Zeit hat er die Todesflieger geflogen. Ist es nicht ein größeres Verbrechen, die Menschen zu enttäuschen, die einem Vertraut haben, mein Freund?"

„Nein, es ist kein größeres Verbrechen, sagte Tim. „Glaub mir, ich weiß, was ich getan habe. Es war der einzige Weg, das zu lösen: von innen heraus. Man wird uns beide verurteilen. Die Piloten waren die einzigen Leute, die etwas deswegen unternehmen konnten."

„Ich quartiere uns hier ein", sagte Salty, um die Spannung zu brechen. Er stand an der Tür zu einem der Schlafräume.

„Also, da gibt es einen Unterschied", sagte Nikolai, „du bekommst einen Bodyguard."

„Kann ich meinen Vater bei mir haben?", fragte Tim.

„Ja, ich denke, das geht in Ordnung", antwortete Salty.

„Okay, Huck", fragte Tim.

„Okay", Huck hatte nicht aufgehört zu lächeln, seitdem Tim erschienen war.

Sie wurden im unterirdischen Hauptquartier gefilmt. Die Mitglieder der Kommission waren auf einem Bildschirm sichtbar, reagierten auf ihre Zeugenaussagen und stellten Fragen in Echtzeit. Sie hörten Gemurmel und Bewegungen, die von einem großen Publikum stammen könnten. Aber der Blickwinkel der Kamera variierte nicht.

„Ich muss gestehen", sagte Mai Arikari, „die brennendste Frage für mich ist, wer das alles tut?"

„Ja, ich stimme da zu", pflichtete Arturo Maldonado bei. „Wer betreibt dieses Programm?"

„Wer, das wissen wir nicht. Wir sehen meistens Flugzeuge aus den DC-10 und 747er Baureihen, ganz ohne Kennzeichnung. Manchmal sind es blau-weiße Flugzeuge, manchmal sind sie rot und gold, manchmal vollständig weiß. Sie haben niemals irgendwelche Fenster. Wir persönlich haben Bodenproben mitgebracht, Luftproben, Wasserproben, gesammelt über den Verlauf der vergangenen zehn Jahre. Dieselben Gebiete wurden in den Dekaden vor unseren Untersuchungen beprobt. Wir können mit vollständiger Sicherheit sagen, dass die Aluminium-Oxyd-Werte im Wasser 60.000 mal höher sind, als die Regierung sagt, dass es

389

akzeptabel wäre. Wir haben viele andere Proben über die Zeit gesammelt. Die Liste giftiger Chemikalien, die wir gefunden haben und die nur aus der Atmosphäre stammen können, ist beigefügt." Isaac sprach für die Vertreter aus Kalifornien.

„Wir können euch sagen, dass da draußen Top-Wissenschaftler sind, die die ganze Zeit zur Öffentlichkeit sprechen – die versuchen, uns davon zu überzeugen, dass dieses Programm rechtens ist. Eigentlich, um hier präziser zu sein, sagen sie, es wird ein legitimes Programm sein. Sie erkennen seine Existenz nicht an, noch nicht. Aber sie scheinen trotzdem einen Anführer zu haben."

„Wer ist das?", fragte Philip Ford.

„Sein Name ist Daniel Bleeth", sagte French.

Die Mitglieder der Kommission schienen erstaunt zu sein. Choshin lehnte sich herüber und flüsterte in Fords Ohr. Sie murmelten etwas, die Köpfe für eine Weile zusammengesteckt, dann nickte sie ihm zu.

„Herr Baum und Kollegen", Choshin schob ihre Lesebrille die Nase hoch. „Ich habe Dokumente vor mir liegen, die darauf hinweisen, dass wir bereits mit einem Dr. Daniel Bleeth in Verbindung stehen."

„Was?", rief French aus, „ich verstehe das nicht."

„Bleeth hat sich vor zwei Wochen an die japanische Regierung gewandt, mit der Bitte um Asyl. Er ist derzeit in Polizeigewahrsam. Wir haben darüber hinaus keinerlei Informationen."

Jetzt war es an ihnen, erstaunt zu sein.

„Aber", fügte Ford hinzu, „ich würde das sicherlich als eine Art Bestätigung betrachten, dass er mit den jüngsten Ereignissen etwas zu tun hat."

„Eines der anscheinend damit zusammenhängenden Phäno-mene, die uns stark beunruhigen, ist der Anstieg aggressiven Verhaltens zwischen Menschen, insbesondere jungen Männern, in Gegenden, in denen die Luft nachweislich mit Chemikalien gesättigt ist", preschte Huck vor. „Ich habe da ein besonderes Augenmerk drauf gelegt, weil die Gegend, in der ich lebe, eine dieser Regionen zu sein scheint. Ich habe Statistiken gesammelt, die die Chemikalien im Wasser und im Boden dokumentieren, und habe sie mit dem Anstieg des Aggressionsniveaus verglichen, zumindest bezüglich der veröffentlichten Fälle. Ich bitte um Erlaubnis, das alles der Kommission vorlegen zu dürfen, oder ich erlaube mir zumindest, darauf hinzuweisen, dass es sich in der Dokumentation befindet, die wir Ihnen mitgebracht haben."

„Natürlich", sagte Choshin.

„Wir würden auch anmerken, dass Chemikalien, die das Aggressionsniveau beeinflussen, *ipso facto* einen Teil des bewussten, freien Willens beeinträchtigen. Es steht dann zu befürchten, dass genauso wie die Entscheidungsfreiheit auch die Lernfähigkeit beeinträchtigt werden dürfte."

„Ja, das wäre eine logische Untersuchungsrichtung", antwortete Maldonado. „Ich würde mir dies insbesondere gerne ansehen. Ich habe als Lehrer aus Südamerika selber Daten, die bisher unerklärbar gewesen sind. Ich möchte gerne glauben, dass dies ein Weg zum Verständnis dieser Daten sein könnte."

„Zu guter Letzt, die Vereinigten Staaten, wie Sie alle wissen, sind eines der wenigen Länder, die vor etwa 20 Jahren nicht damit aufgehört haben, dem Trinkwasser Chemikalien zuzusetzen. Einige dieser Chemikalien ergeben in Kombination insbesondere mit dem Aluminium-Oxyd, das vom Himmel fällt, im menschlichen Körper ein Kombinationsgift, ein Supergift, das die Knochenstruktur zerstört. Mit Sicherheit stehen diese Gifte und ihre Kombinationen unter starkem Verdacht, in dem ausufernden Bereich der Auto-Immunerkrankungen eine wichtige Rolle zu spielen." Isaac schloss seinen Ordner.

„Ja", Dr. Arikari sprach jetzt, „die Ärzteschaft hatte schon immer den Verdacht, dass die Ursachen von so vielen Krankheiten des zwanzigsten Jahrhunderts umweltbedingt sind. Ich würde mir diese Daten gerne selber anschauen."

„Das würde ich auch gerne." Dr. Matambo lehnte sich vor und sprach in sein Mikrofon. Er hatte das Wort nur selten ergriffen.

„Ich würde gerne ein paar Dinge anmerken." Shepard hatte seine Hand erhoben.

„Fahren Sie fort", sagte Choshin.

„Ich würde gerne speziell das Problem des Wassers auf die Tagesordnung bringen, Frau Vorsitzende. Grundlegend, unter dem Aspekt der Gesundheit betrachtet, zerstören diese Giftstoffe in der

Luft die Wasserversorgung – aber nicht nur unter dem Aspekt der menschlichen Gesundheit. Giftiges Wasser tötet Tierleben und Pflanzenleben gleichermaßen. Wir sehen uns also der Vergiftung allen Lebens gegenüber, auf einer sehr realen Art und Weise, über den Wasserkreislauf. Ich glaube, dass das alleine auf eine extreme Art und Weise die Genfer Konvention und die Menschenrechtserklärungen der UN, die direkt nach dem Zweiten Weltkrieg verfasst worden sind, verletzt. Wenn ich darf, die Vereinten Nationen haben dieses Thema kürzlich wieder aufgegriffen, im Sommer 2010. Die UNO ...

1.

erkennt das Recht auf einwandfreies und sauberes Trinkwasser und Sanitärversorgung als ein Menschenrecht an, das unverzichtbar für den vollen Genuss des Lebens und aller Menschenrechte ist;

2.

fordert die Staaten und die internationalen Organisationen auf, im Wege der internationalen Hilfe und Zusammenarbeit Finanzmittel bereitzustellen, Kapazitäten aufzubauen und Technologien weiterzugeben, insbesondere für die Entwicklungsländer, um I. Resolutionen ohne Überweisung an einen Hauptausschuss 56 die Anstrengungen zur Bereitstellung von einwandfreiem, sauberem, zugänglichem und erschwinglichem Trinkwasser und zur Sanitärversorgung für alle zu verstärken;

3.

begrüßt den Beschluss des Menschenrechtsrats, die Unabhängige Expertin für Menschenrechtsverpflichtungen in Bezug auf den Zugang zu einwandfreiem Trinkwasser und sanitärer Grundversorgung zu ersuchen, der Generalversammlung einen jährlichen Bericht vorzulegen 85, und legt ihr nahe, ihr Mandat auch weiterhin in allen Aspekten wahrzunehmen und in Abstimmung mit allen zuständigen Organisationen, Fonds und Programmen der Vereinten Nationen in ihrem der Versammlung auf ihrer sechsundsechzigsten Tagung vorzulegenden Bericht auf die hauptsächlichen Herausforderungen für die Verwirklichung des Menschenrechts auf einwandfreies und sauberes Trinkwasser und Sanitärversorgung sowie auf deren Auswirkungen auf die Erreichung der Millenniums-Entwicklungsziele einzugehen.

„Dieses sind die erklärten Ziele aus dem Protokoll der 108. UN Plenarsitzung und ihrer Resolution 64/292", sagte Charlie. „Es heißt nirgendwo, in keinem der UN-Dokumente, einfach nur 'Zugang zu Wasser', es heißt 'Zugang zu sicherem Wasser', das ist ein fundamentales Menschenrecht ... auch wenn ich das gerne auf die Luft erweitern würde. Das Recht, saubere Luft atmen zu dürfen, ist sicherlich das fundamentalste Menschenrecht."

„Ja, Mr. Shepard", sagte Ford, „diese Phänomene brechen das Wort und den Geist unzähliger Abkommen. Da gibt es keinen Zweifel."

„Mr. Ford, ich möchte die Welt auch daran erinnern, dass dieses Programm ein medizinisches Experiment darstellt, und zwar an unwissenden Menschen und Menschen, die dazu kein Einverständnis gegeben haben. Dies bricht wieder jedes internationale Menschenrechtsabkommen bis zurück zu dem Nürnberger Kodex und der Genfer Konvention. Noch einmal, mit der Erlaubnis der Kommission, dies ist ein kurzes aber direktes Zitat aus diesem Dokument, dem Nürnberger Kodex:

Die freiwillige Zustimmung der Versuchsperson ist unbedingt erforderlich. Das heißt, dass die betreffende Person im juristischen Sinne fähig sein muss, ihre Einwilligung zu geben; dass sie in der Lage sein muss, unbeeinflusst durch Gewalt, Betrug, List, Druck, Vortäuschung oder irgendeine andere Form der Überredung oder des Zwanges, von ihrem Urteilsvermögen Gebrauch zu machen; dass sie das betreffende Gebiet in seinen Einzelheiten hinreichend kennen und verstehen muss, um eine verständige und informierte Entscheidung treffen zu können. Diese letzte Bedingung macht es notwendig, dass der Versuchsperson vor der Einholung ihrer Zustimmung das Wesen, die Länge und der Zweck des Versuches klargemacht werden muss; sowie die Methode und die Mittel, welche angewendet werden sollen, alle Unannehmlichkeiten und Gefahren, welche mit Fug zu erwarten sind, und die Folgen für ihre Gesundheit oder ihre Person, welche sich aus der Teilnahme ergeben mögen. Die Pflicht und Verantwortlichkeit, den Wert der Zustimmung festzustellen, obliegt jedem, der den Versuch anordnet, leitet oder ihn durchführt. Dies ist eine persönliche Pflicht und Verantwortlichkeit, welche nicht straflos an andere weitergegeben werden kann. Ich frage mich ehrlich, was sonst noch notwendig ist, nachdem das gesagt ist?", schloss Charlie. „Ich denke, dass man auch eine Argumentationskette aufbauen könnte, dass diese giftigen Sprüh-aktionen tatsächlich nicht experimentell sind, sondern dass die Auswirkungen bekannt und erwünscht sind. Dazu gibt es einige Dokumente in dem Stapel von Unterlagen, die wir eingereicht haben. Das dürfte einfach eine andere Anklage nach sich ziehen."

„Ja, Mr. Shepard", sagte van Hal, „ich habe großes Interesse an dieser Komponente Ihres Falles. Ich bin Niederländer. Meine Eltern und ich haben während des Zweiten Weltkrieges in Amsterdam gelebt, und ich habe einen emotionalen Zugang zu diesem Thema, der auf meine eigenen Erfahrungen mit unrechtmäßigen medizinischen Experimenten fußt. Genau wegen dieser Experimente wurde der Nürnberger Kodex geschaffen. Ich könnte wetten, dass die Mehrheit der Weltbevölkerung kein Interesse an einer Wiederholung der Geschichte haben dürfte."

„Nein Sir", antwortete Charlie. „Zusätzlich, unter dem Gesichtspunkt der Gesundheit, sehen wir einen nachweislichen Rückgang der Sonneneinstrahlung, die die Oberfläche des Planeten erreicht, was uns ganz einfach über die Vitamin-D-Produktion beeinträchtigt. Wie Sie wissen, passieren schlimme Dinge mit Menschen, wenn sie nicht genug Vitamin D bilden können. Diese Mangelerscheinungen können mit einiger Sicherheit auf die Decke an Chemikalien zurückgeführt werden, die ständig den Himmel bedeckt und die die Sonne abschirmt."

„Ja, jetzt wo Sie es ansprechen", mischte sich Pater Sullivan ein, „lasst uns ein Wort über den Himmel im Allgemeinen verlieren. Lasst uns für das Protokoll festhalten, dass ich sowohl Astronom als auch Priester bin. Dies war eine lebenslange Leidenschaft, und zwar eine religiöse. Es gab eine Zeit, in der wir 60% dessen, was wir über das wissenschaftliche Universum wissen, über Radio-Astronomie in Erfahrung bringen konnten ... in anderen Worten, über das, was wir *nicht* sehen konnten. Dann wurden wir dieser Möglichkeit beraubt, als sich der Himmel mit Satelliten und ihrem Lärm füllte. Aber wir haben uns immer mit der Tatsache getröstet, dass uns ja noch die visuelle Astronomie geblieben war, mit der wir arbeiten konnten, wenn es uns nur gelang, den künstlichen Lichtfaktor so weit wie möglich auszuschalten."

Er tippte auf einen Stapel mit Papieren, der vor ihm auf dem Tisch lag.

„Hier lese ich", fuhr er fort, „dass etwa zwanzig Prozent meiner Sicht durch diese Schicht von Chemikalien vernebelt ist. Ich werde mir das anschauen."

„Ja, Sir", antwortete Charlie wieder.

„Das ist eine unglaubliche Menge an Beweisen", bemerkte Choshin, „gute, solide Beweise. Was ich vorschlagen würde, nachdem wir der Angelegenheit ein paar Gedanken gewidmet haben, ist Folgendes: warum hören wir uns nicht Ms. Galbraithe an und betrachten euch Vier als Einheit? Danach hören wir Mr. Louis, schließlich ist sein Fall unendlich viel komplexer. Wäre das zufriedenstellend?"

Sie schauten alle auf Christina, die nickte. Sie räusperte sich und brachte ihre Unterlagen in Ordnung.

Das ist es, Mutter. Was auch immer du sagen möchtest, dies ist deine Chance.

„Ich glaube, dass wenn nur genug Druck auf ein souveränes menschliches Wesen ausgeübt wird, bestimmte Reaktionen sichtbar werden. Dies sind voraussehbare Ereignisse, auch wenn das, was den Druck ausübt, nicht immer sichtbar sein muss. Das, was den Druck ausübt, nimmt viele Gesichter an; und es scheint stets eine Maske zu tragen.

Was mich immer wieder überrascht, ist die gnadenlose Natur dieser Attacken auf den souveränen Menschen. Es gibt keine Zugeständnisse von der anderen Seite, auch nicht angesichts einer Lawine von Daten und Indizien, seit Jahrtausenden. Sie scheinen niemals irgendetwas anderes zu finden, mit dem sie sich beschäftigen können. Niemals gibt es einen Plan, der zu einer Lösung irgendeiner Art führen würde ... etwa wie die Einsicht, dass die Souveränität des menschlichen Wesens ein einzigartiges, heiliges Attribut unseres Lebens auf diesem Planeten ist. Deswegen können wir noch so viele Beweise für bereits geschehene Verbrechen erbringen und all diese Vereinbarungen, die von zivilisierten Menschen geschaffen worden sind, auf den Tisch legen, um dem ein Ende zu bereiten. So kann ich nicht anders als zu schlussfolgern, dass wir es hier mit dem Kampf zwischen schwarz und weiß zu tun haben, der Natur von Gut und Böse, dieser einen, brennenden Frage der menschlichen Existenz.

Oft hat es etwas damit zu tun, die anderen dazu zu bringen, sich zu unterwerfen, damit einer es bis an die Spitze des Rudels schaffen kann. Das muss ausschließlich etwas mit Instinkten zu tun haben, denn es kann nicht mit Denken oder Vernunft einhergehen. Am Ende ist es wie mit dem Traum reich oder berühmt zu werden ... insbesondere berühmt. Und was dann? Mir fällt kein langweiligeres Ziel ein. Also muss es ein animalischer Teil unserer Natur sein, der uns dazu bringt, diese Art von Dingen zu tun.

Ich bin hier, ganz einfach weil meine Mutter getötet wurde und meine Kinder sterben. Ich denke, das sind gute Gründe. Grund genug. Ich bin jede Mutter. Sie sind ein jedes Kind.

Anscheinend werden wir niemals unsere Lehren aus dem Totalitarismus ziehen. Unfähig wie wir sind, wir schlauer Haufen. Wir fahren damit fort, Kommuniqués zu verfassen, weil wir uns selber definieren, uns selber immer wieder daran erinnern müssen. Wir tun dies ungeachtet der Erkenntnis, dass der freie Wille eines jeden Menschen es ihm erlaubt, diese Vereinbarungen zu akzeptieren oder auch abzulehnen. In meiner Vorstellung entspricht dieses sich ständig wiederholende böse Szenario dem alter Männer, die es sich nicht verkneifen können, in den dunklen Ecken der Pornokinos herumzuhängen und sich in aller Öffentlichkeit bloßstellen müssen. Sie sind Sklaven. Mit Sicherheit sind sie Sklaven. Sie leben keinen freien Willen. Meine eigene Mutter hat an die Tugendhaftigkeit und Rechtschaffenheit der Macht geglaubt. Und dann, weil sie schwach war, haben die Mächtigen sie getötet, einfach auf der Straße überfahren. Ich bin nur eine Mutter, die sich um ihre Kinder sorgt. Das ist der Grund, warum ich hier bin."

Choshin setzte ihre Lesebrille ab und saß eine Weile still da.

„Junge Frau", sagte Pater Francis, „ich denke, Sie haben das gut zusammengefasst."

„Lasst uns eine kurze Pause einlegen, in Ordnung?" Choshin stand auf und verließ von ihren Gefährten begleitet die Halle.

Christina fühlte sich seltsam ruhig, so als hätte sie es irgendwie geschafft, einen Felsvorsprung zu erklimmen, auf einem höheren Plateau anzukommen; etwas, das sich sicherer anfühlte, selbstbewusster, ein Ort, an dem es unwahrscheinlicher erschien, dass sie im Sturm der Gefühle hintenüber kippen würde. Das Gift, es war schon fast eine Infektion, die der Tod ihrer Mutter verursacht hatte, musste irgendwo zur Heilung gebracht werden. War sie in diesem Fall die Geheilte, oder der Heiler? Der wahnhafte Teil dieser Angelegenheit war ihr nun von der Schulter genommen worden.

Nikolai war als nächstes dran. Christina hatte ihre Bedenken, ob der Wahnsinn und das Gift seiner Geschichte ihn in irgendeiner Weise verändert hatte. Sie empfand kein Mitleid mit ihm. Er konnte hier Buße tun, obwohl er sich das nicht gewünscht hatte, obwohl er nicht dafür gearbeitet hatte; er war hierher geschleift worden. Als sie ihn so betrachtete, erschien er ihr resigniert. Aber war zu resignieren das Gleiche wie zu bereuen? Zählte es überhaupt, wenn es gegen den eigenen Willen geschah? Das waren interessante Fragen. Die Kommission war schnell wieder auf ihren Plätzen.

„Monsieur Louis", Ford moderierte diesen Teil der Anhörung, „wie ziehen Sie es vor, genannt zu werden? Clayfell oder Louis?"

„Für diesen Anlass ... bitte nennen Sie mich weiterhin Nikolai. Ich bin daran gewöhnt, und ich denke, der Versuch, all dies korrekt zu handhaben, dürfte nur mehr Verwirrung zu einer Situation beitragen, die wir ja eigentlich entwirren möchten", antwortete Nikolai.

„Also gut", antwortete Ford. „Ich möchte hiermit zu Protokoll geben, dass ich, Philip Ford, weder darum bitte noch ein besonderes Interesse daran habe, Ihre individuellen juristisch relevanten Verstrickungen zu entflechten, die mit Ihren Aktivitäten in den vergangenen zwei Dekaden zu tun haben, Monsieur Louis. Ich werde mich zu einem späteren Zeitpunkt damit befassen. Jetzt sind wir ausschließlich daran interessiert, Informationen bezüglich eines quantifizierbaren und anscheinend beweisbaren Bruchs einer Reihe von internationalen Menschenrechtsabkommen zu sammeln, mit – wie es aussieht – verifizierbaren Todesopfern und Krankheitsfällen als seine Folge."

„Ja,", willigte Nikolai ein.

„Eine brennende Frage bleibt unbeantwortet, Sir. Wen aus Ihrem derzeitigen Erfahrungshorizont kennen Sie, beziehungsweise für wen arbeiten Sie, der eine Art Befehlsgewalt ausübt oder Verantwortung für diese Ereignisse trägt. Mit Ereignissen meine ich die weltweite Sättigung der Atmosphäre mit Chemikalien."

„Ich arbeite zur Zeit für den US-amerikanischen Landwirtschaftsminister, Robert Custer."

„Ich verstehe. Und was ist das, was Sie für den Minister Custer tun?"

„Ich betreibe eine Reihe von sozialen Medien im Internet. Zum Einen präsentiere ich mich als Aktivisten, der gegen Geo-Engineering agitiert, und sammele Kontakte. Ich sammele Namen, indem ich an diesen Gruppen teilnehme, an Gruppen von Leuten, die sich gegen Geo-Engineering aussprechen, und ich bringe Dinge über sie in Erfahrung, so dass wir besser mit ihnen umgehen können. Wo sie wohnhaft sind, wie sie untereinander kommunizieren, was genau sie wissen oder was sie denken, dass sie wissen. Und ich sammle medizinische Daten. Die medizinischen Daten haben bei meinem Vorgesetzten eine etwas höhere Priorität. Die Laborergebnisse quer durch die Bevölkerung zeigen das Niveau der Giftstoffe und Chemikalien, die in die Blutbahn geraten und dort bleiben. Die Leute reden ziemlich viel über ihre Symptome. Sie können mit dem abgeglichen werden, was auf die jeweiligen Gegenden angewandt worden ist, und so kriegt man heraus, ob die Ziele erreicht worden sind oder nicht."

„Was für Ziele verfolgt Ihr Boss, Monsieur Louis?", fragte Matambo.

„Er hält beträchtliche Investments in zwei Industriezweigen: Pharmazie und Landwirtschaft."

„Ja und ...?", spornte Matambo Nikolai an.

„Er hat nie allzu viel zu mir gesagt, verstehen Sie, aber ich bin davon überzeugt, dass Krankheiten erzeugt werden, um Profit zu machen. Krankheiten und chronische Leiden."

„Das sind Theorien, die schon woanders die Runde gemacht haben", sagte Dr. Arikari.

„Was ist mit den Investitionen in der Landwirtschaft?", warf Maldanado ein. Der Schutz der Landwirtschaft war eines seiner Hauptinteressen.

„Er ist der größte Einzelaktionär bei der *Sceptre Corporation*. Es gibt nur noch ein paar andere, ich weiß nicht, wer sie sind. *Sceptre* hat Saatgut patentiert, alle nur erdenklichen Sorten, die gegen die Chemikalien, die versprüht werden, resistent sind. Meine Vermutung ist, dass sie gesundes, normales Saatgut abtöten wollen, um dann den Markt zu kontrollieren, indem man als Einziger Saatgut anbieten kann, das in einer zerstörten Umwelt noch wachsen kann."

„Also wenn Ihre Annahmen korrekt sind, dient das Vorgehen von sowohl Minister Custer als auch das der Sceptre Corporation dazu, einen Markt zu erzeugen... einen erzwungenen, unfreiwilligen Markt, für speziell festgelegte Produkte und Dienstleistungen. Und Custer und Sceptre beabsichtigen die Einzigen zu sein, die diese Produkte und Dienstleistungen anbieten", fasste Choshin zusammen.

„Das ist, was ich denke, das passiert, auf der Basis meiner Arbeit, gemessen an dem, was ich für sie an Daten erfassen soll, und so weiter."

„Wenn es tatsächlich Ihr Job ist, die Effekte des Geo-Engineerings zu erfassen, dann ist das ein Beweis für die Tatsache, dass es erstens ein Geo-Engineering-Programm gibt, das mit der Regierung der Vereinigten Staaten assoziiert wird, und zwar ein großes, und dass sich zweitens zumindest der Landwirtschaftsminister durchaus darüber bewusst ist, dass die Einwohner der einzelnen Staaten von diesem Programm unmittelbar geschädigt werden", stellte Ford fest.

„Ja, Sir, ich denke, das ist eine korrekte Schlussfolgerung."

„Monsieur Louis", fügte Ford hinzu, „befindet sich Ihre Dokumentation über die Laborergebnisse bei den Dokumenten, die Sie bei uns eingereicht haben?"

„Ja, Sir, ich glaube, es ist alles da."

„Gibt es weitere Personen, die Sie benennen können, von denen Sie und Ihre Aktivitäten bezüglich dieses Programmes kontrolliert werden?"

„Nein, meines Wissens nach nicht."

„Also, ich muss an diesem Punkt nicht mehr wissen. Jemand anders?"

Die anderen Mitglieder der Kommission signalisierten, dass sie keine weiteren Fragen an Nikolai hatten. Es überraschte ihn, aber wie Ford gesagt hatte, niemand interessierte sich zu diesem Zeitpunkt für die Rechtmäßigkeit seiner Aktivitäten. Es fragte sich, wie lange das so bleiben würde. Er wusste, dass in weniger als zwei Wochen die anderen Mitglieder seiner Gruppe würden abreisen können, wenn sie es denn für sicher befinden würden, es zu tun. Er würde nicht sicher sein. Er konnte lediglich hoffen, auf Okinawa in Schutzhaft bleiben zu dürfen, zumindest konnte er das erwarten. Er hatte das Gefühl, dass Salty ein unglaublich kompetenter Personenschützer war. Es machte ihm nichts aus, in Schutzhaft zu bleiben; er wollte nur nicht in der Schutzhaft ums Leben kommen.

„Also, es sieht so aus, dass wir für eine Pause unterbrechen sollten, nachdem wir eine unglaubliche Menge an Informationen in die wenigen Stunden an diesem Vormittag gepackt haben. Ich kann mir vorstellen, dass wir regelmäßige Pausen brauchen werden, wenn wir all das durchgehen. Ich empfehle Tee. Lasst uns eine Teepause jeden Morgen um 10 Uhr einplanen", kündigte Choshin an.

„Wir werden uns hier um 11 Uhr wiedersehen, und die Mittagspause dann auf 13 Uhr ansetzen."

„Einverstanden", antwortete Ford. „Als nächstes kommt eine Video-Konferenzschaltung."

Das dürfte Tim sein, dachte Christina. Er war jemand, der der Welt das Gift mit seinem Geständnis austreiben würde.

Doch Tim war nach seinem Zusammenbruch noch immer außer Gefecht. Es war der Zusammenbruch, der einem schon zusammen mit den Klammern geliefert wird, die einen oberflächlich zusammenhalten, so vollendet, vollständig und unverzeihlich. Dann wurden die Klammern gelöst, und was durch sie zusammengehalten worden war, genug für drei oder vier Leute, wurde freigesetzt, es floss in die Welt, und überließ den zuvor Gekreuzigten seiner Auferstehung ... eher der Auferstehung von etwas. So viel von dem, was dort drinnen gewesen war, war vollständig abgestumpft, war versengt worden. Es war das, was Mai als den Pfad der Uta beschrieben hatte. Vollständige, totale Desintegration und Wiederaufbau. Die versengten Teile schufen den Raum für Fähigkeiten, die – wenn man sie einmal angenommen hatte – mystisch erschienen. In Wahrheit aber waren sie menschlicher als all die tote Materie, die ihren Raum zuvor beansprucht hatte.

Tim wartete in seiner Koje. Christina brachte ihm etwas Tee. Sie sprachen nicht.

Pünktlich um elf trat das Podium wieder zusammen. In dem unterirdischen Hauptquartier der Königlich Japanischen Armee, unter der *Shuri*-Festung, saß der Pilot Tim Verzet vor einer Kamera und betrachtete einen Bildschirm an seiner Seite. Der Monitor zeigte während seiner Befragung die Mitglieder der Kommission. Salty saß direkt zu seiner linken. Sein Vater war auch dort, ruhig und zuversichtlich.

„Sie dürfen beginnen, Mr. Verzet", sagte Ford.

Tim räusperte sich.

„Mein Name ist, wie ich schon zuvor gesagt habe, Tim Verzet. Ich war Pilot für eine Organisation mit dem Namen *BlueSky Airways*. Diese Firma besitzt und betreibt hunderte und hunderte von sehr großen, hochspezialisierten Flugzeugen, die dafür benutzt werden, eine Anzahl giftiger Chemikalien in die Atmosphäre zu sprühen, überall auf der Erde. Ich habe mich dieser Gruppe freiwillig angeschlossen, etwa vor einem Jahr, vielleicht etwas weniger, nicht weil ich wusste, was sie taten, sondern weil ich wusste, dass etwas Unheimliches vor sich ging. Jemand, der meiner Familie nahe stand, wurde getötet, nur weil er durch Zufall etwas über die Aktivitäten dieser Organisation herausgefunden hatte. Auch mein Vater wurde sehr krank. Ich wusste, sobald ich einmal in der Organisation sein würde, dass ich sehr wahrscheinlich nicht wieder rauskommen würde. Ich habe einige dieser Maschinen geflogen, und ich wusste, dass diese Flugzeuge Chemikalien versprühten, während ich sie flog. Ich gebe das alles offen zu."

„Verstanden, Mr. Verzet", sagte Ford. „Bevor wir da zu tief eintauchen, können Sie uns bitte die Namen derjenigen nennen, die Ihrer Einschätzung nach alle ihre Aussage bestätigen können."

Tim wusste, dass Ford nach Namen fragen würde, und war mehr als bereit, das zu tun.

„Zwei Namen möchte ich Ihnen geben, Mr. Ford", antwortete er, „Mickey Unger war der Boss auf dem Flugfeld, auf dem ich unter Vertrag war, dem Haupt-Flugfeld. Das ist der *Gila*-Flugplatz weit im Süden von *New Mexiko*. Er hat Verbindungen weiter nach oben und all die operativen Informationen, die man für den Mechanismus unter ihm brauchen würde. Der andere Name ist mir bezüglich dieses Geschäftes selber neu. Aber ich habe mit diesem Mann auf dem Weg hierher persönlich gesprochen und er hat darum gebeten, dass ich ihm 'sein' Flugzeug wiedergebe. Es handelt sich bei dem Mann um Nero Pearle. Es kann sein, dass Sie seinen Namen schon gehört haben. Er ist ebenfalls stark bei *Sceptre* involviert, und ich glaube, dass der Großkonzern, *Pantheon*, ebenfalls ihm gehört.

Das Flugzeug, das ich hierhergeflogen habe, wurde in deren Werken gebaut."

„Ja, Mr. Verzet, der Name ist mir sehr vertraut", antwortete Ford.

„Also, wir wissen einige der 'wer's, und die 'wo's, und 'was' und 'wie's ... wir kennen nur das 'warum' noch nicht", sagte van Hal, fast so, als würde er laut denken. „Wenn ich darf, würde ich Sie gerne über den Kameraden befragen, der Ihnen geholfen hat, die Maschine hierher zu bringen., Philip Yarmouth."

„Ja, natürlich."

„Uns ist eine schreckliche Geschichte über diesen Kameraden erzählt worden und darüber, was mit ihm passiert ist, nachdem Sie und er sicher in Okinawa gelandet sind. Können Sie darüber berichten, so ausführlich wie nötig, damit der Zusammenhang zu den Chemikalien, die benutzt werden, deutlich wird?"

„Ja, das kann ich." Tim hielt inne, um einen Schluck Wasser zu nehmen. „Ein großer Teil der Agenda ... das Ziel ... wenn Sie so wollen, warum diese Chemikalien ausgebracht werden, ist die Idee der Bioakkumulation. Das heißt, dass die Partikel Nano-Partikel sind, und es gibt nur sehr begrenzte Schutzmaßnahmen, auch wenn man etwas über sie in Erfahrung bringt. Die meisten Partikel setzen sich nachts auf uns ab. Sie sprühen am Tag und nutzen die Inversionswetterlagen in der Nacht. Das ist die Zeit, in der das meiste runterkommt. Ein Teil davon macht die Zell-Membrane mehr und mehr durchlässig. Der Körper ist eine „Maschine" mit einer bemerkenswerten Anpassungsfähigkeit, und er gewöhnt sich an diese Chemikalien, die sich auf eine bestimmte Art mit der körpereigenen DNA-bedingten Einzigartigkeit verbinden. Das versteckt sich hinter dem Begriff der Bioakkumulation.

Die Zellen sind sowieso in ihrem Wesen elektrisch, und diese Chemikalien sind dafür designt, jedem von uns eine individuelle elektrische Bio-Signatur zu geben. Auf diesem Weg können wir geortet und identifiziert werden. Wir können durch die Anwendung von elektrischen und elektromagnetischen Signalen manipuliert werden, und ich denke, das ist das, was sich hinter der erhöhten Aggressivität verbirgt, von der die Kollegen gesprochen haben. Als ich im Dienstgrad aufgestiegen bin, wurde ich einer Prozedur unterzogen, die sie ein Gesundheits-Upgrade genannt haben, was bedeutet, dass sie einen großen Teil davon aus mir rausgeputzt haben. Aber anscheinend gibt es noch eine andere Anwendung für diese bioakkumulierten Partikel. Mein Freund, Pip, wurde lokalisiert und er wurde auf Zellebene dazu gebracht zu explodieren – von innen heraus. Aluminiumoxyd an sich ist ein ernsthafter Brandbeschleuniger, auch wenn wir noch nicht genau herausgefunden haben, was genau dazu geführt hat, dass auch das Fahrzeug, in dem er sich befand, explodiert ist. Aber es wird sich herausstellen, dass auch das etwas mit diesen bioakkumulierten Partikeln zu tun haben wird, das garantiere ich."

„Mein Beileid, Mr. Verzet", sagte Pater Francis, „auch wenn Kondolenzen Ihnen wohl wenig Nutzen bringen werden."

„Danke, Pater. Es ist willkommen, das versichere ich Ihnen."

„Und Sie haben niemals zuvor etwas Derartiges passieren sehen?", fragte Maldonado.

„Nicht mit Sicherheit. Aber einer der Piloten war durchgedreht, hatte sich grade in einer der Misch-Fabriken verschanzt, kurz bevor wir mit dem Flugzeug aus *New Mexiko* losgeflogen sind. Die Fabrik ist hochgegangen, bis in den Himmel. Das könnte der Pilot gewesen sein, oder aber auch die Firma, einer von beiden. Ich gehe davon aus, dass ich nicht desintegriert bin, weil ich dieses Gesundheits-*Upgrade* habe. Ab diesem Punkt können sie die Piloten nicht mehr einfach zur Explosion bringen."

„Ich hoffe, dass das wahr ist", sagte Pater Francis.

„Mr. Verzet", warf Choshin ein, „bevor Sie gehen, möchte ich Sie wissen lassen, dass das technische Team sich Ihr Flugzeug sehr gewissenhaft angeschaut hat. Wir haben tausende von Fotos, Videos und Seite um Seite chemischer Analysen von den Inhalten der Fässer im Bauch des Flugzeuges. Viele Kopien wurden an die Regierungen in der ganzen Welt verschickt. Entweder werden sie erzürnt sein oder zu Tode erschrocken, dass das an die Öffentlichkeit geraten ist ... aber an die Öffentlichkeit ist es nun definitiv geraten. Vielen Dank. Ich wünschte, dass es in meiner Macht läge, Ihnen Amnestie zu gewähren, aber das ist es nicht. Möge Gott Sie beschützen, Sir."

In dem Moment stand die Kommission auf, um Tim zu applaudieren. Obwohl die Kamera sich nicht in Richtung der Besucher in der Halle drehte ... wäre Tim in der Lage gewesen zu sehen, was er hörte, so hätte er hunderte von Menschen gesehen, die ebenfalls aufgestanden waren, um seiner Kühnheit zu applaudieren, seinem Mut, und dem, was am Ende als Sieg dastehen würde.

In dem Moment begann Huck zu weinen.

Nikolai und Tim wurden nach ihrer Zeugenaussage an einen noch geheimeren Platz gebracht, an einen Ort, den nur Salty kannte. Das passierte, nachdem Salty in der unterirdischen Kommando-zentrale erschienen war, um sich über Bleeth zu erkundigen. Anscheinend war er an demselben Morgen in Tokyo in seiner Zelle tot aufgefunden worden. „Sie beide scheinen einiges darüber zu wissen, wie die Dinge in Ihrer Organisation gehandhabt werden", begann Salty.

„Ich habe gehört, wie du, Tim, über den Tod deines Freundes gesprochen hast, und darüber, was das bedeuten könnte. Monsieur Louis hat über Jahre Gesundheitsdaten von Opfern gesammelt. Ich hoffe, einer von Ihnen wird in der Lage sein, etwas Licht auf diesen spezifischen Todesfall zu werfen."

„Was ist passiert?", fragte Tim.

„Er wurde in Einzelhaft tot aufgefunden. Er war übersät mit etwas, das zunächst nach Schusswunden aussah. Die Autopsie ergab, dass er nur noch Haut und Knochen war ... und Fisch. Er war gefüllt mit zylinderförmigen Welsen, die es nur im Amazonas gibt."

„Also gruseliger geht es ja nicht mehr, aber, tut mir leid, davon hab ich nie etwas gehört", sagte Tim.

„Wie ist überhaupt jemand an ihn herangekommen?", wunderte sich Nikolai.

„Wir kennen die Antwort nicht", sagte Salty. „Wir verlegen dich und Tim an einen noch sichereren Ort, für die Zeit, die kommt. Ford möchte euch beide später am Internationalen Gerichtshof sehen."

Der Weg nach drüben

Nach zwei vollen Wochen im Untergrund unter der *Shuri*-Festung waren Christina und ihre Kollegen mehr als bereit aufzubrechen, wollten wieder die Sonne auf ihren Gesichtern spüren. Alle hatten sie die gesamte Palette an Nato-Briketts durchprobiert, ein Spiel, das schnell seinen Reiz verloren hatte. Tim und Nikolai waren, kurz nachdem sie ihre Aussage gemacht hatten, weggebracht worden, und seitdem herrschte bezüglich dieser Angelegenheit absolutes Schweigen. Salty brachte ihnen englischsprachige Zeitungen aus aller Herren Länder. Durch den sensationellen Charakter der Zeugenaussagen des ersten Tages, die von Christina eröffnet und von Tim Verzet ergänzt worden waren, brachten die Medien der Welt die Geschichte auf die Titelseiten, wo sie hingehörte, wo sie jedoch niemals gelandet wäre, hätte es nicht die dramatischen Ereignisse des 1. Julis gegeben.

„Machst du dir Sorgen um Tim, Huck?", fragte Christina in ihrer letzten Nacht im Untergrund.

„Du denkst bestimmt, dass ich das tue, aber dem ist nicht so. Tim hat seinen eigenen Krieg geführt, und es hat sicherlich Verluste gegeben, aber es war definitiv ein gerechter Krieg. Er hat Millionen und Abermillionen gerettet, durch das, was er getan hat. Vielleicht hat er dabei mitgeholfen, den Planeten zu retten. Ich denke, dass man ihm Amnestie gewähren wird, wenn er einmal vor dem Internationalen Gerichtshof ausgesagt hat." Huck sprach mit ruhiger und sicherer Stimme.

„Aber es wird dennoch hart sein, darauf warten zu müssen, dass das unterzeichnet und besiegelt ist", sagte Isaac.

„Ich gehe nach Den Haag, wenn das hier vorbei ist, um das abzuwarten, solange er dort ist", antwortete Huck.

„Hier ist die Zeitung aus Singapur", sagte Charlie, und hob eine von einem Stapel, der direkt hinter der Eingangstür abgelegt worden war. Er öffnete sie auf dem Esstisch – einem monströs großen Möbelstück, das eindeutig dafür gebaut war, als Kartentisch für die Strategieplanung der Oberkommandierenden zu dienen.

„Wieder auf dem Titelblatt", sagte er lächelnd. „Schönes Foto der gesamten Kommission. Wahrscheinlich weil gestern die Abschlussveranstaltung war."

Jetzt wo die Anhörungen abgeschlossen sind, steht das Shuri-Abkommen kurz vor seiner Verabschiedung als eigenständiges Manifest. Die Kommission, eine ehrenwerte Gruppe von Aktivisten, die die Welt als Ganzes repräsentieren, hat Präsentationen von Gruppen begutachtet, die ihren jeweiligen Angelegenheiten Gehör verschaffen wollten, bevor das Abschlussdokument verabschiedet wird. Ein großer Teil des Dokumentes war bereits ausformuliert, so dass zu erwarten steht, dass das Endergebnis schon bald in die Welt hinaus gehen wird. Erster Halt: Japan, ein Land, das bereits beschlossen hat, das Shuri-Abkommen zu ratifizieren, und das die Verhandlungen auf internationalem Niveau gesponsert hat. Die einzigen Dissonanzen kommen aus den Vereinigten Staaten und der zerfallenden Europäischen Union.

„Nichts ändert sich je", sagte Christina.

„Warte, hier kommt es", sagte Charlie.

Der bekannte Menschenrechtsaktivist und Anwalt Philip Ford wird innerhalb der kommenden Woche am Internationalen Strafgerichtshof in Den Haag einen Fall unter dem Status „Verbrechen gegen die Menschlichkeit" eröffnen. Der ISG hat sich bereits bereit erklärt, den Fall anzuhören. Zur Zeit wird Anklage gegen zwei Männer erhoben. Der ISG ist ein permanentes juristisches Organ, das sich mit Fällen von Genozid befasst, Verbrechen gegen die Menschlichkeit und Kriegsverbrechen. Angeklagt und bereits inhaftiert sind derzeit der mutmaßliche hochrangige CIA-Agent Charlie Unger und der Milliardär und Großindustrielle Georg Nero Pearle.

Der Anklagevertreter wollte ebenfalls gegen den US-Minister Robert Custer Anklage erheben. Aber die Vereinigten Staaten und Israel haben kürzlich ihre Teilnahme an den Verträgen aufgekündigt und angedeutet, dass sie nicht beabsichtigen, an dem Prozess teilzunehmen. Als Reaktion darauf hat Interpol einen Haftbefehl gegen Custer ausgestellt, so dass er rechtmäßig festgehalten und unter ihrer Aufsicht befragt werden kann. Als Zeugen geladen sind derzeit der Vorsitzende der Vereinigten Generalstäbe, Hap LeBlanc, dies betrifft die mögliche Verwicklung des US-Militärs. Interpol soll angeblich auch einen Haftbefehl gegen Lord Carroll de Geier ausgestellt haben, der in diesen Fall verwickelt sein soll. Es wurde berichtet, dass sein Sohn, der Finanzier Solomon de Geier, vor dem ISG gegen seinen Vater aussagen wird.

„Unglaublich", sagte French. „Vielleicht komme ich mit dir nach Den Haag, Huck. Das wird ein höllisches Fest."

„Wie haben sie Nero gekriegt?", wunderte sich Isaac.

„Oh, ich weiß wie", sagte Charlie. „Die Schweizer haben ihn ausgeliefert. Er hat sich in der Schweiz versteckt, von seinem eigenen Anwesen aus gesehen auf der gegenüberliegenden Seite des Genfer Sees. Das war wahrscheinlich einer der Gründe, warum er das Anwesen gekauft hatte, er dachte, er könne einfach übersetzen und dann unerreichbar sein. Aber die Schweizer haben doch erst kürzlich angedeutet, das es jetzt mit ihrer Geduld am Ende ist. Mein Gott, ich liebe die Schweizer."

„Oh, schaut mal, da ist ein Foto von de Geier, wie er in Handschellen gelegt wird." Christina zeigte auf ein körniges Schwarz-Weiß-Foto.

„Lass mal sehen", sagte Charlie und schaute sich um, „ist das die einzige Zeitung heute? Nein, warte. Die Times klemmt unter der Tür, warte."

„Kaffee", sagte French. „Ich mache Kaffee."

„Okay", sagte Charlie, während er die Times über die Zeitung aus Singapur legte, „hier ist ein größeres Bild ... *Gila* geschlossen ... eine Luftaufnahme von mehr Flugzeugen, als ich jemals auf einem Haufen gesehen habe. *Sceptre* und *Pantheon* sind beide vorgeladen, stehen unter Strafandrohung. Ich frage mich, was daraus wird und wie lange das dauert. Lieutenant General Toby Morrow ist beauftragt worden, die Rolle des US-Militärs zu untersuchen. Wisst ihr was, meine Freunde, ich habe das Gefühl, dass solange diese Flugzeuge am Boden bleiben, wir einfach alles tun können."

„Charlie, was wirst du tun, sobald wir fahren dürfen?", fragte Christina.

„Zurück zum Radio gehen. Den Leuten sagen, was vor sich geht. Du kannst Gift drauf nehmen, dass die Desinformation irgendwo wieder anfangen wird. Die ganzen Nachrichten-Foren, die sich im Untergrund gebildet haben, müssen gepflegt werden, wo die menschliche Natur nun mal so ist wie sie ist. Und du?"

„Otto hat mir eine Nachricht geschickt. Er hat die Kommission vorgestern kontaktiert. Er hat auf ihre Einladung hin die Kinder raus zu Mais Haus auf die Insel gebracht. Ich gehe dort für eine Weile hin. Und dann gibt es da ein Leben, zu dem wir zurückkehren müssen ... ich habe da ein paar unerledigte Geschäfte."

„Deine Mutter ..."

„Ja."

„Abgesehen davon ist Hugo noch immer da draußen. Er dürfte grade durch einen ziemlichen Schmerz gehen. Und wenn er es noch nicht tut, dann wird das noch kommen."

„Isaac?", fragte Charlie.

„Es gibt da die eine oder andere Ranch zu betreiben, Tiere und all das. Wenn Huck und French nach Europa gehen, dann muss jemand zurückkehren und sich um die Dinge dort kümmern. Ich mach das besser", lächelte er. Er wollte wirklich nichts anderes tun.

„Hier steht, dass die Verhandlungen vor dem Internationalen Strafgerichtshof als *gestreamtes* Video mit einer halben Stunde Verzögerung im Internet angeschaut werden können. Ich sehe mir das an", fügte Charlie hinzu.

„Ich auch", sagte Christina.

Die Fähre nach *Kumejima,* quer über das Chinesische Meer, wo Otto und die Kinder auf sie warteten, brauchte vier Stunden. Mais Ehemann nahm die Jungs zurück nach *Naha,* um der Familie etwas Zeit im Privaten zu ermöglichen. Er nahm auch Hugo mit, der zu einer Großmutter in Quebeck reiste, bei der er leben würde. Es sah nicht so aus, als ob die Kommission viel wegen Hugo tun könnte. Er hatte Familie in Kanada und sie wollten ihn dort. Arikari würde Hugo in ein Flugzeug setzen, sobald sie *Naha* erreichten.

Christina hatte ihn noch nicht einmal gesehen, um sich von ihm zu verabschieden.

Kumejima bestand aus Reisfeldern, Zuckerrohrfeldern und Strand. Die Lagunen waren hellgrün und kristallklar. Ihre eigenen drei Kinder waren vom Schnorcheln braungebrannt, und rot vom Fahrradfahren. Dass sie es waren, ungeachtet der abgrundtief bösen Dinge, die sich für viele Menschen in ihrem Umfeld abgespielt hatten, war ein Manifest der Fähigkeiten der Kinder. Es gehört schon einiges dazu, eine Wunde zu schlagen, die gross genug war um das Gleichgewicht eines Kindes, das sich noch im Spiel verlieren kann, zu stören.

„Mama", rief Anya, als sie Christina von der Fähre kommen sah. Sie und David rannten, schlangen ihre Arme um sie. Hank und Otto folgen danach. Hank war durch die Sonne so braun geworden, ... es war erstaunlich. Nichts von der irischen Haut seines Vaters bei Hank.

„Mama", rief David, „ich habe sechs Wasserschlangen in einem Behälter!"

„Ja, das hat er", Hank schien gar nicht davon begeistert zu sein, „und sie befinden sich direkt in dem Raum, in dem wir schlafen."

„Weißt du, wie sie *Kumejima* nennen?", fragte Anya.

„Wie?"

„Die Glühwürmchen-Insel. Warte, bis du es gesehen hast, es ist magisch."

„Hallo Schatz", lachte Otto und küsste sie sanft, „und wie war dein Tag?"

Die Wärme und die Sonne hatten in den Seelen und den Energien ihrer beiden jüngsten Kinder einiges an Glühwurm-Magie hinterlassen. Sie schienen wieder ein ganzes Stück mehr sie selbst zu sein. Das erweckte in ihr den Wunsch, einen Ort zu suchen, an dem sie weinen konnte, lange und laut weinen konnte, einen Ort, an dem sie um die Erneuerung ihrer Lebenskräfte flehen konnte. Sie wusste auch nicht, wie die Welt als Ganzes ihre Heilung finden konnte, das würde das nächste große internationale Projekt werden.

Otto fuhr sie in einem kleinen blauen Volkswagen mit einer verrosteten Karosserie zu Mais Inselresidenz. Es war ein schmuckes einfach gebautes Strandhaus mit einem kleinen Hof, der zu einer vier Fuß hohen Klippe führe, an deren Fuß ein sehr schmaler Sandstrand verlief. Kokospalmen, grade mal weit genug voneinander entfernt, um eine Hängematte aufspannen zu können, befanden sich links von dem Hof. Überall auf der Insel wuchsen wilde Lilien. Und das war es. Das war alles, was es gab, denn hier auf der Glühwürmchen-Insel brauchte man nicht viel. Das Meer forderte in regelmäßigen Abständen alles von Menschenhand

Erschaffene zurück, deswegen investierten die Bewohner weder ihre Gefühle noch ihre Energie in modischen Schnickschnack.

Das war eine große Erholung nach zwei anstrengenden Wochen, eingeschlossen in die Räume einer Festung, und der Monate davor, die sie mit der klappernden Tastatur ihres Computers in einer stillen Ecke des großen Hauses verbracht hatte. Sie bat Otto, auf dem Weg anzuhalten, so dass sie aus dem Wagen steigen und ihr Gesicht in der Sonne baden konnte. Der weiße Nebel war noch immer da; der unnatürliche Schleier, der sich quer über den Himmel zog, aber es war kein einziges Flugzeug in Sichtweite. Sie hoffte, dass das die ersten greifbaren Ergebnisse waren. Es war das Einzige, was zählte.

Am darauffolgenden Tag nahmen sie sie mit, um an den immer windigen Stränden Meeresschnecken zu suchen. Es beeindruckte sie, dass das Leben sich niemals selber negierte, egal was passierte. Es war so stark wie die einmalige Souveränität des menschlichen Wesens. Das Leben kann einfach nicht in Frage gestellt werden.

Die Tage der Erholung waren fast verstrichen, als sie einen Anruf von Charlie Shepard bekam.

„Hi", sagte er von sehr weit weg, wohl zurück in Carmel, „die Anhörungen starten heute. Hast du einen Computerzugang?"

„Ja, habe ich."

„Choshin hat mir gesagt, dass sie als erstes eine Video-aufzeichnung von Bleeth einspielen wird. Ich habe rausbekommen, was der Typ gesagt hat. Er hat danach nicht mehr lange gelebt."

„Ja", stimmte Christina zu, „das ist es wert, dass ich dafür den Sand aus meinem Badeanzug klopfe."

„Außerdem, Christina ..."

„Ja?"

„Jetzt, wo das Abkommen in Diplomatenkreisen international die Runde macht, ist Choshin darauf verpflichtet worden, eine internationale Bewegung zusammenzuführen, um die Umwelt wiederherzustellen. Man redet davon, dass das einige Generationen dauern könnte. Ich ... Ich werde das machen ... Vollzeit. Ich sag dir das nur für den Fall, dass du darüber nachdenken möchtest. Ich weiß, dass wir alle durch ziemlich viel durchgegangen sind", sagte Charlie.

„Sind wir. Ich werde darüber nachdenken, aber ich muss das

Buch zu Ende schreiben. Das ist schon ein großer Beitrag, denke ich."

„Richtig. Also, gib mir Bescheid. Okay?"

Vor dem Beginn der Gerichtsverhandlung versicherten sich Otto und sie, dass der Computer eingeschaltet und ordentlich am Netz war. Durch die Übertragungszeit gab es eine Verzögerung von 30 Minuten, aber da sie auf einer kleinen okinawischen Insel waren und die Gerichtsverhandlung in Den Haag stattfand, waren diese 30 Minuten ohne Bedeutung. Sie und Otto fanden schließlich heraus, dass wenn die Gerichtsverhandlung um 9 Uhr morgens in den Niederlanden begann, dass sie auf *Kumejima* am selben Tag um 3 Uhr am Nachmittag zuschauen müssten, plus die 30 Minuten Verzögerung. Das *Streaming* funktionierte, nach ein paar Hackern, die ihr Herz fast zum Stillstand gebracht hätten. Christina war irgendwie versessen darauf zu hören, was Bleeth zu sagen hatte. So viele Leute in der Bewegung hatten auf den Tag gewartet, an dem dieser Typ zugab, dass die Dinge passierten, schließlich war er einer der Vordenker. Das war eine große Sache.

Dr. Daniel Bleeth war in einem büroähnlichen Raum in einer Botschaft in Tokio auf Video aufgenommen worden. Es war nicht klar, um welche Botschaft es sich handelte. Sicherlich nicht um die der USA. Sie dachte, eine Schweizer Fahne in der einen Ecke gesehen zu haben, aber die Auflösung war zu schlecht.

Die Schnellfeuer-Stakkato-Stimme begann mit dem Wesentlichen.

„Ich bin Dr. Daniel Bleeth, derzeit US-Bürger, und ich befinde mich in Japan, um politisches Asyl zu beantragen, weil ich glaube, dass wenn ich in den Vereinigten Staaten bleibe, mir Schaden zugefügt werden wird oder dass ich getötet werde."

„Dr. Bleeth, wer glauben Sie, möchte Ihnen Schaden zufügen?", sagte eine körperlose Stimme.

„Die Leute, für die ich arbeite; mit denen ich arbeite ...", sagte Bleeth.

Christina konnte nicht glauben, dass das derselbe Bleeth war, den sie nur ein paar Monate zuvor gesehen hatte. Wenn überhaupt, war er wesentlich dünner geworden, und er hatte dunkle Ringe unter den Augen. Seine Lippen waren rot und rissig.

„Wer würde das sein, Dr. Bleeth?"

„In erster Linie arbeite ich für Nero Pearle. Und für Carroll de Geier, beide sind Großaktionäre der *Sceptre Corporation* und ihrer Technologie-Tochter, *Pantheon.* Ich arbeite auch mit dem US-Landwirtschaftsminister zusammen, Bob Custer."

„Was tun Sie in diesem Kontext, so dass Ihr Leben bedroht ist, Dr. Bleeth?"

„Ich bin der Chef-Wissenschaftler hinter ihrem globalen Geo-Engineering-Projekt, das mehreren Zwecken dient. Die meisten von ihnen, wenn nicht alle, sind illegal. In allen Ländern."

„Erklären Sie das genauer, bitte ..."

Christina hörte zu, während Bleeth alles, was sie und ihre Freunde einen Monat zuvor der Kommission vorgelegt hatten, bestätigte. Er bestätigte alles, wofür Tim Verzet und Philip Yarmouth ihr Leben riskiert hatten und wofür Yarmouth seines verloren hatte. Der Mitschnitt endete nach zwei Stunden allgemeiner Fragen. Dann, etwa zwei Stunden später, ging es weiter, Zeit und Datum in der rechten, unteren Ecken eingeblendet. Der unsichtbare Interviewpartner fuhr fort ...

„Dr. Bleeth, welche Sorten von Chemikalien sind in diesen Experimenten die am häufigsten gebrauchten?"

Bleeths Augenbrauen zogen sich nach oben.

„Oh, also, wir begannen mit Aluminium-Oxyd. Wir fingen damit an, weil *Sceptre* landwirtschaftliche Produkte hatte, die sie relativ schnell aluminiumresistent machen konnten. Das ergab einfach Sinn. In dieser Zeit begannen die Leute, sich über die Maße Sorgen zu machen, wegen der UV-Strahlung von der Sonne und globaler Erwärmung. Aluminium-Oxyd blockiert einen großen Prozentsatz davon. Am Ende, wenn man unsere Aktivitäten entdecken würde, und wir wussten, dass das eines Tages passieren würde, wollten wir die Globale Erwärmung als Grund vorschieben. Und die Sonnenfleckenaktivität."

„Was noch, bitte?"

„Barium. Barium kam als nächstes, weil das Militär es als Aerosol für Luftschlachtsimulationen benutzte und als Medium für Hochfrequenzfunk, sowohl zum Senden als auch zum Empfangen. Die Sache ist, dass Barium auch das Wetter beeinflusst, ziemlich aggressiv und entscheidend. Wenn Sie einmal rausbekommen haben, wie Sie Barium manipulieren können, können Sie Dürren auslösen, Stürme und Überschwemmungen. Das sind Klimawaffen. Barium ist wirklich lebensfeindlich. Das ist ein Teufelszeug, glauben Sie mir das. Erinnern Sie sich an die Röhren in den alten Fernsehapparaten? Barium wurde dafür verwendet, den Sauerstoff in diesen Röhren zu vernichten und das Vakuum herzustellen."

„Es ist schlecht für das menschliche Leben, sagen Sie?"

„Oh, ja. Es reizt die Muskulatur und das Nervensystem, führt zu Herzproblemen, Tremolos und Angstzuständen ... sogar Paralyse. Was man aber wissen muss ist, dass einige Leute eine hohe Bariumtoleranz in ihrem System haben und andere Leute eine niedrige. Das ist eine gute Sache, wenn man so etwas verbergen möchte. Das Argument lautet: wenn es auf alle herabrieselt, wie kommt es, dass nicht alle Leute aus den Latschen kippen?"

„Gibt es noch andere Gifte?"

„Sicher. Sie sind aber nicht so wichtig. Cadmium, Quecksilber, Arsen, Schwefel-Dioxyd ... und viele Kombinationen von den genannten Giften."

„Schalt es aus", sagte Christina. „Ich weiß das alles, und ich habe erlebt, dass er es zugibt. Ich bin froh, dass er tot ist, und ich bin froh, dass es vorbei ist."

Und schließlich war es Zeit, nach Hause zu gehen, ihrer aller Leben wieder dort aufzunehmen, wo sie es fallengelassen hatten. Das Buch musste fertiggestellt und veröffentlicht werden. Die Kinder würden ein Leben haben, dem sie entgegenblicken konnten, sie würden leben, und mit ein wenig Glück würden sie es schaffen, das Gift aus ihren Körpern auszuleiten. Sie würde darüber nachdenken, sich später Choshin anzuschließen. Vielleicht würde sie über so etwas wieder nachdenken können, nachdem sie Kostüme für eine Schüleraufführung genäht hatte, oder nachdem sie Hank durch die letzte Woche seiner Prüfungen begleitet hatte oder nachdem sie es geschafft hatte, dem *Golden Retriever* abzugewöhnen, sich unter dem Gartenzaun durchzuwühlen. Anya musste auf die Kunstschule gebracht werden. Es gab Gemüse zu ernten und Brennholz für den Winter zu stapeln. Die Fausthandschuhe würden sich nicht selber stricken, und der kalte Wind würde wohl oder übel kommen. Sie hatte sich jetzt schon eine ganze Weile in dieser kleinen Ecke vergraben. Natürlich wusste sie, dass diese Welt aufgehört hatte, zu existieren, und sie würde sich zu ihren Freunden gesellen, um ihr Lebenswerk in Angriff zu nehmen. Aber dennoch, würde sie ihre Füße einfach am Holzofen hochlegen, noch einmal etwas stricken, es würde ihr helfen, sich auf die Zeiten vorzubereiten, die da kommen sollten.

Es gab auch noch eine andere Aufgabe, etwas, das noch nicht abgeschlossen war. Sie hatte den Verdacht, dass das für immer so bleiben würde.

Als sie zurück zu ihrem großen, zugigen, gelb-grünen Haus kam, rief sie den Staatsanwalt an.

„Ich würde gerne wissen, wo Walters ist", sagte sie. „Ich möchte ihn sehen, wenn ich die Erlaubnis dazu bekomme. Und, ja, ich weiß, dass er im Koma liegt und keine Reaktionen mehr zeigt. Bitte! Lässt sich da etwas machen? Wir wissen beide, dass er niemals das Innere eines Gerichtsaales sehen wird."

Schließlich erteilte ihr Walters' Anwalt die Erlaubnis, unter der Bedingung, dass er anwesend war. Es war ihr egal, wer dabei war. Es war eine Pflegeeinrichtung für Langzeitpatienten in der nächsten Stadt. Sie erzählte niemandem, dass sie dies tat. Sie wusste noch nicht einmal, warum sie es tat. So viele Geheimnisse waren gelüftet worden; Leute hatten ihr Leben riskiert und waren um der Lösung willen gestorben, für die Wahrheit, für das kleinste Stück Gerechtigkeit. An diesem Sommermorgen vor einem Jahr hatte sie nichts davon gewusst. Gar nichts.

Walters lag in einem Bett, einem Krankenhausbett, den Kopf leicht angehoben, die Augen geschlossen und sein Atem rasselte. Er war kahlköpfig. Völlig kahlköpfig, so dass sein Kopf und seine Ohren, die etwas abstanden, ihn aussehen ließen wie jemanden von einem anderen Planeten. Sechs Monate hatte er hier gelegen, während sie mit den Drachen gekämpft hatte, die nur sichtbar geworden waren, weil er ihre Mutter überfahren hatte und weil er Christina dazu gebracht hatte, innezuhalten und um sich zu schauen. Um wirklich zu sehen. Sie zog sich einen Stuhl an eine

Seite seines Bettes heran. Sein Anwalt saß auf dem Gang und las eine Zeitung. Sein Handy klingelte. Er antwortete, sprach leise.

Sie schaute Walters lange an und sprach dann.

„Du dummer Hurensohn. Wer bist du? Was ist passiert?"

Sein Schweigen war stiller als der Tod.

Das musste reichen. Das war alles, was sie jemals bekommen würde. Möglich dass er nur ein armer *Tropf* war, der vor langer Zeit das Fahren hätte bleiben lassen sollen, der weder lesen noch schreiben konnte, ein Mann ohne Frau, keine Kinder, die das Leben lebenswert machten. Er hatte ihre Mutter einfach überfahren, eine unheimlich schwierige, in der Seele verletzte Frau, die es fast bis auf die andere Seite des Zebrastreifens geschafft hätte. Eine Frau, die einfach nur an einem Sonntagmorgen in einer kleinen Küstenstadt zur Kirche gehen wollte. Dieses Ereignis, das anscheinend so sinnlos war, außer dass es die Sinnlosigkeit des Lebens an sich unterstrich, hatte etwas losgetreten, das um die Welt gegangen war, um sie zu erlösen.

Sie würde niemals eine andere Antwort als diese bekommen, und wenn sie damit leben musste, dann musste der Rest der Welt es bei Gott auch tun. George Walters, der Platzhalter für eine zukünftige Erkenntnis. Sie saß bei ihm, bis die Sonne hinter dem Horizont versank, und dann nahm sie ihre Sachen und ging. Für immer.

Charlie rief am nächsten Tag an, um sie auf den letzten Stand der Dinge zu bringen, so wie es abgesprochen war.

„Hallo meine Freundin", sagte er. „Tim hat seine Aussage gemacht. Er ist am ISG von allen Anklagepunkten freigesprochen worden, und ihm ist daheim in den USA Amnestie gewährt worden. Wie du weißt, hat der ISG keinerlei rechtliche Zuständigkeit für Amerikaner, weil wir uns weigern, nach den Regeln zu spielen. Aber, ich habe später mit Huck gesprochen und er hat gesagt, dass alles, was Tim jetzt tun möchte, Feuer zu löschen ist. Feuer sind einfach, sagt er."

Christina lachte. „Was ist mit Nikolai?"

„Erledigt und verschwunden. Er hat Hugo aufgesammelt und ist verschwunden. Ich hoffe, dass er es schafft zu überleben, um des

Jungen willen, aber ich schätze, dass wir das niemals erfahren werden."

Es war wieder November. Bald würde David fünfzehn werden. Das Holz war auf der Veranda gestapelt und der schwarze, eiserne *Vigilante-Ofen* brannte kräftig und gleichmäßig. In manchen Jahren schien er es besser zu funktionieren als in anderen. Hank war in der Schule in New York; Anya war auf der Schule in Kanada. Der *Golden Retriever* hatte aufgehört sich unter dem Zaun durchzuwühlen und Fancy verströmte ihre wundersame Wärme unter der Bettdecke. David war der einzige, der noch zu Hause war. Er ließ sich breitschlagen, in der Kälte einen Anorak zu tragen, und manchmal brachte er sogar Feuerholz rein, und – jeden Donnerstag – den Müll nach draußen.

„Mama", hörte Christina ihn aus dem Windfang rufen. „Es schneit! Ich bringe besser die Mülltonne vor das Tor, bevor ich sie ausgraben muss."

Sie zog die Vorhänge vom Fenster weg. Es schneite tatsächlich kräftig. Sie sah David dabei zu, wie er die großen grünen Tonnen eine nach der anderen in die Einfahrt zerrte, während sich der Schnee auf seiner Wollmütze türmte. Auf dem Rückweg hielt er an und schaute auf die Seite des Hauses. Er zeigte mit dem Finger auf etwas und lachte.

„Mama, komm her", rief er.

Sie wickelte sich in die weite Strickjacke, die sie trug, schlüpfte in die schwarzen Gummistiefel und ging nach draußen, die Treppe und die halbe Strecke die Einfahrt hinunter, dorthin, wo ihr Sohn stand, noch immer lachte und auf etwas zeigte.

Auf einer Seite des Hauses, hatte ein schon tot geglaubter Rosenzweig neu ausgetrieben, und war auf die Höhe des zweiten Stockwerkes emporgewachsen. Auf dieser wieder zum Leben erwachten Ranke, die sich stur an die warme Wand des Hauses klammerte, blühte eine rote Rose. Es war eine perfekt geformte Rose, deren Blütenblätter sich leuchtend rot, wie ein funkelnder Stern gegen den weißen Schnee des Winters abhoben.

„Hey, Mama", sagte David, „ich glaube, Großmutter hat ihren Glückskeks aufgemacht.

Epilog

Keine acht Stunden, nachdem Christina den letzten Satz ihres Buches geschrieben hatte, brannte das gelb-grüne Haus bis auf die Grundmauern nieder. Anya und Hank waren weg. David schlief auf der Etage, auf der das Feuer am heißesten und stärksten wütete, aber Otto schaffte es, ihn sicher nach draußen zu bringen. Otto ging ein zweites Mal rein wegen der Hunde. Fancy schafften es ebenfalls nach draußen. Die einzigen Verluste, die es zu beklagen gab, waren eine Katze und der umliegende Garten mit seinen Gewächshäusern. Christina gelang es noch, sich den Datenträger mit der Buchdatei zu schnappen, und so schaffte das Buch seinen Weg nach draußen.

Es passierte während der ersten Stunden des Palm-Sonntags ... Die Feuerwehr schätzte, dass es etwa um Mitternacht begonnen haben musste. Sie sagten, es habe an der Elektrik gelegen. Wer konnte sich da sicher sein, angesichts der Zufälligkeiten der Ereignisse. Das Buch segelte allen Widrigkeiten zum Trotz, nun mal in die Welt hinaus, und die Leute begannen wegen diesem Buch nach oben zu schauen.

Inhaltsverzeichnis

Heredis
Das Erbe

Das Weltbild des jungen Wieners Joe Schneider bricht mit einem Male zusammen!

Was würden Sie tun …

… wenn dunkle Logen Ihnen plötzlich nach dem Leben trachten?

… wenn sich ritterliche Orden offenbaren?

… wenn uralte, mystische Geheimnisse zu Tage kommen?

… wenn Sie Verschwörungen von globalem Ausmaß auf die Spur kämen?

Was würden Sie tun, wenn es an der Zeit ist, ein Erbe anzutreten, das Ihre kühnsten Vorstellungen übersteigt?

Bestellungen unter: www.hesper-verlag.de · Tel. 06 81 / 83 19 043

Autor: Michael Veritas
Verlag: Hesper-Verlag
Seiten: 304, Softcover

ISBN: 978-3-943413-10-6
Preis: 15,90 Euro

Hesper

Ein verzweifelter Schrei
Der Schlüssel zum Familienglück

In diesem schockierenden Roman bewahrt ein Schulleiter, der selbst bis zum Hals in einem familienbedrohenden Drama steckt, uralte geheimnisvolle Pergamente auf, in denen anscheinend eine Art universelle „mystische Pädagogik" als eine Anleitung zum Familienglück niedergeschrieben steht.

Die Interpretation und Anwendung dieser okkulten Geheimnisse, in Form von Regeln zum familiären Umgang, gestaltet sich aber schwieriger als gedacht; nicht nur weil die aktuellen Geschehnisse sich überschlagen, sondern auch die Familientragödie und die persönliche Weiterentwicklung der Betroffenen plötzlich als etwas „Zusammenhängendes" erscheinen.

Noch seltsamer verhält es sich, als sich in der praktischen Anwendung dieser mystischen Anleitung ein viel größerer Kontext eröffnet, nämlich der der schöpferischen Liebe.

Die universellen Erkenntnisse, die sich durch die Verinnerlichung dieser okkulten Weisheiten dem Leser aufdrängen, können ihm eine ganz neue Sicht auf die karmischen Auswirkungen familiärer Verhältnisse eröffnen und so auch zu persönlichem Wachstum anregen.

Es wird wohl keinen gewissenhaften Leser geben, dessen Wertesystem von dieser Lektüre unberührt bleibt; und noch mehr. Jegliche Familienbande bereichert sich auf der allertiefsten Ebene durch den „verzweifelten Schrei" dank jener geheimnisvollen Pädagogik.

Bestellungen unter: www.hesper-verlag.de · Tel. 06 81 / 83 19 043

Autor: Carlos Cuauhtémoc Sánchez
Verlag: Hesper-Verlag
Seiten: 160, Softcover
ISBN: 978-3-9813262-1-5
Preis: 15,90 Euro